KB101672

의천도룡기 4

의천도룡기 4 – 구양진경

1판 1쇄 발행 2007. 10. 8.
1판 19쇄 발행 2022. 5. 10.
2판 1쇄 인쇄 2023. 10. 16.
2판 1쇄 발행 2023. 10. 30.

지은이 김용
옮긴이 임홍빈
발행인 고세규
편집 임지숙 디자인 정윤수 마케팅 박인지 홍보 반재서
발행처 김영사
등록 1979년 5월 17일 (제406-2003-036호)
주소 경기도 파주시 문발로 197(문발동) 우편번호 10881
전화 마케팅부 031)955-3100, 편집부 031)955-3200 | 팩스 031)955-3111

값은 뒤표지에 있습니다.
ISBN 978-89-349-2074-8 04820
978-89-349-2079-3 (세트)

홈페이지 www.gimmyoung.com 블로그 blog.naver.com/gybook
인스타그램 instagram.com/gimmyoung 이메일 bestbook@gimmyoung.com

좋은 독자가 좋은 책을 만듭니다.
김영사는 독자 여러분의 의견에 항상 귀 기울이고 있습니다.

중국 문학의 원류 〈사조삼부곡〉의 완결판

오천 년 동양의 지혜와 문화를 꿰뚫는 역작

김영사

상대방이 강하게 나오거든 강하게 나오도록 내버려두어라
맑은 바람은 저절로 산마루에 스쳐 지나가리니
他强由他强 淸風拂山岡

상대방이 횡포를 부리거든 횡포를 부리도록 내버려두어라
밝은 달 저 혼자 강물에 비치리니
他橫由他橫 明月照大江

상대방이 모질게 나오거든 모질게 굴도록 내버려두어라
내게 한 모금의 진기만 있으면 족할지니라
他自狠來他自惡 我自一口眞氣足

倚天屠龍記

4권

구양진경

| 각권 차례 |

【5권】 광명정 전투

【6권】 명교의 비밀

【7권】 의천검 도룡도를 잃고

【8권】 도사 영웅대회

▲ 아미산

명나라 때 간행된 《천하명산승개기天下名山勝概記》에 수록되었다.

◀ 랑세영 〈백원도白猿圖〉

랑세영郎世寧(1688~1766)은 이탈리아 밀라노 출신의 예수회 소속 수사修士로서, 본명이 주세페 카스틸리오네다. 화가, 건축가로 중국 베이징에서 청나라 강희康熙-옹정雍正-건륭乾隆 황제 3대에 걸쳐 궁정화가로 있으면서 선교활동을 하던 외국인이다. 원명원圓明園 증축공사에 참여하고 초상화, 화조도花鳥圖와 더불어 살아 있는 동물화, 특히 말을 잘 그렸는데, 여기의 원숭이 그림은 주인공 장무기가 깊은 계곡에서 만나 상처를 치료해주었던 흰원숭이를 연상시킨다.

▲ 아미산 금정봉金頂峯

전설에 따르면 이 봉우리에서 이따금씩 '부처님의 광채'를 볼 수 있다고 한다.

▲ 곤륜산

▲《열선전전列仙全傳》에 수록된 주전周顚의 모습.

▲ 《육수당화전毓秀堂畵傳》에 수록된 주전의 모습.

전설 속에 익살맞고 신비스러운 기인奇人으로, 후세 판화를 하는 중국 화가들이 모두 즐겨 새기던 인물이다. 《육수당화전》은 청나라 때 화가 왕운계王芸階의 화집이다.

▲ 주전의 모습.

▲ **철관도인**鐵冠道人 **장중**張中

3권 화보에 있는 서달, 상우춘, 등유, 오량의 그림과 여기 두 폭의 그림들은 모두 상관주上官周의 《만소당화전晩笑堂畫傳》에 수록된 것이다. 상관주는 복건성 장정현 출신으로 청나라 강희황제 4년(1665)에 태어났으며 건륭황제 8년(1743) 재위 때까지 건재하였으나, 언제 세상을 떠났는지 미상이다. 《만소당화전》에 옛날 이름난 사람을 도합 120명 그려 수록했는데, 비평가들은 그림 속의 인물 표정을 생동감 있게 묘사한 것이, 판화版畵 가운데서도 가작佳作으로 꼽을 만하다고 평했다.

원숭이의 악창惡瘡은 지름이 불과 한 치 남짓했다. 그러나 상처를 둘러싸고 손끝에 와닿는 딱딱한 느낌은 놀랍게도 그보다 열 배는 컸다.
만약 이처럼 딱딱하게 굳은 부위가 배 속에서 모조리 곪아 터졌다면 아마도 손대지 못할 불치병이 되었을 것이다.
아랫배 한복판이 네모반듯하게 두드러져 나왔을 뿐 아니라 사방 둘레를 돌아가며 바늘로 꿰맨 자국이 또렷이 남아 있었던 것이다. 그것은 사람의 솜씨가 분명했다.

16.

극한 상황에 몰려 〈구양진경〉 다시 보게 되네

좁디좁은 동굴 속을 엉금엉금 20~30척 더 기어 들어가자 눈앞이 갈수록 밝아졌다. 한바탕 더 포복하고 났을 때 갑자기 눈부신 햇살이 한꺼번에 비쳐들었다.

캄캄절벽 어둠 속에서 느닷없이 밝은 빛을 대하자 장무기는 두 눈을 감은 채 정신을 가다듬었다. 그리고 다시 눈을 번쩍 뜨고 보니, 뻥 뚫린 동굴 바깥 앞면에 오색찬란하게 수놓은 꽃 비단처럼 화려한 초록빛 골짜기의 전경이 탁 트이게 드러나고, 붉은 꽃과 푸른 나무숲이 밝은 햇볕 아래 어우러진 채 서로서로 제 모습을 돋보이려 다투고 있는 게 아닌가!

"와아아!"

장무기는 꿈인가 생시인가 싶어 저도 모르게 목청껏 환호성을 질렀다.

동굴 바깥으로 기어 나가보니 동굴은 지면에서 고작 10여 척 남짓 떨어져 있었다. 두 다리를 늘어뜨린 채 사뿐히 뛰어내리자 발밑에 닿은 것은 부드럽고도 여린 풀밭인데, 맑은 꽃향기가 그윽하게 풍기는 가운데 이곳저곳 나뭇가지 사이로 날짐승 지저귀는 소리만 들려왔다. 어두컴컴한 동굴 뒤편에 이렇듯 햇빛 찬란하고 꽃향기 싱그러운 초록빛 일색의 골짜기가 있을 줄이야 꿈에나 상상해보았으랴?

그는 상처의 아픔도 잊고서 발걸음을 한껏 재촉해 무작정 앞만 보고 달음박질쳤다. 정신없이 2~3리 남짓 달리고 나니 높다란 산봉우리가 앞길을 가로막았다. 시야를 잔뜩 넓히고 사면팔방을 한 바퀴 둘러보니 골짜기 사방 둘레가 온통 까마득히 높은 산으로 둘러싸인 것이 천지개벽 이래 사람의 발이라곤 디뎌본 적 없는 야생지가 분명했다. 앞뒤 좌우로 만년설을 머리 위에 하얗게 인 봉우리가 구름을 뚫고 솟구쳐 있고, 보기만 해도 아찔할 정도로 깎아지른 절벽이 병풍을 둘러친 것처럼 사면팔방 위태롭게 늘어섰으니, 제아무리 담보가 큰 사람이라 해도 이 험준하기 짝이 없는 산악을 그저 멀리서 바라보기나 할 뿐 목숨 걸고 기어오르며 드나들 엄두는 내지 못했을 것이다.

풀밭에는 일고여덟 마리쯤 되는 산양이 고개를 숙인 채 풀을 뜯는데, 낯선 인간을 보고도 놀라거나 도망치지 않았다. 게다가 나무 위에는 원숭이 10여 마리가 나뭇가지를 타고 이리저리 뛰어다니며 놀고 있는 것을 보건대, 이 골짜기에는 호랑이나 표범 같은 맹수가 없는 것이 분명했다. 뜻하지 않은 낙원을 찾아낸 그는 기쁨에 겨워 가슴이 벅차올랐다. '천지신명은 진정 나를 박대하지 않으셨구나. 그러니까 이 불쌍한 장무기가 죽어 묻힐 곳으로 이렇듯 아름다운 선경仙境을 마련해놓으신 게 아닌가!'

어슬렁어슬렁 동굴 입구로 돌아왔을 때 주장령이 고함치는 소리가 동굴 맞은편 끄트머리 쪽에서 울려 나왔다.

"장씨 아우! 그 굴속이 답답하지도 않은가? 숨 막혀 죽지 않으려거든 어서 이리 나오라니까!"

장무기도 굴속을 향해 큰 소리로 껄껄대며 고함쳤다.

"하하! 숨이 막혀 죽다니, 천만의 말씀을! 여긴 아주 재미있는 곳인걸요!"

키 작은 나무 가장귀에 이름 모를 과일이 주렁주렁 매달려 있었다. 절반쯤 붉게 익은 것을 몇 개 따서 들고 냄새를 맡아보니 달콤한 향내가 콧속으로 확 끼쳐들었다. 그는 더 생각해볼 것도 없이 한 입 덥석 베어 물었다. 기가 막힐 정도로 상큼하고도 향기로운 맛이 복숭아가 이보다 더 개운하지 못할 것이요, 능금도 이보다 더 달지 못할 것이며, 속살이 많다는 배도 이 깔끔한 맛의 서너 푼쯤은 뒤질 것이었다.

또다시 동굴 입구로 기어 올라간 장무기는 과일 한 개를 동굴 안쪽으로 던져 보내면서 버럭 외쳤다.

"받으십시오. 아주 맛 좋은 게 하나 갑니다!"

동굴 속으로 떼굴떼굴 굴러가는 동안 바위 벽에 이리 부딪고 저리 부딪느라 가뜩이나 농익은 과일이 반대편 입구에 도달했을 때는 물러 터지다 못해 곤죽이 되어 있었다. 먹을 게 굴러오다니! 주장령은 체면 불고하고 더듬더듬 찾아서 과일 껍질부터 씨까지 남김없이 우적우적 씹어 삼켰다. 과일을 한 개 먹고 났더니 그것이 식욕을 부추겼는지 배 속에서 시장기가 불길처럼 확 솟구쳐 올랐다.

"여보게! 그거 몇 개만 더 주지 않겠나?"

어두컴컴한 굴속을 향해 버럭 고함쳤더니, 장무기의 목소리가 쩌렁쩌렁 메아리쳐 들려왔다.

"당신처럼 마음씨가 나쁜 사람은 굶어 죽어도 싸죠! 과일이 먹고 싶거든 이리 건너오시지요."

"난 몸뚱이가 커서 그 속으로 들어갈 수가 없네."

"하하! 몸뚱이를 두 토막으로 쪼개서 오시면 되지 않습니까?"

"아니, 뭐라고!"

기막힌 소리에 주장령은 속에서 화가 불끈 치솟았다. 가만 생각해 보니 요 얄미운 놈은 자기를 서서히 굶겨 죽여 복수하려는 게 분명했다. 두 눈 멀뚱멀뚱 뜨고 굶어 죽으리라 생각하니 가슴이 덜컥 내려앉았다. 부러진 갈비뼈 상처를 건드렸는지, 겨우 잠잠하던 통증이 되살아나 뼛속까지 쑤셔대는 바람에 욕설이 절로 터져 나왔다.

"요놈아! 굴속에 과일이 몇 개 있다고 해서 네놈이 평생 먹고 살 수 있을 듯싶으냐? 나는 환하게 밝은 동굴 바깥에서 굶어 돌아가시겠지만, 네놈도 그 캄캄한 굴속에서 기껏해야 사흘밖에는 더 못 살 거다. 그러니 이쪽이나 그쪽이나 굶어 죽기는 마찬가지지!"

동굴 저편에서 악담이 건너왔으나, 장무기는 들은 척도 하지 않고 배가 부를 때까지 일고여덟 개나 되는 과일을 단번에 먹어치웠다.

반나절이 지났을까, 갑자기 동굴 어귀에서 매캐한 연기가 꾸역꾸역 쏟아져 나왔다. 이게 웬일인가 싶어 흠칫하던 장무기는 이내 어떻게 된 영문인지 알아차렸다. 잔뜩 약이 오른 주장령이 반대편 입구에 솔가지를 꺾어다 불을 질러놓고 매운 연기로 동굴 속을 채워서 자기를 끌어내려는 것이었다. 하지만 동굴 뒤편에 별천지가 있는 줄 어찌 알랴? 솔가지 한두 묶음이 아니라 소나무 장작을 천만 짐 져다 쌓아놓고 불을 놓아도 아무 소용이 없을 터였다.

장무기는 생각할수록 우스웠다. 그래서 일부러 연기에 질식된 것처럼 큰 소리로 "콜록콜록" 기침을 했다. 아니나 다를까, 주장령은 옳다 됐구나 싶었는지 대뜸 고함을 질렀다.

"하하! 여보게, 그러지 말고 어서 빨리 나오라니까. 내 맹세코 자네를 해치지 않겠네."

"으아아……!"

장무기는 대갈일성으로 비명을 한 번 길게 지른 다음, 이내 연기에 질식되어 까무러친 것처럼 아무 소리도 내지 않고 슬그머니 동굴 바깥으로 뛰어내렸다.

서쪽으로 한 2리쯤 걸어가자 깎아지른 절벽 위에서 엄청난 기세로 쏟아져 내리는 한 줄기 폭포수가 나타났다. 아마 산꼭대기에 쌓인 눈이 녹아 흘러내리는 물인 듯싶었다. 그것은 마치 거대한 백룡이 옥구슬을 사방으로 흩뿌리면서 승천하는 모습처럼 장엄하고 아름다웠다. 폭포수는 밑바닥이 들여다보일 정도로 맑은 벽록碧綠의 깊은 못으로 흘러들었는데, 계속 쏟아지면서도 못물이 가득 차지 않은 것으로 보건대 어디론가 다시 새어나가는 물길이 있는 게 분명했다.

한참 동안 넋이 빠지게 폭포수를 구경하다가 흘끗 고개 숙여 자신을 굽어보니 손발이 온통 푸른 이끼로 더럽혀진 데다 가시덤불과 억센 풀에 긁히고 베인 핏자국이 무수하게 나 있었다. 그는 못가로 다가가 신발과 버선을 벗어놓고 물속에 허벅지까지 차게 들여놓은 후 더러워진 몸뚱이를 씻기 시작했다.

시원하게 한바탕 목욕을 하고 있으려니 갑자기 "철퍼덕!" 하는 물보라 소리가 들리면서 큼지막한 물고기 한 마리가 수면 위로 뛰어올랐다. 새하얀 몸뚱이에 길이가 한 자쯤 되는 놈이었다. 장무기는 얼른 손을 뻗쳐 붙잡으려 했으나, 미끄러운 몸뚱이에 닿기가 무섭게 빠져나가 놓치고 말았다. 허리를 구부리고 찬찬히 물속을 들여다보았더니 월척

10여 마리가 여유만만하게 헤엄치며 오락가락 놀고 있었다.

그는 재빨리 물에서 뛰쳐나왔다. 고기 잡는 솜씨야 빙화도에서 태어나 어릴 적부터 배운 재주가 아닌가. 우선 곧고 단단한 나뭇가지를 하나 꺾어서 끄트머리를 뾰족하게 다듬어 들고 못가에 선 자세로 느긋하게 기다렸다. 그리고 큼지막한 놈 한 마리가 수면 가까이 헤엄쳐 오자 나무 꼬챙이로 벼락같이 찔러 몸뚱이를 꿰는 데 성공했다.

"잡았다!"

장무기는 들어줄 사람도 없는데 환호성을 질렀다. 그러고는 뾰족한 꼬챙이 끝으로 물고기의 배를 갈라서 내장을 말끔히 씻어내고 다시 꼬챙이에 꿴 다음 품속에 지니고 있던 부시와 부싯돌, 부싯깃을 꺼내 쳐서 불을 지펴놓고 생선구이를 만들기 시작했다. 얼마 안 있어 기름기가 지글지글, 냄새가 진동하는 걸 보니 다 익은 모양이었다. 구수하게 익은 살점을 한 입 떼어 넣고 보니 부드럽고도 연한 맛이 평생 처음 먹어보는 것처럼 정말 기가 막혔다. 이래서 큼지막한 월척 한 마리가 삽시간에 장무기의 배 속으로 말끔히 들어갔다.

이튿날 점심때가 되자 또 큼지막한 놈을 한 마리 잡아 구워 먹으면서 생각했다. 어차피 금방 죽지 않을 바에야 불씨는 살려두는 것이 좋겠다. 부싯깃을 다 써버리고 나면 골치 아플지도 모르니까. 그는 화톳불을 피운 자리에 잿더미를 그러모아놓고 절반쯤 타들어간 나무토막과 불쏘시개를 그 속에 파묻어 꺼지지 않게 간수했다. 하긴 그렇다. 북극 빙화도에서 10년 동안 생활하며 모든 일용 도구를 자기 손으로 직접 만들어 쓴 경험이 있던 터라 지금 이런 외진 곳에서 홀로 살아간다고 해도 결코 힘든 일이 아니었다. 그는 익숙한 솜씨로 진흙을 빚어 질

그릇을 굽고 풀을 뜯어다 잠자리를 마련했다.

저녁 무렵까지 바쁘게 일하다 보니 문득 주장령이 하루 온종일 배를 곯고 처참한 몰골로 앉아 있을 것이라는 데 생각이 미쳤다. 그는 과일을 한 아름 따가지고 동굴 속을 통해 하나씩 던져 보냈다. 생선이나 고기 따위를 주었다가는 혹시라도 기운이 펄펄 나서 좁은 동굴을 뚫고 쳐들어오면 큰일이므로 생선구이만큼은 주지 않았다. 그 대신 하루에 꼭 한 차례 굶어 죽지 않을 만큼씩만 신선한 과일을 보내주었다.

나흘째 되던 날이었다. 진흙 더미로 반듯반듯하게 아궁이를 쌓고 있는데 갑자기 원숭이의 비명이 애처롭게 들려왔다. 울음소리가 촉박한 것을 보건대 무언가 긴급한 일이 벌어진 모양이었다. 소리 나는 곳을 찾아서 단걸음에 뛰어가보니 벼랑 아래 작은 새끼 원숭이 한 마리가 넘어졌는데, 뒷다리가 바위틈에 끼여 꼼짝달싹도 하지 못했다. 아무래도 가파른 절벽 위에서 놀다 실족해서 떨어진 게 분명했다. 그는 바윗돌을 옮겨놓고 원숭이를 끌어냈다. 오른쪽 뒷다리가 부러져 무척이나 아픈지 그놈은 연신 깍깍대며 구슬프게 비명을 질렀다.

장무기는 나뭇가지를 두 개 꺾어다 부목 대용으로 받쳐놓고 부러진 다리뼈를 맞춰준 다음 약초를 캐다가 입으로 씹어서 상처에 붙여주었다. 낯선 골짜기에서 적합한 약초를 찾아내기 어려워 별 효과는 없어도 접골 솜씨 하나만큼은 기가 막힌 의원이라 짐승의 다리뼈는 쉽사리 이어 붙일 수 있었다.

미물인 새끼 원숭이도 은혜를 갚을 줄 아는지 이튿날 신선한 과일을 많이 따가지고 와서 주었다. 그리고 열흘이 지나자 부러진 다리뼈는 말끔히 나았다.

골짜기 안에서 하루해는 길고 할 일이라곤 별로 없는지라, 장무기의 일과는 그저 원숭이들과 노는 일이 전부였다. 시시때때로 발작하는 한독 증세만 없다면 그럭저럭 하루하루를 신선이나 된 것처럼 유유자적 쾌활하게 살아갈 수 있었다. 어쩌다가 산양이 지나가는 것을 보고 붙잡아서 고기를 구워 먹고 싶은 생각도 들었으나, 사람을 겁내지 않고 유순하게 노는 모습이 사랑스러워 끝내 손대지 않았다. 천만다행히도 야생 과일과 물고기가 많아서 끼니 걱정은 하지 않아도 되었다. 게다가 며칠이 지나 후미진 골짜기 한 귀퉁이에서 꿩도 몇 마리 잡아 입맛을 부쩍 돋울 수 있었다.

이렇듯 달포가 지났다. 어느 날 아침 여느 때나 다름없이 늦잠을 즐기고 있는데, 갑자기 털북숭이 큼지막한 손바닥 하나가 얼굴을 어루만지는 바람에 깜짝 놀라 깨어났다. 자리를 박차고 벌떡 일어나보니 하얀 털에 몸집이 우람한 낯선 원숭이 한 마리가 곁에 쭈그려 앉아 있는 게 아닌가! 양 팔뚝으로 그러안은 것은 날이면 날마다 장무기와 어울려 놀던 새끼 원숭이, 부러진 다리뼈를 고쳐주었던 바로 그 녀석이었다. 새끼 원숭이는 꺅꺅 뭐라고 알아듣지 못할 소리로 쉴 새 없이 지절대면서 손가락으로 큰 원숭이의 아랫배를 가리켰다.

장무기가 코를 벌름거리고 맡아보니 썩은 내가 진동했다. 피고름으로 뒤범벅이 된 것이 심한 궤양에 썩어 들어간 상처가 분명했다.

"하하! 좋아, 좋아! 그러고 보니 네가 이 의원님한테 환자를 데려왔단 말이지?"

흰 원숭이가 왼손을 불쑥 내밀었다. 손바닥에는 주먹만큼씩이나 굵다란 반도蟠桃복숭아가 얹혀 있었다. 알도 어지간히 크거니와 새빨갛게 익은 것이 보기만 해도 군침이 돌았다. 장무기는 눈앞에 공손히 받들어 올리는 복숭아를 보면서 문득 어머니 은소소가 들려주었던 옛날 얘기가 떠올랐다. 곤륜산에는 아주 오래전부터 서왕모西王母란 여신선이 살고 있다고 했다. 그리고 서왕모는 해마다 자기 생일이 되면 반도원蟠桃園이란 과수원에 복숭아 잔치 자리를 차려놓고 하늘과 땅, 이승과 저승을 다스리는 신령들을 모두 초대해서 함께 즐겼다고 했다. '그럼 이 곤륜산이 정말 반도복숭아의 특산지인 모양인데, 그렇다면 과수원 주인 서왕모는 지금 어디 계실까? 아무튼 희귀한 과일을 주니 고맙게 받기는 하겠다.'

"하하! 내 원래 치료비를 받지 않는 의원이니, 이렇게 좋은 복숭아를 안 가져와도 네 상처는 고쳐줄게."

혼잣말로 중얼거리면서 손을 내밀어 흰 원숭이의 배를 꾹꾹 눌러보던 그는 자기도 모르게 깜짝 놀랐다.

원숭이의 악창惡瘡은 지름이 불과 한 치 남짓했다. 그러나 상처를 둘러싸고 손끝에 와닿는 딱딱한 느낌은 놀랍게도 그보다 열 배는 컸다. 그는 의학 서적에서 상처 부위가 이렇듯 험악하게 부풀어 오른 경우를 본 적이 없었다. 만약 이처럼 딱딱하게 굳은 부위가 배 속에서 모조리 곪아터졌다면 아마도 손대지 못할 불치병이 되었을 것이다.

그는 원숭이의 팔목을 잡고 맥박을 짚어보았다. 다행히도 위험한 증상은 없어 보였다. 다시 아랫배 부분의 길게 자란 털을 헤쳐놓고 부풀어 오른 상처 주변을 보았을 때 더욱 놀랐다. 아랫배 한복판이 네모반듯하게 두드러져 나왔을 뿐 아니라 사방 둘레를 돌아가며 바늘로 꿰맨 자국이 또렷이 남아 있었던 것이다. 그것은 사람의 솜씨가 분명했다. 원숭이가 제아무리 총명하다 해도 바늘과 실을 써서 꿰맬 수는 없을 테니까. 부풀어 오른 상처 주위를 다시 한번 자세히 살펴보았다. 그리고 네모반듯하게 돌출된 부위가 체내에 흐르는 혈맥을 압박해 뱃가죽이 짓물러터지게 만들었다는 사실, 또 세월이 오래도록 치료하지 않아 생겨난 부스럼이기 때문에 이 악창을 고치려면 꿰맨 자국을 열어놓고 배 속에 든 물건부터 꺼내지 않으면 안 된다는 사실을 깨달았다.

칼로 째고 꿰매는 수술이라면 그리 어려운 일은 아니었다. 접곡의선 호청우를 스승으로 모시고 기막히게 좋은 솜씨를 배운 몸이니까. 그러나 지금 이 순간에 장무기에게는 칼이나 가위가 없거니와 약물조차 없으니 그게 보통 어려운 문제가 아니었다. 잠시 깊은 생각에 잠겨 있던 그는 임시방편으로 한 가지 방법을 찾아냈다. 이가 없으면 잇몸으로 씹으라 했던가. 그는 돌멩이를 한 개 집어 들고 다른 바윗돌에 힘껏 내던져 깨뜨린 다음, 부서진 돌멩이 가운데 모서리가 날카로운 것을 한 조각 골라잡았다. 그러고는 원숭이의 뱃가죽 꿰맨 자리를 조심스럽게 찢어 벌리기 시작했다. 흰 원숭이는 나이가 아주 많은 데다 영특한 성정을 갖추어 장무기가 자신의 고질병을 치료해준다는 것을 알고 생살이 찢겨나가는 극심한 아픔을 억눌러 참으면서 꼼짝달싹도 하지 않았다.

장무기는 우선 오른쪽 변두리와 위쪽의 실밥을 뜯어내고 다시 연결된 뱃가죽을 대각선으로 비스듬히 들쳐냈다. 짐승의 배 속에는 놀랍게도 기름 먹인 헝겊으로 싼 보따리가 한 개 들어 있었다. 살아 움직이는 동물 배 속에 보따리가 들어 있다니……. 그는 별 해괴망측한 일도 다 있구나 싶으면서도 보따리를 꺼내고 나서 미처 열어볼 생각은 않고 한 곁에 놓아둔 채 서둘러 원숭이의 뱃살을 봉합하기 시작했다. 수중에 실과 바늘이 없으니 어쩌겠는가. 임시방편으로 물고기의 가시를 바늘로 삼아 짐승의 뱃가죽에 작은 구멍을 하나씩 뚫은 다음, 나무껍질을 가느다란 실처럼 잘게 찢어가지고 구멍에 끼워넣고 차례차례 매듭지어 억지로나마 봉합을 해놓았다. 그리고 상처에 약초를 붙여주고 나서야 반나절이나 걸린 대수술을 마무리 지었다. 흰 원숭이는 몸집이 크고 다부졌으나, 이때쯤 되어서는 땅바닥에 벌렁 누운 채 꼼짝달싹 못 할 정도로 녹초가 되어버렸다.

장무기는 못가로 가서 양손과 보따리에 묻은 핏자국을 말끔히 씻어낸 다음, 비로소 보따리를 열어보았다. 그 속에는 뜻밖에도 얄팍한 경전 네 권이 차곡차곡 포개져 있었다. 기름 먹인 헝겊으로 단단히 싸놓은 덕분에 비록 오랜 세월 원숭이 배 속에 들어 있었으면서도 책장은 손상되지 않고 말짱했다.

겉표지에 쓰인 꼬불꼬불한 글자는 그가 생전에 보지 못한 것이었다. 책장을 들춰보았을 때도 네 권 모두 겉표지와 똑같이 전혀 알아볼 수 없는 꼬불꼬불한 글자투성이였다. 그러나 뜻 모를 문장의 행간에는 파리 머리통만큼씩이나 작은 해서체로 그가 늘 보던 한자가 빽빽하게 적혀 있는 게 아닌가.

그는 정신을 가다듬고 첫 줄부터 세심하게 읽어 내리기 시작했다. 글 속에 기록된 것은 기를 단련하고 내공을 운용하는 연기운공練氣運功의 요결이었다. 천천히 읽어가던 그는 한순간 가슴이 덜컥 내려앉았다. 석 줄까지 소리내어 읽었을 때 그것이 바로 태사부 장삼봉과 둘째 사백 유연주가 가르쳐준 무당 구양공武當九陽功의 구결 내용이었음을 깨달은 것이다. 그러나 세 번째 문장 아랫부분은 앞서 배웠던 것과 조금씩 다른 내용으로 이어져갔다.

손길 나가는 대로 몇 쪽을 들춰보았을 때 무당 구양공의 내용이 이따금 태사부와 둘째 사백이 가르쳐준 것과 생판 다르게 전개되어나가고 있었다.

장무기는 가슴속 심장이 쿵쾅쿵쾅 마구 뛰기 시작했다. 그는 책장을 덮고 놀란 가슴을 쓸어내리면서 조용히 생각했다. '이게 도대체 무슨 경전일까? 어째서 무당 구양공의 내용이 적혀 있으며, 또 어째서 무당파 본문에 전해 내리는 것과 똑같지 않고 조금씩 틀리단 말인가? 경전에 적힌 분량도 태사부님이나 둘째 사백님이 가르쳐주신 것보다 적어도 열 배 이상 많은 것은 또 무슨 까닭일까?'

생각이 여기에 미쳤을 때 퍼뜩 떠오른 것은 태사부 장삼봉이 자기를 데리고 소림사에 올라가면서 들려준 옛날얘기였다. 태사부의 스승되신 각원대사는 〈구양진경〉을 배우셨다고 했다. 그리고 원적하시기 바로 직전에 그 경문을 암송하셔서 태사부와 곽양 여협, 소림파의 무색대사, 이렇게 세 분이 저마다 한 부분씩 듣고 기억에 담아두셨다고 했다. 그 덕분에 훗날 무당파, 아미파, 소림파의 무공 수준이 크게 진전되어 수십 년을 두고 막상막하의 대등한 지위로 올라설 수 있었으며, 강호 무림계에 이들 삼대 문파가 명성을 떨치게 되었다고 했다. 그렇다면 혹시 이 경전이 옛날 누군가가 훔쳐갔다는 〈구양진경〉이란 말인가? 옳다! 태사부님은 그 〈구양진경〉이 《능가경》의 문장 틈새 행간에 적혀 있다고 말씀하셨다. 이 꼬불꼬불한 글자는 아무래도 범문梵文으로 쓴 《능가경》이 틀림없다. 그런데 어째서 이 경전이 원숭이의 배 속에 들어가게 되었을까……?

확실히 그 경전은 바로 〈구양진경〉이었다. 하나 그것이 어떻게 해서 원숭이의 배 속에 감춰졌는지 내막을 아는 이는 지금 이 세상에 한 사람도 없다.

90여 년 전, 소상자와 윤극서 두 도둑은 소림사 장경각에서 이 경전 네 권을 훔쳐 나온 끝에 각원대사의 추격을 받아 화산 절봉까지 쫓겨 달아났다. 그들은 어떻게 빠져나갈 방법이 없어 쩔쩔매던 중 때마침 주변에서 놀고 있던 어린 원숭이를 한 마리 발견했다. 사람이 다급해지면 없던 꾀도 생겨난다고 했던가. 궁지에 몰린 그들은 재빨리 원숭이를 붙잡아 뱃가죽을 째고 그 안에 경전을 숨겨두었다. 얼마 후, 각원대사와 지금은 장삼봉이 된 장군보 소년, 그리고 외팔이 대협 양과가 뒤쫓아와서 소상자와 윤극서의 몸을 뒤졌으나 경전은 끝끝내 발견되지 않았고, 결국 두 사람을 놓아보냈던 것이다.

천연덕스레 원숭이를 데리고 화산에서 내려온 소상자와 윤극서는 그로부터 서역 땅을 바라고 도망치기 시작했다. 머나먼 길을 하염없이 달아나면서 두 친구는 저마다 꿍꿍이속을 차리고 서로 꺼리기 시작했다. 상대방이 자기보다 먼저 불경 속에 감추어진 무공을 익혀 해치지나 않을까 두려운 나머지 경계심을 북돋우고, 사사건건 서로 견제한 것이다.

이렇듯 망설이고 꾸물대다 보니 둘 중 어느 누구도 감히 원숭이의 배 속에 들어 있는 경전을 꺼내볼 엄두가 나지 않았다. 그러다가 마침내 곤륜산 경신봉에 다다랐을 때 윤극서와 소상자는 피차 암습을 가하려다 실패하고 결사적으로 싸운 끝에 양패구상兩敗俱傷을 당하고 말았다. 이리하여 내공을 수련하는 무상심법無上心法은 그때부터 원숭이의 뱃가죽 속에 남겨지게 된 것이다.

소상자의 무공 실력은 애당초 윤극서보다 한 수 위였다. 그러나 화산 절정봉에서 각원대사에게 발악적으로 일격을 가한 주먹질이 도리어 반탄력으로 되돌아와 충격을 받은 끝에 중상을 입고, 나중에 가서 윤극서와 싸울 때 오히려 목숨을 먼저 잃는 신세가 되고 말았다.

윤극서는 죽기 직전에 우연히 곤륜삼성 하족도와 만나 양심의 가책을 느낀 나머지, 그더러 소림사에 가서 각원대사에게 한마디 전해달라는 유언을 남겼다. 훔쳐간 경전이 원숭이의 배 속에 감춰져 있노라고. 유언을 남기는 동안 그는 정신이 혼미해져서 말씨마저 또렷하지 않았다. 그래서 "경전은 기름 먹인 보자기에 싸서 원숭이의 배 속에 감춰 놓았다"고 말한다는 것이 겨우 "경전은…… 기름……에 싸서, 원……" 이라고밖에 전할 수 없었다. 마지막 가는 사람의 부탁을 받아들인 하족도는 약속을 지켜 멀리 중원 땅 소림사까지 찾아가서 각원대사에게 이 요령부득의 유언을 곧이곧대로 전해주었다. 물론 각원대사 역시 그 말뜻을 제대로 이해할 수도 없었거니와 자세한 내막을 알아보기도 전에 엄청난 오해로 일대 풍파를 불러일으키고, 마침내 그로부터 강호 무림계에 무당과 아미 양대 문파가 더 늘어나게 된 것이다.

두 사람은 그렇게 비참한 종말을 맞이했으나 그들 손에 붙잡혀 이머나먼 서역 땅까지 끌려온 원숭이는 운이 좋았다. 이 짐승은 곤륜산에 자생하는 반도복숭아를 따 먹으면서 천지의 영기를 받아 90년이나 살며 늙어왔으나 여전히 기력이 쇠퇴하지 않고 날렵하게 뛰어다닐 수 있었다. 바뀐 것이 있다면 시커멓던 긴 털이 모조리 하얗게 세어 흰 원숭이가 되었다는 점이었다. 다만 뱃가죽 안에 감춰진 경전 보따리가 위장과 창자를 눌러 때 없이 복통을 일으키고, 아랫배에 난 상처의 궤양도 나아졌다가는 다시 재발해 이루 말 못 할 고통을 안겨주곤 했는데, 오늘날에 이르러서야 장무기가 그 경전 보따리를 꺼내주었으니 흰 원숭이의 입장에서 본다면 그야말로 심복대환心腹大患이 제거된 셈이라 그 기쁨을 이겨낼 수 없었던 것이다.

사실 이 모든 우여곡절의 원인은 이 세상에 장무기보다 백배 총명한 사람이라 해도 추리해내지 못할 일이었다. 장무기 역시 마찬가지였다. 반나절이 넘도록 곰곰이 생각해보았으나, 도무지 그 연유를 알아낼 도리가 없어 그저 멍하니 앉아 있기만 했다. 결국 천성이 낙천적인 그는 쓸데없이 마음 써가며 더 생각할 필요를 느끼지 않았다. 공연한 일에 신경 써서 골머리를 앓기보다는 흰 원숭이가 가져온 반도복숭아를 맛보는 일이 더 급했다. 느긋이 한 입 베어 물고 음미해보니 신선하고도 다디단 과즙이 목구멍을 타고 배 속으로 흘러 내려가는데, 그 맛이야말로 계곡에서 따 먹던 이름 모를 과일보다 훨씬 기막힌 것이었다.

반도복숭아를 다 먹고 나서 그는 속으로 다시 궁리하기 시작했다. '태사부님은 나더러 소림, 무당, 아미 세 문파의 구양신공을 모두 익히면 혹시 체내의 음독을 제거할 수 있을지도 모른다고 말씀하셨다. 이들 세 문파의 구양공은 하나같이 〈구양진경〉 한 뿌리에서 갈라져 나와 제각기 발전한 것이다. 만약 이 경전이 진짜 〈구양진경〉이요, 이 책에 기록된 구결대로 수련한다면, 세 문파의 신공을 따로따로 찾아다니며 배우기보다 훨씬 나을 것이 아닌가? 그렇다, 좌우지간 이 골짜기 안에 갇혀서 할 일도 없으니 이 책의 내용대로 수련이나 해보자꾸나. 내 짐작이 틀려서 쓸모없는 경전이라면, 또 수련해서 내 몸에 해가 된다 하더라도 기껏해야 죽기밖에 더 하겠는가?'

그는 마음에 거리낄 바가 없었다. 우선 경전 가운데 첫째 권만 남기고 세 권을 마른 곳에 포개놓은 다음 그 위에 건초를 뜯어다 덮고 다시 원숭이란 놈이 들지 못할 만큼 무거운 바윗돌 세 덩어리를 옮겨다 눌러놓았다. 장난꾸러기 원숭이들이 꺼내 서로 빼앗고 빼앗기면서 놀다가는 귀중한 경전이 모조리 찢겨서 산산조각 날지도 모르는 일이니까.

자, 이제 수중에 남은 것은 첫 번째 한 권이다. 우선 몇 차례 소리내어 읽어 머릿속에 단단히 기억해둔 다음, 그 뜻을 새김질해서 완전히 터득하고 첫머리 구절부터 차근차근 익혀나가기 시작했다.

생각은 간단명료했다. 이제 만약 경전 가운데 신공을 익혀서 음독을 몰아낸다 하더라도 사면팔방이 깎아지른 산봉우리로 둘러싸인 골짜기 안에서 끝내 빠져나갈 가능성은 전혀 없었다. 무인지경의 심산유곡에 갇혀 하릴없는 몸이니 있는 것이라곤 주야장천 기나긴 세월뿐이었다. 수련이 오늘 이루어져도 좋고 내일 이루어져도 좋다. 달라질 것은 아무것도 없다. 설령 수련을 완전히 달성하지 못한다 해도 무료하기 짝이 없는 나날을 보낼 수 있다면 그것만으로도 족하다. 마음속에 이렇듯 성공하면 기쁘고 실패해도 나쁠 것 없다는 생각을 느긋이 품고 있다 보니 모든 것이 순리대로 자연스럽게 풀려나가고 저돌맹진猪突猛進식으로 무리하게 밀어붙이지 않았더니 오히려 진도가 무척 빨라졌다. 그래서 겨우 넉 달이라는 짧은 기간에 경전 첫째 권에 수록된 무공심법을 모조리 깨쳐 터득하고, 그 심법대로 수련을 완성할 수 있었다.

첫째 권의 수련을 완전히 끝내고 나서 날짜를 꼽아보니 호청우가 예측했던 기한이 벌써 지나간 지 오래였다. 체내의 한독이 발작해 죽기는커녕 오히려 몸이 거뜬해지고 하루가 다르게 튼튼해진 것이다. 그는 몸속에 진기가 흐르는 것을 느낄 수 있었다. 병든 증상은 전혀 보이지 않고 시시때때로 발작하던 한독의 습격마저 한 달 이상 걸러서야 어쩌다 느껴질 뿐이요, 그것이 발작할 때도 극히 경미했다.

오래지 않아 두 번째 권 중에서 그는 다음과 같은 한 구절을 읽을 수 있었다.

> 구양을 호흡하여 끌어들이니, 한 가지 생각을 품어 원기를 머금도다. 그러므로 이 책명을 〈구양진경〉이라 지었도다呼翕九陽 抱一含元 此書可名九陽眞經.

장무기는 이제야 이 경전이 바로 태사부께서 오매불망 그리워하며 잊지 못하던 진경보전眞經寶典임을 깨닫고 기쁜 나머지 더욱더 부지런히 수련에 몰두했다. 게다가 흰 원숭이는 병을 치료해준 은덕에 고마움을 느끼고 틈만 나면 반도복숭아를 따다주었다. 그 복숭아 역시 몸을 튼튼히 하고 원기를 보해주는 영물이라 둘째 권의 4분의 1 정도까지 수련했을 때에는 체내에 퍼져 있던 음한한 독성을 말끔히 몰아내어 흔적도 없이 사라졌다.

날마다 내공을 수련하는 시간을 제외하면 원숭이들과 노는 것이 하루 일과였다. 시달리던 고질병에서 벗어나 걱정 근심이 없으니 모든 것이 자유로웠다. 과일을 따면 으레 절반쯤 나눠가지고 동굴 맞은편에서 주장령이 굶어 죽지 않도록 좁다란 구멍 속으로 떼굴떼굴 굴려 보내주곤 했다.

장무기에게는 하루하루가 신선 같은 나날이었으나, 동굴 저편 자그만 바위 더미 위에서 오도 가도 못 하는 처지가 되어버린 주장령에게는 하루가 1년 365일을 보내기보다 더 어렵고 지루했다. 더구나 겨울철이 닥쳐오면 온 산악이 눈얼음 천지로 바뀌어 찬 바람이 뼈를 쑤셔대니 그 고초야 어떻게 형언할 길이 없었다. 불에 익힌 음식을 먹지 않으니 청정무구한 생활에 잡념이 들지 않아 내공 수련에 나름대로 적지 않게 진전을 볼 수는 있었다. 그러나 깎아지른 절벽 한 중턱에 위태롭게 매달려 사는 불안한 신세인 데다 마음속에 생각하는 것은 오로지 어떻게 하면 장무기란 놈을 붙잡아 빙화도까지 끌고 갈 것이냐, 또 어떻게 사손을 죽이고 도룡도를 빼앗아 무림지존이 되어서 온 천하 사람들을 자신의 호령 아래 굴복시킬 것이냐 하는 헛된 망상뿐이었다. 이렇듯 몸은 비록 고요한 지경에 처해 있으면서도 속마음이 집중되지 못하고 들뜬 채 속세의 홍진紅塵을 헤매고 있었으니 진정한 상승 내공은 끝끝내 수련할 수가 없었던 것이다.

둘째 권의 수련을 끝마쳤을 때 장무기는 이미 추위나 더위를 두려워하지 않는 몸이 되었다. 하지만 수련의 뒷부분으로 옮겨갈수록 내용이 점점 더 깊고 오묘해져 수련의 진도 역시 하루가 다르게 느려졌다. 따라서 셋째 권을 완전히 수련하는 데 꼬박 1년 세월이 걸리고, 마지막 넷째 권은 그보다 더 길어져 3년이 넘는 기간을 수련하고 나서야 비로소 모든 공력을 원만하게 이룩할 수 있었다. 넷째 권 말미에 아직

한 가지 큰 난관이 있어 그것마저 돌파해야 성공을 거둘 수 있다고 했으나, 그 관문이 너무 통과하기 어려워 다른 이의 지도를 받지 않고서는 어떻게 통과해야 좋을지 알 수 없었다. 그는 며칠 동안 시도해보다 아무런 효과를 얻지 못하자 더는 추구하지 않은 채 그냥 접어두었다.

그가 이 설곡雪谷에 은거한 지도 벌써 5년 남짓한 세월이 흘렀다. 한창 어린 소년에서 지금은 키가 훤칠하게 크고 몸집이 우람한 청년으로 성장한 것이다. 그 5년 가운데 마지막 1~2년 동안 그는 기분이 내키는 대로 여러 원숭이와 함께 가파른 암벽을 타고 기어 올라가 높은 산봉우리에서 멀리 바깥세상을 내다보기도 했다. 마음만 먹는다면 지금 그의 공력으로 산봉우리를 넘어 골짜기를 벗어나는 것쯤이야 그다지 어려운 일은 아니었다. 하지만 바깥세상의 음험하고도 간사한 인심을 생각하면 저도 모르게 소름이 끼치고 살이 떨려 나설 엄두가 나지 않았다. 굳이 험악한 세상으로 나가서 번뇌에 시달리지 않고, 이 아름다운 골짜기에서 늙어 죽도록 살아간다면 얼마나 좋은 일이 겠는가? 이따금 태사부와 여러 사백 사숙들이 보고 싶어 그리워질 때도 있었다. 그럴 때만 이 골짜기를 벗어나 당장 무당산으로 달려가고 싶은 욕심이 일었을 뿐이다.

이날 오후, 그는 〈구양진경〉 네 권을 처음부터 끝까지 다시 들춰보았다. 그리고 마지막 한 쪽을 들췄을 때 〈구양진경〉의 저자가 스스로 이 경전을 쓰게 된 경위를 간략하게나마 서술해놓은 후기를 발견했다.

저자는 이 자술서에서 자신의 성명이나 출신 내력에 대해서는 한마디도 언급하지 않고 그저 평생토록 유가儒家의 선비로, 도가道家의 수도자로 떠돌다가 만년에 가서는 불문에 의탁해 승려의 몸으로 살아왔을 뿐, 어느 한 곳에 얽매임 없이 자유분방하게 살아왔노라고 밝혔다. 어느 날 그는 숭산에서 평소 술벗으로 사귀던 전진교의 개창 조사 왕중양王重陽•과 내기하여 이긴 끝에 〈구음진경九陰眞經〉을 빌려볼 수 있었다고 했다. 그는 〈구음진경〉에 기재된 정교하고도 오묘한 무공에 깊이 탄복했으나, 노자老子 학설만을 일변도로 숭상해 부드러움으로 굳셈을 극복하는 '이유극강以柔克剛'이라든가 음으로 양을 이겨내는 '이음승양以陰勝陽'의 이론에 치중했을 뿐, 음과 양이 서로 돕고 보완하는 '음양호제陰陽互濟'의 묘리에 미치지 못하는 것을 개탄하지 않을 수 없었다고 했다. 이리하여 소림사로 돌아온 그는 범문으로 쓰인 《능가경》의 행간에 한자로 자신이 창안한 〈구양진경〉을 적어 넣기 시작했는데, 그것은 순음純陰 일변도의 〈구음진경〉보다 음과 양이 서로 조화를 이루는 '음양조화', 굳셈과 부드러움이 서로 보완하는 '강유호제剛柔互濟'라는 중화中和의 도리를 강조했노라고 술회했다.

마지막 책장을 덮으면서 장무기는 이름 모를 고인에게 오체투지할 정도로 경탄해마지않았다. 그것은 확실히 음과 양 어느 쪽에도 치우치지 않고 조화를 이룬 지극한 무학 원리였다. 하지만 어째서 '음양병제

• 왕중양(1112~1170): 금나라 때 전진도全眞道를 창시한 도사. 48세 때 집과 처자식을 버리고 종남산에 은거, 수도한 끝에 1167년 지금의 산동 일대를 근거로 도를 전파하면서 마옥馬鈺 손불이孫不二 부부, 담처단譚處端, 유처현劉處玄, 구처기丘處機, 왕처일王處一, 학대통郝大通을 제자로 받아들인 후 당시까지 체계가 서지 않았던 도교의 이론, 수련 방법, 조직과 형식, 근골 배양 등의 기초를 확립하고, 유교·불교·선도仙道를 융화시켜 이른바 '삼교합일三教合一'을 최고 목표로 지향했다. 이들 일곱 제자가 바로 '북칠진北七眞' 또는 '전진칠자全眞七子'로, 도가를 중흥시킨 유명한 인물이다. 왕중양이 종남산에서 수련하던 장소를 '활사인묘活死人墓'라 일컫는데, 《신조협려》에서는 여주인공 소용녀가 은거하는 고묘파古墓派의 근거지로 등장한다.

경陰陽並濟經'이라 이름을 붙이지 않고 단순하게 '구양진경'이란 이름만으로 왜곡된 사실을 바로잡으려 했을까? '구음진경'에 대한 반발심으로 '구양진경'이란 명칭을 썼다면 그 역시 한쪽으로 치우친 이름이 아닌가 싶었던 것이다.

그는 동굴 속 한쪽 암벽에 석 자 깊이의 구멍을 팠다. 그리고 〈구양진경〉 네 권과 호청우의 〈의경〉, 왕난고의 〈독경〉을 원숭이의 배 속에서 꺼낸 기름 먹인 헝겊에 한데 싸서 파묻은 다음 진흙으로 구멍을 메워버렸다. 세상에 다시 보기 어려운 기서奇書들을 암벽에 파묻으면서 감회가 새로웠다.

'그렇다, 원숭이의 배 속에서 꺼낸 경서, 괴팍한 악질 명의 호청우의 의서, 희대의 독술을 구사하던 왕난고의 독서까지 얻은 나는 그것만으로도 아주 크나큰 기연奇緣을 만난 행운아라고 할 수 있을 것이다. 앞으로 100년이 지나든 1,000년이 지나든 후세에 어떤 사람이 공교롭게 이곳에 와서 이 세 종류의 경전을 얻게 될지 누가 알랴? 감회 깊은 손길이 뾰족한 돌멩이를 한 개 집어 들고 동굴 어귀 암벽에 큼지막한 글자로 이렇게 새겨놓았다.

장무기가 경전을 파묻어놓은 곳.

내공을 수련할 때에는 날마다 전심전력으로 집중하느라 털끝만치도 적막감을 느끼지 않았으나, 일단 신공을 완전히 이룩하고 났더니 웬일인지 만족감보다는 오히려 허탈한 느낌이 들었다. 게다가 신공이 완성된 만큼 배짱도 급작스레 두둑해졌다. 이제 주 선배가 해치려 하더라도 두려울 게 없었다. 이젠 나가서 그 사람과 대화를 좀 나눠보는 것도 무방할 것이다.

이래서 허리를 잔뜩 구부린 채 동굴 속으로 뚫고 나가기 시작했다. 들어올 때는 열다섯 살로, 몸뚱이가 작아서 그런대로 괜찮았지만 이제 나갈 때는 벌써 스무 살 장성한 어른이 되어 좁디좁은 구멍 속으로 빠져나갈 도리가 없었다. 그는 숨 한 모금을 깊숙이 들이마시고 나서 전신의 골격을 바싹 오므린 채 뼈마디와 뼈마디 사이의 빈틈을 최대한으로 축소시킨 다음 잔뜩 움츠러든 몸뚱이로 거뜬하게 동굴 바깥으로 빠져나갔다. 그것이 바로 구양신공을 수련해 얻은 축골공縮骨功의 절묘한 솜씨였다.

때마침 주장령은 암벽에 기대앉은 채 바야흐로 단잠을 자고 있었다. 꿈속에서 그는 자신이 도룡도를 얻어 호사스러운 저택에 축하 잔치를 한바탕 크게 벌여놓고 즐기던 중이었다. 시중꾼들이 오락가락 바쁘게 뛰어다니고 친구들이 알랑대며 비위를 맞추는가 하면 사방 천하의 영웅호걸들이 모두 달려와서 축하 예물을 올리는 등 그야말로 위풍당당하고 통쾌하기 짝이 없는 분위기를 한껏 즐기고 있었다. 그런데 무례하게도 웬 녀석이 이 지엄하신 '무림지존'의 어깻죽지를 툭툭 치는 것이 아닌가!

그 바람에 깜짝 놀라 깨어나 두 눈을 번쩍 떠보았더니, 키가 훤칠하게 큰 꺽다리 녀석 하나가 면전에 서 있었다. 주장령은 자리를 박차고 벌떡 일어났으나 정신이 아직 말짱하게 깨지 못해 상대방을 알아볼 수 없었다.

"당신, 누구요……?"

장무기가 빙그레하니 웃었다.

"주 선배님, 접니다. 장무기예요."

대답을 듣고 상대방이 누군지 알아보는 순간, 주장령의 가슴속에서 놀라움과 기쁨, 분노와 미움의 감정이 한꺼번에 복받쳐 올랐다. 그는 아주 한참 동안이나 말없이 장무기를 노려보다가 겨우 입을 열었다.

"흥, 그동안 많이 컸군. 한데 왜 나와서 내게 얘기 한마디도 하지 않았는가? 내가 그토록 사정했는데 전혀 모른 척하고 말이야."

"선배님이 절 괴롭힐까 봐 두려워서 그랬지요."

장무기가 웃으며 대꾸하자, 주장령은 오른손을 불쑥 내밀더니 금나수법으로 그의 어깻죽지를 단번에 움켜잡으면서 버럭 호통을 질렀다.

"그래, 오늘은 두렵지 않다는 거냐?"

하나 그다음 순간, 주장령은 갑자기 손바닥이 불에 덴 것처럼 뜨거워지더니 저도 모르는 사이에 팔뚝 전체가 무엇인가 모를 충격을 받고 튕겨지는 느낌이 들었다. 그래서 얼른 손바닥을 풀었다. 충격은 팔뚝을 타고 가슴까지 밀려들어 얼얼하게 통증이 전해졌다. 그는 깜짝 놀라 세 걸음이나 뒤로 물러섰다. 그러고는 어리둥절한 눈길로 장무기를 바라보며 뜨악하게 물었다.

"자…… 자네, 그…… 그게 무슨 무공인가?"

장무기도 속으로 놀라기는 마찬가지였다. 구양신공을 수련한 이후 시험적으로 처음 써본 것인데, 이렇듯 위력을 발휘할 줄이야 자신도 예상치 못했던 것이다. 주장령 같은 일류 고수를 단 한 번의 충격으로 튕겨 손을 풀고 물러나게 하다니 실로 대단한 신공이었다. 놀라움과 의아스러움으로 낭패한 몰골이 된 주장령을 바라보면서 그는 속으로 흐뭇한 마음을 금치 못했다.

"하하, 어떤가요? 그런대로 쓸 만한 무공입니까?"

주장령은 아직도 놀란 넋을 가라앉히지 못하고 떠듬떠듬 다시 물었다.

"그…… 그게 무슨 무공인가?"

"구양신공이란 겁니다."

장무기는 천연덕스레 곧이곧대로 대답해주었다. 이 말을 듣고 주장령의 놀라움은 더욱 커졌다.

"자네가…… 그걸 어떻게 수련했나?"

장무기는 구태여 숨기고 싶은 마음도 없어 자신이 흰 원숭이의 병을 어떻게 고쳐주고 그 배 속에서 경전을 꺼내게 되었는지, 그리고 〈구양진경〉에 수록된 방법대로 익히게 된 경위를 간략하게나마 설명해주었다.

얘기를 듣는 동안 주장령은 속으로 질투심과 분노에 이가 갈렸다. 자신은 이 까마득한 절벽 중턱에 갇혀 5년 동안 이루 말 못 할 모진 고초를 다 겪었는데, 요 발칙한 꼬마 녀석은 기막힌 연분으로 오묘하기 이를 데 없는 신공을 수련했다니, 세상 천하에 이토록 불공평한 일이 어디 있단 말인가? 그는 자신이 온갖 별의별 궁리를 다해서 남을 해치려다 결국 이 지경으로 고생을 사서 하게 되었다고는 생각하지 않았다. 또 상대방이 지난 5년 동안 하루도 거르지 않고 과일을 따서 보내주어 오늘날까지 자신의 목숨을 부지하게 해주었는데도 전혀 고맙다는 생각이 들지 않았다. 그저 마음속에 들끓는 것은 장무기란 놈에게는 행운이 지나치고, 자신은 너무나 운수가 사나워 이런 꼴을 당하고 있다고만 생각이 들었던 것이다. 그러나 교활한 그는 가슴에 들끓어 오르는 시샘과 분노를 억누른 채 일부러 싱글싱글 웃어가며 상대방의 속을 떠보았다.

"그…… 〈구양진경〉이란 것 말일세, 나한테 좀 보여줄 수는 없겠나?"

장무기도 생각해보니 한 번 보여줘서 안 될 것은 없을 것 같았다. 한두 시간에 그 많은 내용을 무슨 수로 다 기억하랴 싶었던 것이다. 그래서 내처 응낙했다.

"동굴 안에 파묻어두었으니 내일 꺼내다 보여드리죠."

"자네가 이렇게 많이 자랐는데 어떻게 저 구멍 속으로 드나들 수 있겠나?"

"동굴이라곤 해도 그리 좁은 건 아닙니다. 몸뚱이를 움츠려가지고 힘껏 밀어 넣으면 이렇게 나올 수 있으니까요."

"그렇다면 나도 밀고 들어갈 수 있단 말인가?"

미심쩍어 다시 묻는 말에 장무기는 고개를 끄덕끄덕해 보였다.

"어디 내일 한번 시험해보죠. 동굴 저쪽은 아주 넓습니다. 이렇게 작디작은 바위 더미에 죽치고 앉아서 지내야 하다니 정말 견디기 어려운 노릇이지요."

그는 자기가 공력을 운기해서 주장령의 어깨머리와 가슴, 엉덩이 여러 군데 돌출된 뼈마디를 눌러주면 동굴 속을 어렵지 않게 통과시킬 자신이 있었다.

주장령은 겸연쩍게 웃으며 말했다.

"여보게, 자넨 정말 착한 사람일세. 자고로 군자는 지난날의 잘못을 염두에 두지 않는다고 했으니, 종전에 내가 자네한테 미안하게 굴었던 점은 부디 용서해주기 바라네."

그러고는 허리를 깊숙이 구부려 사과했다. 갑작스레 어른에게 절을 받자 장무기도 황급히 답례를 건넸다.

"주 선배님, 이러실 것까지는 없습니다. 우리 내일 함께 여기서 떠날 방도를 찾아보기로 하지요."

이 지겨운 곳에서 빠져나갈 수 있단 말까지 들었으니, 주장령은 이게 꿈인가 생시인가 싶어 당장 얼굴에 웃음꽃이 활짝 피어났다.

"자네, 방금 뭐라고 했나? 여기서 빠져나갈 수 있다고?"

"원숭이도 드나드는데, 우리라고 나가지 못할 리 있겠습니까?"

"그럼 자네는 왜 진작 나가지 않았는가?"

이 물음에 장무기는 씁쓰레하니 웃어 보였다.

"전에는 나가고 싶은 생각이 없었습니다. 남한테 수모나 당할까 봐 두려워서였지요. 하지만 이제는 두렵지 않습니다. 태사부님과 사백 사숙님들도 보고 싶고요."

"하하, 하하하! 좋아, 그것참 잘됐군!"

주장령은 입이 함박만 하게 벌어져 손뼉까지 쳐가며 웃었다.

그러고는 슬금슬금 두어 발짝 뒷걸음질 치더니 돌연 몸뚱이가 휘청했다.

"아앗!"

외마디 실성을 터뜨린 주장령이 허공을 내딛고 절벽 아래로 쏜살같이 굴러떨어졌다.

속담에 "기쁨이 극도에 다다르면 슬픔이 생겨난다樂極生悲"• 했다더니, 바로 이런 경우를 두고 한 말이리라. 별안간 주장령의 모습이 시야에서 감쪽같이 사라지자, 대경실색한 장무기는 단걸음에 절벽 끝으로 달려가 밑을 굽어보며 외쳐 물었다.

"주 선배님! 괜찮으십니까?"

아래쪽에서 끙끙대는 신음 소리가 한두 차례 들려왔다. 장무기는 다행이다 싶어 우선 반가운 생각부터 들었다. '절벽 아래로 추락하지 않았다니 천만다행이구나. 한데 중상은 입지 않았는지 모르겠군.' 신음 소리가 들려온 곳은 거리가 고작 20~30척에 불과했다. 두 눈에 신경을 모아 자세히 내려다보았더니 공교롭게도 절벽 바로 아래 뻗어나온 소나무 가장귀에 주장령의 몸뚱이가 가로 걸쳐진 채 꼼짝달싹도 하지 않고 있었다. 지형을 보아하니 자신의 공력이면 뛰어내려서 껴안고 다시 올라오기는 어렵지 않을 듯싶었다. 그는 숨 한 모금을 깊숙이 들이켠 다음, 어른 팔뚝처럼 길게 뻗은 나무 가장귀를 겨냥하고 가볍게 뛰어내렸다.

장무기의 발끝이 나무 가장귀에서 아직 반 척가량 남았을 때였다. 돌연 그 나무 가장귀가 팔뚝을 펴듯 맥없이 아래로 축 늘어지더니 곧바로 절벽 아래를 향해 떨어져 내리는 게 아닌가! 일이 급작스레 이렇

• 본뜻의 출처는《회남자淮南子》〈도응훈道應訓〉에 "대개 모든 사물이 극성기에 이르면 쇠퇴하고, 기쁨이 극도에 다다르면 슬픔이 되듯 해도 중천에 오르면 서녘으로 옮겨가고 달도 차면 기운다夫物盛而衰 樂極則悲 日中而移 月盈而虧"였으나, 후세 명나라 때 '삼언소설'로 유명한 삼부작 가운데《경세통언警世通言》제17권에서 "기쁨이 극도에 다다르면 슬픔이 생긴다더니 하루아침에 조정의 비위를 잘못 건드려 온 집안이 처분을 기다릴 줄이야. 이제는 생사를 알 수 없게 되었구나!誰知樂極生悲 一朝觸犯了朝廷 闔門待勘 未知生死"로 바뀌어 지금까지 통용되고 있다.

게 되고 보니 장무기는 그만 눈앞이 깜깜해졌다. 허공에서 힘을 빌릴 데가 눈곱만치도 없는 마당에 제아무리 절세신공을 수련했다 한들 사람이 하늘을 나는 새가 아닌 바에야 무슨 수로 다시 절벽 위까지 올라간단 말인가?

다음 순간, 전광석화처럼 번뜩 스쳐가는 생각이 머릿속을 뒤흔들었다. '아뿔사! 주장령이 또 간계를 부려 날 해쳤구나. 나뭇가지를 미리 꺾어 가로 뻗어나온 것처럼 손아귀에 쥐고 있다가, 내 발끝이 닿기 직전에 그냥 던져버린 것이다.' 계략은 분명히 간파했는데 때는 이미 늦었다. 몸뚱이는 붓대처럼 꼿꼿이 수직으로 떨어져 내려갔다.

주장령은 둘레 100척도 못 되는 이 평탄한 바위 더미 위에서 봄 여름 가을 겨울을 무려 다섯 차례나 겪으며 살아왔다. 따라서 바위 더미 주변 안팎의 풀 한 포기, 나무 한 그루, 돌멩이 한 개 하다못해 모래 한 알에 이르기까지 어느 것 하나 눈에 익혀두지 않은 게 없었다. 이제 그는 실족해서 부상을 당한 것처럼 꾸며대기만 하면 천성이 인자하고 마음씨 착한 장무기가 틀림없이 뛰어내려 구해주리라 예상했는데, 과연 이 간악한 계교가 에누리 없이 들어맞아 그를 속여 넘기고 만 길이나 되는 절벽 아래로 떨어뜨리는 데 성공한 것이다.

"하하, 으하하핫!"

목적을 달성한 주장령이 통쾌하게 웃음보를 터뜨렸다.

"요 괘씸한 녀석아, 잘 가거라! 오늘에야 네놈을 고기 떡으로 만들어 지난 5년 동안 내 가슴속에 그득 차 있던 분풀이를 했구나!"

혼잣말로 중얼거리면서 주장령은 소나무 곁에 길게 늘어진 등나무 줄기를 잡아당겨 절벽 위로 가볍게 훌쩍 뛰어올랐다.

이제 앙갚음도 한 셈이니 다음 일을 해야 했다. '지난번에 동굴 속으로 끝까지 밀고 들어가지 못한 것은 다급한 마음에 너무 거칠게 힘만 가지고 밀어붙였기 때문이다. 그래서 갈비뼈마저 부러뜨린 게 아닌가? 이제 그놈의 덩치는 나보다 훨씬 더 커졌다. 그런 몸집으로도 빠져나왔는데, 나라고 드나들지 못하란 법이 어디 있으랴? 두고 봐라! 내가 〈구양진경〉을 손에 넣은 뒤 거기서 길을 찾아 집으로 돌아가면 훗날 신공을 착실히 수련해서 천하무적이 될 거다! 하하! 천하무적이라, 이 얼마나 통쾌한 노릇이냐? 하하하!'

생각하면 할수록 신바람 나고 의기양양해진 주장령은 그 즉시 동굴 어귀 쪽으로 다가가더니 머리통부터 들이밀고 두 손으로 땅바닥을 짚은 채 무릎걸음으로 엉금엉금 기어서 들어가기 시작했다. 조금 들어가니 바로 5년 전 갈빗대를 부러뜨린 곳에 도달했다. 이제 그의 생각은 오직 하나뿐이었다. '그놈은 덩치가 나보다 더 커졌다. 그런 몸집으로도 드나들었으니 이 어르신께서 들어가는 거야 당연한 일 아닌가?' 그 생각은 물론 틀리지 않았다. 단 하나 예상치 못한 점이 있다면 장무기는 이미 구양신공 가운데 축골법을 터득했다는 사실을 까맣게 몰랐다는 것이었다.

아무튼 그는 마음을 느긋이 먹고 기를 가라앉힌 채 그 좁디좁은 구멍 속으로 한 치 한 치씩 앞쪽을 향해 비비고 들어갔다. 내공이 크게 증진되어 있는 터라 과연 5년 전보다 10여 척 남짓을 더 비집고 들어갈 수 있었다. 캄캄하기는 하지만 구멍은 분명히 앞쪽으로 길게 뚫려 있었다.

그런데 거기서 더는 들어갈 공간이 없었다. 아무리 용을 써서 앞으로 반 치라도 더 나가보려 했으나 불가능한 일이었다. 무작정 뚝심으로 밀어붙였다가는 5년 전의 전철을 다시 밟아 이번에는 갈비뼈 한 대가 아니라 몇 대를 더 부러뜨릴지 모르는 것이다. 이리하여 정신을 가다듬고 허파 속에 남아 있던 공기를 있는 힘껏 다 쏟아냈더니 과연 몸뚱이가 두 치쯤 더 오므라들면서 다시 앞으로 3척 거리를 비집고 들어갈 수 있었다. 그러나 허파 속에 공기가 없으니 이 노릇을 어쩌면 좋으랴. 시간이 지날수록 가슴은 답답하고 숨이 막혀왔다. 질식 상태에 빠져들면서 심장이 절간의 북을 두드리듯 마구 뛰기 시작하고 숨 한 모금 들이켜지 못하니 머릿속이 텅 비어버린 듯 어찔어찔해져 거의 까무러칠 지경이 되었다. 그는 일이 재미적게 돌아간다 싶어 하는 수 없이 우선 물러나오기로 결단을 내렸다. 일단 후퇴해서 정신을 가다듬은 다음 재차 도전할 생각이었다.

그런데 이게 어찌 된 노릇인가. 들어갈 때는 두 발로 울퉁불퉁 고르지 못한 암벽을 버티고 걷어차면서 밀고 들어갔는데, 막상 나오려니 도대체 힘을 떠받칠 데가 없었다. 들어갈 때 어깨머리를 한 자 한 치라도 더 오므라뜨리려고 양손을 머리통 앞으로 쭉 뻗어냈는데, 지금은 양손이 머리통을 잔뜩 감싸 안은 채 사방 둘레 암벽에 꽉 끼여 도무지 펼칠 수가 없었던 것이다. 팔꿈치를 구부리지도 펴지도 못하니 용을 쓰고 싶어도 어디다 비빌 데가 없었다.

가슴은 답답하다 못해 숨이 막히고 머릿속은 띵!하니 울려오는데, 마음속으로는 오직 한 가지 생각뿐이었다. '그놈은 분명 나보다 덩치가 더 컸다. 그런 몸집으로 드나들었으니 나도 반드시 파고 들어갈 수 있을 것이다. 그런데 왜 여기서 꽉 끼여 움쭉달싹도 못 한단 말인가?

세상에 이럴 수가 있나? 말도 안 되는 노릇 아닌가?'

하지만 세상에 그런 일은 얼마든지 있다. 말도 안 되는 일이 숱하게 벌어진다는 사실을 그는 알지 못했다. 이리하여 문무를 고루 갖추어 상승 경지에 도달한 인물, 뛰어난 총명과 기지로 세상을 살아가는 요령에서 일류 고수라고 자타가 공인하던 주장령은 이제 좁디좁은 동굴에 꽉 틀어박힌 채 진퇴양난 정도가 아니라 아예 앞으로 나아가지도 뒤로 물러나오지도 못하는 진퇴불능進退不能의 상태에 놓이고 말았다.

또다시 주장령의 간계에 빠진 장무기는 절벽 위에서 만 길이 넘는 까마득한 심연으로 곤두박질쳐가며 떨어져 내렸다. 속절없이 추락하는 순간부터 그의 머릿속에는 오로지 자신에 대한 후회와 원망만 가득할 뿐 다른 생각은 들지 않았다.

'장무기, 장무기야! 이 미련한 놈아, 너야말로 정말 아무짝에도 쓸모가 없는 인간이구나. 주장령이 얼마나 간사하기 짝이 없는지 뻔히 알면서도 맞대면하자마자 또 그놈의 못된 술수에 넘어가다니, 넌 참말로 죽어도 싼 놈이다, 죽어도 싸!'

자신더러 죽어 마땅한 놈이라 꾸짖으면서도 장무기는 어떻게 해서든지 살아보려고 갖은 힘을 다 써가며 몸부림쳤다. 체내의 진기를 전신 구석구석에 흘려보내 움직이면서 내공을 최대한 일으켜 다시 위로 뛰어오르기 위해 무진 애를 썼다. 그렇게 해서라도 추락하는 기세를 다소나마 늦추고 땅바닥에 닿았을 때 분골쇄신粉骨碎身당하는 참화를 모면해볼 생각이었다. 그러나 사람의 몸뚱이가 텅 빈 허공에 둥실 떠 있으니 제 마음대로 따라주지 않고 힘을 받을 데조차 전혀 없으니 모두가 허사였다. 그저 느껴지는 것이라곤 잠시도 그칠 새 없이 귓결에 스쳐가는 칼바람 소리, 한겨울 세찬 바람결에 얼굴이 찢겨나가듯 아픈 감각뿐이었다. 어디 그뿐이랴, 잠깐 사이에 두 눈을 찌르듯 따가운 통증이 밀려들었다. 지면에 덮인 백설의 반사광이 눈을 자극한 것이다.

이제 사느냐 죽느냐, 생사의 갈림길이 바로 이 순간에 달려 있음을 그는 깨달았다. 지면에 거의 다 떨어져 내린 찰나, 그는 아래쪽 10여 척 바깥에 눈 더미가 커다랗게 쌓여 있는 것을 발견하고 재빨리 허공에서 공중제비를 세 바퀴 돌아 그 눈 더미 쪽으로 몸뚱이를 덮쳐갔다. 도대체 그것이 진짜 눈 더미인지 아니면 하얀 바위 더미인지 판별해 낼 겨를조차 없었다. 날렵하게 돌아가는 공중제비 동작에 몸뚱이는 비스듬히 포물선을 그리면서 추락 기세를 늦추었다.

"퍽!"

왼발이 눈 더미를 찍는 둔탁한 소리가 났고, 몸뚱이는 벌써 눈 더미 속으로 푹 빠져들었다. 5년 남짓한 세월 동안 고된 수련 끝에 터득한 구양신공이 바로 그 엄청난 위력을 발휘하는 순간이었다. 뒤미처 닿은 오른발로 힘을 주자, 눈 더미에서 저절로 생겨난 반탄력에 튕겨져 급속도로 솟구쳐 오를 수 있었다. 그것도 한순간, 몸뚱이는 다시 눈 더미 위로 떨어져 내렸다.

"털석!"

순간적인 절묘한 동작으로 추락 기세를 늦춘 덕분에 목숨은 온전히 붙어 있게 되었으나, 아무리 부드러운 눈 더미라 해도 만 길이나 되는 까마득한 절벽 위에서 곤두박질쳐 내린 기세를 생각해보라.

"우지끈!"

장무기는 그저 두 다리에 극심한 통증을 느끼면서 눈앞이 아찔해졌다. 두 다리뼈가 한꺼번에 부러진 것이다.

비록 몸은 중상을 입었으나 정신 하나만큼은 말짱했다. 그는 눈얼음에 뒤섞여 건초 지푸라기가 어지러이 흩날리는 것을 보았다. 그렇다면 큰 눈이 쌓인 곳은 농가에서 한겨울 가축들에게 먹이려고 쌓아놓은 건초 아니면 불쏘시개용으로 베어놓은 장작더미가 분명했다.

그는 저도 모르게 가슴을 쓸어내렸다. '정말 위험했구나, 위험했어! 하마터면 큰일 날 뻔했다. 만약 눈 덮인 곳이 건초 더미가 아니라 큼지막한 바윗덩어리였더라면 내 한목숨은 그대로 끝장나고 말았을 게 아닌가!'

두 다리에 극심한 통증이 있으니 양손을 쓸 도리밖에 없었다. 두 손으로 건초 더미를 헤치고 엉금엉금 기어나와 눈 덮인 땅바닥으로 굴러떨어진 장무기는 다시 한번 다리의 상처를 자세히 살펴보았다. 그리고 숨 한 모금 깊숙이 들이켠 다음 뼛속까지 쑤셔대는 아픔을 꾹꾹 참아가며 두 손으로 부러진 다리뼈를 맞추기 시작했다. 접골이 무난히 끝나자 요양 기간을 가늠했다. '자, 이제부터 꼼짝달싹 못 하고 이 자리에 누워 있어야 한다. 적어도 한 달은 있어야 걸을 수 있다. 하지만 그런다고 별일은 없을 거다. 아무리 못해도 발 대신 손을 쓸 수는 있으니 설마 여기서 두 눈 멀뚱멀뚱 뜨고 굶어 죽지는 않겠지.'

생각은 또 치달았다. '이 건초 더미는 분명히 농가에 쌓아놓은 것일 터, 그렇다면 부근에 사람 사는 집이 있을 게 틀림없다. 어디 목청껏 소리 질러 구원을 청해볼까?'

그러나 생각은 이내 바뀌었다. '세상에는 착한 이보다 악한 사람이 너무나 많다. 나 혼자서 눈밭에 누워 상처를 치료하면 그뿐이지만, 공연히 소리쳐서 악한 사람이라도 나타나는 날이면 오히려 큰 탈이 나고 말 거다.'

이리하여 장무기는 눈밭에 편안히 누운 채 부러진 다리뼈 상처가 아물 때까지 천천히 기다리기 시작했다.

그렇게 누워서 사흘을 보내고 났더니 굶주린 배 속에서 꼬르륵꼬르륵 야단법석이 났다. 하지만 그는 꼼짝달싹할 수가 없었다. 부러진 뼈를 맞춰놓고 나면 조금이라도 움직여선 안 된다는 것이 가장 중요하다는 점을 그는 익히 알고 있었다. 만에 하나라도 맞춰놓은 뼈 부위가 삐끗했다가는 평생 절름발이로 살아야 할 뿐 아니라 두 다리뼈가 모두 뒤틀리는 날이면 아예 앉은뱅이 신세가 되어야 했다. 한 발짝은커녕 반 푼도 움직일 수 없으니 정말 못 견디게 배가 고파 눈덩이를 몇 개 움켜 굶주림을 채웠다. 그 사흘 동안 생각하는 것은 오직 하나뿐이었다. '오늘 이후로는 세상에 나가서 단 한 걸음을 내딛더라도 조심해야지. 절대로 두 번 다시 악한 사람들에게 당할 수는 없다. 앞으로 또 내게 이런 행운이 찾아와서 엄청난 재앙 속에 죽지 않고 살아난다는 보장이 없을 테니 말이다.'

나흘째 되던 날 밤, 그는 고요히 누운 채 운공을 했다. 마음을 텅 비워 맑아지니 온몸 구석구석이 두루 평안하고 개운해진 느낌이 들었다. 비록 다리에 중상을 입었지만 수련한 구양신공이 또 진전을 본 것 같았다. 만뢰구적萬籟俱寂이라 했던가, 온 세상이 정적에 잠겨 있을 때였다. 어디선가 난데없이 개 짖는 소리가 요란하게 들려오더니 이어서 "컹컹!" 짖어대는 소리가 차츰 가까워졌다. 사나운 개 몇 마리가 어떤

들짐승을 쫓고 있는 게 분명했다.

장무기는 개 짖는 소리만 들어도 가슴이 덜컥 내려앉았다. '설마 주구진 소저가 기르던 그 사나운 놈들은 아니겠지? 흐흠, 그 사냥개들은 벌써 오래전에 주 선배가 모조리 때려죽였으니까. 하지만 여러 해가 지났으니 또 맹견을 길러놓았는지 누가 알겠는가?'

두 눈에 신경을 모으고 멀리 내다보니 웬 사람 하나가 쏜살같이 달려오는데 그 뒤에 송아지만큼이나 커다란 맹견 세 마리가 미친 듯이 짖어대며 무섭게 쫓아오고 있었다. 사냥개들에게 쫓기는 사내는 얼마나 치달렸는지 벌써 기진맥진해서 자빠지고 엎어지고 두 다리가 휘청거려 눈밭에 단 몇 걸음도 못 가서 또 미끄러졌다. 그러나 흉악한 사냥개들의 날카로운 이빨에 겁을 먹고 여전히 필사적으로 달음박질치고 있었다.

장무기는 몇 년 전 자신이 사냥개들에게 에워싸여 공격을 받고 모진 고초를 겪었던 일이 떠올라 저도 모르게 가슴속에서 뜨거운 피가 용솟음쳤다. 마음 같아서는 당장 구원의 손길을 뻗고 싶었으나, 부러진 두 다리로는 걸을 수가 없으니 어쩌겠는가. 잠시 후, 갑작스레 쫓기는 사람의 처절한 비명 소리가 길게 울려왔다.

"으아악……!"

털썩 고꾸라진 몸뚱이 위로 우선 두 마리가 덮쳐 오르더니 이곳저곳 마구 물어뜯고 흔들어 붙이기 시작했다. 뒤미처 한 마리가 마저 달려들었다.

장무기의 입에서 노성이 터져 나왔다.

"이 몹쓸 놈의 개들아, 이리 오너라!"

느닷없이 사람의 목소리가 들리자 맹견 세 마리가 한꺼번에 쏜살같이 달려왔다. 그러고는 장무기의 몸뚱이에서 낯선 냄새를 맡더니 그 자리에 멈춰 서서 두세 번 사납게 짖어댔다. 하지만 그것도 잠시뿐, 이내 공격 자세를 잡기가 무섭게 날카로운 송곳니로 물어뜯으려고 덤벼들었다. 장무기는 손가락을 내뻗어 사나운 개의 코빼기를 단 한 번씩 튕겼을 뿐, 더 할 일이 없었다. 그러나 맹견 세 마리는 당장 거꾸러져 떼굴떼굴 구르다가 이내 숨이 끊어지고 말았다. 탄지공彈指功 한 번에 그 사나운 개를 거뜬히 죽일 수 있을 줄이야 상상이나 했겠는가. 그는 구양신공의 위력이 새삼 놀라웠다.

눈밭에 쓰러진 사내의 신음 소리가 미약하게 들려왔다.

"노형! 개한테 많이 물렸소?"

장무기가 그쪽을 향해 묻자 사내는 끊길 듯 말 듯 대꾸했다.

"난…… 난…… 틀렸소…… 난 틀렸어!"

"내 두 다리가 부러져 그쪽으로 갈 수가 없는데, 힘들더라도 이리 기어올 수 있겠소? 그럼 내가 상처를 보아드리리다."

"그…… 그러지요……."

헐떡헐떡 가쁜 숨을 몰아쉬며 버둥버둥 기어오던 사내가 잠시 동작을 멈추다가는 또다시 안간힘을 다 써가며 장무기가 누운 곳에서 10여 척 가까운 거리까지 기어왔다. 그러고는 외마디 소리를 지르더니 땅바닥에 엎드린 채 더는 꼼짝달싹하지 않았다.

거리가 10여 척이나 멀리 떨어져 있으니 이쪽에서 갈 수도 없거니와 저쪽에서 오지도 못하는 형편이었다.

"형씨! 어딜 다쳤소?"

장무기가 소리쳐 묻자 저쪽에서 다 넘어가는 목소리가 들려왔다.

"가슴하고 아랫배…… 그 몹쓸 놈의 사냥개가 뱃가죽을 물어뜯어 찢어 발기고 창자까지 끌어내고 말았소."

장무기는 대경실색했다. 배가 터져 창자까지 나왔다면 더는 살아날 가망성이 없는 것이다.

"어쩌다가 그 몹쓸 놈의 개들한테 쫓기게 되었소?"

아무 도움도 못 되는 질문에 그 사내는 떠듬떠듬 기막힌 사연을 털어놓았다.

"난…… 밤중에 멧돼지가 농작물을 짓밟기에 그놈을 쫓으러 나왔다가 우연히 주씨 댁 큰아가씨하고…… 어떤 도련님이 나무 그루터기에 서서 얘기하는 걸 보았소…… 가까이 가보지 말아야 할 걸…… 난, 난 그저…… 아아……!"

말끝을 다 맺지도 못한 채 한숨을 길게 내쉬더니 다시는 기척이 없었다.

대답은 다 듣지 못했으나 장무기는 십중팔구 무슨 일이 벌어졌는지 짐작했다. 더 들어보나 마나 주구진과 위벽이 한밤중에 만나서 밀회를 즐기다가 시골뜨기 농사꾼에게 들키자 사냥개를 풀어놓아 물어 죽인 것이었다.

혼자서 울분을 새김질하고 있을 때 멀리서 말발굽 소리가 들려왔다. 그 소리에 섞여 누군가가 휘파람을 잇따라 불었다. 귀에 익은 휘파람 소리, 바로 주구진이 사냥개들을 부르는 신호였다.

말발굽 소리가 점점 가까워지면서 두 필의 준마가 치달려왔다. 마상의 기수는 1남 1녀, 그중 여자가 호들갑스레 고함을 질렀다.

"이런! 평서장군하고 두 마리가 다 죽었잖아?"

주구진의 목소리였다. 평서장군平西將軍이라니, 그렇다면 예전과 다름없이 기르는 사냥개들에게 여전히 장군 칭호를 붙여주고 부리는 모양이었다. 그녀와 나란히 말을 타고 달려온 위벽이 마상에서 훌쩍 뛰어내리더니, 이것 봐라 싶어 두 눈을 휘둥그레 뜨고 외쳤다.

"여기 두 사람이 죽었어!"

눈밭에 꼼짝 않고 누운 채 장무기는 속으로 결단을 내렸다. '오냐, 너희가 날 해치기만 해봐라. 내 손찌검에 인정사정 두지 않을 테니까!'

주구진이 다가와서 두 사람을 살펴보았다. 터진 배에서 창자가 꾸역꾸역 쏟아져 나온 시골뜨기 농사꾼의 죽은 시체가 보기만 해도 끔찍스러운데, 또 한 남자는 누더기가 되어버린 옷차림에 머리카락은 봉두난발을 한 까마귀 둥지요, 얼굴은 온통 수염으로 뒤덮인 채 땅바닥에 누워 꼼짝달싹도 하지 않았다. 보아하니 이 역시 '장군'들에게 물어뜯겨 죽은 것이 분명했다. 하지만 그녀는 위벽과 정담을 나누고 싶어 안달이 난 터라 이런 곳에 더 머물고 싶지 않았다.

"오라버니, 어서 가요! 저런 시골뜨기 무지렁이들이야 죽든 살든 무슨 상관 있어요? 죽기 직전에 발악을 해서 우리 장군 셋을 다치게 한 게 아쉽기는 하네요."

그러고는 말 머리를 홱 돌려 서쪽으로 치달았다. 위벽은 사나운 개가 세 마리씩이나 한꺼번에 죽은 게 미심쩍어 망설였으나, 주구진이 멀찌감치 달려가자 미처 자세히 살펴볼 엄두를 내지 못하고 안장에 훌쩍 올라타더니 뒤따라 치닫기 시작했다.

멀리서 주구진의 교태 어린 웃음소리가 "까르르르" 들려왔다. 아련히 사라져가는 그녀의 목소리를 귓결에 들으면서 장무기는 그저 분노를 느낄 따름이었다. 5년 전 그는 주구진을 하늘의 선녀처럼 떠받들어 새끼손가락 하나만 까딱해도 칼로 뒤덮인 산에 오르라면 거침없이 올라가고, 끓는 기름 가마솥에 뛰어들라면 한 치의 망설임도 없이 뛰어들 각오가 되어 있었다. 그런데 오늘 다시 그 얼굴을 보게 되니 어찌된 노릇인지 그녀의 매력은 흔적 없이 사라지고, 그녀에게 바치던 자신의 열정마저 완전히 사그라지고 없는 게 아닌가!

장무기는 이런 감정의 변화가 구양신공을 수련한 탓이려니 싶었다. 또 그게 아니면 주구진의 천성이 음험하고 간악하다는 사실을 깨달았기 때문에 그녀에 대한 관념이나 느낌이 크게 달라진 것이라고 생각했을 뿐이다. 그는 젊은 남녀 대다수가 한때나마 이런 첫사랑의 단계를 거치면서 세상에 하나밖에 없는 이성을 위해 잠도 설치고 먹는 것마저 잊어버린 채 죽을 둥 살 둥 목숨까지 던지게 되는 줄은 까맣게 몰랐다. 하지만 이 뜨거운 애정의 단계는 닥쳐오기도 빠르지만 사라지는 것도 무척 빨라, 훗날 머리가 맑아졌을 때 지난날 그토록 애태우고 깊이 빠져들던 자신을 돌이켜보면 이따금 혼자서 실소를 금치 못하게 되는 것이다.

감정이야 어떻든 간에 지금 장무기는 배 속에서 꼬르륵꼬르륵 소리가 날 정도로 굶주린 상태였다. 욕심 같아서는 개 다리 하나 찢어서 날고기라도 뜯어 먹고 싶었지만, 주구진과 위벽이 생각을 바꾸고 되돌아오지 않을까 겁이 났다. 죽어 널브러진 줄 알았던 '시체'가 멀쩡히 살아 있을 뿐 아니라 애지중지하던 '대장군'의 뒷다리마저 뜯어 먹었다면 가만있을 주구진이 아니었다. 당장 포악을 떨면서 자기를 죽이려 들 것이 분명한데, 자신은 두 다리가 부러졌으니 과연 당해낼 수 있을까?

둘째 날 이른 아침부터 독수리 한 마리가 지상에 널린 사람과 개들의 시체를 발견하고 공중에서 몇 바퀴 맴돌더니 먹잇감을 쪼려고 곤두박질쳐 내렸다. 이 독수리란 놈은 죽을 운수를 타고났는지, 멀쩡한 시체들은 뜯어 먹을 생각은 않고 하필이면 살아 있는 장무기의 얼굴을 덮쳐왔다. 독수리가 달려들자, 그는 대뜸 손길을 내뻗어 그놈의 목줄기를 덥석 움켜 가볍게 비틀어 죽였다.

"하하! 이야말로 하늘에서 아침 식사거리가 내려왔구나."

깃털을 뽑아내고 다리 한 짝 뜯어서 한입에 우적우적 씹어 먹기 시작했다. 날고기이긴 해도 나흘을 굶은 배 속이라 꿀맛이 따로 없었다. 한 마리를 다 먹지도 않았는데 또 한 마리의 독수리가 곤두박질쳐 내려왔다. 장무기는 사양치 않고 그놈마저 잡았다. 날짐승의 피와 고기로 요기를 했더니, 죽은 개고기를 날것으로 뜯어 먹기보다 훨씬 점잖다는 생각이 들었다.

그는 두툼하게 깔린 눈밭에 누운 채 요양하며 다리뼈가 아물 때까지 조용히 기다렸다. 이렇듯 연속 며칠이 지났는데도 허허벌판에 사람의 그림자는 끝내 비치지 않았다. 곁에는 죽은 개 세 마리와 사람의 시체가 하나 있지만, 때마침 엄동설한의 추운 날씨라 시체는 썩지 않았다. 게다가 고독하게 나날을 보내는 데 익숙한 몸이어서 그다지 외롭다거나 고통스러운 줄도 몰랐다.

이날 오후, 내공을 전신에 일주천一周天하여 운기하고 있을 때였다. 또다시 하늘 위에 독수리 두 마리가 오락가락 맴돌더니 한참이 지나도록 시종 덮쳐 내릴 기미를 보이지 않았다. 지그시 노려보고 있자니, 그중 한 마리가 급강하 자세로 곤두박질쳐 내려왔다. 그런데 갑자기 무슨 변덕이 났는지 어림잡아 3척 떨어진 거리까지 내려오다가는 재빨리 방향을 바꾸어 다시 하늘 위로 날아 올라가는 것이 아닌가!

장무기는 속으로 탄복을 금치 못했다. 방향을 꺾어 도는 몸놀림이 그렇게 날렵하고 맵시 좋을 수가 없었다. 불현듯 머릿속에 한 가지 생각이 퍼뜩 떠올랐다. 저렇듯 꺾어 도는 동작을 무공에 융화시켜 쓸 수 있다면, 적을 습격할 때 상대방이 쉽사리 방어하지 못할 것이다. 일격이 명중하지 않았을 때 저 독수리처럼 잽싸게 방향을 바꾸어 멀찌감치 날아가버린다면 제아무리 강한 적수라도 역공으로 나오기가 아주 어려울 게 아닌가?

사실 그가 단련한 〈구양진경〉은 순전히 내공과 무학의 요결밖에 없고, 공방전에서 쓸 수법은 일초 반식도 없었다. 그렇기 때문에 저 옛날 각원대사도 일신에 구양신공을 지녔으나 소상자와 하족도의 공세 앞에 쩔쩔매고 추태만 드러냈을 뿐 털끝만치도 막아내거나 반격하지 못했던 것이다. 장삼봉 역시 어린 시절 신조대협 양과에게서 사통팔달 네 가지 초식을 배우고 나서야 윤극서와 맞설 수 있었다. 장무기는 어려서부터 무공을 배웠기 때문에 근본적으로 각원대사나 어린 시절의 장삼봉에 비해 수준이 월등했다. 그러나 사손이 가르쳐준 것은 주로 권법의 요결이었지, 일초 일식이라도 실전에 쓸 만한 수법은 아니었다. 그는 오늘에 와서야 양부 사손의 고심苦心을 이해할 수 있었다.

금모사왕 사손이 지닌 무공은 그 범위가 극도로 너르고 클 뿐 아니라 정교하고도 심오하기 짝이 없었다. 만약 그것을 순서에 따라 점진적으로 가르쳤다면 아마 20년의 세월이 지나도 완전히 습득하지 못했을 것이다. 그는 장무기와 마주할 시간이 그리 많지 않다는 사실을 알았기에 훗날 스스로 터득하고 깨칠 수 있도록 모든 상승 무공의 요결을 단단히 암기시키는 데만 주력했던 것이다.

장무기가 실전용으로 배운 무공이라곤 아버지 장취산이 뗏목 위에서 가르치고 풀이해준 무당장권 서른두 종류의 자세가 전부였다. 그는 앞으로 구양신공을 계속 갈고닦아 정진해나가는 한편, 이미 수련한 상승 내공을 양부 사손에게서 가르침을 받은 무술과 융화시켜 완전히 제 것으로 만들어야 한다는 것을 잘 알고 있었다. 따라서 지상에 떨어져 내리는 꽃잎을 보거나 하늘을 떠받치고 있는 괴상한 형태의 나무를 볼 때, 그리고 날짐승과 길짐승의 동작, 바람과 구름의 변화를 볼 때마다 항상 무공 초식과 연관시켜 생각하는 버릇이 생긴 것이다.

지금도 허공에 빙글빙글 맴돌면서 먹이를 노리는 독수리들의 동작과 자세를 하나씩 눈여겨보느라 넋이 빠져 있는데, 어디선가 난데없이 눈밭을 딛고 걸어오는 사람의 발걸음 소리가 들렸다. 그는 정신이 번쩍 들었다. 사박사박 가볍게 내딛는 발걸음이 아무래도 여자의 것이 아닌가 싶었다.

흘낏 고개를 돌려 바라보았더니, 웬 여자가 손에 대바구니를 들고 잰걸음으로 다가오고 있었다.

"이크!"

눈밭에 여기저기 널린 사람과 개들의 시체를 발견한 그녀가 외마디 소리를 지르면서 그 자리에 우뚝 섰다.

지그시 바라보니, 열일고여덟 살쯤 들어 보이는 처녀인데 가시나무 비녀를 머리에 꾹 지르고 거친 무명 바지 차림을 한 것이 영락없는 가난뱅이 촌뜨기 아가씨였다. 가뜩이나 시커먼 얼굴에 종기가 울퉁불퉁 두드러져 몹시 추루하게 생긴 모습이었지만, 어찌 된 노릇인지 눈동자 한 쌍만큼은 유별나게 초롱초롱 반짝거리는 데다 몸매 또한 호리호리하고 늘씬했다.

이윽고 처녀가 한 걸음 다가오더니 멀뚱멀뚱 쳐다보는 장무기의 눈길과 마주치자 흠칫 놀라 물었다.

"당신…… 당신, 죽지 않은 거예요?"

"죽지는 않은 것 같소."

멀쩡한 사람더러 "죽지 않은 거예요?" 하고 묻는 소리도 먹통이지만, 능청스레 "죽지는 않은 것 같소"라고 대꾸하는 소리도 걸작이었다. 둘이서 가만 생각해보니 웃음보가 저절로 터져 나왔다.

처녀가 빙긋 웃으면서 다시 물었다.

"죽지도 않은 사람이 거기 꼼짝달싹 않고 누워서 뭘 하는 거예요? 나만 깜짝 놀랐잖아."

"놀라게 해서 미안하구려. 저 산 위에서 굴러떨어지는 바람에 두 다리가 몽땅 부러졌지 뭐요. 그러니 여기 이렇게 누워 있을 수밖에 더 있겠소."

처녀가 죽은 사람의 시체를 가리키며 또 물었다.

"저 사람도 당신하고 같이 왔어요? 그런데 왜 또 개가 세 마리씩이나 죽어 있을까?"

"저 개들은 아주 못된 놈이오. 멀쩡한 사람을 저렇게 물어 죽였으니 말이오. 하지만 자기들도 죽은 개가 되어버리고 말았소."
"어쩌자고 이런 데 누워 있기만 해요? 배가 고프지도 않아요?"
"물론 배고프지만 움직일 수가 없으니 그저 천명이나 바라볼 수 밖에."
처녀가 또 한 번 빙긋 웃더니 대바구니에서 보리떡 두 개를 꺼내주었다.
"고맙소, 아가씨."
장무기는 보리떡을 받아 들었다. 그러나 선뜻 먹지는 않았다.
"왜 안 먹는 거죠? 내가 떡에 독약이라도 넣었을까 봐 그래요?"
지난 5년여 세월 동안 장무기는 남과 대화를 나눠본 적이 없었다. 어쩌다가 동굴 구멍을 통해 주장령과 몇 마디 얘기를 주고받았지만 모두가 의미 없는 입씨름에 지나지 않았다. 그 밖에는 사람과 만나 일언반구의 대화를 나눠볼 기회가 전혀 없었다. 그런데 이제 용모는 비록 추접스레 생겼으나 말씨 하나만큼은 멋들어진 처녀와 대화를 나누게 되니 속으로 무척 반갑고 기분이 좋았다. 그래서 자기도 능청스레 대꾸했다.
"아가씨가 준 떡이라 그냥 먹기가 너무 아까워서 그렇소."
말투에 어딘가 모르게 희롱기가 섞여 나왔다. 사실 그는 타고난 성격이 후덕하고 성실한 사람이라, 이날 이때껏 경박하게 입에서 나오는 대로 지껄여댄 적이 없었다. 그런데 이상하게도 오늘 이 처녀를 마주 대하고 보니 왠지 모르게 마음이 홀가분해져서 부지불식간에 그런 말이 입 밖으로 불쑥 튀어나온 것이다.
아니나 다를까, 처녀의 얼굴에 노여운 기색이 피어오르더니 세차게 콧방귀를 뀌었다. 후회막심해진 장무기는 얼른 보리떡을 집어 들고 한 입 덥석 베어 물었다. 그러나 당황한 나머지 너무 급하게 삼켰는지, 떡 조각이 목구멍에 걸려 넘어가지 않고 사레가 들고 말았다.

"콜록콜록!"

목이 메어 기침을 하다 보니 처녀의 성난 얼굴이 도로 펴지면서 재미있다는 듯이 빙글빙글 웃었다.

"아이고, 천지신령님 고맙습니다! 목이나 콱 메어 죽어라, 이 추팔괴醜八怪야! 얼굴 못생긴 괴물치고 착한 사람이 어디 있겠어? 어쩐지 하늘이 벌을 내렸나 했더니 그럴 만한 까닭이 있었구먼. 그렇지 않고서야 누가 개 다리를 부러뜨리지 않고 하필 당신 같은 사람의 다리를 부러뜨렸겠어?"

악담을 들으면서 장무기는 속으로 투덜거렸다. '5년이 지나도록 머리 한 번 다듬지 못하고 수염을 깎지 않았으니 물론 내 꼬락서니가 추팔괴인 것은 틀림없을 거다. 하지만 당신 얼굴도 아름다운 구석이 있는지 거울에 한번 비춰봐라! 당신 생김새나 내 몰골이나 피장파장 어슷비슷하니 쓸데없이 형님 아우 따질 것 하나도 없지!'

그러나 이 말만큼은 누가 뭐래도 입 밖에 낼 수가 없었다. 그래서 점잖게 정색을 하고 다시 한번 고쳐 말했다.

"난 여기서 꼬박 아흐레나 누워 있었소. 그러다 이제 겨우 아가씨가 지나가는 걸 처음 보게 되었고, 또 이렇게 떡까지 얻어먹으니 정말 고맙소."

그래도 처녀는 입술을 비죽거리며 옅은 미소를 지었다.

"내가 물었잖아요! 어째서 남이 개 다리를 부러뜨리지 않고 하필 당신 같은 사람의 다리를 부러뜨렸느냐고? 대답하지 않으면 그 떡을 도로 빼앗아갈 테야!"

입가에 흐르는 잔잔한 미소. 하지만 눈망울에 떠오른 기색은 아주 교활하기 짝이 없었다. 그 표정을 보는 순간, 장무기는 가슴이 철렁했다. '어쩌면 저 눈빛이 엄마를 그리 닮았을까? 엄마가 세상을 떠나기 직전 소림사 늙은 중을 속여 넘겼을 때 눈망울에 떠오른 것이 바로 저런 기색이었어!' 생각이 여기에 미치자 뜨거운 눈물이 핑그르르 돌더니 더는 참지 못하고 두 뺨을 타고 주르르 흘러내렸다.

"피이! 떡을 안 빼앗으면 그만이지, 울 건 또 뭐람? 이제 봤더니 아무짝에도 쓸모없는 바보 멍텅구리 아냐?"

처녀가 비웃음을 한마디 던지고 홱 돌아섰다. 장무기는 등 뒤를 향해 버럭 소리쳤다.

"떡을 빼앗길까 봐 아쉬워서 그러는 게 아니오. 나 혼자서 가슴 아픈 일이 생각나서 그러는 거요."

한두 걸음 떼어 옮기던 처녀가 이 말을 듣고 흘끗 뒤돌아보았다.

"가슴 아픈 일이라니, 그게 뭐죠? 당신 같은 바보 멍텅구리에게도 가슴 아픈 사연이 있단 말이에요?"

졸지에 바보 멍텅구리로 몰린 장무기가 한숨을 내리쉬면서 중얼거렸다.

"내 엄마가 생각났소. 세상을 떠난 내 어머니 말이오."

처녀는 유치한 생각이 들었는지 "푸웃!" 하고 웃음보를 터뜨렸다.

"생전에 엄마가 늘 떡을 먹여준 모양이죠? 안 그래요?"

"언제나 떡을 먹여주긴 했소. 하지만 내가 어머니를 떠올린 것은 당신이 웃었을 때의 모습이 내 어머니를 닮았기 때문이오."
그러자 처녀가 버럭 성을 냈다.
"이 죽일 놈의 추팔괴! 나더러 늙었다고? 내가 당신 엄마처럼 늙었단 말이야?"
암팡지게 고함을 지르면서 땅바닥에 굴러다니던 나뭇가지를 하나 집어 들더니 장무기의 몸뚱이를 두어 번 매섭게 후려쳤다. 장무기가 그 손아귀에서 나뭇가지를 빼앗으려고 마음먹었다면 쉽게 했을 것이다. 하지만 이 처녀는 은소소가 한창 젊고 예뻤다는 사실을 까맣게 모른 채 지금의 장무기 모습처럼 못난 줄로만 안 것이다. 그러니 성을 낸다고 해서 나무랄 일은 아니지 않은가? 그래서 장무기는 때리는 대로 고스란히 맞아주는 대신 이렇게 말을 건넸다.
"내 어머니가 세상을 떠나셨을 때 모습이 무척 예뻤다는 것만 알아 두시구려."
성난 처녀의 얼굴빛이 그 말 한마디에 더욱 굳어졌다.
"나더러 못생겼다고 비웃다니! 정말 살고 싶지 않은 모양이로군! 어디 이놈의 다리를 냅다 태질쳐서 도로 부러뜨려놓아야지!"
당장 허리를 구부린 처녀가 장무기의 다리 한 짝을 잡아당길 태세로 두 손을 덥석 내밀었다. 장무기는 기절초풍을 하다시피 놀라 엉겁결에 눈을 한 덩어리 움켜쥐었다. 이제 간신히 아물어들기 시작한 다리뼈를 잡아당기게 내버려두었다가는 그동안 애쓴 공이 물거품으로 돌아가고 말 게 아닌가? 그래서 처녀의 두 손이 다리에 닿기만 하면 그 즉시 눈덩이로 양미간의 혈도를 후려쳐서 까무러치게 할 작정이었다.
다행히도 처녀는 그저 한 번 놀라게 해줄 생각이었던지, 그의 얼굴빛이 싹 바뀌는 것을 보자 낄낄대며 조롱했다.

"어머나, 저 놀란 꼬락서니 좀 봐! 그럼 누가 당신더러 날 비웃으라고 했나?"

"내가 만약 마음먹고 아가씨를 비웃었다면, 이 두 다리가 다 나은 후에 또다시 두 번 세 번 부러져서 영영 낫지 않아도 좋소. 아예 평생토록 절름발이 노릇을 하다가 죽을 거요."

"호호, 그럼 됐어요!"

처녀는 방글방글 웃으면서 그 곁에 쪼그려 앉았다.

"당신 어머니가 미인이라면 구태여 나하고 비교할 게 뭐 있어요? 설마 나도 예쁘다는 건 아니겠죠?"

갑작스레 이런 말을 들으니 장무기는 어리둥절해졌다.

"나도 왜 그런지 까닭을 모르겠소. 말은 못 하겠지만 아무튼 당신 모습이 어딘지 모르게 내 어머니를 닮았다는 느낌이 들었소. 물론 내 어머니만큼 예쁘지는 않아도 당신을 쳐다보고 있으면 기분이 무척 좋아지는 건 사실이오."

그러자 처녀는 가운뎃손가락을 구부려 그의 이마에 두어 번 톡톡 꿀밤을 주면서 키득키득 웃었다.

"귀여운 아가야, 어디 나더러 엄마라고 불러보렴."

두 마디 말을 던져놓고 보니 그녀 역시 점잖지 못하다고 생각되었는지 이내 손바닥으로 입을 가리면서 고개를 홱 돌렸다. 하지만 웃음보를 참지 못하고 터뜨리는 소리가 등 뒤로 낄낄낄 들려왔다.

그녀의 이런 표정을 바라보면서 장무기는 어렴풋이 빙화도에서 살았을 때의 기억이 떠올랐다. 엄마가 아빠한테 우스갯소리를 건넬 때에도 영락없이 저런 모습이었다. 아주 판에 박은 듯이 닮았다고 생각되자 이 추악하게 생긴 처녀의 얼굴이 삽시간에 아주 맑고도 우아한 모습, 사랑스럽고도 운치와 애교가 뚝뚝 돋는 아리따운 모습으로 바뀌었다. 그러니 못생겼다는 느낌은 하나도 들지 않았다. 넋을 잃고 멍청하니 바라보는 동안 장무기는 저도 모르게 이 추녀의 얼굴 모습에 빠져들고 있었다.

처녀가 후딱 고개를 돌리더니 자신을 멍청하게 바라보는 장무기의 모습을 발견하고 깔깔대며 또 물었다.

"어째서 날 보는 게 기분이 좋죠? 말 좀 해봐요."

한참 동안 넋 빠지게 바라보던 장무기가 절레절레 고개를 내저었다.

"뭐라고 말을 못 하겠소. 그저 당신을 바라보고 있으려니 마음이 푸근하고 아주 평안하다는 느낌뿐이오. 당신이 나한테 잘 대해주고, 업신여기거나 해치지 않을 것이라는 생각만 드는 거요."

"하하! 그 생각은 전혀 틀렸어요. 난 평생토록 남을 해치는 게 제일 좋은걸요!"

그녀는 갑자기 손에 들고 있던 나뭇가지를 번쩍 들더니 부러진 다리뼈를 두어 번 냅다 후려치고 나서 발딱 일어서기가 무섭게 휑하니 떠나버렸다. 손찌검이 기막히게 빠를뿐더러 공교롭게도 후려 때린 곳이 바로 부러진 뼈를 이어 맞춘 상처 부위여서 불의의 습격을 당한 장무기는 아픔을 견디지 못하고 저도 모르게 버럭 비명을 질렀다.

"아얏!

비명 소리를 들은 처녀가 흘깃 뒤돌아보고 까르르 웃더니, 고소하다는 듯이 혓바닥을 날름 내밀어 도깨비 낯짝을 지어 보였다.

점점 멀어져가는 그녀의 뒷모습을 바라보면서 장무기는 부러진 다리뼈 부위가 아파 도무지 견딜 수가 없었다. 그리고 속으로 한탄을 했다. '원래 여자란 하나같이 남을 해치는 요물이라더니 과연 그 말이 틀림없구나. 아름답고 고운 여자만 남을 해치는 줄 알았더니 보기 역겨울 정도로 추악한 여자도 고통을 안겨줄 줄이야 뉘 알았으랴?'

이날 밤 장무기는 꿈속에서 몇 차례나 그 처녀를 보았다. 또 몇 차례나 어머니를 보았다. 그리고 다시 어머니인지 그 처녀인지 분별하지 못할 여인의 모습을 몇 차례나 보았다. 그 얼굴 모습이 아름다운지 추악하게 생겼는지 흐리멍덩하지만, 투명할 정도로 맑디맑은 눈동자, 교활하기 짝이 없으면서도 사랑스러운 눈길로 자기를 바라보는 여인의 눈망울만큼은 또렷하게 알아볼 수 있었다. 그는 어린 시절을 꿈꿨다. 어머니는 틈만 나면 자기를 놀리곤 했다. 슬그머니 발끝을 내밀어 신바람 나게 뛰어오는 아들의 발목을 걸어 자빠뜨리고 아파서 엉엉 울 때까지 내버려두었다가 덥석 그러안고 두 뺨에 쉴 새 없이 입맞춤을 해주면서 이렇게 어르고 달래주곤 했다.

"어이쿠! 내 새끼야, 울지 마렴. 엄마가 이렇게 귀여워해주지 않니?"

그는 꿈결에서 퍼뜩 깨어 일어났다. 머릿속에 벼락같이 떠오른 것은 이날 이때껏 한 번도 생각해보지 못한 의문 덩어리였다. 엄마는 어째서 그토록 남에게 고통을 안겨주는 일이 좋았을까? 양아버지의 두 눈을 멀게 한 것도 어머니였고, 셋째 사백 유대암에게 상처를 입혀 평생 불구자로 만든 것도 어머니였다. 임안부 용문표국 일가족을 몰살한 것도 어머니의 솜씨였고, 소림파 승려들을 살상한 것도 어머니였다. 도대체 어머니는 착한 사람이었는가, 악한 사람이었는가? 어두운 하늘 위에 그칠 새 없이 반짝거리는 별을 한참 동안, 아주 한참 동안 넋을 잃고 바라보던 끝에 한 모금 탄식을 토해냈다. 그러고는 혼잣말로 이렇게 중얼거렸다.

"착한 사람이든 악한 사람이든 그분은 내 어머니야."

독백 끝에 떠오른 생각은 오직 하나뿐, 엄마가 지금도 이 세상에 살아 계시면 얼마나 좋을까 하는 것이었다.

시골 처녀가 또 생각났다. 어째서 아무 까닭도 없이 부러진 다리를 두들겼는지 정말 이해할 수가 없었다. 그녀한테 잘못한 일이라곤 하나도 없는데 어째서 아파 비명 지르는 소리를 듣고 그토록 좋아했을까? 설마 그녀 역시 남을 해치는 일이 좋았을까? 그녀가 보고 싶었다. 다시 한번 와주면 오죽이나 좋으랴? 하지만 다시 나타나서 또 무슨 방법으로 해를 끼치지나 않을까 두렵기도 했다. 누워 있는 주변을 더듬어 먹다 남긴 보리떡 반쪽을 집어 들었다. 그리고 물끄러미 손에 들린 떡을 보면서 그녀가 말을 건넸을 때의 표정을 떠올렸다.

"당신 어머니가 미인이라면 구태여 나하고 비교할 게 뭐 있어요? 설마 나도 예쁘다는 건 아니겠죠?"

가슴속에 맴돌던 혼잣말이 저도 모르게 흘러나왔다.

"당신은 예쁜 사람이야. 당신을 바라보는 게 정말 좋아."

이렇듯 터무니없는 생각을 하며 누워 있던 이틀 동안 그 시골 처녀는 다시 나타나지 않았다. 장무기는 그녀가 영원히 오지 않으리라 생각했다.

그런데 사흘째 되던 날 오후, 뜻밖에도 그녀가 대바구니를 팔에 걸치고 산비탈 뒤편에서 돌아나오는 게 아닌가!

"호호! 추팔괴, 당신 아직도 굶어 죽지 않았어요?"

장무기도 덩달아 웃으며 대꾸했다.

"절반쯤은 굶어 죽었고, 나머지 반의 반쪽은 아직 살아 있소."

시골 처녀가 낄낄대며 그 곁에 쪼그려 앉더니, 발끝을 내밀어 부러진 다리를 툭 걷어찼다.

"이건 죽은 거예요, 산 거예요?"

장무기가 또 비명을 질렀다.

"아얏! 무슨 사람이 그렇게나 인정머리가 없소?"

"무슨 인정머리가 없다는 거예요? 당신이 나한테 뭐 잘해준 거라도 있나요?"

되묻는 처녀의 말에 장무기는 무슨 소린가 싶어 어리둥절했다.

"그끄저께 당신이 나뭇가지로 내 다리를 후려쳐서 얼마나 아팠는지 아시오? 하지만 나는 당신을 원망하지 않았소. 지난 이틀 동안 줄곧 당신 생각만 했는데……."

처녀의 얼굴이 발갛게 달아오르더니 또 성을 내려다 억지로 눌러 참는 기색이었다.

"누가 당신 같은 추팔괴더러 생각해달라고 했어요? 날 생각했다고 해도 보나 마나 뻔하지! 속으로 못생긴 추녀가 심보까지 고약하다고 욕이나 했겠지, 뭐 좋게 생각했겠어요?"

"당신은 밉상이 아니오. 그런데 왜 꼭 남을 괴롭혀서 고통을 주어야 기분이 좋은지 모르겠소."

처녀가 또 킬킬대며 얄밉게 웃었다.

"남이 고통스러워하지 않으면 내가 무슨 재미로 살아요?"

그녀는 장무기의 얼굴에 당치도 않다는 기색이 떠오른 것을 보았다. 그리고 다시 그 손에 먹다 남은 떡 반 쪼가리가 들려 있는 것을 발견했다. 꼬박 사흘이나 굶었을 텐데 아직도 먹어치우지 않은 것이다.

"그 떡, 맛이 없나 보죠? 여태까지 남겨둔 걸 보니."

"아가씨가 준 떡이라 그냥 먹기 너무 아까워서 그랬소."

사흘 전 똑같은 말을 했을 때에는 절반쯤 희롱기가 섞여 있었으나, 지금은 자못 성실하고도 간절한 뜻이 담겨 있었다.

이 말을 듣고 처녀는 어딘지 모르게 수줍은 기색을 띠었다. 방금 그 대답이 거짓말이 아님을 알았기 때문이다.

"새로 구운 떡을 가져왔어요."

조용히 한마디 던진 그녀가 바구니에서 주섬주섬 먹을 것을 꺼내기 시작했다. 보리떡뿐만 아니라 통닭튀김 한 마리에 바싹 구운 양 다리 한 짝까지 내놓았다. 오랜만에 진짜 먹을 만한 음식을 보자 장무기의 기쁨은 이루 말할 수 없이 컸다. 지난 5년여 동안 골짜기 안에 갇힌 채 소금도 없이 물고기나 잡아먹고 설익은 꿩고기를 먹어온 데다, 절벽에서 떨어져 두 다리가 부러진 뒤에는 아예 비린내 나는 독수리의 질겨 빠진 날고기를 피가 뚝뚝 흐르는 대로 뜯어 먹었는데 이제 통닭튀김의 구수한 냄새를 맡고 보니 입안에 군침이 절로 돌았다. 그래서 아직도 손을 데일 만큼 뜨거운 것을 덥석 들어 입에 넣고 게걸스럽게 씹어 삼키기 시작했는데, 과연 그 기막힌 맛이야말로 뭐라고 형언할 길이 없었다.

처녀는 두 손으로 무릎을 껴안은 채 소리 없이 웃으며 그가 아주 달게 먹는 모습을 지켜보았다.

"추팔괴, 당신이 아주 맛있게 먹으니까 보는 나도 기분이 썩 좋군요. 아무래도 내가 당신한테 뭔가 잘못하는 것 같아요. 당신을 해치지도 않았는데, 내 기분이 왜 이렇게 좋은지 몰라."

"남의 기분을 좋게 만들어주면 제 기분도 좋아지는 법이오. 그거야말로 진정한 기쁨이지."

"흥! 말도 안 되는 소리! 먼젓번에 내가 분명히 말했죠? 지금은 내 기분이 좋으니까 당신을 해치지 않겠지만, 어느 날인가 기분이 언짢아졌다가는 당신을 죽지도 살지도 못하게 만들어놓을지도 몰라요. 그때 가서 나더러 심보가 모질다고 원망이나 하지 말아요."

처녀에게 엄포를 받고 장무기는 고개를 저었다.

"나는 어릴 적부터 못된 사람들에게 아주 호된 꼴을 당하면서 자라온 몸이오. 시련이 크면 클수록 더욱 굳세게 살아왔소."

"큰소리칠 것 없어요. 어디 두고 봅시다!"

처녀는 코웃음으로 무시했으나, 장무기는 진지한 말씨로 응수했다.

"다리가 나으면 난 아주 멀리멀리 가버릴 거요. 당신이 날 해코지하고 싶어도, 고통을 안겨주고 싶어도 찾아내지 못하는 데로 가버릴 거요."

"그럼 좋아! 우선 이 두 다리를 몽땅 끊어서 당신이 평생토록 내 곁에서 떠나지 못하게 만들어놓을 거야."

얼음같이 차가운 말을 거침없이 쏟아내는 처녀를 보며 장무기는 저도 모르게 몸서리를 쳤다. 방금 들은 그 두 마디는 절대로 입에서 나오는 대로 해본 소리가 아니었다. 이 처녀는 뭐든지 한다면 해내고야 말 것이다.

처녀는 한참 동안 물끄러미 그를 보다가 땅이 꺼져라 한숨을 내쉬었다. 그러고는 돌연 얼굴빛이 싹 바뀌더니 앙칼지게 소리 질렀다.

"당신이 내 곁에 평생 있을 자격이나 있어? 추팔괴, 이 못난이! 당신의 그 개 같은 다리는 내 칼에 끊겨나갈 자격조차 없어!"

그러고는 발딱 일어서기가 무섭게 아직 다 먹지 못한 통닭튀김, 양다리구이, 보리떡을 몽땅 빼앗아 멀찌감치 던져버리고 나서 장무기의 얼굴에 침을 뱉었다.

"에잇 퉤, 퉤!"

잇따라 뱉어내는 침방울을 고스란히 뒤집어쓰면서, 장무기는 피할 생각도 않고 말 한마디 없이 물끄러미 그녀가 하는 양을 지켜보았다. 성이 난 것은 결코 아니었다. 자기를 멸시해서 하는 짓도 아니었다. 그저 얼굴 가득 처절한 기색을 띤 것이 말로 표현하지 못할 가슴속의 서글픔을 드러내고 있는 게 분명했다. 그는 뭐라고 몇 마디 위안의 말이라도 건네고 싶었다. 하지만 안타깝게도 적당한 말이 금방 떠오르지 않았다.

측은한 눈길로 바라보는 장무기의 눈길과 마주치자, 그녀는 급작스레 입을 다물더니 이내 호통쳐 물었다.

"추팔괴! 당신, 지금 속으로 무슨 생각을 하고 있는 거야?"

"아가씨, 당신 지금 무엇 때문에 그리도 가슴 아파하는 거요? 내게 좀 들려주면 안 되겠소?"

부드럽고도 따사로운 말씨를 듣자, 처녀도 더는 버틸 수가 없었는지 갑자기 허물어지듯이 그 곁에 주저앉더니 두 손으로 머리통을 감싸 안은 채 꺼이꺼이 소리 내어 울기 시작했다.

흐느끼는 대로 들썩이는 어깨머리, 개미처럼 가늘고도 날씬한 허리, 방금 직전까지 그악스럽게 강짜를 부리던 모습은 어디로 갔는지 그저 보면 볼수록 애처롭고 가련했다.

"아가씨, 누가 당신을 업신여기거나 못살게 굴었소? 내 다리가 다 낫거든 찾아가서 분풀이를 해드리리다."

장무기는 따뜻한 말로 속삭여 달래었다. 그러나 처녀는 울음을 금방 그치지 못하고 한참이 지나서야 겨우 입을 열어 대답했다.

"아무도 날 못살게 굴거나 업신여긴 사람은 없어요. 그저 내가 사나운 팔자를 타고나서 그렇죠. 사실 나도 못나기는 했어요. 마음속에 어떤 사람을 그리워하면서 아무리 애를 써도 잊지 못하고 있으니 말이에요."

푸념을 듣고 장무기가 어른스럽게 고개를 주억거리며 따져 물었다.

"흐흠, 젊은 남자겠군! 안 그렇소? 그 사람이 당신한테 모질게 대합디까?"

"그래요! 그 사람은 아주 영특하게 생겼지만, 교만하기 짝이 없죠. 내가 그 사람더러 우리하고 함께 평생 같이 살자고 했는데, 그 사람은 싫다고 뻗댔지 뭐예요. 어디 그뿐인 줄 아세요? 날 욕하고 때리고 내 몸뚱이를 깨물어서 피투성이로 만들었다니까요."

연약한 여자를 때리고 욕하고 심지어 깨물어서 피투성이로 만들기까지 했다니, 장무기는 저도 모르게 공분이 치밀었다.

"저런 무지막지한 사람을 봤나! 아가씨, 그런 남자라면 앞으로 두 번 다시 거들떠보지도 말아요."

그러나 처녀는 눈물을 뚝뚝 흘리면서 도리질했다.

"하지만…… 하지만 아무리 애를 써도 내 마음속에서 그 사람을 떨쳐버릴 수가 없는걸요. 그 사람은 날 피해서 아주 멀리멀리 가버렸어요. 세상 구석구석 다 찾아봤어도 그 사람은 영영 찾을 길이 없어요."

눈물 섞인 하소연을 들으면서 장무기는 생각에 잠겼다. '남녀 간의 애정 문제는 억지로 추구한다고 되는 일이 아니다. 이 아가씨는 비록 용모가 남들보다 떨어지기는 해도 지극정성 하나만큼은 대단하다. 성미가 좀 괴팍스럽기는 하지만, 그 역시 가슴 아픈 상처를 받아 실의가 지나쳐서 그렇게 변했을 것이다. 세상에 여자한테 그토록 모질게 대하는 사내가 있단 말인가?'

그는 목소리를 한껏 부드럽게 내어 위로했다.

"아가씨도 너무 가슴 아파할 것 없어요. 세상에 좋은 남자가 얼마든지 있는데, 구태여 그렇듯 양심 없는 몹쓸 남자 때문에 애를 태울 필요가 뭐 있겠소?"

처녀는 땅이 꺼져라 길게 한숨을 내리쉬더니, 넋 빠진 기색으로 눈을 들어 머나먼 하늘가를 쳐다보았다. 망연자실한 그 표정에서, 장무기는 그녀가 마음속의 연인을 끝끝내 지워버리지 못한다는 사실을 알았다.

"그 사내는 당신을 때리고 욕했을 뿐이지만, 사실 내가 당한 고초는 아가씨보다 열 배는 더 참혹할 거요."

이 말에 처녀가 후딱 고개를 돌려 마주 보고 물었다.

"그래요? 당신도 예쁜 아가씨한테 속임수를 당했나요?"

"사실 말이지, 그 여자도 마음먹고 날 속이려 했던 것은 아니었소. 그저 나 자신이 어수룩하고 멍청해서 예쁘게 잘생긴 겉모습에 홀딱

빠졌을 뿐이지요. 실상 내가 그런 규수와 어울릴 만한 자격이나 있겠소? 나도 마음속으로 아무런 망상을 품어본 적이 없었소. 그런데 그 규수의 아버지가 암암리에 독한 계략을 써서 나를 말도 못 하게 참담한 지경으로 몰아넣었지 뭐요. 내가 그 사람들한테 무슨 꼴을 당했는지 한번 보시겠소?"

그는 옷자락을 걷어 올려 팔뚝 여기저기에 난 상처 자국을 드러내 보였다.

"이 이빨 자국들 좀 보시오. 이게 모두 그녀가 기르던 사나운 개한테 물린 거요."

팔뚝에 난 숱한 생채기를 보자 처녀는 발끈 성이 나서 소리쳐 물었다.

"주구진, 그 천한 계집년이 당신을 해쳤군요!"

장무기는 이것 봐라 싶었다.

"그걸 어떻게 아시오?"

"흥! 그 계집이 사나운 개를 즐겨 기른다는 것은 이 지역 수백 리 안에 모르는 사람이 없어요."

장무기는 고개를 끄덕이면서 무덤덤하게 받아들였다.

"그 얘기는 맞소. 확실히 주구진 소저였으니까. 하지만 상처는 벌써 오래전에 다 나았고, 이젠 아프지도 않소. 다행히 목숨까지 건졌으니까 더는 그녀를 원망할 건더기도 없소."

처녀가 마치 별 희한한 괴물이라도 마주 대한 듯 그의 얼굴을 뚫어지게 보았다. 그저 대범하고도 부드러울 정도로 온화한 표정일 뿐 남을 미워하는 구석이라곤 추호도 없었다. 유유자적 느긋한 그의 기색을 한참 동안 바라보던 그녀가 불쑥 물어왔다.

"당신 이름이 뭐죠? 어째서 이런 데까지 왔어요?"

장무기는 금방 대답하지 못하고 망설였다. '중원 땅에 들어선 이래 마주치는 사람마다 모두 내게서 양부의 행방을 탐지해내려고 온갖 수단 방법을 다 써왔다. 위력으로 협박하고 미인계로 유혹하고 써보지 않은 것이 없을 정도로 수법이 악랄하기 이를 데 없어 이루 견디지 못할 고초를 안겨주었다. 이제부터 나는 내 출신 내력을 철두철미하게 숨겨야 한다. 장무기란 사람이 죽은 셈치면 이 세상에 금모사왕 사손의 거처를 아는 사람은 다시없을 것이다. 앞으로 주장령보다 열 배나 더 지독한 악당과 마주치더라도 그 올가미에 빠져 무의식중에 양아버지를 해칠 염려는 하지 않아도 될 것이다. 자, 그럼 장무기는 세상에 없는 셈치고 이름을 뭐라고 붙여야 좋을까? 옳거니! 나는 견사불구 호청우의 제자뻘쯤 되니까, 그 검정 황소의 송아지 노릇을 하면 되겠구나.'

"난 좋은 이름이 없소. 그저 '송아지'라고 부르오."

입에서 나오는 대로 툭 던졌더니, 처녀는 보일 듯 말 듯 웃음을 지으며 또 물었다.

"성씨는요?"

꼬치꼬치 묻는 데야 어쩔 도리가 없었다. 그는 재빨리 머리를 굴렸다. '장씨 성은 안 쓰기로 했으니 외갓집 은씨 성을 댈까? 아니면 양아버지의 사씨? 아니지, 모두가 희귀한 성씨라 눈치 빠른 작자라면 금방 알아챌 거다. 오냐, 그럼 아버지의 '장張'씨하고 어머니의 '은殷'씨 성을 합쳐 그 중간 음으로 '증曾'씨 성을 만들어 쓰면 되겠구나!' 그는 시침 뚝 떼고 즉석에서 만든 성씨를 댔다.

"내 성은 증씨요. 한데 아가씨의 성함은 뭐요?"

급작스레 역공을 당하자 그녀는 흠칫 몸을 떨면서 한마디로 딱 잘라 말했다.

"난 성이 없어요."

그러고는 잠시 뜸을 들이다가 천천히 말을 이었다.

"내 친아버지는 날 버렸어요. 보기만 하면 날 죽이려 들 거예요. 그런데 내가 왜 그 아빠 성을 써야 해요? 엄마는 내가 죽였으니까 그 성을 쓰지도 못하죠. 이렇게 못생겼으니 그냥 '추 소저醜小姐'라고 부르면 돼요."

얘기를 듣다 말고 장무기는 깜짝 놀라 물었다.

"당신…… 당신의 어머니를 죽였단 말이오? 어떻게 그럴 수가 있소?"

처녀는 한숨을 쉬면서 할 말을 계속했다.

"얘기하자면 길어요. 날 낳아준 엄마는 아빠의 정실부인이었어요. 그런데 자식을 낳지 못해 아빠가 둘째 부인을 얻었죠. 그러니까 내겐 서모庶母가 되는 셈이죠. 서모는 내게 오라버니가 되는 아들을 둘씩이나 낳았어요. 그러니 아빠가 얼마나 총애를 했겠어요? 엄마도 나중에 나를 낳았는데 하필이면 딸이지 뭐예요. 서모는 아빠의 총애를 믿고는 우리 엄마를 구박했어요. 두 오라버니 역시 한술 더 떠서 자기 엄마하고 같이 우리 엄마를 업신여기고 학대했죠. 엄마는 그저 남몰래 울기만 했어요. 어디 당신이 말 좀 해봐요. 이럴 때 내가 어떻게 해야 좋겠어요?"

"당신 아버님이 중간에서 일을 공평하게 처리해야 옳겠지요."

"바로 그것 때문이에요. 아빠는 덮어놓고 서모만 감싸고돌았어요. 나는 화가 난 끝에 서모를 단칼에 찔러 죽였어요."

"아이고!"

장무기가 놀라다 못해 실성을 터뜨렸다. 강호 무림계에서 치고받고 싸우다 죽이는 일이야 흔히 있지만, 이런 궁벽한 서역 땅 시골뜨기 처녀조차 칼을 휘둘러 사람을 죽이다니 정말 뜻밖이 아닐 수 없었다.

"내가 큰일을 저질러놓자 엄마는 날 보호하려고 즉시 달아나기 시작했죠. 그런데 두 오라버니가 뒤쫓아와서 날 잡아가려고 했어요. 엄마는 그걸 막다 못해 내 목숨을 구해주려고 대신 칼로 목을 그어 자살했어요. 어때요, 결국 엄마의 목숨은 내가 해친 것이나 다름없지 않아요? 또 일이 이렇게 되었으니 아빠가 날 보면 죽여버리지 않고 그냥 놓아두겠어요?"

집안의 끔찍한 과거사를 털어놓으면서도 그녀의 목소리는 남의 일이나 되는 양 말씨가 그저 무덤덤할 뿐 털끝만치도 격동하는 기색이 없었다.

하지만 장무기의 가슴속은 두근두근 마구 뛰었다. '그렇다. 내 비록 불행하게 부모님을 한꺼번에 잃기는 했어도 그분들이 살아생전에 얼마나 많은 사랑과 은혜를 내게 베풀고, 또 얼마나 애지중지 아껴주셨던가? 부모에게 버림받아 쫓겨 다니는 이 처녀의 신세에 비하면 나야말로 천 배 만 배 행운아인 셈이다.'

생각이 이에 미치자 처녀에 대한 동정심이 더욱더 우러났다. 그는 부드러운 말씨로 다시 한번 물었다.

"집 떠난 지 오래되었소? 지금 혼자서 바깥세상을 떠돌아다니는 거요?"

처녀는 말없이 고개만 끄덕였다.

"그럼 어디로 갈 작정이오?"

"나도 모르겠어요. 세상은 넓으니까 동쪽으로 가도 좋고 서쪽으로 가도 좋아요. 그저 아빠, 오라버니들과 마주치지만 않으면 아무 데라도 좋으니까요."

장무기는 이 처녀에게서 문득 동병상련 같은 것을 느꼈다.

"내 다리가 낫거든 당신을 데리고 그분…… 그 형씨를 찾아가리다. 도대체 당신을 어떻게 대할 것인지 내가 좀 따져봐야겠소."

"만약 그 사람이 또 날 때리고 깨물면 어쩌죠?"

걱정스레 묻는 처녀의 말에 장무기는 자신 있게 대답했다.

"흥! 두고 보시구려. 만약 그 사람이 당신의 솜털 하나라도 건드렸다가는 내 절대로 가만두지 않을 테니까!"

"날 거들떠보지 않고 말 한마디도 건네지 않겠다면?"

이 물음에는 장무기도 할 말이 없어졌다. 생각해보라. 제아무리 무공이 뛰어나다 한들 여자를 싫어하는 남자더러 어떻게 사랑해주라고 강요할 수 있겠는가? 그는 한참이나 꿀 먹은 벙어리가 되어 멍청하니 있다가 겨우 한마디 건넸다.

"최선을 다해보는 수밖에요."

"하하하……! 하하하하!"

처녀가 허리를 잡고 앞으로 뒤로 넘어가면서 웃어젖혔다. 세상에 별 우스꽝스러운 소리도 다 들어봤다는 듯이.

"뭐가 우습소?"

장무기가 두 눈을 휘둥그레 뜨고 묻자 그녀는 웃음 끝에 쏘아붙였다.

"이것 봐, 추팔괴. 도대체 남들이 당신 말을 들을 거 같아? 더구나 내가 세상 구석구석 다 찾아봐도 죽었는지 살았는지 그림자 하나 못 본 사람을 당신이 무슨 재주로 찾아간단 말이야? 최선을 다하다니, 당신이 그만한 재주라도 있어? 정말 사람 웃기네. 하하, 하하하!"

장무기는 그녀에게 비웃음을 당하자 그만 얼굴이 벌겋게 달아올랐다. 그러는 통에 뒤미처 할 말이 입안으로 쏙 들어가고 말았다. 그가 우물쭈물 망설이는 것을 보자 처녀는 웃음을 뚝 그치고 물었다.

"뭐 할 말이라도 있어요?"

"당신이 비웃고 있는데 무슨 말을 하겠소?"

그러자 처녀의 말투가 싸느랗게 바뀌었다.

"흥! 웃고 싶어 웃는데 뭐 안 될 거라도 있어요? 기껏해야 날 다시 한번 웃겨주기나 하겠지 뭐! 아예 날 웃겨 죽이고 싶은가 봐?"

이 말에 장무기가 버럭 호통을 쳤다.

"난 지금 당신에게 호의를 베풀고 싶을 뿐이오. 그런데 날 비웃다니, 이러면 안 되는 거요!"

"그럼 다시 묻죠. 방금 나한테 무슨 얘기를 하고 싶었어요?"

"당신은 돌아갈 집도 의지할 데도 없는 외톨박이 신세요. 나 역시 당신 처지와 똑같소. 내 부모님은 다 돌아가시고 형제자매도 없소. 그렇기 때문에 난 당신한테 이런 말을 하려고 했소. '만약 그 몹쓸 남자가 여전히 당신을 거들떠보지 않는다면 우리 둘이서 동반자가 되어 세상을 떠돌아다녀도 무방하리라. 나 역시 친구가 없는 몸이니 당신과 함께 말벗이나 되어 답답한 속이라도 풀 수 있으면 오죽 좋겠소' 하고 말하려던 거요. 하지만 당신은 나더러 함께 어울릴 자격이 없다고 했으니 그 얘기를 입 밖에 내지 못한 거요."

그러자 처녀가 발끈해서 고함을 질렀다.

"물론 어울릴 자격이 없고말고! 그 사람이 못되기는 했어도 당신보다야 백배 멋들어지게 생겼고, 천 배나 더 똑똑하다는 걸 모르는 모양이군! 내가 어쩌자고 이런 데서 당신 같은 사람하고 치근덕거렸는지 모르겠네. 다 소용없어! 다 쓸데없는 소리야! 아이, 참! 오늘 재수 옴 붙었네!"

한바탕 포달을 부린 처녀가 눈밭에 놓아두었던 양다리구이, 통닭튀김을 발로 마구 짓밟아 흩어버리더니, 얼굴을 가린 채 갑자기 미친 사람처럼 정신을 놓고 내뛰기 시작했다.

까닭 없이 한바탕 호되게 야단을 맞은 장무기는 영문을 모르면서도 성을 내지 않았다. 그저 이 처녀가 정말 가련하다는 생각뿐이었다. 속이 너무 상하니까 그럴 수도 있으려니 싶었다.

한데 아주 가버린 줄 알았던 처녀가 바람같이 되돌아왔다. 그러고는 험상궂은 눈초리로 흘겨보면서 따져 물었다.

"추팔괴, 지금 속으로는 내 말에 불복하고 있겠지? 어디 말해봐! 내 상판이 이렇게 추접스레 생겨먹었으니까 얕잡아봐도 괜찮다, 그거 아냐?"

장무기는 절레절레 고개를 내저었다.

"아니오. 당신 얼굴 모습이 썩 보기 좋은 게 아니기 때문에 나도 의기투합할 수 있다고 본 거요. 또 그러니까 허심탄회하게 얘기할 수도 있었고. 만약 당신의 얼굴 모습이 그처럼 밉상으로 바뀌지 않고 예전처럼 그렇게 곱상으로 생겼던들……."

"앗!"

처녀가 돌연 외마디 경악성을 터뜨렸다.

"당신…… 당신이…… 내가 옛날에 요 모양 요 꼴이 아니었다는 걸 어떻게 알죠?"

"오늘 아가씨의 얼굴은 먼젓번에 보았을 때보다 종기가 더 심하게 부어올랐소. 살갗도 한결 더 검어지고. 아마 태어날 때부터 그런 모습은 아니었을 거요."

이 말을 듣고 처녀의 놀라움은 더욱 커졌다.

"내가…… 내가 요 며칠 동안 거울을 보지 않았는데……. 어서 말해요. 점점 더 보기 싫어졌나요?"

장무기는 다시 부드럽게 말했다.

"어떤 사람이든 마음씨만 고우면 그만이지, 얼굴 생김새가 밉든 곱든 그게 무슨 상관이 있겠소? 내 어머니가 이런 말씀을 해주셨소. 예쁘게 생긴 여자일수록 마음씨가 못됐고 남을 잘 속이니까, 나더러 정신 바짝 차려서 조심스럽게 대해야 한다고 말이오."

하지만 그녀는 장무기의 어머니가 무슨 말을 했든 귀에 들리지 않았다. 그저 다급한 마음에 장무기를 윽박질러 묻기에만 정신이 팔렸다.

"내가 물었잖아요! 어서 말해요! 먼젓번에 보았을 때는 지금 이렇게까지 추악하게 바뀌지는 않았단 말이죠? 안 그래요?"

장무기는 대꾸하지 않았다. "그렇다"고 한마디 해주면 그만이라는 것을 뻔히 알면서도 가슴 아파할까 봐 차마 대답하지 못하고 그저 가슴에 동병상련의 감정만 그득 품은 채 멀뚱멀뚱 쳐다보고 있었다.

그러나 처녀는 그의 얼굴 표정만 보고도 무슨 대답이 나올지 알아챘다. 그녀는 두 손바닥으로 얼굴을 가린 채 울음보를 터뜨렸다.

"추팔괴! 이 못난이! 당신이 미워! 정말 미워죽겠어!"

또다시 미친 듯이 뛰어가더니 산모퉁이를 돌아서 사라진 후 이번에는 다시 돌아오지 않았다.

눈밭에 누운 채 장무기는 또 이틀을 보냈다.

저녁이 되자 이리 한 마리가 냄새를 맡고 어슬렁어슬렁 다가왔다. 장무기는 한주먹에 이리를 때려죽였다. 먹이를 찾으러 왔다가 도리어 장무기의 배 속 먹잇감이 되어버리고 만 것이다.

며칠이 지나서 다리의 상처도 거의 아물었다. 어림잡아 열흘 정도만 더 있으면 일어나 걸어 다닐 수 있을 듯싶었다. 시골 처녀는 한번 사라져버린 뒤로 다시는 돌아오지 않았다. 이름조차 알지 못하는 게 무척 아쉬웠다. 그녀의 얼굴은 어째서 날이 갈수록 추하게 바뀌어갈까? 참 알다가도 모를 일이었다. 반나절을 생각해보았으나 끝내 그 까닭을 알아내지 못한 채 그냥 덮어버렸다. 더 생각하는 것이 없으니 정신도 흐리멍덩해져 이내 잠이 들었다.

한밤중 어디선가 난데없이 들려오는 사람의 발걸음 소리에 소스라쳐 잠이 깼다. 몇 사람이 아주 멀리서 눈을 밟으며 다가오는 소리였다. 장무기는 일어나 앉으면서 발걸음 소리가 들려오는 쪽을 바라보았다.

여인의 눈썹같이 고운 초승달 빛이 어슴푸레하게 내리비치는 가운데 모두 일곱 명이 이쪽을 향해 다가오고 있었다. 앞장선 이는 가녀린 몸매로 하느작거리는 품이 시골 처녀인 것 같았다. 일곱 명이 점점 가까이 다가왔다. 얼굴 모습을 알아볼 수 있을 만큼 접근했을 때 보니 선두는 과연 추루하게 생긴 그 처녀였다.

뒤따르는 여섯 사람이 그녀의 등 뒤에 부챗살 대형으로 쫙 퍼진 채 바싹 따라붙고 있었다. 마치 그녀가 달아날까 봐 미리 에워싼 형국이었다. 장무기는 놀랍고도 의아한 느낌이 들었다. 혹시 그녀의 아버지와 오라버니들에게 잡힌 것은 아닐까?

미처 생각이 바뀌기도 전에 그 처녀와 등 뒤 여섯 명은 벌써 장무기 앞으로 다가왔다. 흘끗 일행을 쳐다보던 장무기는 깜짝 놀랄 정도가 아니라 그만 아연실색하고 말았다. 여섯 모두 장무기가 몰라볼 사람이 하나도 없었던 것이다. 부채꼴 대형의 왼쪽 셋은 무청영, 무열 부녀와 그 제자 위벽, 오른쪽 셋은 하태충과 반숙한 부부, 제일 끄트머리에 선 중년 여인은 어렴풋한 모습이긴 하지만 아미파 문하 제자 독수무염 정민군이었다.

장무기는 세상에 이럴 수가 있나 싶었다. 시골뜨기 처녀가 무씨 일족, 곤륜파 장문인 부부와 면식이 있을 줄이야 꿈에도 생각지 못한 것이다. 그는 갑자기 경계심이 부쩍 들었다. 혹시 이 처녀도 무림계 인물이어서 지난 며칠 동안 자신의 신분 내력을 꿰뚫어보고, 이들 여섯 고수를 데려와서 그를 잡아 꿇리고 양아버지의 행방을 추궁하려는 게 아닌가 싶었던 것이다.

의혹은 이내 확신으로 바뀌었다. 더는 의심할 여지가 없다고 생각하자 저도 모르게 분노가 울컥 치밀었다. '내가 너하고 원수진 일이 없는데 나를 해치려 들다니, 어떻게 이럴 수 있나!' 그는 속셈을 해보았다. '지금 나는 두 다리를 움직이지 못한다. 게다가 저들 여섯 명 가운데 약자는 하나도 없다. 어쩌면 이 시골 처녀도 무공이 강할지 모른다. 그렇다면 임시방편으로 못 이기는 척하고 저들이 바라는 대로 양부님께 데려다주겠노라고 응낙하는 수밖에 없다. 그리고 다리의 상처가 완전히 낫게 되거든 그때 가서 천천히 보복할 방도를 찾아야겠다.'

만약 5년 전의 그였다면 어차피 죽을 몸이니 저들이 무슨 혹형을 가하더라도 이를 악물고 자백하지 않았을 터였다. 그러나 지금은 나이도 들고 지혜도 생긴 데다 〈구양진경〉을 수련해 내공이 크게 증진되었다. 또 심신이 맑아진 까닭에 위급한 환난을 당했을 때 침착하게 대응할 여유도 생겼다. 단지 이 시골 처녀조차 자신을 배반했다는 사실이 분하고도 서글플 따름이었다. 그는 아예 팔베개를 베고 벌렁 누운 채 이들 일곱 명을 거들떠보지 않았다.

이윽고 처녀가 그 앞으로 다가오더니 지그시 내려다보았다. 무슨 얘기라도 할 것 같은데 입을 꾹 다문 채 아무 말 없이 그저 한참을 내려다보았다. 이윽고 그녀가 천천히 몸을 돌려 왔던 길로 한 걸음씩 옮겨 떼었다. 돌아서는 찰나, 장무기는 그녀의 입에서 흘러나오는 외마디 탄식을 들었다. 소리는 아주 짧고 미약했으나 그 속에 가득 찬 비통을 느낄 수 있었다. 한숨짓는 소리를 들으면서 장무기는 속으로 코웃음 쳤다. '이 여우같이 앙큼한 것 같으니! 네가 무슨 악독한 꿍꿍이속을 차리는지 모르겠다만, 그렇듯 나를 불쌍하게 여기는 척한다고 내가 속아 넘어갈 듯싶으냐? 어림 반 푼어치도 없는 수작은 하지도 마라!'

그녀가 장무기에게서 등을 보이고 돌아서자, 위벽이 기다리고 있었다는 듯 장검 들린 손을 쩍 벌리더니 코웃음을 쳐가며 비꼬았다.

"죽기 전에 꼭 한 번 보고 싶은 얼굴이 있다더니 그게 저 녀석이냐? 하하, 난 또 아주 반안潘安• 처럼 준수하게 잘 생겨먹은 청년인 줄 알았더니, 저렇게 못생긴 추팔괴였군. 허허, 참말 가소로운 노릇일세. 저놈이나 너나 생김새가 어울리니 그야말로 하늘과 땅이 맺어주신 천생배필 한 쌍이 아닌가? 하하하!"

비웃음을 당하고도 그녀는 성을 내기는커녕 그저 무덤덤하게 대꾸했다.

"그래요, 죽기 전에 다시 한번 와서 이 사람을 보고 싶었어요. 아니, 이 사람한테 꼭 물어볼 게 있기 때문이죠. 분명한 대답을 듣고 나면 이 자리에서 당장 죽어도 눈을 감을 수 있겠어요."

못 본 척 외면하고 있던 장무기는 이게 무슨 소린가 싶어 그쪽으로 눈을 돌렸다. 둘이서 분명 자기를 두고 하는 말 같은데, 무슨 뜻으로 하는 얘긴지 알아들을 수 없었던 것이다.

이윽고 눈길이 마주쳤다. 그녀는 장무기를 똑바로 보며 물었다.

"딱 한마디만 물을 테니 반드시 솔직히 대답해줘야 해요."

"나에 관한 일이라면 물론 솔직히 대답해드리리다. 하지만 다른 사람에 대한 일이라면 그렇게 쉽사리 말해드릴 수는 없을 거요."

장무기의 대꾸가 무뚝뚝하게 날아갔다. 이제 그녀가 사손의 거처를

• 반안(247~300): 서진西晉 때의 문학가. 본명은 반악潘岳이었으나 자가 안인安仁이었으므로 통상 '반안'이라 부른다. 타고난 신동으로 시를 너무 잘 지어 뭇사람들의 시기를 받아 10여 년이나 뒤늦게 벼슬길에 나아갔다고 한다. 젊었을 적 풍채와 용모가 뛰어나게 아름다워 그가 수레를 타고 낙양 도성 길거리에 나아가 거문고를 탄주하면 도성 안 부녀들이 모두 달려나와 에워싸고 과일을 던져주어 수레에 가득 싣고 돌아왔다는 고사가 있다. 역대 중국인들이 '꽃미남'의 상징으로 꼽는 인물이다.

묻는다면 미리 생각해두었던 대로 딱 부러지게 거절하지 않고, 이리저리 둘러대면서 협상할 여유가 있는 것처럼 보일 작정이었다.

"남의 일 같으면 내가 왜 이렇게 안달복달 속을 끓이겠어요? 내가 묻고 싶은 말은 한마디뿐이에요. 그날 당신이 나한테 분명히 말했죠? 우리 두 사람은 돌아갈 집도 의지할 데도 없는 외톨박이 신세니까 원한다면 둘이서 동반자가 되어 세상을 함께 떠돌아다녀도 괜찮겠다고. 당신, 그 말이 확실히 진정에서 우러나온 것이었어요?"

장무기가 듣고 보니 전혀 뜻밖의 질문이라, 당장 일어나 앉아서 그녀를 똑바로 바라보았다. 웬일인가, 그녀의 눈빛에 또다시 뜻 모를 서글픔이 배어나오고 있었다.

"물론 진심이었소."

"정말 내 모습이 추루하게 생겼어도 싫어하지 않고, 나와 함께 평생을 같이 살고 싶다는 말인가요?"

이 물음에 장무기가 흠칫했다. "평생을 같이 산다……." 이 한마디야말로 꿈에도 생각해본 적이 없었기 때문이다. 그는 당장 대꾸하지 못하고 다시 한번 그녀를 응시했다. 금방이라도 왈칵 쏟아낼 것처럼 눈물이 글썽글썽 맺힌 두 눈망울로 바라보면서 대답을 기다리는 처녀. 그 애절한 기색을 보고 있으려니 차마 "아니다"라고 말할 용기가 나지 않았다. 그는 숨 한 모금 깊숙이 들이마시고 천천히, 아주 천천히 한마디씩 끊어 대답했다.

"얼굴이 밉든 곱든, 잘생겼든 못생겼든 나는 털끝만치도 마음에 두지 않소. 그저 당신이 내 동반자가 되어 마음속에 있는 것을 다 털어놓고 얘기할 수 있는 말벗이 되어준다면, 당신이 내가 싫어 저버리지만 않는다면…… 나는 물론 당신을 좋아할 거요. 하지만 날 속이느라 그런 말을 한다면…….”

이때 처녀의 목소리가 떨려 나오면서 그 말을 가로막았다.

“그럼 날 아내로 맞아들일 수 있나요?”

이 말에 장무기의 몸뚱이가 흠칫 떨렸다. 그러고는 알아듣지 못하게 웅얼거렸다.

“난…… 난 아내를 맞아들이겠단 생각은…… 아직 못 해봤소.”

그러자 뒤에 늘어서서 지켜보고 있던 하태충 일행 여섯이 동시에 껄껄대고 웃음보를 터뜨렸다. 뒤이어 위벽이 처녀를 손가락질하며 비아냥거렸다.

“그것 보라니까. 저런 시골뜨기 무지렁이도 너 같은 계집을 바라지 않는다고 하잖아! 이런 마당에 우리가 널 죽여주지 않는다면 네가 무슨 재미로 세상을 살아갈 수 있겠어? 차라리 저 바윗돌에 머리를 들이받고 죽는 게 나을 거다.”

여섯 사람의 비웃음과 위벽이 하는 말을 듣는 즉시, 장무기는 이 시골 처녀가 그들과 한패가 아님을 확연히 깨달았다. 위벽의 말투를 들어보건대, 저들은 지금 이 자리에서 처녀를 죽일 심산이 분명했다. 처녀가 자기를 해치려고 이들을 끌어들인 게 아니라는 데 생각이 미치자, 그는 마음이 푸근해졌다.

처녀는 고개를 숙인 채 아무 말이 없었다. 그러나 눈물을 방울방울 떨어뜨리고 있는 것으로 보건대, 비할 데 없이 쓰라린 가슴의 상처로 말미암아 애통해하고 있음이 분명했다. 무엇 때문에 저토록 슬퍼하고 있을까? 이제 곧 날아갈 목숨이 아까워서일까? 보기 흉하게 일그러진 얼굴 때문일까? 아니, 어쩌면 칼날처럼 예리하게 쏘아붙인 위벽의 풍자와 조롱 때문에 자존심이 상해서였는지도 모른다.

장무기는 가슴이 크게 뒤흔들렸다. 결코 하찮은 동정심이 우러나서 그런 것은 아니었다. 그는 이 처녀의 모습에서 자신이 겪어온 모진 풍파를 떠올렸다. '그렇다. 부모님이 한꺼번에 돌아가신 후 세상 천하를 정처 없이 떠돌아다니며 얼마나 많은 사람에게 멸시를 받고 수모를 당해왔던가? 이 시골 처녀는 바람이라도 불면 넘어갈 듯이 가냘픈 몸매에 나보다 나이도 어릴뿐더러 신세 또한 더욱 불행하다. 지금 무슨 의도로 이렇듯 생뚱맞은 질문을 던졌는지 모르겠다만, 내 어찌 가슴 아프게 눈물 흘리고 남한테 굴욕을 당하게 할 수 있으랴? 더구나 이처럼 물어온 것은 성심성의로 내게 한평생 몸을 맡기겠단 뜻을 보여준 것이 아닌가? 내 한평생 부모님과 양아버지, 그리고 태사부님과 여러 사백 사숙을 빼놓고 진정으로 날 보살펴주고 배려해준 사람은 이 세상에 다시없었다. 훗날 내가 이 여인을 잘 대해주면 이 여자도 내게 잘 대해줄 것이다. 둘이서 평생토록 서로 목숨처럼 위하고 의지하며 살 수만 있다면 나쁠 것이 뭐 있겠는가?'

장무기에게서 아무런 반응이 나오지 않는 것을 보자, 그녀는 파르르 몸을 떨더니 곧바로 그 자리를 떠나려 했다. 그 순간 결단을 내린 장무기가 얼른 그녀의 손을 부여잡았다. 그러고는 모든 사람이 다 듣도록 큰 소리로 외쳤다.

"아가씨, 내 진정으로 말하겠소! 나는 당신을 아내로 맞아들이고 싶소. 그저 내가 당신에게 어울리는 짝이 못 된다고만 말하지 말아주시오."

이 말을 듣자, 처녀의 눈망울이 반짝 빛났다. 순간적이나마 그것은 불꽃처럼 아주 밝디밝은 광채였다. 수줍음에 겨워 다짐을 받는 목소리가 들릴락 말락 나지막했다.

"송아지 오라버니…… 날 속이려고 하는 말은 아니죠?"

"물론 아니오. 내가 당신을 속일 필요가 어디 있겠소. 오늘 이후로 나는 전심전력으로 당신을 아끼고 보살피고 돌봐줄 거요. 아무리 많은 사람이 당신을 괴롭히고 못살게 군다 하더라도, 제아무리 무섭고 지독한 자가 당신을 능멸하고 모욕하더라도 내 목숨을 걸고 끝까지 당신을 지키고 보살펴주겠소. 당신 마음이 늘 기쁘고 즐겁게 만들어 지난날의 온갖 고초를 다 잊게 해줄 것이오."

처녀의 얼굴에 흐뭇한 미소가 번지더니 살포시 그의 가슴에 기대왔다. 그러고는 부드럽게 속삭였다.

"언젠가 당신더러 나와 함께 가자고 했지만, 당신은 거절했을뿐더러 날 때리고 욕하고 물어뜯었죠……. 그런데 지금은 그렇게 말해주니 정말 기뻐요."

꿈꾸듯이 속삭이는 말을 듣다가 장무기는 삽시간에 가슴이 서늘해졌다. 그러고 보니 방금 이 처녀는 눈을 감은 채 자기 말을 듣고 있었다. 그렇다면 지금 자신을 마음속의 그 남자로 착각하고 환상에 젖어 있는 게 아닌가.

그가 몸을 흠칫 떠는 것을 느꼈는지, 처녀가 두 눈을 번쩍 떴다. 마주 바라보던 그녀의 얼굴빛이 싹 바뀌었다. 실망과 분노가 엇갈린 착잡한 기색이 떠오르는 가운데, 어딘가 모르게 장무기에 대한 미안스러움과 정겨움이 묻어 있었다. 이윽고 어처구니없는 달콤한 환상에서 빠져나온 그녀가 정신을 가다듬고 말했다.

"송아지 오라버니, 나처럼 못난 계집을 싫다 않고 아내로 맞아들이겠다니 정말 고마워요. 하지만 벌써 몇 년 전부터 내 마음은 다른 사람에게 넘어갔답니다. 그때에도 그 사람은 날 거들떠보지 않았지만, 지금 내 이런 꼴을 보면 아예 눈길조차 건네지 않을 거예요. 그 심보 모질고 명 짧은 녀석이……."

비록 "심보 모질고 명 짧은 녀석"이라고 욕을 하면서도 그 목소리에는 돌이키지 못할 그리움에 사무친 연정으로 가득 차 있었다.

등 뒤에서 무청영이 차가운 말투로 재촉했다.

"저자가 널 아내로 맞아들이겠다고 했으니 사랑 타령은 이제 그쯤하고 일어나도 되지 않겠어? 우리하고 일을 마저 끝내야 할 테니까 말이야."

시골 처녀가 천천히 몸을 일으켰다. 그런 뒤 마지막으로 장무기를 바라보며 이렇게 말했다.

"송아지 오라버니, 난 이제 곧 죽어야 해요. 설령 죽지 않는다 해도 당신한테 시집갈 수는 없어요. 하지만 방금 당신이 해준 얘기는 무척 듣기 좋았어요. 나한테 화내지 말아요. 그리고 틈나는 대로 내 생각을 좀 해줘요."

부드럽고도 감미로운 부탁의 말을 들으면서 장무기는 오히려 가슴이 저려왔다.

뒤미처 모래 씹듯 갈라진 반숙한의 목소리가 들려왔다.

"우리는 네 소원대로 이 사람을 만나게 해주었다. 너도 약속을 했으면 신용을 지켜야지. 자, 그놈이 지금 어디 있는지 행방을 대라."

"좋아요! 난 그 사람이 어디 숨어 있었는지 알죠. 바로 저 사람의 집!"

대꾸하는 처녀의 손가락이 대뜸 무열을 가리켰다. 그러자 무열의 안색이 싹 바뀌면서 호통을 쳤다.

"터무니없는 소리!"

이어서 위벽이 성난 목소리로 으르렁댔다.

"딴소리 말고 어서 이실직고해라! 누구의 사주를 받고 내 사촌 누이를 죽인 것이냐?"

이 말에 장무기는 소스라치게 놀랐다. 이 시골 처녀가 주구진을 죽였다니 보통 놀랄 일이 아닌 것이다. 그는 떨리는 목소리로 더듬더듬 말을 내뱉었다. 누구를 겨냥해 말하는 소리는 아니었다.

"주구진…… 주구진 아가씨를 죽였다니……?"

위벽이 눈을 부릅뜨고 장무기를 흘겨보면서 사납게 물었다.

"너도 주구진 소저를 안단 말이냐?"

장무기는 그 눈초리를 마주 바라보면서 되물었다.

"서역 땅에서 쟁쟁하게 이름을 떨치는 설령쌍매의 대명을 누군들 못 들어봤겠소?"

설령쌍매라는 별호가 나오자, 무청영의 입술 언저리에 자랑스러운 웃음기가 번졌다. 그녀는 시골 처녀를 향해 위엄 있게 큰 소리로 다그쳐 물었다.

"이것 봐! 도대체 누구의 사주를 받고 그런 일을 저질렀지?"

그 말끝이 떨어지기가 무섭게 처녀가 대거리를 했다.

"나더러 주구진을 죽이라고 시킨 사람은 곤륜파 하태충 부부, 아미파 멸절사태였다."
무열이 대갈일성 호통쳐 꾸짖었다.
"망할 것! 이간질로 우리 사이를 갈라놓고 싶은 모양이구나! 어디 그게 먹혀들 것 같으냐? 에잇!"
기합 소리 한마디에 일장이 "휙!" 하고 바람을 끊으면서 그녀를 향해 날아갔다. 위풍당당하게 외쳐대는 호통 소리와 함께 후려쳐낸 오른 손바닥, 그 세찬 장력에 휩쓸린 땅바닥의 눈이 허공에서 춤추듯 어지러이 나부꼈다.
시골 처녀가 선뜻 몸을 비틀어 피해냈다. 회피 동작 몸놀림이 기묘하기 짝이 없었다.
그것을 본 장무기의 가슴속은 혼란으로 뒤죽박죽되었다. '아아, 이 처녀 역시 무림계 인물이었구나. 이 처녀가 주구진을 찾아가 죽였다면 그것은 분명 나 때문이었을 거다. 내가 주구진에게 속임수를 당했다고, 또 그녀가 기르는 몹쓸 사냥개들에게 물려 온몸이 상처투성이가 되었다고 했더니, 그 말을 곧이듣고 일을 저지른 것이다. 하지만 나는 이 처녀더러 사람을 죽이라고 시키지 않았다. 그저 생김새가 추루하게 바뀌고 집안에 변고가 났기 때문에 성격이 괴팍해진 줄만 알았지, 걸핏하면 제멋대로 살인을 저지르는 성미일 줄이야 누가 알았겠는가?'
위벽과 무청영이 저마다 장검을 잡고 좌우 측면에서 협공을 가하기 시작했다. 처녀는 동에 번쩍 서에 번쩍, 요리조리 몸을 빼면서 그저 무열의 웅장하고도 세련된 장력을 피하는 데만 신경을 쓰는 듯하더니, 돌연 가느다란 허리를 뒤틀기가 무섭게 무청영의 곁으로 돌아나가 "철썩!" 하고 따귀를 한 대 올려붙였다.

"아얏!"

무청영은 미처 그 손길을 피할 엄두도 내지 못했다. 외마디 실성을 터뜨렸을 때 어느덧 손아귀가 허전해진 느낌이 들었다. 쥐고 있던 장검은 이미 처녀의 손에 빼앗긴 뒤였다.

"이크, 저런!"

대경실색한 무열과 위벽이 구하러 달려들었을 때는 벌써 때가 늦었다.

"받아라!"

처녀의 손아귀에서 부르르 떨리던 장검 끝은 이미 무청영의 뺨따귀를 그어 기다랗게 핏자국을 내어놓았다.

"아악!"

무청영이 외마디 경악성을 터뜨리며 뒤로 벌렁 넘어졌다. 상처는 비록 경미했으나 목숨처럼 아끼던 어여쁜 얼굴에 따끔한 상처가 나자 혼이 나갈 듯 깜짝 놀랐다.

무열의 왼 손바닥이 번뜩 휘둘러 치면서 그녀를 찍어 눌러갔다. 처녀는 비스듬히 몸을 비틀어 또 한 번 절묘하게 회피 동작을 취했다.

"쨍그랑!"

손에 들고 있던 장검이 위벽의 장검과 엇갈리게 마주쳐 요란한 쇳소리를 냈다. 바로 이 순간 무열의 오른손 검지가 부르르 떨리더니 어느새 들이닥쳐 그녀의 왼쪽 넓적다리 복토伏兎, 풍시風市 두 혈도를 찍고 있었다.

"앗!"

들릴락 말락 가벼운 신음 소리와 함께 처녀는 그 자리에 서 있지 못하고 장무기의 몸뚱이 위로 털썩 엎어졌다. 혈도를 찍힌 뒤끝이라 전신이 나른하게 풀리고 손가락 하나 까딱하고 싶어도 천근만근 무거워 쳐들 수가 없었다.

병기를 되찾은 무청영이 장검을 번쩍 치켜들면서 독살스럽게 악을 썼다.

"이 추접스러운 계집년아, 내가 널 단칼에 속 시원히 죽여줄 듯싶으냐? 어림도 없지! 두 손목 두 다리를 끊어버리고 여기 놓아두어 들개 밥을 만들어줄 테다!"

그러고는 칼을 휘둘러 그녀의 오른쪽 팔뚝부터 찍으려 들었다.

"잠깐!"

아버지 무열이 소리치더니 딸의 손목을 잡아끌어 칼날이 한쪽으로 비켜나가게 했다. 그런 뒤 처녀를 향해 으름장을 놓았다.

"누가 시켰는지 바른대로 대면 널 단칼에 깨끗이 죽여주마. 그러지 않았다가는…… 흐흐! 네 팔다리를 모조리 끊어 이 눈 바닥에 나뒹구는 꼴을 보고야 말겠다. 자, 어떠냐. 너도 그 고초를 견디기가 쉽지 않을 텐데?"

처녀가 피식 웃으면서 대거리를 했다.

"나더러 꼭 얘길 하라니 나도 더는 숨길 도리가 없군요. 주구진 소저가 어떤 남자한테 시집가려 하는데, 또 다른 아가씨도 그 남자한테 시집가지 못해 안달이 났지 뭐예요. 그 아리따운 아가씨가 은화 500냥을 주면서 나더러 주구진을 죽이라고 시켰답니다. 사실 이 비밀은 내가 꼭 지켜야 하는 건데……."

뒷말이 이어지기 전에 무청영의 꽃다운 얼굴은 분노에 못 이겨 하얗게 질렸다. 그녀는 팔꿈치를 곧게 내뻗어 들고 있던 장검으로 처녀의 심장부를 번개같이 찔러 들어갔다.

사실 눈치 빠른 이 시골뜨기 처녀는 벌써 오래전부터 무청영과 위벽, 주구진 사이의 삼각관계를 알고 있었다. 그래서 무청영의 분노를 격발시켜 단칼에 자기를 통쾌하게 찔러 죽여주기를 바라고 그런 터무니없는 소리를 지껄인 것이다. 아니나 다를까 격장술법激將術法은 그대로 들어맞아 서슬 푸른 빛이 번쩍하는 순간, 소원대로 장검의 예리한 칼끝이 심장부에 와서 닿았다.

그때 돌연 뭔지 모를 물체 하나가 소리도 기척도 없이 날아들더니 장검의 칼날에 부딪쳤다. "쨍!" 하는 소리와 함께 무청영이 쥐고 있던 장검은 손아귀를 벗어나 곧바로 100여 척 바깥으로 날아간 뒤 땅바닥에 떨어졌다. 캄캄한 밤중 어둠 속에서 그 칼이 어떻게 주인의 손아귀에서 빠져나갔는지 똑똑히 본 사람은 아무도 없었다.

하지만 그토록 세차게 날아간 기세로 보건대, 칼의 임자인 무청영더러 힘껏 내던지라고 했어도 그 정도 거리까지 날아갈 수는 없었을 터였다. 그것은 이 시골뜨기 처녀에게 강력한 응원자가 당도했음을 의미했다.

깜짝 놀란 일행 여섯은 한꺼번에 몇 걸음씩 뒤로 물러서서 저마다 뒤돌아 살펴보기 시작했다. 사면팔방 어디를 돌아보든 그저 탁 트인 평지만 있을 뿐 사람이 몸을 숨길 만한 바위 더미, 나무숲 같은 것은 없었다. 시야를 잔뜩 넓혀 가까운 데서 먼 데까지 두루 내다보았으나 역시 사람의 그림자는 반 조각도 보이지 않았다. 여섯 일행은 놀란 넋을 가라앉히지 못하고 의혹에 찬 눈길로 그저 서로 마주 바라볼 따름이었다.

"청아야, 어떻게 된 거냐?"

무열이 나지막하게 물었다. 딸은 가슴을 쓸어내리며 작은 소리로 대답했다.

"뭔가 아주 지독한 암기 같았어요. 얼마나 세게 튕겼는지 칼이 그냥 날아가버리고 말았어요."

무열의 매서운 눈초리가 다시 한번 사면팔방을 둘러보았으나 확실히 아무도 보이지 않았다.

"흥! 요 계집아이가 농간을 부렸군."

코웃음 치면서도 속으로는 은근히 해괴한 느낌을 지울 수가 없었다. '분명히 일양지에 찍혀 꼼짝달싹 못 할 텐데 어떻게 딸년의 장검을 튕겨 날려 보낼 수가 있단 말인가? 계집아이의 무공이 참으로 요사스럽구나.'

그는 앞으로 성큼 나서더니 손바닥을 번쩍 들어 시골 처녀의 왼쪽 어깨머리를 후려쳤다. 일장에 쏟아부은 공력이 강맹하기 이를 데 없어 처녀의 어깨뼈를 단번에 으스러뜨리고도 남을 만했다. 그렇게 해서 상대방이 지닌 일신의 무공을 모조리 잃어버리게 해놓고 아울러 딸년이 속 시원하게 분풀이를 할 수 있게 넘겨줄 작정이었다.

바야흐로 시골뜨기 처녀의 어깨뼈가 산산조각으로 박살 나려는 찰나, 느닷없이 그녀의 왼 손바닥이 홀떡 뒤집히더니 이제 막 후려쳐오는 무열의 일장과 "철썩!" 소리가 나도록 세차게 마주쳤다. 그다음 순간, 무열은 가슴에 뜨거운 열기가 확 끼치면서 상대방의 장력이 망망대해 광풍노도처럼 한꺼번에 들이닥치는 것을 느꼈다. 단지 그 느낌

뿐, 도저히 당해내지 못할 기세에 밀린 그는 저도 모르게 큰 소리로 외마디 실성을 터뜨렸다.

"우와앗!"

어디 그뿐이랴, 우람한 몸뚱이가 마치 실 끊어진 연처럼 허공으로 붕 떠오르더니 보이지 않는 손에 이끌려 태질을 당하듯 사지 팔다리를 쩍 벌린 채 뒤로 벌렁 나가떨어졌다. 그나마 무공 실력이 대단한 위인이라 등줄기가 땅에 닿기 무섭게 벌떡 일어나기는 했다. 그러나 가슴속에서부터 아랫배에 이르기까지 뜨거운 혈기가 훌떡 뒤집힌 데다 머리통이 어찔어찔 현기증을 일으켜 몸뚱이를 꼿꼿이 가누고 흐트러진 숨을 고르려 했으나, 두 발밑이 허전해져 똑바로 서지 못하고 다시 앞으로 털썩 거꾸러졌다.

"아빠!"

"사부님!"

무청영과 위벽이 대경실색, 황급히 달려와 부축해 일으켰다. 이때 갑자기 하태충이 소리쳐 만류했다.

"그냥 더 누워 있도록 하게!"

"무슨 말을 하시는 거예요?"

성난 무청영이 후딱 뒤돌아보며 앙칼지게 쏘아붙였다. 아버지가 적의 암습에 타격을 받았는데 그냥 내버려두라니, 이 작자가 남의 재앙을 고소하게 여겨 조롱하는가 싶었던 것이다.

"기혈이 뒤집혔으니 조용히 누워서 천천히 가라앉혀야 하네."

하태충의 말뜻을 위벽이 먼저 알아듣고 얼른 대답했다.

"옳으신 말씀입니다!"

그는 부축해 안았던 스승을 조심스럽게 도로 땅바닥에 내려놓았다.

무씨 댁 자제들에게 조언을 해준 하태충이 아내 반숙한과 눈짓을 교환했다. 이들 부부 역시 아무리 생각해봐도 의아스러움을 떨칠 수가 없었다. 그들은 방금 이 시골뜨기 처녀가 무씨 댁 일가족과 겨루는 장면을 유심히 눈여겨보았다. 그녀의 방어 초식이 과연 남보다 뛰어나게 정교하고 오묘하다는 점은 충분히 인정하겠지만, 내공과 기력만큼은 평범하기 짝이 없었다. 그런데 막상 무열과 장력을 겨루자 세상에 보기 드문 내공의 소유자인 그를 단번에 튕겨내 쓰러뜨리다니, 그야말로 도무지 이해하지 못할 해괴한 노릇 아닌가?

시골 처녀 역시 놀랍고 의아스럽기는 마찬가지였다. 무열에게 혈도를 찍힌 후, 그녀는 장무기의 품에 쓰러진 채 꼼짝달싹 할 수 없었다. 그런데 무청영의 칼끝이 찔러드는 순간 돌연 웬 물건 하나가 날아와 장검을 튕겨 날려 보내고 뒤미처 숯불 덩어리처럼 뜨거운 열기가 자신의 좌우 양쪽 넓적다리 복토혈과 풍시혈에 부딪자, 막혔던 혈도가 삽시간에 풀리는 게 아닌가? 마비되었던 전신이 부르르 떨리는 것을 느끼면서 고개 숙여 바라보니 장무기가 두 손으로 자신의 양 발목을 부여잡고 있었다. 거기에서 뜨거운 열기가 샘솟듯 그침 없이 현종혈懸鐘穴을 통해 줄기줄기 체내로 쏟아져 들어오고 있었다. 순간적인 변화가 급속도로 닥치자, 그녀는 무슨 연유인지 자세히 따질 겨를도 없었다. 그저 본능적으로 손바닥을 내밀어 무열의 일장에 마주쳐갔다. 그녀는 무열과 같은 고수의 장력에 어깨뼈가 박살 나기보다 차라리 손목이 부러지는 것이 낫겠다 싶어 엉겁결에 손길 나가는 대로 방어 동작을 취했다. 그런데 어찌 된 노릇인지 쌍방이 맞부딪기가 무섭게 자신의 손목뼈가 부러지기는커녕 도리어 무열이 자신의 장력에 튕겨 10여 척 남짓이나 날아갈 줄이야 누가 알았으랴. 그녀는 일순 뜨악한 기분에 어리둥절했으나 이내 무슨 영문인지 알아차렸다. '이런 맙소사! 이 촌뜨기 추팔괴 녀석이 무공을 할 줄 안단 말인가? 그것도 깊이를 헤아릴 수 없을 만치 막강한 대고수였다니…….'

곤륜파 장문 하태충은 이 시골뜨기 처녀와 장력으로 맞서기가 꺼림칙스러워 칼집에서 장검을 뽑아 들었다.

"난 아가씨한테 검법을 한 수 배워보고 싶군."

"내겐 칼이 없어요!"

처녀가 얄밉게 웃으며 대꾸하자, 곁에 있던 위벽이 냉큼 그 말을 받았다.

"좋아, 내 걸 빌려주지!"

그러면서 들고 있던 장검 끝으로 처녀의 가슴을 겨누어 있는 힘껏 던져 보냈다. 받을 수 있거든 받아 쓰고 재주가 없으면 찔려 죽으라는 행동이었다.

하지만 처녀는 슬쩍 손을 내밀어 칼자루를 거뜬히 낚아챘다. 그러고는 위벽을 향해 실쭉 웃어 보였다.

"무공 실력이 너무 형편없으시군. 그 정도 솜씨로는 날 찔러 죽이지 못한다니까."

하태충은 그래도 한 문파를 다스리는 장문인지라 그녀가 위벽과 입씨름을 벌이는 틈을 타 비겁하게 기습을 가할 수는 없었다. 더구나 체면상 이름도 없는 어린 후배에게 우위를 독점하고 싶지도 않았다.

"네가 먼저 공격해봐라. 너한테 3초를 양보해주고 나서 반격하마."

처녀가 말없이 장검을 고쳐 잡고 중궁中宮으로 찔러들 자세를 취했다. 정면으로 맞서겠다는 자세였다. 어린것이 선배를 무시하는 태도로 나오자, 하태충은 슬그머니 부아가 치밀어 거세게 콧방귀를 뀌었다.

"어린것이 무례하구나!"

그런데 어찌 된 영문일까. 장검을 들어 사납게 가로막는 순간 맞부딪친 쌍검이 "쨍그랑!" 쇳소리를 내면서 동시에 부러져 나가는 것이 아닌가! 하태충의 안색이 대번 바뀌더니 번뜩 몸을 날리기가 무섭게 스스로 5척 거리나 뒤로 물러났다.

처녀는 속으로 아쉬움을 금치 못했다. 장무기가 분명 그녀의 체내에 구양신공을 흘려 넣었으나 처녀는 그 신공의 위력을 발휘할 줄 몰랐기 때문에 결과적으로 쌍검이 한꺼번에 부러져 나가고 만 것이다. 만약 이 공력을 제대로 운용할 줄 알았다면 상대방의 병기만 부러뜨렸을 테고, 자신의 것은 말짱했을 것이다.

너무나 뜻밖의 일인지라, 영문을 모른 반숙한이 남편에게 속삭여 물었다.

"어떻게 된 거예요?"

하태충은 아직도 저린 팔뚝을 주무르면서 씁쓰레하니 웃었다.

"귀신한테 홀린 모양이야."

남편의 변명을 귓등으로 들으면서 반숙한이 장검을 뽑아 들고 앞으로 나섰다.

"나도 한 수 받아보지!"

처녀가 양손을 쩍 벌려 보였다. 써먹을 칼이 없다는 시늉이었다.

반숙한은 100여 척 바깥에 나뒹구는 무청영의 장검을 가리키며 호통쳤다.

"저걸 주워다 써라!"

하지만 처녀는 선불리 장무기의 손에서 떨어질 엄두가 나지 않아 부러진 반 토막짜리 장검을 휘둘러 보이면서 싱긋 웃었다.

"이 부러진 칼 반 토막으로도 충분해요!"

어린것에게 무시를 당하자, 반숙한은 화가 머리끝까지 치밀었다. '요 죽일 년! 뭘 믿고 날 얕잡아보는 거냐?' 생각은 생각대로 손은 손대로 움직였다. 손아귀에 거머쥔 장검 끝이 빙그르르 돌아가더니 곧바로 처녀의 목줄기를 겨누어 질풍같이 찔러들었다. 그녀는 남편 하태충과는 달리 선배로서 이것저것 체면 차리고 후배한테 양보해줄 만큼 너그럽지 않았다.

처녀는 부러진 칼을 선뜻 쳐들어 마주 찔러드는 장검을 가로막았다. 그러나 반숙한의 날렵한 검법은 벌써 방향을 바꾸어 그녀의 왼쪽 어깨를 베어가고 있었다. 처녀가 황급히 칼날을 뒤채어 보호하려 했을 때 반숙한은 또다시 그녀의 오른쪽 옆구리를 비스듬히 찔러들었다. 이렇듯 연속 여덟 차례 칼부림으로 정신없이 몰아치는 공세가 마치 바람결에 꽃잎 나부끼듯 날렵한데, 처음부터 상대방의 부러진 칼 토막과 맞부딪치려 하지 않고 그저 곤륜검법의 장기만을 최대한 발휘해 상대방이 내력을 펼칠 기회를 끝까지 주지 않았던 것이다.

좌로 막고 우로 막고, 처녀가 선배 고수의 빗발 같은 연속 공격을 막아내느라 쩔쩔매더니 삽시간에 위험한 지경으로 빠져들고 말았다. 애당초 검술 실력도 반숙한에게 한참 뒤떨어지고, 수중의 병기마저 반

토막짜리요, 더구나 양 발목을 장무기에게 붙잡혀 움직일 도리가 없으니 그저 일방적으로 수비하는 데만 급급할 뿐 공격은 감히 꿈도 꾸지 못할 처지였다. 두 사람은 또 몇 초를 찌르고 가로막기를 반복했다. 정신없이 몰아치던 반숙한의 장검 끝이 한순간 번쩍 빛나더니 "찌익!" 하고 옷자락 찢기는 소리와 함께 어느새 처녀의 왼 팔뚝에 한 줄기 핏자국을 길게 그어놓았다.

"아앗!"

곤륜파의 검법은 일단 한 수가 성공하면 적에게 반 푼이라도 숨 돌릴 여유를 용납하지 않고 일단 펼쳐진 기세에 따라 차근차근 몰아붙이는 특성을 지녔다. 처녀가 외마디 소리를 치는 순간, 또다시 어깨 머리에 장검 끝이 찔러들었다.

생살을 찢기는 아픔을 참다 못해 그녀가 또 한 차례 악을 썼다.

"여봐요! 이젠 날 도와주지 않을 거예요? 두 눈 멀뚱멀뚱 뜨고서 내가 남의 칼에 찔려 죽는 꼴을 보고만 있을 작정이에요?"

이 소리를 듣자 반숙한이 본능적으로 두 발짝 뒷걸음질 쳐 물러났다. 그러고는 장검의 칼날을 가슴 앞에 가로누여 보호하면서 경계 어린 눈초리로 사방을 이리저리 둘러보았다. 그러나 전후좌우 어디에도 사람의 그림자는 보이지 않았다. 마음이 놓인 그녀가 또다시 장검을 휘둘러 쳤다. 파르르 떨리는 칼끝에서 한겨울 매화꽃이 송이송이 떨치더니 처녀의 전신 요혈을 겨냥하고 이곳저곳 급속도로 찔러들기 시작했다.

시골뜨기 처녀도 부러진 칼을 춤추어가며 연속 세 번의 공격을 막아냈다. 상대방의 검초도 기가 막히게 빨랐으나 막아내는 솜씨 또한 민첩하기 짝이 없었다. 그야말로 눈치가 빠른 만큼 손놀림도 빨랐다. 간발의 차이로 연속 공격이 빗나가자 어지간한 반숙한도 찬탄을 금치 못했다.

"죽일 년, 솜씨 하나만큼은 잽싸구나!"

시골뜨기 처녀도 질세라 욕설로 응수했다.

"육시랄 년의 할망구, 손찌검 한번 빠르구먼!"

반숙한은 수십 년간 갈고닦은 검술의 대가였다. 입으로는 말을 하면서도 손아귀에 들린 장검은 털끝만치도 쉬는 법이 없었다. 반대로 시골뜨기 처녀는 역시 나이가 열일고여덟 살에 지나지 않은 몸이니 제아무리 훌륭한 스승을 만났다 하더라도 반숙한의 여유만만하고 침착한 태도를 흉내 낼 수는 없었다. 한두 마디 대거리를 건네다 보니 순간적으로 정신이 흐트러졌고, 그 틈을 반숙한 같은 고수가 놓칠 턱이 없었다.

"아얏!"

갑작스레 손목에 통증을 느낀 처녀가 외마디 소리를 지르는 동안 수중에 들려 있던 반 토막짜리 칼마저 손아귀를 벗어나 제멋대로 날아가버렸다. 어디 그뿐이랴, 반숙한의 두 번째 칼끝이 어느새 겨드랑이 밑으로 찔러들고 있었다.

곁에서 줄곧 지켜만 보고 있던 독수무염 정민군이 결정적인 순간을 보자, 그 틈에 자기도 한몫 얻어볼 욕심으로 칼을 뽑지도 않고 성급하게 추창망월推窓望月 일초로 시골뜨기 처녀의 등줄기에 쌍장을 후려쳤다. 이름 그대로 한밤중 잠들지 못한 규수가 하늘에 뜬 보름달이라도 바라보고 싶어 속 시원하게 창문을 활짝 열어붙이듯 양 손바닥을 한껏 펼쳐 기습 공격을 가한 것이다.

그와 동시에 무청영도 허공으로 몸을 솟구쳐 올리더니 발길질로 처녀의 오른쪽 허리께를 냅다 걷어찼다.

막바지에 몰려 다급해지면 염통이 목구멍으로 치밀어 오른다고 했던가. 좌우 측면과 배후 삼면으로 동시에 습격을 받은 처녀가 기절초풍하도록 놀라 양손을 어디다 두어야 좋을지 모른 채 허둥댔다. 그때 갑자기 온 몸뚱이가 불구덩이에 빠진 것처럼 화끈 달아오르더니 저도 모르게 뻗어나간 손길이 저절로 반숙한의 장검을 튕겨냈다. 그와 때를 같이해서 등줄기에 정민군의 쌍장이 들어맞고 허리께는 무청영이 내지른 발길질에 걷어차였다.

"아이코!"

"아얏!"

귓결에 두 마디 처절한 비명이 들렸을 뿐인데, 정민군과 무청영은 약속이나 한 것처럼 동시에 몰골사납게 사지 팔다리를 쩍 벌리고 뒤로 벌렁 나자빠졌다. 반숙한의 손에 들린 장검도 어느새 부러졌는지 반 토막만 남았다.

시골뜨기 처녀는 이게 꿈인지 생시인지 영문을 모른 채 두 눈을 멀뚱멀뚱 뜨고 서 있었다. 그도 그럴밖에. 사태가 위급해진 것을 본 장무기가 눈 깜짝할 사이에 전신의 진기를 자신에게 쏟아부었을 줄이야 그녀로서는 알 턱이 없었다. 그가 수련한 구양신공은 이제 겨우 3~4할 정도밖에 오르지 않았으나 그 위력은 실로 큰 편이라 순식간에 반숙한의 장검과 정민군의 양 손목뼈, 무청영의 오른쪽 발목뼈를 부러뜨려 놓았던 것이다.

결정적인 순간에 끼어들지 않고 방관자의 입장이 된 하태충과 무열, 위벽 세 사람은 그저 두 눈을 휘둥그레 뜬 채 입만 딱 벌리고 한동안 넋 빠진 기색으로 멍청하니 서 있을 뿐이었다.

"에잇!"

반숙한이 반 토막으로 부러진 칼을 땅바닥에 냅다 팽개쳐 분풀이했다. 그러고는 남편을 돌아보면서 이가 갈리는 소리로 악을 썼다.

"창피스럽게 뭘 보고 있어요? 갑시다! 그만큼 망신을 당하고도 모자란 거예요?"

반숙한은 발을 구르며 독살스럽게 하태충을 노려보았다. 그 눈초리를 보니 배 속 가득 들어찬 분노를 깡그리 남편한테 쏟을 태세였다.

"그러지 뭐……."

공처가 하태충이 다 기어들어가는 목소리로 대꾸했다.

이윽고 부부 두 사람이 어깨를 나란히 한 채 사이좋게 뛰기 시작하더니 잠깐 사이에 까마득하게 사라졌다. 곤륜파의 절묘한 경공신법이야말로 확실히 무림일절武林一絶이었다. 반숙한이 곤륜산 삼성요 저택으로 돌아가 남편 하태충을 어떻게 닦달해서 분풀이를 했을까? 무릎 꿇린 뒤 장검을 머리 위에 번쩍 들게 하고 세워놓았는지, 아니면 곤륜파 비전절기의 괴상야릇한 벌초罰招가 따로 있는지는 그야 바깥세상 사람들이 알 턱이 없으리라.

위벽은 오른손으로 스승 무열을, 왼손으로 사매 무청영을 부축하고 슬금슬금 그 자리를 떠났다. 이들 셋은 시골뜨기 처녀가 승세를 몰아 뒤쫓지나 않을까 잔뜩 겁을 집어먹고 있었으나, 하태충 부부처럼 쏜살같이 빽소니칠 처지가 못 되는 터라 그저 한 걸음 한 걸음 내디딜 때마다 두근두근 가슴만 조였다.

독수무염 정민군은 양 손목뼈가 부러졌으나 천만다행히도 두 다리는 멀쩡했다. 그녀는 어금니를 악문 채 저 혼자서 터벅터벅 떠나갔다.

저들이 하나둘씩 사라지는 뒷모습을 지켜보던 시골뜨기 처녀가 마침내 장무기를 돌아보고 손가락 끝으로 콧등을 꼭 찔렀다.

"추팔괴, 이 못난 것! 당신 이제 보니 진짜……."

의기양양하게 웃음보를 터뜨리면서 종알대던 그녀가 돌연 숨결이 이어지지 않아 입을 딱 벌린 채 그대로 까무러쳤다. 그녀는 알지 못했다. 방금 여섯 적수가 뿔뿔이 흩어져 떠나버리고, 마음이 놓인 장무기가 발목을 잡은 손길을 선뜻 놓아버리자 그녀의 체내에 가득 차 있던 구양진기가 삽시간에 새어나간 것을. 그녀는 전신에 힘이 쭉 빠져 팔다리의 뼈마디가 전혀 힘을 쓰지 못하게 된 것이다.

장무기는 일순 흠칫했으나 이내 그 까닭을 알아차렸다. 그는 양손 엄지손가락으로 그녀의 양미간 끄트머리 사죽공혈絲竹空穴을 가볍게 문지르면서 신공을 약간 쏟아냈다. 그제야 처녀는 다시 천천히 피어나기 시작했다.

눈을 반짝 떠보니, 자신이 추팔괴의 품에 안겨 있고 이 밉살맞은 녀석은 자기를 굽어보고 히죽히죽 웃고 있는 게 아닌가? 그녀는 부끄러움에 못 이겨 발딱 일어났다. 그러고는 웃는 듯 마는 듯 장무기를 흘겨보다가 느닷없이 손을 내뻗어 그의 귓불을 움켜잡고 힘껏 비틀었다.

"추팔괴, 이 못난 것! 사람을 감쪽같이 속였잖아. 그렇게 대단한 무공을 지니고 있으면서 왜 나한테 말해주지 않은 거야?"

"아야, 아야! 이게 무슨 짓이오?"

장무기가 아픔을 하소연하자 그녀는 까르르 웃어젖히며 구박했다.

"누가 당신더러 남을 속이랬어?"

"내 언제 속였단 말이오? 당신도 무공을 할 줄 안다고 말해주지 않았잖소. 그러니까 나도 얘기하지 않을밖에."

"좋아요, 이번만은 용서해주죠. 방금 날 도와주었으니 더는 잘못을 따져 묻지 않겠어요. 한 팔 힘을 보태준 공으로 속죄하는 셈치면 되죠. 당신 다리는 좀 어때요? 걸을 만하겠어요?"

"아직 안 되겠소."

처녀가 한숨을 지었다.

"결국 마음씨가 착해 좋은 보답을 받은 셈이군요. 내가 만약 당신이 걱정되어 다시 보러오지 않았던들 당신도 날 구해주지는 못했을 거예요."

그러고는 뜸을 들이다 또 한숨을 내리쉬었다.

"당신 무공이 나보다 훨씬 강하다는 걸 진작 알았더라면 나도 굳이 당신 대신에 주구진이란 년을 죽일 필요가 없었을 텐데……."

이 말에 장무기의 얼굴빛이 당장 굳어졌다.

"난 당신더러 그 여자를 죽여달라고 하지 않았소."

"뭐라고요? 아이고, 맙소사! 그러고 보니 당신 아직도 그 예쁜 아가씨를 못내 그리워하고 있었군요. 내가 나빴지, 나빴어. 당신 마음속의 여자를 죽여버렸으니 말이야."

처녀가 깜짝 놀라는 척하면서 호들갑을 떨었다.

"주 소저는 내 마음속의 여자가 아니오. 그 여자가 제아무리 예쁘게 생겼다 하더라도 나하고는 상관없는 일이오."

"이런! 거참, 이상한 노릇이네요. 그 계집이 당신을 이토록 처참하게 만들어놓았기에 내 손으로 죽여서 분풀이를 해드렸는데, 내가 잘못했나?"

장무기는 덤덤한 기색으로 이렇게 말했다.

"날 해친 사람은 그녀 말고도 얼마든지 있소. 그 사람들을 하나씩 죽여서 분풀이를 하자면 한도 끝도 없을 거요. 더군다나 마음먹고 일부러 날 해친 사람들 중에는 사실 나보다 더 가련한 사람도 있었소. 주구진 소저만 해도 그렇소. 그 여자는 혹시 사촌 오라버니가 자신을 좋아하지 않을까 봐, 그래서 자기를 버리고 무씨 댁 따님과 결혼하지나 않을까 하루 온종일 노심초사 마음을 졸이고 안절부절못하면서 살아왔소. 사람이 그렇게 살아서 좋을 게 뭐 있겠소?"

"지금 날 비꼬아서 하는 말이에요?"

처녀가 발칵 성을 내자 그는 얼른 해명을 덧붙였다.

"아니, 아니오. 내 말뜻은 사람이면 누구나 저 나름대로 불행을 지고 있다는 거요. 남이 나한테 잘못했다고 해서 그럴 때마다 일일이 찾아가서 죽일 수는 없다고 말한 거요."

처녀가 코웃음 치며 빈정댔다.

"당신, 사람을 죽이려고 무공을 배운 게 아니라면 무엇에 쓰려고 배웠죠?"

장무기는 잠시 생각하다가 내처 대꾸했다.

"무공을 배우는 목적은 못된 사람이 날 해치려 들 때 나 자신을 방어하기 위해서요. 그러니까 대항력을 갖추기 위해 열심히 무공을 익히는 거요."

"흐흥, 내 아주 탄복했네, 탄복했어! 이제 보니 당신 정말 성인군자셨네요. 아주 훌륭한 분이야, 훌륭하시고말고!"

장무기는 멀거니 그녀를 쳐다보았다. 아무래도 이 처녀의 행동거지나 기색이 자신에게 뭐라고 말 못 할 친근감을 느끼게 하고, 또 어딘가 모르게 눈에 익은 모습을 연상하게 했던 것이다.

그 눈길에 켕겼는지 처녀가 턱을 바짝 쳐들고 쏘아붙였다.

"뭘 봐요?"

"내 어머니는 아버지더러 늘 사람이 너무 좋다고 놀려대셨소. 마음씨가 너무 여린 딸깍발이 샌님이라고 말이오. 그때 말씀하시던 입매가 어쩌면 지금의 당신하고 그렇게 꼭 닮았는지 모르겠소."

이 말에 처녀는 얼굴빛이 확 붉어지면서 야멸치게 쏘아붙였다.

"피이! 또 날 비웃는군요. 내가 당신 어머니를 닮았다, 그 얘기죠? 그럼 당신은 당신 아빠를 닮았겠네요!"

토라진 기색으로 면박을 주면서도 눈빛에는 웃음기가 서려 있었다.

마음이 급해진 장무기가 얼른 다짐을 두었다.

"아이고, 천지신령님! 내가 이 아가씨를 비웃거나 놀려댈 심보를 지녔다면 당장 천벌을 내려주사이다!"

"호호, 입으로도 한몫 잡으시네요. 그게 뭐 대수로운 거라고 하늘에 다 대고 맹세까지 해요? 다 소용없는 짓인데."

얘기가 여기까지 나왔을 때였다. 갑자기 동북방에서 맑게 외치는 소리가 들려왔다. 해맑고도 길게 여운을 끄는 고음으로 보건대 여자의 목소리가 분명했다. 뒤미처 가까운 데서 화답하는 외침이 들려왔다. 아직껏 멀리 달아나지 못한 독수무염 정민군의 목소리였다. 이윽고 들리던 목소리가 뚝 그쳤다. 정민군도 더는 가지 않고 걸음을 멈춘 듯했다.

시골 처녀가 안색을 싹 바꾸더니 나지막하게 속삭였다.

"아미파 쪽에서 또 사람들이 왔나 봐요."

그녀는 아무 말 없이 장작더미에서 굵고 기다란 나무토막을 고르는 대로 땅바닥에 나란히 놓더니 다시 부드러운 짚단으로 새끼줄을 꼬아 얼기설기 썰매 한 틀을 엮기 시작했다. 거칠게나마 썰매가 완성되자, 그녀는 장무기를 번쩍 안아다 그 위에 누이고 두 다리를 뻗게 했다. 썰매 앞머리에는 멜빵 대신 길게 새끼줄을 잡아 매어놓았다. 그녀는 새끼줄을 어깨에 걸쳐 잡아끌고서 아미파 제자들이 사라진 정반대 방향 서북쪽을 향해 힘껏 달음박질치기 시작했다.

장무기는 양 팔꿈치로 썰매 바닥을 짚은 채 상반신을 일으켜 세웠다. 눈앞에 그녀의 가녀린 뒷모습이 한꺼번에 들어왔다. 하늘하늘 유연하게 움직이는 몸놀림의 자태가 이른 새벽 소슬바람을 받아 흔들리는 연꽃처럼 아리따웠다.

17. 박쥐 날개 신출귀몰, 모래 바다에 웃음소리 흩날리니

장무기와 시골 처녀의 눈길이 일제히 동북방을 내다보았다.

동녘 하늘이 어스름히 밝아오는 가운데 초록빛 그림자 하나가 눈 덮인 들판 위를 바람결에 나부끼듯 경쾌한 몸놀림으로 달려오고 있었다. 100여 척 가까이 다가왔을 때 짙푸른 홑옷을 걸친 여인의 모습이 또렷이 보였다.

여인은 정민군과 몇 마디 말을 주고받고 나서 장무기와 시골 처녀 쪽으로 눈길을 던지더니 곧바로 걸어오기 시작했다. 바람결에 나부끼는 옷자락, 날렵한 몸놀림. 보폭이 무척 좁았으나 걸음걸이는 민첩하기 이를 데 없어 잠깐 사이에 두 사람 앞 40~50척 거리까지 당도했다. 얼굴은 청초하면서 빼어나게 우아했다. 나이는 어림잡아 열여덟아홉쯤 들었을까, 곱디고운 자태가 눈길을 끌었다.

장무기는 갑자기 의아한 느낌에 휩싸였다. 방금 들린 외침이나 신법으로 보아 필시 독수무염 정민군보다 나이 많은 연장자이려니 싶었는데, 아무리 보아도 자기보다 두세 살쯤은 어려 보인 것이다. 허리춤에는 분명 한 자루 단검이 매달려 있는데, 그녀는 병기를 뽑아 들 생각도 않고 맨손으로 다가왔다. 아니나 다를까, 뒤에서 정민군이 외쳐 경고를 보냈다.

"주 사매, 조심해! 그 도깨비 같은 계집이 아주 요사스러운 무공을 지녔어!"

주 사매라 불린 여자가 고개를 끄덕이더니 아주 고상한 말씨로 다소곳이 입을 열어 물었다.

"두 분의 존함은 어찌 되시는지요? 무슨 까닭으로 우리 정 사저에게 상처를 입히셨습니까?"

여자가 다가올 때부터 줄곧 낯이 익다는 느낌을 받은 장무기는 목소리를 듣자마자 퍼뜩 짚이는 사람이 하나 있었다. '그렇구나! 바로 그 소녀였어. 한수에서 태사부님과 함께 나룻배를 타고 건너가다 몽골군에게 쫓기던 상우춘 형님을 구해준 적이 있었지. 그때 함께 있던 뱃사공의 어린 딸이 나한테 곰살궂게 밥을 먹여주었는데, 지금 저 여자가 바로 그 소녀가 틀림없어. 이름이 주지약周芷若이라 했던가? 태사부님이 무당산으로 데려갔을 텐데 어떻게 아미파 문하에 들어갔을까?'

당시의 정경을 떠올리자, 가슴이 뭉클해진 그는 당장 태사부의 근황부터 묻고 싶은 충동이 일었다. 그러나 생각은 이내 바뀌었다. '장무기란 사람은 벌써 죽었다. 나는 시골뜨기 무지렁이, 추팔괴요, 성은 증씨, 이름은 송아지일 따름이다. 지금 사소한 충동을 참지 못한다면 앞으로 후환이 끝도 없을 것이다. 절대로 내 신분을 누설해선 안 된다. 그래야만 양부에게 해를 끼치지 않고 원통하게 돌아가신 부모님의 죽음을 헛되게 하지 않을 것이다. 그러지 않으면 부모님은 구천지하九泉之下에서도 눈을 감지 못하리라.'

장무기가 착잡한 상념에 잠겨 있는데, 한쪽에선 주지약의 질문을 받은 시골뜨기 처녀가 싸느랗게 웃으며 대거리를 하고 있었다.

"사저 되시는 분이 추창망월 일초로 내 등줄기에 쌍장을 퍼붓다가 제풀에 손목이 부러졌는데, 설마 그것을 내 탓이라고 나무라지는 않겠죠? 나한테 물을 게 아니라 사저 되시는 분께 여쭤보시죠. 내가 그 사람에게 일초 반식이라도 공격을 했는지 안 했는지 말이에요."

주지약은 말없이 눈길을 돌려 정민군을 바라보았다. 그게 사실인지 아닌지 묻는 표정이었다.

정민군이 발칵 성을 내며 소리쳤다.

"넌 그저 그 두 연놈을 붙잡아서 사부님께 끌고 가면 돼! 그 어르신께서 처분하실 테니까."

"만일 이 두 분이 고의적으로 사저께 무례를 저지른 게 아니라면, 제 의견으로는 너그럽게 웃어넘기시는 게 좋을 듯싶군요. 공연히 적을 만들 게 아니라 친구로 사귈 수도 있으니 말이에요."

그 말을 듣자 정민군이 쌍심지를 돋우고 노발대발 호통을 쳤다.

"지금 뭐 하자는 거야? 내 말을 어기고 적을 도와줄 작정이야?"

눈에 불을 켜고 사매를 노려보는 정민군의 독살스러운 기색을, 장무기는 어느 해엔가 호접곡 어귀의 숲속 싸움터에서 팽형옥 스님이 뭇사람들에게 포위 공격을 받을 때 본 적이 있었다. 당시 정민군과 기효부는 팽 화상을 문초하는 문제로 의견이 갈려 다투던 끝에 사문의 동기끼리 살벌하게 칼부림까지 벌였다. 예전에 보았던 독수무염의 표정과 말투를 오늘 다시 보게 되니 장무기는 저도 모르게 은근히 주지약이 걱정되기 시작했다.

그러나 주지약은 기효부가 아니었다. 장무기의 우려와 달리, 그녀는 사저 정민군에게 극도로 존경심을 품고 있는지 즉석에서 공손히 허리 굽혀 복종을 표했다.

"소매는 사저의 분부만 따를 뿐입니다. 제가 감히 어길 리 있겠습니까."

"좋다! 그럼 우선 저 못생기고 더러운 계집부터 잡아 꿇리고, 그년의 두 손목을 내가 당한 것처럼 뚝 분질러라."

"예, 알겠습니다. 그럼 사저께선 제 뒷배를 봐주십시오."

그러고는 시골 처녀 앞으로 돌아섰다.

"소매가 무례하나마 언니의 고명하신 솜씨를 배워볼까 합니다."

시골 처녀는 코웃음을 치며 대거리했다.

"웬 잔소리가 그리도 많은지 모르겠군! 나설 테면 어서 나서기나 하시지."

큰소리를 치면서 그녀는 속으로 잔뜩 별렀다. '네 사저란 것도 별것 아닌데, 설마 너 따위 어린것한테 겁먹을 줄 알았더냐?' 상대방을 얕잡아본 그녀는 장무기가 도와주지도 않는데 먼저 발딱 몸을 솟구치더니 번개 벼락 치듯 연속 3장을 후려쳐갔다. 주지약은 비스듬히 비켜선 자세로 그 장력 안으로 성큼 파고들더니 왼손 금나수법으로 오히려 상대방의 뻗어나온 팔목을 덥석 움켜갔다. 수비를 겸비한 역공 솜씨가 교묘하기 짝이 없었다.

장무기는 내공은 월등해졌으나 무술의 실전 초식만큼은 아직 통달하지 못한 상태였다. 그는 주지약과 시골 처녀의 공방전을 눈여겨보았다. 어느 쪽이나 양보 없이 쾌속 공격 일변도였다. 주지약이 구사하는 아미면장峨嵋綿掌이 날렵하고 민첩하다면, 시골 처녀의 변화무쌍한 장법은 초식마다 기기묘묘했다. 과연 어느 쪽이 우세한지 예단을 내릴 수 없었다. 관전자의 입장이 된 그는 속으로 탄복을 금치 못하면서도 한편으론 은근히 걱정스러웠다. 누가 이기고 누가 지기를 바라는 걸까? 그것은 자신도 알지 못했다. 그저 두 사람 모두 다치지 않기만을 바랐다.

두 처녀가 20여 초를 겨루는 동안 제각기 서너 차례 아슬아슬한 위기를 맞았다. 두 사람은 그럴 때마다 교묘한 동작으로 피하면서 역습을 가해 상대방의 공세를 좌절시키곤 했다.

"맞아랏!"

갑자기 시골 처녀의 기합 소리가 터지면서 칼날처럼 모로 세운 왼손바닥이 주지약의 어깨머리를 베어갔다. 이어서 "찌익!" 하는 소리가 들렸다. 번뜩 뒤챈 주지약의 손아귀가 시골 처녀의 옷자락 천을 움켜잡아 거의 절반이나 벗겨내다시피 찢어놓는 소리였다.

한 차례씩 공격을 주고받은 두 처녀가 저마다 뒤로 훌쩍 뛰어 물러섰다. 너 나 할 것 없이 모두 얼굴이 벌겋게 달아올랐다.

"멋진 금나수법이군!"

시골 처녀는 절반이나 찢겨나간 옷자락을 내려다보며 찬탄을 아끼지 않았다. 그러고 나서 다시 덮쳐들려고 한 걸음 선뜻 내디디려는 순간, 어인 일인지 주지약이 양미간을 찌푸리더니 손으로 왼쪽 가슴을 문지르면서 금방이라도 쓰러질 듯 휘청거리는 게 아닌가?

누구보다 먼저 놀란 것은 장무기였다. 전혀 예상치 못한 결과에 놀란 그는 자기도 모르게 소리를 질렀다.

"어이구! 당신…… 당신이……."

장무기의 얼굴에 걱정스러운 기색이 감돌았다.

주지약이 뜨악한 눈빛으로 흘끗 바라보았다. 털북숭이 수염에 까마귀 둥지처럼 헝클어진 머리칼을 길게 늘어뜨린 낯모를 사내가 자기를 걱정해주고 있으니 의아스럽다는 기색이었다.

"사매, 어찌 된 일이야?"

정민군이 곁으로 다가오며 물었다. 주지약은 대답 대신 왼손 하나를 맥없이 그녀의 어깨에 걸쳐놓고 절레절레 고개를 흔들었다.

정민군도 좀 전에 이 시골뜨기 처녀에게 혼뜨검이 난 뒤라, 상대방의 괴상야릇한 수법에 겁을 집어먹고 있었다. 상대방의 실력이 대단하다는 사실을 뻔히 알면서도 굳이 주지약을 윽박질러 싸우게 한 것은 바로 그녀의 고질병, 즉 질투심 탓이었다. 스승 멸절사태는 기회만 있으면 이 어린 사매를 칭찬했다. 남다르게 오성이 뛰어나 아미파 본문 무공 수련의 진도가 어느 선배들도 따르지 못할 정도로 빨랐다. 그 때문에 스승은 장차 아미파의 명성을 크게 빛낼 제자는 주지약이라고 공공연히 지목했다. 스승의 총애를 독차지하고 있던 기효부가 죽고 나서 이제 아미파 장문의 의발을 전해 받을 후계자는 바로 자기 하나뿐이라고 자신만만해하던 그녀 앞에 또다시 강력한 경쟁자가 나타난 셈이었다.

이리하여 정민군은 언젠가는 이 어린 사매마저 기효부처럼 해치워 버리리라 잔뜩 벼르고 있었다. 그래서 정체 모를 시골뜨기와 맞닥뜨리게 되자 한번 호되게 골탕을 먹일 속셈으로 싸움을 붙인 것이다. 아니나 다를까, 주지약은 골탕을 먹긴 먹었다. 그러나 시골뜨기 처녀와 20여 초나 맞서 겨룬 끝에야 패배했으니 결국은 어린 사매의 실력이 자신보다 월등하게 높다는 사실만 증명된 터였다. 똑같은 적수를 상대로 자기는 단 일초도 변변히 공격해보지 못하고 두 손목이 부러졌는데 20여 초나 버텨내다니! 정민군은 부끄러움과 질투심에 온몸이 부

들부들 떨렸다. 그녀는 속으로 이를 뽀드득 갈아붙였다. '어디 두고 보자!'

그러나 지금 상황은 이 어린 사매에게 질투심이나 품고 있을 만큼 여유로운 형편이 못 되었다. 과연 자기 어깨머리에 얹힌 주지약의 손에는 기력이 조금도 없어 보였다. 그렇다면 가볍지 않은 상처를 입은 게 분명했다. 사태의 심각성을 깨닫자 그녀는 겁이 더럭 났다. 저 시골뜨기 계집이 뒤쫓기라도 하는 날이면 의발 전인이고 뭐고 목숨조차 부지하기 어려울 것 같았다. 그녀는 허겁지겁 사매를 재촉했다.

"우리 어서 여길 뜨자!"

이윽고 두 사람은 서로 의지해 부축한 채 동북쪽을 바라고 창황히 떠나갔다.

장무기의 얼굴 표정을 본 시골 처녀가 피식 웃었다.

"추팔괴, 어여쁜 아가씨를 보더니 넋이 하늘 바깥으로 훨훨 날아간 모양이야."

"그런 게 아니라……."

장무기는 변명을 하려다 입을 다물었다. 주지약과 한수 강물 나룻배에서 만난 얘기를 하다 보면 결국 자기 신세 내력을 다 털어놓아야 했다. 그렇다면 차라리 아무 말도 하지 않는 게 낫겠다 싶었다.

"그런 게 아니라면 뭐죠?"

처녀는 그가 입을 열다가 그냥 다무는 게 의심스러웠는지 말꼬리를 잡고 늘어졌다.

"저 여자가 밉든 곱든 그게 나하고 무슨 상관이 있소? 난 그저 당신이 다치지나 않았을까 걱정스러웠을 뿐이오."

"그거 참말이에요, 거짓말이에요?"

장무기의 속마음은 사실 두 처녀 모두에게 쏠려 있었다. 하지만 곧이곧대로 말했다가는 이 처녀의 괴팍한 성미에 또 무슨 봉변을 당할지도 모르는 일이라 시침 뚝 떼고 천연덕스레 거짓말을 늘어놓았다.

"내가 당신을 속여서 뭘 하겠소? 그런데 정말 뜻밖이야. 아미파 문하 제자 가운데 저토록 젊은 낭자가 대단한 무공 실력을 지니고 있으니 말이오."

"그건 사실이에요. 정말 대단하더군요."

뜻밖에 처녀도 선선히 수긍을 했다.

멀리 사라져가는 주지약의 뒷모습을 바라보면서 장무기는 착잡한 상념에 사로잡혔다. 올 때는 그토록 날렵하고도 경쾌하던 걸음걸이가 떠날 때는 저토록 비틀거리며 1,000근 무게의 쇳덩어리나 진 듯 힘겹게 옮겨 떼다니, 생각할수록 안타까운 마음이 들었다. '한수 나룻배 갑판 위에서 투정 부리는 나에게 밥을 국물에 적셔 떠먹이고 생선 가시를 발라 입에 넣어주던 소녀. 헤어질 때 눈물을 닦아주며 손수건까지 건네던 그 갸름하고도 화사한 모습의 소녀가 바로 저 아가씨란 말인가. 제발 상처나 깊지 않았으면 좋으련만.'

"걱정할 것 없어요. 저 여자는 애당초 부상을 당하지 않았으니까. 내가 방금 대단하다고 한 말은 저 여자의 무공 실력을 두고 한 게 아니에요. 저 어린 나이에 마음 씀씀이가 그토록 깊고 지독할 줄은 몰랐다는 말이죠."

어느 결에 장무기의 속을 들여다보았는지, 처녀가 차갑게 웃으면서 핀잔을 주었다.

장무기는 그게 무슨 소린지 몰라 내처 물었다.

"아니, 다치지 않았다고?"

"그래요. 내 일장이 어깨머리를 베어든 찰나, 그 어깨에서 내력이 솟구쳐 나와 내 손바닥을 튕겨버렸으니까요. 그러고 보니 저 여자는 아미구양공을 수련한 게 분명해요. 그 충격에 내 손바닥이 아직도 얼얼한데 저 여자가 상처를 입었을 턱이 어디 있겠어요?"

이 말에 장무기의 침울하던 얼굴이 단번에 활짝 펴졌다. '그랬구나, 주 소저가 멸절사태의 눈에 들어 아미파의 진산 절기鎭山絶技로 일컫는 아미구양공까지 전수받았구나!'

이때 시골 처녀가 느닷없이 손바닥을 뒤집어 그의 뺨따귀를 호되게 후려갈겼다.

"철썩!"

너무나 갑작스러운 일이라 장무기는 미처 피할 틈도 없이 고스란히 얻어맞았다. 얼굴 한쪽이 삽시간에 벌겋게 부어올랐다. 그는 버럭 고함쳐 꾸짖었다.

"이게…… 이게 무슨 짓이오!"

꾸지람을 들은 그녀가 화가 잔뜩 난 눈길로 노려보면서 쏘아붙였다.

"남의 집 예쁜 아가씨를 보기만 해도 홀딱 반해서 넋이 빠지는 이 못난이, 추팔괴! 저 계집이 상처를 입지 않았다고 말하기가 무섭게 좋아서 어쩔 줄 모르다니 그게 무슨 꼬락서니야?"

"내가 좀 좋아했기로서니, 그게 당신하고 무슨 상관이오?"

처녀가 더 들을 것도 없다는 듯이 다시 한번 일장을 후려쳐왔다. 그러나 이번만큼은 장무기가 고개를 움츠려 머리 위로 흘려보냈다. 따귀가 빗나가자 그녀는 약이 잔뜩 올라 고래고래 악을 썼다.

"아까 뭐라고 했어! 날 아내로 맞아들이겠다고 했지? 그 말을 입 밖에 낸 지 반나절도 안 됐는데, 벌써부터 딴마음을 먹고 남의 처녀한테 눈독을 들이다니, 이게 잘한 짓이야?"

"당신이 진작 얘기하지 않았소? 난 당신과 어울릴 자격이 없다고 말이오. 또 당신 마음속으로 정을 준 남자가 있으니까, 나한테는 절대로 시집올 수 없다고 말했지 않소?"

"그래요! 하지만 당신은 분명히 약속했어요. 평생토록 죽을 때까지 날 끔찍이 위해주고 돌봐주겠다고 했잖아요."

"내가 한 약속이야 물론 지킬 거요."

"그렇게 약속했으면서 왜 저런 예쁜 아가씨를 보자마자 얼이 빠지고 넋이 나가 제정신을 못 차리는 거죠? 누구 약 오르는 꼴을 보고 싶어서 그래요?"

장무기는 어처구니가 없어 그만 웃고 말았다.

"난 얼도 안 빠지고 넋이 나가지도 않았소."

"저 여자를 좋아해서도 안 되고, 생각도 하지 말아요! 절대로 용서 못 해요!"

"내가 언제 저 여자가 좋다고 했소? 그런 당신은 왜 딴사람을 마음속에 두고 오매불망 잊지 못해 그리워하는지 모르겠군."

"난 누구든지 처음 마음에 든 사람한테 정을 줘요. 그 사람을 당신보다 먼저 알았으니까 그렇지, 만약 당신을 먼저 알았더라면 한평생 당신만을 위해주고 딴 남자는 절대로 생각하지 않았을 거예요. 이런 걸

뭐라고 하는지 알기나 해요? '일부종사一夫從事'라는 거예요! 누구든지 딴마음을 먹으면 하늘도 용서하지 않을 거예요!"

처녀의 이런 말을 들으니 장무기는 가슴이 답답해졌다. 누굴 먼저 알았느냐고 따지자면 사실 이 시골뜨기 처녀보다 주지약 소저를 먼저 알지 않았던가? 그것도 10년 가까이 되는 훨씬 전에 말이다. 그러나 솔직하게 이 말을 입에 담을 수야 없는 노릇이라, 적당히 얼버무려 응수했다.

"만약에 말이오, 당신이 나 하나만 좋아한다면 나도 당신 하나만 좋아할 거요. 그런 만큼 당신이 마음속으로나마 딴사람을 그리워한다면 나도 딴 여자를 생각하겠소."

시골 처녀가 입을 꾹 다문 채 한동안 깊은 생각에 잠겼다. 몇 차례나 말을 하려다가는 그치고, 또 입을 열려다가 다물던 끝에 갑작스레 눈물이 글썽글썽 맺혔다. 그러더니 고개를 돌리고 장무기가 안 보는 틈에 소맷자락으로 눈물을 닦아냈다.

장무기는 애처로운 생각이 들어 그 손을 살며시 잡아주고 부드럽게 달랬다.

"이제 그만둡시다. 우리가 아무 까닭 없이 다툴 게 뭐 있소? 며칠만 더 지나면 내 다리도 다 나을 거요. 그때 가서 우리 함께 산천이나 유람합시다. 그럼 좋지 않겠소?"

그제야 처녀가 고개를 바로 돌렸다. 하나 얼굴에는 여전히 수심이 가득 서려 있었다.

"오라버니, 한 가지 부탁이 있어요. 듣고 화내지 말아요."

"무슨 일이오? 내 힘닿는 데까지 다 들어줄 테니 말해봐요."

"화내지 않겠다고 먼저 약속하면 말할게요."

"화는 무슨 놈의 화를 낸단 말이오? 좋소, 약속하지!"

그래도 처녀는 한동안 망설이더니 또 다짐을 두었다.

"입으로는 화내지 않겠다고 했지만, 속으로 화를 낼지 모르잖아요. 진심으로 화내지 않는 거죠?"

"그래요! 내 마음속으로도 화내지 않으리다."

처녀는 앞서 잡힌 손을 뒤집어 반대로 장무기의 손을 꼬옥 쥐었다.

"송아지 오라버니, 내가 중원 땅에서 머나먼 이곳 서역까지 만 리 길이나 허위단심 찾아온 것은 오로지 그 사람을 만나보기 위해서였어요. 얼마 전까지만 해도 그 사람의 종적을 따라왔는데, 여기 와서 잃어버렸어요. 도대체 어디로 사라졌는지 망망대해에 돌 던지기처럼 흔적도 없지 뭐예요. 소식을 더 물어볼 데도 없고 말이죠. 송아지 오라버니, 다리가 다 낫거든 날 도와서 그 사람을 좀 찾아줘요. 딱 한 번 만나보고 나서 오라버니하고 같이 산천을 유람하겠어요. 어때요, 안 되겠어요?"

"흥!"

장무기가 콧방귀를 뀌었다. 아무리 참으려 해도 이거야말로 기분 나빠 견딜 수가 없었다.

처녀가 냉큼 꼬투리를 잡고 늘어졌다.

"방금 화내지 않겠다고 약속했죠? 지금 콧방귀를 뀐 건 성났다는 표시가 아닌가요?"

"좋소……. 내 그 남자를 찾도록 도와주리다."

장무기는 어쩔 수 없어 시큰둥하게 대답했으나, 처녀는 기뻐서 팔짝 뛰었다.

"송아지 오라버니, 당신 정말 좋은 사람이야!"

한껏 기분이 좋아진 그녀는 장무기의 감정 따위는 아랑곳하지 않고 멀리 하늘과 땅이 닿은 지평선에 눈길을 던진 채 하염없이 바라보았다. 흥분으로 들뜬 마음은 벌써 그곳 어딘가에 있을 남자에게 달려가고 있었다.

"우리가 그 사람을 찾아내면, 그 사람도 내가 자기를 이토록 오래 찾아다닌 정성을 생각해 옛날처럼 나한테 성을 내거나 미워하지 않을 거야. 그 사람이 뭐라고 하든, 나는 그대로 따를 거야. 뭐든지 시키는 대로 다 할 거야."

아득한 지평선을 바라보며 꿈꾸듯이 혼잣말로 중얼거리는 그녀를 보고, 장무기는 기가 막혀 퉁명스레 한마디 물었다.

"도대체 그 사람 어디가 어떻게 좋기에 그토록 자나 깨나 잊지 못하고 찾아 헤매는 거요?"

처녀의 얼굴에 발그레하니 웃음꽃이 피었다.

"그 사람의 어디가 좋은지, 그걸 어떻게 말로 다 할 수 있겠어요? 송아지 오라버니, 얘기 좀 해줘요. 우리가 진짜 그 사람을 찾아낼 수 있을까요? 그 사람이 날 보면 또 때리고 욕하지 않을까요?"

한 남자를 찾기 위해 중원에서 머나먼 서역 땅까지 만 리 길을 달려온 이 처녀의 어리석은 연정에, 장무기는 차마 가슴 아픈 상처를 안겨줄 수 없었다. 그래서 나지막한 목소리로 다정하게 속삭여주었다.

"그럴 리 있나! 당신이 이렇게 머나먼 길을 허위단심 찾아왔는데 어째서 때리고 욕을 퍼부을 수가 있겠소? 그렇게 매정한 사람은 이 세상에 다시없을 거요."

무슨 말을 하고 싶었는지 처녀의 앵두 같은 입술이 달싹거리고, 두 눈망울에 물기가 촉촉하게 젖어들었다. 그녀 역시 꿈꾸듯이 나지막하게 속삭였다.

"그래요, 그 사람은 날 아끼고 사랑하고 다시는 때리거나 욕하지 않을 거예요."

장무기는 갑자기 쓸쓸해졌다. 지금 이 처녀가 보여주는 강한 집념의 연정이 부러웠다. 아니, 누군지 모를 이 처녀의 남자가 부럽다는 생각이 들었다. 만약 이 세상 어딘가에 이토록 자신에게 마음을 쏟아주고 애틋하게 연모의 정을 바치는 여인이 있다면 이날 이때껏 평생토록 겪어온 간난고초보다 더 모진 고난이 또 닥쳐오더라도 행복할 것만 같았다.

망연자실하게 동북방을 향한 시선이 하얗게 눈 덮인 벌판 위에 점점이 두 줄기로 찍힌 주지약과 정민군의 발자국을 뒤쫓아 하염없이 지평선 너머까지 따라갔다. '만약 정민군의 발자국이 내 것이라면, 지금쯤 나는 주 소저와 어깨를 나란히 하고 걸어가고 있겠지…….'

"아차! 어서 빨리 달아납시다. 예서 더 이상 머뭇거렸다가는 때가 늦어요!"

갑작스레 소리치는 처녀의 목소리가 주지약과 다정하게 걷던 장무기의 환상을 산산조각으로 깨뜨려놓았다.

"뭐라고?"

"나중에 왔던 아미파 여자 말이에요, 나하고 사생결판을 내기가 싫어 부상당한 척하고 돌아갔지만, 정민군이란 년이 말끝마다 우리를 사로잡아 자기네 스승한테 데려가야 한다고 떠들어댄 걸 보면 멸절사태도 이 근처 어딘가에 있을 게 분명해요. 그 늙은 비구니는 호승벽好勝癖이 유별난데, 자기네 제자들이 다친 걸 보고 달려오지 않을 리 있겠어요?"

멸절사태의 이름만 들어도 장무기는 가슴이 두근거렸다. 기효부를 일장에 때려죽이던 그 모질고도 잔인한 심성이 먼저 떠올랐기 때문이다.

"그 늙은 비구니가…… 어디 있단 말이오? 정말 너무나 지독스러워 우리 솜씨로는 적수가 못 되는데……."

덜덜 떨려나오는 목소리에 시골 처녀가 이것 봐라 싶어 그 얼굴 표정을 똑바로 응시했다.

"당신도 그 비구니를 본 적 있어요?"

"아미파의 장문인인데, 예사로울 리 있겠소? 난 걸을 수 없으니 당신이나 빨리 도망치시구려."

그러자 처녀가 발칵 성을 냈다.

"흥! 내가 당신을 버리고 혼자 도망쳐 살 줄 알았어요? 내 양심이 고것밖에 안 돼 보인단 말이에요?"

발끈하는 기질 그대로 한바탕 면박을 주고 나서, 그녀는 이맛살을 찌푸린 채 한동안 생각에 잠겼다. 그러고는 아무 말 없이 장작더미에서 굵고 기다란 나무토막을 고르는 대로 땅바닥에 나란히 놓더니 다시 부드러운 짚단으로 새끼줄을 꼬아 얼기설기 썰매 한 틀을 엮기 시작했다. 거칠게나마 썰매가 완성되자, 그녀는 장무기를 번쩍 안아다 그 위에 누이고 두 다리를 뻗게 했다. 썰매 앞머리에는 멜빵 대신 길게 새끼줄을 잡아 매어놓았다. 그녀는 새끼줄을 어깨에 걸쳐 잡아끌고서 아미파 제자들이 사라진 정반대 방향 서북쪽을 향해 힘껏 달음박질치기 시작했다.

장무기는 양 팔꿈치로 썰매 바닥을 짚은 채 상반신을 일으켜 세웠다. 눈앞에 그녀의 가녀린 뒷모습이 한꺼번에 들어왔다. 하늘하늘 유연하게 움직이는 몸놀림의 자태가 이른 새벽 소슬바람을 받아 흔들리는 연꽃처럼 아리따웠다.

그녀는 썰매를 끌고 눈 덮인 벌판을 가로질러 달렸다. 쉬지 않고 30~40리 길을 치달렸다.

"이것 봐요, 좀 쉬었다 갑시다!"

장무기는 자기 때문에 애쓰는 것이 미안스러워 잠시나마 쉬어 갔으면 했다.

"'이것 봐, 저것 봐'가 뭐예요? 난 이름도 없는 줄 알아요?"

달음박질치면서도 웃음 섞인 핀잔이 날아들었다.

"얘길 안 해주니 내 알 도리가 있겠소? 나더러 '추 소저'라고 부르란 말은 했지만 아무리 보아도 당신은 곱상하게 느껴지는걸."

그녀가 피식 웃음보를 터뜨렸다. 웃는 바람에 김이 샜는지 열심히 치닫던 걸음걸이가 우뚝 멈춰 섰다. 바람결에 흐트러진 머리칼을 손가락 빗질로 쓸어내리면서 장무기를 똑바로 응시했다.

"좋아요, 당신한테 얘기해준다고 안 될 것도 없겠지. 내 이름은 '거미'예요."

"호오, 거미 아가씨라? '클 거巨', '아름다울 미美'의 거민가? 그것참 멋진 이름일세!"

"피이! 둘러대기는. 그게 아니라 독거미의 거미예요."

"저런! 세상에 거미란 벌레 이름자를 쓰는 사람이 어디 있소?"

"그래도 내 이름인걸요. 무섭거든 안 불러도 좋아요."

"아버님이 지어주신 거요?"

"흥, 아빠가 지어준 거면 내가 쓸 줄 알아요? 엄마가 지어준 거예요. 나한테 '천주만독수千蛛萬毒手'를 가르쳐주면서 그 가운데 '거미 주蛛' 자를 딴 거예요."

천주만독수란 말을 듣는 순간, 장무기는 등골이 오싹했다. 수천수만 마리나 되는 독거미를 잡아가지고 수련하는 끔찍한 무공을 연상하니 저도 모르게 소름이 끼쳤던 것이다.

상대방의 안색이야 어떻게 바뀌든 시골 처녀는 여전히 종알종알 태연자약하게 설명을 늘어놓았다.

"난 어릴 적부터 천주만독수를 익혀왔는데 아직도 멀었죠. 이 무공을 완성하고 나면 멸절사태 따위 늙은이는 겁날 게 하나도 없다니까요. 한번 볼래요?"

거미 소저는 품속에서 금빛 찬란한 합盒을 한 개 꺼내더니 뚜껑을 열어 보였다. 과연 그 안에는 엄지손가락만 한 거미 두 마리가 꿈틀거리고 있었다. 검은빛 등딱지에 얼룩무늬가 찍혀 번들거리며 빛나는 것이 보통 거미 종류와는 판이하게 다른 놈이었다. 장무기는 첫눈에 그것이 맹독을 지닌 독거미라는 것을 알아보았다. 독선 왕난고가 남긴 〈독경〉에 분명히 적혀 있었다.

거미의 몸뚱이에 채색 얼룩무늬가 선명할수록 그 독성이 맹렬하므로, 한번 물리기만 하면 치료하기가 극히 어렵다.

그는 이 맹독을 지닌 놈에게 물렸을 경우를 상상하면서 자기도 모르게 속이 떨리고 두려운 생각이 들었다.

장무기의 얼굴 표정이 심각한 것을 보자, 거미 아가씨는 재미있다는 듯 깔깔대며 웃었다.

"이래 봬도 이 거미란 놈은 나한테 아주 좋은 보배라니까요. 잠시만 기다려요."

그러고는 커다란 나무 위로 훌쩍 뛰어오르더니 사면팔방의 지세를 한 바퀴 둘러보고 나서 다시 지상으로 뛰어내렸다.

"우리 한 마장만 더 가요. 그러고 나서 천천히 거미 얘기를 해줄 테니까."

썰매를 끌고 또다시 7~8리쯤 달리고 나자, 어느 산골짜기 변두리에 다다랐다. 그녀는 우선 장무기를 내려놓고 나서 큼지막한 바윗돌을 몇 개 옮겨다 썰매 위에 얹어놓더니 다시 무거운 썰매를 끌고 산골짜기 쪽으로 급히 치달렸다. 벼랑 끝에 다다르자, 갑자기 발을 멈추고 한 곁으로 물러섰다. 미끄러운 눈밭을 세차게 끌려온 썰매는 바윗돌을 얹은 채 미끄러져오던 기세 그대로 절벽 아래로 곤두박질쳐 떨어졌다.

"꽈다당!"

깊은 계곡으로 굴러떨어지는 썰매의 굉음이 한참 동안 메아리치면서 그칠 줄 몰랐다.

처음에는 영문을 몰라 어리둥절하던 장무기도 흘끗 뒤돌아보고 나서야 의도를 알아차리고 그녀의 치밀한 마음 씀씀이에 새삼 혀를 내둘렀다. 눈 덮인 지면에 남겨진 두 줄기 썰매 자국이 뱀 기어가듯 꾸불꾸불 따라오다가 절벽 끄트머리에서 딱 끊긴 것이다. 그렇다, 멸절사태가 추적해온다면 틀림없이 썰매 자국만 따라올 것이다. 그리고 여기 와서 두 사람이 눈 쌓인 벼랑 아래로 굴러떨어져 뼈도 못 추리고 죽었으리라 생각할 것이 아닌가? 과연 거미 아가씨는 용의주도하고 세심한 처녀가 분명했다.

"자, 업혀요!"

거미가 쪼그려 앉아서 등을 내밀었다.

"날 업고 가려고? 무거워서 힘들 텐데……."

장무기가 망설이자, 그녀는 눈을 하얗게 흘기면서 핀잔을 주었다.

"힘드는지 내가 모르고 이러는 줄 알아요?"

장무기는 더 이상 말을 못 붙이고 거미의 등에 업혔다. 그리고 두 손으로 살며시 목덜미를 감싸 안았다. 거미의 웃음소리가 등 뒤로 들려왔다.

"내가 목 졸려 죽을까 봐 겁나요? 그렇게 살며시 부여잡았다가는 목 졸려 죽기 전에 간지러워서 먼저 죽겠네!"

그녀가 자신에게 거리낌이 없는 것을 보자, 장무기는 흐뭇한 생각을 하면서 좀 더 세게 그녀의 목덜미를 감싸 잡았다. 다음 순간 몸뚱이가 들썩하더니, 거미는 이내 그를 업은 채 나무 위로 솟구쳐 올라갔다.

나무숲은 곧바로 서쪽을 향해 끊임없이 펼쳐졌다. 나무 꼭대기 가장귀에 올라선 거미는 이 나무에서 저 나무로 껑충껑충 뛰어 옮겨가기 시작했다. 가녀린 체구에 우람한 사내의 몸뚱이를 업었건만 잠시도 멈추지 않고 도약하는 발걸음이 그저 경쾌하고 날렵할 뿐 지치거나 힘들어하는 기색을 보이지 않았다. 단숨에 어림잡아 70~80그루나 되는 나무를 거쳐서 또 다른 산 절벽 끄트머리에 다다르자, 비로소 지상으로 뛰어내리더니 등에 업힌 장무기를 조심스럽게 내려놓았다.

"호호, 이제 여기다 외양간을 한 채 지어야겠군."

"외양간이라니? 여기다 외양간을 지어서 뭘 하려고?"

뜨악한 기색으로 올려다보는 장무기를 마주 보면서 그녀가 깔깔대고 웃었다.

"아니면 송아지한테 기와집을 지어주나? 당신은 송아지니까 외양간에 들어가야 하는 거 아녜요?"

"내가 송아지이긴 하지만, 외양간을 지어줄 것까지는 없소. 이제 네댓새만 더 지나면 부러진 뼈도 완전히 굳어질 테니까. 사실 지금이라도 억지로 걷자면 걸어갈 수도 있는데……."

"흥! 억지로 걷는다고? 아니, 추팔괴 못난이가 이젠 아예 절름발이 송아지 노릇까지 할 참이에요? 호호, 그것참 볼만하겠군!"

거미는 더 들을 것도 없다는 듯이 발딱 일어서서 나뭇가지를 꺾어다 바위 더미에 쌓인 눈을 쓸어내기 시작했다. 그리고 무엇이 그리 즐거운지 흥얼흥얼 콧노래까지 불러가며 나무 가장귀를 잎사귀째 여럿 꺾어다 커다란 바위 틈서리에 지붕을 얹어 엮었다.

'외양간' 공사는 반나절이 지나 끝났다. 커다란 바위 틈서리에는 하늘을 가린 방 한 칸이 생겼다. 두 사람이 겨우 다리를 뻗고 누울 정도의 면적이었다. 드나드는 출입구만 트였을 뿐 삼면이 단단한 암벽으로 둘러싸이고, 지붕은 송진 냄새가 물씬 풍기는 솔가지로 덮여 그런대로 보기 좋은 집 한 채가 생긴 셈이었다.

집 한 채를 거뜬히 지어놓고 나서도 거미 아가씨는 또 부지런히 큼지막한 눈덩이를 굴려다 솔가지를 덮어놓은 지붕 위에 차곡차곡 쌓아 올렸다. 바깥에서 누가 보더라도 사람이 들어앉은 흔적이 전혀 보이지 않게 위장한 것이다.

추운 겨울 날씨인데도 그녀는 손수건을 꺼내 얼굴에 흐르는 땀방울을 닦아냈다.

"여기서 기다려요. 내가 먹을 걸 찾아올 테니까."

"난 시장하지 않소. 너무 지쳤을 테니 좀 쉬었다 나가구려."

장무기는 보기가 안쓰러워 한마디 건넸는데, 거미가 톡 쏘아붙였다.

"날 위해주려거든 진심으로 그래야지, 공연히 입에 발린 말로 해봤자 그게 무슨 소용 있어요?"

그러고는 걸음을 빨리해서 잽싸게 숲속으로 들어가버렸다.

자그만 '외양간'에 홀로 앉아서 장무기는 거미의 부드럽고도 교태 어린 목소리, 나긋나긋한 몸놀림을 되새기며 흐뭇한 감정에 잠겼다. 비록 얼굴만큼은 추루하게 생겼지만 음성이나 행동거지 어느 것 하나 절세미녀의 풍모를 띠지 않는 것이 없었다. 문득 어머니가 임종할 때 남겨준 유언이 떠올랐다.

"얘야, 네가 자라서 어른이 되거든 여자한테 속지 않도록 조심해라. 예쁘게 생긴 여자일수록 남을 더 잘 속인단다."

'거미는 얼굴 생김새가 어여쁘지 않으니 날 속이지 않겠지. 또 날 얼마나 위해주는가? 죽을 때까지 함께 살고 싶다. 하지만 그녀의 마음속에는 정을 준 또 다른 사람이 있다. 그래서 나를 전혀 마음에 두지 않는 것 아닌가? 정말 서글프구나.'

이런저런 터무니없는 상념에 빠져 있으려니 얼마 안 있어 거미가 꿩 두 마리를 잡아서 돌아왔다. 그녀는 익숙한 솜씨로 털을 뜯고 눈 뭉치로 피를 씻어낸 다음 불을 지피고 굽기 시작했다. 이윽고 기가 막히게 구수한 냄새가 '외양간'에 자욱이 퍼졌다.

장무기는 꿩 한 마리를 게 눈 감추듯 말끔히 먹어치웠다. 그러고도 성이 차지 않아 입맛을 다셨다. 그 게걸스러운 모습이 우스웠는지 거미는 입술을 비죽거리며 미소를 짓더니 언제 꿍쳐두었는지 꿩 다리 두 개를 툭 던져주었다. 닭이나 꿩 같은 날짐승에서 가장 맛 좋은 부위가 다리인데, 제 몫에서 그걸 남겨두었다가 장무기에게 준 것이다.

"난 됐소. 그냥 드시오."

장무기가 미안스러워 사양하자, 그녀는 발끈해서 또 한 차례 쏘아붙였다.

"먹고 싶으면 먹을 것이지, 누가 속에도 없는 소릴 하랬어요? 공연히 남을 위하는 척 위선을 떠는 사람이 제일 밉더라! 누구든지 남의 비위를 맞추느라 알랑대는 사람은 내 그놈의 몸뚱이에다 칼로 구멍을 뻥뻥 뚫어주고 말 거야!"

맞대놓고 포달을 부리니 장무기도 섣불리 더 말을 붙이지 못하고 땅바닥에 떨어진 꿩 다리를 집어 들고 아무 말 없이 먹기 시작했다. 이윽고 꿩 다리 두 개마저 깡그리 장무기의 배 속으로 들어갔다. 한바탕 포식을 한 그는 흡족한 기색으로 땅바닥의 눈을 한 움큼 쥐어 기름기가 번질거리는 입술과 얼굴을 닦고 나서 소맷자락으로 쓱쓱 문질렀다.

뾰로통하니 외면하고 있던 거미가 흘끗 고개를 돌렸다. 그러더니 눈 덩어리로 말끔하게 닦인 얼굴을 보고 저도 모르게 흠칫하더니 낯선 사람을 마주 대하듯 한동안 넋 빠진 기색으로 하염없이 바라보았다. 너무나 노골적인 시선에 장무기는 그만 멋쩍은 생각이 들어 입에서 나오는 대로 한마디 물었다.

"내 얼굴에 뭐가 묻었소?"

그랬더니 거미가 되물었다.

"당신 몇 살이에요?"

"스물하나요."

"음, 그러고 보니 나보다 겨우 세 살밖에 더 안 먹었군요. 그런데 왜 수염을 그처럼 길게 기르고 있죠?"

장무기는 별것을 다 묻는구나 싶어 웃음이 나왔다.

"몇 년 동안 깊은 산골에서 혼자 살아왔소. 만날 사람도 없으니까 머리를 다듬거나 수염 깎을 생각이 나지 않았던 거요."

이 말을 듣자 거미는 허리춤에서 금빛 손잡이가 달린 자그만 칼을 꺼내더니 얼굴을 더듬어가면서 조심스럽게 수염을 깎아주기 시작했다. 칼날이 얼마나 예리한지 그저 스쳐 지나가는 곳마다 수염이 훌훌 날려 떨어지기만 할 뿐 뜯기거나 아픈 느낌마저 들지 않았다. 매끈하고도 부드러운 손가락이 얼굴을 더듬는 동안 쿵쿵 뛰는 가슴의 고동을 도무지 억제할 길이 없었다.

칼날이 점점 귀밑을 지나 목덜미까지 내려왔다. 그리고 목젖 부근에서 딱 멈추더니 한마디가 날아왔다.

"이봐요, 내 손에 조금만 힘을 주면 어떻게 되는지 알죠? 목젖을 쓰윽 그어버리면 당장 한목숨이 '아이고, 불쌍해라!' 하고 말 텐데, 겁나지도 않아요?"

장무기는 꼼짝달싹 못 한 채 입으로만 벙긋 웃어 보였다.

"겁나기는커녕 아가씨의 고운 손에 목숨을 잃으면 죽어서도 풍류 귀신이 될 텐데, 기분이 오죽이나 좋겠소."

"어디 그럼 풍류 귀신이 되어봐요!"

거미가 칼날을 선뜻 뒤집더니 목젖을 쓰윽 그어 내렸다.

"어이쿠!"

목덜미가 섬뜩해지는 바람에 혼비백산한 장무기가 펄쩍 뛰었다. 손놀림이 워낙 빠른 데다 칼날이 바싹 닿아 있는 터라 경각심을 일으키기도 전에 칼날을 벌써 그어 내린 뒤였다. 피할 겨를도 저항할 여지도 없이 뒤집힌 칼등이 목을 긋고 지나간 것이다. 그러나 때를 같이해서 장무기의 체내에 잠재한 구양신공이 자연스럽게 반탄력을 일으켰다.

"탁!"

거미의 손에 쥐여 있던 칼이 튕겨 날았다. 그제야 장무기는 그녀가 칼등으로 장난했음을 깨달았다.

"아유!"

칼자루를 쥐었던 팔뚝이 시큰시큰 저려오는 바람에 거미는 외마디 소리를 질렀다. 하지만 이내 킬킬대고 웃으며 물었다.

"어때요, 풍류 귀신이 된 기분이?"

장무기도 덩달아 멋쩍게 웃으면서 고개를 끄덕였다.

그는 워낙 천성이 대범하고 소탈한 사람이긴 하지만, 이상하게도 거미 앞에서는 마치 어릴 적부터 함께 자라온 남매처럼 아무런 구속감도 느낄 수 없을 뿐만 아니라, 뭐라고 말로 표현하지 못할 만큼 편안했다. 그렇기 때문에 평소 그답지 않게 우스갯소리가 자연스레 나오곤 했다.

이윽고 더부룩하게 자랐던 수염이 말끔히 깎였다. 칼을 내려놓은 거미가 한동안 멍하니 바라보더니 느닷없이 땅바닥이 꺼져라 기나긴 한숨을 내리쉬었다.

"왜 그러오?"

장무기가 뜨악하게 물었으나 그녀는 대답 대신 칼을 집어 들고 이번에는 머리카락을 잘라주었다. 산골에서 5년 남짓 자란 머리칼은 어깨머리까지 흘러내려 마구 헝클어진 채 까마귀 둥지가 다 되어 있었다. 거미는 머리를 가다듬어 위로 틀어 올린 다음 나뭇가지를 깎아서 꽂아주었다.

이렇게 가다듬어놓고 보니, 옷은 비록 누더기가 다 되었고 훔쳐 입은 것처럼 길이도 짧고 폭도 너무 좁았으나, 장무기는 타고난 풍채 그대로 삽시간에 못난 촌뜨기 추팔괴의 모습에서 준수하게 잘생긴 젊은이로 둔갑했다.

거미의 입에서 한숨 섞인 찬탄이 흘러나왔다.

"정말 몰랐군요. 당신의 타고난 모습이 이럴 줄이야……."

장무기는 그 속마음을 꿰뚫어보았다. 지금 거미는 자신의 추악한 용모를 한탄하고 있는 것이다.

"나도 별로 잘생겼다고는 생각지 않소. 더구나 사람의 본바탕이 겉모습에 나타나는 게 아니오. 세상에 있는 아름다운 사물 가운데 독을 품은 것이 얼마나 많소? 깃털이 화려한 공작새도 그 쓸개에는 맹독이 들어 있소. 또 선학仙鶴이라는 두루미의 붉은 볏이 얼마나 아름답소? 하지만 그 볏은 가장 지독한 독약 덩어리라오. 뱀처럼 발 없이 기어 다니는 동물, 전갈이나 거미 같은 벌레들도 빛깔이 아름다울수록 그 독성이 맹렬한 법이오. 당신이 품고 다니는 독거미를 보시오. 무늬가 얼마나 아름답소? 사람도 마찬가지요. 누구든지 얼굴 생김새만 아름답다고 좋을 게 뭐 있소? 모름지기 마음씨가 선량해야 하는 법이오."

"마음씨가 착하면 뭐 좋은 게 있나요?"

그는 잠시 말문이 막혀 적절한 답변을 하지 못했다. 그래도 거미의 빙글대는 눈웃음이 재촉하자 마지못해 이렇게 대답했다.

"마음씨가 착한 사람은 남을 해치지 않소."

"남을 해치지 않아서 좋을 건 또 뭐예요?"

"내게 남을 해칠 뜻이 없으면 우선 자기 마음부터 편안해지고, 하는 일마다 떳떳할 수가 있소."

"그건 틀린 말이에요. 나는 꼭 남을 해치지 않으면 속이 시원해지지 않거든요. 곁에 있는 사람이 말도 못 하게 참혹한 꼴을 당해야만 내 마음이 평안해지고, 하는 일마다 술술 잘 풀리더군요."

"그건 당치도 않은 억지소리요."

장무기가 고개를 내저으며 한마디로 부정하자, 그녀는 차갑게 웃으면서 빈정거렸다.

"나한테 남을 해칠 뜻이 없었다면 이 천주만독수를 단련해서 어디다 쓰겠어요? 내가 끝도 한도 없는 고통에 시달려가며 이 무공을 배우는 게 좋아서 장난으로 하는 줄 알아요?"

말을 끝내자 그녀는 두 다리를 틀고 앉아서 체내의 공력을 한 바퀴 돌리더니, 품속에 간직하고 있던 자그만 황금 합을 꺼내 뚜껑을 연 다음 양손의 검지를 그 속에 집어넣었다.

합 속에 든 얼룩거미 두 마리가 슬금슬금 기어 다가오더니 날카로운 부리로 손가락 끄트머리를 하나씩 나누어 꽉 깨물고서 놓지 않았다. 그녀는 숨 한 모금을 깊숙이 들이마시고 내력을 끌어올린 다음 양팔을 부르르 떨어가며 거미의 독과 대항하기 시작했다. 얼룩거미는 그녀의 손가락에서 피를 빨았다. 그것이 먹이였다. 그러나 거미 아가씨 또한 손가락의 혈맥을 이용해 얼룩거미의 몸속에 든 독액을 빨아들여 자신의 핏줄로 끌어들이고 있었다.

장무기는 그녀의 얼굴에 장중하고도 엄숙한 기색이 피어오르는 것을 보았다. 그와 동시에 양 눈썹 사이의 미심혈眉心穴과 좌우 양쪽 관자놀이 태양혈太陽穴이 열디열은 검정 기운으로 덮이자 그녀는 어금니를 악문 채 고통을 참느라 무진 애를 쓰고 있었다. 시간이 얼마쯤 더 지나자 코끝에 잘디잔 땀방울이 송알송알 배어나오기 시작했다. 천주만독수의 고통스러운 무공 수련은 거의 반 시진이나 계속되었다. 얼룩거미 두 마리는 배가 작은 공처럼 불룩해질 때까지 피를 빨고서야 손가락을 놓고 합 안으로 돌아가 깊은 잠에 빠져들었다.

거미는 손가락을 빼고 나서도 또다시 오래도록 운공을 했다. 얼굴에 뒤덮였던 검정 기운이 차츰 흐려지면서 핏기가 돌기 시작했다. 그제야 거미는 "푸읏!" 하고 숨 한 모금을 토해냈다. 숨결 가까이에 있던 장무기는 코끝에 들쩍지근한 냄새를 맡을 수 있었다. 그리고 순간적으로 어찔어찔하게 현기증을 일으켰다. 그녀가 뿜어낸 숨결 속에도 얼룩거미의 맹독이 섞여 있었던 것이다.

거미가 두 눈을 번쩍 뜨더니 미소를 지어 보였다.

"얼마나 수련해야 천주만독수를 완성하게 되는 거요?"

장무기의 물음에 그녀는 시름없이 대꾸했다.

"독거미의 몸뚱이가 얼룩무늬에서 검은빛으로 바뀌고, 다시 검은빛에서 흰 빛깔로 바뀌면 독성이 말라붙어 죽고 말죠. 독거미의 몸속에 있던 독액이 모조리 내 손가락으로 옮겨오니까요. 이렇게 한 마리씩 해서 적어도 100마리는 거쳐야 기본이 완성되는 거예요. 진짜 깊고 두터운 수준에 도달하려면 1,000마리나 2,000마리도 많은 건 아니에요."

천연덕스레 하는 말에 장무기는 온몸의 솜털이 곤두섰다.

"그 많은 독거미를 어디서 구한단 말이오?"

"수련하는 사람이 직접 기르죠. 이놈들은 새끼를 치거든요. 그래도 모자라면 거미 떼가 있는 소굴을 찾아서 잡아야죠."

"세상 천하에 하고많은 무공 중에서 하필이면 이렇게 지독한 무공을 택할 게 뭐요? 이 거미 독은 맹렬하기 짝이 없어 그렇게 자꾸 몸속에 흡수되었다가는 제아무리 저항력이 생기더라도 시일이 오래면 끝내 몸을 못 쓰게 될 거요."

남은 걱정스러워 충고하는데 거미는 차갑게 웃었다.

"당신 말마따나 세상 천하에 무공이 많기는 하죠. 그러나 어느 문파 무공이 천주만독수 독공에 미칠 수 있겠어요? 당신도 내력이 대단하다고 뽐내지만, 내 독공 수련이 완성되는 날에는 아마 내 손가락 하나도 당해내지 못할걸요?"

말을 마치자, 그녀는 손가락에 진기를 끌어모으더니 손길 나가는 대로 곁에 있는 나무토막을 찍어 보였다. 그러나 공력이 아직 제 수준에 도달하지 못해 깊이가 겨우 반 치 남짓밖에 들어가지 않았다.

"어떻게 해서 당신 어머니가 이 독공을 가르치게 되었소? 또 그분은 완전히 익히셨소?"

장무기가 다시 묻자, 거미는 갑작스레 두 눈에 사납고 표독스러운 광채가 번뜩이더니 원한에 사무친 목소리로 대답했다.

"이 천주만독수는 얼룩거미를 20마리 이상 수련해야 해요. 체내에 독질이 쌓이는 만큼 얼굴 모습도 흉하게 바뀌죠. 1,000마리를 수련했을 때에는 아주 기괴망측하게 변해서 본래의 얼굴을 알아볼 수 없을 정도가 된다더군요. 엄마는 거의 100마리까지 수련했는데, 하필 그때 아버지와 맞닥뜨리게 됐어요. 그분은 당신 얼굴 모습이 추악하게 바뀌면 아빠가 싫어할까 봐 겁이 나서 평생토록 쌓은 공력을 억지로 흩어버리셨어요. 결국 엄마는 닭 모가지 하나 비틀어 죽일 힘도 없는 평범한 여인이 되고 말았죠. 본래의 아리따운 모습은 되찾으셨지만, 그 뒤로 서모와 이복 오빠들에게 모진 학대와 멸시를 당했어요. 이미 공력을 다 잃어버린 몸이니 단 한 번도 제대로 맞서 싸우지 못하고 당하기만 하다가 결국은 당신 목숨마저 끊어버리고 말았죠. 흥, 그렇게 하면서까지 미모를 되찾아봐야 무슨 소용이 있겠어요? 엄마는 이 세상에서 제일 곱고 아름다운 미녀였는데, 나이 들고 자식을 낳지 못한 죄로 아빠가 또 첩을 얻었죠."

장무기의 눈빛이 새삼스레 그녀의 추루한 얼굴을 스쳐 지나갔다.

"그러고 보니, 당신도 그 무공을 익히느라 얼굴이……."

말끝을 맺지 못하고 흐리는데, 거미가 내처 그 말을 이었다.

"그래요! 난 이 무공을 수련하느라 얼굴에 거미 독이 올라서 이 모양이 되었어요. 흥! 그 양심 없는 사람이 매정하게 날 거들떠보지도 않았지만, 내가 천주만독수를 완성하는 날 그 사람을 찾아갔을 때 어떤 계집이든 곁에 있기만 해봐요. 내가 그냥 내버려둘 줄 알고?"

"당신은 그 사람과 혼인한 사이도 아니고, 또 백년해로하자고 언약한 사이도 아니지 않소? 그저…… 그저……."

"떠듬거리지 말고 할 말이 있거든 속 시원하게 탁 털어놓아요! 누가 잡아먹나, 뭐가 두려워서 우물쭈물하는 거예요? 당신 지금 나더러 짝사랑하는 거 아니냐고 말하고 싶었죠? 안 그래요? 짝사랑이면 또 어때요? 내가 그 사람을 사랑하는 이상 그 마음속에 딴 여자가 있는 건 절대 용서 못 해요! 두고 봐요. 그 사람이 날 배신하고 박정하게 대하면, 내 이 천주만독수 맛을 톡톡히 보여주고 말 테니까!"

보이지 않는 상대를 놓고 포달을 부리는 그녀에게 장무기는 그저 미소만 지을 뿐 더 이상 가타부타 따지지 않았다. 성미도 유별나기 짝이 없어 좋을 때는 한없이 좋다가도 포악을 떨기 시작하면 막무가내였다.

문득 태사부 장삼봉과 대사백 송원교, 그리고 둘째 사백 유연주가 틈만 나면 하던 말이 떠올랐다. 그것은 무림계의 정과 사를 구별하는 방법이었다. 그 말대로 보자면 아무래도 거미가 수련하는 천주만독수야말로 극악무도한 사파의 무공이요, 그 어머니 되는 사람 역시 필경 요사스러운 문파의 제자임이 틀림없을 것 같았다. 생각이 여기에 미치자, 조금씩 거미를 경계하게 되고 두려운 마음이 들기 시작했다.

그의 심정이 어떻게 달라지고 있는지 전혀 눈치채지 못한 그녀는 새로 꾸민 '외양간'을 바쁘게 들락거리면서 푸른 솔가지와 나뭇잎으로 장식하느라 여념이 없었다. 작디작은 임시 거처를 온통 우아하게 치장하느라 바쁜 거미의 모습을 물끄러미 바라보면서 장무기는 문득 애처로운 생각이 들었다. 얼굴 모습은 거미 독으로 저렇듯 추악하게 바뀌었으면서도 아름다움을 사랑하는 여자의 천성만큼은 변함이 없었던 것이다.

"거미 아가씨, 내 다리가 다 낫거든 좋은 약초를 캐다가 당신 얼굴의 독종毒腫을 고쳐주리다."

이 말을 듣자, 거미는 대뜸 얼굴빛이 하얗게 질리더니 두려운 빛을 띠고 딱 부러지게 거절했다.

"안 돼요, 안 돼! 내가 얼마나 뼈를 깎는 고통에 시달려가며 이 정도까지 수련했는데, 당신은 이 독공을 흩어버릴 작정이에요?"

"어쩌면 우리 둘이 잘 연구해서 공력도 잃지 않고 그 얼굴의 부종을 원상대로 말끔히 가시게 할 수도 있을 거요."

"어림도 없죠! 그런 방법이 있었다면 내 어머니가 왜 몰랐겠어요? 이 무공은 외가에서 조상 대대로 전해오는 비법이에요. 접곡의선 호청우 같은 초인적 재주를 가진 사람이라면 혹 모를까, 딴사람은 어림 반푼어치도 없는 소리죠. 하지만 접곡의선도 벌써 여러 해 전에 죽었으니……."

거미는 시무룩하게 말끝을 흐렸다. 장무기는 이것 봐라 싶어 두 눈이 휘둥그레졌다.

"당신도 호청우를 알고 있소?"

"뭘 그렇게 이상한 눈으로 보는 거예요? 강호 천하에 접곡의선 호청우의 명성 높은 의술을 누가 모르겠어요? 내가 안다고 해서 이상할 거 하나 없죠."

장무기를 향해 눈을 흘긴 거미가 또 한숨을 내리쉬었다.

"하기야 그 사람이 살아 있다 한들 별명 그대로 '눈앞에 죽는 사람을 보고도 구해주지 않는' 악질 의원이었으니 무슨 소용이 있겠어요?"

장무기는 대답하지 않았다. '이 처녀는 접곡의선이 나한테 모조리 그 재능을 전수했다는 사실을 모르리라. 지금은 발설할 때가 아니다. 훗날 이 처녀 얼굴의 독종을 치료할 방법이 생각나면 그때 가서 깜짝 놀라게 해줘야지.'

이런저런 얘기를 주고받는 사이에 어느덧 해가 저물었다. 작은 '외양간' 안에서 두 사람은 암벽에 기댄 채 잠이 들었다.

얼마나 지났을까, 장무기는 한밤중 잠결에 훌쩍거리는 울음소리를 듣고 소스라쳐 깨어났다. 정신을 가다듬고 보니 거미가 흐느끼는 소리였다. 그는 똑바로 일어나 앉아서 손을 내밀어 그녀의 어깨를 토닥거려주었다.

"거미, 너무 상심하지 말아요."

부드럽게 달래는 소리에 격동되었는지 소리를 죽여 흐느끼던 거미가 더는 참지 못하고 와락 울음보를 터뜨리면서 그의 품에 안겼다. 그러고는 아예 목 놓아 대성통곡했다.

"웬일이오? 어머니 생각이 나서 그러오?"

거미가 고개를 끄덕끄덕하며 훌쩍거리는 소리로 대답했다.

"엄마는 죽었어요! 이 세상에 나 혼자 외톨이가 되었어요. 이런 꼬락서니에 아무도 날 반겨주는 사람이 없고, 어느 누구도 나와 같이 어울려주지도 않는걸……."

장무기는 옷깃을 끌어당겨 살며시 눈물을 닦아주었다. 그러고는 낮은 목소리로 다정하게 속삭였다.

"난 당신이 좋소. 언제까지 당신과 함께 있으면서 위해줄 거요."

"필요 없어요! 당신이 날 위해주지 않아도 좋아. 내 마음속엔 좋아하는 사람이 따로 있으니까. 그 사람은 날 거들떠보지 않고 때리고, 욕하고, 물어뜯기까지 했어도 나한테는 그 사람뿐이야!"

또 한 번 마음의 상처를 입었으나, 장무기는 떨리는 목소리로 진지하게 다짐을 두었다.

"그런 매정한 사람은 잊어버려요. 내가 당신을 아내로 삼아 한평생 아끼고 위해주리다."

"안 돼, 안 돼! 난 그 사람을 못 잊어. 만약 나더러 또 그 사람을 잊어버리라고 해봐요! 그럼 난 죽을 때까지 당신을 영영 거들떠보지도 않을 테니까!"

장무기는 수치감을 이기지 못해 얼굴이 벌겋게 달아올랐다. 다행스럽게도 칠흑같이 어두운 밤중이라 온통 시뻘겋게 어색해진 표정을 거미에게 들키진 않았다.

한동안 두 사람은 말이 없었다. 어느 쪽에서도 입을 열지 않았다. 얼마나 지났을까, 이윽고 어둠 속에서 거미의 목소리가 울렸다.

"송아지 오라버니, 나한테 화났어요? 지금 날 미워하고 있죠?"

"내가 왜 당신한테 성을 내겠소? 지금 나는 나 자신에게 화가 났을 뿐이오. 당신한테 그런 말을 해선 안 되는 건데."

"아니, 아니에요! 날 아내로 맞아들이겠다고 했죠? 평생토록 날 끔찍이 위해주고 사랑해준다고 했죠? 어디 그 말 다시 한번 해줘요. 아주 듣기 좋아요!"

정말 염치없는 요구에 장무기도 더는 참지 못하고 꽥 소리를 질렀다.

"지금 날 놀리는 거요? 그 사람을 잊지 못한다면서 나더러 또 무슨 말을 하라는 거요!"

거미가 슬며시 그의 손을 부여잡고 부드럽게 달랬다.

"오라버니, 화내지 말아요. 내가 잘못했어요. 그렇지만 당신이 정말 나를 아내로 맞아들이겠다면 난 틀림없이 당신 눈을 찔러 장님으로 만들 거야. 아니, 어쩌면 아예 죽여버릴지도 몰라."

이 말에 장무기가 흠칫 놀라 몸을 부르르 떨었다.

"뭐라고?"

"생각해봐요. 당신 눈이 멀어버리면 내 이 흉측한 꼬락서니를 보지 못할 테고 또 아미파의 예쁜 주 낭자를 보러 찾아갈 수도 없지 않겠어요? 만약 그래도 당신이 그 낭자를 잊지 못하겠다면 내 이 천주만독수 손가락으로 당신을 찍어 죽이고, 아미파 주 낭자도 찍어 죽이고, 그다음엔 내 목을 찍어 자살해버릴 거야."

해괴하기 짝이 없는 공상을 털어놓으면서도 그 목소리는 뜻밖에 차분하고 천연덕스러웠다. 마치 그렇게 하는 것이 하늘과 땅의 변함없는 도리인 것처럼 당연하게 여기고 있는 것 같았다.

실로 흉악하고 잔혹한 그 몇 마디에 장무기는 가슴속 심장이 덜컥 멎어버리는 듯한 극심한 충격을 받았다.

바로 그때였다.

"아미파 주 낭자가 너희 사이에 방해라도 됐다더냐?"

갑자기 멀리서 나이 지긋한 여인의 목소리가 들려왔다.

거미가 먼저 소스라치게 펄쩍 뛰었다.

"멸절사태가 왔어요!"

들릴락 말락 아주 나지막한 속삭임이었으나, 그래도 바깥의 그 여인에겐 들린 모양이었다.

"그래, 네 말대로 멸절사태가 왔다."

첫마디가 들렸을 때는 거리가 멀었으나, 두 번째 말이 음산하게 들릴 때는 벌써 '외양간' 부근 지척이었다.

거미는 속으로 비명을 질렀다. 장무기를 안고 피신하기에는 이미 때가 늦었다. 이제 할 수 있는 일이라곤 숨을 죽인 채 웅크려 있는 길밖에 없었다.

바깥에서 또 얼음같이 차가운 목소리가 들렸다.

"이리 나오너라! 그 안에 평생토록 처박혀 살 작정이냐?"

거미는 이제 다 틀렸구나 싶어 아예 단념하고 장무기의 손을 잡은 채 '외양간' 지붕을 들치고 바깥으로 걸어 나갔다.

'외양간' 바깥 20척 거리를 두고 늙은 비구니 한 사람이 우뚝 서 있었다. 훤칠하게 큰 키에 우람한 몸집이면서 등만 약간 구부정한데, 자그만 모자를 쓴 머리에 미처 삭발하지 않은 머리카락이 듬성듬성 허연 백발로 드러나 있었다. 바로 아미파의 장문인 멸절사태였다.

그 뒤에 멀찌감치 떨어져 20~30명이 세 줄로 나뉜 채 달려오고 있었다. 이윽고 가까이 들이닥친 일행이 멸절사태를 중심으로 좌우에 늘어섰다. 그중 절반가량은 비구니이고 나머지는 남자와 여자가 섞여 있었는데, 독수무염 정민군과 주지약의 모습도 보였다. 남자 제자들은 제일 뒤편에 웅기중기 서 있었다. 성질이 괴팍한 멸절사태가 남자를 싫어한 탓에 아미파는 애당초 여제자를 중시하고 남제자를 가볍게 여겼다. 따라서 남제자들은 상승 무공을 전수받지 못할뿐더러 그 지위도 여제자들보다 훨씬 낮았다.

멸절사태는 싸늘한 눈초리로 거미의 위아래를 훑어보기만 할 뿐 한 동안 말이 없었다.

장무기는 두근두근 마구 뛰는 가슴을 억누른 채 거미의 등 뒤에 웅크리고 있었다. 그러나 마음속으로는 이미 결단을 내린 상태였다. 물론 적수가 되지 못할 것은 뻔히 알지만, 일단 멸절사태가 거미에게 손찌검을 했다 하면 자신도 전력을 다 쏟아 한바탕 겨뤄볼 생각이었다.

긴장 속에 시간이 흘렀다.

이윽고 멸절사태가 "흥!" 하고 코웃음을 세게 치면서 정민군을 돌아보고 물었다.

"바로 이 계집이냐?"

"예!"

정민군이 허리를 구부려 한마디로 대답했다. 바로 그때 갑작스레 "으직, 으직!" 하는 소리가 두 차례 울리더니, 거미가 "끄응!" 하고 답답한 신음 소리를 내뱉었다. 그러더니 벌써 몸뚱이가 30척 바깥으로 날아가 떨어지고 있었다. 어느 틈에 손을 썼는지 양 손목뼈가 한꺼번에 부러졌고, 정신을 잃고 까무러쳤는지 차가운 눈밭에 엎어져 움직일 줄 몰랐다.

장무기의 눈에는 그저 잿빛 그림자 하나가 번뜩 움직였을 뿐이었다. 그러나 그 순간에 멸절사태는 쾌속하기 짝이 없는 동작으로 거미를 덮쳐 눈 깜짝할 사이에 두 손목을 부러뜨리고 내던져버린 후, 또다시 번개 벼락 치듯 재빠른 동작으로 어느새 제자리로 돌아와 있었다.

멸절사태는 밤바람에 옷자락을 나부끼면서 마치 거대한 고목처럼 그 자리에 우뚝 서 있었다. 장무기는 사뭇 이상야릇한 느낌이 들었다. 꼿꼿한 자세에 어딘가 모르게 을씨년스럽고도 장엄한 분위기가 감도는 것은 무슨 까닭일까? 두세 차례 연속으로 움직인 동작과 솜씨 하나하나가 모두 순식간에 깔끔하게 이루어졌는데, 어째서 그 재빠른 몸놀림이 불가사의하다는 생각밖에 들지 않을까? 결국 그 놀라운 솜씨에 자신이 홀렸는지 기가 죽었는지 구원의 손길을 뻗치기에는 때가 늦었을 뿐 아니라, 어떻게 손을 써야 좋을지도 알지 못했다. 그렇게 허둥거리다 동작을 취할 기력마저 송두리째 잃어버렸다.

사람의 넋을 꿰뚫어보기라도 하듯 날카로운 멸절사태의 눈초리가 다시 장무기를 쏘아보았다.

"네놈도 이리 썩 나서라!"

이때 주지약이 한 걸음 앞으로 내딛고 여쭈었다.

"사부님, 저 사람은 두 다리가 부러져 걷지 못합니다."

"썰매 두 대를 엮어라. 저것들을 데리고 가야겠다."

"예!"

스승의 호통 한마디에 제자들이 입을 모아 응답했다. 이윽고 10여 명의 남자 제자들이 손과 발을 재빠르게 놀려 부지런히 썰매 두 대를 엮었다. 이윽고 두 명의 여제자는 거미를, 남제자 둘은 장무기를 각각 떠메다 썰매 한 대씩에 나누어 태운 다음, 멸절사태를 뒤따라 서쪽으로 힘차게 달려가기 시작했다.

장무기는 놀란 가슴을 가라앉히면서 옆 썰매에 나란히 누워 끌려가는 거미의 동태를 유심히 살폈다. 두 눈을 감은 채 죽은 듯이 누워 있는 모습만으로는 가벼운 상처를 입었는지 아니면 중상을 당했는지, 어디를 어떻게 다쳤는지 알 길이 없어 가슴이 아팠다. 그러나 1리 남짓 치달리고 났을 때 그녀의 입에서 미약하게나마 신음 소리가 나는 것을 듣고 마음이 다소 놓였다.

"거미, 어딜 다쳤소? 내상을 입지는 않았소?"

깨어나라고 일부러 큰 소리로 외쳐 묻자, 거미 쪽에서도 이내 응답이 건너왔다.

"내 손목뼈를 다 부러뜨렸어요. 가슴과 배는 다치지 않은 것 같은데……."

"내장을 다치지 않았다니 불행 중 다행이오. 그럼 이제부터 내가 시키는 대로 해요. 왼쪽 팔꿈치로 오른쪽 팔꿈치가 구부러지는 안쪽 밑으로 세 치 다섯 푼 되는 부위를 탁 치시오. 그리고 다시 오른쪽 팔꿈치로 왼쪽의 같은 부위를 쳐봐요. 그럼 통증이 다소 가라앉을 거요."

거미가 미처 응답하기도 전에 어떤 소리가 들렸다.

"이잇?"

두 사람의 대화를 듣고 멸절사태가 흠칫 놀란 기색으로 뒤돌아보더니 사나운 눈초리로 장무기를 노려보며 물었다.

"요 녀석이 제법 의술에 통달했군. 네 이름이 뭐냐?"

"소인의 성은 증씨, 이름은 송아지요."

"스승은 누구고?"

"제 사부님은 시골 마을에 사는 무명 의원이오. 말씀드려도 모르실 거요."

"흥!"

멸절사태는 코웃음 치고 두 번 다시 거들떠보지 않았다.

일행은 날이 밝을 때까지 줄곧 치달린 끝에 비로소 가던 길을 멈추고 휴식을 취하며 마른 음식을 꺼내 식사를 했다.

주지약이 다 식어빠진 만두 몇 개를 가져다 장무기와 거미에게 나눠주었다. 만두를 건네면서 그녀는 장무기의 얼굴에 눈길을 한 번 던졌다가 이내 고개를 돌렸다. 그러나 장무기는 격심하게 떨리는 감정을 이기지 못하고 낮은 목소리로 혼잣말하듯 중얼거렸다.

"한수의 흐르는 강물, 나룻배 위에서 밥을 먹여주던 그 은덕 영원히 잊지 못하는데……."

이 말을 듣는 순간, 주지약의 몸뚱이가 부르르 떨리더니 고개를 돌리고 다시 한번 그를 바라보았다. 어제와는 달리 지금은 더부룩하던 수염도 말끔히 깎이고 치렁치렁 헝클어졌던 머리칼도 깨끗이 다듬어졌다.

한참이나 그 얼굴을 응시하던 주지약의 입에서 나지막하게나마 드디어 탄성이 흘러나왔다.

"아……!"

그녀는 얼굴에 놀라움과 반가움이 뒤섞인 표정으로 물었다.

"당신이…… 당신이 바로……?"

주지약이 끝내 자신을 알아보자, 그는 말없이 천천히 고개를 끄덕였다.

"몸에 퍼진 음독은 다 나았나요?"

음성이 모기 소리만큼 가늘어 거의 알아들을 수 없었다.

"이미 다 고쳐졌소."

장무기 역시 속삭임으로 대답했다.

주지약의 얼굴에 발그레하니 달무리가 피어오르더니 이내 고개를 돌리고 일행 쪽으로 발걸음을 옮겼다.

둘이 나눈 대화는 듣지 못했으나 장무기 뒤에 누워 있던 눈치 빠른 거미는 주지약의 표정을 낱낱이 읽고 있었다. 분명 '송아지'와 어제 처음 만났을 텐데 반가워 어쩔 줄 모르는 기색을 드러내지 않는가. 그리고 입술이 달싹거리는가 싶더니 얼굴에 수줍음이 가득 담긴 채 두 눈에 밝은 빛을 반짝거리며 얼른 돌아서지 않는가. 도대체 무슨 얘기를 주고받은 것일까? 아무리 생각해도 알 수가 없었다.

"지금 저 여자와 무슨 얘길 했죠?"

거미는 주지약이 그 자리를 떠날 때까지 기다렸다가 불쑥 물었다.

"무슨 얘길…… 아무것도 아니오."

장무기는 얼굴을 붉히며 쭈뼛쭈뼛 얼버무렸다.

"흥, 맞대놓고 거짓말하다니!"

거미가 콧방귀를 뀌며 사납게 쏘아붙였다. 하지만 그녀 역시 확신을 못한 터라 더는 따져 묻지 않았다.

일행은 세 시진을 쉬고 나서 다시 출발했다.

이렇듯 아미파 사람들이 서쪽으로 강행군한 지도 벌써 사흘째, 아무래도 무슨 긴요한 일이 있는 게 분명했다. 제자들은 남녀를 불문하고 행군할 때나 휴식을 취할 때 꼭 필요한 용건이 아니면 어느 누구도 입을 열지 않았다. 모두 벙어리가 된 것처럼 묵묵히 발걸음만 재촉할 따름이었다.

이 무렵, 장무기의 부러진 다리뼈도 단단히 굳어져 마음만 먹으면 언제든지 제 발로 걸을 수 있었다. 하지만 상처가 아물었다는 내색을 하지 않고 오히려 신음 소리를 이따금 내뱉으며 멸절사태의 예민한

주의력을 누그러뜨렸다.

그러면서 느긋하게 기회가 오기만을 기다렸다. 언제든 거미를 채뜨려 달아날 수는 있었으나, 지나가는 곳마다 망망한 설원이라 뛰어봤자 곧 따라잡힐 게 뻔했다. 그래서 경거망동한 짓은 벌이지 않기로 했다.

쉬는 동안 그는 거미의 부러진 손목뼈를 맞춰주었다. 멸절사태는 치료하는 그의 손길을 차가운 눈빛으로 지켜보기만 할 뿐 제지하거나 간섭하지는 않았다. 그녀는 거미가 구사한 무공 초식 중에서 비정상적인 것이 있다는 낌새를 맡았으면서도 이들 두 사람을 데려가는 일을 거추장스럽게 여기지 않았고, 그렇다고 쉽사리 놓아줄 생각도 없는 듯했다.

한낮에 행군을 하다 쉬는 도중이나 밤중에 숙영하는 틈틈이 장무기는 주지약과 눈길을 맞춰보려 애를 썼지만, 그녀는 끝끝내 썰매 곁으로 다가오지 않았다.

일행은 다시 이틀을 더 행군해 이날 오후쯤엔 온통 모래 바다로 이루어진 대사막으로 접어들었다. 눈 덮인 벌판은 거기서 끊기고 지면에 쌓였던 눈도 다 녹아 있었다. 이제 포로를 태운 썰매 두 대는 모랫바닥을 미끄러져 달리기 시작했다.

사막지대에 들어선 지 얼마 안 되어 아미파 일행은 갑자기 서쪽 맞은편에서 모래를 박차고 달려오는 말발굽 소리를 들었다. 멸절사태의 손짓 신호에 따라 제자들은 즉시 모래언덕 뒤편에 몸을 감추고 엎드렸다. 그들 가운데 두 사람이 썰매 곁에 웅크린 채 단검을 뽑아 장무기와 거미의 등 쪽 심장 부위를 겨누었다. 아미파 사람들이 매복하고 있을 때, 만에 하나라도 두 포로가 소리쳐 경고를 보내면 그 즉시 목숨을 끊어놓겠다는 의사표시였다.

말발굽 소리는 무척 다급하게 치달리는 기색이었으나 거리가 워낙 멀었는지 반나절이 좋이 지나서야 매복 지점 근처에까지 나타났다. 마상의 기수들은 모랫바닥에 난데없는 사람의 발자국이 여럿 찍힌 것을 발견하고 즉시 말고삐를 낚아채어 그 자리에 멈춰 섰다.

때를 기다리고 있던 아미파의 맏제자 정현사태靜玄師太가 불진拂塵을 번쩍 휘두르자, 수십 명의 제자가 매복 지점에서 일제히 뛰쳐나와 마상의 기수들을 단단히 에워쌌다.

썰매 위에서 장무기가 고개를 길게 늘여 기웃거리니 마상의 기수는 도합 네 명으로 하나같이 눈처럼 하얀 백색 장포를 걸치고 있었다. 앞가슴 도포 자락에는 붉은빛으로 화염火焰이 수놓여 있었다.

갑작스러운 매복 기습에 당황한 네 명의 기수는 일제히 함성을 지르면서 병기를 뽑아 들더니 말 머리를 휙 돌려 곧바로 동북방 모서리 쪽으로 포위망을 뚫고 나갔다.

"마교의 요물이다! 한 놈도 놓치지 마라!"

정현사태가 큰 소리로 고함을 질렀다.

아미파는 수적으로 인원이 많았다. 그러나 다수로 소수의 적을 공격하는 비열한 짓은 하지 않았다. 정현사태의 호령에 따라 지명받은 남녀 제자 넷이 재빨리 그들의 앞길을 막아섰다.

마교도 네 명은 칼등이 굽은 만도蠻刀를 손에 잡고 사나운 기세로 부딪쳐 나갔다. 하지만 이번에 장문인을 따라 서역까지 온 아미파 제자들은 모두 멸절사태가 직접 고른 정예 부대였다. 하나같이 무공이 뛰어나고 강인한 인물들인지라 맞서 싸운 지 고작 7~8합도 못 되어 마교도 넷 가운데 셋이 제각각 칼에 찔려 마상에서 굴러떨어졌다.

나머지 하나는 아미파 제자들도 놀랄 만큼 대단한 도법刀法을 구사했다. 그자는 맞서 싸우던 남제자의 왼쪽 어깨머리를 찍어 쓰러뜨린 다음 돌파구가 뚫리자 그대로 말을 휘몰아 단숨에 20~30척 바깥으로 달려 나갔다.

"게 섰거라!"

아미 제자 가운데 항렬이 세 번째인 정허사태靜虛師太가 버럭 고함을 지르며 질풍같이 뒤쫓기 시작했다. 마상의 기수는 이미 100여 척 거리까지 달아났으나, 정허사태의 보법은 상상하기 어려울 정도로 빨라 어느새 그자의 등 뒤까지 바짝 따라붙었다. 그러더니 내뻗은 불진을 휘두르기가 무섭게 그자의 왼쪽 넓적다리를 휘감아갔다. 상대방이 만도를 되돌려 가로막으려 했으나, 정허사태의 불진은 급작스레 방향을 바꾸어 그의 뒤통수를 휩쓸어 쳤다.

"쐐아!"

바람을 가르고 훑어나간 불진이 뒷머리를 정통으로 후려쳤다. 심후한 내력이 응축된 불진으로 치명적인 요혈을 얻어맞았으니 배겨날 도리가 없었다. 그자는 마상에서 거꾸로 굴러떨어졌다. 그런데 모랫바닥에 쓰러진 그는 중상을 입었으면서도 용맹스럽기 이를 데 없어 양팔을 활짝 벌린 자세로 정허사태를 향해 질풍같이 덮쳐들었다. 이판사판 죽기는 마찬가지니, 적과 함께 동귀어진할 의도였다. 정허사태가 슬쩍 몸을 뒤틀어 피하더니 발악적으로 달려드는 그자의 앞가슴을 다시 한번 불진으로 후려쳤다.

그렇게 싸움은 삽시간에 끝이 났다.

바로 이때였다. 그자가 타고 달아나던 말 목덜미에 매달아놓은 새장 안에서 "푸드득!" 소리와 함께 흰 비둘기 세 마리가 하늘 높이 날아 올랐다.

"이건 또 무슨 장난질이야?"

정현사태가 야무지게 고함치더니 냅다 소맷자락을 휘둘렀다. 연꽃처럼 생긴 철련자鐵蓮子 강철 암기 세 대가 저마다 비둘기 한 마리씩을 노리고 한꺼번에 쏘아져 날아갔다. "휙!" 하고 바람 가르는 소리에 응답하듯 비둘기 두 마리가 맥없이 지상으로 떨어졌다. 하지만 나머지 한 마리는 그대로 날아올라 까마득히 구름 끄트머리로 향했다. 세 번째 철련자 한 대는 땅바닥에 쓰러져 있던 자가 쏘아 날린 암기에 부딪쳐 겨냥이 빗나갔던 것이다. 아미 제자들이 여기저기서 암기를 발사했으나 그놈을 맞히지는 못했다. 요행으로 목숨을 건진 비둘기는 동북쪽으로 훨훨 날아갔다.

정현사태가 손짓을 보내자 남자 제자들이 우르르 달려들어 흰옷을 걸친 마교도 네 사람을 모조리 끌어다 그 앞에 내세웠다.

매복 습격을 개시할 때부터 비둘기를 쏘아 떨어뜨리고 포로를 생포해 끌어다 세워놓기까지, 멸절사태는 시종 뒷짐 진 자세로 냉정하게 지켜보고만 있었다.

그런 멸절사태의 모습을 바라보면서 장무기는 속으로 생각했다. '멸절사태, 이 무서운 비구니가 직접 거미에게 손찌검을 한 데는 물론 독수무염 정민군의 손목뼈를 부러뜨린 탓도 있지만, 거미의 존재를 그만큼 중요시하고 있다는 증거일 것이다. 또 이 비구니가 비둘기 한 마리마저 잡기로 마음먹었다면 쉽게 잡을 수도 있었겠지만, 구태여 거들떠보지 않은 데는 그만한 이유가 있을 것이다. 어쩌면 맏제자 정현사태나 셋째 제자 정허사태가 손을 쓰다 놓쳐버린 것을 잡기엔 그녀의 자존심과 체면이 용납하지 않았을지도 모른다. 더구나 정현사태는 태사부의 100세 생신날 기효부를 비롯한 사매 다섯을 데리고 축하 인사차 무당산에 올랐을 때만 해도 곤륜파나 공동파의 장문인들과 대등한 입장에 서지 않았던가?' 아미파의 대제자들은 모두 강호 무림계에서 명망이 높은 만큼 어느 누구든지 큰일을 도맡아 한몫씩 단단히 하고도 남음이 있었다. 그러니 마교의 무명 졸개 몇몇쯤 상대하는 일에 굳이 멸절사태가 직접 나설 필요는 없었다.

여제자 하나가 죽은 비둘기 두 마리를 주워왔다. 그러고는 다리에 매단 죽통 속에서 동그랗게 말린 종이쪽지를 꺼내 정현사태에게 주었다.

정현사태는 종이쪽지를 펼쳐 읽어본 다음 스승에게 공손히 여쭈었다.

"사부님, 마교 측에선 우리가 광명정光明頂을 포위 공격한다는 사실을 이미 알고 있는 모양입니다. 이 쪽지는 천응교에 긴급 상황을 알리고 응원을 요청하는 내용입니다."

그녀는 또 다른 죽통에서 나온 쪽지를 마저 읽었다.

"똑같은 내용입니다. 한 마리를 놓친 게 아쉽군요."

맏제자의 말에 멸절사태는 냉랭하게 대꾸했다.

"아쉬울 게 뭐 있느냐? 차라리 잘된 일이다. 사방 천지에 흩어진 마교도들이 한자리에 몰려들게 놓아두었다가 일거에 섬멸해버리면 얼마나 통쾌하겠느냐? 우리가 바쁘게 뛰어다니면서 이곳저곳 뒤져내는 수고도 덜게 될 테니 말이다."

"예!"

정현사태가 한마디로 응답했다.

천웅교에 긴급 사항을 알렸다는 말을 듣는 순간, 장무기는 가슴이 덜컥했다. '천웅교 교주라면 외조부일 텐데, 설마 그 어른도 오셨다는 얘기가 아닐까? 흐흠, 이 늙은 비구니가 제아무리 오만 방자하고 자존 망대하게 군다 해도 내 외조부님의 적수는 못 될 거다.'

사실 그는 애당초 기회가 생기는 대로 거미를 구출해서 도망칠 생각이었다. 그러나 이제 그 말을 들으니 생각이 달라졌다. 외조부를 보고 싶다는 욕심이 그의 발목을 잡은 것이다.

한편에선 정현사태가 중상을 입고 사로잡힌 마교도 네 명을 호통쳐가며 문초하기 시작했다.

"어떤 작자들을 응원군으로 청했느냐? 말해라. 어떻게 해서 우리 여섯 문파가 마교를 포위 소탕하려 한다는 소식을 알아냈느냐?"

그러자 마교도 넷은 하늘을 우러러 처절한 웃음을 터뜨리더니 갑작스레 약속이나 한 듯 허리를 꺾고 모랫바닥에 털썩털썩 고꾸라졌다.

"앗!"

아미파 사람들이 깜짝 놀라 도로 일으키려 했으나, 그들은 모랫바닥에 엎어진 채 두 번 다시 꼼짝달싹하지 않았다. 남제자 둘이 허리를 굽히고 살펴보았더니 포로들은 저마다 얼굴에 괴상야릇한 웃음기를 띤 채 숨이 끊어져 있었다.

"정현 사저, 네 놈 모두 죽었습니다!"

놀란 기색으로 보고하는 소리를 듣자, 정현사태가 버럭 성을 내며 발을 굴렀다.

"요망한 것들이 독약을 먹고 자결했구나! 무슨 독인데 이렇듯 빠르게 발작한단 말이냐?"

"몸을 뒤져봐라!"

곁에서 정허사태가 분부를 내렸다.

"예!"

남제자 넷이 한마디로 응답하더니 각각 한 사람씩 맡아서 시체의 옷 속과 주머니를 뒤졌다.

이때 주지약이 불쑥 한마디 경고를 보냈다.

"잠깐! 여러 사형들 조심하세요. 주머니 속에 독물이 들어 있을지도 모릅니다."

시신을 뒤지던 남제자들의 손길이 멈칫했다. 아니나 다를까, 병기를 꺼내 시신을 뒤채놓고 주머니를 건드렸더니 그 속에서 뭔가 꿈틀거렸다. 주머니 속엔 각각 맹독을 품은 실뱀 두 마리가 감춰져 있었다. 멋모르고 손을 집어넣었다가는 꼼짝없이 독사에게 물려 황천길로 갈 뻔했던 것이다. 남제자들은 안색이 허옇게 질린 채 저마다 이 지독한 마교도의 행위에 욕설을 퍼부었다.

제자들이 하는 짓을 지켜보던 멸절사태가 냉랭하게 비평을 했다.

"우리가 중원 땅을 떠나 이 서역에 들어선 이래 오늘 처음으로 마교도와 첫 싸움을 벌인 셈인데, 모두 너무 수선을 피우는구나! 저렇듯 한낱 이름 없는 졸개들조차 죽으면서까지 남을 해칠 만큼 악랄한 수단을 부리니 마교의 수뇌들이야 얼마나 지독스럽겠느냐?"

그러고는 코웃음을 한 번 치더니 셋째 제자를 향해 한마디 던졌다.

"정허야, 나이깨나 먹은 것이 어째 하는 일이 그렇게 덤벙대기만 하느냐? 어린 지약만큼도 세심하지 못하니 말이다."

"예……!"

스승의 질책을 받은 정허사태가 얼굴이 벌겋게 상기된 채 스승 앞에 송구스러운 자세로 허리를 구부렸다.

한편에선 장무기가 방금 "여섯 문파가 마교를 포위 소탕하려 한다"는 정현사태의 말을 놓고 혼자서 곰곰이 생각에 잠겼다. '여섯 문파라, 여섯 문파. 그렇다면 우리 무당파도 그 토벌대에 참가하는 것은 아닐까? 마교를 응원하러 오실 외조부님과 이들을 토벌하러 오는 무당파가 맞서게 되면 어쩌지? 이것 참 큰일이로구나.'

장무기는 갑자기 마음이 어두워졌다.

이경二更(22시)쯤 지났을까, 돌연 어둠 속 멀리에서 낙타의 방울 소리가 울렸다. 그 소리를 듣고 아미파 사람들은 일제히 잠에서 깨어났다.

"딸랑딸랑! 딸랑딸랑……!"

방울 소리는 단조로웠지만 한밤의 정적을 깨뜨리기에는 충분했다. 처음에는 서남쪽에서 울려오는가 싶더니 이내 남쪽에서 북쪽으로 흘러갔다. 모래 위를 치닫는 발굽 소리로 보아 낙타는 분명 한 마리뿐인데, 방울 소리는 서북방에서 울리다가 동쪽으로 감돌더니 잠깐 사이에 또다시 동북방에서 들렸다.

이렇듯 낙타의 방울 소리와 발굽 소리는 적막한 어둠 속에서 유령의 그것처럼 맑게 울리면서 이제 막 잠이 깬 아미파 사람들에게 말 못할 공포감을 안겨주었다. 이들은 저마다 당혹스러운 기색으로 사방을 둘러보았다. 그러나 움직이는 것은 아무것도 없고 그저 보이는 것이라곤 어슴푸레한 모래언덕의 윤곽과 달도 없이 별빛만 총총히 반짝이는 하늘뿐이었다.

방울 소리는 번갈아가며 동서남북 사방을 가로질러 울렸다. 제아무리 사막에서 날래게 치닫는 낙타라도 이렇게 빠르게 동쪽에서 서쪽으로, 남쪽에서 북쪽으로 종횡무진 치달릴 수는 없었다. 사방 곳곳에 잠복한 적들이 낙타를 타고 미리 약속이나 한 듯이 앞뒤를 맞받아 달리면서 방울을 울리고 있는 게 분명했다. 낙타의 발굽 소리와 방울 소리는 가까워졌다가 멀어지고 세차게 울리다가 또다시 가늘어졌다. 잠시 후 방울은 동남방에서 귀가 따갑도록 요란하게 울리더니 마침내 잠잠해졌고, 낙타의 발굽 소리 역시 마치 새라도 되어 날아가버린 것처럼 순식간에 사라졌다.

황량한 사막에 난생처음 발을 들여놓은 아미파 제자들에게 이렇듯 기괴한 방울 소리는 그저 놀랍고 두렵기만 했다. 눈에 보이는 적이라면 차라리 싸울 용기가 솟구치겠으나, 보이지도 손에 잡히지도 않는 방울 소리가 자신들을 해칠 턱이 없는데도 강대한 적보다 더 무서워지는 것이다. 탁 트인 사방을 바라보며 맑은 밤공기를 마시면서도 가슴이 답답하기만 했다.

"어느 곳의 고인이신지 모습을 드러내시오! 비겁하게 숨어서 이런 귀신같은 장난질이나 친대서야 체통이 서겠는가!"

멸절사태의 호통 소리가 광막한 허공을 쩌렁쩌렁 울렸다. 그러나 사방 천지는 잠잠할 뿐 아무런 소리도 나지 않았다. 그녀가 터뜨린 낭랑한 고함 소리에 낙타 주인도 겁을 먹었는지, 방울 소리를 뚝 그치고 도깨비장난 역시 치지 못하는 듯싶었다.

다음 날 한낮 행군 도중에는 아무런 일도 일어나지 않았다. 밤이 되자 어제와 같은 시각에 또다시 낙타의 방울 소리가 진동했다. 그 때문에 고된 여로에 지친 일행은 단잠을 설쳤다.

"딸랑딸랑……! 딸랑딸랑……!"

방울 소리가 멀어졌다 급작스레 가까워지고 동쪽에서 울리는가 싶으면 이내 서쪽에서 울렸다. 그러다가 사방 천지에서 동시에 진동했다. 멸절사태가 큰 소리로 호통쳐 꾸짖었으나, 이번에는 그치지 않고 한참 동안 가늘게 들렸다가 이내 귀청이 떨어지도록 요란하게 울렸다.

이따금 성난 낙타 떼가 질풍같이 달려오는 듯싶더니 또 급작스레 연기 스러지듯 조용히 물러갔다. 움직이는 것이라곤 아무것도 보이지 않고 그저 모랫바닥을 두드리는 낙타의 발굽 소리, 귀청이 찢겨나갈 듯 요란한 방울 소리만 온 천지에 가득했다. 아미파 제자들은 저마다 심장 고동이 낙타의 발굽 소리, 방울 소리에 맞춰 마구 뛰기 시작하고 머리통은 금방이라도 터져나갈 듯이 부풀어 어찔어찔 현기증마저 일으켰다.

장무기는 거미와 마주 바라보고 웃었다. 밤만 되면 방울 소리가 어떻게 이리 기괴하게 울리는지 그 까닭을 알 수 없었지만, 마교 인물 가운데 고수들이 아미파 일행에게 심리전을 구사하고 있다는 사실만큼은 알 수 있었다. 또한 보이지 않는 상대를 두고 싸우지도 경계하지도 못하는 아미파 제자들의 괴로운 심정을 붙잡혀가는 포로들이 동정할 처지는 아니었다.

"모두들 자거라!"

멸절사태가 손을 휘저으며 악쓰듯이 명령을 내렸다. 병기를 뽑아

들고 허둥거리던 제자들이 모두 잠자리로 돌아가 누웠다. 그리고 하나같이 귀를 틀어막은 채 모포를 뒤집어쓰고 아무리 방울 소리가 사방에 울려도 못 들은 척하고 잠을 청했다. 아미파 제자들이 동요하는 기색을 가라앉히고 거들떠볼 기미조차 보이지 않자, 상대방도 김이 샜는지 방울 소리는 정북방에서 두세 차례 크게 울리다가 이내 잠잠해졌다. 옛말에 "귀신을 보고 놀라지 않으면 그 귀신도 동티를 내지 못한다見怪不怪 其怪自敗"• 더니, 과연 멸절사태의 무시 전술이 제법 신통한 효과를 드러낸 모양이었다.

이튿날 새벽녘, 간밤에 잠을 설친 일행이 푸석푸석해진 얼굴로 잠자리를 정리하고 출발 준비를 서두르기 시작했다. 그들은 보이지 않는 적들이 오늘 낮 여행길에 무슨 일을 저지를지도 모른다고 생각했다. 차라리 간밤의 악몽과도 같은 신경전보다는 대낮에 통쾌하게 맞서 싸우다 칼을 맞고 피를 뿌리는 편이 낫겠다는 자포자기의 심정까지 들었다.

"이크! 이게 누구야?"

야영 장소 맨 끄트머리에서 모포를 걷어내던 남자 제자 둘이 약속이나 한 것처럼 외마디 경악성을 터뜨렸다. 밤새 자기네가 누웠던 잠자리 곁에 또 한 사람이 엎드려 누운 채 곤히 잠들어 있는 것이 아닌가! 머리끝에서 발치 끝까지 더럽기 짝이 없는 모포 한 장을 뒤집어쓴 그는 궁둥이만 번쩍 치켜든 자세로 코를 드르렁드르렁 골며 잠들어

• 송나라 때 홍매洪邁가 지은 《이견삼지夷堅三志》에 처음 "귀신을 보고 놀라지 않으면 귀신이 스스로 물러간다見怪不怪 其怪自敗"는 구절이 수록되어 있다. 이후 《평요전平妖傳》 제3회, 《홍루몽》 제97회 등 여러 작품에서 관용으로 쓰였다. 여기서는 "귀신도 동티를 내지 못한다"고 의역했다.

있었다. 분명 아미파 제자가 아니었다.

갑작스레 터뜨린 외침에 나머지 일행이 경각심을 드높이고 그쪽으로 우르르 모여들었다. 간밤에 조를 짜서 돌아가며 야간 경계를 섰는데 숙영지 안으로 낯선 자가 섞여들었다니, 정말 귀신이 곡할 노릇 아닌가? 멸절사태의 신공은 바람결에 풀잎 스치는 소리, 꽃잎이 나부끼고 낙엽이 떨어지는 소리마저 들을 수 있을 정도로 예민하기 짝이 없다. 그런데 어떻게 일행 속에 괴한이 한 사람 더 늘어났는데도 줄곧 낌새를 채지 못했단 말인가? 스승부터 제자에 이르기까지 아미파 사람들은 저마다 속으로 놀라워하면서도 부끄러워 견딜 수가 없었다.

앞서 괴한을 발견한 두 남제자가 장검을 뽑아 들고 그 곁으로 다가섰다.

"누구냐! 웬 놈이 도깨비장난을 치는 거냐?"

그러나 괴한은 여전히 코를 드르렁 골기만 할 뿐 묻는 소리에 들은 척도 하지 않았다. 칼끝으로 모포 자락을 휙 들췄더니 모랫바닥에는 과연 아미파 일행이 아닌 낯선 사내 하나가 엎드린 자세로 한창 단잠에 빠져 있었다. 몸에 걸친 것은 푸른색 줄무늬가 길게 그려진 백색 장포 한 벌뿐 등을 보인 채 엎드린 자세라 마교도를 상징하는 불꽃이 가슴에 수놓였는지 여부는 알 길이 없었다.

정허사태가 한 걸음 다가섰다. 이렇듯 대담하게 혈혈단신으로 잠입해 정체가 드러났는데도 천연덕스레 잠든 시늉을 하고 있다니, 분명 내력이 보통이 아니라는 생각이 들었다.

"귀하는 뉘시오? 무슨 일로 오셨소?"

이쪽에서 제법 예의를 갖추어 정중한 말씨로 물었으나, 괴한은 여전히 모랫바닥이 들썩거릴 정도로 요란하게 코를 고는 소리로만 응수했다. 상대방이 이렇듯 무례하게 나오자, 정허사태는 슬그머니 부아가 치밀어 들고 있던 불진으로 불쑥 튀어나온 괴한의 엉덩이를 매질하듯 힘차게 휩쓸어 쳤다.

"쫘악."

그런데 갑작스레 정허사태가 들고 있던 불진이 어찌 된 노릇인지 주인의 손아귀를 제멋대로 벗어나더니 곧바로 허공을 향해 쏜살같이 솟구쳐 오르는 것이 아닌가!

"아앗!"

뜻밖의 돌변 사태에 놀랄 겨를도 없이 정허사태와 제자들은 얼떨결에 고개를 쳐들고 이제 막 허공 100척 높이까지 수직으로 까마득하게 치솟은 불진을 올려다보았다. 모든 제자의 눈길이 불진을 쫓아 하늘 쪽으로 쏠렸을 때 멸절사태가 벼락 치듯 소리쳤다.

"정허야, 조심해!"

그러나 때는 늦었다. 말끝이 떨어지는 것과 동시에 푸른 줄무늬 도포의 사내가 어느새 일어났는지 그를 에워싸고 있던 아미파 제자들의 틈서리를 뚫고 벌써 20~30척 바깥으로 질풍같이 치닫고 있었다. 스승의 경고를 받은 정허사태는 이미 그의 양 팔뚝에 가로 안겨 있었다.

정현사태와 또 다른 연장자 소몽청蘇夢淸이란 여제자가 저마다 병기를 뽑아 들고 진기를 끌어올려 무섭게 뒤쫓기 시작했다. 하지만 이 사내의 신법은 인간의 상상을 초월했다. 피와 살로 뭉쳐진 사람의 몸뚱이가 마치 잔뜩 당겼던 활시위를 벗어난 화살처럼 날아가고 있었다. 그야말로 빠르다는 표현보다 차라리 불가사의하다고나 할까. 추격에 나선 두 사람도 경공신법을 펼쳤지만 그를 따라잡기란 한마디로 불가능했다.

"삐익!"

멸절사태의 입에서 맑은 휘파람 소리가 길게 울리더니 어느새 뽑아 들었는지 의천검을 거머쥐고 뒤따라 추격에 나섰다.

아미파 장문인의 솜씨는 과연 남달랐다. 순식간에 정현사태와 소몽청 두 제자를 앞질러 나간 그녀의 손에서 푸른 서슬이 번쩍하더니 괴한의 등줄기를 곧바로 꿰뚫듯이 뻗어나갔다. 그러나 괴한의 질주 속도 역시 빠르기 짝이 없어 힘껏 내찌른 의천검의 칼끝은 1척 남짓한 거리를 두고 목표에 닿지 못했다. 비록 정허사태를 안고 달리고 있기는 해도 괴한이 펼치는 경공신법이 멸절사태에 비해 전혀 뒤지지 않았다. 그는 자신의 공력을 과시해볼 작정인지 더 이상 멀리 달아나지 않고 방향을 바꾸더니 크게 원을 그리면서 아미파가 있는 곳으로 되돌아오기 시작했다. 바싹 뒤쫓는 멸절사태가 두세 차례 연거푸 의천검을 내질렀으나 칼끝은 시종 그의 몸뚱이에 닿지 않았다.

"털썩!"

그제야 허공으로 솟구쳤던 정허사태의 불진이 모랫바닥에 떨어져 꽂혔다.

그와 때를 같이해서 스승에게 추월당한 정현사태와 소몽청도 걸음을 멈추고 저마다 숨을 죽인 채 200~300척 바깥에서 벌어지고 있는 두 고수의 추격전을 예리한 눈길로 지켜보았다. 사막 한복판 모래 바다를 질풍같이 치닫는데도 두 사람의 발밑에서는 먼지 하나 흩날리지 않았다.

아미파 제자들 역시 가슴을 졸이면서 이마에 손을 얹고 두 사람의 추격전을 바라보았다. 괴한에게 사로잡힌 정허사태는 이미 죽었는지 그 팔뚝에 안긴 채 꼼짝달싹도 하지 않았다. 정허사태의 그런 끔찍한 모습을 보고 있으려니 저마다 가슴살이 떨려 견딜 수가 없었다. 마음 같아서는 너 나 할 것 없이 적의 앞길을 가로막고 싶었지만 스승의 위엄을 생각하면 그럴 수도 없었다. 스승이 수습을 하지 못하고 있는데, 어떻게 문하 제자들이 도움을 줄 수 있겠는가? 만약 아미파가 다수의 힘으로 소수를 업신여겼다는 소문이 퍼지기라도 하는 날이면 어찌 강호 무림계 호걸들의 비웃음을 받지 않고 배겨날 도리가 있으랴?

이리하여 제자들은 가슴이 조마조마해 안절부절못하면서도 끝내 나서지 못한 채 그저 스승이 한 걸음 더 빨리 따라잡아 단칼에 괴한의 등 쪽 염통을 속 시원히 꿰뚫어버리기만을 바랄 따름이었다.

잠깐 사이에 괴한과 멸절사태는 벌써 세 바퀴째나 큼지막하게 원을 그리며 돌고 있었다. 단 한 걸음의 간격만 더 좁혀든다면 의천검의 예리한 칼끝이 등줄기를 꿰뚫을 수 있을 것 같은데, 그 한 걸음이 도무지 줄어들지 않았다.

물론 그 괴한이 먼저 뛰고 멸절사태가 뒤쫓는 셈이긴 했지만, 괴한은 양 팔뚝에 한 사람을 안고 있으니 그 무게만도 100근 가까이 늘어난 셈이었다. 이제 경공신법을 겨루는 마당에 이렇게 서로 승부를 내지 못하니 누가 뭐래도 이 시합은 멸절사태가 지고 있는 셈이나 마찬가지였다.

아슬아슬하게 쫓고 쫓기는 추격전이 네 바퀴째 접어들었을 때였다. 돌연 그 괴한이 후딱 돌아서기가 무섭게 양손을 앞으로 불쑥 내뻗더니, 안고 있던 정허사태의 몸뚱이를 냅다 멸절사태에게 던져 보냈다. 급작스러운 돌변에 멸절사태는 그저 세찬 광풍이 얼굴 정면으로 확 끼쳐드는 것만 느꼈을 뿐 그 투척력의 기세를 어떻게 막아낼 도리가 없었다. 그녀는 황급히 진기를 두 다리에 응축시켜 천근추 수법으로 그 자리에 우뚝 멈춰 선 다음 자기 앞으로 날아든 제자의 몸뚱이를 선뜻 받아냈다.

"으하하하! 으하하하!"

괴한이 쩌렁쩌렁 울리는 목소리로 길게 웃음을 터뜨렸다.

"육대 문파가 광명정을 포위 섬멸하겠다니, 그리 쉬운 일이 아닐걸?"

말을 내뱉자마자 그는 또다시 북쪽을 향해 치닫기 시작했다. 그가 멸절사태와 추격전을 벌였을 때만 해도 발밑에 모래 먼지가 일지 않았는데, 지금은 싯누런 모래가 뽀얗게 흩날렸다.

"으하하하! 하하하!"

달리면서도 연거푸 걷어차는 모래 먼지가 웃음소리를 따라 길게 꼬리를 끌며 허공에 자욱이 퍼져 올랐다. 마치 거대한 황룡黃龍이 꿈틀거리며 기어가듯 수백 척이나 되는 먼지구름이 삽시간에 그의 뒷모습을 보이지 않게 가려놓았다.

아미 제자들이 달려와 스승을 에워쌌다. 멸절사태는 얼굴빛이 시퍼렇게 질린 채 말 한마디 하지 않았다. 그저 품에 안긴 제자를 굽어보고 있을 따름이었다.

"앗, 정허 사저!"

돌연 소몽청이 실성을 터뜨렸다. 정허사태는 얼굴에 핏기 한 점 없이 밀랍 빛깔로 싯누렇게 질리고, 목덜미에 상처 자국이 뚫려 숨이 끊긴 지 오래였다. 피와 살점이 모호하게 뒤섞여 알아보기 힘든 상처는 분명 이빨 자국이었다. 괴한이 송곳니로 물어뜯어 죽인 것이다.

"정허 사저!"

여제자들이 목을 놓아 대성통곡하기 시작했다.

"시끄럽다! 울면 뭣 하느냐? 어서 갖다 묻어줘라!"

멸절사태의 호통 한마디에 제자들이 울음을 뚝 그치더니, 조심스레 정허의 시신을 받아다가 모랫바닥에 깊숙이 파묻고 봉분을 세웠다.

"사부님, 그 요사스러운 자가 누굽니까? 저희가 단단히 기억해두었다가 언젠가 찾아내서 사매의 복수를 해주겠습니다."

맏제자 정현사태가 허리를 굽히고 공손히 여쭙자, 멸절사태의 입에서 얼음같이 차가운 대꾸가 흘러나왔다.

"사람의 목덜미를 깨물어 피를 빨아 먹는 잔인무도한 괴물, 그놈은 분명 마교의 사왕四王 가운데 하나인 청익복왕青翼蝠王이 틀림없을 거다. 내 일찍이 그놈의 경공신법이 천하무쌍이란 소문을 들었는데, 과연 명불허전이었어. 나보다 훨씬 뛰어나더구나."

한 곁에서 장무기는 저도 모르게 속으로 탄복을 금치 못했다. 이 멸절사태란 비구니에 대한 증오심을 적지 않게 품고 있었으나, 그 끔찍한 참화를 겪고 나서도 여느 때나 다름없이 침착한 태도를 유지할뿐더러 제자들 앞에서 적의 실력을 칭송하며 자신의 모자람을 부끄러워할 줄 알다니, 확실히 일대종사다운 풍채와 도량을 두루 갖춘 인물임이 틀림없었다.

정민군이 사뭇 분하다는 기색으로 스승에게 여쭈었다.

"그놈이 사부님과 감히 정면으로 대결하지 못하고 줄곧 도망치기만 했는데, 그따위가 어찌 영웅호걸 축에 들겠습니까?"

"흥!"

멸절사태가 콧방귀를 뀌더니 대뜸 손바닥으로 정민군의 따귀를 후려갈겼다.

"이 사부는 그놈을 따라잡지 못하고 정허의 목숨조차 구하지 못했어! 이 미련한 것아, 무슨 말인지 알겠느냐? 그놈이 이겼단 말이다! 승부가 어떻게 났는지 뻔히 보이는데, 감히 나한테 아첨을 떨다니!"

눈에서 불이 번쩍 나도록 호되게 얻어맞은 정민군이 당장 허리 굽혀 사죄했다.

"사부님의 훈계 말씀, 구구절절이 옳습니다. 불초 제자가 잘못했습니다."

"싸움에서의 승부는 온 세상 사람이 다 알게 마련인 법. 영웅호걸은 제 스스로 잘났다고 해서 되는 게 아니라, 남에게 인정을 받아야 한다! 알겠느냐, 이 못난 것아!"

스승의 질책을 받으면서 정민군은 속으로 불만이 가득했다. '이 늙은이가 남한테 지고 애꿎은 내게 화풀이를 하는구나! 후배들 보는 앞에서 이런 망신을 주다니, 정말 오늘 재수 더럽게 없는 날이군!'

맏제자 정현사태가 스승의 마음을 돌릴 요량으로 다른 화제를 꺼냈다.

"사부님, 저 청익복왕이란 자는 도대체 내력이 어떤지요? 말씀해주시면 훗날 복수하는 데 도움이 되겠습니다만……."

맏제자의 물음에 멸절사태는 대꾸 한마디 없이 손을 한 번 내저어 출발 신호를 보내더니 자신부터 앞장서 휘적휘적 걷기 시작했다. 대사저인 정현사태조차 무안을 당하는 판인데 어느 누가 감히 더 입을 열 수 있으랴. 제자들은 아무 말 없이 묵묵히 해 질 녘까지 온종일 걸었다. 점심마저 걸렀지만 누구 하나 불평을 입 밖에 내지 못했다.

저녁 무렵, 일행은 다시 어느 모래언덕에 숙영지를 마련하고 화톳불을 피웠다.

모닥불을 지피고 잠자리에 들 때가 되었는데도 멸절사태는 불가에 우뚝 선 채 갑자기 돌부처라도 된 듯 움쭉달싹도 하지 않고 그저 활활 타오르는 불꽃만 노려보았다. 스승이 잠자리에 들지 않으니, 어느 누가 먼저 잠들려 하겠는가. 모두 화톳불 주변에 멀거니 둘러앉아 시간이나 보내는 수밖에 없었다.

한 시진쯤 지났을까, 돌연 멸절사태가 쌍장을 한꺼번에 후려쳐냈다.

"펑!"

세차게 휘몰아치는 돌개바람에 활활 타오르던 모닥불이 탁 꺼지고, 주변은 삽시간에 암흑천지로 바뀌었다. 제자들은 여전히 어둠 속에 앉은 자세 그대로 꼼짝달싹하지 않았다. 차가운 달빛과 별빛만이 어슴푸레하니 그들의 어깨머리에 흩뿌릴 따름이었다.

불현듯 장무기의 마음속에 연민의 정이 우러났다. 강호 천하에 위명이 혁혁한 아미파가 결국 서역 땅에서 일패도지를 당하고 심지어 전멸당하는 것은 아닐까 하는 위구심危懼心마저 들었다. '그렇다면 나는 어떻게 해야 할까? 다른 사람은 몰라도 주지약 소저 하나만큼은 구해내지 않으면 안 된다. 하지만 마교의 인물들이 저토록 무서운데 내가 무슨 재주로 남을 구해줄 수 있단 말인가?'

이때 멸절사태가 대갈일성 호통을 쳤다.

"요망한 불길이 꺼졌다! 악마의 불을 멸하라!"

그러고는 잠시 뜸을 들이더니 고개를 두어 번 끄덕이고 나서 제자들을 향해 차분하게 말문을 열었다.

"잘 들어두어라. 마교는 불을 신성시하고 존귀하게 받들어 섬긴다. 마교도는 제33대 교주 양정천陽頂天이 죽은 이후 아직껏 대를 이어나갈 교주를 세우지 못하고 있다. 좌우 광명사자左右光明使者와 사대 호교법왕四大護敎法王, 오산인五散人, 그리고 금·목·수·화·토의 오행기五行旗 다섯 무리를 지휘하는 장기사掌旗使들까지 저마다 교주 자리를 넘보고 피투성이로 쟁탈전을 벌였지. 그때부터 마교의 세력이 쇠약해지기 시작했다. 이때야말로 우리 명문 정파가 흥성할 기회요, 요사스러운 마교의 멸망 시기가 닥쳐온 것이지. 그래서 우리 육대 문파가 저들의 소굴을 뒤엎고 사교의 씨를 말려버리기 위해 이렇듯 머나먼 서역 땅까지 들어온 게 아니더냐? 만일 마교도끼리 내분을 일으키지 않았던들 저 요망한 씨알머리를 섬멸하기란 애당초 불가능한 일이었을 것이다."

장무기 역시 어려서부터 마교란 이름을 들어왔다. 그러나 어머니 은소소가 마교와 밀접한 관련이 있는 게 분명한데도 어린 아들이 몇 마디 물을 때마다 부모는 한결같이 언짢은 기색을 보이고 대답을 회피했다. 양부 사손에게 물었을 때도 마찬가지였다. 사손은 질문을 받을 때마다 멍청하게 넋을 잃은 표정을 짓거나 아니면 까닭 모를 분노를 터뜨리곤 했다. 그래서 장무기는 마교의 이름을 들어 알고는 있었으나 그들이 도대체 무슨 일을 하는지 모르고 자라왔다. 무당산에 올라 태사부 장삼봉을 따르게 되었을 때, 그분은 아예 마교를 통렬하게 미워하고 그 얘기만 나오면 장무기더러 마교의 인물과는 절대로 상종하지 말아야 하며,

그 사악한 교리에 물들어선 안 된다고 누누이 훈계해왔다.

그러나 무당산에서 내려온 이후 장무기는 7~8년 동안 상우춘이나 호청우, 왕난고, 서달, 등유, 탕화, 주원장 같은 호걸들과 만나게 되면서부터 그들 역시 마교에 속한 인물이면서도 하나같이 의리가 깊고 호기 있는 사나이들이요, 여걸이었다는 사실을 알게 되었다. 그리고 태사부가 말한 것처럼 그들이 모두 사악한 인물은 아니라고 생각하기 시작했다. 다만 저들의 행동거지가 워낙 은밀하고 괴팍스러워 다른 외부 사람의 눈에 해괴망측하게 비친다는 점만 다를 뿐이었다. 그런 마당에 이제 멸절사태의 입을 통해 마교 인물의 정체가 밝혀지기 시작하자 온 정신을 집중시켜 귀담아들었다.

"마교가 중원 땅에 전래된 후, 역대 교주들은 모두 '성화령聖火令'이란 물건을 신물로 삼아 교주들끼리 대대로 전해 내렸다. 그런데 31대 교주가 그 신물을 잃어버리고 말았다. 하늘이 그놈들의 혼백을 빼앗으려고 조화를 부렸는지, 성화령이 영문도 모르게 자취를 감춰버린 것이다. 결국 32대, 33대 교주들은 실력만으로 교주의 권력을 유지할 뿐 교도들에게 명령을 내릴 권한이 없어진 셈이다. 그러니까 명분 없이 억지로 교주 노릇을 한 것이지."

여기까지 말한 멸절사태는 어두운 하늘을 노려본 채 눈에 보이지 않는 마교 교주들을 향해 차가운 미소를 띄워 보내더니 다시 정신을 가다듬고 얘기를 이어갔다.

"33대 교주 양정천이 돌연 급사한 까닭은 아직도 미궁에 빠져 있다. 독살을 당했는지 아니면 누군가에게 암습을 받아 죽었는지 모르겠다만, 아무튼 너무 급작스레 죽는 바람에 후계자를 정해놓지 못했다. 마교 신도 중에는 실력이 대단한 우두머리가 숱하게 많다. 그 가운데서도 교주가 될 만한 자격을 갖춘 실력자만 대여섯은 되지. 이자들은 서로 상대방에게 복속당하지 않으려고 암투를 벌이다가 급기야 내부에서 일대 혼란을 일으켰다. 그래서 이날 이때껏 교주를 추대하지 못한 채 여전히 피투성이 싸움을 계속하고 있는 것이다. 우리가 오늘 맞닥뜨린 그자 역시 교주 노릇을 하려는 인물이다. 바로 마교의 사대 호교법왕 중 하나인 청익복왕 위일소韋一笑란 괴물이지! 흠흠, '푸른 날개 박쥐왕'이라!"

제자들은 '청익복왕 위일소'란 이름을 듣자, 오늘 아침에 푸른 줄무늬를 걸치고 날아다니며 끔찍스럽게 정허사태의 목덜미를 깨물어 피를 빨아 마시던 흡혈박쥐의 모습을 떠올리고 새삼스레 몸서리를 쳤다. 그러나 스승이 보는 앞에서 두려움을 보일 수 없어 하나같이 아무 소리도 못 한 채 몸을 도사리기만 했다.

"그자는 중원 땅에 발길을 끊은 데다 하는 짓거리가 워낙 음흉해 중원 무림계에는 그 실력이나 명성이 전혀 알려진 게 없다. 하지만 백미응왕 은천정, 금모사왕 사손, 이들 두 사람의 명성은 너희도 다 들어 알고 있겠지?"

멀찌감치 떨어져 듣고 있던 장무기의 가슴이 덜컥했다. 뒤미처 거미의 입에서도 어쩐 일인지 들릴락 말락 가벼운 외마디가 흘러나왔다.

은천정과 사손의 명성이 강호 천하를 얼마나 떠들썩하게 해놓았는지 무림계 인사라면 모르는 이가 없었다. 정현사태가 조심스레 물었다.

"사부님, 하오면 그들 두 사람도 마교의 인물이란 말씀입니까?"

“흥! 어찌 ‘마교의 인물’에 지나지 않을까? 마교에는 이런 얘기가 전하고 있다. 사대 호교법왕, 자紫, 금金, 백白, 청靑. 그러니까 자삼용왕紫衫龍王, 금모사왕, 백미응왕, 청익복왕 이들 네 고수를 가리키는 말이지. 푸른 날개 흡혈박쥐란 놈은 사대 호교법왕 가운데 항렬이 꼴찌이기는 해도 그 실력이 어떤지는 오늘 아침 모두 두 눈으로 똑똑히 보았을 테니, 그 ‘자줏빛 옷을 걸쳤다는 용왕’이나 ‘흰 눈썹의 독수리 임금’, ‘황금빛 머리 터럭을 지닌 사자왕’의 실력이 어떨 것인지는 더 말하지 않아도 알 수 있을 거다.”

멸절사태는 여기서 말을 끊고 잠시 과거를 회상하듯 눈을 감더니, 기억을 더듬어 할 말을 계속했다.

“금모사왕은 가족이 몰살당하고 상심한 끝에 발광하고 말았지. 미치광이가 되었으니 천리를 거스르는 짓이나 저지를밖에. 20여 년 전 갑자기 나타나서 무고한 인명을 마구 살상하더니, 지금은 어디로 사라졌는지 행방불명이 되고 말았다. 그자의 종적은 아직도 무림계에서 커다란 수수께끼로 남아 있다. 백미응왕 은천정은 마교 교주 노릇을 못하게 되자 분김에 이탈해 나와서 따로 천응교를 세우고 스스로 교주 자리에 올랐다. 교주가 되겠다는 평생 소원을 이룬 셈이지. 난 그래도 은천정이 마교를 배반하고 광명정 수뇌부와 수화상극水火相剋으로 원수지간이 된 줄 알았더니, 광명정 총단이 위기에 봉착하자 천응교 측에 구원을 청할 줄이야 정말 몰랐구나.”

장무기의 귀에는 이제 아미파 제자들이 놀라 웅성거리는 소리마저 들리지 않았다. 머릿속이 극도로 혼란해졌다. 양부 사손과 외조부 은천정의 행위가 사악하고 괴팍스러워 정파 인사들에게 용납되지 않고 있다는 사실은 잘 알고 있었지만, 이들 두 사람이 모두 마교에서도 그 지위나 권세가 아주 높은 호교법왕의 일원인 줄은 몰랐다. 그들이 최고위급 중요 인물이었다니 도무지 믿을 수가 없었다. 더구나 멸절사태는 좌우 광명사자도 교주 자리를 넘보고 있다고 했다. 그렇다면 자신이 몇 년 전에 만났던 양불회의 아버지 광명좌사자 양소 역시 사대 호교법왕과 맞먹는 지위에 있다는 얘기가 아닌가?

그는 한참이 지나서야 정신을 가다듬고 또다시 멸절사태가 하는 말을 귀담아듣기 시작했다.

"우리 육대 문파는 이번 마교의 소굴인 광명정 포위 섬멸전에 필승을 기약하고 있다. 마교나 천응교 따위의 요사스러운 무리가 마음과 힘을 합쳐 대항한들 우리가 두려워할 까닭이 있겠느냐? 그러나 피아 간에 격렬한 싸움이 벌어지면 우리 측 희생자도 필경 적지 않을 것이다. 그런 만큼 우리 모두 결사의 의지를 다지고 싸움에 임해야 할 것이다. 결코 요행으로 살기를 바라거나 적과 맞닥뜨리는 것을 두려워해서는 안 된다. 그리고 우리 아미파의 위엄과 명예를 적들이 보는 앞에서 실추시켜서는 안 된다. 모두 내 말뜻을 알아듣겠느냐?"

"예에!"

아미파 제자들이 일제히 자리를 박차고 일어나 스승 앞에 허리 굽혀 응답했다. 멸절사태는 대견스럽다는 눈초리로 제자들을 한 바퀴 돌아보았다.

"무공의 강약은 타고난 자질과 기연奇緣에 따라 결정되는 법, 결코 억지로 한다고 이루어지는 것이 아니다. 정허를 보려무나. 잠시 긴장이 풀린 사이 적의 암습에 걸려 단 일초도 겨뤄보지 못한 채 흡혈귀의 손에 죽지 않았더냐? 너희 중에 어느 누구도 정허보다 못하다는 비웃음을 사서는 안 된다. 우리가 평소 무학을 익힌 목적이 무엇이냐? 흉포한 자를 뿌리 뽑고 약자를 도우며, 요망하고 사악한 세력을 박멸하기 위해서가 아니더냐? 오늘은 정허가 첫 번째로 희생되었지만 내일은 이 사부에게 죽음이 닥칠지도 모른다. 이제 소림과 무당, 아미, 곤륜, 공동, 화산 여섯 문파는 마교 섬멸전을 눈앞에 두고 있다. 애당초 여섯 문파가 합심 협력하고, 또 마교의 세력이 내부적으로 사분오열되었으니 마땅히 저들을 순식간에 섬멸할 수 있으리라 생각해왔다. 하지만 오늘 청익복왕이 저런 솜씨를 드러낸 것을 보면 아직 마교 세력 가운데 능력이 극히 뛰어난 고수가 적지 않은 게 확실하다. 따라서 오늘 이후 우리 앞길에 어려움과 위험이 가로막아 길흉과 승패를 예측할 수 없겠지만, 우리 아미파만큼은 길흉이나 승패에 집착하지 말고 이를 초월해 싸움에 임해야 할 것이다!"

과연 장무기가 우려한 대로 무당파 역시 마교 포위 소탕전에 참가했다. 그는 이번에 서역 땅까지 흘러든 자신이 후회스럽기 시작했다. 육대 문파와 마교의 잔여 세력 간에 공방전이 벌어지는 날이면 차마 눈뜨고 보지 못할 끔찍한 대참사가 숱하게 펼쳐질 것 아닌가? 그는 당장에라도 거미를 데리고 이 자리를 피해 달아나고만 싶었다. 그리고 강호의 피비린내 풍기는 쟁투爭鬪와 흉악한 살육전을 영원히, 영원히 보지 않았으면 좋을 것 같았다. 하지만 이 사태에 외조부와 양부가 연관되어 있는 만큼 역시 치지도외置之度外할 수만은 없다는 현실이 안타까울 따름이었다.

멸절사태의 훈시는 아직도 끝나지 않았다.

"속담에 '대문 밖으로 1,000개의 관棺이 나간 집안은 크게 흥성한다. 자식이 살아 있으면 그 아비가 먼저 죽는 법이요, 손자가 있으면 할아비를 잃게 된다千棺從門出 其家好興旺 子存父先死 孫在祖乃喪'는 말이 있다. 이것이 자연의 이치다. 세상천지에 어느 누군들 죽지 않고 영영 살겠느냐? 자식들이 생겨나 가문의 혈통을 잇는다면 100명 1,000명이 죽어간다 해도 그 집안은 흥성할 수 있을 것이다. 이 싸움에서 내가 제일 두려워하는 것은 너희가 모두 먼저 죽고, 이 늙은 비구니 혼자만 외롭고 쓸쓸하게 살아남는 것이다……."

그녀는 잠깐 뜸을 들이더니 이내 미소를 지었다.

"하하하! 하지만 그렇게 된다 하더라도 안타까울 것은 하나도 없겠지. 100년 전만 하더라도 세상천지 어디에 아미파란 것이 존재했더냐? 그저 우리 모두 장렬하게 싸울 수만 있다면 아미파가 전멸을 당해 없어진들 더 바랄 것이 무엇이겠느냐?"

제자들은 가슴속에서 뜨거운 피가 용솟음쳤다. 그들은 저마다 병기를 뽑아 들고 큰 소리로 다짐했다.

"저희 모두 맹세코 목숨 바쳐 싸우리다! 요사스러운 마도의 무리와는 같은 하늘 아래 서지 않겠습니다!"

멸절사태가 보기 드물게 덤덤하게 미소를 지었다.

"아주 좋다! 모두 앉거라."

방관자 입장에 선 장무기 역시 저도 모르게 가슴이 뛰기 시작했다. 아미파 제자들은 대부분 연약한 체질의 여류들이었다. 그럼에도 이렇듯 비분강개하게 결사의 다짐을 두는 광경을 목격하고 보니, 수염 달린 남자들에 뒤지지 않는 영웅호걸의 기풍을 여실히 드러내고 있는 것이다. 아미파가 무림계 육대 문파의 반열에 오른 것도 결코 우연은 아니었으며, 한낱 무공 실력만으로 승리를 취했기 때문은 더더욱 아니었다. 어떻게 보면 이들의 비장한 모습은 저 옛날 형가荊軻•가 폭군 진시황秦始皇을 저격하러 진나라에 잠입하기 전 읊었던 비분강개한 시구를 연상시켰다.

소슬바람 불어오니 역수의 강물은 차디찬데, 風蕭蕭兮易水寒
장사는 한번 떠나 돌아올 기약 없어라. 壯士一去兮不復還

장무기는 저들의 모습을 지켜보면서 홀로 생각에 잠겼다. 실상 제자들의 투지와 사기를 진작시켜놓으면서도 멸절사태 자신은 가슴속 회한을 떨쳐버리지 못하고 있을 것이다. 방금 제자들 앞에서 털어놓은 이 모든 훈시야말로 중원 땅을 떠나기 전에 했어야 옳았으리라. 출발 당시만 해도 마교 세력이 내분을 일으켰기 때문에 일거에 섬멸할 수 있으리라고 쉽게 생각한 것이 탈이었다. 마교가 붕괴 직전의 위기에 몰리자 사분오열로 뿔뿔이 흩어졌던 수뇌부 인물들이 어엿하게 손을 맞잡고 외세의 압박에 저항할 줄은 꿈에도 생각지 못한 것이다. 오늘 청익복왕이 드러낸 솜씨야말로 육대 문파가 예측한 정세를 완전히 벗어났다는 증거가 아니고 뭐란 말인가?

• 전국시대 말엽 자객으로 이름난 용사. 위衛나라 출신으로 전국을 유랑하던 중 당시의 강국 진秦나라에 위협을 느낀 약소국 연燕나라 태자 단丹의 사주를 받아 진나라 임금 정政, 곧 진시황을 암살하려다 미수에 그치고 오히려 붙잡혀 죽임을 당했다. 본문에 수록된 시는 형가가 비장한 결심을 하고 진시황을 죽이러 떠날 때 읊은 것이라고 한다.

아니나 다를까, 멸절사태 역시 그 점을 털어놓기 시작했다.

"청익복왕이 모습을 드러냈다면 백미응왕과 금모사왕도 왔을 가능성이 있다. 그뿐만 아니라 자삼용왕이나 오산인, 오대 장기사들마저 나타날 가능성이 더욱 크다. 우리는 애당초 육대 문파가 총력을 기울여 우선 광명좌사자 양소부터 잡아 죽이고 나서 그다음 단계로 각지에 흩어져 있는 잔당들을 차례차례 각개격파해 소탕할 계획이었다. 그런데 이 서역 땅에 발을 들여놓기가 무섭게 청익복왕부터 나타날 줄이야 누가 알았겠느냐. 화산파 신기자神機子 선우통 장문께서도 계산이 틀릴 때가 있구나. 흐흐흐! 모두 다 틀린 노릇이야. 전반적으로 다 틀렸어!"

"하오면 그 자삼용왕이란 자는 또 얼마나 악독한 인물입니까?"

정현사태가 조심스레 묻자, 그녀는 절레절레 고개를 흔들었다.

"자삼용왕이 악행을 저질렀다는 소문은 들어본 적이 없다. 나도 겨우 그 명성만 들어 알고 있을 뿐이지. 소문에 듣자니 그자는 교주 쟁탈전에서 실패하자 먼 바다 바깥으로 떠나 은거한 채 다시는 마교 측과 왕래하지 않았다고 한다. 이번 결전에서도 그자가 수수방관하고 전혀 끼어들지 않는다면 그보다 더 좋은 일은 없겠지. '마교의 사대 호교법왕, 자·백·금·청' 가운데 그자가 으뜸을 차지하고 있다니, 맞서 싸우기가 벅찰 것은 더 말할 나위도 없을 거다. 또 한 사람이 있다. 마교는 역대로 광명사자로 좌우 한 사람씩 거느리고 있는데, 그 지위는 사대 호교법왕보다 위다. 광명좌사는 양소가 분명하다만, 광명우사가 누구인지 그 이름을 아는 사람은 무림계에 아무도 없다. 소림파 공지대사, 무당파 송원교 대협처럼 식견이 너른 분들조차 그 정체를 모른다.

우리가 양소와 정면으로 상대해서 정정당당히 싸울 수만 있다면 피차 승부는 무공 수준에 따라 결판날 테니 그것으로 끝나서 좋겠으나, 만약 그 정체를 알지 못하는 광명우사자란 놈이 암암리에 기습할 때는 우리가 치명적으로 당하게 된다. 그게 가장 우려할 일이지."

스승의 설명에 등골이 오싹해진 제자들은 저도 모르게 뒤를 돌아보았다. 혹시 마교의 광명우사자나 자삼용왕 같은 무서운 고수가 느닷없이 암습을 가해오지 않을까 공연히 뒷덜미가 켕겼다. 하나 아무리 두리번거려도 차디찬 달빛에 동료들의 얼굴빛만 더욱 창백하게 비칠 뿐이었다.

"양소란 놈은 너희 사백 고홍자 어른을 죽게 한 장본인이다. 그리고 기효부도 죽음으로 몰아넣었다. 위일소는 너희가 보는 앞에서 정허를 죽였다. 이제 아미파와 마교는 불구대천의 원수가 된 것이다. 우리 문파는 곽양 조사께서 창건하신 이래 관례적으로 역대 장문의 지위를 여자가 계승해왔다. 남자 제자는 물론이요, 결혼한 부인도 장문의 직분을 맡을 수 없었다. 그러나 오늘날 아미파가 존속하느냐 멸망하느냐, 대를 이어갈 수 있느냐 끊길 것이냐 하는 막중한 기로에 부닥친 이상 내 어찌 기존 관례만 고집하겠는가? 이번 전투에서 누구든지 결정적인 전공을 세우는 자에게는 남자나 기혼녀의 신분을 따져 묻지 않고 내 의발을 전수해 후임 장문인으로 삼을 것이다."

아미파 제자들은 숙연한 기색으로 고개를 떨어뜨린 채 말이 없었다. 스승이 이렇듯 엄숙하게 뒷일까지 배려해 후계자 문제를 거론하는 것으로 보아 성공하지 못할 때에는 살아서 중원 땅으로 돌아가지 않을 뜻을 굳힌 듯싶어 모두 불길한 예감이 들었다.

제자들의 처연한 분위기를 깨뜨리려는 듯 멸절사태가 느닷없이 고개를 번쩍 쳐들고 앙천대소를 터뜨렸다.

"하하하하! 으하하하!"

웃음소리가 황량한 모래 바다 사막의 허공 속으로 멀리멀리 퍼져나갔다. 놀란 제자들이 어리둥절한 표정을 지으며 서로 눈치를 살피자, 그녀는 소맷자락을 떨치고 한마디 호통을 질렀다.

"모두 이만 자거라!"

정현사태는 여느 때처럼 야간 경계를 세우려고 패거리를 나누어 지명하기 시작했으나, 스승은 그것마저 제지했다.

"야간 경계는 세울 것 없다. 모두 그냥 재워라!"

정현사태는 입을 열려다 말았다. 스승의 뜻을 이내 알아차린 것이다. 푸른 날개 흡혈박쥐 같은 고수가 한밤중에 잠입해도 발각당하지 않는 판국인데, 제자들이 아무리 두 눈에 불을 켜고 보초를 서봐야 말짱 헛일 아니겠는가?

그날 밤, 아미파 사람들은 일체 경계 배치를 철회하고 모두 잠자리에 들었다. 겉으로는 경계가 풀렸지만 일행 모두 긴장 속에서 눈을 붙였다. 만일의 사태에 자기 몸을 지킬 사람은 결국 자기 자신밖에 없기 때문이었다. 그만큼 아미파의 숙영지는 허술히 풀어진 듯하면서도 내부 경계가 치밀했다.

하지만 이날 밤에는 아무 일도 일어나지 않았다.

바로 그때였다. 갑자기 푸른 서슬이 번뜩 빛나더니, 은리정의 손아귀에서 벗어난 장검 한 자루가 북쪽을 향해 쏜살같이 날아갔다. 그것은 마치 질풍 속에 번갯불 때리듯 곧바로 마교 도사의 등 쪽 심장 부위를 노리고 들이닥쳤다. 느닷없이 울리는 칼바람 소리에 경각심을 일으킨 도사가 회피 동작을 취하려 했을 때, 장검은 어느새 그 심장을 여지없이 꿰뚫고 반대편 앞가슴으로 빠져나오더니 여세를 휘몰아 계속 앞으로 날아갔다. 황급히 달아나던 도사의 발걸음 역시 여전히 멈출 줄 모른 채 무려 20여 척이나 계속해서 치닫고 나서야 앞으로 털썩 고꾸라졌다. 그러더니 다시는 움직이지 않았다. 염통을 꿰뚫린 순간 숨은 끊어졌으나 내뛰던 두 다리의 관성은 계속 남아 있었던 것이다.

18. 의천장검 차가운 서릿발이 허공을 가르누나

이튿날에도 아미파 일행은 서쪽으로 여행길을 이어나갔다.

숙영지를 떠나 100리를 행군하고 나자, 어느덧 정오가 되어 붉은 해가 머리 위 중천에서 제법 따가운 햇볕을 내리쪼였다. 절기는 엄동설한인데 태양의 열기는 중원에서의 늦여름같이 무더웠다.

일행이 한낮 후텁지근한 공기를 헤치고 행군을 거듭하고 있을 때였다. 갑자기 앞장서 길을 인도하던 제자 하나가 발걸음을 멈추었다. 서북방에서 어렴풋이나마 병기가 맞부딪는 쇳소리와 기합 소리가 들려온 것이다. 일행은 대제자 정현사태의 명령을 기다리지 않고 저마다 발걸음을 재촉해 소리나는 곳으로 급히 달려갔다. 달음박질치기 시작한 지 얼마 안 되어 그들의 눈앞에 한창 어우러져 격전을 벌이고 있는 몇 사람의 그림자가 들어왔다. 가까이 달려가보았더니, 백색 장포를 걸친 도사 셋이 중년 남자 한 사람을 에워싸고 공격을 퍼붓는데, 공격자들의 하얀 장포 왼쪽 소맷자락에는 하나같이 붉은 화염이 수놓여 있었다. 그것은 바로 마교도의 표지였다.

중년 사내는 세 도사와 격렬하게 싸우고 있었다. 그의 수중에 들린 장검 한 자루가 춤추듯 서슬 푸른 칼 빛을 번뜩거렸다. 사내는 1 대 3으로 맞서면서도 열세에 몰리지 않았다.

장무기는 다리 상처가 진작 아물었으나 아미파 사람들의 경계심을 늦출 속셈으로 여전히 걷지 못하는 척하고 썰매에 누워 있었다. 저들의 시선이 온통 격전에 집중된 것을 보자 그 역시 싸움판을 살펴보려 했으나, 때마침 남자 제자 한 사람이 등을 돌린 채 가로막았다. 장무기는 몸을 옆으로 기우뚱하게 틀고 목을 길게 늘여서야 가까스로 네 사람의 싸움을 볼 수 있었다.

시간이 지날수록 중년 사내의 장검은 쾌속 일변도로 바뀌어갔다. 장무기가 눈길을 거두려는 순간, 그는 어느새 빈틈을 엿보았는지 돌연 반원을 그리며 돌아서기 무섭게 외마디 기합 소리를 내지르고는 마교 도사 한 명의 가슴에 칼끝을 찔러 넣었다.

"이얍!"

벼락같이 도사의 가슴을 찌르고 들어간 장검은 몸뚱이를 꿰뚫고 칼날이 등 쪽으로 빠져나왔다.

"우와앗!"

정통으로 심장을 찔려 쓰러지는 처절한 비명 소리와 함께 아미파 사람들의 박수갈채가 터져 나왔다.

"와아아!"

다른 이들에게는 들리지 않았으나, 그 속에는 장무기가 놀라 외치는 소리도 섞여 있었다. 그도 그럴밖에! 방금 중년 사내가 펼친 검법은 순수추주順水推舟, 이름 그대로 물결 흐름 따라 배를 떠밀어 보내듯 정면을 곧바로 찔러드는 무당검법 가운데 절초였기 때문이다. 중년의 사내는 다름 아닌 무당파의 육협 은리정이었다.

아미파 제자들은 싸움판에 뛰어들어 거들 생각은 않고 멀찌감치 떨어져 서서 관전만 하고 있었다.

나머지 마교 도사 둘은 동료 한 사람이 목숨을 잃은 데다 또 상대방의 응원군이 들이닥친 것을 보자 겁을 집어먹었다. 그들 중 하나가 돌연 휘파람을 "획!" 불더니 그것을 신호로 삼아 남북으로 한 사람씩 갈라져 달아나기 시작했다. 각자 서로 방향을 정반대로 잡고 내뛴 것이다. 은리정은 남쪽 방향의 도사를 뒤쫓았다. 발걸음이 워낙 잽싼 그는 고작 7~8보도 안 가서 도망치는 자의 등 뒤까지 바싹 따라붙었다. 추격자의 발걸음 소리를 들은 도사는 절망적이라 생각했는지 대뜸 돌아서더니 양손에 갈라 잡은 쌍도를 미친 듯이 휘둘러가며 반격했다. 기어코 상대방과 양패구상이라도 할 기세였다.

아미파 관전자들은 이제 은리정이 혼자 몸으로 두 명의 적수를, 그것도 각각 남북 방향으로 갈라져 도망치는 적들을 추격하지 못하리라 생각했다. 북쪽으로 도망치는 자의 경공 실력이 의외로 대단했기 때문이다. 지금과 같은 상황에서 은리정이 발악적으로 붙잡고 늘어지는 적을 쓰러뜨린 다음, 재차 반대편으로 뛰는 적수마저 따라잡기는 어려울 것 같았다.

아미파 제자들은 자연스레 대사저 정현사태를 바라보았다. 마교와 바다보다 더 깊은 원수지간인 아미파는 단 한 명도 순순히 살려서 떠나보낼 수 없었다. 그들은 적이 빠져나갈 퇴로를 차단하라는 대사저의 명령이 떨어지기만 기다렸다. 기효부가 살아 있을 때, 아미파 제자들은 늘 그녀를 존경하고 따랐다. 물론 독수무염 정민군은 예외였지만 말이다. 만일 양소라는 간악한 마교도만 아니었다면 무당육협 은리정은 벌써 기효부와 인연을 맺었을 것이다. 그것을 생각하니, 아미파 제자들은 저마다 은 육협을 도와주고 싶은 마음이 굴뚝같았다.

그러나 정현사태는 주저했다. 당대 무림계에서 무당파 은 육협은 높은 지위에 있고 존경의 대상이었다. 그런 은 육협이 직접 도움을 요청하지도 않았는데 제삼자가 무턱대고 도움의 손길을 내민다면 그야말로 무례요, 불경스러운 짓이 아니겠는가. 잠시 망설이던 그녀는 결국 명령을 내리지 않았다. 차라리 요망한 적을 하나 놓쳐버리는 한이 있더라도 무당파 은 육협에게 무례를 범할 수는 없다고 판단한 것이다.

바로 그때였다. 갑자기 푸른 서슬이 번뜩 빛나더니, 은리정의 손아귀에서 벗어난 장검 한 자루가 북쪽을 향해 쏜살같이 날아갔다. 그것은 마치 질풍 속에 번갯불 때리듯 곧바로 마교 도사의 등 쪽 심장 부위를 노리고 들이닥쳤다. 느닷없이 울리는 칼바람 소리에 경각심을 일으킨 도사가 회피 동작을 취하려 했을 때, 장검은 어느새 그 심장을 여지없이 꿰뚫고 반대편 앞가슴으로 빠져나오더니 여세를 휘몰아 계속 앞으로 날아갔다. 황급히 달아나던 도사의 발걸음 역시 여전히 멈출 줄 모른 채 무려 20여 척이나 계속해서 치닫고 나서야 앞으로 털썩 고꾸라졌다. 그러더니 다시는 움직이지 않았다. 염통을 꿰뚫린 순간 숨은 끊어졌으나 내뛰던 두 다리의 관성은 계속 남아 있었던 것이다.

도사의 몸뚱이를 관통하고 앞으로 빠져나간 장검은 그가 쓰러진 지점에서 30여 척을 더 날아가고 나서야 비로소 힘을 잃고 떨어졌다. 비록 생명이 없는 쇠붙이에 지나지 않았으나, 모랫바닥에 수직으로 꽂힌 채 서슬 푸른 칼날을 번쩍거리면서 휘청휘청 흔들리는 품이 마치 살아 있는 생물처럼 위세가 늠름했다.

이 놀라운 광경을 지켜보던 관전자들은 너 나 할 것 없이 현기증이라도 일어난 듯 입만 딱 벌린 채 아무 말도 하지 못했다. 다시 은리정

쪽으로 고개를 돌렸을 때, 그에게 달라붙어 싸우던 도사는 마치 술 취한 주정뱅이처럼 앞뒤 좌우로 몸을 가누지 못하고 비틀거리더니, 잡고 있던 쌍도를 내던지고 다른 무엇인가를 움키려는 듯 양손으로 허공을 마구 휘젓고 있었다. 은리정은 더 이상 거들떠보지 않고 자기 혼자서 뚜벅뚜벅 아미파 사람들이 있는 쪽으로 걸어왔다. 두세 걸음 겨우 옮겨 떼었을까, 그 도사는 답답한 외마디 신음 소리를 내뱉고 하늘을 우러른 채 뒤로 벌렁 나자빠졌다. 그러고는 다시 움직이지 못했다. 은리정이 무슨 수법으로 그를 격살했는지는 아무도 본 사람이 없었다.

"와아아!"

그제야 아미파 사람들이 큰 소리로 환호성을 지르며 박수갈채를 퍼부었다. 쌀쌀맞기로 이름난 멸절사태조차 고개를 두어 번 주억거렸다. 이어서 처량한 탄식 한 모금이 흘러나왔다. 그 한마디 장탄식에는 무당파가 이렇듯 훌륭한 제자를 두었는데 자신의 아미파에는 이만한 후계자가 없다는 서글픔이 서려 있었다. 아니 그보다도 어쩌면 기효부가 박복해서 이런 대장부에게 일생을 맡기지 못하고 음탕한 마교도의 수중에 떨어져 끝내 명예와 정조를 한꺼번에 잃고 죽음을 택한 데 대한 아쉬움이 깃들었는지도 모른다. 지금도 멸절사태의 심중에 기효부는 자신의 손으로 때려죽인 게 아니라, 당연히 양소에게 죽임을 당했다는 생각이 굳게 박혀 있었다.

하마터면 장무기는 "여섯째 사숙!" 하고 외쳐 부를 뻔했다. 여러 사백 사숙들 가운데 누구보다 자신의 아버지와 제일 친했던 사람이 은리정 사숙이었다. 그리고 또 어린 그를 얼마나 귀여워하고 살갑게 아껴주었던가?

헤어진 지 아홉 해 만에 다시 보는 여섯째 사숙의 그립고 그립던 얼굴. 하지만 이제 그 얼굴에는 어느덧 세상 풍파에 시달릴 대로 시달려 지친 기색이 역력했고, 까맣던 귀밑머리마저 희끗희끗 세어가기 시작했다. 명랑한 미소가 떨어질 날이 없던 입가에는 깊은 주름살이 잡히고, 두 눈에는 우수의 그늘이 드리워 있었다. 약혼녀 기효부의 비참한 죽음이 평생토록 지워지지 않을 충격적인 상처를 입힌 탓이리라.

이제 뜻하지 않게 이 세상에 남은 이들 가운데 가장 친한 사람을 마주 대하는 순간, 장무기는 와락 달려들어 그의 품에 안기고 싶은 충동을 느꼈다. 하지만 끝내 은 사숙을 외쳐 부르지 않았다. 지금 이렇듯 수많은 이목이 지켜보고 있는데, 그 앞에서 자신의 정체를 드러내면 얼마나 큰 후환이 일어날까? 생각만 해도 아찔했다. 그는 욕심과 충동을 억누르느라 필사적으로 애를 썼다.

자신의 정체를 빤히 알고 있는 주지약도 어찌 된 노릇인지 시종 침묵을 지키고 있었다.

이윽고 은리정이 멸절사태 앞으로 다가와 허리 굽혀 인사했다.

"저희 무당파는 대사형께서 아우들과 삼대 제자 등 모두 서른두 명을 거느리고 현재 일선협一線峡 어귀에 도착했습니다. 후배는 대사형의 분부를 받들어 장문 사태 어른과 사저, 사매 여러분을 영접하고자 여기 나와 기다렸습니다."

멸절사태가 드물게 미소 지으며 대꾸했다.

"잘했소! 역시 무당파가 먼저 도착했구려. 그래, 마교도와는 접전이 있었소?"

"마교의 다섯 기 중에 거목기巨木旗, 열화기烈火旗의 무리와 세 차례 접전이 있었습니다. 몇몇을 죽이기는 했으나, 저희 일곱째 사제 막성곡도 상처를 좀 입었지요."

멸절사태는 천천히 고개를 끄덕였다. 지금 은리정은 그저 한두 마디로 가볍게 대답했으나, 무당파가 겪었다는 세 차례 교전 상황이 얼마나 격렬하고 참혹한 악전고투였을지 더 상세히 묻지 않아도 알 만했다. 무당오협의 능력으로도 장기사들을 요절내지 못하고 오히려 칠협 막성곡까지 부상을 당했다면 그 전투는 그야말로 처절했으리라.

멸절사태가 어두운 표정으로 다시 물었다.

"귀파에서 탐색해보신 바로는 광명정의 실제 세력이 어느 정도나 됩디까?"

"천응교를 비롯해서 마교의 지파들이 광명정을 지원하러 대거 출동했다고 합니다. 들리는 소문으로는 자삼용왕과 청익복왕도 합류했다고 하는데, 확인된 소식통은 아니올시다."

"뭣이! 자삼용왕까지 나타났단 말이오?"

하기야 청익복왕은 이미 모습을 드러낸 터였지만, 가장 우려했던 자삼용왕마저 합세했다면 이건 보통 심각한 상황이 아니다. 멸절사태의 이마에 깊은 골이 파였다.

멸절사태와 은리정은 어깨를 나란히 하고 걸으면서 그간 서로에게 일어난 사건들을 설명해주고 소식을 교환했다. 제자들은 그 뒤를 멀찌감치 떨어져 따라갔다. 감히 두 사람의 대화를 엿들어서는 안 된다고 생각한 것이다.

이야기가 다 끝났는지, 은리정이 뒤따르던 아미파 제자들을 향해 손을 흔들어 작별을 고했다.

정현사태가 냉큼 그 앞으로 다가가서 조심스레 물었다.

"이제 어디로 가시려는지요?"

"화산파를 찾아가 연락을 취해야 합니다."

"은 육협님, 여기저기 분주하게 다니시느라 시장하셨을 겁니다. 잠시 여기서 요기나 하고 떠나시지요."

"그럼 폐스럽겠지만 신세 좀 질까요?"

은리정도 사양치 않고 선선히 응낙했다.

아미파 여제자들이 갑자기 바빠졌다. 저마다 지니고 온 마른 음식을 꺼내오는가 하면, 모랫바닥에 임시로 아궁이를 만들고 부지런히 솥을 걸어 국수를 삶는 처녀도 있었다. 자기네가 먹는 음식은 간소했지만 은리정에게 바칠 식사만큼은 정성을 들였다. 그녀들의 마음속에 아직도 지워지지 않는 추억이 은리정을 대하는 순간 되살아났기 때문이다. 추억의 인물은 물론 기효부였다.

"고맙소! 여러 자매님들……."

은리정의 눈언저리가 붉어지더니 목소리에 울음기가 섞여 떨려나왔다. 그 역시 아미 제자들의 심중을 헤아렸던 것이다.

"은 육협님! 제가 어떤 사람의 소식을 좀 알았으면 하는데, 여쭤보아도 될까요?"

이제껏 말 한마디 없이 곁에서 지켜보기만 하던 거미가 불쑥 말을 걸었다.

정말 시장했는지 열심히 젓가락을 놀리던 은리정은 국수 사발을 손에 든 채 흘깃 돌아보았다.

"젊은 사매님의 존함은 어찌 되시는지? 무슨 일을 물으시는지 모르겠으나, 궁금한 것이 있으시다니 아는 대로 대답해 올리지요."

응답하는 태도가 온화하고 겸손했다. 상대방이 자기 신분을 아미파로 오해한 게 분명했다.

"저는 아미파 제자가 아니에요. 저들에게 붙잡혀 끌려가는 몸인걸요."

이번에는 은리정이 흠칫 놀랐다. 아미파 제자인 줄 알았는데 포로였다니. 하지만 어린 처녀가 제법 솔직하다는 생각이 들어 다시 정색을 하고 물었다.

"그럼 아가씨는 마교 신자인가요?"

거미는 딱 부러지게 고개를 흔들었다.

"아니에요. 저 역시 마교와는 원수지간인걸요."

짐작이 빗나가자 은리정은 영문을 모르겠다는 듯이 정현사태를 바라보았다. 아미파의 포로라면 외부 사람이 함부로 꼬치꼬치 캐물을 수도 없거니와 또 질문을 받았다고 선뜻 대답해줄 처지도 아니었다. 그래서 주인의 의사를 존중하는 의미로 정현사태더러 어떻게 하는 것이 좋을지 눈길로 물어본 것이다.

은리정에게서 무언의 질문을 받은 정현사태가 거미 곁으로 다가섰다.

"은 육협님께 무슨 일을 묻겠다는 거냐?"

거미는 제삼자가 대신 묻는 게 거북스러웠는지 말을 더듬었다.

"내가 여쭈려는 건…… 은 육협님의 사형 되시는 장취산, 장 오협께서도…… 그 일선협이란 데 함께 오셨는지…… 그걸 좀 알고 싶어서요."

거미의 말이 떨어지자마자, 은리정뿐만 아니라 장무기조차 깜짝 놀랐다.

"아가씨가 무슨 일로 내 다섯째 형님의 소식을 묻는 거요?"

은리정이 무거운 낯빛으로 묻자, 거미의 얼굴에 발그레하니 홍조가 피어올랐다.

"그분 아드님…… 장무기도 같이 왔는지…… 안 왔는지 알고 싶어서……."

떠듬떠듬 대꾸하는 목소리가 자꾸만 잦아들었다.

이렇게 되니 장무기는 그저 놀랄 정도가 아니라 가슴이 철렁 내려앉으면서 마구 두방망이질치기 시작했다. '아이고, 맙소사! 이 아가씨는 진작부터 내 정체를 알아보고 있었구나. 그러니까 지금 이 자리에서 들춰내려는 게 아닌가?'

다시 은리정이 물었다.

"아가씨, 정말 그걸 몰라서 묻고 있소?"

"저는 지금 간절한 심정으로 은 육협님께 묻는 거예요. 제가 왜 은 육협님을 속이겠어요?"

"내 다섯째 형님은 세상을 떠나신 지 벌써 10년이 지났소. 그동안 무덤에 자란 풀이 얼마나 무성해졌는지 모르건만, 그 사건을 몰라서 묻는 거요?"

"아……!"

거미가 외마디 소리를 지르면서 벌떡 일어났다. 두 눈에 당장 서글픈 기색이 떠오르더니 잠시 후 맥없이 썰매 위에 도로 털썩 주저앉으며 떨리는 목소리로 중얼거렸다.

"장 오협님이 벌써 돌아가셨구나! 그렇다면, 그 사람…… 그 사람은 고아가 되었겠네……."

"아가씨는 우리 조카 무기를 아시오?"

"6년 전에 접곡의선 호청우 집에서 한 번 만나본 적이 있는데…… 지금은 어디 있는지 모르겠어요."

"나도 사부님의 분부를 받고 호접곡에 가서 찾아봤소만, 호청우 부부는 이미 죽어버리고 무기란 녀석은 행방불명이었소. 그 후에 여러 방면으로 수소문해보았으나 종무소식이었소. 아아, 그런데…… 뜻밖에도……."

은리정은 얘기 도중에 처연한 기색을 짓더니, 차마 더는 말을 잇지 못했다.

거미가 다급하게 물었다.

"뭐라고요? 혹시 무슨 나쁜 소식이라도 들으신 건 아닌가요?"

"아가씨는 어째서 우리 무기에게 그토록 관심을 보이시오? 무기가 아가씨에게 은덕을 베풀었소, 아니면 원수를 맺었소?"

은리정이 거미의 흉측한 얼굴을 뚫어져라 바라보며 물었다. 그러나 거미는 먼 하늘가에 눈길을 던진 채 힘없이 중얼거렸다.

"난, 난 그 사람더러 우리하고 같이 영사도에 가서 살자고만 했는데……."

은리정이 얼른 그 말 틈에 끼어들었다.

"영사도라니? 그럼 금화파파와 은엽선생 부부는 아가씨와 어떤 관계요?"

거미는 그 물음에 대꾸하지 않고 혼잣말로 중얼거리기만 했다.

"그 사람은 우리하고 같이 영사도에 가지 않겠다고 발버둥 쳤어요. 도리어 날 걷어차고 욕설을 퍼붓고 손등을 깨물어 피투성이로 만들고……."

은리정에게 대꾸하는 게 아니라, 기억을 더듬으려는 듯 중얼거리며 제 오른쪽 손등을 어루만졌다.

"그래도…… 그래도 난 그가 보고 싶었어요. 정말 그리운걸요. 난 절대로 그 사람을 해치려 한 게 아니었어요. 영사도에 데리고 가면 금화파파 할머니가 절세의 무공을 가르쳐주겠다고 했어요. 치료법을 찾아서 그 사람의 몸에 퍼진 현명신장 음독까지 풀어주신다고 약속했고요. 그런데 그 사람은 남의 호의를 나쁘게 받아들이고…… 자기를 죽이려 한 것도 아닌데 그렇게 흉악을 떨 줄이야 누가 알았겠어요."

이제 장무기의 귀에는 더 이상 그녀의 말이 들어오지 않았다. 머릿속의 온갖 상념이 뒤죽박죽으로 헝클어져 혼란스럽기만 했다. '그렇구나, 그랬어! 거미가 바로 호접곡에서 날 붙잡고 놓아주지 않던 그 몹쓸 계집아이 아리阿離였다니! 정말 믿을 수가 없군. 거미의 가슴속에 지워지지 않고 자리 잡은 그 사람이 바로 나였을 줄이야. 아아, 맙소사……!'

흘끗 돌아보는 눈길이 거미의 얼굴에 못 박히듯 가서 꽂혔다. 흉측스럽게 부어오른 두 뺨, 그 어느 구석에서나 일곱 해 전 처음 만났을 때의 아리따운 모습은 찾아보고 싶어도 찾을 길이 없었다. 그저 물기가 초롱초롱 감도는 해맑은 눈동자에서 그나마 옛 흔적이 어렴풋하게 떠오를 뿐이었다.

멸절사태의 차디찬 목소리가 뒤따라 울렸다.

"소문에 듣자니 저 계집아이의 사부 금화파파도 마교와 좋지 않은 사이라고 합디다. 하지만 금화파파 역시 정파 인물은 아니오. 우리 아미파가 누구와 원수를 맺고 싶은 의도는 없지만, 저 계집아이가 하는 짓이 너무 괴상야릇해서 잠시 잡아두고 있는 거라오."

멸절사태가 변명처럼 늘어놓자 은리정도 납득이 가는지 고개를 끄덕였다.

"으음, 그랬군요. 아가씨, 아가씨가 우리 조카 무기에게 그토록 호의를 품고 있었다니 고맙기는 하오만, 안타깝게도 그 녀석은 박복해서 죽은 지 오래라오. 며칠 전에 우연히 주무 연환장朱武連環莊의 주인 무열을 만났소. 그 사람 얘기로는 무기가 5년 전 실족해서 만 길 까마득한 절벽 아래 떨어져 죽었다고 합디다. 시신도 못 찾았다는 거요. 허어, 참! 그 아이의 아버지는 나하고 피를 나눈 형제보다 더 깊은 정으로 맺어졌는데, 하늘이 어찌하여 그런 착한 아이를 돌보지 않고 끝끝내 형님의 일점혈육마저 데려가셨는지……."

흐리게나마 말끝이 미처 다 떨어지기도 전이었다. 갑자기 털썩 소리가 나더니 거미가 뒤로 벌렁 넘어졌다. 충격을 받고 까무러친 것이다.

주지약이 얼른 달려들어 그녀를 부축해 앉혔다. 그러고는 추나술법推拿術法으로 가슴을 한참 동안 밀어주고 나서야 거미는 천천히 피어나기 시작했다.

그 광경을 지켜보면서 장무기는 안쓰러움을 금치 못했다. 눈앞에서 여섯째 사숙 은리정과 거미가 저토록 가슴 아파하는데도, 모질게 외면하고 있으려니 고통스럽기만 했다. 이 말 못 할 고충을 어디다 하소연할까? 그는 더 이상 두 사람을 볼 수 없어 외면하다가 주지약의 눈길과 딱 마주쳤다. 그녀 역시 똑바로 장무기를 보고 있었던 것이다. 눈빛에는 의문이 가득 담겨 있었다. '어째서 이 처녀가 당신을 못 알아보느냐, 또 어째서 사숙인 은리정에게조차 신분을 감추고 있는 것이냐?' 하고 무언중에 따져 묻는 것이다.

장무기는 다른 사람 모르게 고개를 내저었다. 지난 몇 해 동안 장무기의 생김새나 체격이 그녀도 몰라볼 만큼 크게 바뀌었는데, 남들이 무슨 수로 그를 알아볼 수 있으랴? 만약 장무기 쪽에서 먼저 한수 나룻배 안의 일을 귀띔해주지 않았던들 주지약 자신도 지금껏 알아보지 못했을 게 분명했다.

한편에선 정신을 차린 거미가 이를 악물고 은리정에게 따져 묻고 있었다.

"은 육협님, 장무기를 해친 자가 누굽니까?"

"누가 해친 게 아니라오. 무열 장주의 말에 따르면, 무기가 발을 잘못 디뎌 깊은 벼랑 아래로 굴러떨어졌다는 거요. 무열과 의형제를 맺은 경천일필 주장령도 함께 떨어져 죽었다고 했소."

더 이상 들을 것이 없었다. 거미는 기나긴 탄식을 토해내면서 무너지듯 그 자리에 주저앉았다.

"아가씨 이름은 뭐요?"

이번에는 은리정이 물었으나, 그녀는 말없이 도리질로 대꾸했다. 그러고는 하염없이 눈물만 뚝뚝 떨어뜨리더니 갑작스레 모랫바닥에 엎드려 목 놓아 울기 시작했다.

"너무 상심하지 마오, 아가씨. 무기란 녀석은 절벽에서 떨어져 죽지 않았더라도 지금쯤 한독이 발작해서 역시 살아남지 못했을 거요. 그놈의 한독 때문에 모진 고통을 받으며 죽기보다 차라리 분골쇄신해서 한순간의 고통만으로 죽은 게 훨씬 나았는지도 모르겠구려."

은리정이 부드럽게 달래주는데, 멸절사태가 불쑥 한마디 던졌다.

"장무기 같은 못된 씨알머리는 일찌감치 죽길 잘했지. 안 그랬으면 인간 세상에 화근 덩어리밖에 더 됐겠나!"

이 말을 듣자 거미가 노발대발, 독기 서린 목소리로 악을 썼다.

"이 도적년의 비구니, 무슨 허튼소릴 하는 거야!"

어린 계집아이가 간덩어리도 크게 지엄하신 스승의 면전에다 욕설을 퍼부었으니 그 제자들이 가만있을 리 없었다. 세상이라도 무너져 내린 것처럼 펄펄 뛰며 거미에게 우르르 달려들었다. 그중 몇몇은 벌써 장검을 뽑아 들고 당장이라도 찌를 듯 거미의 등 쪽 심장 부위를 겨누었다.

그러나 거미는 손톱만치도 두려운 기색을 보이지 않고 거침없이 욕설을 쏟아부었다.

"이 늙은 년아! 알기나 하고 그따위 소리를 지껄이는 거야? 장무기의 부친으로 말하자면 여기 계신 은 육협의 사형이셨단 말이다. 무당파가 베푸는 의협의 명성을 세상천지에 모르는 이가 없는데 어째서 나쁜 사람이라는 거야?"

멸절사태는 체면상 코웃음만 칠 뿐 대거리를 하지 않았다. 그 대신 맏제자 정현사태가 듣다 못해 호통쳐 꾸짖었다.

"입조심 못 하겠느냐! 더러운 욕설을 함부로 입에 담다니. 장무기의 부친은 네 말대로 명문 정파의 제자가 분명하다만, 그 어미는 누구더냐? 장무기란 놈은 마교의 요녀가 낳은 자식이란 말이다. 그러니 못된 씨알머리요, 화근 덩어리가 아니면 뭐란 말이냐?"

"장무기의 모친이 누군데 마교의 요녀라는 거야?"

거미가 영문을 모르겠다는 듯 눈을 휘둥그레 뜨고 묻자, 아미파 제자들은 어처구니가 없어 한꺼번에 폭소를 터뜨렸다. 단지 한 사람, 주지약만이 고개를 숙인 채 땅바닥만 내려다보고 있을 뿐이었다. 입장이 난처해진 은리정의 얼굴 표정도 거북살스럽게 일그러졌다.

장무기는 시뻘겋게 상기된 얼굴에 귓불까지 화끈 달아올랐다. 뜨거운 눈물이 왈칵 쏟아져 나와 두 뺨을 타고 주르르 흘러내렸다. 자기 신세 내력을 감추기로 결심하지 않았던들 당장에라도 벌떡 일어나 어머니를 위해 속 시원히 변명해주고 싶었으나, 그는 어금니를 악문 채 참고 또 참았다.

정현사태는 그래도 인품이 후덕하고 충직한 사람이었다. 그녀는 거미가 모르고 스승에게 악담을 퍼부은 것이 도리어 측은해 보였다.

"장 오협의 아내는 바로 천응교 교주 은천정의 딸이었다. 이름이 은소소라고 했지."

"아!"

놀란 거미가 외마디 소리를 냈다. 얼굴빛이 싹 변했다. 상대방의 기색이 바뀌었는데도 정현사태는 할 말을 마저 이었다.

"장 오협은 그 요사스러운 여인을 아내로 맞아들였다가 끝내 명예와 목숨을 다 잃어버렸다. 무당산에서 칼로 목을 그어 자결했으니까. 아가씨가 설마 그 사건을 몰라서 묻는 것은 아니겠지?"

"난…… 난 줄곧 영사도에서만 있었기 때문에 중원 무림계의 소식을 전혀 듣지 못했어요."

"그럼 됐다. 네가 우리 사부님께 모르고 무례한 말을 했으니, 어서 앞으로 나가 '잘못했습니다!' 하고 사죄해라."

그러나 거미는 엉뚱하게 또 질문을 던졌다.

"그 은소소란 분은 지금 어디 있나요? 아들과 함께 살고 있지 않을까요?"

"그 여자도 장 오협이 죽을 때 함께 자결했다."

이 말을 듣자, 거미의 전신이 부르르 떨렸다.

"그…… 그분도 죽었단 말입니까?"

이때 은리정이 대신 끼어들었다.

"만약 그 여자가 우리 다섯째 사형을 죽음으로 몰아넣지 않았다면, 우리 무당파 사람들이 왜 천응교나 은가 성을 쓰는 사람이 나타날 때마다 하나같이 분노에 치를 떨고 쫓아냈겠는가? 더구나 우리 셋째 사형 유대암마저 그녀가 도룡도를 빼앗기 위해 모질기 짝이 없는 수법으로 해쳐서 평생 불구자가 되었는데……."

거미는 은리정의 설명을 듣고 혼잣말로 중얼거렸다.

"어쩐지…… 그래서 내가 소식을 좀 알아보려고 무당산에 올라갔을 때, 말 한마디 제대로 붙여보지도 못하고 욕설만 흠뻑 뒤집어쓰고 쫓겨났었구나……."

바로 그때, 동북쪽에서 느닷없이 쪽빛 불꽃 한 줄기가 허공을 꿰뚫고 기다랗게 꼬리를 끌면서 솟구쳐 올랐다.

불꽃 빛깔을 본 은리정이 먼저 깜짝 놀라 소리쳤다.

"아차! 우리 청서青書 조카가 적에게 공격을 당하는 모양이군요. 어서 그리로 가봐야겠습니다."

그는 돌아서서 멸절사태에게 허리 굽혀 작별 인사를 올린 다음, 나머지 사람들에게도 일일이 포권의 예를 건네더니 곧바로 쪽빛 불꽃이 떨어져 내리는 곳을 바라고 힘차게 달려가기 시작했다.

스승의 눈짓을 받은 정현사태가 말없이 손을 휘두르자, 아미파 제자들이 일제히 은리정을 뒤따라나섰다.

이윽고 은리정과 아미파 일행이 싸움터에 다다랐다. 그곳에서도 아까처럼 세 사람이 한 사람을 에워싸고 협공하는 3 대 1의 국면이 벌어지고 있었다. 공격자들은 우스꽝스럽게도 비단 모자에 하인 옷차림을 한 채 저마다 칼 볼이 넓적한 단도를 한 자루씩 들고 세 방향에서 돌아가며 협공을 퍼붓는 중이었다.

이제 갓 싸움터 현장에 들이닥친 일행은 세 사람의 공격 초식을 두세 차례만 보았을 뿐인데도 눈이 휘둥그레졌다. 하인 옷차림새를 한 걸 보면 신분이 미천한 자들이 분명한데, 사납고도 모진 공격 수법이 여느 일류 고수의 솜씨에 결코 뒤떨어지지 않았다. 조금 전 은리정의 손에 죽어간 세 도사의 무공 실력보다 훨씬 뛰어난 것이다.

그들은 선비 차림의 젊은이 하나를 가운데 두고 단조롭게 세 방향에서 공격하는 게 아니라, 수레바퀴 돌아가듯 쉴 새 없이 방향을 바꿔가며 차륜전술車輪戰術로 공격을 퍼붓고 있었다.

선비 차림의 젊은이는 진작부터 크게 열세에 몰려 있으면서도 한 자루 장검을 곧추세워 비상할 정도로 엄밀히 수비만 하고 있을 뿐 좀처럼 반격할 기미를 보이지 않았다.

한참 어우러져 공방전을 전개하는 이들 네 사람의 좌측방 근처에서 또 다른 여섯 사람이 멀찌감치 떨어져 싸움판을 지켜보고 있었다. 이들의 몸에 걸친 누른빛 도포 자락에는 저마다 붉은 불꽃 표지가 하나씩 수놓여 있었다. 역시 마교도들이었다.

여섯 관전자는 싸움판에 끼어들지 않고 지켜보고만 있다가 문득 은리정과 아미파 일행이 달려오는 것을 발견했다. 그중 작달막한 키에 통통한 몸집의 사내가 버럭 고함쳐 경고를 보냈다.

"어이, 은씨 형제들! 이젠 틀렸어. 상대방에게 응원군이 왔으니까 일찌감치 꼬리를 도사리고 빽소니나 치게. 이 어르신네가 자네들 뒤를 끊어줄 테니까."

그러자 하인 차림의 셋 가운데 하나가 버럭 성을 냈다.

"후토기厚土旗, 이 굼벵이 녀석들! 꿈지럭대고 기어다니는 속도가 우리보다 빠를 듯싶더냐? 안顔가야, 네놈들이나 먼저 줄행랑 놓으려무나!"

이때 싸움터에 제일 먼저 도착한 정현사태가 매섭게 꾸짖었다.

"죽음이 머리 위에 닥쳤는데도 자기들끼리 입씨름이나 벌이다니!"

뒤미처 당도한 주지약이 물었다.

"사저, 이 작자들이 누굽니까?"

정현사태는 하인 차림의 공격자들을 하나씩 가리키면서 대답했다.

"저 비단 모자에 하인 옷차림을 한 자들은 모두가 천응교주 은천정의 종 녀석들이지. 저놈이 은무복, 바로 옆이 은무록, 또 하나는 은무수야."

"아니, 미천한 하인들조차 어쩌면 저토록 솜씨가 대단할까? 정말 믿을 수가 없군요."

놀란 주지약의 입에서 저도 모르게 찬탄이 흘러나왔다.

"저들 셋 모두 호락호락한 인물이 아니야. 원래 흑도黑道에서 악명을 떨치던 대도적이었으니까 보통내기들이라 볼 수 없지. 또 저기 누른빛 도포를 걸친 여섯 관전자는 마교 후토기에 속한 요물들이야. 방금 얘기하는 걸 들어보니, 저 늙은 땅딸보 녀석은 후토기를 거느린 장기사 안원顏垣일지 모르겠다. 그것참 이상한 노릇이군. 사부님 말씀이, 마교의 다섯 장기사도 천응교 측과 교주 자리를 놓고 쟁탈전을 벌이느라 지금껏 사이가 좋지 않다고 하셨는데……."

이때 싸움판에서는 젊은 선비가 무서운 공격자들의 칼바람 속에 휘말려 아슬아슬한 국면을 맞고 있었다. 이제 은무복의 일격을 가까스로 피해내는 순간, 은무수가 휘두른 칼날에 소맷자락 한쪽이 찢겨나가고 팔뚝에서 핏줄기가 솟구쳐 나왔다. 뒤미처 은무록의 단도가 번개 벼락 치듯 그의 등 한복판을 노리고 찍어 들어갔다.

"이얍!"

은리정이 날카로운 기합을 터뜨리면서 싸움판에 뛰어들었다. 불쑥 내지른 장검의 칼끝이 곧바로 은무록을 노렸다. 이제 막 젊은 선비의 등줄기를 찍어들던 은무록이 엉겁결에 단도를 가로누여 장검의 기세를 보기 좋게 가로막았다. 그러나 은리정이 찔러 보낸 일검에는 웅혼하기 짝이 없는 내력이 담겨 있었다.

"팍!"

장검과 엇갈리게 마주친 단도가 탄력에 밀려나면서 활등처럼 둥그렇게 휘어버렸다. 깜짝 놀라 제 병기를 살펴보았더니 손에 들린 것은 이미 칼이 아니라 갈고리였다. 깜짝 놀란 은무록은 본능적으로 단번에 두세 걸음을 도약해서 옆으로 피했다.

그때였다. 거미가 느닷없이 은무록에게 달려들더니 번개같이 빠른 솜씨로 그의 뒷덜미에 오른손 검지를 "푹!" 소리가 나도록 깊숙이 찍어 넣는 게 아닌가.

"어흑!"

은무록의 입에서 답답한 신음 소리가 새어나왔을 때 그녀는 벌써 제자리로 돌아가 있었다. 뜻밖의 암습을 당한 은무록이 고통에 겨워 허리를 꺾더니 그 즉시 온 몸뚱이를 마구 떨기 시작했다. 그의 무공 실력도 원래 범상한 수준이 아니나, 은리정의 일격을 가로막는 찰나 그 내력에 충격을 받고 가슴속의 기혈이 뒤집히는 바람에 주의력이 산만해져 거미의 암습을 눈치채지 못한 것이다. 은무복과 은무수가 대경실색, 젊은 선비를 공격하던 손을 멈추고 한꺼번에 달려와 맏형을 부축했다. 그러나 은무록은 그칠 새 없이 몸뚱이를 뒤틀면서 신음 소리만 토해낼 뿐 좀처럼 일어설 줄 몰랐다. 보통 중상을 입은 게 아닌 모양이었다.

맏형을 부축해 일으키려던 두 사람의 험상궂은 눈길이 거미에게 쏠렸다. 그러나 다음 순간, 이들의 입에서 놀란 외침이 터져 나왔다.

"이런! 맙소사, 아가씨였어!"

뒤미처 거미가 콧방귀를 뀌었다.

"흥! 아직도 날 알아보긴 하는군."

뜻밖의 사태에 놀란 것은 아미파 일행만이 아니었다. 은리정과 장무기도 놀라기는 마찬가지였다. 이들은 두 사람이 분명 자기네 동료를 해친 거미에게 달려들 것이라 지레짐작하고 가슴을 조였다. 그러나 예상은 빗나갔다. 싱겁게도 이들 두 의형제는 부상당한 맏형을 품에 안

아들고 말 한마디 없이 그 자리를 떠나 북쪽으로 달려갔다.

너무나 돌발적인 일이라 사람들은 그저 입을 쩍 벌리고 두 눈이 휘둥그레진 채 멀리 사라져가는 세 하인의 뒷모습과 거미의 얼굴을 번갈아 바라볼 뿐이었다.

누른빛 도포를 걸친 땅딸보가 왼손을 번쩍 치켜들었다. 어느새 그의 손아귀에는 커다란 황색 깃발 한 폭이 들려 있었다. 나머지 다섯 사람도 일제히 황색 깃발을 꺼내 휘둘렀다. 여섯에 불과했지만 거대한 깃발에서 펄럭펄럭 울려 나오는 바람 소리와 함께 강대한 적을 눈앞에 두고도 당황하거나 굴하는 기색 하나 없었다. 그들은 천천히 북쪽으로 당당하게 퇴각했다.

아미파 일행은 괴상야릇한 깃발의 진세陣勢에 짓눌려 일순 멍하니 바라보기만 했다. 그러나 곧 남자 제자 둘이 함성을 지르며 그들 여섯을 뒤쫓기 시작했다.

그때 은리정이 몸을 번뜩 움직여 쏜살같이 두 사람을 뒤쫓았다. 후발선지後發先至의 절묘한 동작으로 거뜬히 따라잡은 것이다. 그러고는 훌쩍 돌아서서 두 사람을 양어깨로 툭툭 밀어붙였다. 힘껏 달려가던 두 제자는 몸을 가누지 못하고 털썩털썩 세 걸음이나 물러났다. 그들은 노염과 수치심에 얼굴이 시뻘겋게 달아올랐다.

등 뒤에서 맏제자 정현사태의 호통 소리가 들려왔다.

"두 사제는 돌아오라! 은 육협께서 호의로 그러신 것이니 야속하게 여길 것 없다. 저 후토기 놈들을 추격해선 안 된다!"

은리정이 미안스러운 기색으로 설명을 덧붙였다.

"엊그제 저하고 일곱째 아우가 멋모르고 열화기의 기진旗陣을 추격했다가 크게 낭패를 당했소이다. 그 통에 우리 일곱째 막 사제는 머리털과 눈썹을 절반이나 태워먹었지요."

해명을 하면서 오른쪽 소맷자락을 걷어 올리고 팔뚝을 내밀어 보였다. 팔뚝이 온통 시뻘겋게 불에 덴 상처투성이였다. 그것을 보고서야 아미파의 두 남제자도 찔끔 놀라 뒷걸음질 쳤다.

멸절사태의 섬뜩하도록 사나운 눈초리가 거미의 흉측한 얼굴 윤곽을 몇 차례 맴돌더니 차디찬 목소리로 물었다.

"천주만독수였지?"

거미는 천연덕스레 대꾸했다.

"아직 수련을 완성하지 못했어요."

"완전히 수련했다고 그게 뭐 대수롭겠느냐? 그래, 무슨 심보로 그자를 해쳤지?"

"단번에 즉사시키지 못한 게 아쉬울 뿐이죠."

"어째서?"

"내 개인적인 일이니 당신이 상관할 것 없어요!"

거미가 이렇게 쏘아붙이는 순간, 멸절사태의 몸놀림이 번뜩하는가 싶더니 어느새 정현사태가 쥐고 있던 장검을 넘겨받아 무엇인가를 후려치고 있었다.

"쨍!"

대경실색한 거미가 뒷걸음질로 재빨리 물러났다. 그녀의 얼굴빛은 종잇장처럼 하얗게 질려 있었다. 일행이 흠칫 놀라 두 사람을 바라보았으나 이내 무슨 까닭인지 영문을 알 수 있었다. 방금 멸절사태는 거미가 천주만독수를 펼친 오른쪽 검지를 단칼에 끊어버리려고 후려친 것이었다. 그 손찌검이 얼마나 빨랐던지 어느 누구도 그것을 똑똑히 볼 수 없었던 것이다.

하지만 멸절사태는 이내 눈살을 찌푸렸다. 거미의 손가락에선 피 한 방울 흘러나오지 않았다. 다시 바라보니 그 손가락에 무엇인가가 번쩍거렸다. 거미는 멸절사태에게 꺾인 손목뼈가 아물지 않아 손에 힘이 없는 데다 천주만독수를 완전히 익히지 못한 탓에 위력이 변변치 않았다. 그래서 조금 전 은무록을 공격할 때 미리 정강精鋼으로 주조한 골무를 손가락에 끼고 있었는데, 멸절사태가 그것을 미처 보지 못하고 일격을 가한 것이다. 더구나 수중에 들린 것은 의천보검이 아니었다. 제자가 쓰던 평범한 장검으로 후려쳤으니 강철 골무에 금만 갔을 뿐 그 손가락은 끊지 못한 것이다.

멸절사태는 장검을 주인에게 던져주면서 코웃음을 쳤다.

"흥! 이번엔 네 운수가 좋았다만, 또다시 그 사악한 무공을 쓰는 날에는 내 손에 살아남지 못할 줄 알아라!"

그녀는 다시 손찌검을 하지 않았다. 일격이 실패했다고 해서 어린 후배에게 재차 손을 쓰기엔 자신의 체통이나 위신이 용납하지 않았던 것이다.

거미가 쓴 무공이 천주만독수란 말에 은리정은 눈살을 찌푸렸다. 그런 악독한 무공은 정통 무가武家에서 크게 꺼리는 금기 중 금기였다. 하지만 이 처녀는 결국 그 악독한 무공으로 자기편을 도와준 셈이었다. 더구나 '죽은 장무기'를 향한 연모의 정은 감동을 금치 못할 정도로 깊고 짙었다. 그래서 그는 멸절사태가 그녀를 또 해칠까 봐 은근히 역성을 들고 나섰다.

"멸절사태님, 이 어린것이 무공을 잘못 배웠군요. 우리가 착한 길로 잘 이끌어서 좋은 스승을 따르게 하면 어떨까요? 음, 혹시 아미파에서……."

그러나 그는 끝까지 말을 잇지 못했다. 욕심 같아서는 멸절사태가 아미 문하의 제자로 받아들여준다면 그보다 더 좋은 일이 없을 듯싶었으나, 방금 이 당돌한 아가씨가 멸절사태에게 "도적년의 비구니"라고 욕설을 퍼부은 것이 생각나 입을 꾹 다물고 만 것이다. 그는 어색한 분위기를 바꿔볼 요량으로 곁에 서 있던 젊은 선비를 손짓해 불렀다.

"청서야, 아미파 장문 사태 어른이시다. 어서 뵙고 문안 인사 올려라. 또 사백과 사숙 여러분께도 인사드리고."

젊은 선비가 빠른 걸음으로 다가오더니 멸절사태 앞에 무릎 꿇고 큰절을 드렸다. 그리고 정현사태를 비롯한 아미 제자들에게도 일일이 허리 굽혀 인사했으나, 그녀들은 당황한 기색으로 겸사의 말을 건넸다. 무당파의 창시자 장삼봉으로 말하자면 나이가 100세를 넘긴 무림계의 최고 원로였다. 항렬로 따지면 멸절사태보다 몇 대나 위였다. 은리정은 앞서 기효부와 약혼한 적이 있으니 멸절사태보다 항렬이 한 배 낮은 셈이지만, 장삼봉은 아미파 개창 조사 곽양과 같은 연배로 치는 만큼 어떻게 보면 멸절사태가 도리어 은리정을 '사숙'이라 불러야 옳았다. 그러나 무당과 아미 두 문파가 서로 다르게 창설된 이래 피차 항렬이나 지위를 따지지 않고 그저 연령이 많고 적음에 따라 적당히 선후배를 구별해왔다. 그런데 이제 무당파 제3대 제자인 젊은 선비가 아미파 제자들을 보고 '사백, 사숙'으로 부르며 인사를 하니, 정현사태를 비롯한 제자들은 송구스러움에 몸 둘 바를 모르고 황망히 겸사의 답례로 응했던 것이다.

아무튼 인사치레가 끝나고, 아미파 제자들은 방금 이 청년 선비가 은씨 3형제를 상대로 싸우던 장면을 떠올렸다. 그는 세 명이나 되는 고수에게 포위당한 채 공격을 받으면서도 크게 열세에 몰리지 않고 떳떳이 싸웠다. 수비의 법도가 엄밀한 데다 검초 역시 정교하고 기기묘묘한 것이 과연 명문 자제다운 풍모를 여실히 드러냈다. 또 눈알이 핑핑 돌아갈 정도로 무시무시한 차륜전법의 협공 아래 1 대 3으로 악전고투를 거듭하는 와중에서도 당황하거나 흐트러짐 없이 시종 안정된 자세로 적들의 연속 공격을 막아냈다. 그토록 훌륭한 인물을 이제 가까이서 마주 대하고 보니, 생김새 또한 준수하고 기상이 넘쳐흐르는 청년 대장부가 아닌가! 그 멋진 자태에 아미파 여제자들은 한숨이 절로 나오고, 의기가 꺾인 남제자들은 저도 모르게 어깨가 축 늘어졌다.

"이 아이는 저희 대사형이 사랑하는 외아들입니다. 청서라고 부르지요."

은리정의 소개를 듣고서 정현사태가 한마디 찬사를 건넸다.

"근년에 들어 의협심을 떨쳐 남의 어려움을 구해주는 옥면맹상玉面孟嘗•의 협명俠名이 강호에 자자하더니, 과연 송 소협은 대단한 기개를 지닌 분이었군요. 오늘 이렇게 존안을 뵙게 되어 실로 드문 행운이 아닌가 합니다."

• '맹상'은 전국시대 제齊나라 귀족 전문田文으로, 호가 맹상군孟嘗君이다. 제나라 재상으로 있으면서 인품과 덕망이 높아 그 휘하에 온갖 부류의 식객이 수천 명이나 몰려들었다고 한다. '옥면맹상'은 송청서가 '맹상군처럼 덕망 높고 용모가 뛰어나게 아름다운 청년 협객'이라 칭송하는 뜻으로 강호 사람들이 붙여준 별명이다.

아미파 여제자들이 자기네들끼리 소곤소곤 귓속말을 주고받는 소리가 흘러나왔다. 강호의 별명이 옥면맹상이라더니, 과연 소문이 헛된 게 아니었다. 처녀들의 얼굴에는 저마다 부러움과 흠모하는 기색이 역력했다.

거미가 곁에서 불쑥 장무기를 돌아보고 짓궂게 속삭였다.

"송아지 오라버니, 저 사람이 오라버니보다 더 멋지게 생겼는데?"

"그야 당연하지. 더 말할 나위가 있나!"

"샘나지 않아요?"

"웃기는 소리! 내가 무엇 때문에 샘을 내겠소?"

"아무래도 저 사람 눈치가 주 소저에게 마음이 쏠린 모양인데, 그래도 샘이 나지 않는단 말이에요?"

장무기는 흘끗 송청서를 바라보았다. 과연 거미의 지적대로 그는 주지약에게 관심이 있는지 그녀에게 눈길을 던진 채 빙글빙글 웃고 있었다.

그러나 장무기는 개의치 않고 이내 눈길을 돌렸다. 지금 머릿속에는 딴생각이 가득 차 있었다. 거미의 정체가 몇 년 전 '나비의 골짜기'에서 승강이를 벌였던 소녀 아리라는 사실은 그에겐 큰 충격이었다. 그는 아직도 혼란으로 뒤죽박죽 헝클어진 머릿속을 정리하지 못한 채 흥분에 들떠 있었다. 당시 아리는 완력으로 자기를 영사도에 끌고 가겠다며 고집을 부렸고, 자신은 끌려가지 않으려 몸부림친 끝에 그녀의 손등을 사납게 물어뜯기까지 했다. 그런데 몇 년이 지난 오늘에 이르기까지 자신을 오매불망 잊지 못하고 그리워할 줄이야. 그는 도무지 격한 감동을 이겨낼 도리가 없었다.

한편에서 은리정의 목소리가 들려왔다.
"청서야, 이제 그만 떠나자."
"예. 그런데 사숙님, 공동파가 오늘 정오경에 이 근처에서 합류하기로 약속했는데 여태껏 도착하지 않은 걸 보니 아무래도 무슨 사고가 난 모양입니다."
조카의 말에 은리정이 걱정스러운 기색을 띠었다.
"그것참 걱정되는구나."
"사숙님, 차라리 아미파 여러 선배님과 함께 서쪽으로 가는 것이 어떨까요?"
"그것도 좋겠지."
은리정이 대수롭지 않게 고개를 주억거려 동의했다.
두 사람이 주고받는 대화를 들으면서, 멸절사태와 정현사태는 서로 마주 보며 보일 듯 말 듯 고개를 끄덕였다. 근년에 들어 장삼봉 진인이 문파 내부의 속된 업무에서 손을 떼고 만제자 송원교가 실질적인 장문의 직책을 도맡고 있다더니 과연 그 소문이 사실이었다. 그렇다면 송원교 다음으로 제3대 장문인은 송 소협이 이어받을 터였다. 그렇기 때문에 은리정이 사숙의 신분이면서도 조카의 뜻에 순순히 따르는 게 아닐까 싶었다. 정말 부러운 집안이 아닐 수 없었다.
하지만 그녀들은 모르고 있었다. 은리정의 성격이 워낙 온화한 데다 소년 시절부터 장취산을 비롯한 사형들에게 순종해오던 습관이 지금 중년의 나이가 되어서도 여전히 남아 있어 자신의 주장을 별로 내세우지 않고, 누가 어떤 말을 하든 반대하지 않는다는 사실을. 그러나 은리정은 실상 외유내강한 사람이었다.

일행은 서쪽으로 14~15리쯤 행군해 어느 거대한 모래언덕 앞에 이르렀다. 정현사태는 송청서가 빠른 걸음으로 앞장서 모래언덕 위를 달려 올라가는 것을 보고, 손짓으로 아미 제자 두 사람을 지명해서 뒤따르게 했다. 싸움이 벌어질 경우 아미파가 무당파에게 뒤질 수 없다는 생각에서였다.

"아앗!"

모래언덕에 올라선 세 사람이 저도 모르게 이구동성으로 경악성을 터뜨렸다. 모래언덕 서편 비탈진 곳에 30여 구나 되는 시체가 평평한 모랫바닥에 여기저기 어지럽게 널려 있었던 것이다.

세 사람의 놀란 외침을 듣자, 일행은 너 나 할 것 없이 모래언덕 위까지 단숨에 뛰어 올라갔다. 시체들의 몰골은 끔찍스럽기 이를 데 없었다. 시체들 중에는 나이 먹은 이가 많은 대신 젊은이의 수는 적었다. 그러나 죽은 이들은 하나같이 두개골이 깨지거나 갈비뼈가 으스러져 앞가슴이 움푹 파여 있었다. 도검 같은 병기에 다친 게 아니라 육중한 통나무로 머리와 가슴에 타격을 받은 상처가 분명했다.

일행 가운데 누구보다 견문이 너른 은리정이 죽은 이들의 차림새를 보고 신원을 알아냈다.

"강서 지방에서 온 파양방鄱陽幫이 전멸했군요. 마교 거목기에게 당한 것이 틀림없습니다."

멸절사태가 이맛살을 찌푸렸다.

"파양방 패거리가 뭘 찾아 먹으려고 여기까지 왔을꼬? 혹시 무당파가 청해서 데려온 것은 아니오?"

툭 던지는 말씨에 기분 나쁘다는 투가 역력했다. 파양방이라면 장강 중·하류 파양호 일대에서 날뛰는 수적水賊들로서, 무림계 명문 정파들에게 줄곧 멸시받아온 방회 가운데 하나였다. 그런 형편없는 패거리마저 육대 문파의 토벌전에 한몫 끼어들었다는 사실이 그녀는 무척 언짢았던 것이다.

"누가 청해서 온 건 아니올시다. 파양방을 거느린 유劉 방주가 공동파의 기명제자記名弟子이지요. 그래서 공동파를 비롯한 육대 문파가 광명정을 토벌하러 나섰다는 소식을 듣고 자기네들도 사문을 도와줄 생각에서 자발적으로 패거리를 끌고 따라온 겁니다."

은리정이 서둘러 사정을 설명하자, 멸절사태는 코웃음 한 번 치더니 더는 따져 묻지 않았다.

아미파 일행은 파양방 무리의 시신을 거둬들여 하나씩 모래 구덩이에 파묻고 봉분을 세워주었다. 그러고는 다시 계속 길 떠날 채비를 서두르려는데, 갑자기 "퍽!" 소리와 함께 서쪽 끄트머리에 세운 모래 무덤의 한복판이 갈라지더니, 뽀얗게 이는 모래 먼지 속에서 '시체' 하나가 불쑥 솟구쳐 나왔다. 그자는 아미파의 남자 제자 한 명을 낚아채서는 질풍같이 달아나기 시작했다.

한밤중 무덤 속에서 귀신이 나온다는 말은 믿을 사람이 있겠지만, 대낮에 갓 매장한 시체가 무덤을 헤치고 뛰어나왔으니 그야말로 산 사람들이 혼비백산할 수밖에 더 있으랴. 방심하고 있던 여자 제자들 가운데 7, 8명이 "끼약!" 하고 비명을 질러댔다.

멸절사태와 은리정, 송청서, 정현사태 네 고수가 일제히 땅을 박차고 그 뒤를 쫓기 시작했다. 나머지 일행은 한참이 지나서야 무덤에서 뛰쳐나온 '시체'가 바로 마교의 청익복왕 위일소라는 사실을 겨우 깨달았다. 이 무시무시한 푸른 날개 흡혈박쥐는 파양방 제자의 옷을 빼앗아 입고 시체 무더기 속에 섞인 채 호흡을 멈추고 죽은 척 엎드려 있었는데, 아미 제자들이 미처 살펴보지 못하고 그마저 모래무덤 속에 파묻어버린 것이다. 무덤에 파묻히는 순간까지도 발악하지 않고 느긋이 적들의 손에 몸을 내맡긴 채 모래 구덩이로 던져지다니, 무공이 뛰어나다고는 하지만 실로 대담하기 이를 데 없는 행동이었다. 사막의 누런 모랫바닥은 습기 하나 없이 밀도가 성글고 부드러웠다. 그 모래 속에서 한동안 숨을 죽이고 엎드려 있기는 그리 어려운 일이 아니었을 것이다. 그리고 아미파 일행이 방심하도록 내버려둔 채 실컷 농락하고 나서 이제야 느닷없이 무덤 속에서 뛰쳐나와 모두를 기절초풍하게 해놓고 달아났으니 그야말로 귀신마저 통곡할 노릇이었다.

청익복왕은 이번에도 곧바로 삼십육계 줄행랑을 치는 게 아니라 먼젓번처럼 커다랗게 원을 그리며 달아났다. 애당초 멸절사태를 비롯한 네 사람의 추격자가 뒤쫓기 시작할 때만 해도 넷이 모두 어깨를 나란히 하고 달렸으나, 반 바퀴쯤 돌고 났을 때는 벌써 공력의 수준 차이가 나면서 두 사람씩 두 패로 나뉘었다. 선두 패거리는 역시 멸절사태와 은리정이었고, 정현사태와 송청서는 뒤떨어져 선두를 쫓아가는 형국이었다.

과연 청익복왕 위일소의 경공신법은 천하무쌍이었다. 무거운 남자의 몸뚱이를 안고 달리는데도 은리정을 비롯한 추격자들은 도저히 그를 따라잡을 수 없었다. 푸른 날개 흡혈박쥐는 바야흐로 추격자들을 꼬리에 매단 채 둥글게 큰 원을 그리면서 하염없이 뛰고 또 뛰었다.

두 바퀴째 돌아서 쫓고 쫓기는 자들이 다시 아미파 일행이 있는 곳으로 접근했을 때, 송청서가 갑자기 무슨 생각을 했는지 추격대의 패거리에서 떨어진 채 그 자리에 우뚝 멈춰 서더니, 아미파 제자들을 향해 버럭 고함쳐 일깨웠다.

"조령주趙靈珠 사숙, 패금의 사숙 두 분은 팔괘의 이離 방위에서 에워싸십시오! 정민군 사숙, 이명하李明霞 사숙 두 분은 진震 방위•를 차단하십시오! 그리고 또……."

송청서가 잇따라 호령을 내렸다. 아미 제자 30여 명은 삽시간에 팔괘 방위로 분산 배치됐다. 지휘자를 잃고 웅성거리던 이들은 송청서의 위엄 있는 명령이 떨어지자 즉각 지시한 방위대로 움직였다. 마치 홀리기라도 한 듯 다른 문파의 청년 제자에게 복종한 것이다.

한편 세 바퀴째 돌아오던 위일소는 앞쪽 길이 엄밀한 팔괘진에 가로막혀 있는 것을 발견했다. 이제 더는 원을 그리면서 달아날 수 없게 된 것이다.

"으하하핫……!"

푸른 날개 흡혈박쥐의 입에서 비명을 지르듯 날카로운 웃음소리가 길게 터져 나오더니, 안고 있던 남자 제자의 몸뚱이를 허공에 냅다 던져 올렸다. 그러고는 홀가분한 동작으로 질풍같이 사라져갔다.

멸절사태가 허공에서 떨어져 내리는 제자의 몸뚱이를 받아 안는 순간, 하늘을 가릴 것처럼 자욱하게 치솟은 싯누런 모래 먼지 속에서 흡혈박쥐의 목소리가 아련하게 들려왔다.

"으하하하! 아미파에 저런 인재가 있다니, 늙다리 멸절사태도 그 능력 하나만큼은 알아줘야겠는걸!"

• 둘 다 《역경易經》 〈설괘說卦〉에 수록된 팔괘 또는 육십사괘의 하나로, '이'는 불火의 상징으로 해를 뜻하고 남방을 가리킨다. '진'은 연속적인 우레의 진동을 상징한다.

따지고 보면 그 말은 아미 제자를 가리킨 게 아니라 송청서를 두고 한 말이었다. 아니나 다를까, 그 말을 듣는 순간 멸절사태의 얼굴빛이 험상궂게 굳어졌다.

양팔로 껴안은 남자 제자는 예상대로 죽어 있었다. 물어뜯긴 목줄기에는 이빨 자국 두 줄이 가지런히 찍혔고, 상처에선 아직도 선혈이 질펀하게 흘러나오고 있었다.

일행은 참담한 기색으로 말없이 멸절사태 곁에 둘러섰다. 시각이 한참 흐르고 나서야 은리정이 비로소 무거운 입을 열었다.

"언젠가 들은 말이지만, 저 청익복왕은 무공을 펼치고 날 때마다 반드시 산 사람의 더운 피를 마셔야 한다더니, 과연 헛소문이 아니었군요. 안타까운 것은 이 사제가 불쌍하게도…… 허어, 그것참……!"

은리정이 말끝을 흐렸다.

멸절사태는 또다시 부끄러움과 통한의 분노에 치를 떨어야 했다. 그녀가 장문인의 지위를 이어받은 이래 아미파가 이토록 철두철미하게 좌절당하고 타격을 받아본 적은 한 번도 없었다. 사막에 발을 들여놓은 이 며칠 동안 두 제자가 잇따라 흡혈귀에게 피를 빨려 죽었는데도 적의 얼굴 모습 한 번 똑똑히 바라보지 못했으니, 한 문파의 어르신에게 이보다 더 무참한 일이 어디 또 있으랴?

한동안 넋을 잃은 듯 멍하니 허공을 응시하던 그녀가 돌연 송청서를 노려보면서 따져 물었다.

"내 문하 제자들의 이름을 자네가 어떻게 알고 있는가?"

"조금 전 뵈었을 때 정현 사숙께서 소개해주셨습니다."

"호오! 한 번 듣고도 잊지 않았다니, 우리 아미파에는 어느 때나 이런 인재가 나올꼬?"

그날 저녁 은리정과 송청서는 아미파 일행과 함께 야영했다. 저녁 식사가 끝난 후, 송청서는 멸절사태 앞으로 나아가 공손히 예를 올리고 여쭈었다.

"선배님, 번거롭게 해드려 송구스럽습니다만, 후배가 무리하게 부탁드릴 일이 하나 있습니다."

그러자 멸절사태가 쌀쌀맞게 면박을 주었다.

"무리한 줄 알면 더 말할 것 없네!"

"아, 예에, 예……."

매몰차게 면박을 당한 송청서는 할 수 없이 고개 한 번 꾸벅하고 나서 은리정 곁으로 되돌아갔다.

아미 제자들은 그가 자기네 스승에게 간청을 드렸다가 거절당하는 것을 보고 말은 하지 못했으나 호기심이 일었다. 그중에서도 참견 잘하고 경망스러운 정민군이 도무지 궁금증을 참을 수가 없어 그 앞으로 건너가 물었다.

"이것 봐요, 송 사제. 우리 사부님께 무얼 간청하려고 했죠?"

송청서도 진지한 태도로 대답했다.

"제 부친께서 검법을 가르쳐주실 때 이런 말씀을 하셨습니다. 당대 검술의 극치는 본문 사조 어른이 으뜸이요, 그다음이 아미파 장문이신 멸절 선배님이라 하셨습니다. 또 무당검법과 아미검법에는 저마다 장단점이 있는데, 이를테면 본문의 수휘오현手揮五弦 검초는 아미파 경라소선輕羅小扇 초식과 대동소이하면서도 칼날에 경력勁力이 너무 강해, 공격 초식을 쓸 때 민첩성과 쾌속성이 떨어지는 만큼 아미파의 경라소선처럼 자유자재로 구사하기 어렵다고 하셨습니다. 그래서 저는 이번 기회에 멸절 선배님께서 경라소선의 검초를 보여주셨으면 해서……."

그는 이렇게 말하면서 허리에 찬 장검을 뽑아 들고 아미파의 경라소선 초식을 아는 대로 한두 차례 그려 보였다. 하지만 남의 문파 검초를 흉내 내자니 역시 이도 저도 아닌 얼치기 솜씨가 되고 말았다.

"호호호, 그렇게 하는 게 아니라니까."

정민군이 우스워 죽겠다는 듯이 핀잔을 주면서 그의 손에 들린 장검을 받아 들고 자랑스레 시범을 보이기 시작했다.

"내 부러진 손목이 아파서 힘을 쓸 수 없지만 이렇게, 이렇게 하는 거예요."

설명까지 붙여가며 경라소선을 펼쳐 보이자, 송청서는 고개를 끄덕끄덕해가며 탄복했다.

"오오, 정말 대단하십니다. 제 부친께서 늘 말씀하시기를 '난 복이 없어 아미파 멸절 선배님의 검술을 뵙지 못한 게 한스럽다' 하셨는데, 이 후배는 오늘 정 사숙의 경라소선 검초를 보고 정말 안목이 크게 열렸습니다. 방금 멸절사태님께 몇 수 가르침을 받으면 이 후배가 줄곧 품고 있던 검법상의 몇 가지 의문이 풀릴까 싶었는데, 아미의 문하 제자가 아니었으니 애당초 입에 올려선 안 되는 일이었지요."

멀찌감치 앉아서 이들의 대화를 귀담아듣고 있던 멸절사태가 슬며시 일어섰다. 송원교가 자신을 천하 검법의 이인자로 떠받들었다는 말을 들었으니 마음이 흐뭇해지는 걸 주체할 길이 없었다. 무당파 장삼봉으로 말하자면 당세 무학의 태산북두로 무림계 인사라면 누구나 탄복하고 존경하는 인물이었다. 따라서 그녀는 이 고금에 보기 드문 대종사를 능가해보겠다는 생각을 단 한 번도 꿈꿔보지 않았다. 그러나 무당파의 대제자가 장삼봉을 제외한 검술의 최고수로 자기를 꼽았다는 사실에 흐뭇함을 넘어서 의기양양해질 수밖에 없었던 것이다.

그녀는 눈앞에서 정민군이 펼쳐 보이는 경라소선의 검초 시범을 지켜보다가 더는 참을 수가 없었다. 정신력이나 내공이 겨우 3~4할의 수준밖에 이르지 못하고 있으니, 천하에 명성을 떨치는 아미검법이 그 정도밖에 안 된대서야 될 법이나 한 말인가? 그래서 당장 두 사람 가까이 다가서기 무섭게 일언반구도 없이 정민군의 손에 들려 있던 장검을 빼앗다시피 넘겨받은 다음, 칼자루를 잡은 손을 코끝과 가지런히 올려놓고 한 차례 부르르 떨어 보였다.

뒤미처 장검의 칼끝이 "우르릉!" 하고 용음龍吟을 잇따라 토해내더니 오른쪽에서 왼쪽으로, 다시 왼쪽에서 오른쪽으로 연거푸 아홉 차례 칼부림이 번뜩였다. 쾌속하고도 날렵하기 이를 데 없는 동작이 번뜩번뜩 돌아설 때마다 칼끝은 단 한 번도 빗나감 없이 정확하고 또렷하게 무형의 표적을 찌르고 들어갔다. 아미 제자들은 스승이 이렇듯 정교하고도 절묘한 검법을 시범으로 펼치는 것을 처음 보았다. 그들은 너나없이 가슴이 마구 뛰고 양 손바닥에 식은땀이 배어나왔다.

은리정 역시 탄성을 질렀다.

"멋진 검법이다! 정말 멋있어! 아주 절묘하기 그지없구나!"

송청서는 숨을 죽이고 온 정신을 집중시켜 멸절사태가 펼치는 검초를 눈여겨보았다. 사실 그가 애당초 멸절사태에게 간청한 의도는 단순히 아미파 장문에게 환심을 사볼 요량으로 아미검법을 치켜세워준 데 지나지 않았다. 하지만 그녀의 손에서 연출되는 검법을 보고 있으려니 실로 상상을 뛰어넘는 절초였다. 그는 이제 진심으로 멸절사태에게 감복했다. 그래서 성심성의를 다해 그녀에게 가르침을 청했다.

경라소선의 검초 시범을 끝내고 기분이 한결 좋아진 멸절사태는 송청서가 묻는 것이라면 무엇이든지 서슴지 않고 답변해주었다. 설명이 어려운 부분은 다시 한 차례 일일이 연출해 보일 정도였다. 본문 제자에게 검법을 전수할 때보다 더 열과 성의를 다해 가르쳐주었다. 송청서 역시 무학 수준이 높은 데다 총명하기 짝이 없는 젊은이라 멸절사태에게 던지는 질문도 하나같이 심법心法이나 검법상의 가장 요체가 되는 것들만 골라서 지적했다.

아미 제자들은 두 사람 곁에 빈터를 남겨둔 채 빙 둘러싸고 서서 스승이 검초를 하나하나 펼쳐낼 때마다 머릿속에 담아두느라 여념이 없었다. 초식은 하나같이 정교하고 기묘했으며 오묘함의 극치를 이루었다. 아미 문하에서 10년 동안 몸담고 수련해온 제자들도 스승이 이렇듯 신기神技를 드러낸 경우는 이제껏 한 번도 본 적이 없었다.

아미 제자들의 울타리 바깥에는 장무기와 거미가 외롭게 동떨어져 있었다. 그들 두 사람은 아미검법의 절기를 몰래 훔쳐보는 것이 어쩐지 마음에 걸려 아예 외면했다.

거미가 불쑥 엉뚱한 말을 건넸다.

"송아지 오라버니, 내가 만약 청익복왕의 경공술을 배울 수만 있다면 정말 죽어도 여한이 없겠어요."

"그따위 사악한 무공은 배워서 뭘 하려고? 은 사숙…… 아니, 은 육협의 말씀도 못 들었소? 저 위일소란 자는 무공을 한 차례 펼칠 때마다 반드시 사람의 피를 빨아 마셔야 한다던데, 그게 어디 사람인가?

흡혈마귀지!"

"아무튼 무공이 뛰어나니까 아미파 제자들을 마음먹은 대로 죽일 수 있었겠죠. 만약에 그 사람의 경공신법이 변변치 못해서 저 늙은 비구니에게 잡혔다면, 피를 빨아 먹히지만 않을 뿐 죽임을 당하기는 마찬가지 아니겠어요? 사람으로 태어난 바에야 누구나 언젠가는 죽게 마련인데, 피를 빨려서 죽든 어떻게 죽든 그게 무슨 상관이에요? 결국 명문 정파나 사마외도나 역시 다를 게 없는 셈이죠."

장무기는 잠시 대꾸할 말을 잃었다.

이때 아미파 일행의 울타리 안에서 느닷없이 장검 한 자루가 번뜩 빛을 발하더니 어두운 천공天空으로 까마득히 솟구쳐 올랐다. 멸절사태와 검술 대련을 하던 송청서가 그녀의 다섯 번째 검초 흑소영호黑沼靈狐에 걸려 쥐고 있던 장검이 튕겨져 날아간 것이다. 이 일초는 아미파 개창 조사 곽양이 어느 해엔가 신조대협 양과와 함께 흑소黑沼로 가서 은빛 여우 영호靈狐를 잡은 것을 기념해서 창안한 검법이었다.

뭇사람의 눈길이 어둠 속을 꿰뚫고 까마득히 솟구친 장검에 쏠려 있는데 동북방 10여 리쯤 되어 보이는 허공에서 또 다른 황색 불꽃 한 줄기가 꼬리를 길게 끌며 솟구쳐 올랐다.

"아차! 공동파가 적과 맞닥뜨렸구나. 어서 구원해주러 가야겠다."

은리정이 평소 그답지 않게 버럭 소리쳤다.

장무기와 거미는 알지 못했다. 육대 문파의 이번 서역 원정대는 마교 측에 탐지되지 않도록 여섯 갈래로 나누어 출동했다. 그리고 미리 정한 날짜에 약속된 지점에서 합류한 다음 여섯 문파가 전력을 집중해 일차로 광명정 소굴의 마교도를 일거에 포위 섬멸하고, 다시 분산

된 마교의 지파들을 차례차례 격파한다는 작전을 세워놓았다.

그리하여 이들 여섯 문파는 집결지에 도착할 때까지 일체 접촉을 끊기로 했다. 그러나 만일의 긴급사태가 일어날 것에 대비해 연락 신호용으로 여섯 가지 빛깔의 불화살을 미리 정해놓았다. 그 가운데 황색 불꽃의 화살이 바로 공동파의 신호였던 것이다.

일행은 즉각 불화살이 솟구쳐 오른 방향으로 전력 질주했다. 거리가 점점 가까워질수록 싸움터의 함성이 격렬하게 들려왔다. 살벌한 금속성과 처절한 비명이 뒤죽박죽으로 섞여 온 천지를 진동하고 있었다. 이윽고 싸움터에 들이닥친 일행은 저마다 깜짝 놀랐다. 눈앞에 펼쳐진 광경은 한마디로 미쳐 날뛰는 짐승들의 대도살장, 끔찍한 아수라 지옥이었다.

밝은 달빛이 내리비치는 사막 한복판에 쌍방이 휘두르는 도광검영刀光劍影이 어지러이 춤추는 가운데 저마다 수백 명이나 되는 사람이 생사를 도외시한 채 악전고투를 펼치고 있었다. 모랫바닥에 드리운 그림자들은 이미 인간의 모습이 아니라 꿈틀거리는 거대한 괴수들의 형상이었다.

장무기는 스무 해를 살아오는 동안 이토록 참혹한 대혈전을 본 적이 없었다. 도검이 난무하는 가운데 사람의 몸뚱이가 사정없이 찢겨 날아가고 핏물과 살점이 물보라처럼 사면팔방으로 튕겨나가 여기저기서 차마 눈뜨고 보지 못할 참극을 빚어내고 있었던 것이다.

부들부들 떨면서 그는 갈등했다. 그는 마교도가 승리하기를 바랄 수도 없고, 그렇다고 여섯째 사숙 은리정 일행이 이기기를 바랄 수도 없었다. 왜냐하면 한쪽은 아버지 장취산이 속했던 일파요, 다른 한쪽은 어머니 은소소가 몸담았던 일파였기 때문이다. 하지만 쌍방은 장무기의 바람과는 달리 세불양립勢不兩立의 기세로 싸움을 계속하고 있었다. 쌍방 어느 편이나 한 사람씩 죽어 쓰러질 때마다 장무기는 가슴을 떨어가며 놀라기도 하고, 또 괴로움에 몸부림쳐야 했다.

격전장에 도착하자, 먼저 은리정이 예리한 눈길로 전황을 살폈다.

"적방은 예금기銳金旗, 홍수기洪水旗, 열화기의 주력들이다. 공동파는 저쪽에 있군! 화산파도 당도했어. 그리고 또 저쪽에 곤륜파도 보인다. 우리 편 세 문파가 적방의 세 패거리와 각각 하나씩 맞붙어 싸우고 있다. 청서야, 우리도 참전해야겠다!"

전황 판단이 끝나자, 은리정은 기세 좋게 장검으로 허공을 쪼개어 "위잉 윙!" 용음을 토해냈다.

"잠깐만, 사숙님! 저걸 보십시오. 저쪽에 또 다른 적의 대병력이 몰려 있습니다. 아무래도 결정적 기회를 노려 움직일 모양입니다."

은리정은 물론 가슴을 조이며 방관자가 되어버린 장무기의 눈길도 그 손가락이 가리키는 쪽을 바라보았다. 과연 싸움터 바깥 동북방으로 200~300척 거리를 둔 지점에 세 개 부대로 편성된 기마대가 가지런히 대오를 유지한 채 우글우글 새까맣게 몰려 있었다. 한 부대에 어림잡아 100여 명씩, 모두 300여 명이 넘는 기마 병력이었다. 바야흐로 결전장의 세 문파와 마교 삼기三旗는 막상막하로 세력 균형을 이루고 있었는데, 이제 만약 마교 측의 기마 부대가 모조리 전투에 뛰어드는 날이면 공동파, 화산파, 곤륜파는 대참패를 당할 것이 분명했다. 그런데 어찌 된 노릇인지 이들 세 기마 부대는 전열만 가다듬은 채 여전히 꼼짝달싹하지 않았다.

멸절사태와 은리정은 내색하지 않았으나 속으로는 등줄기에 식은 땀이 배어나왔다. 일신의 무공으로 치자면 눈앞에 적수가 없을 정도로 막강한 고수들이지만 이런 대규모 전투에서 상황에 따라 적절히 병력을 투입하고 지휘하는 요령만큼은 아무래도 낯설었다.

"청서야, 저놈들이 어째서 움직이지 않을까?"

"저도 잘 모르겠습니다."

은리정의 물음에 송청서는 고개를 내저었다. 그 역시 생각이 꽉 막힌 것이다.

그때였다. 엉뚱하게 거미가 냉소를 터뜨리며 불쑥 끼어들었다.

"저도 잘 모르겠다니, 뭘 모른단 말이에요? 그야 뻔한 일인데."

무안을 당했다고 생각한 송청서의 얼굴이 단번에 벌겋게 달아올랐다. 공연한 참견에 역정이 난 멸절사태가 험상궂은 눈초리로 거미를 흘기면서 따져 물으려다 체통 때문에 끝내 참고 입을 열지 않았다.

그 대신 은리정이 물었다.

"아가씨, 뭔가 아는 것이 있거든 일러주시오."

정중히 예를 갖춰 묻는 말에 거미는 기마대 쪽을 가리키면서 막힘없이 대답했다.

"저 기마대는 모두 천응교 사람들이에요. 천응교가 명교에서 갈라져 나간 방계 지파이긴 하지만 오행기의 패거리와는 줄곧 사이가 나빴죠. 만일 당신네가 오행기를 깡그리 몰살해버린다면 천응교 사람들은 오히려 기뻐서 날뛸 겁니다. 운수가 좋으면 은 교주가 명교 교주 노릇까지 하게 될 테니까요."

거미의 귀띔에 멸절사태와 은리정, 송청서는 당장 머릿속이 탁 트였다.

"아가씨, 그 말씀 정말 고맙소!"

"천만에요!"

은리정이야 진심으로 고마워했으나, 거미를 노려보는 멸절사태의 눈초리는 여전히 차가웠다. 하지만 그녀 역시 속으로는 고개를 끄덕였다. 금화파파가 무공만 높은 줄 알았더니, 어린 제자까지 이토록 영악스럽게 길러냈을 줄은 생각지도 못한 것이다.

이 무렵 아미 제자들도 앞서거니 뒤서거니 달려와 스승의 배후에 줄줄이 늘어선 채 명령이 떨어지기만을 기다렸다. 그러나 멸절사태는 선뜻 명령을 내리지 못하고 망설였다. 이런 대규모 살육전에서 인원수를 어떻게 쪼개 투입해야 좋을지 몰랐던 것이다.

스승의 눈치를 보던 정현사태가 조심스레 송청서를 향해 입을 열었다.

"송 소협, 이런 대규모 전쟁터에서 진을 치는 문제와 병력을 투입해 싸우는 방식에 대해선 우리 가운데 어느 누구도 그대만 못할 것 같소. 모두 그대의 호령에 따르도록 할 테니 지휘를 맡아주시겠소? 우리는 그저 열심히 적을 죽이기만 하리다. 자, 사양치 말고 어서 우리에게 명령을 내리시오."

송청서는 사뭇 난처한 기색으로 은리정을 바라보았다.

"여섯째 사숙님, 이거…… 이거…… 어쩌면 좋습니까? 불초한 제가 어떻게 감히……?"

그러자 멸절사태가 더 들을 것도 없다는 듯이 딱 부러지게 말했다.

"이런 판국에 무슨 놈의 허례허식을 그렇게 따지는가? 당장 우리한테 명령이나 내리게!"

송청서가 보기에도 전투 상황은 급박했다. 곤륜파는 예금기와 맞붙어 그나마 우세하게 싸움을 이끌고 있었으나, 화산파는 홍수기와 어우러져 백중지세를 유지하고, 공동파는 시간이 갈수록 전열을 지탱하지 못하고 열화기의 포위망 한복판에 몰려선 채 일방적으로 도륙당하는 실정이었다.

마침내 송청서의 입에서 명령이 떨어졌다.

"이제부터 우리는 병력을 셋으로 나눠 일제히 삼면 공격을 하겠습니다. 집중 목표는 예금기입니다. 멸절사태님께선 병력 3분의 1을 거느리고 동쪽 방향에서 돌입하십시오. 그리고 여섯째 사숙님은 역시 3분의 1 병력을 이끌고 서쪽으로 쳐들어가시고, 정현사태님과 저는 나머지 병력으로 남쪽에서 돌입하기로 하지요."

그러자 정현사태가 이상하다는 표정으로 이의를 제기했다.

"곤륜파는 급박한 상황이 아니지 않소? 내가 보기엔 공동파가 제일 위급한데……."

"그 말씀이 옳습니다. 하지만 곤륜파가 이미 우세를 차지하고 있을 때 우리까지 뇌정일격雷霆一擊의 기세로 쳐들어가면 예금기의 세력을 단번에 섬멸할 수 있습니다. 적의 3분의 1이 전멸하면 나머지 두 기는 이내 투지를 잃고 뿔뿔이 흩어져 달아날 것입니다. 만약 사태가 위급하다고 해서 공동파부터 구원하다가는 저 우세한 열화기와 우리 공격대 사이에 격전이 벌어져 승부가 쉽사리 나지 않을 것입니다. 그리고 우리 측 희생도 적지 않겠지요. 이때에 만약 천응교의 기마 부대가 어부지리를 노리고 돌격해오는 날이면 그것으로 우리는 끝장입니다."

설명은 냉철하면서도 조리가 정연했다. 정현사태도 그제야 탄복해 마지않았다.

"내가 잘못 생각했소. 송 소협의 말씀이 옳소이다."

그녀는 즉시 아미파 제자들을 셋으로 나누어 멸절사태와 은리정, 송청서에게 한 패씩 맡기고 즉각 싸움판에 뛰어들 태세를 갖췄다.

이제 그 자리에 남은 것은 장무기와 거미 두 포로뿐이었다. 거미는 장무기가 탄 썰매의 멜빵끈을 어깨에 걸쳤다.

"송아지 오라버니, 우린 그만 떠나죠. 여기 더 있어봤자 재미없겠어요."

그러고는 방향을 틀어 슬금슬금 떠나기 시작했다.

"아가씨는 못 가오!"

어느새 눈치챘는지, 송청서가 득달같이 뒤쫓아오더니 장검으로 거미의 앞을 가로막았다.

"날 가로막아서 어쩌자는 거죠?"

거미가 별꼴 다 보겠다는 듯이 툭 쏘아붙였다.

"아가씨는 내력이 아리송해서 떠나보낼 수 없소."

"내 정체가 뚜렷하면 어떻고 아리송하면 또 어쩌겠다는 거예요?"

한쪽에 서 있던 멸절사태가 조바심에 불이 나는지 성큼 다가왔다. 마음 같아서는 당장 싸움판에 뛰어들어 한바탕 살계殺戒를 크게 열어야 직성이 풀릴 터인데, 지휘자 송청서가 하찮은 계집아이와 쓸데없는 입씨름이나 벌이고 있으니 속이 터져 죽을 노릇 아닌가. 그녀는 단숨에 거미 앞으로 달려들더니 손가락을 불쑥 내뻗어 그녀의 등줄기와 옆구리, 넓적다리 세 군데 혈도를 찍어버렸다. 거미는 꼼짝달싹 못 한 채 고스란히 당하고 말았다. 무공 실력 차이도 까마득하게 뒤처지는 데다 너무나 돌발적으로 손을 쓴 터라 어떻게 저항해볼 겨를조차 없었다. 그녀는 오금이 저려 맥없이 모랫바닥에 털썩 주저앉았다.

거미를 제압한 멸절사태가 장검을 휘두르면서 제자들에게 호통을 쳤다.

"아미 제자들이여! 오늘은 살계를 대판 열어도 좋다. 저 요사스러운 무리들을 한 놈도 남기지 말고 모조리 죽여 없애라!"

말끝이 떨어지기 무섭게 그녀는 은리정, 정현사태와 함께 각각 한 패거리씩 이끌고 예금기의 진영을 목표로 일제히 쳐들어갔다.

곤륜파 장문인 하태충과 반숙한 부부는 문하 제자들을 거느리고 예금기와 맞서 싸우면서도 자못 우세를 차지하고 있었다. 이런 판국에 아미와 무당 두 문파의 고수들이 한꺼번에 돌입했으니 기세가 더욱 사나워질 수밖에 없었다.

멸절사태의 모질기 짝이 없는 검법 아래 단 3초를 버텨내는 자가 없었다. 후리후리하게 큰 키, 우람한 체구를 지닌 멸절사태가 인파 속에 뛰어들더니 동에 번쩍 서에 번쩍, 수많은 사람의 머리 위로 불쑥 솟구치는가 하면 파묻혀 들어가고, 전광석화와 같은 동작으로 움직이면서 눈에 닥치는 대로 찌르고 후려 찍어 순식간에 일고여덟 명을 쓰러뜨렸다.

명교 예금기를 지휘하는 장기사 장쟁莊錚은 가뜩이나 형세가 불리한 데다 이런 꼴마저 당하자, 안 되겠다 싶었는지 손수 낭아봉狼牙棒을 높이 쳐들고 멸절사태에게 달려들어 그녀의 일방적인 도륙 행위를 가로막았다.

이윽고 두 사람은 말 한마디 없이 정면으로 맞서 싸우기 시작했다. 날카로운 못이 촘촘하게 박힌 몽둥이와 장검 한 자루가 10여 초의 탐색전을 주고받았을 때부터 멸절사태의 아미검법은 시간이 갈수록 쾌속 공격으로 바뀌어 한발 앞서 상대방의 공세를 압도해나갔다. 열화기의 우두머리 장쟁 역시 무공이 뛰어난 고수였다. 한 자루 장검과 낭아봉은 어느 쪽도 기울어짐 없이 호각지세를 유지했다.

이 무렵 은리정과 정현사태, 송청서, 하태충 부부도 병력을 모조리 풀어놓아 대량 살육전을 벌이고 있었다. 예금기의 세력 또한 만만한 것은 아니었으나 아미와 곤륜, 무당, 세 문파로부터 연합 공격을 받게 되었으니 도저히 견뎌낼 도리가 없었다. 예금기 측은 삽시간에 사상자가 속출하면서 전투력이 흩어져 참담한 지경에 몰리고 말았다.

"땅! 땅, 땅!"

육중한 낭아봉이 장검을 잇따라 세 차례나 후려쳤다. 그 무서운 타격력에 밀린 멸절사태가 두어 발짝 뒷걸음질 치는 순간, 뒤미처 번쩍 들린 낭아봉이 곧바로 그녀의 정수리를 노리고 떨어져 내렸다. 멸절사태는 장검의 칼날을 비스듬히 그어 낭아봉을 기세 좋게 밀어냈다. 그러나 칼날은 벌써 낭아봉의 몸통을 툭 찍더니 그대로 달라붙은 채 밀어붙였다. 바로 순수추주의 일초, 물결 흐르는 대로 배를 밀어 보낸다는 초식 이름처럼 낭아봉이 지향하는 대로 장검도 따라가면서 그 주인의 몸뚱이에 칼끝을 찔러 넣겠다는 전술이었다.

그러나 뜻밖에도 장쟁은 명교에서도 얕잡아볼 수 없는 인물이요, 중원 무림계에서 일류 고수로 손꼽힐 만한 위인이었다. 타고난 뚝심도 엄청나게 클 뿐더러 내공과 외공을 겸비해 상승 경지에 도달한 만큼 완력과 내공을 동시에 구사할 수 있었다. 그는 낭아봉에 달라붙은 상대방의 장검을 통해 내력이 전해오는 느낌을 받자, 대갈일성 외마디 호통을 치면서 굳세고 사납기 이를 데 없는 어깨 힘으로 다시 튕겨 보냈다. 그다음 순간 "팍!" 하는 소리와 더불어 멸절사태의 장검이 단번에 세 토막으로 부러져 나갔다.

병기가 토막토막 부러져 나가는 것과 때를 같이해, 상대방의 반탄력에 퉁긴 멸절사태는 칼자루를 쥐고 있던 손아귀가 마비되면서 팔뚝 전체까지 저릿저릿 쑤셔드는 느낌을 받았다. 하지만 그녀는 회피 동작을 취하거나 물러서지 않고 등 뒤로 손을 되돌려 어깨에 메고 있던 또 한 자루의 장검을 선뜻 뽑아 들었다. 바로 고색창연한 보검 의천이었다.

칼집에서 뽑혀 나온 의천검이 얼음보다 더 차가운 한망寒芒을 번뜩번뜩 흩뿌리면서 마치 번갯불에 별빛 날아가듯 낭아봉의 끝머리 쪽으로 길게 밀어붙였다. 철쇄횡강鐵鎖橫江 일초, 쇠사슬을 강물에 가로 걸쳐 배의 통행을 차단하는 초식이었다. 장쟁은 별안간 손아귀가 거뜬해지는 느낌이 들었다. 그리고 다음 순간, 그는 더 이상 아무것도 생각할 수 없었다. 낭아봉을 끄트머리에서부터 곧바로 장작 빼개듯 갈라낸 의천검의 예리하기 짝이 없는 칼날이 뒤미처 그의 두개골을 절반 남짓이나 수박 통처럼 쪼개버린 것이다.

"아앗!"

우두머리 장 기사의 목숨이 단칼에 날아가는 것을 보고, 예금기 휘하의 마교도 무리 속에서 비통으로 가득 찬 함성이 터져 나왔다. 하나 그들은 위축되는 기색 없이 두 눈에 시뻘겋게 핏발을 세우고 적들을 향해 결사적으로 덤벼들었다. 물불 가리지 않고 생사를 초월한 절망적인 공격, 들귀신처럼 날뛰어가며 퍼붓는 발악적인 공세에 곤륜과 아미의 문하 제자 서너 명이 잇따라 목숨을 잃었다.

"장기사가 순교하여 귀천했다! 예금기와 열화기는 퇴각하라! 우리 홍수기가 뒤를 막겠다!"

홍수기의 무리 중에서 누군가 버럭 고함을 질렀다. 명령이 떨어지자 공동파와 맞서던 열화기의 진중 깃발 신호가 싹 바뀌더니 서쪽으로 천천히 물러나기 시작했다. 그러나 졸지에 우두머리를 잃어버린 예금기 진영은 물러서기는커녕 오히려 갈수록 용맹을 떨쳐 사납게 싸우고 있었다. 어느 누구도 물러설 기미를 보이지 않았다.

"예금기는 들어라! 홍수기의 당唐 기사가 명한다. 정세가 불리하니 속히 퇴각하라! 장쟁 장 기사의 복수는 훗날로 미뤄라!"

홍수기에서 또 한 차례 고함이 터져 나왔으나, 악에 받친 예금기의 무리 가운데서도 맞받아 고함치는 소리가 나왔다.

"홍수기 형제들이나 어서 후퇴하시오! 살아남거든 훗날 우리를 위해 이 원수를 갚아주기 바라오! 우리 예금기 형제들은 장 기사와 함께 살고 함께 죽기로 다짐했소!"

마침내 홍수기 진영에서도 검정 깃발이 번쩍 오르더니 누군가 천둥 같은 목소리로 크게 외쳤다.

"예금기 형제 여러분! 우리 홍수기가 기필코 그대들의 복수를 해주리다!"

"고맙소, 당 기사!"

아직도 70명가량 남은 예금기 진영에서 일제히 응답하는 소리가 울렸다.

이윽고 검정 깃발이 펄럭펄럭 휘날리는 가운데 화산파를 상대로 혼전을 벌이던 홍수기의 무리가 서쪽으로 퇴각하기 시작했다. 순식간에 싸울 상대를 잃어버린 화산파와 공동파는 퇴각 중인 적들의 진용이 엄정하고 질서가 잡힌 데다, 후퇴를 엄호하는 20여 명이 저마다 손에 금빛 찬란한 원통圓筒을 들고 가지런히 선 채 뒷걸음질 치는 모습을 보고 무슨 괴상야릇한 수작을 부릴지 몰라 선불리 추격할 엄두도 내지 못하고 고스란히 놓아 보낼 수밖에 없었다.

하지만 목표는 아직 남아 있었다. 마침내 화산파와 공동파 사람들은 이제 마지막 남은 예금기의 무리를 한쪽에서 에워싸고 협공을 퍼붓기 시작했다.

전세는 이미 결판났다. 곤륜과 아미, 무당, 화산, 공동의 다섯 문파는 명교 예금기 잔당을 다섯 방향에서 철통같이 포위해놓고 집중 공격을 가했다. 무당파는 고작 두 사람뿐이었지만 그 나머지 네 문파는 제자들 가운데 고르고 골라 모조리 끌고 나온 정예들이었다. 예금기의 진영은 당장에라도 무너질 것처럼 위태로웠으나 발악적으로 버텼다. 대개의 경우, 지휘자를 잃으면 나머지 부하들은 머리 없는 뱀처럼 오합지졸이 되어 갈팡질팡하다 죽기나 할 뿐 애당초 적수가 되지 않는 법이었지만, 옛 성현의 말씀에 "죽기를 제집에 돌아가듯 가벼이 여긴다視死如歸"•고 했던가. 예금기의 70여 잔당은 우두머리 장쟁을 따라 최후

• 죽음을 두려워하지 않는다는 뜻. 출처는 《한비자韓非子》 〈외저설 좌하外儲說左下〉, "삼군이 전투 대열을 갖춘 마당에 병사들이 죽기를 제집 돌아가듯 필사의 각오를 세우도록 만들기는, 신이 공자성보의 능력에 미치지 못합니다三軍旣成陣 使士視死如歸 臣不如公子成父"에서 처음 쓰였다. 송나라 때 구양수歐陽修가 지은 《종수론縱囚論》에서 "차라리 의롭게 죽을지언정 요행으로 구차스레 살아남기를 도모하지 않고 마치 죽기를 제집에 돌아가듯이 하기란 군자로서 또한

의 한 사람까지 의리를 지켜 순교할 각오가 되어 있는 터라 그 기세가 여간 사나운 게 아니었다.

마교도 서너 명을 단숨에 죽이고 났을 때 은리정은 갑자기 맥이 풀려 칼부림을 계속할 수 없었다. 아무리 죽여도 수그러드는 기미가 보이지 않을뿐더러 한사코 악착스레 덤벼드는 적에게 일말의 존경심마저 일었다. 이것은 싸움이 아니라 일방적인 도살이라고밖에 생각되지 않았다.

그는 피로 물든 손을 멈추고 서서 큰 소리로 외쳤다.

"마교도는 듣거라! 너희 앞에는 오로지 죽음의 길만 열려 있을 뿐 싸워 이겨서 살아날 길은 없다! 병기를 던지고 항복하라! 그럼 목숨만은 살려주겠다!"

그러자 예금기 진영에서 껄껄대는 웃음소리가 터지더니, 죽은 장쟁 대신 무리를 지휘하던 장기부사掌旗副使가 대꾸했다.

"하하, 네가 우리 명교 신도를 너무 얕잡아보는구나! 장쟁 형님이 목숨 던져 순교한 마당에 우리가 더 살기를 바라는 줄 아는가?"

그러나 은리정은 이 말을 못 들은 척 무시하고 자기편을 향해 소리쳤다.

"곤륜, 아미, 화산, 공동파 친구분들! 저 요사스러운 무리들이 투항할 수 있도록 다 같이 열 걸음씩만 뒤로 물러나주시오!"

네 문파 사람들은 그 명령에 따라 제각기 서 있던 방향에서 뒤로 물러섰다.

더욱 실천하기 어려운 일입니다寧以義死 不苟幸生 而視死如歸 此又君子尤難者也"라고 했으며, 진수陳壽가 편찬한 《삼국지三國志》 〈오지吳志 - 주유周瑜〉 편, 그리고 명나라 때 귀유광歸有光이 지은 《왕열부 묘갈王烈婦墓碣》 등 역대 문헌에 자주 쓰이던 관용어이다.

하지만 단 한 사람, 아미파 장문인 멸절사태만은 물러서지 않았다. 마교에 대한 원한이 극도에 달한 그녀는 은리정이 외치는 소리를 귓전으로도 듣지 않고 여전히 미치광이처럼 날뛰며 의천검을 휘둘러 무자비한 살육을 계속했다. 무시무시한 칼날이 훑고 지나갈 때마다 그 자리에는 어김없이 상대방의 병기가 꺾이고 사지와 머리통이 끊겨 날아갔다. 스승이 물러날 기미가 없으니, 일단 물러섰던 아미파 제자들도 재차 싸움판에 뛰어들어 도살극을 벌이기 시작했다. 이제 싸움은 아미파와 예금기의 단독 대결 국면으로 바뀌었다.

명교 예금기의 잔여 병력은 아직도 60여 명, 그 가운데 무공이 뛰어난 고수도 20여 명 있었다. 그들은 장기부사 오경초吳勁草의 지휘 아래 아미 제자 30여 명과 맞서 싸웠다. 수적으로는 2 대 1의 우세였으나 멸절사태가 휘두르는 의천검이 너무나 예리한 데다 그 검초 또한 모질고 잔혹하기 짝이 없어 푸른 서슬이 한 번 휩쓸고 지나갈 때마다 그들은 마치 바람에 풀잎 쓸리듯 번번이 거꾸러지고 있었다. 삽시간에 또 일고여덟 명의 몸뚱이가 의천검 아래 잘려나가면서 맥없이 쓰러졌다.

장무기는 차마 이 끔찍한 도살극을 더 이상 바라보고 있을 수 없었다. 그는 거미에게 한마디 던졌다.

"우리 여길 떠납시다!"

그러고는 혈도를 풀어주려고 손을 뻗쳤다. 그런데 어찌 된 일인지 등줄기와 옆구리를 서너 차례 밀어도 거미는 그저 저릿저릿한 고통에 이맛살을 찌푸릴 뿐 막힌 혈도가 풀리지 않았다. 멸절사태의 내공이 예상 밖으로 중후해서 슬쩍 손찌검을 했을 뿐인데도 그 내력이 곧바로 혈도 깊숙한 곳까지 침투했던 것이다. 당연히 해혈 수법은 정확히 맞았으나 짧은 시간에 그 효과를 나타내지 못했다. 장무기는 손을 놓고 한숨만 내리쉬었다. 눈길은 하릴없이 다시 싸움터 쪽으로 돌아갔다.

예금기 20~30명의 신도 수중에는 이미 병기가 들려 있지 않았다. 모조리 의천검의 칼날에 휩쓸려 부러지고 꺾여나간 것이다. 곤륜파와 화산파, 공동파 제자들에게 동서남북 사면을 단단히 포위당하고 있는 데다 무리 중에서 어느 누구도 달아날 생각을 품은 이가 없는 만큼, 그들은 제각기 맨주먹 하나만으로 아미파 제자들과 처절한 육박전을 벌였다.

마교를 불구대천지 원수처럼 미워하는 멸절사태도 병기 한 자루 없이 맨주먹으로 싸우는 적들에게 의천검을 쓴다는 게 꺼림칙해졌다. 한 문파의 존귀한 장문인 신분으로 여러 문파 제자들이 보는 앞에서 계속 신병이기를 휘둘러 비무장한 적들을 도살한다는 게 체면상 부끄러웠던 것이다. 그녀는 의천검을 오른손에 잡은 채 왼손 하나만을 잇따라 내뻗어 적들을 제압하기 시작했다. 사면팔방으로 나는 보법이 그야말로 둥실둥실 떠가는 구름장이요, 흘러가는 물처럼 날렵하기 이를 데 없어 잠깐 사이에 예금기 잔당 50여 명의 혈도를 모조리 찍어놓았다.

혈도를 찍힌 무리는 하나같이 말뚝을 박아놓은 것처럼 그 자리에 꼿꼿이 서 있었다. 주먹질 발길질을 날리던 자세 그대로 급작스레 몸뚱이가 굳어져 꼼짝달싹할 수 없게 된 것이다. 멸절사태가 이렇듯 뛰어난 솜씨를 보이자, 곁에서 구경하던 사람들은 너나없이 박수갈채로 화답했다. 아미파 제자들도 이제는 손을 멈추고 살육전에서 벗어났다.

처절했던 싸움터에 희부옇게 동이 터왔다.

갑자기 천응교의 기마대가 한꺼번에 움직였다. 동쪽과 남쪽, 북쪽에 각각 자리 잡았던 이들 세 부대는 슬금슬금 싸움터를 향해 가까이 이동하더니 100여 척 거리 밖까지 접근해서 걸음을 멈추고 더는 움직이지 않았다. 멀찌감치 떨어져 감시만 할 뿐 다섯 문파에 대해 즉각 도전할 뜻이 없는 게 분명했다.

웬일인지 거미가 안달하면서 장무기를 재촉하기 시작했다.

"송아지 오라버니, 어서 빨리 도망가요. 천응교의 손에 붙잡혔다가는 아주 큰일 나요!"

그러나 장무기는 떠날 생각이 별로 없었다. 천응교에 뭐라 말로 형용하기 어려운 친근감을 품고 있었기 때문이다. 천응교는 어머니 은소소의 친정 교파가 아닌가? 어머니가 그리울 때마다 그는 외조부 은 교주와 외숙부의 얼굴이라도 한 번 보고 싶은 생각이 간절했다. 이제 천응교 기마 부대가 눈앞에 다가오자, 외조부와 외숙부가 혹시 그 안에 함께 있을 지도 모른다는 생각에 더욱 떠나고 싶지 않았다.

송청서가 한 걸음 다가서더니 멸절사태에게 여쭈었다.

"선배님, 어서 속히 예금기의 잔당을 처치해야겠습니다. 이제 다시 천응교와 대결하게 될 텐데, 그러려면 뒷걱정부터 끊어놓아야 합니다."

멸절사태가 말없이 고개를 끄덕였다.

동편 하늘에 아침 해가 떠오르면서 어스름한 광망을 멸절사태의 우람한 체구 위에 흩뿌리기 시작했다. 가뜩이나 후리후리한 키가 햇살을 받으면서 모랫바닥에 그림자를 기다랗게 드리웠다. 위풍당당하기 이를 데 없는 자세, 그 가운데 어딘지 모르게 애처롭고 쓸쓸한 느낌과 공포감을 띤 것은 무슨 까닭일까? 그녀는 마교 세력의 예기를 꺾어버리려고 마음 굳게 다짐했다. 하지만 지금 이 자리에서 그들을 단칼에 모조리 죽여 없애고 싶은 생각은 없었다.

이윽고 멸절사태가 매섭게 호통쳤다.

"마교의 요물들은 듣거라. 누구든지 살고 싶은 자가 있으면 목숨을 살려달라고 빌어라. 그럼 네놈들을 모두 놓아 보내주겠다!"

멸절사태의 목소리가 쩌렁쩌렁 울리자 한동안 주위가 잠잠했다. 얼마 후 예금기 진영 안에서 누군가가 웃음보를 터뜨렸다.

"헤헤헤……!"

한 사람의 웃음소리는 이어서 두세 사람에게 옮아가더니 마침내는 예금기의 무리 50여 명의 입에서 한꺼번에 울려 나왔다.

"하하하핫!"

"껄껄껄! 깔깔깔!"

"아니, 뭐가 우습다는 거냐?"

멸절사태의 입에서 다시 한번 노성이 터졌다. 그러자 예금기의 장기부사 오경초가 카랑카랑한 목소리로 대꾸했다.

"허튼수작 말고 어서 깨끗이 죽여다오. 우리는 장쟁 형님과 함께 살고 함께 죽기로 맹세한 몸이다!"

이 말을 듣고 멸절사태는 코웃음을 치면서 으르렁거렸다.

"좋다! 이 지경에서도 영웅호걸 흉내를 내볼 작정이로구나. 네놈들은 통쾌하게 깨끗이 죽고 싶은 모양이다만, 그렇게 쉽지는 않을 거다!"

말끝이 떨어지는 순간, 그녀의 손에 들려 있던 의천검이 번뜩 빛나더니 오경초의 오른 팔뚝을 썽둥 끊어 모랫바닥에 떨어뜨렸다.

"으하하하!"

오경초가 껄껄대고 웃음보를 터뜨렸다. 팔뚝이 통째로 끊기는 중상을 입었으면서도 얼굴빛 하나 바뀌지 않고 태연자약했다.

"너희가 명문 정파라고 자처하지만 '체천행도, 제세구민替天行道 濟世救民'•이 뭔지 알기나 하느냐? 우리 명교 형제들은 그 말씀대로 하늘을 대신해 올바른 도리를 행하고 세상과 백성을 구제하기 위해 목숨 바쳐 살아왔다. 살거나 죽거나 시종 한결같았다. 너, 이 늙은 비구니 년이 우리를 무릎 꿇려 항복시키고 싶은 모양이지만, 그따위 개꿈일랑 일찌감치 깨려무나. 하하핫!"

욕설을 뒤집어쓴 멸절사태가 노발대발, "휙, 휙, 휙!" 연거푸 칼부림을 해서 또다시 세 명의 팔뚝을 사정없이 끊어버리더니 살기 어린 눈초리로 다섯 번째 사내를 노려보고 물었다.

"목숨을 빌 테냐?"

그러자 상대방에게서 또 욕설이 날아왔다.

"늙다리 비구니가 개방귀를 뀌는구나!"

• '체천행도'는 '하늘을 대신해 정의를 실천한다'는 뜻으로, 《삼국연의》 제47회에서 조조가 적벽대전을 앞두고 한 말, 즉 "내가 하늘을 대신해 정의를 행하려는데, 어찌 차마 백성을 도륙할 수 있겠는가!吳替天行道 安忍殺戮人民"에서 쓰이고, 《수호전》 제42회에서는 구천현녀가 양산박 우두머리 송강에게 천서天書를 내려주며 "그대는 하늘을 대신해 정의를 행하되, 오로지 충성과 의리를 온전히 할 것이며, 신하 된 몸으로 나라를 보필하고 백성을 평안히 하며 사악한 길을 걷지 말고 올바른 길로 돌아가도록 하라汝可替天行道 爲主全忠仗義 爲臣輔國安民 去邪歸正"고 당부한 이후, 송강을 비롯한 108명의 두령이 반란의 구호로 삼게 되었다. '제세구민'은 '세상을 구제하고 백성을 편안하게 만들어준다'는 뜻으로, 《고금소설古今小說》을 비롯해 청나라 때 강유위康有爲의 《대동서大同書》, 황종희黃宗羲의 《여미 곽공전黎眉郭公傳》 등에 나온다. 주로 원대한 정치적 포부를 드러내는 말이다.

이때 정현사태가 선뜻 다가서더니 수중의 칼을 번쩍 들어 스승 대신에 그자의 오른팔을 끊었다. 그러고는 멸절사태에게 소리쳐 말했다.

"제가 이 요망한 씨알머리들을 주멸하겠습니다!"

스승이 모욕당한 데 흥분한 그녀는 멸절사태를 대신해서 예금기 무리에게 하나하나씩 질문을 던졌다. 그러나 명교 교도는 어느 누구도 굴복하지 않고 그녀의 칼날을 고스란히 받았다. 분김에 서너 명을 더 칼질하던 정현사태도 마침내 손에 맥이 풀려 스승을 돌아보고 간청했다.

"사부님, 이 요사스러운 것들이 너무나 고집스러워서……."

말끝을 흐렸으나 스승에게 인정을 베푸는 게 어떠냐고 묻는 기색이었다. 하지만 멸절사태는 귓등으로도 듣지 않고 매몰차게 호통쳤다.

"닥쳐라! 우선 한 놈씩 오른팔을 다 끊어내고 나서 그래도 완강히 뻗대거든 다시 왼쪽 팔뚝마저 모조리 끊어버려라!"

스승에게 거절당한 정현사태는 어쩔 수 없이 칼자루를 고쳐 잡고 다시 두세 명의 팔뚝을 베어 모랫바닥에 떨어뜨렸다.

장무기는 이 끔찍한 광경을 차마 더 보고 있을 수 없었다.

"멈추시오!"

외마디 소리로 호통친 그는 썰매에서 벌떡 솟구쳐 오르기 무섭게 정현사태의 앞을 가로막고 나섰다. 뜻밖에 제지를 당한 정현사태는 자기도 모르게 흠칫 뒤로 물러섰다.

"저항도 못 하는 사람들에게 이렇듯 잔인하고 모진 행위를 저지르다니! 당신네들, 부끄럽지도 않소?"

난데없이 뛰쳐나온 젊은이를 보고 사람들은 모두 흠칫 놀라 어안이 벙벙해졌다. 누더기가 다 되어 옷을 걸쳤다고 볼 수도 없는 상거지 꼬락서니에 정현사태를 향해 던지는 두어 마디 힐문만큼은 조리 정연하고도 준엄했다. 각 문파의 고수 명숙名宿들조차 그 기세에 눌려 고개를 들지 못했다.

정현사태 역시 눈앞에 버티고 선 젊은이의 말이 비수처럼 가슴을 찔러드는 느낌을 받았다. 하지만 그렇다고 스승의 면전에서 승복할 수도 없는 노릇이라 기다랗게 웃음소리를 터뜨리며 대꾸했다.

"하하하! 사마외도의 요망한 무리들은 사람이면 누구나 잡아 죽여 없애려 드는 판인데, 잔인하든 말든 그런 걸 따져 뭣 하겠느냐?"

"이들은 목숨보다 의리를 중히 여기는 사람들이오! 차라리 떳떳한 죽음을 택할망정 자기네들이 맹세한 바를 저버리려 하지 않으니 이야말로 기백 있는 영웅호걸의 행위라 할 것인데, 어째서 사마외도의 요망한 무리들이란 말이오?"

"마교의 무리들이 사마외도가 아니면 무엇이란 말이냐? 청익복왕은 사람을 죽여 피를 빨아 마시는 흡혈귀다. 그놈이 우리 사매와 사제를 어떻게 죽였는지 네 두 눈으로 똑똑히 보지 않았느냐? 그게 요사스러운 악마가 아니라면 도대체 어떤 자가 사마외도란 말이냐?"

"마교 인물 가운데 나쁜 짓을 저지르는 자가 있다고 해서 그들 전체가 모두 나쁜 사람이라 할 수는 없지 않습니까? 명문 정파 인물 중에 나쁜 짓을 저지르는 이가 하나도 없단 말씀은 아니겠지요? 살인 행위를 놓고 따져봅시다. 청익복왕은 고작 두 사람을 죽였을 뿐이지만, 당신네들 손에 죽임을 당한 사람은 그보다 열 배는 더 많소. 그자는 이빨로 물어 죽였지만 당신의 스승 되신 분은 의천검으로 살인을 했소. 사람을 죽이기는 마찬가지인데, 거기에 선악의 구분 따위가 어디 있다는 거요?"

장무기의 말에 당초 부끄러움을 느꼈던 정현사태였으나, 이제 와서 말문이 막히게 되자 도리어 분통이 터졌다.

"요런 발칙한 놈! 네가 감히 우리 사부님을 요망한 무리와 똑같이 놓고 저울질하다니……!"

말끝이 다 떨어지기도 전에 "훅!" 하고 내지른 일장이 곧바로 장무기의 면상을 후려쳐갔다. 장무기는 황급히 몸을 뒤틀어 회피 동작을 취했다. 그러나 정현사태는 아미파 제자들 가운데 맏이로서, 무공 또한 사문의 진전眞傳을 고스란히 이어받은 몸이었다. 그런 그녀가 상대방의 다음 동작을 예상하지 못할 리 있겠는가? 방금 면상을 후려친 일장은 사실 허초였다. 장무기가 몸을 뒤틀어 회피 동작을 취하자, 기다렸다는 듯이 왼쪽 발길질을 날려 그의 앞가슴을 정통으로 걷어찼다.

"퍽!"

발길질이 가슴에 명중하는 소리와 동시에 또 다른 소리가 울렸다.

"으지직!"

순식간에 다리뼈가 부러진 정현사태의 몸뚱이가 뒤로 붕 떠오르더니 20~30척 바깥 모랫바닥에 털썩 나가떨어졌다.

장무기로 말하자면 구양신공을 익힌 몸이다. 가슴을 걷어차인 순간, 체내의 신공이 자연스럽게 저항력을 발생시켜 상대방에게 충격을 가한 것이다. 무공 초식의 정교함은 물론 그 실력이 정현사태에 비해 형편없지만 구양신공의 위력만큼은 달랐다. 그 위력이 얼마나 무서운 것인지 누가 알겠는가? 상대방의 공격력이 크면 클수록 반격 또한 그만큼 무거워지는 법, 결국 정현사태의 발길질은 자기 몸뚱이를 걷어찬 셈이 되고 말았다. 그나마 다행스러운 것은 정현사태가 그의 목숨을 다치게 하고 싶지 않아 발길질에 5할의 공력만 쏟아부은 덕분에 다리만 부러졌을 뿐 내상을 입지는 않았다.

"아이고, 정말 죄송하게 됐습니다."

장무기가 미안스러운 기색으로 얼른 달려가 부축하려 했다.

"손 치워! 저리 비키라니까!"

"그…… 그러지요."

정현사태가 악을 쓰는 바람에 그는 머쓱해져서 제자리로 물러났다. 뒤미처 아미파 여제자 두 사람이 허둥지둥 달려와 대사저를 부축해 일으켰다.

주변에 둘러서 있던 사람들은 저마다 이 엉뚱한 결과에 의혹을 금치 못하고 모두 장무기와 정현사태에게 시선을 쏟은 채 움직일 줄 몰랐다. 정현사태가 어떤 인물인가. 멸절사태의 제자들 중에서도 첫째 둘째로 손꼽히는 고수가 아니던가? 그런 그녀가 어떻게 이런 상거지 차림의 젊은이에게, 그것도 단 일초 만에 20~30척 거리나 튕겨져 날아갈 만큼 못난 꼴을 보일 수 있단 말인가? 무공 실력은 변변치 못한데 공연히 헛된 명성만 높았던 게 아닐까? 하지만 그렇다고도 할 수 없는 것이 방금 그녀가 예금기의 무리와 싸울 때 펼친 그 무시무시한 검법은 절대로 만만하게 보아 넘길 실력이 아니었다. 그렇다면 이 상거지 차림의 젊은이가 절세무공의 소유자였단 말인가?

아무런 내색도 않고 그 광경을 지켜보던 멸절사태 역시 속으로 여간 놀란 게 아니었다. '이 젊은 녀석의 출신 내력은 도대체 무엇일까? 우리가 붙잡아서 끌고 다닌 지 벌써 여러 날이 지났다. 그런데 우리는 이 녀석의 정체에 대해 전혀 낌새도 못 채고 있었다. 진정한 고수는 자기 실력을 겉에 드러내지 않는다眞人不露相더니, 과연 그토록 대단한 인물이었단 말인가? 이런 무서운 놈을 단 한 번도 눈여겨보지 않았다니, 참으로 부끄러운 일이다. 내가 정현을 저 정도 거리까지 단번에 튕겨 날려 보낼 수 있을까? 내 공력으로는 어림도 없는 노릇이다. 당세에 장삼봉 그 늙은 도사만이 100년을 수련한 내공으로 저만한 위력을 발휘할 수 있을 것이다.'

생강은 묵을수록 매운맛이 진하다고 했던가. 멸절사태는 장무기를 얕잡아볼 마음은 없었지만, 그렇다고 두렵다는 생각도 들지 않았다. 그녀는 실눈을 가늘게 뜬 채 장무기의 위아래를 두루 훑어보면서 깊은 생각에 잠겼다.

한편에서 장무기는 익숙한 솜씨로 지혈시키랴 상처를 싸매주랴, 예금기의 부상자들을 치료하느라 한창 바쁘게 움직였다. 접곡의선 호청우에게 배운 그 솜씨야말로 노련하기 이를 데 없어 손가락으로 두세 군데 혈도를 찍기만 하면 끊겨나간 팔뚝 상처에 흐르던 피가 뚝 그치고 통증마저 크게 줄어들었다.

곁에서 지켜보던 사람들 역시 오랜 세월 강호 싸움판을 누비고 살아온 만큼 상처 치료에 나름대로 일가견을 지닌 고수가 적지 않았으나, 장무기의 정확하고도 재빠른 솜씨를 대하고 보니 스스로 부끄러움을 금할 수 없었다. 더구나 그 손길이 찍어가는 기문혈도奇門穴道야말로 생전 듣도 보도 못한 낯선 부위들뿐이라, 모두 그저 입만 딱 벌린 채 구경이나 하는 수밖에 없었다.

"소협의 의로우신 손길, 정말 고맙소이다! 존함을 여쭈어도 되겠습니까?"

아미파에게 완강히 굴복을 거부하던 장기부사 오경초가 감격한 기색으로 장무기를 향해 머리 숙여 물었다.

"소생의 성은 증씨, 이름은 송아지입니다."

장무기가 여전히 손을 바쁘게 놀리면서 대답했다.

그때 멸절사태의 서릿발 같은 목소리가 들려왔다.

"너, 이쪽으로 돌아서! 발칙한 녀석, 어디 내 칼을 세 번만 받아봐라!"

"죄송합니다만 잠깐 기다려주십시오. 사람을 구하는 일이 더 급합니다."

장무기는 팔뚝이 끊긴 마지막 부상자 한 사람의 상처까지 싸매주고 나서야 멸절사태 쪽으로 돌아섰다. 그러고는 포권의 예를 취하며 정중히 허리를 굽혔다.

"저는 멸절사태님의 적수가 못 됩니다. 또 사태 어르신과 겨루고 싶은 생각도 없습니다. 그저 부탁이니 쌍방이 모두 싸움을 그치고 지난날의 원한을 다 털어버리시기만 바랄 따름입니다."

"쌍방이 모두 싸움을 그치고" 이 한마디를 꺼냈을 때 장무기의 심경은 오로지 진정과 성실로 가득 차 있었다. 그가 생각한 쌍방이란 바로 세상을 떠난 부모가 이승에 살았던 세계였다. 한쪽은 부친이 몸담았던 명문 정파 무당파가 걷는 길이었고, 다른 한쪽은 어머니 천응교가 걷는 사마외도의 길이었다. 그러나 이 자리에 있는 사람들에게 그 정성이 통할 리 만무했다.

아니나 다를까, 멸절사태가 껄껄대고 웃으면서 빈정거렸다.

"하하! 요런 젖비린내 나는 녀석을 봤나! 뭐라고? 네까짓 놈의 말 한마디로 우리더러 싸움을 그치라니, 그럼 네가 무림지존이라도 된다는 거냐?"

"무림지존이 어떻단 말씀입니까?"

"어떤 작자든 우선 도룡도를 손에 넣고, 그다음에는 또 내 의천검과 겨뤄 실력의 높낮이부터 따져봐야겠지! 그때 가서 진짜 무림지존이 되어 호령을 내려도 늦지 않을 거다!"

"와하하하!"

멸절사태의 비꼬는 말에 누구보다 먼저 아미파 제자들이 폭소를 터뜨렸다. 다른 문파 사람들 몇몇도 부화뇌동 격으로 낄낄대며 덩달아 조소를 던졌다.

사실 장무기의 신분이나 나이로 보아 무림 선배들 앞에서 싸움을 그치라고 한 것은 격에 어울리지 않는 외람된 말이었다. 그러나 여러 사람에게 비웃음과 조롱을 받고 보니 창피스럽다기보다 먼저 화가 솟구쳐 얼굴과 귓불이 시뻘겋게 달아올랐다. 그는 더 참지 못하고 버럭 악을 썼다.

"당신이 무슨 권력을 가졌기에 이 숱한 사람의 목숨을 빼앗는 거요? 부모 처자식 없는 사람이 어디 있소? 이들을 죽여서 과부와 고아를 만들어 세상 사람들에게 천대와 멸시를 받게 해서 속 시원할 게 뭡니까? 사태 어른은 속세를 등지고 출가한 몸이시니 제발 큰 자비를 베풀어 주시오!"

장무기는 본래 말재주가 뛰어난 사람이 아니었다. 하지만 고아가 된 자기 신세를 생각하다 보니 자신도 모르게 가슴 절절한 말이 튀어나온 것이다. 폐부를 찌르는 이 절실한 말 한마디 한마디가 뭇사람들의 가슴을 두드렸다.

멸절사태의 얼굴 표정이 나무토막처럼 굳어졌다. 잠시 후 그녀의 입에서 얼음같이 차가운 말이 흘러나왔다.

"발칙한 녀석! 감히 나한테 훈계를 할 참이냐? 네놈의 내력이 깊다고 해서 그것만 믿고 망발을 떠는 모양이로구나. 오냐, 좋다! 내 3장을 받아봐라. 그럼 나도 저놈들을 모두 살려 보내주마!"

장무기가 공손히 허리 굽혀 다시 한번 간청했다.

"후배는 무공이 아미 문하 제자의 일초도 피해내지 못할 정도로 낮고 미약한데, 어찌 장문 어른의 3장을 받아낼 수 있겠습니까? 저는 사태님과 무공을 겨룰 수 없습니다. 제발 어르신께서 자비심을 품고 호생지덕好生之德으로 저들의 목숨을 살려주시기만 바랄 따름입니다."

장무기는 공손히 허리 굽혀 다시 한번 간청했다. 두 눈에 진정으로 애원하는 빛이 가득 담겼다. 이것을 본 오경초가 큰 소리로 외쳐 만류했다.

"증 상공! 저 늙은 도적년에게 더 사정할 것 없소. 저년의 손에 우리 모두 죽는 한이 있더라도 위선적인 관용은 받고 싶지 않소!"

멸절사태는 그 말을 못 들은 척 무시하고 장무기만 노려보았다.

"네 사부가 누구냐?"

"제겐 스승이 없습니다."

장무기는 한마디로 대꾸했다. 거짓말이 아니다. 아버지 장취산, 양부 사손에게서 무공을 배우기는 했지만 그분들은 아버지요 양부였지 스승은 아니었다.

이 대꾸 한마디가 뭇사람들에게 곤혹스러움을 안겨주었다. 단 일초로 정현사태를 거꾸러뜨린 내공의 수준으로 따져본다면 틀림없이 어느 고인高人의 제자가 분명할 듯싶어 모두 다소 꺼림칙한 상대로 여기고 있던 판국인데, 이 젊은이는 한마디로 스승을 섬기지 않았다고 딱 잡아떼고 있으니 도무지 상리常理로 보아 이해할 수 없었던 것이다.

무림계 인물이라면 누구나 사도師道를 가장 존귀하게 높였다. 경우에 따라 스승의 성명을 밝히려 하지 않는 일은 흔히 있지만, 모시는 스승을 공개적으로 없다고 부인하는 태도는 제자 된 도리를 벗어나 거의 반역이라고까지 할 수 있는 패륜적인 행위였다. 도저히 이해할 수 없는 일이기는 하지만, 이 젊은이의 태도나 말씨로 미루어 스승이 없다고 부인한 이상 그렇게 믿어줄 수밖에 없었다.

멸절사태도 그의 출신 내력을 더 이상 묻지 않았다.

"그럼 좋다, 내 일초를 받아라!"

멸절사태는 오른손을 구부렸다 손길 나가는 대로 쭉 내뻗어 일장을 후려쳤다.

장무기도 멸절사태의 공격을 받아낼 수밖에 없었다. 분김에 퍼붓기는 했지만 자신의 말이 구구절절이 상대방을 도발한 것이 틀림없기 때문이었다. 그는 선불리 마음을 놓지 않고 조심스럽게 쌍장을 내밀며 멸절사태의 일장을 받았다. 그런데 뜻밖에도 상대방의 손바닥이 축 처지더니 미꾸라지처럼 쌍장 아래로 파고들기 무섭게 "팍!" 소리가 나도록 앞가슴을 강타하는 게 아닌가!

대경실색한 장무기가 흠칫하는 순간, 몸을 보호하는 호체신공護體神功이 자연스럽게 발출되면서 상대방이 후려쳐온 장력을 맞받아갔다. 두 줄기 거대한 내력이 충돌하려는 찰나, 어찌 된 셈인지 멸절사태의 장력이 접촉 바로 직전에 갑자기 흔적도 없이 사라져버렸다. 장무기가 멍하니 상대방을 올려다보는 순간, 그는 가슴 한복판에 무지막지한 철퇴로 난타당한 듯한 무서운 일격을 받았다. 엄청난 충격을 받은 그의 몸뚱이는 두 바퀴나 공중제비를 돌고 나서 모랫바닥에 나동그라졌다.

"와악!"

선지피를 한 모금 토해내면서 장무기의 몸뚱이는 마치 진흙 덩어리처럼 오그라든 채 땅바닥에 눌어붙고 말았다.

멸절사태는 장력을 한순간에 자유자재로 발출했다가 거두어들일 줄 아는 고수 중의 고수였다. 후려친 것은 단 일장뿐이었으나 그 장력에는 앞뒤로 순서가 나뉘어 있어 최초의 장력으로 우선 상대방의 내공을 일단 최고도로 끌어낸 다음, 그 공백의 틈에 다시 한 차례 남겨두었던 두 번째 장력을 쏟아 후려친 것이다. 실로 내가무학內家武學 중의 정화요, 오묘하기 짝이 없는 수련의 극치였다. 곁에서 지켜보던 관전자들 가운데 무공이 심오한 고수들은 이 일장의 묘리를 익히 알고 있는 만큼, 저도 모르게 큰 소리로 갈채를 퍼부었다.

"송아지 오라버니!"

다급해진 거미가 외마디 소리를 지르면서 장무기 곁으로 달려들었다. 부축하려고 손길을 내뻗는 순간, 무릎뼈가 시큰시큰해지면서 또다시 그 자리에 쓰러졌다. 장무기가 막힌 혈도를 풀어주기는 했으나, 혈맥이 아직도 제대로 돌지 않은 상태에서 초조감을 견디지 못하고 달음박질치다 그만 쓰러지고 만 것이다. 그녀는 한참 동안이나 안간힘을 썼으나 끝내 일어서지 못했다.

"송아지 오라버니…… 당신, 당신……."

장무기는 모랫바닥에 웅크린 채로 손만 내저어 보였다.

"안 죽었어…… 난……."

그는 가슴속에 뜨거운 피가 들끓어 목구멍으로 치솟는 느낌이 들었지만 필사의 힘을 다 끌어올려 꿈지럭꿈지럭 기어서 일어나기 시작했다. 띵하니 울리는 머릿속과 귓결에 또다시 멸절사태의 목소리가 들려왔다.

"너희 셋이서 저 요물들의 오른 팔뚝을 모조리 끊어버려라!"

"예에!"

지명받은 여제자 셋이 한마디로 응답하더니 선뜻 칼을 뽑아 들고 예금기의 포로들이 서 있는 곳으로 걸어갔다.

"잠깐!"

장무기가 핏물 섞인 기침을 토해내며 황급히 외쳐 말렸다.

"당신…… 방금 말하지 않았소? 당신의 3장을 내가 다 받아내면 저 사람들을 놓아주겠다고…… 이제 일장을 받았으니 아직…… 2장 남았소."

멸절사태가 흘끗 돌아보더니 한동안 말이 없었다. 방금 쳐낸 일장으로 그녀는 이 젊은이의 내공이 웅혼할 뿐 아니라 광명정대한 것이 결코 사문邪門의 내공이 아님을 꿰뚫어보았다. 어떤 점에서는 자기네들이 배운 아미심법과도 일맥상통하는 기미까지 엿보였다. 지금 이 당돌한 녀석이 마교의 무리를 극력 비호하고는 있지만, 그렇다고 마교 인물이 아닌 것은 분명했다. 냉혹하기 짝이 없는 그녀로서도 마교도가 아닌 사람에게 손찌검을 더 하고 싶은 생각은 없었다.

"젊은 녀석이 남의 일에 참견이 너무 심하군! 아무리 철딱서니가 없더라도 정과 사는 명확히 분별할 줄 알아야지! 방금 네가 맞은 일장에 공력이 3할밖에 안 실렸다는 걸 모르는가?"

장무기는 그녀가 한 문파를 거느린 장문인으로서 거짓말을 하지 않는다는 것쯤은 잘 알고 있었다. 그녀가 자기 입으로 3할밖에 공력을 쓰지 않았다면 정말 3할밖에 안 썼을 것이다. '이제 남은 2장에 또 얼마나 무서운 공력을 집중시킬까? 어쩌면 알량한 목숨을 단번에 날려 보낼 수도 있을 것이다. 그렇지만 목숨을 버리는 한이 있더라도 두 눈 멀거니 뜬 채 저 예금기 포로들이 모조리 잔혹하기 짝이 없는 멸절사태의 손에 도륙당하게 내버려둘 수는 없다. 그래, 나는 약속대로 해야겠다!'

"후배가 주제넘은 줄 알지만, 다시…… 사태님의 2장을 마저 받겠습니다."

이 말을 듣자, 오경초가 또 버럭 고함쳤다.

"증 상공! 우리 모두 당신의 크나큰 은덕에 깊이 감사하오! 그 영웅다운 의협심에 우리 모두 경의를 품고 있소. 그러니 제발 나머지 공격은 받지 마시오. 제발 부탁이오!"

멸절사태는 장무기 곁에 쓰러진 거미를 보고 눈살을 찌푸렸다. 이제 다시 손을 쓰는 데 거치적거렸기 때문이다. 그녀는 소맷자락을 휘둘러 거미의 몸뚱이를 휘감아 뒤편으로 휙 내던졌다. 주지약이 선뜻 나서더니 그녀의 몸뚱이를 받아 살며시 내려놓았다.

다급해진 거미는 주지약에게 매달려 통사정하기 시작했다.

"주씨 언니, 저 사람 좀 말려줘요! 제발 나머지 2장은 받지 말라고 달래세요. 딴사람은 몰라도 언니 말이라면 들을 거예요!"

주지약은 이게 무슨 소린가 싶어 뜨악하게 물었다.

"저 사람이 어째서 내 말을 듣는다는 거죠?"

"저 사람은 마음속으로 언니를 좋아하거든요. 언니는 그걸 모르나요?"

이 말에 주지약의 얼굴빛이 당장 새빨갛게 물들었다. 그녀는 별일 다 있다는 듯이 거미에게 톡 쏘아붙였다.

"당치도 않은 소리, 그럴 리가……!"

한편 멸절사태는 목청을 돋우어 장무기에게 소리쳤다.

"네놈이 기를 쓰고 영웅호걸 흉내를 내볼 모양이다만, 그거야말로 네가 죽기를 자초한 일이니 날 원망하지는 마라!"

이어서 번쩍 들린 오른손이 "씽!" 하고 바람을 가르며 곧바로 장무기의 앞가슴을 습격했다.

장무기도 이번만큼은 선부르게 맞받아치지 않고 몸을 뒤틀어 피해내려 했다. 그러나 멸절사태의 오른팔이 급작스레 비스듬히 구부러지더니 전혀 예상치 못한 방향으로 꺾여 들어왔다. 그것은 인간의 몸놀림으로 보아 절대 불가능한 각도였다.

"팍!"

멸절사태가 우회해서 후려친 일장은 회피 동작으로 뒤틀린 장무기의 등 쪽 심장 부위에 정통으로 들어맞았다. 그다음 순간, 몸뚱이가 마치 마른 짚단처럼 붕 떠오르더니 포물선을 그리며 날아가던 끝에 또다시 모랫바닥에 털썩 떨어졌다. 얼마나 큰 충격을 받았는지 모랫바닥에 엎어진 채 죽은 듯이 꼼짝달싹하지 않았다.

실로 절묘하기 짝이 없는 일초의 공격 솜씨였다. 관전자들의 입에서 탄성이 흘러나왔다. 그러나 그 탄성은 멸절사태가 드러낸 솜씨에 대한 감탄의 소리가 아니라 불행을 자초한 젊은이에게 던지는 연민의 탄식이었다. 그들은 비록 내색하지는 않았으나 장무기의 고집스러운 의협심에 저마다 감동을 받고 있었다. 하다못해 아미파 제자들 속에서도 누군가 터뜨린 박수갈채와 경탄의 소리가 새어나왔으나 이내 사그라졌고, 스승에게 찬사를 던진 사람은 아무도 없었다.

멸절사태는 고목처럼 우뚝 선 채 미풍에 옷자락을 흩날리고 있었다. 모랫바닥 위에 길게 드리운 커다란 그림자에는 강자의 의연함보다는 외롭고 쓸쓸한 패자의 분위기가 감돌았다. 죽음을 앞둔 예금기 포로들뿐만 아니라 화산, 공동, 곤륜, 무당 사람들의 눈길 역시 승자를 외면하고 하염없이 모랫바닥 위에 쓰러진 청년의 몸뚱이에 쏠려 있었다.

한편에선 거미가 주지약에게 통사정을 계속했다.

"주 언니, 내가 이렇게 빌게! 제발 좀 가서 저 사람 상처가 어떤지 좀 봐줘요. 정말 부탁이에요!"

주지약은 가슴이 마구 뛰기 시작했다. 거미의 일그러진 얼굴을 물끄러미 내려다보던 그녀가 한두 걸음 내딛더니 이내 그 자리에 멈춰 섰다. 뭇사람들의 눈길이 쏠려 있는데 열여덟아홉 먹은 처녀가 어떻게 남모르는 청년의 상처를 살펴보러 간단 말인가? 더구나 상처를 입힌 이는 바로 자기 스승인데, 이대로 발걸음을 옮긴다면 사문을 배반하는 행위는 아니더라도 스승에게 불경한 짓이 아니겠는가? 생각이 여기에 미치자 한두 걸음 내디뎠던 그녀의 발걸음이 도로 움츠러들고 말았다.

날은 이미 훤히 밝았다. 찬란한 아침 햇살이 광막한 모래벌판에 눈부시게 쏟아져 내렸다. 한참이 지나자 장무기의 등줄기가 꿈틀거렸다. 그는 안간힘을 다해 버둥버둥 일어나 앉았다. 팔꿈치를 버티고 마저 일어서려다 견디지 못하고 급작스레 피를 한 모금 왈칵 토해내면서 다시 벌렁 넘어졌다. 피를 토하고 났더니 정신이 가물가물 흐려졌다. 그대로 누워 꼼짝달싹하기조차 싫었다. 그러나 희미한 의식 속에서도 멸절사태의 마지막 일장을 받아야 한다는 생각이 떠올랐다. 그 일장을 받지 않으면 예금기 무리의 목숨을 구해주지 못하고 저들은 끝내 처참한 최후를 맞이할 게 분명했다.

마침내 그는 숨 한 모금을 깊숙이 들이마시고 억지로 버텨 일어나 앉았다. 후들후들 떨리는 몸뚱이가 언제든지 다시 쓰러질 것처럼 휘청거렸다. 콧속에서 피비린내가 물씬 풍기고 온몸이 텅 비어버린 듯 허탈하기만 했다.

주변을 에워싼 사람들이 숨을 죽인 채 그를 주시했다. 사방 주위에 수백 명이나 되는 사람이 몰려 있었으나, 모랫바닥에 바늘 한 개 떨어지는 소리마저 들릴 정도로 고요했다.

바야흐로 만뢰구적萬籟俱寂의 고요 속에서, 장무기는 불현듯 〈구양진경〉 가운데 몇 구절을 떠올렸다.

> 상대방이 강하게 나오거든 강하게 나오도록 내버려두어라. 맑은 바람은 저절로 산마루에 스쳐 지나가리니 他强由他强, 淸風拂山岡.
> 상대방이 횡포를 부리거든 횡포를 부리도록 내버려두어라. 밝은 달 저 혼자 강물에 비치리니 他橫由他橫, 明月照大江.

만 길 깊은 계곡 동굴 저편 그윽하게 감춰진 골짜기에서 이 몇 구절의 진경을 처음 읽었을 때만 하더라도, 그는 이 뜻을 시종 이해할 수가 없었다. 그런데 이제 멸절사태가 포악을 부리는데도 자신은 그 적수가 되지 못하는 상황에 처하자, 불현듯 이 〈구양진경〉의 요체를 깨칠 수 있었다. 멸절사태가 강하면 강할수록, 횡포를 부리면 부릴수록 그것은 그저 그것일 뿐, 맑은 바람이 산마루를 스쳐 지나가듯 밝은 달빛이 강물 위에 어리듯 미동도 하지 않고 최대한 정적을 지킨다면 비록 상대방의 공격이 내게 가해진다 하더라도 털끝만 한 상처도 받지 않게 된다. 이 요체가 바로 '이정제동以靜制動', 즉 고요함으로써 상대방의 움직임을 제어하는 것이다. 어떻게 '정'으로 '동'을 제압해 몸을 다치게 하지 않을 수 있을까? 〈구양진경〉의 그 구절 아래에는 이렇게 적혀 있었다.

> 상대방이 모질게 나오거든 모질게 굴도록 내버려두어라. 내게 한 모금의 진기만 있으면 족할지니라他自狠來他自惡 我自一口眞氣足.

깨달음을 얻은 순간, 장무기는 눈앞의 모든 난관이 한꺼번에 탁 트여 사라지고 더는 아무것도 두려울 것이 없었다. 그야말로 활연관통豁然貫通의 경지에 다다른 것이다. 그는 당장 결가부좌의 자세를 취했다. 그러고는 경문經文이 지시한 법문法門에 따라 고요히 운기 조식에 들어갔다. 얼마나 되었을까, 불현듯 단전에 뜨끈뜨끈한 열기가 느껴지더니 진기가 펄떡펄떡 뛰며 흐르다 이내 온 몸뚱이 사지 팔다리와 뼈마디 구석구석까지 퍼져 나가는 것이 느껴졌다. 구양신공의 거대한 위력이 이제야 나타난 것이다. 겉으로는 중상을 입고 피를 한 됫박이나 토해 냈어도, 내력의 바탕을 이룬 진기는 별로 크게 손상당하거나 소모되지 않은 것이 분명했다.

그가 진기를 운용해 상처 치료에 전념하는 모습을 지켜보면서 멸절사태 역시 속으로 놀라움과 의아심을 금치 못했다. 젊은 나이에 실로 범상치 않은 능력을 지니고 있는 듯했다. 방금 그녀가 장무기를 후려때린 첫 번째 일장은 표설천운장飄雪穿雲掌 가운데 일초로서, 눈발이 어지럽게 흩날리는 벌판에 구름을 꿰뚫듯 상대방의 안목을 정신 못 차리게 교란시켜놓고 단번에 기습 타격을 가하는 수법이었다.

두 번째 일장은 그보다 더 무서운 것으로 절수구식截手九式 가운데 제3식, 손바닥 마디로 하나씩 끊어 치는 공격 수법이었다. 이 두 가지 모두 아미파의 장법에서도 정화로 손꼽히는 초식이었다. 그녀는 첫 번째 초식에 3할의 공력을 응집시켰으나, 두 번째 초식에는 전신 공력의 7할을 쏟아부었다. 이로써 이 젊은이를 일장에 때려 즉사시키지는 못하더라도 최소한 근맥을 끊고 뼈마디를 꺾어 전신불구로 만들 생각이었다. 그런데 뜻밖에도 한동안 쓰러져 있기는 했으나 이제 스스로 몸을 일으켜 앉은 것이다. 무림계의 대결 관례에 따르자면 사실 멸절사태는 그가 운기 조식으로 상처를 치료할 때까지 기다려줄 필요 없이 계속 공격을 가할 수도 있었다. 하지만 그녀는 명문 정파 장문인의 신분과 체통을 중하게 여기는 만치, 상대방의 위기에 편승해 그것도 나이가 한참 어린 후배에게 기습 공격을 가할 수는 없었다.

이리하여 모든 사람이 장무기의 동태를 참을성 있게 지켜보고 있는데, 성질 급하고 경망스러운 독수무염 정민군이 악을 써댔다.

"어이, 증가야! 우리 사부님의 마지막 일장을 받기가 겁나거든 일찌감치 멀리멀리 도망칠 것이지 뭐 하고 있는 거냐? 넌 거기서 평생 죽을 때까지 치료나 하고, 우리더러는 여기서 평생토록 네놈이 죽을 때까지 기다리고 있으란 말이냐?"

갑작스레 떠드는 소리에 조용히 기다리던 사람들이 눈살을 찌푸렸다. 주지약도 분위기를 눈치채고 들릴락 말락 정민군에게 주의를 환기시켰다.

"정 사저, 그냥 좀 더 쉬게 내버려둬요. 저 사람이 저런다고 우리 일에 지장을 주는 것도 아니잖아요?"

그러자 정민군이 두 눈에 쌍심지를 돋우고 고함쳤다.

"아니, 네가…… 네가 또 외간 남자를 감싸고도는구나! 너, 저놈한테 눈독을 들인 거 아니냐?"

사실 정민군이 덧붙이려던 얘기는 "저놈이 준수하게 생겨먹었으니, 네가 마음에 드는 모양이로구나?"였다. 하지만 그녀는 말끝을 제대로 맺지 못한 채 얼른 입을 다물었다. 여러 문파 인사들이 주변에 둘러서 있는데 그런 소리를 지껄이기에는 그녀 자신도 창피한 느낌이 든 것이다. 아무튼 말끝을 다 맺지는 않았으나 사람들이 그다음에 내뱉으려던 말을 예측하지 못할 턱이 없었다.

주지약은 부끄러움과 다급한 마음에 얼굴빛이 당장 하얗게 질렸다. 그러나 따져 묻지는 않고 덤덤한 말씨로 타일렀다.

"저는 다만 우리 아미파와 사부님의 존엄하신 위명을 생각해서 드린 말씀이에요. 제발 남들 듣는 앞에서 쓸데없는 소리는 하지 마세요."

"뭐가 쓸데없는 소리란 거야?"

정민군이 뜨악한 기색으로 되묻자, 그녀는 차근차근 사리를 따져 일러주었다.

"우리 아미파의 무공은 지금 천하에 명성을 떨치고 있습니다. 더구나 우리 사부님은 세상에 첫째 둘째로 손꼽히는 선배 고인이신데, 저런 이름 없는 후배와 똑같이 놓고 저울질해서야 되겠습니까. 사부님이 손찌검을 하신 의도는, 저 후배가 너무나 대담하게 망발을 떠니까 버릇을 좀 고쳐주시려는 것이지 정말 죽일 뜻을 품으신 것은 아니라고 봅니다. 우리 문파가 대의로 협명을 떨쳐온 지도 벌써 100년에 가깝습니다. 또 사부님의 너그럽고 후덕하신 성품을 어느 누가 흠모해 받들지 않겠습니까? 저 젊은이의 반딧불이 같은 재주로 어찌 일월과 빛을 다툴 수 있단 말입니까? 아마 100년을 더 수련해도 우리 사부님의 상대가 되지 못할 겁니다. 잠시 상처를 더 치료할 여유를 주었다고 한들 그리 대수로울 것이 뭐 있겠습니까?"

당당하고도 차분한 어조로 선배를 납득시키는 주지약의 말에 사람들은 저마다 속으로 고개를 끄덕였다. 멸절사태는 더더욱 흐뭇한 마음을 이기지 못했다. 어린 제자가 대국大局을 꿰뚫어보고 여러 문파 쟁쟁한 선배 고수들 앞에서 조리 정연하게 설파해 아미파의 명성과 체면을 한껏 내세워 빛내주었으니, 장문인으로서 그보다 기쁜 일은 없을 터였다.

장무기는 체내의 진기를 한 바퀴 더 돌리고 나자, 그 즉시 원기가 왕성하게 되살아나고 정신이 맑아지면서, 귓전에 주지약의 말 한마디 한마디가 또렷이 들려왔다. 그녀는 지금 은연중에 자기를 극력 비호하고 있는 게 분명했다. 그 말속에는 우선 대의명분과 체통을 내세워 멸절사태가 자신에게 모진 살수를 쓰지 못하도록 스승의 발목을 잡아놓으려는 의도가 역력히 담겨 있는 것이다. 장무기는 벅찬 감동을 느끼면서 천천히 몸을 일으켰다.

"사태님, 이 후배가 목숨을 걸고서라도 한 번 더 군자 흉내를 내보겠습니다. 자, 그럼 마지막 일장을 받아보기로 할까요?"

멸절사태는 흠칫 놀랐다. 잠시 가부좌를 틀고 앉아서 몸을 추스르는가 싶었는데 어쩌면 삽시간에 이렇듯 맑은 정신으로 되돌아올 수 있단 말인가? 젊은 녀석의 내공이 이토록 중후하다니 정말 해괴하기 짝이 없는 노릇이었다.

"네놈도 얼마든지 날 쳐봐라. 누가 너더러 얻어맞기만 하고 반격하지 말라고 했더냐?"

말투가 여전히 차가웠지만, 전보다는 한결 누그러졌다. 장무기도 공손한 태도를 잃지 않았다.

"후배의 형편없는 무공 실력으로는 사태님의 옷자락 한 귀퉁이도 건드리지 못할 터인데 무슨 수로 반격을 하겠습니까?"

"제 분수를 알았으면 됐다. 일찌감치 여길 떠나거라. 젊은 나이에 그만한 패기를 지니기도 어려운 일이구나. 이 멸절사태의 손바닥 아래 남을 용서해본 적이 없다만, 오늘 너한테만큼은 그 전례를 깨뜨리마."

"고맙습니다, 선배님. 그렇다면 저 예금기 사람들도 모두 용서해주시는 겁니까?"

장무기가 허리 굽혀 사례하면서 다짐을 받아내려 하자, 가뜩이나 축 처진 멸절사태의 눈꼬리가 더욱 아래로 늘어지면서 냉소를 터뜨렸다.

"흐흠! 내 법명이 뭐라고 하더냐?"

"선배님의 존함은 위로 '멸' 자, 아래로 '절' 자인 줄 압니다만……."

뜬금없이 자기 법명을 물어오니, 장무기는 영문을 모른 채 뜨악하게 말끝을 흐릴 수밖에 없었다.

"알았다니 됐구나. 요사스러운 마귀의 무리를 내가 한 놈도 남김없이 '섬멸滅'하고 씨알머리를 '끊어놓겠다絶'는 뜻이지! 내 손에는 절대로 인정사정이란 게 없다. 설마 내 법명 '멸절' 두 이름자가 듣기 좋으라고 그냥 붙인 줄로 아는 것은 아니렷다?"

"정 그러시다면 나머지 일장을 마저 공격하십시오."

멸절사태는 곁눈질로 장무기를 매섭게 흘겨보았다. 이토록 고집 센 젊은이는 난생처음 보았다. 평소 마음 차갑고 몰인정한 태도로 남을 대해온 그녀였으나, 부지불식간에 인재를 아끼는 마음이 들었다. 이제 마지막 일장을 공격하는 날이면 이 젊은이는 죽지 않고 배겨낼 도리가 없으리라. 요사스러운 무리에 속한 것도 분명 아니고 또 이렇듯 젊디젊은 나이에 목숨을 버리게 하다니, 어쩐지 애석한 느낌이 들었다.

그녀는 잠시 생각에 잠긴 끝에 결단을 내렸다. '마지막 일장으로 이 녀석의 단전 요혈에 타격을 입히기로 하자. 내공을 써서 단전에 충격을 주면 제아무리 공력이 강한 녀석이라 해도 즉각 기혈이 막혀서 까무러치고 말 것이다. 그럼 나는 마교 예금기의 무리를 마음 놓고 깡그리 죽여 없앨 수 있겠지. 그런 다음에 다시 손을 써서 이 녀석을 깨어나게 하면 될 게 아닌가?'

속으로 결심한 그녀가 왼손 소맷자락을 휘둘러 마지막 일장을 공격하려는 순간, 갑자기 누군가 버럭 고함치는 소리가 들려왔다.

"멸절사태! 장력에 사정을 두시오!"

목소리가 바늘 끝처럼 날카롭게 듣는 이들의 고막을 찌르고 들어왔다. 뭇사람들이 모두 언짢은 기색으로 이맛살을 잔뜩 찌푸린 채 고함소리가 들려온 쪽을 바라보았다.

서북방 한 귀퉁이에 포진한 천응교 기마대 사이를 헤치고 누군가가 뚜벅뚜벅 걸어왔다. 흰 빛깔의 장포를 걸치고 여유만만하게 쥘부채를 활짝 펼쳐 흔들면서 걷는 걸음걸이가 마치 부평초浮萍草가 바람결에 떠돌듯 발밑에서 모래 먼지 한 톨 일지 않았다. 헐렁헐렁한 도포 왼쪽 소맷자락에는 금방이라도 날아오를 것처럼 양 날개를 활짝 펼친 검정 독수리 한 마리가 조그맣게 수놓여 있었다. 사람들은 그 표지를 보자, 이 사내가 천응교 안에서 일류 고수에 속하는 인물임을 이내 알아차렸다. 천응교 신도들의 법복은 명교와 마찬가지로 백색 장포이긴 하지만 명교는 붉은 불꽃을, 천응교는 검정 독수리를 수놓아 제각기 표지로 삼고 있었다.

그는 멸절사태가 서 있는 정면 30척 거리까지 다가오더니 두 손을 모으고 빙그레 미소를 지어 보였다.

"사태께서 괜찮으시다면 그 마지막 일장은 변변치 못하나마 소생이 대신 받아볼까 하는데 어떠하신지?"

"그대는 뉘시오?"

"소생은 성이 은씨, 이름은 야왕이외다."

그의 입에서 '은야왕殷野王'이란 이름 석 자가 나오는 것과 때를 같이해서 방관자들이 한꺼번에 웅성웅성 소란을 일으켰다. 은야왕이 도대체 누군가? 지난 20년 동안 강호에서 착실히 명성을 떨쳐왔고, 무공 실력이 아버지인 천응교주 은천정과 거의 맞먹을 정도에까지 이르렀다는 소문이 파다하게 떠돌고 있는 사람이었다. 그는 천응교 최고 조직인 천미당天微堂 당주의 지위를 차지하고 있으면서 그 권위와 세력이 교주에 버금갈 만큼 막강하다고 했다. 게다가 지난 10여 년 이래 천응교의 고수들을 이끌고 소림파와 곤륜파, 공동파를 비롯해 숱하게 많은 방회 문파들과 맞서 싸우면서 은연중 엇비슷한 세력 균형을 유지하고 끝끝내 열세에 떨어져본 적이 없어, 강호 무림계의 영웅호걸이라면 누구나 경외심을 품게 만든 인물이었다.

멸절사태가 눈앞에 우뚝 선 남자를 흘겨보았다. 아직 마흔도 안 되어 보이는데, 두 눈초리가 차가운 번갯불과도 같이 날카로운 광채를 사방으로 흩뿌렸다. 선불리 얕잡아볼 수 없으려니와 평소 그 명성을 적지 않게 들어온 터라 멸절사태는 쉽게 대적할 엄두가 나지 않았다. 멸절사태는 경계심을 잔뜩 북돋운 채 냉랭한 말투로 따져 물었다.

"이 젊은 녀석이 그대와 무슨 상관이 있다고 내 일장을 받겠다는 거요?"

한편에선 장무기가 마음속으로 아무에게도 들리지 않는 절규를 토해냈다. '저분은 내 외숙부다! 내 외숙부야. 어머니의 오빠, 내 외삼촌이 날 대신해서 나섰구나!'

조카의 이런 속마음을 알 턱 없는 외숙부 은야왕이 넉살좋게 껄껄 웃으며 대거리를 했다.

"내가 저 친구와 무슨 상관이 있어 나선 것은 아니오. 그저 어린 친구가 패기와 강단이 대단해 마음에 들었을 뿐이오. 그리고 저 아이의 행동이 무림의 명문 정파라고 거들먹거리면서 명예나 좇는 위선자들과는 사뭇 다르지 않소? 그래서 흐뭇한 마음에 내가 이 젊은이 대신 멸절사태의 공력이 과연 얼마나 대단하신지 한번 받아보고 싶은데, 어떻게 생각하시오?"

마지막 끝마디가 사뭇 불친절한 것이 멸절사태를 아예 안중에도 두지 않겠다는 의도가 역력했다.

그러나 멸절사태 역시 한 문파의 장문인으로서 수양이 깊은 만큼 노여운 기색을 드러내지 않았다. 그녀는 장무기를 사납게 흘겨보면서 마지막으로 물었다.

"요놈아, 네가 몇 년이라도 더 살고 싶거든 당장 이 자리를 떠나라. 이게 마지막 기회야!"

"후배는 살기를 탐내어 의리를 저버릴 수는 없습니다."

장무기의 대꾸가 떨어지자, 멸절사태는 고개를 한두 번 끄덕이더니 은야왕을 돌아보고 딱 부러지게 말했다.

"요 녀석은 아직 내게 일장의 빚이 남았소. 빚은 빚대로 갚고 나서 다시 귀하를 실망시키지 않으리다. 그럼 되겠소?"

"흐흐흐! 멸절사태, 당신 재주가 있거든 이 젊은이를 때려죽여보시구려. 만약 이 젊은이가 살아남지 못할 때에는, 나도 그대들을 모두 죽여서 묻힐 데가 없게 해놓으리다."

말을 마치자 은야왕은 바람같이 날렵한 동작으로 물러나더니, 기마대 사이로 들어서기가 무섭게 냅다 호통을 쳤다.

"준비하라!"

돌연 사방 둘레 모래 속에서 그 수를 헤아릴 수 없을 정도로 많은 인간의 머리통이 불쑥불쑥 솟구쳐 나오더니 순식간에 다섯 문파와 예금기의 무리까지 합쳐 수백 명이나 되는 사람들을 사면팔방으로 에워쌌다. 모래 귀신들은 하나같이 전신을 가릴 만큼 거대한 방패를 앞에 세워놓고 방패와 방패 사이로 강궁強弓의 시위에 화살을 얹은 채 힘껏 당겼다. 한 줄 한 줄씩 늘어선 날카로운 살촉이 명령 한마디만 떨어지면 당장에라도 날아가 꽂힐 것처럼 뭇사람들을 겨냥했다.

조금 전까지 사람들은 멸절사태와 장무기의 대결에 온 신경을 모아 주시했을 뿐 털끝만치도 딴 데 정신을 팔고 있지 않았다. 송청서 같이 식견 있는 선비조차 그저 천응교 기마대의 기습적인 돌격에만 경계심을 품었을 뿐 저들이 부드럽고 성근 모랫바닥 밑으로 땅굴을 파고 잠입해 뜻하지 않게 유리한 지형을 모조리 점령할 줄은 꿈에도 생각지 못했다.

사태가 이렇듯 급변하게 되니, 사람들은 너 나 할 것 없이 얼굴빛이 하얗게 질리고 말았다. 활시위에 얹힌 날카로운 살촉이 햇빛 아래 번들번들 쪽빛 광채를 쏟아내고 있는 것으로 보아 하나같이 극독을 발라놓은 것이 분명했다. 이제 은야왕이 명령 한마디만 내리는 날이면 다섯 문파 사람들 중에서 무공이 가장 뛰어난 몇몇을 제외하고는 목숨을 보전하기 어렵게 될 것이다.

현재 다섯 문파의 우두머리 가운데 명망으로 보나 자질과 연령으로 보나 역시 멸절사태가 제일 어른이었다. 따라서 모든 사람의 눈길은 자연스럽게 그녀에게 쏠려 있었다. 어떻게 대응할 것인지 명령을 내려 달라는 무언의 요구였다.

그러나 멸절사태의 성격은 한마디로 외고집이었다. 비록 두 눈으로 이 열악하게 바뀐 정세를 보면서도 전혀 동요하는 기미를 보이지 않았다. 그뿐 아니라 자신의 고집스러운 성미를 적들에게까지 과시하려는 듯 궁수대弓手隊 쪽은 거들떠보지 않은 채 다시 장무기를 향해 돌아섰다.

"요놈아, 네 짧은 명줄이나 원망해야겠다!"

돌연 그녀의 전신 골격 뼈마디에서 "우두둑, 우두둑!" 가벼운 폭발음이 콩 볶듯 연속해서 들려나오더니, 그 소리가 미처 다 끝나기도 전에 오른 손바닥이 번개 벼락 치듯 장무기의 가슴을 후려 때리고 들어왔다.

그 일장은 바로 아미파의 절학 불광보조佛光普照, 명칭 그대로 부처님의 자비로운 빛이 온 세상을 두루 비친다는 단 일초였다. 통상 어떤 장법이나 검법을 막론하고 반드시 많으면 수백 초, 적으면 4~5식으로 연결 동작이 짜임새 있게 구성되는 것이 상식이다. 그리고 또 3식이든 5식이든 반드시 한 초식마다 변화를 더 감추고 있어 그 안에 2~3초 내지 10여 초의 복잡한 변화를 주게 마련이었다. 그러나 이 불광보조만큼은 단 일초의 장법일 뿐 아니라 그 일초마저 다른 변화를 전혀 감추고 있지 않았다. 불광보조의 장력은 일단 발출되었다 하면 적의 가슴이라도 좋고 등 쪽 심장 부위라도 좋고, 또는 어깻죽지나 면상 어느 부위든지 상관없이 그저 평범하고 단순하게 후려치는 것이 특징이었다. 그 위력의 원천은 순전히 아미 구양공峨嵋九陽功에 기초를 두고 있었다. 노화순청爐火純青의 경지에 이른 고수가 이 위력적인 아미 구양공을 장력에 얹어 발출하는 날이면 어느 누구도 그 앞에 막아서거나 피할 도리가 없게 된다. 또 당세 아미파 인물 가운데 멸절사태 한 사람을 제외하고는 아무도 이 아미 구양공을 쓸 줄 아는 사람이 없었다.

당초 그녀는 장무기의 단전혈에 충격을 주어 기절만 시키려고 했다. 그런데 은야왕이 나서서 위협을 가한 뒤에는 생각을 바꾸어 살수를 쓰기로 결심했다. 이제 손속에 사정을 두어 이 젊은이의 목숨을 붙여놓는다면 그것은 자신이 관용을 베푼 결과가 아니라 바로 그녀 스스로 목숨이 아까워 적에게 무릎 꿇고 항복한다는 의미가 되기 때문이었다. 이리하여 그녀는 불광보조 일초에 혼신의 공력을 남김없이 끌어올려 응집시키고 상대방이 목숨을 붙여둘 여지를 전혀 남겨두지 않았던 것이다.

상대방의 마지막 일격이 들이닥치기 직전, 장무기는 그녀의 전신 골격에서 콩 볶듯 "우두둑, 우두둑!" 소리가 나는 것을 듣고 이 마지막 일격이 심상치 않음을 직감했다. 자신의 생사존망이 한순간에 결판나리라는 생각이 들자 머릿속에 퍼뜩 떠오르는 것은 오직 하나, 바로 〈구양진경〉의 한 대목이었다.

> 상대방이 모질게 나오거든 모질게 굴도록 내버려두어라. 내게 한 모금의 진기만 있으면 족할지니라.

그는 일체 방어에 대한 생각은 떨쳐버리고 한 가닥 진기만을 가슴과 아랫배 사이에 응집시켰다.

"펑!"

공기가 한꺼번에 터져 나가는 무시무시한 폭음과 더불어 멸절사태의 일장이 가슴을 강타했다.

"앗, 저런!"

관중들의 입에서 일제히 경악으로 가득 찬 실성이 터져 나왔다. 그 외침은 이미 오대 문파, 예금기, 천응교의 구분도 없이 피아간의 적대적인 관계마저 초월했다. 이제 뿌옇게 치솟은 모래 먼지 속에서 이 젊은이는 필연코 전신의 뼈마디가 산산조각으로 바스러졌으리라. 어쩌면 산악을 무너뜨리고 바다라도 밀어낼 만큼 무서운 장력의 칼날 아래 몸뚱이가 두 토막 났을지도 모를 일이었다.

일장의 충격이 지나고 모래 먼지도 가라앉았다. 딱 부릅뜬 눈초리들이 집중된 가운데 전혀 뜻밖의 광경이 펼쳐졌다. 장무기는 얼굴에 사뭇 의아한 기색을 띤 채 그 자리에 멀쩡히 서 있고, 멸절사태는 안색이 죽은 잿빛으로 시꺼멓게 질렸다. 방금 혼신의 공력을 쏟아 후려쳤던 그녀의 손바닥이 파르르 떨리고 있었다.

멸절사태가 불광보조 일초에 응집시킨 내력은 순전히 아미 구양공의 원천에서 끌어올린 것이었다. 그런데 그녀에게는 불행한 일이었으나 장무기가 수련한 내공이 바로 구양신공이었을 줄이야……. 아미 구양공은 애당초 아미파를 세운 개창 조사 곽양이 오랜 옛날 각원대사가 임종 직전에 암송한 구양신공의 한 부분을 기억해두었다가 그것을 변화·발전시킨 것으로서, 본 뿌리인 구양신공과 비교해보았을 때 위력적인 면에서 훨씬 뒤떨어질 수밖에 없었다. 또 문제는 거기서 끝나는 게 아니었다. 쌍방의 내공 위력에 비록 차이가 있다 하더라도 그 본바탕은 같았기 때문에 아미 구양공은 본 뿌리 격인 구양신공과 접촉하는 순간 마치 강물이 바다로 흘러들 듯, 물에 우유가 녹아들 듯 삽시간에 흡수되어 흔적도 남아나지 않게 되었다. 앞서 타격을 가한 첫 번째 표설천운장과 두 번째 절수구식은 하나같이 구양신공이 아닌 데다 그녀가 기습적으로 목표를 바꿔 후려쳤기 때문에 해당 부위의 호체신공이 미처 발동하지 않아 장무기에게 피를 토할 만큼 중상을 입힌 것이다.

그 자리에 있던 사람 가운데 어느 누구도 그 이치를 알지 못했다. 당사자인 장무기도 모르거니와 무학에 관한 한 다른 이들보다 월등한 식견을 지녔다고 자부하는 멸절사태조차 알 턱이 없었다. 그저 이 젊은 녀석의 내공이 워낙 깊고 두터워 자기 실력으로는 상처를 입히지 못했다고 여길 따름이었다.

아무튼 대결장 둘레 안팎에 있는 사람들은 멸절사태 자신만 빼놓고 하나같이 그녀가 손속에 인정을 베풀었다고 단정했다. 불문에 몸담은 비구니로서 자비심이 발동했을 것이라고 생각하는 이도 있었고, 장무기의 패기를 가상히 여겨 목숨을 살려주었다고 여기는 이도 있었다. 또는 그녀가 전체 대국을 고려해서 오대 문파 사람들이 독화살에 전멸당하기를 바라지 않아 일부러 소리만 크고 실속 없이 허초를 썼으리라 억측하는 자도 있었고, 심지어는 그녀의 담보가 작아서 은야왕의 위협에 굴복했을 것이라고 수군대는 자도 있었다.

장무기가 멸절사태 앞에 허리 굽혀 감사를 표했다.

"선배님, 사정을 봐주셔서 고맙습니다."

"흥!"

멸절사태는 코웃음으로 무시했다. 그러나 마음속으로는 크나큰 갈등을 느꼈다. 이제 다시 공격을 재개하자니 자기 입으로 분명히 딱 3장만 공격하겠노라고 언약했고, 그렇다고 이대로 손을 털고 물러서자니 천응교의 위협에 굴복했다는 치욕적인 오해를 받게 될 것이 두려웠다. 이제 그녀는 이러지도 저러지도 못하는 상태에 처했다.

그녀가 망설이는 동안, 천응교 기마대 쪽에서 은야왕이 다시 모습을 드러냈다.

"핫핫핫! 속담에 '시세時勢의 흐름을 아는 자가 준걸識時務者爲俊傑'• 이

• '당면한 대사나 시국의 조류를 알아야 걸출한 인물'이란 뜻. 《삼국지》 〈촉지蜀志-제갈량전諸葛亮傳〉 양양기襄陽記 주注에 "시대의 큰일이나 형세를 아는 것이 준걸의 조건이다識時務者 在乎俊傑", 그리고 《동주 열국지東周列國志》 제69회에 "무릇 시세의 흐름을 아는 자가 준걸이요,

라 했으렷다? 과연 멸절사태께서는 당세 고인으로서 부끄럽지 않은 준걸이외다!"

그러고는 궁전수들을 향해 소리쳤다.

"활과 화살을 거둬들여라!"

은야왕의 호통이 떨어지자, 포위망은 삽시간에 풀렸다. 앞에 늘어섰던 방패수와 바로 그 뒤에 정렬했던 궁수의 대열이 천천히 물러나는데, 방패 장벽 앞으로 나선 화살촉은 여전히 목표를 가지런히 겨눈 채 질서 정연하게 한 발 한 발 뒷걸음질로 퇴각했다. 그러고 보니 은야왕은 병법으로 부하들을 배치해 전진과 후퇴, 공격과 방어 전술이 마치 정식 군대처럼 진용이 갖추어져 있었다.

체면을 형편없이 구겨버린 멸절사태의 얼굴빛이 핏기를 잃었다. 이제 관중들 앞에서 어떻게 자신의 장력에 사정을 두지 않았다고 변명할 것인가? 사람들은 똑똑히 보았다. 첫 번째와 두 번째는 가볍게 후려쳤어도 상대방이 피를 토할 만큼 중상을 입었다. 그러나 은야왕의 위협을 받고 나서 마지막으로 때린 일격은 위세를 갖추기는 했어도 전혀 공력을 응집시키지 않았다고 생각할 것이 분명했다. 혀가 닳도록 극구 변명해보았자 믿어줄 사람도 없으려니와 그녀의 오만한 기질에 구차스레 믿어달라고 통사정할 수도 없는 노릇이었다.

멸절사태가 사나운 눈초리로 장무기를 한 차례 흘겨보더니 곧바로 은야왕에게 카랑카랑한 목소리로 도전장을 던졌다.

"은 당주, 나하고 장력을 겨뤄보고 싶거든 이리 나서시오!"

임기응변에 능통한 자가 영웅이다夫識時務者爲俊傑 通機變者爲英豪"라고 설파한 데서 유래한 관용어이다.

그러자 은야왕은 두 손을 모으고 정중히 사절했다.

"고마운 말씀이외다. 하지만 오늘 사태께서 내 체면을 세워주셨으니, 감히 더는 무례를 범할 수 없겠소이다. 우리 훗날을 기약하기로 하지요."

멸절사태는 두 말 않고 왼손을 번쩍 휘두르더니 제자들을 이끌고 다시 서쪽으로 치닫기 시작했다. 그 뒤로 곤륜과 화산, 공동파 제자들, 무당파의 은리정과 송청서 두 사람이 따라나섰다.

"송아지 오라버니, 어서 날 좀 데리고 달아나줘요!"

아직껏 제대로 걷지 못하는 거미가 무엇이 그리 급한지 장무기를 재촉했다.

"잠깐만 기다려요."

장무기는 남의 속도 모르고 느긋하게 대꾸하더니, 은야왕 쪽으로 걸어갔다. 처음 만난 외숙부와 몇 마디라도 나누고 싶어서였다.

"선배님께서 도와주신 그 크신 은혜, 이 후배는 결코 잊지 않겠습니다."

은야왕이 그의 손을 잡고서 위아래를 한 차례 훑어보았다.

"자네 성이 증씨라고 했던가?"

장무기는 대답하기 전에 먼저 가슴이 꽉 메어 견딜 수가 없었다. 마음 같아서는 당장 그 품에 뛰어들어 "외숙부, 외숙부!" 하고 외쳐 부르고 싶었지만, 그 충동을 가까스로 억눌렀다. 하지만 벌써 두 눈시울이 뜨겁다 못해 벌겋게 달아올랐다. 옛말에 "외삼촌을 보면 어머니를 대한 것과 같다見舅如見娘"고 하지 않던가? 부모를 한꺼번에 잃어버린 그에게 은야왕은 10여 년 이래 처음 만나보는 피붙이였으니 어찌 그 심정이 격동하지 않을 리 있으랴?

은야왕은 그의 눈빛 속에 친근한 정감이 가득 서린 것을 보았으나, 자기가 목숨을 구해주어서 그러려니 싶어 더 마음 쓰지 않았다. 그는 곧 모랫바닥에 쓰러져 있는 거미를 날카로운 눈빛으로 바라보더니 덤덤하게 웃으면서 한마디 건넸다.

"아리야, 잘 있었느냐?"

거미가 고개를 번쩍 들었다. 은야왕을 쏘아보는 눈초리에 원망이 가득 서렸으나, 이내 고개를 떨어뜨리고 다 기어드는 목소리로 응답했다.

"아빠……."

'아빠'란 말 한마디에 장무기는 그만 소스라치고 말았다. 머릿속에서 재빨리 돌아가는 생각이 그동안의 모든 사정을 단번에 깨우쳐주었다. '거미가 외숙부의 딸이라니, 그렇다면 내 외사촌 누이가 아닌가! 거미는 서모를 죽이고 자기 어머니까지 자살하게 만들었다고 했다. 또 아빠가 자길 보기만 해도 죽여버린다고 했다. 옳거니, 좀 전에 거미가 천주만독수로 은무록을 해친 까닭도 그 하인이 주인의 뜻에 따라 이들 모녀를 구박했기 때문일 것이다. 은무복과 은무수는 비록 마음속으로 거미를 통렬하게 미워하면서도 끝끝내 거미와 싸우지 않은 채 "이런, 맙소사! 아가씨였어!"란 말 한마디만 남긴 채 은무록을 안고서 순순히 떠나지 않았던가?' 그는 자기도 모르게 다시 한번 거미 쪽을 돌아보았다. '어쩐지 행동거지나 말투가 내 어머니를 닮았다 싶었더니, 역시 나하고는 혈연으로 맺어진 피붙이였구나. 그러니까 내 어머니는 거미에게 고모가 되는 셈이군.'

귓결에 은야왕의 싸늘한 웃음소리가 들려왔다.

"네가 아직도 아비를 알아보긴 하는구나. 흐흠, 난 또 네가 금화파파를 따라다니느라 우리 천응교를 아예 안중에도 두지 않는 줄 알았지. 이런 못난 것! 어쩌면 하는 짓거리마다 제 어미를 그토록 빼닮기만 하는 거냐? 그래, 천주만독수인지 뭔지 하는 것을 다 익혔는지 모르겠다만, 거울에다 네 상판대기나 비춰보렴. 그게 도대체 무슨 꼬락서니냐? 우리 은씨 가문에 너 같은 흉물이 언제 있기라도 했다더냐?"

아버지 은야왕에게 붙잡혀 꼼짝없이 죽임을 당할까 봐 겁을 먹고 벌벌 떨던 거미가 이 말을 듣자 고개를 반짝 쳐들고 아버지의 얼굴을 노려보았다.

"아빠가 지난 일을 들추지 않았으면 저도 말하지 않으려 했어요! 기왕 말이 나왔으니 한마디 여쭙겠어요. 아빠는 엄마가 뭘 잘못했기에 그토록 구박하셨죠? 어째서 엄마를 두고 또 서모를 얻으신 거예요?"

"이…… 이런…… 죽일 년! 사내대장부치고 삼처사첩三妻四妾을 두지 않는 사람이 어디 있다더냐? 불효막심한 것이 건방지게 아비한테 말대꾸를 하다니! 오늘 네년이 아무리 교활하게 혓바닥을 놀려도 소용없다! 금화파파인지 은엽선생인지가 와서 따져도 우리 천응교는 거들떠보지 않을 테니, 오늘은 꼼짝 말고 날 따라서 돌아가야 한다!"

은야왕이 한바탕 꾸짖더니 뒤에 서 있던 은무복과 은무수 두 하인을 손짓해 불렀다.

"이 계집아이를 데려가게!"

"예에!"

두 하인이 다가오는 것을 보자, 거미는 죽을상이 되었다.

장무기가 황급히 양팔을 쩍 벌려 그들 앞을 가로막았다.

"잠깐만! 은…… 은 선배님, 이 아가씨를 잡아가서 어쩌실 작정입니까?"

"이년은 불효막심한 내 딸일세. 제 서모를 칼로 찔러 죽이고 친어미까지 죽게 한 몹쓸 년이라네. 이런 짐승만도 못한 것을 살려둬서 뭣에 쓰겠나?"

"그때는 은 소저가 어린 나이에 모친이 수모를 당하는 것을 보고 한때 분김에 잘못 저지른 일이니, 부디 선배님께서 부녀간의 정리를 생각하시어 가볍게 벌해주셨으면 합니다."

이 말을 듣자, 은야왕은 어처구니가 없는지 하늘을 우러르고 껄껄 웃었다.

"당돌한 녀석 같으니! 멸절사태의 말처럼 네가 아무 일에나 다 참견하려 드는구나! 네가 도대체 어떤 인물이기에 우리 집안일에까지 끼어드는 거냐? 그래, 네놈이 진짜 무림지존이라도 된단 말이냐?"

장무기는 가슴속만 어지러이 요동칠 뿐 어떻게 대꾸할 말이 없었다. 마음 같아서는 당장에라도 "나는 남이 아니라 당신 조카요, 조카!" 라고 외쳐대고 싶었다.

은야왕이 비웃음을 섞어 좋게 타일렀다.

"요 녀석아, 오늘 네 목숨은 요행으로 건진 줄 알아라. 이후에 또다시 강호의 일에 함부로 참견했다가는 네 목숨이 열 개라도 모자랄 거다!"

말을 마치자 은야왕이 왼손을 번쩍 휘둘렀다. 기다리고 있던 은무복, 은무수 두 사람이 다가오더니 모랫바닥에 누운 거미의 양쪽 팔을 떠메고 은야왕의 뒤편으로 끌어갔다.

이제 거미는 제 아버지 손에 넘어갔으니 목숨이 절반쯤 없어진 것이나 다름없었다. 장무기는 다급한 마음에 달려들어 거미를 도로 빼앗으려 했다.

은야왕이 눈살을 찌푸리더니 선뜻 내뻗은 왼손으로 그의 멱살을 움켜 가볍게 내동댕이쳤다. 장무기의 몸뚱이는 구름을 탄 듯 허공으로 붕 떠오르다가 이내 "털썩!" 소리와 함께 누런 모랫바닥에 곤두박질쳤다. 호체신공 덕분에 상처를 입지는 않았지만 머리통부터 거꾸로 떨어지는 바람에 윗몸 절반이 모래 속에 파묻혀 두 눈과 귀, 코와 입에까지 온통 모래가 꽉 들어찼다. 그래도 그는 단념하지 않고 엉금엉금 기어 일어나 또다시 거미를 빼앗으려 덤벼들었다.

그것을 본 은야왕의 입매에 싸늘한 웃음기가 서렸다.

"요 녀석! 내 첫 손질에는 사정을 두었다만 다시 덤비면 용서 없다!"

"저 아가씨는…… 선배님의 친딸이 아닙니까? 어릴 적에는 그래도 안아주고 귀여워했을 텐데, 제발 부탁입니다……. 한 번만 용서해주세요."

애걸복걸 매달리는 장무기의 정성에 감동했던지 은야왕이 고개 돌려 거미를 흘겨보았다. 그러나 눈길에 들어온 것은 흉물스럽게 변한 딸년의 얼굴뿐이라 혐오감만 솟구칠 뿐 용서해주고 싶은 생각이 싹 사라졌다.

"저리 비켜라!"

은야왕이 호통을 쳤으나, 장무기는 오히려 거미에게 한 걸음 더 바짝 다가섰다.

그것을 본 거미가 고함을 질렀다.

"송아지 오라버니! 날 그냥 내버려둬요. 당신이 내게 베풀어준 호의는 영영 잊지 않을 거예요. 어서 빨리 떠나라니까! 당신은 내 아빠하고 싸워서 이기지 못해요!"

바로 그때였다. 갑자기 모래밭 속에서 푸른 줄무늬 도포를 걸친 괴한이 불쑥 솟구쳐 나오더니 양손을 길게 내뻗어 은무복과 은무수 두 사람의 덜미를 움켜잡기 무섭게 "딱!" 소리가 나도록 호되게 이마를 맞부딪쳤다. 느닷없이 의형제끼리 박치기를 당한 두 사람은 "앗!" 소리도 지르지 못하고 그대로 까무러쳤다. 괴한은 이제 막 모랫바닥에 쓰러지려던 거미의 몸뚱이를 양 팔뚝으로 덥석 껴안고 질풍같이 달음박질치기 시작했다.

"박쥐왕 위일소! 당신마저 남의 일에 참견할 작정인가?"

노기등등한 은야왕의 입에서 호통이 터져 나왔다.

"으와하하하……!"

그 소리에 응답하듯 청익복왕 위일소가 거미를 껴안은 채 앞으로 급박하게 치달리면서 목청을 놓아 기나긴 웃음소리를 터뜨렸다. 이름 그대로 한 번 터뜨린 '일소一笑'의 여운이 꼬리에 꼬리를 물고 광막한 모래 바다 허공을 쩌렁쩌렁 울리면서 끝도 모르게 퍼져 나가는데, 그야말로 백 번 천 번 웃는다 해도 따라잡을 수 없는 기나긴 웃음이었다.

은야왕과 장무기가 일제히 땅을 박차고 급히 뒤쫓기 시작했다.

위일소는 어쩔 심산인지 먼젓번처럼 커다랗게 원을 그리면서 달아나는 게 아니라 곧바로 서남쪽을 향해 바람같이 치닫기만 했다. 그의 쾌속한 신법이야말로 보통 사람의 상상을 초월했다. 은야왕도 내력이 깊고 두터운 만큼 경공술이 대단했다. 장무기 역시 체내에 진기가 돌고 돌아 흐르면서 달릴수록 빨라졌다. 그러나 흡혈박쥐의 질주 속도는 그들보다 더 빨랐다. 처음에는 추격자들과의 거리가 20~30척 남짓밖에 안 떨어졌으나, 뒤에 가서는 100여 척, 200여 척, 300여 척으로 간격이 벌어지더니 마침내 한 개의 점으로 바뀌었다가 나중에는 그것마저 보이지 않게 되었다.

그야말로 닭 쫓던 개 지붕 쳐다보는 격이라, 두 사람은 목표를 잃어버린 채 그저 뜬구름 잡듯 허망하게 앞으로만 치달릴 따름이었다.

"허어, 그것참……."

분노가 극에 다다르면 웃음이 나온다 했던가. 은야왕의 입에서 실소가 흘러나왔다. 혼자 웃던 그는 흘끗 옆을 돌아보다 속으로 흠칫 놀랐다. 언제부터 따라붙었는지 '증씨' 성을 가진 젊은 녀석이 자기와 어깨를 나란히 하고 질풍같이 치달리고 있는데 반 걸음도 뒤처지는 기색이 없었다. 일이 이쯤 되고 보면 위일소를 따라잡기는 어차피 틀린 노릇이고, 그 대신 이 젊은 녀석의 다리 힘이 얼마나 센지 시험해보고 싶은 충동이 일었다. 그래서 즉시 두 발바닥에 힘줄기를 쏟아부었다. 은야왕의 몸뚱이는 마치 활시위를 벗어난 화살처럼 앞으로 쏘아져 날아갔다. '어디 이래도 네놈이 따라붙을 테냐.' 그런데 뜻밖에도 이 '증씨'란 젊은이는 뒤처지기는커녕 여전히 닿을 듯 말 듯 자기 어깨머리와 나란히 치닫고 있는 게 아닌가? 그뿐 아니었다. 느닷없이 은야왕의 귓결에 젊은 녀석의 목소리가 들려왔다.

"은 선배님, 저 청익복왕이 빠르기는 하지만 장거리를 질주할 여력은 없을 겁니다. 우리가 죽어라고 끝까지 따라붙으면 놓칠 염려는 없겠군요."

기절초풍을 하다시피 놀란 은야왕이 즉시 걸음을 멈추고 우뚝 섰다. '세상에 이럴 수가! 지금 나는 평생을 두고 쌓아 올린 공력을 모조리 쏟아부었다. 치닫는 동안 입을 열어 말 한마디는커녕 숨 한 모금 바꿔 마실 수도 없을 지경인데, 이 젊은 녀석은 저 하고 싶은 대로 천연덕스레 얘기까지 건네면서 걸음걸이가 털끝만큼이나마 늦춰지는 기색을 보이지 않으니, 도대체 이게 무슨 일이란 말인가?'

은야왕이 별안간 멈춰 섰는데도 정신없이 치닫기만 하던 장무기는 계속 20~30척 거리를 앞질러 나간 뒤에야 겨우 깨닫고 급작스레 두 다리에 제동을 걸었다. 재빨리 방향을 돌이켜 은야왕 곁으로 되돌아온 그는 사뭇 공손한 자세로 물끄러미 상대방을 바라보았다. 무슨 영문인지 묻는 기색이었다.

"증씨 아우, 자네 사부님은 뉘신가?"

외숙부에게서 '아우님' 소리를 들었으니 장무기는 펄쩍 뛸 수밖에 없었다.

"어이구, 은 선배님. 저더러 '아우'라고 부르시다니 천부당만부당한 말씀이십니다. 저는 새까만 후배이니 어르신께선 그저 '송아지'라고나 불러주십시오. 그리고 제게는 스승이 없습니다."

"스승이 없다……?"

한마디를 되뇌면서 은야왕은 퍼뜩 생각이 달라졌다. '요 녀석이 내겐 사뭇 공손하게 대하지만 무공이 저토록 괴이하니 살려두었다가는 훗날 우리 천응교에 크나큰 화근 덩어리가 될지도 모르겠다. 그럴 바에야 차라리 여기서 불의에 암습을 가해 일장에 때려죽이는 게 낫지 않을까?'

슬그머니 살의가 솟구쳤을 때였다. 갑자기 멀리서 날카롭기 짝이 없는 소라고둥 소리가 바람결에 들려왔다. 바로 긴급사태를 알리는 천응교의 신호였다.

은야왕은 경보를 듣고 이맛살이 저절로 찌푸려졌다. 아무래도 명교 홍수기와 열화기의 패거리들이 그가 예금기를 구원해주지 않은 데 앙심을 품고 또다시 몰려와서 난동을 부리는 게 분명했다. '자, 그럼 어쩐다? 만약 요 녀석을 일장에 때려죽이지 못했다가는 한바탕 뒤얽혀 죽기 살기로 싸워야 할 텐데 그럴 시간의 여유가 있겠는가? 오냐, 그럼 차라리 남의 손을 빌려 죽이는 '차도살인借刀殺人'• 계략으로 이놈을 처치해버리는 게 낫겠다. 요 녀석을 흡혈박쥐에게 보내서 그 친구 손에 죽도록 해야겠구나.'

결심이 서자, 그는 시침 뚝 떼고 장무기에게 부탁을 했다.

"우리 천응교가 적들과 맞닥뜨린 모양일세. 나는 속히 돌아가서 대처해야겠으니 자네 혼자 위일소를 계속 뒤쫓아 가주게. 그자는 아주 흉악하고 음험하니까 따라잡거든 불문곡직하고 선수를 치는 게 상책일세. 알겠나?"

"별 재주도 없는 제가 어떻게 청익복왕과 싸워 이길 수 있겠습니까만, 아무튼 계속 뒤쫓아보기는 하겠습니다. 그런데 천응교 쪽으로 쳐들어온 적들은 누구일까요?"

은야왕은 그 물음에 당장 대답은 않고 잠시 바람결에 실려오는 뿔피리 소리에 귀를 기울이더니, 이내 알았다는 듯이 고개를 끄덕였다.

"과연 명교의 홍수기, 열화기, 후토기의 세 패거리가 한꺼번에 들이닥쳤군!"

• 자신을 드러내지 않고 남을 이용해 사람에게 해를 끼친다는 뜻. 《홍루몽》 제69회에서도 인용되었다.

"천응교나 오행기나 모두 명교의 한 계통일 터인데, 서로 짓밟고 죽여야 할 까닭이 어디 있습니까?"

장무기의 순진한 물음에, 그는 얼굴빛이 험상궂게 바뀌더니 한마디 핀잔을 던졌다.

"어린것이 뭘 안다고 또 참견하는 거냐!"

그러고는 돌아서서 오던 길로 질풍같이 달려갔다.

혼자 동떨어진 장무기는 모랫바닥에 우두커니 서서 이제 막 시야에서 사라져가는 은야왕의 뒷모습을 하염없이 지켜보며 생각에 잠겼다.

'이제 거미는 대악마 위일소의 수중에 들어갔다. 그자에게 목줄기를 물어뜯기고 피를 빨리는 날이면 거미의 목숨은 없어지고 말 게 아닌가?' 생각이 여기에 미치자 마음은 갈수록 조급해졌다. 그는 당장 진기 한 모금을 깊숙이 들이켠 다음, 두 발로 모랫바닥을 박차고 또다시 달음박질치기 시작했다. 다행이랄까 눈앞에 펼쳐진 모랫바닥 위에는 사람의 발자국 한 줄기가 점점이 찍힌 채 끝도 모르게 이어지고 있었다. 박쥐왕의 경공신법이 제아무리 뛰어나다 하지만 양팔에 사람의 몸뚱이를 안고 있는 이상 부드러운 모랫바닥에 발자국을 남겨놓을 수밖에 없었다. 그러니까 장무기는 이 발자국만 따라가면 되는 것이다. 그는 마음이 느긋해졌다. '흡혈박쥐도 피와 살덩어리로 뭉쳐진 사람의 몸뚱이니까 지치면 쉬기도 해야 하고 잠도 자야 하겠지. 그자가 쉬고 잠자는 동안 나는 쉬지도 잠자지도 않고 줄곧 달려갈 것이다. 사흘 낮밤을 줄기차게 뒤쫓다 보면 결과야 어떻든지 일단 따라잡을 수는 있을 게 아닌가?'

말이 사흘 낮밤이지, 뜨거운 염천 아래 끝없이 펼쳐진 사막지대를 사흘씩이나 쉬지 않고 내달린다는 게 결코 쉬운 일은 아니었다. 그날 저녁 무렵까지 달리다 보니 입속은 말라붙고 입술 또한 갈라져 터졌다. 그러나 전신이 온통 비를 맞은 듯 땀투성이가 되었으면서도 어찌 된 노릇인지 두 다리는 조금도 지친 기색이 없었다. 수년 동안 축적해 놓은 구양신공이 조금씩 체내에서 위력을 발휘해 힘을 쓰면 쓸수록 정신과 체력은 더욱 활기차게 솟구쳤던 것이다.

그는 사막 한복판 드문드문 있는 샘터를 한 군데 발견하고 배가 터지게 물을 마신 다음, 쉬지도 않고 계속 위일소의 발자취를 따라서 내달렸다.

한밤중까지 달리다 보니 달이 중천에 덩그러니 떠올랐다. 장무기는 문득 이 광막한 모래 바다 천지에 자기 혼자 있다는 생각을 떠올리고 갑자기 등골이 으스스해지는 것을 느꼈다. 당장에라도 흡혈박쥐에게 목줄기를 물어뜯겨 피를 빨린 거미의 시체가 눈앞에 불쑥 나타날 것만 같았다. 그 공포감은 단순히 장무기가 외로움을 느껴서 일어나는 것만은 아니었다. 조금 전부터 어렴풋이나마 누군지 자기 뒤를 따르는 발걸음 소리가 들리는 듯했다. 후딱 고개를 돌려 뒤돌아보았으나 등 뒤에는 아무것도 없었다. 장무기는 더욱더 두려운 생각에 사로잡혔다.

그는 공포심을 떨쳐버리려고 거세게 땅바닥을 박차고 더욱 맹렬히 질주했다. 아니나 다를까, 그 즉시 등 뒤에 따라붙은 발걸음 소리도 덩달아 급박하게 들려왔다.

이제 장무기는 자신이 느끼는 게 환각이나 환청이 아님을 확실히 알았다. 이것 봐라 싶어 또 한 번 후딱 뒤돌아보았으나 역시 아무도 보이지 않았다. 그는 마구 요동치는 가슴을 애써 진정시키면서 이제껏 달려온 모랫바닥을 유심히 살펴보았다. 사막에는 세 줄기 발자국이 또렷이 찍혀 있었다. 셋 가운데 하나는 물론 위일소의 것일 테고 또 하나는 분명 자기 것인데, 그렇다면 나머지 하나는 도대체 누구 것이란 말인가? 이제 서 있는 자리에서 앞쪽으로 길게 뻗어나간 것은 위일소가 찍어놓은 발자국 한 줄기밖에 없었다. 그렇다면 누군가 분명히 내 뒤를 따라오는 자가 한 사람 있다는 증거였다. 한데 어째서 눈에 뜨이지 않는 것일까? 설마 이 사람이 은신술隱身術을 써서 둔갑하고 있는 것은 아닐까?

잠시 멈춰 서서 생각에 잠기던 장무기가 다시 달리기를 시작하자, 등 뒤에서도 발걸음 소리가 또 들려왔다.

"누구요?"

장무기는 긴장을 억누르지 못하고 떨리는 목소리로 고함쳐 물었다.

"누구요?"

등 뒤에서도 똑같은 질문이 들려왔다. 대경실색한 장무기는 또 한 차례 버럭 고함쳤다.

"사람이오, 귀신이오?"

"사람이오, 귀신이오?"

이번에도 등 뒤에서 맞장구를 쳤다.

장무기는 마음을 단단히 다져먹고 재빨리 돌아섰다. 이번에는 소득이 있었다. 등 뒤에서 얼핏 모랫바닥에 비친 그림자 한 조각을 발견했다. 그제야 장무기는 누군가 쾌속하기 이를 데 없는 몸놀림으로 자신의 등 뒤에 바싹 붙은 채 움직이고 있다는 사실을 깨달았다.

"날 따라와서 어쩔 셈이오?"

"날 따라와서 어쩔 셈이오?"

장무기의 호통에 그림자 주인도 메아리처럼 대꾸했다. 유령도 아니고 귀신도 아닌 사람이라는 것을 알아차리자, 장무기는 어처구니가 없어 실소를 터뜨렸다. '이 사람은 앵무새, 구관조를 닮았나? 내가 말하는 대로 똑같이 흉내만 내고 있으니.'

그는 이 사람에게 별로 악의가 없음을 느꼈다. 만일 악의를 품은 자였다면 뒤쫓아오는 동안 마음먹은 대로 손을 써서 자기 목숨 하나쯤은 쉽사리 결딴내고도 남았을 테니 말이다.

"당신 이름이 뭐요?"

"설부득!"

엉뚱한 대답에 장무기는 또 한 번 멍청해졌다. '설부득說不得'이라니, 그건 '말할 수 없다'는 뜻이다. 내가 도대체 뭘 물었기에 '말할 수 없다'는 얘긴가?

"말할 수 없다니, 어째서 말 못 하겠다는 거요?"

"내가 '말할 수 없다'라면 그런 줄 알지, 무슨 설명을 하라는 거냐? 그럼 자네 이름은 뭔가?"

"난…… 난 '증송아지'요."

"송아지라? 그럼 송아지가 아닌 밤중에 도깨비하고 경주라도 하고 있는 거냐? 무슨 일로 미친 송아지처럼 마구 뛰어다니고 있는 거냐?"

이름을 말할 수 없다는 괴상한 사내의 목소리가 반대로 물어왔다. 장무기는 이 괴한이 절세무공을 지닌 기인이사奇人異士라는 사실을 직감적으로 깨닫고, 숨김없이 대답했다.

"내 친구 하나가 청익복왕에게 붙잡혀갔습니다. 그래서 구하러 뒤쫓아가는 길입니다."

"자넨 구하지 못할 거야."

"어째서요?"

"청익복왕은 자네보다 무공이 훨씬 세기 때문이지. 자네 따위는 상대가 안 되거든."

"상대가 안 되더라도 싸워볼 겁니다."

"배짱 한번 좋군! 그래, 자네 친구란 사람은 아가씬가?"

"그렇습니다. 한데 어떻게 아셨죠?"

"아가씨가 아니고서야 한창 젊은 녀석이 목숨까지 걸고 찾아 헤맬 리가 있나. 그래 예쁘게 생긴 아가씬가?"

"말도 못 하게 밉게 생겼습니다."

"자넨 어떤가, 못생겼나 잘생겼나?"

"앞으로 나서면 제 얼굴이야 금세 보게 될 것 아닙니까?"

"됐어, 난 안 보려네. 한데 그 아가씨는 무공을 할 줄 아는가?"

"물론이죠. 천응교 은야왕 선배의 따님인 데다 영사도 금화파파에게서 무공을 배웠으니까요."

"그렇다면 그만두게. 쫓아갈 것도 없네. 위일소가 그런 아가씨인 줄 안다면 끝까지 놓아주려 하지 않을 걸세."

"왜 놓아주지 않는단 말입니까?"

"흠! 자넨 돌대가린가? 도통 머리를 쓸 줄 모르는구먼. 이봐, 은야왕이 은천정하고 어떤 사인가?"

"두 분이야 부자지간이죠."

"그럼 백미응왕 은천정하고 청익복왕 위일소, 이 둘 중 누가 무공이 더 셀 것 같은가?"

"전 모르겠습니다. 선배님께선 누가 세다고 보십니까?"

"각자 나름대로 장점들은 있지. 그럼 자네가 보기엔 둘 중 누구 세력이 더 클 것 같은가?"

"백미응왕은 천응교 교주시니까, 세력이야 청익복왕보다 크지 않겠습니까?"

"자네 말이 맞아. 그러니까 위일소는 은천정의 손녀를 잡아다 인질로 삼을 걸세. 그렇게 진귀한 보물을 선뜻 내어줄 리가 있겠나? 아마도 두고두고 은천정을 무릎 꿇릴 밑천으로 삼을 걸세."

그의 추측을 듣고서 장무기는 절레절레 고개를 내저었다.

"아마 그러진 못할 겁니다. 은야왕 선배님은 일심전력으로 당신 따님을 죽여버릴 궁리만 하고 계시니까요."

"호오. 그건 왜지?"

등 뒤의 목소리가 그럴 수 있느냐 싶었는지 내처 되물었다. 장무기는 거미가 부친 은야왕의 애첩을 죽인 일과 그 때문에 어머니까지 자살하게 된 일, 그로 말미암아 부친의 노염을 사서 잡혀 죽게 되었던 경위를 간략하게나마 일러주었다.

사연을 다 듣고 나자, 등 뒤의 목소리는 혀를 끌끌 차더니 사뭇 찬탄해마지않았다.

"허어, 그것참 대단한 아이로군! 정말 좋은 재목감이야."

"뭐가 좋은 재목감이란 말입니까?"

"자네도 생각해보게. 그 어린 나이에 자기 서모를 죽일 줄 알고 친어머니까지 죽게 한 데다 영사도 금화파파 손에 길들여졌다면 어느 누군들 탐낼 만하지 않겠는가? 위일소는 틀림없이 그 아이를 제자로 받아들일 걸세."

이 말에 장무기는 깜짝 놀라 뒤돌아보며 물었다.

"아니, 그걸 어떻게 아십니까?"

그러나 뒤편에는 목소리의 주인공이 없었다. 그저 대꾸하는 음성만 귓전에 속삭이듯 들려왔다.

"위일소가 내 오랜 친구인데, 내가 그 친구 속셈을 모를 턱이 있겠는가?"

장무기는 이게 무슨 소린가 싶어 멍하니 서 있다가 이내 실성을 터뜨렸다. 등 뒤의 목소리가 흡혈박쥐의 친구라니……!

"아이고, 맙소사! 큰일 났구나!"

기겁을 하도록 놀란 장무기는 모랫바닥을 박차고 냅다 뛰기 시작했다. 등 뒤의 목소리도 그를 놓칠세라 바싹 쫓아왔다.

"어쩌자고 날 자꾸 따라오는 겁니까?"

열심히 달음박질치면서 묻자, 상대방도 바람처럼 따라붙으며 느긋이 대꾸했다.

"난 호기심이 많다네. 자넬 쫓아가면 재미있는 구경거리가 생길 텐데, 왜 안 따라가겠나? 자네 그래도 위일소를 따라잡을 텐가?"

"물론입니다. 거미는 벌써부터 사악한 기질이 몸에 밴 아가씬데, 위일소의 제자가 되도록 내버려둘 줄 아십니까? 절대로 안 되죠! 만약에 그녀마저 사람의 목줄기를 물어뜯어 피를 빨아 마시는 걸 배워서 흡혈귀가 되면 어쩌겠습니까? 정말 큰일이지요."

"자네, 그렇게 관심이 많은 걸 보니 그 거미란 아가씨를 꽤나 좋아하는 모양이군. 안 그런가?"

"좋아하는지, 싫어하는지…… 나도 잘 모르겠습니다. 아무튼 거미가 제 어머니를 많이 닮은 것 같아서요."

"아하, 그러고 보니 자네 어머니도 추팔괴인 모양이군! 자네 역시 모친을 닮아 못생겼을 테고……."

어머니 은소소더러 추팔괴라니, 당치도 않은 소리였다. 장무기는 울화가 불끈 치밀어 항변했다.

"허튼소리 마십시오! 내 어머니는 정말 곱고 아리땁게 생긴 분이셨습니다!"

"허어! 그것참 아깝다, 아까워!"

"아깝다니, 뭐가 아깝단 거죠?"

"자네처럼 혈기 왕성한 젊은이가 얼마 안 있으면 피를 몽땅 빨려 뻣뻣한 시체가 되고 말 테니까 말일세. 정말 담력도 있고 멋들어진 청년이 졸지에 강시가 되어버릴 테니 아까운 노릇 아니겠나?"

이 말을 듣자, 장무기는 속이 뜨끔했다. 이 사람 말도 틀린 게 아니었다. '내가 죽도록 위일소를 따라잡아봐야 무슨 재주로 거미를 구해낸단 말인가? 공연히 내 한목숨만 그 흡혈박쥐의 아가리에 갖다 바치는 결과밖에 더 되겠는가.'

그는 생각다 못 해 등 뒤에다 대고 소리쳐 물었다.

"선배님, 절 좀 도와주실 수는 없겠습니까?"

"안 되겠네."

"어째서 안 된단 말입니까?"

"첫째 위일소는 내 좋은 친구요, 둘째 내 재간으로는 그 친구를 때려잡을 수가 없거든."

"위일소가 선배님의 친구라면 어떻게 좋은 말로 권유해서 거미의 피를 빨아 마시지 못하게 할 수도 있지 않겠습니까?"

그러자 등 뒤에서 모랫바닥이 꺼져라 장탄식이 건너왔다.

"권유해본들 무슨 소용이 있겠나? 말로 해서 되는 일이 아니라네. 사실 위일소 자신도 인간의 피를 빨아 마시고 싶어 그러는 게 아닐세. 부득이해서 그런 짓을 하는 것이지. 위일소가 겪는 고통이 얼마나 견디기 어려운지 아무도 모를 거야. 피를 빨아 마시지 않으면 곧 죽게 되니까."

"부득이해서 인간의 피를 빨아 마시다니요? 어찌 그럴 수 있습니까?"

"위일소는 내공을 연마하던 도중 주화입마에 빠져들었다네. 그때부터 공력을 한 차례 끌어올릴 때마다 반드시 인간의 더운 피를 마셔야만 했어. 그러지 않았다가는 전신에 오한이 들고 피가 굳어져서 얼어 죽게 되거든."

"흐음, 그렇다면 삼음맥락三陰脈絡•에 손상을 입은 모양이군요."

"이런! 자네가 그걸 어떻게 아나?"

"저도 추측이 그렇다는 것뿐이지 사실은 잘 모릅니다."

"자네 짐작이 맞네. 위일소는 삼음맥락을 다쳤으니까. 나도 세 차례나 장백산에 들어가 화섬火蟾이란 두꺼비를 잡아다 먹여서 그 친구의 병을 고쳐주려고 애를 썼네만, 갈 때마다 번번이 헛수고만 하고 빈손으로 돌아왔다네. 그놈의 불두꺼비를 처음 보았을 때는 아깝게도 20척 차이로 그만 놓쳐버렸지 뭔가. 두 번째 세 번째 갔을 때는 아예 그놈의 그림자조차 구경 못 했지. 이번에 우리 앞에 닥친 난관을 해결

• 중의학에서 '삼음三陰'은 태음太陰, 소음少陰, 궐음厥陰을 뜻하며 인체의 안팎 경맥을 구성하는 십이경맥十二經脈에 속한다. 맥락은 동맥과 정맥 등 혈관의 통칭.

하고 나면, 내 다시 한번 그놈을 잡으러 장백산에 갈 작정이네."

"그때 저도 선배님과 함께 가면 안 되겠습니까?"

"으음, 자넨 내공 하나만큼은 넉넉한데 경공신법이 너무 뒤떨어져 힘들 거야. 화후火候의 경지에 들려면 아예 한참 멀었단 말일세. 그렇지만 자네가 정 원한다면 그때 가서 다시 의논해봄세. 한데…… 가만 있거라. 이봐, 자넨 어째서 내가 불두꺼비를 잡도록 도와주러 가겠다는 건가?"

"만일 우리가 그놈을 붙잡으면 위일소의 병을 고쳐줄 수 있어서 좋을 뿐 아니라, 피를 빨려 죽을 사람도 숱하게 구해줄 수 있어 좋지 않겠습니까. 그때 가서는 흡혈박쥐도 더 이상 인간의 피를 빨아 마실 필요가 없으니까요. 아, 참! 선배님, 위일소가 지금껏 이렇게 오래 달려왔으면 내력을 많이 소모했을 텐데, 혹시 부득이해서 거미의 피라도 빨아 마시지는 않았을까요?"

등 뒤의 목소리도 그것까지는 생각을 못 했는지 흠칫 놀라더니 이내 심드렁하게 대꾸했다.

"그야 나도 장담할 수 없네. 아무리 위일소가 거미를 제자로 삼고 싶더라도 전신에 오한이 나기 시작하면 자기 피가 굳어져서 얼어붙을 텐데, 그때 가서는 아마도 거미가 아니라 제 딸년의 피라도……."

장무기는 생각하면 할수록 두려웠다. 그래서 더 듣지도 않고 죽을 힘을 다해 미친 듯이 달리기 시작했다.

바로 그때, 등 뒤의 목소리가 갑작스레 소리쳤다.

"이크! 자네 뒤에 그게 뭔가?"

장무기가 얼떨결에 흠칫 놀라 뒤돌아보려는 순간이었다. 돌연 눈앞이 깜깜해지더니 어느새 머리끝부터 발끝까지 커다란 껍데기 같은 것이 덥석 씌워지는 게 아닌가! 무슨 영문인지 알아차릴 겨를도 없었다. 그저 몸뚱이가 통째로 허공에 매달린 것처럼 뒤룽뒤룽 흔들리는 품이 아무래도 큼지막한 포대 자루 속에 통째로 갇힌 채 누군가의 손에 번쩍 쳐들린 듯싶었다.

불시에 당한 일이라 혼비백산하도록 놀란 장무기는 두 손아귀로 포대 자루를 움켜잡고 찢어내려 했다. 그런데 이건 또 무슨 조화일까? 아무리 잡아당겨도 포대 자루가 찢어지기는커녕 질겨빠지게 늘어나기만 했다. 손바닥으로 더듬어보니 무명천 같기는 한데 비단처럼 부드러우면서 비단도 아니고 질기면서 가죽도 아닌 것이 잡아당겼다 놓으면 도로 쪼그라든 채 털끝만치도 뜯겨나가는 기미가 없는 괴상야릇한 재질이었다.

목소리의 주인이 쳐들었던 포대 자루를 냅다 모랫바닥에 태질치더니 껄껄대고 비웃었다.

"자네가 내 포대 자루 속에서 뚫고 나올 수만 있다면, 그 재간 하나만큼은 나도 인정해줌세. 하하하!"

장무기는 약이 바짝 올랐다. 체내의 공력을 한껏 끌어올려 두 손에 쏟아붓고 바깥쪽으로 사나운 기세로 밀어붙였다. 구양신공이 담긴 엄청난 힘줄기였다. 그러나 포대 자루는 부드럽게 늘어나기만 할 뿐 힘을 전혀 받지 않았다. 이번에는 오른발을 번쩍 들어 힘껏 걷어차보았으나 "푹!" 하고 답답하게 맥 빠지는 소리만 날 뿐, 포대 자루는 바깥쪽으로 불룩 튀어나갔다가 이내 원상태로 되돌아왔다. 자루 속의 장무기는 마구 뒹굴면서 양손과 두 발, 머리, 어깨 할 것 없이 모두 동원해 움켜잡아 당겼다 걷어차고, 들이받고 발버둥치고 몸부림쳤다. 그러나 그럴 때마다 포대 자루는 늘어났다 줄어들기만 하고 그 무시무시한 힘줄기를 받아들일 기미는 털끝만치도 보이지 않았다.

포대 자루 바깥에서 껄껄대고 너털웃음 소리가 들려왔다.

"자네, 그만 항복할 텐가?"

"항복이오!"

제풀에 날뛰다 지쳐버린 장무기가 한마디로 승복했다.

"말로만 하는 게 아니라 진짜 항복한 거지?"

"기꺼이, 진심으로 선배님께 항복했습니다! 선배님의 이 포대 자루는 진짜 대단한 물건이군요. 정말 대단해요!"

캄캄절벽 어두운 자루 속에서 상대방에게 보일 리도 없겠지만 장무기는 가쁜 숨을 몰아쉬면서 고개를 끄덕끄덕하며 혀를 내둘렀다.

"아무렴, 대단하고말고! 좋다, 좋아!"

목소리의 주인이 통쾌하게 웃음보를 터뜨리더니, 장무기의 엉덩이 부분을 손바닥으로 "철썩!" 소리가 나도록 내려쳤다.

"요 녀석아, 내 건곤일기대乾坤一氣袋 속에서 꼼짝 말고 얌전히 앉아 있어라. 내가 아주 좋은 곳으로 데려가줄 테니까. 알겠지? 만약에 한마디라도 입을 벙끗했다가 남에게 들키는 날이면 나도 네 녀석의 목숨을 구해주지 못할 거다."

"날 어디로 데려갈 겁니까?"

"하하! 네 녀석이 내 건곤일기대 속에 빠져든 이상, 내가 네 목숨 하나 빼앗기는 손바닥 뒤집기보다 더 쉬운 일이야. 그러니 달아날 생각은 아예 꿈도 꾸지 말아야 해. 그저 찍소리도 내지 말고 꼼짝달싹 않고 있으면 결국 너한테도 좋은 일이 있을 거다."

장무기가 가만 생각해보니 그것도 괜찮을 듯싶었다. 목소리의 주인공이 자기한테 악의를 품은 것 같지도 않거니와 또 아무리 버둥거려도 이놈의 건곤일기대란 포대 자루는 요지부동이라 그는 즉시 몸부림을 그치고 분부대로 얌전히 쭈그려 앉았다.

"내 포대 자루 속에 들어간 것도 너한테는 큰 복이다."

목소리의 주인공이 그 말 한마디를 던져놓더니, 포대 자루를 번쩍 들어 제 어깨에 둘러메고 냅다 달음박질치기 시작했다.

"거미는 어떻게 되는 겁니까?"

"난들 어찌 알겠느냐? 내가 입을 꼭 봉하고 있으라고 주의를 주었는데 그새 잊었느냐? 또다시 입을 열면 자루 속에서 당장 쏟아내버리고 말 테다."

제발 그래 주었으면 오죽이나 좋을까. 하지만 장무기는 차마 입 밖으로 말을 꺼내지는 못했다. 그저 느낌으로 와닿는 것이라곤 이 사람의 걸음걸이가 상상을 초월할 만큼 빠르다는 것뿐이었다.

몇 시진이나 달렸을까, 장무기는 포대 자루 속이 점차 후텁지근해지는 느낌이 들었다. 어느새 한낮 무더위가 시작된 모양이었다. 태양이 중천에 걸렸는지 정수리 부위가 따끈따끈해졌다.

한참을 더 지나자, 발걸음이 갈수록 높은 데로 디뎌가는 느낌이 마치 산 위로 오르는 것 같았다. 너르디너른 사막지대 모래 바다 천지에 산이 어디 있단 말인가? 그러나 오르는 기척으로 보건대 산도 어지간히 높은 산이 분명했다. 두 시진쯤 더 지나자 산꼭대기에 다 올라섰는지 이번에는 오슬오슬 추위가 느껴졌다. 산이 얼마나 높기에 공기가 이토록 차가

울까? 아무래도 산꼭대기에 눈이 쌓여서 추워졌는지도 모른다.

"으윽!"

돌연 장무기는 오금이 저리는 바람에 깜짝 놀라 저도 모르게 실성을 터뜨렸다. 그나마 큰 소리가 날 뻔한 것을 가까스로 참았다. 놀랍게도 몸뚱이가 느닷없이 허공에 붕 뜨는 느낌이 들었던 것이다. 실성을 터뜨리기가 무섭게 이번에는 포대 자루가 축 처지더니 주인의 등판에 털썩 부딪쳤다. 발바닥이 착실히 땅에 닿은 것이다. 그제야 장무기는 무슨 일이 벌어졌는지 알아차렸다. 방금 이 포대 자루의 주인은 자기를 짊어진 채 험준한 산꼭대기 아슬아슬한 절벽 위에서 뛰어내린 것이다. 얼음 덮인 미끄러운 바위와 눈 더미 속에서 위험천만하게 도약한 모양인데, 만약 그가 발 한 번 삐끗해서 헛디뎠더라면 두 사람의 목숨이 한꺼번에 박살 나서 뼈도 못 추렸을 것이다. 장무기는 상상만 해도 등골이 오싹해지고 식은땀이 부쩍 돋아났다.

너무나 조마조마해서 숨 한 모금 제대로 내쉴 수 없는데, 그가 또다시 도약하기 시작했다. 한번 시작된 도약은 잠시도 멈추지 않고 끊임없이 이어졌다. 높이 뛰는가 하면 어느새 낮게 뛰고, 짧게 건너뛰는가 하면 이번에는 얼마나 멀리뛰기를 하는지 몸뚱이가 통째로 공중에 붕 떠올랐다.

포대 자루 속에서도 장무기는 사내의 뜀뛰기에 맞춰 호흡을 조절하느라 정신이 하나도 없었다. 빛이라곤 한 줄기도 비쳐들지 않는 자루 속이지만, 장무기는 지금 거쳐가는 곳의 지형과 지세가 비상할 정도로 험준하다는 것을 느낌으로 알아차릴 수 있었다.

독이 오른 원진이 허리춤에서 비수를 뽑아 들더니 포대 자루를 겨냥하고 있는 힘껏 찔러들었다. 그러나 포대 자루는 칼끝이 닿은 부분만 움푹 파이는가 싶더니 꿰뚫리거나 찢겨지기는커녕 힘줄기가 사라지자 이내 원상대로 팽팽해졌다. 주먹질, 손바닥 후려치기, 발길질에 칼부림까지 어느 것 하나 효과를 보지 못하고 무위로 돌아가자, 그는 '이 어린 녀석한테 발목 잡혀 있을 게 뭐 있겠느냐' 싶어 이번에는 오른발에 혼신의 힘을 다 쏟아붓고 냅다 걷어찼다.

19.

집안싸움 일으키면 금성철벽도 무너지는데

장무기의 몸뚱이가 또 한 차례 다시 높은 곳으로 뛰어 올라가는 것을 느꼈을 때였다. 불현듯 멀리서 누군가 외쳐 부르는 소리가 들렸다.

"설부득! 왜 이제야 오는 거야?"

장무기를 둘러멘 사내가 대꾸했다.

"도중에 사소한 일이 좀 생겼지 뭐요. 위일소는 도착했소?"

"아직 안 왔네. 거참 이상한 노릇이군. 그 친구마저 늦다니……. 설부득, 자넨 그 친구 못 봤나?"

묻고 대답하는 사이에 두 사람의 거리가 점점 가까워졌다.

포대 자루 속에서 장무기는 참 별일도 다 있구나 싶었다. 이름을 물었을 때 '말할 수 없다'고만 대꾸하던 이 괴인의 진짜 이름이 '설부득'이었다니, 세상천지에 이런 해괴한 뜻으로 이름을 짓는 자가 또 어디 있단 말인가? 그건 그렇다 치고 이 설부득이란 사람은 여기서 위일소와 만나기로 약속한 모양인데, 거미는 지금도 무사할까? 위일소의 친구라면 그를 또 어떻게 다룰지 모를 일이었다.

설부득의 목소리가 들렸다.

"철관도형鐵冠道兄, 우리 위형을 찾으러 가봅시다. 무슨 사고라도 나지 않았는지 걱정되는구려."

철관도형이라 불린 사내가 대답했다.

"그 박쥐야말로 눈치 빠르고 영악하기 짝이 없는 데다 무공도 탁월한 사람인데, 무슨 사고를 낸단 말인가?"

"난 아무래도 뭔가 잘못된 것만 같소."

그때 갑자기 아래쪽 산골짜기에서 누군가 목청껏 외쳐대는 소리가 들려왔다.

"설부득, 이 돌대가리 땡추중 녀석! 철관, 이 엉터리 도사 녀석아! 빨리 내려와서 좀 도와주지 않고 뭣들 하고 있는 거야? 이런 젠장! 야단났다, 야단났어!"

이 소리를 듣자, 설부득과 철관도인이 깜짝 놀라 일제히 실성을 터뜨렸다.

"이크, 주전周顚이다! 무슨 일이 났다는 거야?"

설부득이 한마디 더 했다.

"저 친구 상처를 입은 거 아냐? 어째서 목소리가 저렇게 기운이 하나도 없을까?"

그러고는 철관도인의 대꾸를 기다리지도 않고 장무기가 담긴 포대자루를 등에 떠메더니 골짜기 아래쪽으로 훌쩍 뛰어내렸다. 뒤따라 뛰어내리던 철관도인이 무엇을 보았는지 또 한 차례 놀라 소리쳤다.

"이크! 주전이 누굴 업고 있는 거야? 아이고, 저런…… 위일소로구나!"

뒤미처 설부득이 고함을 질렀다.

"주전, 허둥대지 말게. 우리가 도와줄 테니까!"

그 말이 떨어지기가 무섭게 주전이 악을 썼다.

"허둥대다니! 제밀할, 방귀 같은 소리. 내가 뭘 허둥댄다는 거야? 흡혈박쥐 목숨이 귀천歸天하시게 생겼다니까!"

"아니, 위형이 어떻게 됐다고? 도대체 어딜 다친 거야?"

설부득이 실성을 터뜨리면서 걸음 속도를 높였다.

걸음걸이가 급작스레 빨라지니, 포대 자루 속의 장무기는 그저 몸뚱이가 안개구름을 타고 둥실둥실 떠가는 듯 현기증이 일었다. 그는 불안감을 견디다 못해 작은 목소리로 사정을 했다.

"선배님, 잠시 날 좀 내려주고 먼저 가십시오. 사람의 목숨을 구하는 일이 더 급하지 않습니까?"

그러자 설부득은 별안간 등에 메고 있던 포대를 머리 위로 번쩍 치켜들더니 자루의 주둥이를 양손으로 움켜쥐고 허공에서 "위잉 윙!" 소리가 나도록 세 바퀴나 돌렸다. 장무기는 깜짝 놀라 오금이 저려왔다. 만에 하나 빙빙 휘두르던 손을 놓는 날이면 포대 자루가 어디로 날아가버릴 것인지, 그 결과는 상상만 해도 끔찍했다.

세 바퀴째 휘둘리고 난 포대 자루가 다시 설부득의 등에 털썩 얹혀졌다. 뒤이어 착 가라앉은 목소리가 소곤소곤 들려왔다.

"요 녀석아, 내 말 똑똑히 들어둬. 난 포대화상布袋和尙 설부득이라고 해. 뒤따르는 사람은 철관도인 장중張中, 그리고 저 아래쪽에서 악을 쓴 사람은 주전이야. 우리 셋하고 여기에 또 냉면선생冷面先生 냉겸冷謙, 팽형옥彭瑩玉 팽 화상을 보태면 바로 명교에서 제일 떠들썩한 '오산인'•

• 모두《명사明史》〈열전列傳〉에 수록된 인물. 설부득은 오대五代 양梁나라 때 미륵불의 화신이라 일컫던 포대화상(?~917) 계차契此를 인용해 등장시킨 인물. 그는 200~300년이 지나는 동안 배불뚝이 미륵불로 추앙받아 사원에 모셔졌다.
장중은 원나라 말엽 명나라 초기 임천臨川 출신으로 벼슬에 낙방하자 산천을 떠돌아다니며 미치광이 행세를 하고 세상을 조롱하던 끝에 이인異人을 만나 음양학을 배워 인간의 길흉

이 되는 거야. 명교가 뭔지는 알고 있나?"

"압니다. 그러고 보니 대사님은 역시 명교분이셨군요."

"나하고 냉겸은 사람 죽이기를 별로 좋아하지 않지만, 철관도인과 주전, 팽 화상은 여느 때 외눈 하나 깜짝하지 않고 사람을 죽인단 말이야. 만약 저들이 내 건곤일기대 속에 네가 숨어 있는 것을 아는 날이면 당장 끌어내 작살내버릴 테고, 너는 꼼짝 못 하고 고기 떡이 될 거야. 무슨 얘긴지 알겠나?"

"제가 명교에 죄를 지은 것도 아닌데, 어째서 절 죽인단 말입니까?"

"철관도인이나 주전, 팽 화상이 사람을 죽이는 데 죄가 있는지 없는지 따져 묻는 줄 아나? 지금부터 내 포대 자루 속에서 목숨 붙여 살고 싶거든 찍소리도 내지 말아야 해. 알겠지?"

포대 자루 속의 장무기는 대답 대신 고개를 끄덕끄덕했다.

화복을 점쳤다는 기인. 평생 무쇠로 만든 관을 쓰고 다녔으므로 '철관자鐵冠子' 또는 '철관도인'이라 불렀다 한다.

주전은 건창建昌 출신으로 이름은 알려지지 않았는데, 소년 시절 미치광이가 되어 허튼소리를 지껄이며 떠돌이로 걸식하다가 명 태조 주원장을 만나 그의 휘하가 되었다. 진우량의 군대를 토벌할 때 작전 시기와 전술을 알려주어 대승을 거두게 했는데, 미치광이 허튼소리로 군심을 어지럽힌다 하여 주원장이 불태워 죽이려 했으나 불에도 타지 않고, 강물에 빠뜨려 죽였어도 다시 살아나 주원장을 찾아왔다는 기인. 후에 여산廬山에 들어가 선인仙人이 되었다고 한다.

냉겸은 무림武林(항주의 별칭) 출신으로 자는 계경啓敬. 음률에 능통해 명나라 건국 후 태상시太常寺 협률랑協律郎을 지낸 음악가.

팽형옥(?~1353)은 원나라 말엽 홍건군紅巾軍의 우두머리. 일명 팽익彭翼으로 불린다. 원주袁州 자화사慈化寺의 승려 출신으로 백련교白蓮教 조직을 기반으로 병력을 규합해 주자왕周子旺과 의거를 일으켰으나 실패, 다시 서수휘徐壽輝를 추대하고 군사 참모가 되어 1351년부터 원나라 세력을 몰아내는 한편, 호북과 강서 지방을 탈환했다. 이듬해 휘주徽州-항주杭州 공격전에서 원군의 역습을 받아 전사했다.

"왜 대꾸가 없어?"

"찍소리도 내지 말라고 하셨으니 고개만 끄덕였지요."

"흠흠, 그래, 알면 됐다. 이크! 위형이 어찌 된 거야?"

마지막 한마디는 장무기에게 한 것이 아니라, 주전에게 던진 물음이었다. 뒤미처 주전의 목소리가 반벙어리처럼 떠듬떠듬 끊기며 들려왔다.

"이 사람…… 이 사람…… 아주 야단났어…… 망조가…… 들었단 말이야……."

"으음, 위형 심장부에 아직 실낱같이 온기가 붙어 있어 다행이구먼. 주전, 자네가 구해왔나?"

"쓸데없는 소리! 내가 안 구했으면 위형이 날 구해왔단 말이야?"

설부득은 나름대로 위로의 말을 던졌는데, 주전이란 사람은 대뜸 신경질적으로 핀잔을 주었다. 말투만 들어봐도 성미가 급하고 거칠다는 걸 알 수 있었다.

"주전, 자네 어딜 다쳤나?"

철관도인이 묻자, 주전은 한숨을 푹 내리쉬더니 사연을 늘어놓았다.

"이 흡혈박쥐가 길 곁에 뻣뻣이 쓰러져 있는 걸 발견했네. 숨결마저 꽁꽁 얼어붙어 금방 끊어질 것 같더군. 젠장, 도둑이 분수도 모르고 주제넘게 선심을 쓰면 벼락 맞는다더니, 그 말이 나한테 들어맞을 줄이야 누가 알았나? 내가 무슨 빌어먹을 놈의 선심이 발동했는지 모르겠네만, 아무튼 공력을 운기해서 흡혈박쥐가 숨을 돌릴 수 있게 도와줬네. 한데 뜻밖에도 흡혈박쥐 체내의 한독이 정말 지독스럽기 짝이 없어, 그만 나까지 요 모양 요 꼴이 되고 말았지 뭔가."

"주전, 자네가 이번에 좋은 일 한번 잘했네."

설부득이 칭찬했더니, 주전은 여전히 한탄 섞어 말을 이었다.

"좋은 일이고 나쁜 일이고 말도 말게. 흡혈박쥐, 이 친구는 성미가 음흉하고 모진 데다 괴팍스럽기 짝이 없어 평소 내 눈에 보통 거슬린 게 아니었는데, 어쩐 노릇인지 이번만큼은 나 주전의 비위에 꼭 맞는 짓을 했단 말씀이야. 그래서 한번 구해주어야겠다 생각했지. 그런데 뜻밖에도 흡혈박쥐의 목숨을 구해주기는커녕 그놈의 한독이 거꾸로 내 몸속까지 스며드는 바람에 오히려 내 소중한 목숨을 물어내게 됐지 뭔가. 이거야말로 선심 한번 쓰려다가 꼼짝없이 황천길로 떠날 판일세."

그 말에 철관도인이 깜짝 놀라 다시 물었다.

"자네 상처가 그토록 심하단 말인가?"

"업보야, 업보! 흡혈박쥐하고 나 주전은 평생 좋은 일이라곤 해본 적이 없었는데, 어쩌다 둘이서 좋은 일 한 번씩 해본다는 게 그만 횡액을 당하고 말았네."

"자넨 위형을 구하려다 이 지경이 됐다 치고, 그럼 위형은 무슨 좋은 일을 했단 말인가?"

설부득이 묻자, 그는 자신도 이해할 수 없다는 듯이 절레절레 도리질을 했다.

"자네들도 알다시피, 위형은 공력을 끌어올리느라 체내의 독성을 건드리면 한독이 발작하고, 그럴 때마다 사람의 더운 피를 빨아 마셔야만 그 한독을 억제할 수가 있지. 그런데 이 친구는 자기 곁에 분명히 펄펄 살아 움직이는 계집아이 하나가 있는데도 차라리 자기 목숨을 버릴지언정 그 계집아이의 피는 빨아 마시지 않겠다는 거야. 내가 이런 꼴을 보았으니 뭐라고 했겠나? '아이고, 이거 안 되겠다! 흡혈박쥐가 도리에 어긋나게 평소 안 하던 짓을 저지르는데, 그렇다면 이 주전 어르신도 내 멋대로 나쁜 짓 한번 저질러봐야겠구나.' 이래서 흡혈박쥐 목숨을 구하려고 손을 댄 것인데, 도리어 이렇게 날벼락을 맞았지 뭔가?"

설부득과 철관도인 두 사람은 방금 주전이 한 말뜻을 충분히 이해했다. 위일소가 '도리에 어긋나게 평소 안 하던 짓을 저지른다倒行逆施' 란 말은 사실 악당이 천리天理에 어긋나는 온갖 나쁜 짓을 저지른다는 뜻이요, 주전 자신이 '멋대로 나쁜 짓 한번 저질러봐야겠다胡作非爲'는 말 역시 마음껏 악행을 저지른다는 뜻이지만, 이것을 악당의 입장에서 거꾸로 뒤집어본다면 자기네 천성에 어긋나는 일, 곧 착한 일을 베푼다는 반어법이 되는 것이다.

당사자들이야 어쨌거나, 장무기는 거미가 위일소에게 피를 빨리지 않았다는 얘기만 듣고도 기뻐서 어쩔 바를 몰랐다. 너무 기뻐 몸이 저절로 꿈틀거렸던가, 설부득이 손을 뒤로 빼내어 포대 자루를 한 대 철썩 후려갈기더니 시침 뚝 떼고 뻔히 아는 사실을 주전에게 물었다.

"그 계집아이는 누군가?"

"나도 흡혈박쥐에게 그걸 물었지. 얘기인즉 백미응왕의 손녀라는 거야. 지금 우리 명교에 큰 환란이 닥쳤는데 모두 합심 협력해서 난관을 물리쳐야 하기 때문에 그 계집아이의 피는 절대로 빨아 마실 수 없다는 걸세."

이 말을 듣고 설부득과 철관도인이 손뼉을 치며 이구동성으로 찬탄해마지않았다.

“아무렴 그래야지! 백미응왕과 청익복왕 두 고수가 손을 잡으면 우리 명교의 기세가 당장 크게 떨쳐질 게 아닌가?”

설부득은 주전의 등에 업힌 위일소를 넘겨받다가 흠칫 놀랐다.

“이런! 이 친구 몸뚱이가 온통 얼음덩어리일세. 이걸 어쩐다?”

등짐을 내려놓고 홀가분해진 주전이 시무룩하게 대꾸했다.

“그러게 말일세. 그래서 우리가 좋아하기엔 너무 빠르다고 안 그랬나? 흡혈박쥐의 남은 목숨도 십중팔구 이미 날아가버린 셈이지. 죽은 박쥐 한 마리가 그놈의 흰 눈썹 독수리하고 손을 맞잡아봤자 우리 명교에 득이 될 게 뭐 있나?”

그러자 철관도인이 얼른 나섰다.

“자네들 여기서 좀 기다리고 있게. 내가 얼른 산 밑에 내려가서 산 사람을 하나 붙잡아올 테니까, 위형한테 더운 피를 흠뻑 마시게 해주세.”

말을 마치자 훌쩍 산 아래로 몸을 날리려는데, 주전이 다급하게 만류했다.

“잠깐만! 이 엉터리 철관도사야, 이 황량한 곳에서 자네가 사람을 잡아올 때까지 마냥 기다렸다간 위일소는 아예 ‘위불소韋不笑’가 되고 말 걸세. 죽은 시체가 웃는다면 그거 보통 기분 나쁠 정도로 으스스한 게 아니지! 설부득, 자네 포대 자루 속에 감춘 녀석이나 꺼내서 흡혈박쥐한테 피를 먹여주지 그러나?”

자루 속의 장무기는 가슴이 덜컥 내려앉았다. ‘맙소사! 내가 여기 숨어 있는 걸 눈치채고 있었구나.’

그러나 설부득이 딱 부러지게 거절했다.

"그건 안 돼! 이 친구는 우리 명교에 은혜를 베푼 사람이야. 위형이 만일 이 친구의 피를 빨아 마셨다가는 보나 마나 오행기 패거리가 흡혈박쥐하고 죽기 살기로 싸우려 들 거야."

그는 장무기가 어떻게 목숨을 내걸고 멸절사태의 호된 장력을 세 차례나 받아가면서 예금기 수십 명이나 되는 목숨을 구해주었는지, 그 경위를 간략하게나마 설명해주었다. 그러고는 이렇게 덧붙였다.

"그러니 오행기가 장차 이 젊은 녀석한테 죽기를 무릅쓰고 한사코 복종할 게 아닌가?"

"하면 자네가 그 친구를 포대 자루 속에 담아 데려온 의도는 그 친구를 볼모로 삼아 오행기의 세력을 자네 밑에 복속시킬 속셈이란 말인가?"

"말도 안 되는 소리 작작하게! 요컨대 내 생각을 한마디로 말하자면 이렇다네. 지금 우리 명교 세력은 사분오열되어 있고, 눈앞에는 엄청나게 큰 환란이 닥쳐왔네. 그런데 천응교는 우리를 돕기 위해 머나먼 길을 달려왔으면서도 오행기와 지난날의 묵은 원한 때문에 티격태격하고 좀처럼 나서지 않는 실정일세. 이럴 때 육대 문파의 집중 공격을 받으면 그나마 모은 세력마저 갈기갈기 찢겨서 결국 전군 복멸全軍覆滅을 당하고 말 게 아닌가? 그러니까 우리는 누가 뭐래도 손잡고 힘을 합쳐야 전멸을 모면할 수 있다 그런 말일세. 자루 속에 든 이 친구는 여러 갈래로 쪼개진 우리 명교의 세력들을 다시 규합하는 데 큰 역할을 할 게 분명하네. 그 점만큼은 내가 장담하니까 절대로 의심하지 말게."

여기까지 말하고 나서 설부득은 오른손을 내밀어 위일소의 등 쪽 심장 부위 영태혈靈台穴에 갖다 붙이고 진기를 쏟아넣어 환자가 한독에 저항할 수 있게 돕기 시작했다. 그것을 보고 주전이 탄식을 금치 못했다.

"설부득, 자네가 친구를 위해 목숨을 거는 거야 나도 뭐라고 할 말은 없네만, 아무쪼록 자네 그 늙은 목숨마저 날려 보내지 않도록 조심하게."

그때 철관도인 역시 팔을 걷어붙이고 나섰다.

"나도 한 팔 힘을 보태서 돕기로 하지!"

그러더니 오른 손바닥을 내밀어 설부득의 왼 손바닥과 맞잡았다. 이윽고 두 줄기 내력이 한꺼번에 위일소의 몸속으로 힘차게 쏟아져 들어가기 시작했다.

밥 한 끼 먹을 시간이 지났을 때 위일소가 "끙!" 하고 외마디 신음 소리를 내더니 슬금슬금 피어나기 시작했다. 그러나 위아래 이빨이 "딱딱!" 소리가 나도록 마주치는 걸 보니 여전히 극심한 추위를 견디지 못하는 게 분명했다. 환자는 덜덜 떨리는 목소리로 이들에게 사례했다.

"주전…… 철관도형…… 날 구해줘서 고맙소!"

그는 설부득에겐 고맙단 말 한마디 하지 않았다. 포대화상과 청익복왕 두 사람은 벌써 오래전부터 생사를 같이하는 우정으로 맺어진 사이였다. 따라서 입으로 건네는 감사의 말이 '과공비례過恭非禮'라고 친구지간에 오히려 듣기 거북할 수도 있기 때문이었다.

환자가 고맙다는 말을 했는데도 철관도인은 대꾸하지 못했다. 공력이 깊고도 두터웠으나 위일소의 체내에서 역류해 나오는 음독이 자기 몸으로 침투하지 못하도록 맞서 싸우느라 좀처럼 입을 열어 말할 수가 없었다. 설부득도 마찬가지였다.

갑자기 동쪽 산봉우리 위에서 "쟁쟁!" 울리는 거문고 소리와 함께 이따금 맑고 낭랑하게 외쳐 부르는 소리가 바람결에 나부끼듯 들려왔다.

거문고 소리를 듣자, 주전이 먼저 반색을 했다.

"냉면선생과 팽 화상이 찾아왔구나!"

그러고는 목청을 한껏 드높여 마주 고함을 질렀다.

"냉면선생! 팽 화상! 여기 다친 사람이 있으니 빨리 건너오게!"

뒤미처 팽 화상이 묻는 소리가 들려왔다.

"누가…… 다…… 쳤…… 다는…… 거야?"

아득히 멀리서 묻는 음성이 산골짜기에 메아리가 되어 울렸다. 뒤미처 다시 묻는 목소리가 들렸다.

"도대체 누가 다쳤다는 거야? 설부득은 아무 일 없나? 철관도형은? 주전, 자네 말하는 목소리에 어째서 그리 기력이 없나?"

네 마디 물음을 하나씩 던질 때마다 사람은 단번에 20~30척을 도약하는 듯했다. 물음이 다 끝났을 때는 벌써 근처에까지 들이닥쳤다. 팽형옥, 팽 화상이었다.

"이런, 위일소가 다쳤네그려!"

깜짝 놀라는 팽 화상에게 주전이 대뜸 핀잔을 주었다.

"뭘 그리 놀라서 허둥거리는 건가? 세상에 아무리 급한 일이라도 순서가 있는 법일세. 냉면 형! 무슨 좋은 방법이 없겠소?"

마지막 한마디는 팽 화상이 아니라 냉면선생 냉겸에게 던지는 말이었다.

"음!"

냉겸은 그저 외마디만 내뱉을 뿐 대꾸가 없었다. 어차피 팽 화상이 시시콜콜 다 물어볼 테니까, 자기는 입 아프게 신경 쓸 일을 덜어보겠다는 투였다. 아니나 다를까, 팽 화상이 주전을 붙잡고 미주알고주알 숨 돌릴 겨를도 주지 않고 꼬치꼬치 따져 묻기 시작했다. 염주 꾸러미 풀어놓듯 정신 못 차리게 연거푸 던져오는 질문에, 가뜩이나 조리 없고 주변머리 없는 주전이 제멋대로 허튼소리 섞어가며 일일이 대꾸해서 경위를 다 설명했을 때에는 설부득과 철관도인 두 사람도 이미 운기 조식을 다 끝마친 뒤였다. 이슥고 내력을 끌어올린 팽 화상과 냉겸 두 사람이 위일소와 주전을 하나씩 갈라 맡아 체내의 한독을 각각 몰아내는 데 착수했다.

위일소와 주전이 원기를 회복하자, 팽 화상은 동료에게 사태를 설명했다.

"나는 지금 동북쪽에서 오는 길인데 소림파 장문 공문대사가 친히 사제인 공지대사와 공성대사, 그리고 문하 제자 100여 명을 이끌고 광명정으로 달려온다는 소식을 들었네. 다른 문파들과 함께 우리 명교를 포위 공격할 작정이지."

그다음은 냉겸 차례였다.

"정동쪽, 무당오협!"

그는 무슨 말이든 아주 간결하게 하는 성격이었다. 목에 칼이 들어와도 쓸데없는 말이라면 한마디는커녕 반 마디도 더하는 법이 없었다. 방금 내뱉은 두 마디에 담긴 뜻도 뻔했다. "정동쪽 방향에서 무당오협이 쳐들어오고 있다"는 얘기였다. 무당오협이 누구누구냐? 송원교, 유연주, 장송계, 은리정, 막성곡, 이들 다섯 사람인 줄은 모두 뻔히 아는 사실이니 구태여 입 아프게 말할 필요가 없었던 것이다.

팽 화상이 다시 정세를 분석했다.

"육대 문파는 지금 여섯 갈래로 나누어 진격해오는데 어느 지점에서 합류해 점차 포위망을 형성할 태세를 갖출 모양일세. 오행기가 앞서 그들과 몇 차례 접전을 벌였으나 정세가 아주 불리하게 돌아가는 모양이더군. 지금 이런 열악한 형세에 부닥쳐서 우리가 할 수 있는 일은 우선 광명정으로 올라가 힘을 합치는 길밖에 딴 도리가 없을 듯싶네."

그러자 주전이 벌컥 성을 냈다.

"제밀할, 개방귀 같은 소리 작작하게! 양소란 놈이 우리한테 구원을 요청하지도 않았는데, 우리 오산인 다섯이 먼저 고개 숙이고 들어가자고? 어림 반 푼어치도 없는 수작이지!"

"여보게, 주전. 이제 만약 여섯 문파가 광명정을 공격해서 무너뜨리고 성화聖火를 꺼버린다면 우리가 무슨 낯으로 사람 노릇을 할 수 있겠나? 양소란 놈이 우리 오산인에게 죄를 지은 행위는 물론 잘못이긴 하지만, 우리가 광명정을 지키도록 돕는 것은 양소 개인을 위해서가 아니라 바로 명교를 위해서일세."

팽 화상의 말에 설부득도 맞장구를 치고 나섰다.

"팽 화상이 옳은 말을 했네. 양소란 놈이 비록 무례하다고는 해도 명교를 지키는 것이 무엇보다 큰일이고, 사사로운 원한은 역시 작은 일 아니겠나?"

"방귀 같은 소리! 방귀 같은 소리야! 대머리 까진 당나귀 두 마리가 한꺼번에 방귀를 뀌니 그 냄새가 아주 고약하기 짝이 없네그려. 이것 봐! 철관도인, 양소란 놈이 어느 해엔가 자네 왼쪽 어깨뼈를 후려쳐서 으스러뜨린 걸 아직 기억하고 있겠지?"

철관도인은 한동안 생각에 잠기더니 무겁게 입을 열었다.

"외부의 적을 막아 우리 교를 보호하는 것이 무엇보다 큰일일세. 양소와의 빚 청산은 외적부터 물리치고 나서 따지면 될 테니까. 그때에 우리 오산인이 손을 맞잡으면 설마 그놈을 고개 숙이게 하지 못할 리가 있겠나?"

"흥!"

주전이 코웃음 치더니 이번에는 냉면선생을 돌아보고 물었다.

"냉겸, 자넨 어쩔 텐가? 말해보게."

"간다!"

그는 한마디로 딱 부러지게 대꾸했다.

"흐흠, 자네마저 양소란 놈에게 무릎 꿇겠다? 우리가 처음 맹세할 때 뭐라고 했나? 우리 오산인은 앞으로 명교에 관한 일에 수수방관하고 절대로 거들떠보지 않겠다고 굳게 다짐했어. 설마 그때의 맹세가 모두 방귀 뀐 말은 아니겠지?"

"모두 방귀다!"

냉겸이 또 한마디로 끊어 대꾸하자, 노발대발한 주전이 벌떡 일어서서 동료들에게 욕설을 퍼부었다.

"네놈들 입으로는 방귀 같은 소리를 했다만, 내 입은 사람의 말을 할 줄 안다고!"

철관도인이 펄펄 뛰는 주전을 무시하고 나머지 동료를 채근했다.

"일이 늦으면 안 되네. 어서 빨리 광명정으로 올라가세!"

그러나 팽 화상은 단념하지 않고 주전을 설득했다.

"주전 형, 그때에는 모두 교주가 되겠다고 다투는 바람에 서로 반목하고 원수가 되지 않았는가? 물론 양소가 속이 좁아서 그런 일이 벌어지긴 했으나, 곰곰이 생각해보면 우리 오산인도 잘못한 점이 없지 않았네."

"헛소리하지 말게! 우리 오산인 가운데 어느 누구도 교주가 되겠다는 사람이 없었는데, 뭘 또 잘못했다는 거야?"

이번에는 설부득이 주전을 달래려고 나섰다.

"우리 명교 안에서 일어난 과거지사를 놓고 시시비비를 따지려면 아마 1년 열두 달을 다투어도 흑백을 가려내지 못할 걸세. 주전, 내 하나만 묻겠네. 자네, 명존明尊의 성스러운 불길 밑에서 제자로 있었는가, 안 있었는가?"

"쓸데없는 소리! 누가 아니라고 했나?"

"오늘날 우리 명교는 크나큰 환란에 봉착해 있네. 만일 우리가 수수방관하고 돌아보지 않는다면 죽어서 명존 어른과 양 교주님을 무슨 낯으로 뵙겠는가? 정 육대 문파가 두려워서 그런다면 이쯤 해두고 자네 혼자 돌아가게. 우리가 광명정에서 장렬하게 싸워 죽어 순교하거든 그때 와서 우리 해골이나 거두어주게!"

그러자 주전이 펄쩍 뛰더니 일장으로 설부득의 따귀를 "철썩!" 후려갈기면서 냅다 욕설을 퍼부었다.

"방귀 같은 소리!"

무방비 상태로 있던 설부득이 그 일장을 고스란히 얻어맞았다. 호된 일격이 지나간 후, 그는 천천히 입을 열고 손바닥에 부러진 이빨 두 세 개를 툭툭 뱉어냈다. 그러나 말은 한마디도 없었다. 얼굴 반쪽이 벌겋게 달아오르더니 이내 시퍼렇게 멍이 들면서 통통 부어오르기 시작했다.

팽 화상을 비롯한 다른 이도 놀랐지만 그들보다 더욱 놀라 어리둥절해진 사람은 가해자인 주전이었다. 사실 무공 실력으로 따져본다면 설부득이 주전보다 높으면 높았지 절대 얕지 않았다. 주전이 손길 나가는 대로 일장을 후려쳤을 때 그가 피하거나 가로막기로 마음만 먹었다면 절대로 얻어맞았을 리가 없었다. 그런데 뜻밖에도 상대방이 때리는 대로 고스란히 얻어맞고 그 일장에 가볍지 않은 상처까지 입을 줄이야. 다음 순간, 주전은 당혹스러움과 미안한 감을 금치 못하고 버럭 고함을 질렀다.

"설부득, 자네도 날 한 대 때려주게! 앙갚음을 하라고! 날 때리지 않으면 자넨 사람이 아니야!"

그러나 설부득은 그저 덤덤하게 미소만 지을 뿐 손찌검을 할 기척이 아니었다.

"자넬 때릴 힘이 있으면 남겨두었다가 적을 칠 때 쓰지, 내 좋은 형제를 때려서 무엇 하겠나?"

그 대꾸에 노발대발한 주전이 손바닥을 번쩍 들더니 자기 뺨따귀를 호되게 후려갈겼다.

"철썩!"

그러고는 입을 벌려 역시 부러진 이빨 두세 개를 제 손바닥에 뱉어냈다. 팽 화상이 기겁을 하며 물었다.

"자네, 이게 무슨 짓인가?"

그러자 주전이 으르렁댔다.

"설부득을 때리지 말았어야 하는 건데. 내 잘못이야! 이 친구더러 날 한 대 쳐서 앙갚음을 하라고 해도 안 때리겠다니 어쩌겠나? 내 손으로 내 따귀를 칠밖에……."

설부득은 다시 한번 좋은 말로 타일렀다.

"주전, 자네하고 나는 형제처럼 흉허물 없는 사이 아닌가. 우리 넷이서 광명정에 올라가 싸우다 죽으면 앞으로 두 번 다시 함께 있지 못하고 생사가 영이별인데, 내가 자네한테 뺨 한 대 맞은 게 뭐 그리 대수롭겠나?"

"으와아아!"

마침내 주전이 격동하는 마음을 이기지 못하고 대성통곡하기 시작했다. 꺼이꺼이 목을 놓아 울면서도 동료들 앞에 다짐을 두는 걸 잊지 않았다.

"나도 광명정에 올라갈 테야! 양소란 놈과 묵은 빚은 일단 접어두고 따지지 않겠어! 여보게들, 나도 데려가주게! 으와아아……!"

팽 화상이 기뻐 어쩔 바를 모르면서 그의 어깨를 토닥거렸다.

"아무렴, 그래야 우리 좋은 형제들이지!"

장무기는 포대 자루 속에서 이들 다섯 사람의 대화를 똑똑히 들었다. 이 사람들의 무공이 높은 것은 더 말할 나위도 없었다. 하지만 모두 이처럼 의리 깊고 기백이 높을 줄이야 정말 생각도 못 했다. 명교에 훌륭한 고수가 실로 적지 않은데, 이들 모두가 멸절사태나 태사부의 말처럼 진정 사마외도란 말인가?

곤혹스러운 마음으로 이런저런 생각에 잠겨 있으려니, 별안간 몸뚱이를 담은 포대 자루가 뒤뚱뒤뚱 움직이기 시작했다. 설부득이 또다시 자기를 떠메고 광명정이란 데로 올라가는 기척이 분명했다. 거미가 무사하다는 사실을 안 이상 이제 마음속에 거리낄 바가 없었다. 그저 걱정스러운 것이 있다면 무림의 육대 문파가 명교를 포위 공격했을 때 결과가 어떻게 나올지 모른다는 점이었다.

'자, 이제 광명정에 올라가면 어릴 적 꼬마 친구 양불회를 다시 만날 수 있겠지? 그 애도 많이 자랐을 테고 나도 이만큼 자랐는데, 과연 그가 나를 알아볼 수 있을지 모르겠군.'

일행은 다시 하루 낮 하룻밤을 걸었다. 한참 쉴 때마다 설부득은 포대 자루 주둥이를 끌러 장무기가 한숨 돌리게 해준 다음, 재빨리 끈으로 주둥이를 단단히 묶곤 했다.

이튿날 오후가 되자, 장무기는 별안간 포대 자루가 땅바닥에 질질 끌려가는 느낌을 받았다. 처음에는 무슨 영문인지 몰랐으나 머리를 조금 쳐들었다가 두 눈에서 별이 번쩍 튀도록 바윗돌에 이마를 호되게 부딪고 나서야 그 까닭을 알았다. 지금 일행은 산허리 중턱에 뚫린 지하 통로를 걸어가고 있었다. 지하 통로가 얼마나 깊고 높은 데 뚫렸는지 추위가 극심한 데다 숨 한 모금 내쉬기조차 힘들었다.

그들은 줄곧 반 시진이 넘도록 행군하고 나서야 산허리를 빠져나와 다시 위로 올라갔다. 그러나 얼마 오르지 못해 또다시 지하 통로 속으로 뚫고 들어갔다. 이렇듯 도합 다섯 군데의 지하 땅굴을 통과하고 나서야 비로소 주전이 버럭 외쳐대는 소리가 들려왔다.

"양소! 흡혈박쥐와 오산인이 널 찾아왔다!"

그리고 한참이 지나서야 맞은편 앞쪽에서 누군가 응답하는 소리가 들려왔다.

"박쥐왕과 오산인께서 왕림하실 줄은 정말 생각지도 못했소이다. 불초 양소가 멀리 영접 나가지 못한 죄, 부디 용서하시기 바라오."

"입술에 침이나 바르고 그런 말을 해라, 이 위선자 같으니! 겉으로는 진심인 척하고 속으로는 우리를 욕하고 있으렷다? '광명정에 영원히 오르지 않겠노라 맹세한 떨거지들, 죽을 때까지 영원히 우리 명교 일에 참견하지 않겠다던 녀석들이 오늘 제 발로 걸어서 올라오다니, 오산인 녀석들이 맹세한 말은 한마디로 개방귀 소리다…….' 그렇게 생각하고 있겠지?"

"육대 문파가 동서남북 사면에서 공격해오는데도 불초 아우 혼자서 고장난명孤掌難鳴이라 실로 걱정이 태산 같았소이다. 그런데 이제 박쥐왕과 다섯 산인께서 명존 어른의 체면을 보아 의롭게 도와주러 오시다니 그야말로 본교의 홍복이라 아니할 수 없소이다."

"알고 있으면 됐다."

주전은 계속 반말지거리로 거칠게 대했으나, 양소는 조금도 개의치 않고 이들을 대청 안으로 정중히 모셨다. 그러고는 시동을 시켜 차와 술, 밥상을 차려 내오게 했다.

손님을 접대하는 술상이 나온 직후였다. 돌연 시동이 외마디 소리를 질렀다.

"으악!"

이내 뚝 끊긴 외마디 비명 소리가 얼마나 처절했는지, 포대 자루 속의 장무기조차 등골이 오싹해지고 솜털마저 곤두섰다. 그러나 무슨 일이 벌어졌는지 알 길이 없었다. 비명 소리가 한 번 났을 뿐 대청 안은 쥐죽은 듯 조용했다. 그리고 한참이 지나서 청익복왕 위일소가 껄껄대고 너털웃음을 터뜨리더니 겸연쩍게 사과 한마디 건넸다.

"양 좌사, 그대 시중을 드는 동자 하나를 죽여서 미안하오. 이 위일소가 훗날 반드시 보답해드리리다."

정신이 번쩍 든 목소리에 원기가 충만한 것이 앞서 금방이라도 숨이 넘어갈 듯 헐떡거리던 때와는 사뭇 달랐다. 장무기는 가슴이 철렁했다. 방금 이 흡혈박쥐는 시동의 목줄기를 물어뜯어 더운 피를 빨아 마시고 자기 몸속의 한독을 억누른 게 틀림없었다.

뒤미처 양소의 무덤덤한 목소리가 들렸다.

"우리 사이에 보답하느니 마느니 할 것이 뭐 있겠소이까? 박쥐왕께서 모처럼 이 광명정에 올라오신 것만 해도 제겐 더할 나위 없는 영광이지요."

이들 일곱 사람은 하나같이 명교 안에서 최정상급으로 손꼽히는 고수들이었다. 그런 만치 강대한 적을 눈앞에 두고 있으면서도 일곱 사람이 한자리에 모이니 모두들 사기와 투지가 한꺼번에 올랐다. 술과 밥으로 식사를 마친 후, 이들은 곧바로 회의에 들어가 적을 막아낼 계략을 짜기 시작했다.

설부득은 포대 자루를 발치 밑에 내려놓았다. 자루 속의 장무기는 배도 고프고 목도 말랐으나, 설부득이 당부한 말을 떠올리고 감히 소리를 내거나 꿈적거릴 엄두를 내지 못했다.

회의는 한참이나 계속되었다. 이윽고 팽 화상이 결론적으로 의견을 모았다.

"광명우사와 자삼용왕은 어디로 갔는지 행방불명이고, 금모사왕은 생사존망을 알 길 없으니 이들 세 분은 더 거론할 필요가 없겠소이다. 현재 가장 불행한 사태는 오행기와 천응교 사이의 알력이 갈수록 깊어져 불과 며칠 전만 해도 한바탕 크게 붙어 쌍방 간의 사상자가 속출했다는 점이오. 만일 저들 두 병력마저 제때 광명정에 올라와 손을 맞잡고 항전할 수만 있다면, 육대 문파의 공격 따위는 더 말할 나위도 없으려니와 설사 열두 개 문파, 열여덟 개 문파가 들이닥치더라도 우리 명교는 넉넉히 맞아 싸워 격퇴시킬 수 있을 거요. 그야말로 속담에 '적군이 쳐들어오면 장수가 막고, 홍수가 밀려들면 흙더미로 틀어막는다兵來將擋 水來土掩'•는 얘기가 아니겠소?"

설부득이 발치 밑 포대 자루를 툭툭 걷어차면서 한마디 건넸다.

"여기 자루 속에 든 젊은 녀석은 천응교와 연줄이 있는 모양이오. 게다가 최근에는 오행기 사람들에게 은덕을 베풀었으니, 어쩌면 그들 간의 적대 관계를 조정할 수 있는 계기가 이 녀석의 신상에 달렸을지도 모르겠소."

뒤미처 위일소의 목소리가 대청 안에 싸늘하게 울렸다.

"교주 자리를 하루빨리 정하지 못하면 본교의 분쟁도 그만큼 풀릴 날이 없을 텐데, 그 녀석이 제아무리 하늘에 오를 큰 재간이 있다 해도

• 상대방이 어떤 수단을 쓰든 내게는 대처할 방법이 있다는 뜻. 구체적 정황에 따라 대책을 결정한다는 뜻도 있다. 《고금잡극古今雜劇》 가운데 무명씨의 〈운대문취雲臺門聚〉 첫 마당에 처음 나온 후, 《설당說唐》 제27회에도 인용되었으며, 《수호전》 제20회에 군사 참모 오용吳用이 관군 토벌대를 눈앞에 두고 "홍수가 밀려들면 흙더미로 막고 적병이 닥치면 장수가 맞아 싸운다水來土掩 兵到將迎"라고 호언장담하는 데 쓰이기도 했다.

저들 간의 적대 관계를 조정하기는 어려울 걸세. 양 좌사, 소생이 한마디 묻겠소. 적을 물리치고 나서 그대는 어떤 사람을 교주로 추대할 작정이오?"

질문을 받은 양소가 시큰둥하게 대꾸했다.

"성화령聖火令을 소유한 사람이라면 저는 누구든지 그 사람을 교주로 옹립하겠소. 이것은 본교 조사祖師 때부터 전해 내리는 규율이니까, 저 역시 그대로 받들어 모실 따름이오."

"성화령이 실종된 지 거의 100년에 가깝소. 그렇다면 성화령이 나타나지 않는 한 우리 명교에는 교주가 없어야 한단 말씀이오? 육대 문파가 광명정을 포위 공격하면서 우리 명교를 안중에도 두지 않는 까닭은 본교를 무능력한 사람이 통솔하고, 내부는 내부대로 사분오열로 갈라진 것을 알기 때문이 아니겠소?"

설부득이 그 말을 받았다.

"위형의 그 말씀이 틀림없소. 나 포대화상은 누가 뭐래도 은씨 일파도 아니고 위씨 일파도 아니오. 그렇기 때문에 누가 교주가 되든 좋으니까 한시바삐 교주를 정해야 한다고 생각하오. 교주를 정할 수 없다면 부교주副教主라도 좋소. 아무튼 일치된 호령을 내릴 통솔자가 없는 마당에 어떻게 외적을 막아낼 수 있겠소?"

"설부득, 자네 말이 내 마음에 꼭 드네!"

철관도인마저 동의하고 나서자, 양소의 얼굴빛이 싹 바뀌었다.

"그렇다면 여러분이 광명정에 오르신 의도가 뭡니까? 절 도와서 외적을 막아주러 오신 겁니까, 아니면 이 양소를 난처한 궁지에 몰아넣으러 오신 겁니까?"

주전이 껄껄대고 웃으면서 비아냥거렸다.

"양소, 그대가 교주를 뽑지 않으려는 속셈을 나 주전이 모를 줄 알아? 명교에 교주가 없는 한 그대 광명좌사가 최고 어른이니까. 흠흠, 하지만 말일세, 지위가 비록 최고라 해도 다른 사람들이 그대의 호령을 듣지 않는다면 무슨 소용이 있겠나? 그대가 오행기를 마음대로 움직일 수 있을 듯싶은가? 사대 호교법왕이 그대의 호령을 떠받들어 모시려 할 듯싶은가? 더구나 우리 오산인은 한운야학閒雲野鶴과 같은 존재라 어느 누구에게도 구속받지 않고 자유자재로 행동하는 사람들인데, 광명좌사자가 무슨 말라비틀어진 벼슬이라고 우리를 통제하겠나?"

듣다 못한 양소가 자리를 박차고 벌떡 일어서더니, 차가운 말투로 쏘아붙였다.

"오늘 외부의 강적이 침범해오는 마당에 불초 양소는 여러분과 더 이상 말다툼이나 벌이고 있을 겨를이 없소. 여러분이 정 우리 명교의 생사존망을 수수방관하시겠다면 이 광명정에서 내려가주시기 바라오! 불초 양소가 죽지 않는 한 훗날 반드시 여러분을 일일이 찾아뵙고 가르침을 받으리다!"

팽 화상이 차분하게 그를 타일렀다.

"양 좌사, 그렇게 노여워하지 마시오. 육대 문파가 우리 명교를 공격해오는 마당에 본교 제자라면 누구나 보호하고 지켜야 할 책임이 있는 것이지, 그대 한 사람만의 일은 아니지 않소?"

그 말에 양소는 싸느랗게 웃어 보였다.

"아무래도 본교 사람들 중에 이 양소가 육대 문파의 손에 죽기를 바라는 분이 계신 것 같아 서글플 따름이오. 눈엣가시를 이번 기회에 뽑아버리게 되셨으니 얼마나 속 시원하겠소?"

주전이 두 눈을 부릅뜨고 덩달아 벌떡 일어섰다.

"지금 누굴 두고 하는 말인가?"

"저나 여러분이나 각자 마음속으로 뻔히 아는 일인데, 구태여 더 얘기할 필요 있겠소?"

"날 두고 하는 말인가!"

주전이 노성을 질렀으나, 양소는 딴 곳만 쳐다볼 뿐 아예 모른 척 무시했다.

팽 화상은 주전의 눈빛이 이상하게 바뀌자 이거 큰일 나겠구나 싶었다. 아무래도 양소와 한바탕 싸울 기미가 분명했다. 그는 재빨리 좋은 말로 주전의 마음을 누그러뜨리려 했다.

"여보게, 고정하라고! 옛사람의 말씀에 '형제끼리 집안싸움을 벌이다가도 외부 사람에게 수모를 당하면 손을 잡고 맞아 싸운다兄弟鬩於牆外禦其侮'•고 하지 않았는가? 우리 다 같이 외적을 막아낼 계책이나 의논하세."

그러자 양소가 얼른 그 말에 동의했다.

"역시 팽형옥 대사께선 대국大局을 꿰뚫어 아시는 분이로군요. 그 말씀이 매우 옳습니다."

• 이 관용어는《시경詩經》〈소아小雅〉상체常棣 편에 "형제는 집안에서 싸우다가도 바깥에서 남의 업신여김을 받으면 함께 막는다네. 아무리 좋은 벗이 있다 한들 언제나 돕는 법은 없다네兄弟鬩於牆 外禦其務 每有良朋 烝也無戎"라고 한 데서 처음 나왔으며,《좌전左傳》〈희공僖公 24년조〉에서도 같은 용어를 사용하면서 '外禦其務'를 '外禦其侮'로 바꿔 썼다.

뒤미처 주전이 버럭 악을 썼다.

"좋다! 대머리 땡추 팽가 녀석이 대국을 꿰뚫어 안다면, 이 주전은 소국小局밖에 알아보지 못하는 좀팽이란 말이렷다?"

한번 쇠고집이 발동하는 날이면 아무것도 눈에 보이지 않는 주전이었다. 그는 양소를 향해 삿대질을 해가며 고함치기 시작했다.

"내 오늘 이 자리에서 꼭 명교 교주의 자리를 정해놓고야 말 테다. 나 주전은 명교 교주에 청익복왕 위일소를 지명하겠어! 흡혈박쥐로 말하자면 무공이 높고 막강할 뿐 아니라 기지와 모략이 뛰어난 인물이니까, 본교 사람들 가운데 어느 누구도 위일소에게 미치지 못할 거다!"

사실 주전은 여느 때 위일소와 별다른 교분을 맺어본 적이 없었다. 피차 호감을 지녔다기보다 오히려 악감정이 더 많은 사이였다. 그런데 이제 양소의 억장을 지르기로 마음 다져먹고 일부러 앙숙인 흡혈박쥐를 추천한 것이다.

"하하하하!"

그러자 양소가 껄껄껄 비웃었다.

"내가 보기에는 아무래도 주전이 교주 노릇을 하는 게 좋을 듯싶군요. 기왕지사 명교가 사분오열로 갈기갈기 찢긴 국면에 위대하신 주전 교주 나리께서 또 한 번 고꾸라진 것을 자빠뜨리고, 넘어진 것을 다시 한번 고꾸라뜨리면 그 얼마나 보기 좋은 꼬락서니가 되겠소이까?"

'고꾸라지고 자빠지고 넘어뜨리기顚而倒之 倒而顚之'란 말에는 모두 주전의 이름자가 들어 있었다. 그러니까 주전을 교주로 내세워서 명교를 아예 풍비박산 내버리면 어떻겠느냐고 조롱하는 말이었다.

아니나 다를까, 주전의 입에서 막말이 터져 나왔다.

"제밀할, 개방귀 같은 소리!"

말끝이 떨어지자마자 번쩍 들린 손바닥이 양소의 정수리에 일장을 내리쳤다.

방금 주전이 설부득에게 일장으로 이빨 몇 대를 부러뜨리도록 상처를 주긴 했다. 그 일장은 설부득이 피하지도 가로막지도 않았기 때문에 고스란히 얻어맞은 탓이었지만, 양소는 그렇게 쉽사리 얻어맞을 상대가 아니었다. 10여 년 전 그가 교주를 옹립하는 문제를 놓고 오산인과 서로 양보하지 않고 한바탕 크게 의견 충돌을 벌인 적이 있는데, 당시 오산인은 그 자리에서 영원히 광명정에 다시 올라오지 않겠노라 굳게 맹세하고 떠나버렸다. 그런데 오늘 이들이 스스로 맹세를 깨뜨리고 다시 나타났을 때부터 속으로 적지 않게 의심을 품고 있던 차에, 주전이 돌발적으로 공격을 가하는 것을 보자 그는 이들 오산인이 위일소와 짜고 자신을 해치기 위해 온 줄로 오해하고 말았다. 놀라움과 분노가 한꺼번에 치솟은 그는 주저할 것도 없이 대뜸 오른 손바닥을 휘둘러 주전의 일장을 맞받아쳤다.

위일소는 오래전부터 양소의 무공 실력이 어떤지 잘 알고 있었다. 더구나 주전은 자신을 치료하려다가 다친 뒤끝이라 아직 원기를 회복하지 못한 상태에서 양소의 적수가 결코 못 된다는 사실도 익히 알고 있었다. 그래서 위일소는 주전보다 한발 앞질러 일장을 쳐내 양소의 반격을 대신 받았다. 두 사람의 손바닥이 정면으로 맞부딪쳤다. 그러나 아무런 소리도 기척도 나지 않았다.

사실 양소는 주전과 비록 사이는 나빴어도 같은 명교 출신으로서 우애를 생각해 그 목숨을 다치게 하고 싶지 않았기 때문에 애당초부터 전력을 쏟아붓지 않았다. 그러나 위일소가 중간에 끼어들어 그 깊고 두터운 무공으로 한빙면장寒冰綿掌을 후려쳐오자, 오른 팔뚝에 극심한 충격을 받아 흔들리면서 한 가닥 음습하고도 차가운 기운이 살갗 속으로 침투해오는 것을 느꼈다. 그는 재빨리 내력을 끌어올려 필사적으로 한기의 침투에 저항하기 시작했다. 명교 좌사자와 사대 호교법왕 가운데 하나인 흡혈박쥐의 맞대결, 이들 두 사람의 공력은 막상막하로 엇비슷해 금세 결판날 성질의 것이 아니었다.

위일소에게 적수를 빼앗긴 주전이 미치광이처럼 악을 쓰며 달려들었다.

"양가 놈아! 내 일장도 받아라!"

앞서 정수리를 내리치던 첫 공격은 빗나갔으나 두 번째 공격은 곧바로 양소의 앞가슴을 후려쳐갔다.

곁에 서 있던 설부득이 고함을 쳤다.

"주전! 왜 이러나? 소란 부리지 말게!"

팽형옥도 덩달아 소리치며 다가들었다.

"양 좌사, 위 복왕! 두 분 어서 그 손을 멈추시오! 모처럼 화목한 분위기를 이루었는데 그걸 깨뜨려서야 되겠소이까?"

팽형옥은 주전의 일장을 가로막으려고 재빨리 손을 내뻗었으나, 어느 틈에 슬쩍 끼어든 양소가 왼 손바닥으로 이미 주전의 손바닥을 맞받고 난 뒤였다. 두 손바닥이 마치 풀로 붙인 듯 쩍 달라붙은 채 떨어질 기미를 보이지 않았다.

설부득이 고함을 지르며 달려들었다.

"주전, 비겁하게 2 대 1로 한 사람을 공격하다니! 그래도 자네가 사내대장부라고 할 수 있겠나?"

그는 주전을 싸움판에서 끌어내려고 번뜻 손을 내뻗어 그 어깻죽지부터 움켜잡았다. 그런데 어찌 된 노릇인지 손바닥이 미처 닿기도 전에 주전의 몸뚱이가 부르르 떨리는 것을 발견하고 깜짝 놀랐다. 아무래도 무슨 내상을 입은 게 분명했다. 그는 본교에서도 최정상급 고수로 손꼽히는 광명좌사자의 공력이야말로 귀신마저 통곡할 정도로 무섭다는 사실을 잘 알고 있었다. 이제 양소는 그 무시무시한 공력이 얹힌 일장으로 주전에게 내상을 입힌 것이 아닌가!

주전은 내상을 입은 몸이면서도 여전히 오른 손바닥을 양소의 왼손바닥에 찰싹 붙인 채 고집스럽게 거둬들이지 않았다.

"주전, 이 사람아! 자기 형제와 목숨 걸고 싸울 게 뭐 있나?"

그는 주전의 어깻죽지를 사납게 잡아끌면서 동시에 양소를 향해 외쳤다.

"양 좌사, 그 손에 사정을 좀 봐주시오!"

속이 편협한 양소가 앙심을 품고 장력을 거둬들이는 대신에 승세를 타고 뒤쫓아 공격할까 봐 미리 일침을 놓아둔 것이었다.

그런데 이게 어찌 된 일인가. 어깻죽지를 잡아끌기 무섭게 주전의 몸뚱이가 단 한 번 휘청거리더니 끌려나오기는커녕 오히려 그 어깻죽지로부터 뼛속까지 꿰뚫듯 차가운 냉기 한 줄기가 손바닥을 거쳐 곧바로 가슴속 심장 부위에 찌르르하니 스며드는 게 아닌가! 뜻밖의 변고에 깜짝 놀란 설부득은 이내 그 차가운 냉기의 정체를 알아차렸으면서도 한편으로 의혹을 금할 길이 없었다. 이것은 분명 위일소만이 쓸 줄 아는 독문기공獨門奇功 한빙면장인데, 양소가 언제 어떻게 이 무공을 익혔단 말인가? 그는 당혹스러운 와중에 황급히 내력을 끌어올려 저항하기 시작했다. 그러나 얼음보다 더 차가운 한기는 갈수록 지독스러워져 잠깐 사이에 설부득은 이빨이 딱딱 마주치도록 덜덜 떨면서 저항하기는커녕 제 몸뚱이조차 지탱하기 어려운 지경에 이르고 말았다.

뜻하지 않은 돌발 사태에 놀란 철관도인과 팽형옥이 때를 같이해서 한꺼번에 그들 사이로 뛰어들었다. 철관도인은 주전을, 팽형옥은 설부득을 엄호해 제각기 손으로 부축해 일으켰다. 네 사람이 힘을 합치자 차가운 한기는 그리 염려할 정도는 아니었으나, 양소의 손바닥을 통해 뻗어나오기 시작한 힘줄기는 가벼워졌다가 급작스레 무거워지고 빨라졌는가 하면 이내 느려졌다. 순식간에 종잡을 틈도 주지 않고 계속 바뀌어 도무지 대응할 길이 없었다.

주전과 설부득, 철관도인과 팽형옥, 이들 네 사람은 선불리 장력을 거둬들일 엄두조차 내지 못했다. 장력을 회수하는 그 찰나에 양소가 느닷없이 내력을 쏟아붓는 날이면 네 사람은 비록 죽지는 않더라도 중상을 입을 게 분명했다.

"양 좌사, 우리 앞에 대적을 두고 어찌 이럴 수가…… 이럴 수가……."

팽형옥이 안타까움을 이기지 못하고 버럭 고함쳤으나 이빨이 딱딱 부딪쳐 더는 말을 잇지 못했다. 사실 그는 입을 열어서는 안 될 형편이었다. 전신 혈관 속의 피가 모조리 얼어붙은 것처럼 몸뚱이가 굳어져 오는 판국에 입을 열어 말을 하느라 진기가 멈칫하자, 그 즉시 손바닥으로부터 스며드는 냉기에 저항할 기력을 잃어버리고 말았다.

이렇듯 쌍방이 서로 버틴 채 뜨거운 차 한 잔 마실 시간이 지났다.

냉면선생 냉겸은 한 곁에 서서 차가운 눈빛으로 이 광경을 지켜보고 있었다. 위일소와 네 명의 동료 산인들은 모두 긴장된 기색이었으나, 이들과 대결 중인 양소만큼은 유유자적 느긋한 표정이었다. 그것을 보고 냉겸의 마음속에 의혹이 들었다. 양소는 무공 실력이 뛰어나다곤 해도 위일소보다 고작 반 수 정도 윗길이라 위일소를 꼭 이긴다고 장담할 수는 없었다. 게다가 설부득을 비롯한 네 사람도 양소 혼자서는 절대로 대적할 상대가 아닌데, 어째서 이 다섯 사람과 1 대 5로 맞서면서 오히려 여유만만하게 승세를 장악하고 있단 말인가? 아무래도 여기에는 뭔가 속임수가 있는 게 분명했다.

냉겸은 아무리 생각해봐도 그 까닭을 알 수 없었다. 그런데 이때 주전이 덜덜 떨리는 목소리로 악을 썼다.

"냉면 귀신……! 뭘 하고 있는 거야? 어서 이 양소란 놈을 공격해……! 등줄기 심장 부위를 어서 때리라니까……!"

하지만 냉겸이란 사람은 무엇이든지 그 까닭을 분명히 알지 않고는 섣불리 손을 대지 않는 성격이었다. 이제 오산인 가운데 자기 하나만 싸움판에서 한가롭게 빠져 있으니, 이 위태로운 곤경을 해결할 사람도 역시 자기 하나뿐이었다. 만약 자신까지 싸움판에 뛰어들어 양소와 겨룬다면 물론 한 사람의 힘을 더 보태는 효과야 있겠지만 그렇다고 꼭 승산이 있다고 자신할 수도 없는 노릇이었다. 하지만 지금 눈앞에서 주전과 팽형옥은 이미 얼굴이 시퍼렇게 질린 채 부들부들 떨고 있었다. 이대로 더 이상 버티지 못하고 음독이 내장으로 침투하는 날이면 그 재앙은 한도 끝도 없을 것이 분명했다. 생각이 여기에 미치자, 냉겸은 즉시 품속에서 순은으로 두드려 만든 조그만 붓을 다섯 개 꺼내더니 손바닥에 가지런히 받쳐 들고 양소를 향해 무겁게 입을 열었다.

"붓 다섯 자루! 양소, 그대의 곡지谷池, 거골巨骨, 양활陽豁, 오리五里, 중도中都!"

이 다섯 군데 혈도는 하나같이 팔다리에 있는 것으로 결코 치명적인 요혈은 아니었다. 그가 공격할 부위를 양소에게 미리 통보한 의도는 "너와 적대시할 생각이 아니라, 단지 장력을 거두어 이 불필요한 싸움을 그치게 하는 데 있다"는 뜻을 전달하기 위해서였다.

양소는 그저 보일 듯 말 듯 미소만 지을 뿐 들은 척도 하지 않았다.

"그럼 실례!"

냉겸이 외마디 소리를 지르는 것과 동시에 왼손 오른손을 한꺼번에 휘둘렀다. 그다음 순간, 다섯 줄기의 은빛 광채가 곧바로 양소를 향해 쏘아져 날아갔다.

양소는 은필銀筆 다섯 대가 지근거리에 날아들 때까지 기다렸다가 벼락같이 왼쪽 팔뚝을 수평으로 끌어들여 손바닥이 달라붙은 채 떨어지지 않는 주전과 그 동료 세 사람을 모조리 자신 앞으로 끌어당겨 세웠다.

"우왓!"

"어흑!"

주전과 팽형옥이 동시에 답답한 신음 소리를 토해냈다. 자그만 은필 다섯 대는 두 갈래로 나뉘어 이들 두 사람의 몸뚱이에 들어박혔다. 주전은 두 대, 팽형옥은 석 대를 얻어맞았다. 천만다행히도 냉겸에게 사람의 목숨을 다치게 할 의도가 없어 휘둘러 친 손길도 가벼운 데다 또 들어맞은 곳도 혈도가 아니었기에, 피부와 근육만 다쳐 피가 나왔을 뿐 그리 걱정할 상처를 입지는 않았다.

갑자기 무슨 생각이 났는지, 팽형옥이 나지막하게 외쳤다.

"앗, 건곤대나이乾坤大挪移다!"

냉겸은 건곤대나이란 말 한마디를 듣자 이내 정신이 번쩍 들었다. 건곤대나이가 무엇인가? 바로 명교의 역대 교주들이 대대로 전해 내리는 가장 지독스러운 무공이 아닌가. 근본 도리는 별로 오묘하지 않았다. 그저 우선 자신의 잠재력을 격발시킨 다음, 그것으로 적이 공격하는 힘줄기를 끌어당기거나 다른 방향으로 유도하는 기술에 지나지 않았다. 말하자면 내 쪽의 넉 냥 무게 힘줄기로 상대방의 1,000근 무게 힘과 맞바꾸는 이른바 '사량발천근四兩撥千斤'의 수법일 따름이었다. 그러나 실제로 이 무공을 구사하기란 보통 어려운 것이 아닌 데다, 그 속에 감춰진 변화가 도저히 예상할 수 없을 만큼 신기 막측해 한마디로 불가사의라고밖에 표현할 도리가 없었다. 전임 교주 양정천이 세상을 떠난 이후 명교 신도 가운데 이 무공을 쓸 줄 아는 이가 다시없었기 때문에 위일소와 오산인조차도 금방 생각해내지 못했는데, 이제 팽형옥이 불쑥 기억에 떠올리는 바람에 모두 깨닫게 된 것이다.

지금 양소는 자기 힘을 얼마 쓰지도 않고 있었다. 그저 건곤대나이 수법으로 위일소의 장력을 끌어다가 네 사람의 산인들을 공격하는 데 쓰고, 또 반대로 네 사람의 장력을 끌어다가 위일소를 공격하는 데 이용하고 있을 뿐이었다. 그리고 자신은 한복판에 자리 잡은 채 여유만만하게 쌍방의 내력을 끌어들여 반대편 적에게 넘겨주기만 하면 다 해결되는 것이다. 이런 경우를 가리켜 '격산관호투隔山觀虎鬪'라 했던가. 한마디로 산등성이를 사이에 두고 호랑이들의 싸움을 구경하는 격이나 다를 바 없었다.

"축하! 악의 없소! 그치시오!"

냉겸의 단 세 마디가 나왔다. 간결하기 짝이 없는 세 마디뿐이었으나, "축하"란 말 한마디는 양소가 명교에서 실전된 지 오래된 건곤대나이 신공을 익힌 데 대한 축사요, "악의 없소"란 말은 이번에 자기네 여섯 사람이 광명정에 올라온 것은 절대로 양소에게 악의를 품어서가 아니라 열과 성의를 다해 양소와 함께 외적을 막으러 왔다는 뜻이고, "그치시오"라는 것은 쌍방이 오해하지 말고 부질없는 싸움을 중지하라는 간청이 담긴 말이었다.

양소 역시 그가 평소에 쓸데없는 말이라면 결코 단 한마디도 하지 않는 성격인 줄 익히 알고 있었다. 바로 그 한마디도 덧붙이지 않으려는 성격 때문에 거짓말이라곤 해본 적이 없는 위인이 냉겸이었다. 그가 일단 악의가 없다고 입 밖에 말을 낸 이상 그것은 정말 악의가 없다고 봐야 했다. 그리고 방금 은필 다섯 대를 던진 의도는 순전히 싸움판을 뜯어말리기 위해서였지, 인명을 다치는 데 있는 것이 아니었다는 사실이 그것을 증명하고 있지 않은가?

"하하하!"

양소가 껄껄껄 크게 웃으면서 좌우를 둘러보았다.

"위형, 그리고 사산인 네 분! 이제부터 내가 하나, 둘, 셋을 셀 터이니 우리 모두 동시에 장력을 거둬들입시다. 자칫 잘못해서 다치지 않도록 조심해야 하오!"

그는 위일소와 주전, 설부득, 팽형옥 네 사람이 고개를 끄덕이는 것을 보자, 숨 한 모금 들이켜고 천천히 수를 세기 시작했다.

"하나……! 둘……! 셋……!"

'셋!'이라는 외침이 입 밖으로 나가는 순간, 양소는 그 즉시 건곤대나이 신공을 거둬들였다.

바로 그때였다. 양소는 갑작스레 등줄기가 써늘해지더니 날카로운 지력指力 한 줄기가 등뼈 신도혈神道穴에 찌르고 들어오는 느낌을 받았다. '아뿔사, 박쥐왕이 정말 지독스럽기 짝이 없구나! 내가 신공을 거둬들이는 틈을 노려 암습을 가하다니.' 지레짐작한 그가 본능적으로 손바닥을 되돌려 반격하려다 보니, 웬걸! 위일소의 몸뚱이가 휘청하더니 곧바로 땅바닥에 털썩 고꾸라지는 게 아닌가? 그 역시 암습을 당한 게 분명했다.

그러나 양소로 말하자면 평생을 두고 크고 작은 싸움을 얼마나 겪었는지 모르는 역전노장이었다. 비록 창졸간에 변을 당했으면서도 당황하지 않고 앞으로 두 걸음 내디뎌 우선 등 뒤에 있을 적의 통제에서 벗어난 다음, 역습을 가하려고 후딱 돌아섰다. 흘끗 좌우를 돌아보니 기가 막히게도 주전과 팽형옥, 철관도인, 설부득 네 사람마저 벌써 땅바닥에 쓰러지고, 냉겸은 이제 막 잿빛 장포를 걸친 괴한에게 일장을 후려쳐 보내고 있었다. 뒤미처 괴한이 손을 되돌려 가로막자, 냉겸의 입에서 맥없이 "끙!" 하는 외마디 신음 소리가 흘러나왔다. 목소리에는 어딘가 모르게 고통스러운 기색이 감돌았다.

양소는 그 즉시 숨 한 모금 깊숙이 들이켜면서 몸뚱이를 솟구쳐 앞으로 달려들었다. 그러고는 적과 맞서 싸우는 냉겸에게 도움의 손길을 내뻗었을 때, 난데없이 얼음보다 더 차가운 냉기가 등뼈 신도혈에서부터 질풍같이 위로 치밀어 오르더니 눈 깜짝할 사이에 신주身柱, 도도陶道, 대추大椎, 풍부風府 네 군데를 차례로 거쳐 전신의 독맥督脈에 속한 혈도들을 한 바퀴 돌아가며 모조리 제압했다.

'아차, 이거 큰일 났구나!'

그는 속으로 비명을 터뜨렸다. 누군지 모르나 이 적수는 무공도 높거니와 심보 또한 모질고 음흉해서 방금 자신이 위일소, 사산인과 일제히 공력을 거두어들이는 순간, 때를 놓치지 않고 번개 벼락 치듯 돌발적으로 기습을 가해 단번에 여섯 명을 제압해버린 것이다. 그는 어쩔 수 없이 반격을 단념하고 진기를 끌어올려 적의 냉기에 맞서 저항하기 시작했다.

얼음보다 더 차가운 냉기는 위일소가 쓰던 한빙면장의 장력과 전혀 달랐다. 그저 실낱처럼 가느다란 빙선氷線이 독맥을 따라서 어느 혈도에 찔러들든 그 부위는 삽시간에 마비되어 움직일 수 없었다. 정면으로 맞서 싸웠다면 내력으로 몸을 보호할 수 있기 때문에 지력이 몸속으로 침투하지 못하게 했을 텐데, 별안간 기습을 당하고 보니 우선 충격을 억누르는 게 급선무였다. 그런 다음 냉겸이 적을 거꾸러뜨릴 수 있도록 도와주고 나서 다시 사태를 수습할 길밖에 도리가 없었다.

그가 두 발로 땅바닥을 박차고 앞으로 달려들어 오른 손바닥을 휘둘러 치려 할 때였다. 갑자기 전신에 얼음물을 뒤집어쓴 것처럼 섬뜩한 느낌과 더불어 온몸이 부르르 떨리더니 손바닥에 쏟아부은 장력이 어느새 송두리째 흔적도 없이 사라졌다. 이 무렵, 냉겸은 벌써 괴한과 20여 초를 겨루고 있었으나, 형세를 보아하니 더 이상 버텨낼 수 있는 한계를 넘어선 것이 분명했다. 양소의 심정은 더할 나위 없이 다급해졌다. 냉겸이 오른 발길질로 걷어차자, 괴한은 한 걸음 앞서 발길질 안에 파고들기가 무섭게 손가락으로 그의 팔뚝에 일지一指를 번개같이 찔러넣었다. "으흑!" 하는 외마디 신음 소리에 이어서 냉겸의 몸뚱이가 한두 번 휘청거리다가 이내 뒤로 벌렁 나자빠졌다.

경악과 분노에 들뜰 대로 들뜬 양소가 혼신에 남은 기력을 다 끌어올려 오른팔에 모으자마자 그 팔꿈치로 괴한의 앞가슴을 곧바로 내질렀다. 잿빛 장포를 걸친 괴한이 왼손가락을 구부렸다가 그대로 마주 튕겨 보냈다. 절묘하기 짝이 없는 탄지 수법. 손가락의 힘줄기가 팔꿈치 밑 소해혈少海穴에 정통으로 들어맞자, 양소는 또 한 차례 온 몸뚱이가 얼음물을 뒤집어쓴 듯 차갑게 마비되면서 그 이상은 반 걸음도 내디딜 수가 없었다.

회색 장포의 괴한이 싸느랗게 웃으며 첫 입을 열었다.

"광명좌사, 과연 명불허전이로군! 내 환음지幻陰指에 연거푸 두 대나 찍혔으면서도 여전히 서 있을 수 있다니."

양소의 입에서도 으스스할 정도로 조용한 대꾸가 흘러나왔다.

"탄지공은 소림파 수법인데, 환음지에 얹힌 공력은…… 흐흠, 소림파에 그렇듯 음흉하고도 악독한 무공이 있었던가? 그대는 도대체 뉘시오?"

회색 장포의 괴한이 껄껄대고 웃었다.

"빈승은 원진圓眞이오. 스승의 법명이 위로는 '공空' 자, 아래로는 '견見' 자 되시지. 이번에 육대 문파가 마교의 씨알머리를 모조리 쓸어 없애버릴 텐데, 그대들은 불문 제자 소림승의 손에 죽게 되었으니 원통할 것도 없으리다."

양소는 울화가 머리끝으로 치밀어 가슴속 평정심마저 잃었다.

"육대 문파가 우리 명교를 적대시하는 이상 진정한 실력으로 목숨

걸고 떳떳이 맞서 싸워야 남아 대장부의 행동이라 할 수 있지 않겠는가? 신승 공견대사로 말하자면 그 인자한 마음씨와 의로운 협사로서의 명성이 천하에 두루 퍼졌는데, 그분의 문하에 당신처럼 비겁하고 염치없는 제자가 있었다니……."

여기까지 응수하고 났을 때, 두 무릎에 맥이 풀려 더는 버텨 서지 못하고 그대로 땅바닥에 주저앉고 말았다.

"핫핫핫! 병법에 '기습으로 적을 제압해 승리를 거두고, 전쟁할 때는 기만 술책도 마다하지 않는다出奇制勝 兵不厭詐'•라고 했소이다. 이것이 자고로 당연한 도리 아니겠소? 이 원진 한 사람이 명교의 칠대 고수를 단번에 거꾸러뜨렸는데, 설마 그대들이 지고도 불복하시겠다는 것은 아니렷다?"

그러면서 껄껄대고 통쾌한 웃음을 터뜨렸다. 양소는 머리끝까지 치밀어 오른 분노의 불길을 억누른 채 절레절레 고개를 흔들며 탄식조로 물었다.

"당신이 어떻게 광명정까지 숨어 들어올 수 있었소? 그 비밀 통로를 도대체 어떻게 알았단 말이오? 그것만 일러주면 이 양소는 죽어도 눈을 감을 수 있겠소."

• '출기제승出奇制勝'은 《손자孫子》 〈세편勢篇〉의 "일반적으로 작전이란 정규병으로 적과 맞서며, 기습부대로 결정적인 승리를 쟁취한다凡戰者 以正合 以奇勝"에 바탕을 두어 인용한 것이고, '병불염사兵不厭詐' 역시 《손자》 〈계편計篇〉의 "병법은 기만술이다兵者 詭道也"를 원용해 《한비자韓非子》 〈난일편難一篇〉에서 "전쟁할 때에는 기만 술책도 배척하지 않는다戰陣之間 不厭詐僞"로 발전했으며, 《삼국연의》 제59회에서 조조와 가후賈詡가 주고받는 대화에서 "전쟁할 때는 기만 술책을 꺼리지 않으니, 거짓으로 승낙하셔도 됩니다兵不厭詐 可僞許之"란 말로 고쳐 쓰기도 했다.

양소에게 가장 큰 의문은 바로 그 점이었다. 원진이 암습에 성공할 수 있었던 것은 물론 그의 무공 실력이 절정에 달했기 때문이기도 하지만, 무엇보다 가장 중요한 원인은 역시 명교의 총본산인 광명정까지 무난히 숨어 들어올 수 있는 비밀 통로를 알아냈다는 점에 있었다. 생각해보라. 명교 교도들이 지키는 경계 초소가 물샐틈없이 10여 군데나 겹겹으로 설치되었는데, 그 초소망을 뛰어넘지 않고 어떻게 귀신도 모르게 잠입해 돌발적으로 암습을 가하고, 명교의 칠대 고수들을 일거에 쓰러뜨릴 수 있었겠는가.

명교가 총단 광명정을 세우고 경영해온 지 이미 수백 년, 이 총단은 깎아지른 절벽과 가파른 산등성이를 이용해 세운 천험天險의 요지로서 실로 금성철벽이라 일컬을 만큼 견고한 터전에 자리 잡고 있었다. 그런데 내부에서 화란을 일으킨 탓으로 졸지에 들이닥친 외부의 적을 막아내지 못하고 끝끝내 일패도지를 당할 줄이야 누가 알았겠는가.

양소의 머릿속에 퍼뜩 공자의 《논어論語》 말씀 가운데 몇 구절이 떠올랐다.

> 민심이 이탈하여 나라가 분열되는데도 이를 막아 지키지 못하면서 도리어 국내에 전쟁을 일으키려 하니, 나는 국정을 책임진 계손씨季孫氏가 외부의 침공 세력 전유顓臾를 두려워하지 않고 국내의 정적에게만 쏠려 있는 것이 걱정스럽구나邦分崩離析 而不能守也 而謀動干戈於邦內 吾恐季孫之憂 不在顓臾 而在蕭牆之內也.•

• 《논어》〈계씨편季氏篇〉에서 인용한 것.

양소가 저 옛날 선현의 일깨움에 회한을 품고 있을 때, 원진이 껄껄대며 다시 한번 비웃었다.

"그대들의 마교는 광명정이 일곱 개의 산봉우리와 절벽 열세 군데로 막혀 있어 스스로 천험의 요새인 줄 아는 모양이나, 이 소림승의 안중에는 탄탄대로나 다를 바 없는데 이따위가 금성탕지金城湯池라고 얘기할 거리나 되겠는가? 그대들은 모두 내 환음지에 찍혀 사흘 안에 제각기 서천 극락세계로 떠나야 할 것이니 더 말할 나위도 없겠군. 이제 빈승은 성화봉聖火峰에 올라가 화약 수백 근을 매설해서 마교의 마화魔火를 모조리 없애버리고 말 것일세. 그렇게 되면 천응교니 오행기니 그까짓 것들이 허겁지겁 달려와서 구하려 한들 '꽝!' 하는 폭발음과 함께 땅속에 파묻어둔 화약이 터지는 날이면, 한때 자기들밖에 없노라고 뽐내며 안하무인격으로 날뛰던 마교의 무리도 불꽃 연기와 더불어 한 줌 잿더미로 화해 날아가버릴 것이 아니겠나? 그다음 이 소림승에게 남는 몫은, '손가락 한 개로 명교를 거뜬히 멸하고 광명정의 일곱 마귀를 서천 극락세계로 떠나보냈다'는 명성뿐이겠지! 안 그런가? 핫핫핫……!"

양소를 비롯한 명교 고수들은 이 말을 듣고 놀라움과 공포에 사로잡혔다. 이 원진이란 소림승은 모질고 음흉한 수단으로 보아 일단 입 밖에 낸 말은 반드시 해내고도 남을 위인이 분명했다. 자기네들의 한 목숨 날려 보내는 거야 대수로운 일이 아니라 하더라도 중원 땅에 들어와 33대에 걸쳐 명맥을 이어온 명교가 오늘날 이 소림승 한 사람의 손에 멸망하게 되었다는 사실이 원통하고 부끄러울 따름이었다.

원진의 말투가 갈수록 의기양양하게 들뜨기 시작했다.

"명교에는 고수들이 구름처럼 많지! 그대들이 만약 서로 다투고 싸워 죽여 사분오열로 갈라지지 않았던들 어찌 이렇듯 전군복멸全軍覆滅의 화를 초래했겠는가? 하하, 오늘 일만 해도 그렇지. 그대들 일곱이서 장력으로 겨루며 싸우지 않았다면 빈승 원진이 아무리 광명정에 살그머니 잠입했다 한들 어떻게 단 일격에 성공할 수 있었겠는가? 이런 경우를 가리켜 '하늘이 내린 재앙에는 그래도 한 가닥 살길이 있으나, 스스로 지은 재앙에는 살길이 없다天作孽 猶可活 自作孽 不可活'고 하지. 하하하! 왕년에 위풍당당하시던 명교가 양정천이 죽자 이렇듯 비참한 말로에 떨어질 줄이야 아무도 생각 못 했겠지!"

양소, 팽형옥, 주전 등은 그저 후회막급일 따름이었다. 이제 자신들의 죽음과 더불어 목숨 걸고 지켜야 할 명교가 멸망의 구렁텅이에 떨어지는 대재앙을 눈앞에 두고 원진이 떠벌리는 소리를 듣다 보니, 불현듯 30여 년 이래 저질러온 자기네들의 과거 행위가 그저 부끄럽기만 했다. 그랬다. 이 악독한 승려의 얘기가 전혀 틀린 말은 아니었다.

이윽고 주전이 목청을 돋우어 크게 외쳐댔다.

"양소! 이 주전이 정말 죽어 마땅한 놈일세. 지난날 그대에게 너무 미안한 짓을 했네. 그대가 비록 좋은 위인은 아니라 해도 교주가 되었어야 했네. 우리 명교가 교주도 없이 싸우다 전멸당하는 것보다 그게 훨씬 나았을 게 아닌가?"

양소가 씁쓰레하니 미소를 지었다.

"내가 무슨 덕망이 있고 능력이 있어 교주 노릇을 할 수 있겠소? 우리 모두 다 잘못한 거요. 우리가 뒤죽박죽 얽혀서 자중지란을 일으킨 끝에 대사를 망쳐놓았으니, 구천지하에 가서 우리 가운데 어느 누구도 명존 어른과 역대 교주님들을 뵈올 면목이 없을 거요."

원진이 저들의 대화를 듣고 끌끌 비웃었다.

"여러분, 지금 와서 후회해봤자 이미 때가 늦었소. 옛날 양정천이 대마두 교주 자리에 올랐을 때는 호기로운 기세가 한세상을 뒤덮고도 남았는데, 아쉽게도 일찍 세상을 떠나는 바람에 오늘날 참패당한 명교를 제 눈으로 똑똑히 보지 못하니 아마 구천지하에서도 한스럽게 여길 거요."

독이 오른 주전이 노발대발 고래고래 악을 썼다.

"방귀 같은 소리! 양 교주가 세상에 살아 계셨다면 모두 그분의 호령을 따랐을 텐데, 너 같은 대머리 중놈이 암습을 했다 하더라도 성공했을 듯싶으냐?"

"흐흐흐, 양정천이 죽었어도 좋고, 살아 있더라도 좋네. 어차피 내겐 그자를 패가망신시켜 명예도 목숨도 잃게 할 방법이 있었으니까."

말끝이 미처 다 떨어지기도 전이었다. 돌연 "퍽!" 하는 소리와 함께 원진의 등줄기에 충격이 가해졌다.

"어흑!"

위일소가 내지른 일장이 그의 등줄기를 강타한 것이다. 때를 같이 해서 원진이 뒷손질로 내찌른 환음지가 위일소의 앞가슴 전중혈膻中穴에 정통으로 들어맞았다. 한순간, 두 사람의 몸뚱이가 털썩털썩 2~3보 뒷걸음질 쳤다.

원래 위일소는 소림승 원진이 기습적으로 찌른 환음지 일격에 얻어맞아 극심한 중상을 입었으나, 내력은 역시 한 수 뛰어난 고수였기 때문에 반격할 힘을 모조리 잃어버린 것은 아니었다. 그는 일부러 탈진

한 것처럼 가장하고 땅바닥에 쓰러져 있다가 제 수단에 도취한 원진이 의기양양해져서 경계심을 풀어놓자, 그 틈에 번개같이 벌떡 일어나 습격을 가한 것이다. 그 일격은 바로 한빙면장, 게다가 명교를 이 엄청난 겁난劫難에서 구해내기 위해 동귀어진으로 적과 함께 죽기를 각오하고 혼신의 기력을 다 쏟아부은 것이었다.

소림승 원진은 비록 심보 악랄하고 무공 또한 대단한 고수라 하더라도, 청익복왕 위일소 역시 명교의 사대 호교법왕 가운데 하나로서 백미응왕 은천정, 금모사왕 사손과 더불어 명성을 떨치는 고수였다. 그런 그가 필사적인 힘을 다 쏟은 일격이었으니 이게 어디 보통 위력이었겠는가? 한빙면장의 무서운 장력이 체내로 스며드는 순간, 원진은 그저 가슴이 꽉 막힌 듯 답답해지다가 급작스레 속이 훌러덩 뒤집히면서 구토증을 일으켰다. 두세 차례 연거푸 내력을 끌어올려 자꾸만 휘청거리는 몸뚱이를 가누어보려 했으나, 눈앞에서 하늘과 땅이 빙글빙글 돌아가며 금방이라도 쓰러질 것만 같아 하는 수 없이 그 자리에 똬리 틀고 주저앉아 운기 조식에 들어갔다. 진기로 한빙면장의 무서운 한기에 맞서보겠다는 의도였다.

환음지에 잇따라 두 차례나 찍힌 위일소 역시 기진맥진한 상태가 되어 두 발로 땅을 굳게 딛지 못하고 뒤로 벌렁 나자빠지더니 다시는 꼼짝달싹하지 않았다.

찰나지간에 광명정 총단 의사청議事廳 안은 쥐 죽은 소리 하나 없이 정적에 잠겼다. 여덟 명의 고수가 한꺼번에 중상을 입은 몸으로 쓰러진 채 어느 누구 하나 발걸음도 옮겨 떼지 못하는 판국이 되었다. 여덟 사람은 저마다 남모르게 내력을 운기해서 적보다 한 걸음 앞서 행동의 자유를 회복하려 무진 애를 썼다. 어느 쪽이든지 단 한순간이라도 먼저 기력을 회복하는 날이면 그 즉시 상대방을 제압해 죽음으로 몰아넣을 수 있었다. 사람들은 저마다 걱정 근심과 초조감, 이루 말할 수 없이 다급한 마음에 속을 태웠다. 과연 명교가 존속할 것이냐 멸망할 것이냐, 여덟 사람이 사느냐 죽느냐, 이 모든 가능성이 실낱같은 순간에 달려 있었다. 만약 원진이 한발 앞서 행동의 자유를 얻는다면 비록 중상을 입은 몸이지만 장검 한 자루 뽑아 들어 일곱 사람을 하나씩 찔러 죽이기는 손바닥 뒤집기보다 더 쉬울 테고, 명교의 일곱 고수 가운데 어느 한 사람이라도 먼저 벌떡 일어나 원진의 목숨을 끊어버린다면 그것으로 명교는 구원을 받게 되는 것이다.

명교 쪽 사람들은 일곱으로 인원수가 많아 더 우세했다. 그러나 오산인 다섯 명의 공력은 원진보다 낮은 데다 환음지를 한 대씩 얻어맞고 나서 공력을 잃어버렸고, 내공이 더 깊은 양소와 위일소는 똑같이 환음지를 두 번씩이나 얻어맞은 상태였다. 한빙면장과 환음지의 힘줄기는 애당초 고하를 가리기 어려울 정도로 막상막하였으나, 위일소가 일장을 후려쳐 반격했을 때는 이미 상처를 입은 뒤였다. 그리고 원진이 그에게 일지를 찍었을 때는 상처를 입지 않은 멀쩡한 몸이었기 때문에 결국 원진이 공력을 회복해 한발 앞서 움직일 가능성이 다분했다.

양소는 내색하지는 않았으나 속이 타들어갈 대로 타들어가고 있었다. 하지만 운기행공運氣行功이란 사실 반 푼이라도 억지로 해선 안 되는 일이라, 심기가 번거로워지고 정신이 산란해질수록 그만큼 차질이 나고, 심할 경우에는 주화입마에 빠져들 수도 있었다. 현재 대청 안의 사람들은 하나같이 내가고수內家高手들인데 그런 도리를 알지 못하는 사람은 하나도 없었다. 냉겸을 비롯한 동료 산인들은 두세 차례 토납吐納*을 거듭해보고 나서 원진보다 앞질러 공력을 회복하기는 불가능하다는 결론에 도달했다. 이제 바라는 것은 오직 하나, 광명정에 있을 양소의 부하들 가운데 누구라도 대청으로 들어오는 것뿐이었다. 명교 신도가 한 사람만 나타나면 무공이라곤 털끝만치 할 줄 모르더라도 몽둥이 한 자루 치켜들어 슬쩍 후려치기만 해도 원진을 단매에 때려죽일 수 있을 터였다.

그러나 아무리 목이 빠지도록 오래 기다려도 대청 바깥엔 사람의 기척이 들려오지 않았다. 때가 바야흐로 자정을 넘긴 한밤중이라 광명정을 지키는 교도들은 패를 갈라 경계초소에 나가 있거나 비번인 사람들은 제각기 처소에 들어 잠을 자고 있었다. 더구나 광명좌사자 양소의 부름이 없는데 어느 누가 감히 의사청에 함부로 들어올 수 있겠는가? 양소의 시중을 들던 동자들도 마찬가지. 자기네 가운데 한 명이 흡혈박쥐에게 물려 피를 빨리고 죽는 광경을 본 뒤끝이라 모두 혼비백산해서 멀찌감치 피해 달아났으니, 양소가 방울 끈을 잡아당겨 부르지 않는 것은 둘째치고라도, 설령 부름을 받았다 한들 흡혈마귀가 버티고 앉아 있을 대청에 발을 들여놓을 만큼 배짱 좋은 동자 녀석이 과연 있을지도 의문이었다.

---

* 도가에서 기를 수련하는 초보 단계. 《장자》 〈각의刻意〉 편과 《운급칠첨雲笈七籤》에 따르면 "운기 조식 중에 탁한 기운을 뱉어내는 것을 '토'라 하고 맑은 기운을 받아들이는 것을 '납'이라 한다. ……코는 하늘의 문이며 입은 땅의 집이므로 코로 받아들이고 입으로 토해낸다 出氣叫吐 吸氣叫納 ……鼻爲天門 口爲地戶 則鼻納之 口宜吐之"라고 했다.

포대 자루 속에 몸을 감춘 장무기는 비록 두 눈으로는 아무것도 볼 수 없었으나, 이들이 주고받는 대화를 통해서 모든 경위와 내막을 똑똑히 들어 알고 있었다. 지금 바늘 한 개 떨어져도 소리가 날 만큼 고요하지만, 이 정적 속에는 무시무시한 살기가 감돌고 있었다.

숨 막힐 듯 답답한 시간이 얼마나 지났을까, 돌연 설부득의 목소리가 정적을 깨뜨렸다.

"어이, 자루 속의 젊은 친구! 아무래도 자네가 우리를 구해주지 않으면 안 되겠네!"

장무기가 물었다.

"어떻게 하면 됩니까?"

이 무렵, 원진은 단전 속에 진기가 점점 빠르게 소통하고 있었다. 그런데 느닷없이 포대 자루 속에서 사람의 목소리가 들려왔으니 깜짝 놀랄 수밖에 없었다. 순조롭게 흐르던 진기가 그 즉시 역류하자 충격을 받은 몸뚱이가 통째로 극심하게 떨리기 시작했다. 광명정 의사청에 잠입하고 나서부터 그는 오로지 위일소, 양소를 비롯한 몇몇 고수와 맞서 싸우느라 정신이 팔린 나머지 땅바닥에 나뒹구는 포대 자루 따위는 거들떠볼 마음의 여유조차 없었다. 그런데 갑작스레 잡동사니 포대 자루 속에서 사람의 목소리가 들려 나왔으니, 놀라다 못해 목구멍에서 차가운 숨 한 모금이 거꾸로 새어나올 지경이었다. 그는 속으로 비명을 질렀다. '아뿔사, 내 목숨도 끝장났구나……!'

설부득의 목소리가 다시 들렸다.

"그 포대 자루 주둥이는 천전백결千纏百結의 수법으로 묶었으니 나 말고는 아무도 풀지 못하네. 하지만 자네 혼자서 일어설 수는 있겠나?"

"예!"

장무기는 한마디로 응답하고 그 자리에 벌떡 일어섰다.

"이보게 어린 친구, 자넨 목숨을 던져가며 예금기 수십 형제의 목숨을 구해줬지? 그 열렬한 의기, 드높은 풍격이야말로 사람마다 탄복을 금치 못했네. 이제 우리 몇몇 사람의 목숨도 구원을 받느냐 마느냐는 온전히 자네 손길에 달렸네. 제발 부탁하네. 이쪽으로 걸어와서 주먹질이든 손바닥치기든 무슨 수단을 써서라도 저 몹쓸 중 녀석을 단매에 때려죽이도록 해주게!"

설부득의 간청을 듣고서도 장무기는 한동안 대꾸하지 않았다. 애간장이 타들어갈 정도로 다급해진 설부득이 다시 한번 간곡히 당부했다.

"저 못된 중 녀석은 비열하게도 남의 위기를 틈타 암습을 가했네. 그 비겁한 행위는 자네도 두 귀로 직접 듣지 않았는가? 저런 몹쓸 놈을 자네가 때려죽이지 않는다면 우리 명교 신도 수만 명의 목숨이 저놈의 손에 몰살당하고 말 것일세. 저놈을 죽이는 일이야말로 세상에 다시없을 큰 용기요, 의로운 협사의 행위라 할 수 있네."

그러나 장무기는 여전히 결단을 내리지 못한 채 주저하고 대답하지 않았다.

뒤미처 이번에는 원진이 입을 열었다.

"나는 지금 꼼짝달싹도 못 하는 몸인데, 누군지 모르나 그대가 와서 날 죽인다면 천하 영웅호걸에게 비웃음을 사는 행위가 아니고 뭐겠는가?"

분노에 못 이긴 주전이 버럭 고함쳐 반박했다.

"이 군내 나는 대머리 중놈아! 명문 정파라고 자칭하는 소림파 제자가 두더지 모양 살금살금 기어 들어와서 암습이나 하는 짓거리야말로 천하 영웅호걸에게 비웃음을 살 짓이 아니고 무엇이란 말이냐?"

이윽고 장무기가 결단을 내린 듯 앞으로 한 걸음 내딛다가 멈춰 서더니 무겁게 입을 열었다.

"설부득 대사님, 귀교와 육대 문파 간의 시비곡직을 저로서는 어떻게 분별해드릴 수 없는 실정입니다. 하지만 무엇보다 바라는 것은, 여러분을 구원해드리되 여러분도 저 소림파 대사님의 목숨만큼은 다치게 하지 않았으면 합니다."

팽형옥의 호통 소리가 대청 안에 쩌렁쩌렁 울렸다.

"이것 봐, 어린 친구! 자네가 뭘 모르고 있어! 지금 저 중놈을 죽이지 않았다가 저놈의 공력이 회복될 때는 제일 먼저 자네부터 죽이고 말 거야!"

그 뒤를 이어서 원진이 껄껄껄 너털웃음을 터뜨렸다.

"하하! 내가 이 젊은 시주와 아무런 원한도 없는데, 왜 함부로 사람의 목숨을 다치게 하겠나? 게다가 이 시주분은 마교 출신도 아니고 보아하니 악의를 품은 포대화상에게 붙잡혀온 듯싶구먼. 그대들처럼 악한 일이라면 밥 먹듯이 해치우는 마교도가 이 젊은 시주한테 무슨 좋은 일을 해주었다는 건가?"

피아 쌍방은 너 나 할 것 없이 헐떡헐떡 가쁜 숨을 내쉬면서 말 한마디를 어렵게 내뱉고 있었다. 하지만 모두 언변으로 장무기의 마음을 움직여보려고 안간힘을 썼다.

장무기는 입장이 난처했다. 두 귀로는 분명 이 원진이란 스님이 비겁하게 손을 써서 암습하는 기척을 분명히 들었다. 그것이야말로 떳떳치 못한 행위였다. 하지만 이제 앞으로 다가들어 이 스님을 때려죽이기에는 본심이 허락하지 않았다. 더구나 소림승을 죽이고 나면 그 때부터 영원히 명교 편에 서서 육대 문파와 적대적 관계가 될 것이 아닌가? 태사부, 여러 사백 사숙들, 주지약을 비롯한 명문 정파 사람들은 완전히 자신의 적이 되고 마는 것이다. 명교는 무림계 인사들에게 공공연히 사교 이단으로 지목되었다. 흡혈박쥐 위일소는 생사람의 피를 빨아 마시고, 양부 사손은 무고한 인명을 마구 학살했다. 이렇듯 숱한 사례가 명교 사람들의 악행을 증명하고 있지 않은가? 태사부께서 신신당부한 말씀을 잊어서는 안 된다. 태사부는 평생토록 화를 입지 않으려거든 마교의 무리와 교분을 맺지 말라고 했다. 아버지 장취산은 마교 지파에 속한 어머니와 결혼한 업보로 무당산 산머리에서 칼을 물고 자결했다. 더구나 원진 스님은 공견신승의 제자다. 공견대사는 칠상권 열세 주먹을 얻어맞으면서까지 양부 사손을 감화시키려다 끝내 그 주먹 아래 목숨을 잃었다고 했다. 이처럼 어질고 의로운 자비의 화신이야말로 무림 천고武林千古에 다시 보기 드물 것이다. 그런데 어찌 그분의 제자를 해칠 수 있단 말인가?

설부득이 거듭 재촉하는 소리가 또 들려왔다. 결국 장무기는 마음을 정하고 이렇게 대꾸했다.

"설부득 대사님, 저한테 한 가지 방법을 가르쳐주십시오. 이 스님의 목숨을 다치지 않고 스님도 여러분을 해치지 않는 방법이라면 뭐든지 시키는 대로 하겠습니다."

이 조건을 받고 설부득은 한참 동안 대답을 못 한 채 망설였다. '이런 젠장! 너 죽고 내가 살아야 할 판국에 쌍방의 목숨을 다 보전하다

니 그런 방법이 어디 있단 말이냐? 원진이란 놈이 죽지 않으면 우리가 망할 판인데……'

그때 팽형옥이 대신 방법을 짜냈다.

"이보게, 젊은 친구! 자네의 그 어진 마음씨에 정말 감복했네. 그럼 이렇게 해주게. 우선 손가락을 내뻗어 그 원진이란 놈의 앞가슴 옥당혈玉堂穴을 가볍게 찍도록 하게. 그럼 목숨은 절대로 다치지 않을 테고 그저 몇 시진 동안 내력을 끌어올리지 못하게 될 걸세. 그다음에 우리가 털끝 하나 건드리지 않고 이자를 광명정 아래로 무사히 내려보내 주겠네. 자네, 옥당혈이 어디 있는지는 알고 있나?"

장무기는 의학 이치에 밝은 사람이었다. 그런 만큼 옥당혈을 가볍게 찍으면 단전의 진기가 위로 올라가는 길을 잠정적으로 차단할 뿐 신체에는 아무런 손상도 주지 않는다는 사실을 알고 있었다.

"알았습니다. 그렇게 하지요."

대꾸가 떨어지자마자 원진이 황급히 말막음을 하고 나섰다.

"젊은 시주, 절대로 이 사람들의 꾐에 넘어가지 마시오. 내 혈도를 찍는 거야 대수로울 게 없지만, 저들이 내력을 회복하고 나면 그 즉시 날 죽이려 들 텐데 그때는 어떻게 막을 수 있겠소?"

주전이 냅다 욕설을 퍼부었다.

"제밀할 놈의 개방귀, 작작 뀌어라! 우리 입으로 네놈을 해치지 않겠다고 다짐했으면 해치지 않는 것이지, 우리 명교 오산인이 딴소리하는 걸 언제 보기라도 했단 말이냐?"

장무기도 같은 생각이었다. 양소나 오산인들이 한번 입 밖에 낸 말 가지고 이랬다저랬다 뒤집는 소인배들이 아닌 것은 분명했다. 단지 걱정스러운 사람은 위일소뿐이었다. 그래서 그는 흡혈박쥐에게 다짐을 받기로 했다.

"위 선배님, 당신 생각은 어떠신지요? 말씀해주시지요."

위일소가 덜덜 떨리는 목소리로 대꾸했다.

"지금 우리는…… 그저 자신들을 보전하는 일이 더 급하네. 그러니까 나도…… 잠정적으로 그놈을 해치지 않겠네……. 그럼 될 것 아닌가? 다음번에 만났을 때는…… 모두 죽기 살기로 다시 싸워서…… 너 죽고, 나…… 나는 살고……."

"너 죽고, 나는 살고……." 이 두 마디를 입 밖에 냈을 때는 들숨 날숨이 제대로 이어지지 않아 말끝도 맺지 못했다.

"그럼 됐습니다. 광명사자, 청익복왕, 오산인 일곱 분은 하나같이 당세의 영웅호걸이시니 약속한 말을 어기고 신용 없이 굴 리가 있겠습니까? 원진대사님, 그럼 이 후배가 죄송스럽지만 실례를 범하겠습니다."

말을 마친 장무기가 원진 앞으로 털썩털썩 걸어가기 시작했다. 몸이 포대 자루 속에 갇힌 터라 한 걸음을 내디뎌도 고작 1척 남짓뿐이었으나, 10여 보를 걷고 났을 때는 어느새 원진 앞에 정면으로 다가설 수 있었다. 이렇듯 젊은 사람의 몸뚱이를 통째로 담은 포대 자루가 꿈지럭꿈지럭 옮겨가는 장면이 무척 우스꽝스럽고 기괴망측하게 보였으나, 지금 모든 사람의 생사를 결정짓는 것이 바로 그 움직임 하나에 달려 있는 터라 어느 누구도 웃음이 나오지 않았다.

원진의 숨결이 들리자, 장무기는 그 앞 2척 거리를 두고 딱 멈춰 섰다.

"대사님, 후배는 지금 쌍방 모두를 위해서 하는 일이니 언짢게 여기지 마십시오."

상대방에게 양해를 구하면서 슬금슬금 손을 들어 올렸다.

원진의 씁쓰레한 웃음소리가 들려왔다.

"나는 지금 온몸을 꼼짝달싹도 못 하고 있네. 자네가 엉터리 짓을 하는 대로 맡겨둘 수밖에 없지."

접곡의선 호청우가 세상을 떠난 이후, 혈도를 판별하는 솜씨로 말하자면 당세에 장무기를 필적할 자가 없었다. 그는 원진과 포대 자루로 가로막혀 있기는 하지만 손가락을 내뻗기만 하면 털끝만큼의 오차도 없이 옥당혈을 정확하게 찍을 수 있었다. 옥당혈은 임맥에 속한 혈도로서 인체의 앞가슴, 자궁혈紫宮穴 아래로 한 치 여섯 푼, 전중혈 위로 한 치 여섯 푼에 자리 잡고 있었다. 치명적인 대혈은 아니지만 위치가 바로 기맥이 거쳐가는 통로에 있기 때문에 일단 막혔다 하면 전신의 진기가 교란당할 터였다.

손가락이 혈도에 닿으려는 순간이었다. 갑자기 양소와 냉겸, 설부득이 약속이나 한 듯 이구동성으로 고함을 질렀다.

"앗! 그 손 빨리 오므리게!"

장무기는 미처 거둬들일 겨를도 없었다. 내뻗은 오른손 검지에 찌릿하는 느낌만 들었을 뿐인데, 어느새 실낱처럼 가느다란 냉기 한 줄기가 손톱을 거쳐 손가락, 손바닥, 팔뚝 위로 치밀더니 번갯불보다 더 빠르게 전신 구석구석으로 퍼져가면서 온 몸뚱이를 삽시간에 얼어붙게 하는 것이 아닌가!

곧이어 주전과 철관도인이 냅다 욕설을 퍼붓기 시작했다.

"저런 못된 땡추중 녀석! 간 덩어리도 크게 그따위 간계를 부리다니……!"

장무기는 온몸이 오슬오슬 떨려왔다. 그리고 다음 순간 무슨 일이 벌어졌는지 이내 깨달았다. 원진은 비록 걸음을 옮겨 떼지는 못해도 억지로나마 손가락을 쳐들 능력은 있었다. 그래서 슬그머니 손가락을 옮겨 자신의 옥당혈 앞에 놓아둔 것이다. 포대 자루에 가로막혔으니 앞을 내다보지 못하는 소경이 된 터라, 장무기가 일지를 찍자마자 두 손가락 끝이 마주치면서 원진의 환음지에 얹힌 무서운 지력이 포대 자루를 뚫고 그의 몸속까지 스며든 것이다.

이렇게 되고 보니, 원진은 온 몸뚱이에 남아 있던 내력을 모조리 손가락으로 밀어낸 뒤끝이라, 쌍방의 손가락이 접촉하기 무섭게 전신마비를 일으켜 얼굴빛이 마치 강시가 되어버린 것처럼 하얗다 못해 시퍼렇게 질리고 말았다.

의사청 안에는 애당초 상처를 입고 움직이지 못하는 부상자가 여덟이었으나, 이제 와서 장무기 한 사람이 더 늘어나 꼼짝달싹 못 하는 수가 결국 아홉이 되었다.

동료 가운데 성질이 가장 거칠고 사나운 이는 역시 주전이었다. 그는 비록 숨이 차서 제대로 목소리가 나오지 않으면서도 기를 쓰고 원진에게 온갖 욕설을 다 퍼부어댔다.

"소림파 대머리 중놈아! 명문 정파의 제자라면서 어쩌면 그토록 간사하고 비열한 짓을 할 수 있단 말이냐? 그러고도 부처님 제자라고 나서다니 정말 세상에 염치없는 놈이 바로 네놈이다!"

그러나 양소를 비롯한 몇몇 사람의 생각은 달랐다. 포대 자루 속 젊은이가 낭패를 당한 게 꼭 원진의 탓이라고만 할 수도 없었다. 적이 자신의 혈도를 찍으려 드는데 자위책을 세웠다고 해서 잘못은 아니니 말이다.

원진은 피로에 지칠 대로 지쳐 죽을 지경이었으나 마음속으로는 그저 느긋할 따름이었다. 포대 자루 속의 풋내기 녀석은 나이가 그리 많지 않으니만치 공력을 다소 지녔다손 치더라도 환음지에 얻어맞은 이상 기껏해야 반나절도 못 가 죽을 게 분명하다. 이제 몸속에 흩어진 진기가 한 시진만 지나면 서서히 모아질 테고, 그때 가면 마음껏 하고 싶은 대로 뭐든지 할 수 있을 터였다.

어느덧 의사청 안에는 주전이 떠들썩하게 욕설을 퍼붓던 소리도 잠잠해지고 쥐 죽은 듯 정적만 흘렀다. 반 시진이 지나서는 촛불 네 자루마저 하나씩 꺼지더니 마침내 온통 칠흑 같은 어둠으로 뒤덮였다.

양소를 비롯한 명교 고수들은 원진의 호흡이 끊겼다 이어지기를 거듭하더니 점점 고르게 바뀌고, 거칠고 무겁던 숨결이 차츰 느려지면서 길게 나오는 것을 느꼈다. 몸속의 진기가 바야흐로 응결되고 있다는 증거였다. 그러나 자신들은 조금만 공력을 운기해도 얼음보다 더 차가운 환음지의 냉기가 곧바로 단전혈까지 침투해 부들부들 떨리는 몸을 도저히 억제할 수 없었다. 실망과 좌절감만 갈수록 커지니 괴로운 마음을 어떻게 달래랴. 어차피 이럴 바에야 원진이란 놈이 좀 더 일찌감치 공력을 되찾아 한 사람에 한 대씩 주먹질을 안겨 통쾌하게 죽여주기나 하면 차라리 더 나을 것 같았다.

냉겸, 주전, 철관도인은 아예 두 눈 질끈 감고 죽기만 기다렸다. 그래야만 속이 후련해질 듯싶었다. 하지만 설부득과 팽형옥은 여전히 마음을 놓지 못했다. 두 사람은 출가한 승려의 몸이면서도 누구보다 뜨거운 열성을 지닌 사람들이었다. 지금도 이들의 관심은 오로지 어떻게 하면 세상 사람들을 하루빨리 질고疾苦에서 벗어날 수 있게 할까 하는 생각뿐이었다. 백성을 구하고 잃어버린 나라를 되찾는 일에 뜻을 세워 천하태평을 도모하는 것이 그들의 바람이었다. 그런데 지금 와서 모든 형세는 만회할 길이 없고 마지막에는 원진이란 교활한 승려의 손에 목숨마저 잃어버리게 되었으니, 저마다 평생 품은 장한 뜻이 물거품으로 돌아갈 수밖에 없는 것이다.

설부득의 입에서 처량한 탄식이 흘러나왔다.

"팽 화상, 우리가 오로지 몽골 오랑캐를 몰아내고 백성들을 도탄에서 건져내느라 노심초사해왔건만, 뜻하지 않게 벽두부터 일장춘몽 수포로 돌아가게 될 줄이야 누가 알았겠나? 허어 참! 세상 천하 수천수만의 백성이 받을 재앙이 다하지 않았으니 앞으로 또 얼마나 많은 고통을 겪어야 하는지 모르겠네!"

장무기는 이제 단전혈에 한 가닥 열기를 굳게 지켜 환음지의 차가운 냉기와 맞서 싸우면서도 설부득이 던진 이 몇 마디 말만큼은 또렷이 알아들었다. 그리고 사뭇 이상야릇한 느낌이 들었다. '몽골족 오랑캐를 몰아내겠다니? 설마 이 악명 높기로 소문난 마교의 무리가 진정으로 천하 백성들을 생각하고 있었단 말인가?'

팽형옥의 대꾸가 들려왔다.

"설부득, 이 사람아. 내 진작 얘기하지 않았던가? 우리 명교 세력만 가지고는 몽골 오랑캐를 쫓아내지 못한다고 말일세. 누가 뭐래도 온 천하 영웅호걸들과 연줄을 맺고 다 같이 힘을 합쳐야만 성사될 수 있는 걸세. 자네 사형 봉호棒胡,• 내 사제 주자왕周子旺이 지난날 거사했을 때 위풍과 기세가 얼마나 장렬했던가? 그럼에도 나중에 가서는 일패도지를 당했으니 그 역시 외부의 지원이 없었기 때문이 아니겠나?"

한동안 잠자코 있던 주전이 버럭 악을 썼다.

"죽음이 머리통 위에 떨어질 판국에 너희 두 까까머리 중 녀석들은 아직껏 개꿈을 꾸고 자빠졌구나! 한 녀석은 명교 세력이 주체가 되어야 한다고 나불거리고, 또 한 녀석은 명문 정파들과 연줄을 대어야 한다고 씨부렁대고. 이 주전 어르신이 보건대 모두가 쓸데없는 헛소리야. 모두 방귀 같은 소리라고! 우리 명교가 제풀에 사분오열로 갈기갈기 찢겨 눈알 제대로 박힌 녀석 하나 없이 몽땅 넋이 빠진 마당에 무슨 얼어 죽을 놈의 주체가 된다는 거냐? 팽 화상, 자넨 명문 정파들과 연줄을 대자고 했나? 그거야말로 진짜 개방귀 중에 으뜸가는 개방귀 소리지! 육대 문파가 이제 우리를 소탕한답시고 몰려와 있는데, 우리더러 그런 놈들하고 연줄을 댄단 말인가? 개방귀들 작작 뀌시게!"

철관도인이 불쑥 한마디 끼어들었다.

"양 교주께서 세상에 살아 계셨더라면, 우리가 육대 문파를 송두리째 때려 부숴 꼼짝 못 하게 굴복시키고, 그들이 우리 명교의 호령을 따르게 하는 것쯤이야 걱정할 게 하나도 없었겠지."

"하하! 이제는 엉터리 쇠코 도사 녀석까지 황소 방귀를 뀌는구먼!

• 봉호(?~1338): 원나라 말엽 농민반란의 우두머리. 본명이 호윤아胡閏兒였으나 곤봉을 잘 써서 '봉호'라 불렀다. 1337년 신양信陽에서 봉기해 '태상노군 천자太上老君天子'라 일컬으며 미륵불 깃발을 앞세워 녹읍鹿邑을 점령하고 진주陳州 공략에 나섰으나, 이듬해 원나라 장수 경동慶童의 토벌군에게 참패를 당하고 붙잡혀 죽었다.

그놈의 방귀 냄새에 정말 코가 짓물러터질 지경일세. 양 교주가 세상에 살아 계시면 물론 모든 일이 술술 잘 풀린다는 거야 누가 모르겠나? 쓸데없는 소리 더 지껄이려거든…… 더 지껄이려거든…… 아이쿠, 아얏, 아얏……!"

입을 벌리고 웃음보를 터뜨리려다가 숨결이 흩어지는 바람에 환음지의 써늘한 냉기가 곧바로 심장부와 허파 사이에 침투하고 말았다. 그러니 신음 소리가 절로 나올밖에.

"닥쳐!"

냉겸이 외마디 호통을 지르자, 그 한마디에 동료들은 일제히 조용해졌다.

장무기의 마음속에는 온갖 상념이 뒤죽박죽 일렁거렸다. 그러고 보면 이 명교란 교파에도 단순히 나쁜 일만 저지르는 게 아니라, 무엇인가 알지 못할 큰 곡절이 숨겨 있는 모양이었다.

"설부득 대사님! 여러분이 신봉하는 명교의 주된 가르침이 도대체 뭡니까? 제게 일러주실 수 있겠는지요?"

"하! 자네 아직 죽지 않았는가? 이보게, 어린 친구. 자네가 영문도 모르고 우리 명교 때문에 목숨을 버리게 되어 우리도 미안해 죽을 지경일세. 어차피 자네 역시 몇 시진밖에 살지 못할 테니까, 본교의 비밀을 일러준다 해도 상관은 없겠지. 냉면선생, 자네 생각은 어떤가?"

"말하게!"

냉겸이 또 한마디로 대꾸했다. 그 한마디에 '자네가 젊은 친구에게 얘기해주어도 좋다'는 말이 다 포함되어 있는 것이다.

그제야 설부득도 마음 놓고 사연을 털어놓았다.

"젊은 친구, 잘 듣게. 우리 명교의 연원은 페르시아국이라네. 당나라 때 중원 땅으로 전파되었는데, 그때에는 요교祆教라고 불렸지. 당나라 황제가 전국 각처에 칙명으로 '대운광명사大雲光明寺'를 세워 우리 명교의 사원으로 삼게 해주었네. 우리 명교 교리는 선을 행하고 악을 제거해 중생이 평등하게 살도록 해주는 데 있네. 만약 금은 재물이 생기면 가난한 중생들을 구제하는 데 쓰고, 신도들은 고기나 생선처럼 비린 음식과 술을 먹지 않으며 명존을 숭배한다네. 명존은 곧 '불의 신'으로 착한 신이기도 하지. 다만 역대 탐관오리들이 우리 교를 업신여기고 탄압했기 때문에 신도 형제들이 분노를 참지 못하고 이따금 의거를 일으켰네. 북송 때 방랍方臘• 교주가 처음 거사한 이래 벌써 몇 차례나 들고있어났는지 헤아릴 수도 없지."

방랍의 이름을 듣자, 장무기는 이내 북송 시절 선화宣和 연간(1119~1125)에 '사대 도적' 가운데 하나를 연상했다. 방랍이라면 양산박의 송강宋江,•• 왕경王慶, 전호田虎와 더불어 악명을 떨치던 농민반란의 괴

• 방랍(?~1121): 북송 말엽 농민반란의 우두머리. 휘종徽宗 때 명교 비밀 조직을 이용, 조정의 간신 주면朱勔을 토벌한다는 명분으로 목주睦州 청계현淸溪縣 일대에서 반란을 일으켜 단시일에 일곱 개 주州 48개 현縣을 공격·점령하고, 수십만 병력으로 중국 동남부 전 지역을 장악하는 등 위세를 떨쳤다. 하지만 선무사 동관童貫의 교묘한 진압 작전으로 불과 1년 만에 참패를 당하고 붙잡혀 도성으로 압송·처형되었다.

•• 송강(?~약 1122): 북송 말엽 농민반란의 우두머리. 1119년 뜻이 맞는 동지 36명과 결탁해 반란을 일으키고 양산박을 거점으로 하북 산동 지방 일대에서 활동하며 10여 개 군郡을 공략했다. 이후 약 4년간 남쪽으로 진격해 강소성 일대까지 공격하고 마침내 지주知州 장숙야張叔夜 군의 매복 기습에 걸려 몇 차례 패배한 끝에 조정에 투항했다. 송나라 때부터 전해 내린 이 사건이 명나라 때 와서 시내암施耐庵의 손에 《수호전》이란 장편소설로 엮여 오늘날까지 전해오고 있다. 왕경과 전호는 북송 말엽 혼란기를 틈타 일부 지역에서 발호하던 도적떼의 우두머리로, 방랍·송강의 무리와 함께 북송 휘종 재위 기간에 전국을 진동시킨 이른바

수가 아니던가?

"그러고 보니 방랍이 귀교의 교주였단 말씀이로군요?"

"아무렴! 그 후 남송 건염建炎 연간(1127~1130)에 교주 왕종석王宗石•이 신주信州에서 거사했고, 소흥紹興 연간(1131~1162)에는 여오파余五婆란 여교주가 구주衢州에서, 이종理宗 소정紹定 연간(1228~1233)에는 장삼창張三槍 교주가 강서江西 지방과 광동廣東 일대에서 의거를 일으켰다네. 이처럼 우리 교가 조정 관부와 맞서게 되니, 역대 조정들도 우리를 '마교'로 지목하고 엄격히 금지시켰지. 우리는 살아남기 위해서 모든 행사를 비밀에 부치고 이상야릇하게 보여 관가의 이목을 피했네. 우리 교와 원수를 맺은 명문 정파들도 원한이 쌓이고 쌓여갈수록 물과 불처럼 서로 용납하지 못할 사이로 발전하고 말았네. 물론 우리 신도들 가운데 어쩌다가 제 몸단속 못 하고 악행을 저지르는 자도 없지는 않았네. 무공이 높다는 것만 믿고 아무 죄 없는 사람을 함부로 죽이거나 간음과 노략질하는 몹쓸 자도 있었지. 이러니 우리 교의 평판과 명예가 날이 갈수록 떨어질 수밖에 더 있겠는가?"

양소가 돌연 싸늘한 말투로 끼어들었다.

"설부득! 자네, 지금 날 두고 하는 말인가?"

"내 이름이 설부득인 줄 모르나? '설부득'이란 글자 그대로 말 못 할

'사대 도적四大寇'으로 악명을 떨쳤다.

• 왕종석(?~1130): 남송 초기 농민반란의 우두머리. 본명은 왕념경王念經 또는 왕념구王念九. 고종高宗 재위 때 명교 신도 10여 만 명을 규합, 신주信州(사천성 만현 일대)에서 거사해 강서 지방을 장악했다. 이후 관군 강동 지역 제치사 장준張俊과 강동 지역 선무사 유세광劉世光 군의 협공을 받아 지금의 강서성 익양弋陽을 빼앗기고 사로잡혀 월주越州로 압송·처형되었다. 여오파, 장삼창에 대해서는 자료가 없음.

일이라면 말하지 않는 게 내 성미일세. 저마다 한 일은 저 자신이 잘 알고 있을 텐데, 누구더러 뭘 묻는 건가? 이런 경우를 가리켜 '꿀 먹은 벙어리啞子吃餛飩'라고 하는 걸세. 말은 못 해도 제 배 속에 뭐가 들었는지 자신이 더 잘 알 게 아닌가?"

"흥!"

양소는 코웃음으로 눙쳐버리고 더는 말하지 않았다.

그때 장무기는 무슨 느낌이 들었는지 깜짝 놀라고 말았다.

'이런! 내 몸이 왜 차갑게 변하지 않았을까?'

당초 원진의 환음지에 찍혔을 때만 해도 견딜 수 없을 만큼 추위를 탔는데, 지금은 한기가 흔적도 없이 사라졌다. 열 살 되던 해 얻어맞은 현명신장의 음독이 열일곱 살 되던 해에 말끔히 가실 때까지 7년 동안 밤낮으로 체내의 한독과 맞서 싸우느라 운기 조식으로 추위를 막는 습관이 숨쉬기나 눈 깜빡거리는 것처럼 따로 의식하지 않아도 자연스럽게 우러나오게 된 줄을 그는 모르고 있었다. 비록 마지막 관문을 통과하지는 못했어도 구양신공을 원만한 경지에까지 수련해 체내의 양기가 흘러넘치도록 왕성해져서 원진의 암습을 받은 지 얼마 안 되어 환음지의 음독을 말끔히 몰아낼 수 있었던 것이다.

그런 와중에도 설부득의 얘기는 계속 들려왔다.

"송나라가 몽골 오랑캐의 손에 멸망당하고 나서 우리 명교는 원나라 조정과 더욱 철천지원수가 되었네. 그러니 우리 교가 오랑캐를 중원 천지에서 몰아내는 일을 천직으로 삼을 수밖에. 단지 안타까운 것은 명교에 우두머리가 없어 수많은 고수가 교주 자리를 놓고 쟁탈전을 벌이느라 같은 형제끼리 서로 짓밟고 죽이는 참극을 거듭해왔네.

그러다 보니 끝내 손을 씻고 은퇴하는 사람, 따로 명교의 지파를 세워 교주가 된 사람마저 생겼지. 명교 규율의 위세가 떨어진 뒤부터 명문 정파들과의 원한도 더욱 깊어져 지금 자네 앞에 펼쳐진 지경이 되고 만 것일세. 원진대사! 내 말에 한마디라도 거짓이 있소이까?"

"흐흠!"

원진이 코웃음 치더니 슬금슬금 일어나면서 입을 열었다.

"아무렴, 그렇지! 죽음이 머리 위에 떨어질 판인데 거짓말을 할 필요가 어디 있겠는가?"

말끝이 다 떨어졌을 때는 벌써 한 걸음을 성큼 내딛고 있었다.

"아앗!"

양소와 오산인이 약속이나 한 듯 일제히 경악성을 터뜨렸다. 그들은 저마다 원진이 자기네보다 한발 앞서 행동의 자유를 회복하리라고 생각했으나, 청익복왕 위일소의 한빙면장을 얻어맞고 나서도 이렇듯 신속하게 진기를 끌어올려 운용할 만큼 공력이 깊고 두터울 줄은 전혀 예상치 못했다. 원진의 몸놀림은 침착하고도 신중하기 이를 데 없어 다시 왼발을 내디뎠을 때 몸뚱이가 흔들리는 기색이라곤 조금도 보이지 않았다.

양소가 차갑게 웃으면서 거듭 물었다.

"공견신승의 제자분이라 과연 보통이 아니시군. 그런데 앞서 내가 묻는 말씀에 아직 대답을 하지 않으셨잖소? 설마 뭔가 떳떳치 못한 점이 계셔서 입 밖에 내지 못하는 건 아니시겠지?"

"하하, 하하하!"

소림승 원진은 껄껄대고 웃음보를 터뜨리며 다시 한 걸음 내디뎠다.

"그대가 내막을 모르고는 정말 죽어도 눈이 감기지 않을 모양이로군. 나더러 어떻게 광명정에 오르는 비밀 통로를 알 수 있었느냐, 어떻게 겹겹으로 쳐진 천험의 중지를 넘어서 귀신도 모르게 산꼭대기까지 올라올 수 있었느냐, 그걸 물으셨던가? 좋소, 내 여러분께 사실대로 솔직히 말씀드리리다. 귀교의 양 교주 내외분께서 손수 날 데리고 올라왔던 거요."

이 말에 양소가 흠칫 놀랐다. 이 작자의 신분으로 보건대 결코 거짓말을 할 리 없는데, 어떻게 해서 그런 일이 일어날 수 있단 말인가?

주전의 욕설이 또 터져 나오기 시작했다.

"방귀 같은 소리! 네 어미 18대 조상 적부터 뀐 개방귀를 또 터뜨리는구나! 그 비밀 통로는 우리 광명정의 극비로서 본교의 장엄한 성역이야. 양 좌사가 비록 제2인자 격인 광명사자요 흡혈박쥐 위형이 호교법왕의 지위에 올라 있으면서도 이날 이때껏 한 번도 드나든 적이 없었다. 오직 교주 한 사람만이 비밀 통로를 드나들 수 있을 뿐인데, 양 교주가 어떻게 해서 너 따위 외부 사람을 데리고 지하 궁전에 들어갔다는 거냐?"

악다구니처럼 퍼붓는 욕설을 뒤집어쓰고서도 원진은 성을 내기는커녕 오히려 한숨을 내쉬더니, 과거사를 기억해내려는 듯 넋 빠진 기색으로 한참 있다가 조용히 입을 열었다.

"그대가 정녕 속속들이 캐묻겠다니 하는 수 없군. 내 33년 전의 비밀스러운 일을 얘기해줄밖에. 어차피 그대들은 살아서 이 산을 걸어 내려가 퍼뜨릴 수 없을 테니까 말일세. 음, 그래. 주전, 그대 말이 틀림없네. 그 비밀 통로는 명교의 장엄한 성역이요, 역대로 교주 한 사람만이 드나들 수 있는 곳이지. 그러지 않았다가는 절대로 용서받지 못할 규율을 범하는 일이니까. 하지만 양정천의 부인은 드나들었다네. 양정천이 사사로이 규율을 어기고 남모르게 부인과 함께 드나들었으니까."

주전이 얼른 끼어들어 욕설을 퍼부었다.

"방귀 같은 소리! 개방귀 작작 뀌어라!"

팽형옥이 듣다 못해 호통을 쳤다.

"주전, 그만 떠들어!"

"양 부인은 또 날 데리고 비밀 통로에 드나들었고……."

"제밀할, 에잇 퉤, 퉤! 터무니없는 소리!"

"난 명교 신도가 아닌 만큼 비밀 통로에 들어갔다고 해서 명교 규율을 어긴 것도 아니었소. 흐흠, 하기야 내가 명교 신도라서 그런 중죄를 범했다고 한들 두려울 바가 뭐 있었겠소만 말이오."

오랜 옛날 과거사를 늘어놓다 보니, 목소리가 몹시 처량하게 떨려 나왔다.

그가 뜸을 들이는 사이에 철관도인이 얼른 물었다.

"양 부인은 어떻게 해서 그대를 비밀 통로에 데리고 들어갔소?"

"그건 아주 오래전의 일이었소. 노납은 올해로 70여 세를 살아온 늙은이오. 젊었을 적의 옛일을…… 좋아! 모조리 당신들에게 들려드리지. 여러분, 이 늙은이가 누군지 아시오? 양 부인은 내 사매였소. 이 늙은이가 출가하기 전의 속명은 성곤成崑, 강호에 떠도는 별명으로 혼원벽력수混元霹靂手가 바로 나였소."

이 몇 마디가 입 밖으로 나오자 양소를 비롯한 명교 사람들도 물론 놀랍기 짝이 없었으나, 포대 자루 속 장무기는 경악하다 못해 하마터면 실성을 터뜨릴 뻔했다. 혼원벽력수 성곤. 이 이름자는 곧바로 북극 빙화도에서 양부 사손이 어느 날 밤 들려주던 옛이야기를 고스란히 떠올리게 했다. 양부의 사부 성곤이 어떻게 해서 그 부모와 처자식 일가족을 몰살했으며, 또 양부는 어째서 강호 무림계 인사들을 닥치는 대로 학살해 스승인 성곤을 끌어내려 했는지, 그리고 소림사의 신승 공견을 칠상권으로 때려죽였는데도 왜 약속을 어기고 나타나지 않았는지, 그 모든 사연과 의문점이 머릿속에 줄줄이 떠오른 것이다. 다음 순간, 뇌리에 퍼뜩 떠오르는 것이 있었다. 역시 그랬다. 당시 이 악적 성곤은 이미 공견대사를 스승으로 삼아 그 문하에 들어가고, 공견대사는 제자의 업보를 풀어주기 위해 양부 사손의 칠상권 열세 주먹을 달게 받아 죽었다. 그런데 성곤은 자기 스승마저 속여 넘겨 신승으로 하여금 한을 품고 죽게 만들었던 것이다.

첫 번째 의혹이 풀리자 상념은 꼬리에 꼬리를 물고 일어났다. 양부가 시도 때도 없이 미치광이 발작을 일으켜 무고한 인명을 마구 해치고, 그 손에 피해를 입은 여러 문파 방회 사람들은 무당산에 올라와 그의 부모를 핍박해 죽게 했다. 결국 이 모든 사건을 일으킨 화근 덩어리 원흉은 바로 혼원벽력수 성곤, 지금 장무기 앞에서 의기양양하게 떠들어대는 소림승 원진이 아니면 누구란 말인가?

삽시간에 장무기의 가슴속은 비할 데 없이 커다란 분노가 들끓고, 온 몸뚱이가 활활 타오르는 불구덩이에 떨어진 것처럼 화끈거려 그 뜨거운 열기를 어떻게 주체할 길이 없었다. 더구나 설부득의 건곤일기대는 바람 한 점 통하지 않는 밀폐된 공간이었다. 그 포대 자루 속에 들어앉은 지 오래되고 보니 진작부터 숨이 막힐 지경으로 답답한 것을, 그나마 깊고 두터운 내공에 의존해서 구식대법龜息大法으로 겨우겨우 숨을 쉬어 지금껏 버텨올 수 있었다. 그런데 이제 갑작스레 심기가 어지러워지자, 단전에 비축했던 구양진기가 통제력을 상실한 채 온 몸뚱이 구석구석을 제멋대로 뚫고 다니면서 마구 날뛰기 시작했다. 그 바람에 장무기의 몸뚱이는 마치 용광로에 빠져들 듯 삽시간에 불덩어리처럼 뜨겁게 달아올라 도무지 견뎌낼 수가 없었다. 열기를 참다못한 그는 마침내 신음 소리를 터뜨렸다.

"으와아!"

그 소리를 들은 주전이 버럭 호통쳐 일깨웠다.

"이봐, 젊은 친구! 우리 모두 목숨이 경각에 달렸어. 견디지 못할 정도로 고통스럽겠지만, 그래도 사내대장부가 나약하게 신음 소리를 내서야 쓰겠는가?"

"예, 알겠습니다!"

장무기는 한마디로 응답했다. 그러고는 당장 〈구양진경〉 가운데 공력을 운용하는 방법으로 들뜬 심신을 가라앉히고 운기 조식으로 숨을 고르게 가다듬었다. 그런데 어찌 된 노릇인지 평소에는 그 방법대로 하면 즉시 마음이 명경지수明鏡止水와 같이 고요하게 진정되어 정신이 사물 바깥으로 나돌 듯 홀가분해졌는데, 지금은 공력을 운용하면 할수록 팔다리 사지 온몸 구석구석 뼈마디, 치명적인 요혈이 정신을 차릴 수 없도록 쑤셔대기만 하는 게 아닌가!

그가 〈구양진경〉을 익힌 지도 벌써 5년의 세월이 지났다. 비록 천하에 가장 높은 상승 무학의 오묘한 비밀을 꿰뚫어보았다 하더라도 훌륭한 스승에게 지도를 받지 못한 채 그저 스스로 어둠 속을 헤매듯 어림짐작으로 모색한 끝에 몸속에 축적된 구양진기가 점점 늘어난 것은 사실이었다. 따라서 이 진기를 어떻게 유도해야만 최후의 관문을 깨뜨릴 수 있을 것인지 그 방법만큼은 끝내 알지 못했다. 이제 그 마지막 관문을 건드리지 않았더라면 그뿐이었을 터인데, 하필이면 천하 무학 중에서도 가장 음독하기 짝이 없는 원진의 환음지가 몸속으로 침투했으니, 그야말로 화약통에 연결된 도화선에 불을 당긴 격이나 다를 바 없었던 것이다. 어디 그뿐이랴. 장무기의 몸뚱이가 처박힌 건곤일기대는 밀폐된 포대 자루였기 때문에 팽팽하게 부풀어 오른 구양진기가 환음지로 말미암아 격발된 채 어디로 새어나갈 데가 없게 되자 반대로 장무기의 몸뚱이를 무섭게 들이받기 시작했다. 이 짧디짧은 시각의 충격이야말로 평생 도道와 기氣를 수련하는 이에게는 가장 어렵고도 위험하기 짝이 없는 막바지 고비로, 죽느냐 사느냐 성공이냐 실패냐를 판가름하는 찰나적인 순간이었다. 장무기가 지금 바로 그 실낱같은 생사현관生死玄關의 갈림길에 서서 방황하고 있는 것이다.

주전을 비롯한 오산인과 양소는 그가 바야흐로 '수화상제水火相濟', '용호교회龍虎交會'•의 중대한 전환점에 부닥쳐 시달리고 있을 줄은 꿈

• 도가에서 수련하는 용어. '수화상제'는 《주역周易》〈상전象傳〉에 나오는 '수재화상기제水在火上旣濟'와 비슷한 용어로, 내단內丹 수련의 정화를 이룬다는 뜻. 감리교구坎離交媾와 같은 의미인데, '감괘'는 물에 속하고 '리괘'는 불에 속해 연공練功 단계를 거쳐 후천팔괘後天八卦, 즉 수화가 조화되지 못한 상태를 선천팔괘로 상승시키는 단계라고 한다.
'용호교회'의 '용호' 역시 도교에서 내단을 수련하는 이름. 용龍은 양陽으로 '리괘'에서 나오며, '리괘'는 불에 속한다. '호虎'는 음陰으로 '감괘'에서 나오며 '감괘'는 물에 속한다. 이 두

에도 모른 채, 그저 환음지에 얻어맞아 죽음을 앞두고 뱉어내는 신음 소리로만 알아들었다.

혼신의 기력을 다 쏟아부어 뜨겁기 이를 데 없는 열기의 고통에 저항하면서도, 장무기는 원진의 말 한마디 한마디가 두 귀에 똑똑히 들려왔다.

"사매와 나의 두 집안은 세교世交로 맺어진 가문이라, 우리 두 사람은 어릴 적부터 약혼한 사이였소. 그런데 양정천이 남몰래 사매를 짝사랑하다가 명교 교주의 자리에 오를 줄이야 누가 알았겠나? 그가 천하에 위엄을 떨치기 시작하자, 사매의 부모는 애당초 권세와 이익을 따르는 부류인 데다 사매 또한 심지가 굳세지 못해 끝내 그자에게 시집가고 말았소. 허허허! 그러나 결혼한 후에 별로 행복하지 못한 그녀는 틈만 나면 나를 만났소. 사람의 이목을 피하려니 부득불 아주 은밀한 장소를 찾을 수밖에. 양정천은 사매의 요청이라면 사사건건 무엇이든지 다 들어주었소. 그녀의 뜻을 어겨본 적이 한 번도 없었으니까. 아무튼 그녀는 남편에게 비밀 통로를 보여달라고 요구했지. 양정천은 그것이 명교 규율을 위반하는 짓인 줄 뻔히 아는 만큼 썩 내키지 않았으면서도 그녀가 조르고 앙탈을 부려가며 요구하는 바람에 끝내 그녀를 데리고 비밀 통로에 들어선 거요. 그때부터 이 광명정의 비밀 통로, 명교 수백 년 이래 가장 신성하고 장엄한 성지가 나와 그대들의 교주 부인이 사랑을 속삭이는 밀회 장소가 되고 말았거든! 하하, 하하하……! 내가 그 비밀 통로를 드나든 지 벌써 수십 차례나 되었는데, 오늘 다시

가지가 어울려 합쳐지면 이른바 '도의 근본', 즉 '원신元身'을 이룩한다고 한다.

광명정에 올라오는 데 힘들 것이 뭐 있었겠는가?"

주전, 양소, 그 밖의 동료들은 이 말을 듣고 너 나 할 것 없이 벙어리가 된 듯 아무 말이 없었다. 욕 잘하는 주전마저 "개방……" 소리만 입 밖에 냈을 뿐 "……귀" 소리를 잇지 못했다. 사람마다 분노로 그득 찬 가슴이 금방에라도 터져 나갈 것만 같았다. 명교에 대한 모욕치고 이보다 더 크고 무거운 것이 어디 있겠는가? 오늘날 명교가 전군복멸을 당하게 된 모든 원인이 문제의 비밀 통로에 있었다니, 뭇사람들의 두 눈은 당장 불길을 쏟아낼 듯 이글이글 타오르면서도 의기소침해지는 것을 어쩔 수가 없었다. 원진의 그 얘기가 일부러 남을 속이려고 하는 거짓말이 아닌 줄 모두 알고 있었기 때문이다.

듣는 이들의 기분이야 어떻든 간에 원진은 자기 할 말을 계속했다.

"그대들이야 성날 게 뭐 있소? 내 멀쩡한 약혼이 양정천이란 놈 때문에 풍비박산 나고 분명히 내 아내가 될 사랑하는 여인이 마교 우두머리의 아내가 되고 말았는데. 안 그런가? 흐흐흐, 나는 그때부터 마교와 불공대천지 원수가 되었소. 양정천이 내 사매와 결혼하던 날, 하객으로 와서 축하주 한 잔 마시면서 마음속으로 굳게 맹세했지. '오냐, 성곤의 숨 한 모금이라도 붙어 있는 한 내 반드시 양정천을 죽여 없애고 마교를 멸망시키고야 말겠노라'고……. 그 맹세를 한 지 벌써 40년 세월, 오늘날에야 드디어 대성공을 거두게 되다니! 하하하! 나 성곤이 소원을 이루었으니 이제 죽어서도 편히 눈을 감게 되었단 말씀이야!"

양소가 냉랭하게 쏘아붙였다.

"고맙소. 그동안 내 마음속에 응어리져 있던 커다란 의혹을 풀어주셨으니 말이오. 양 교주가 돌연 비명횡사를 하시고 그 사인을 밝혀내지 못했는데, 이제 보니 당신이 저지른 짓이었구려."

살인범으로 지목당하자, 원진은 갑자기 엄숙해졌다.

"당시 양정천의 무공 실력은 나보다 뛰어났소. 그때는 둘째치고라도 지금의 내 수준으로 역시 양정천의 공력에는 도저히 미칠 수가 없을 거요."

주전이 얼른 그 말을 받았다.

"그러니까 네놈이 양 교주를 남몰래 해칠 수밖에 더 있었겠나? 독을 쓰지 않았으면 이번처럼 느닷없이 암습을 가해 죽였겠지!"

이 말에 원진은 한숨을 내리쉬면서 고개를 내저었다.

"아닐세, 그게 아니야. 사매는 내가 남몰래 독수를 쓸까 봐 끊임없이 경고를 주었다네. 만약 양정천이 내 손에 죽임을 당할 때는 절대로 날 용서하지 않겠다고 말일세. 나하고 밀회를 거듭하면서도 그녀는 자기 남편에게 말도 못 할 정도로 미안스러운 감정을 지니고 있었으니까. 나더러 독심을 품으면 하늘이 용납하지 않을 것이라고 협박했단 말일세. 양정천, 허허……! 양정천, 그자는 스스로 목숨을 끊었다네."

"아……!"

양소, 팽형옥의 입에서 외마디 실성이 흘러나왔다.

지금 원진의 심중은 양정천과 명교에 대한 원한으로 가득 차 있었으나, 오늘 드디어 그 원수를 갚게 되었으니 말도 못 하게 속이 후련했다. 그렇기 때문에 지금처럼 명교의 최고위층 인사들에게 안하무인격으로 활개를 치면서 진정을 다 토로하고 있는 것이다. 게다가 자신과 명교의 칠대 고수는 하나같이 음독에 손상을 입어 내력이 차단된 상태였다. 이제 누가 먼저 경맥을 원활하게 소통시켜 공력을 회복하느냐 경쟁하는 다급한 판국에, 쌍방 간의 생사와 승부는 삽시간에 결판이 나게 되어 있었다. 따라서 양 교주 부인과 자신이 명교 비밀 통로에서 밀회를 즐긴 옛날얘기를 들었을 때, 양소를 비롯한 마교의 무리들은 보나마나 기막힌 치욕으로 생각할 것이 분명하고 격분한 나머지 주화입마에 빠져들어 결국은 일패도지를 당하게 될 터였다. 그래서 그는 양정천이 어떻게 죽었는지 그 사연을 더욱더 생동감 있게, 그리고 한 장면도 빠뜨림 없이 아주 그럴듯하게 낱낱이 묘사해서 들려주기로 작심한 것이다.

"만일 양정천이 진짜 내 장력 아래 맞아 죽었다면, 나는 오히려 그대들의 명교를 용서해주었을지도 모르겠소."

계속되는 원진의 목소리가 갈수록 점점 낮아지고 차분해졌다.

"그날 밤, 나는 사매와 비밀 통로에서 또 밀회를 즐기고 있었지. 그런데 뜻하지 않게 왼쪽 석실에서 아주 무겁고 둔탁한 숨소리가 들려오기 시작했소……."

수십 년 전의 과거사를 떠올리느라 원진의 말투는 이따금 끊어지고 느려졌다.

비밀 통로 안에서 밀회를 즐기던 원진과 양 교주 부인은 소스라치다 못해 기절초풍할 지경이 되었다. 첫 만남 이후 이런 경우는 처음이었다. 지하 통로는 은밀하기 이를 데 없어 외부인이 절대로 입구를 찾아낼 수도 없거니와 설사 명교 신도라 해도 어느 누구 하나 함부로 뛰어들 엄두조차 내지 못하는 곳이었다. 그런데 사람의 숨소리가 들리다니…….

두 남녀는 놀란 가슴을 억누르면서 살금살금 소리 나는 쪽으로 걸어갔다. 석실 문턱을 기웃거리니 뜻밖에도 명교 교주 양정천이 조그만 석실 한복판에 앉은 채 양피지 한 장을 손에 들고 있는 게 아닌가? 그들은 양정천의 얼굴빛이 핏물을 바른 것처럼 검붉은 빛깔로 짙게 바뀐 것을 보았다.

양정천 역시 그들을 발견하고 천천히 고개를 주억거렸다.

"그대들 두 사람이었는가? 잘하는 짓이로군, 잘하는 짓이야. 그래가지고 날 볼 면목이 있는가?"

"……이 몇 마디 말을 건넸을 때, 불현듯 양정천의 얼굴빛이 온통 시퍼렇게 질렸네. 하지만 그 시퍼런 얼굴빛은 나타나기가 무섭게 사라지고 다시 핏빛으로 바뀌더군. 안색이 검푸르게 바뀌었다가 또 느닷없이 검붉은 빛깔로, 순식간에 잇따라 세 차례나 바뀌는 것이었네. 양 좌사, 그대는 이 무공이 어떤 것인지 알고 있는가?"

양소는 침통한 기색으로 대꾸했다.

"본교의 비전절기, 건곤대나이 신공이었을 거요."

주전이 기다렸다는 듯이 얼른 물었다.

"양소, 자네도 그 신공을 익히지 않았는가?"

"언감생심 그 신공을 익혔다고 말할 수야 있나. 양 교주께서 살아 계셨을 때 나를 어떻게 잘 보셨는지 수박 겉 핥기로나마 이 신공의 입문 공부를 가르쳐주신 적이 있었지. 나는 10여 년을 고심참담하게 수련했어도 겨우 2단계 정도밖에 오르지 못했다네. 그 위 단계로 수련을 계속해보았으나, 전신의 진기가 들끓어 마치 머리통이 터져 나가듯 쑤셔서 도무지 견뎌낼 재간이 없더군. 양 교주가 순식간에 얼굴빛이 세 차례나 바뀌었다면 네 번째 단계까지 올라가셨다고 볼 수 있네. 그분 말씀이, 본교 역대 교주들 가운데 제8대 종鍾 교주의 무공이 최강이어서 건곤대나이 신공을 다섯 번째 단계까지 수련했으나, 완성하시던 그날 주화입마에 빠져 세상을 뜨셨다고 했네. 그 이후로 네 번째 수련 단계까지 완성한 사람은 없었다더군."

"그토록 어렵다니……."

주전의 놀라움에 철관도인이 면박을 주었다.

"그 정도로 어렵지 않다면, 어떻게 우리 명교의 호교신공護教神功이라 할 수 있겠는가?"

이들 명교의 무학 고수들도 건곤대나이 신공에 대해 들은 지 오래였다. 속마음으로만 흠모해왔을 뿐 직접 본 적은 없었다. 이제 양소의 입을 통해 그 얘기를 다시 듣게 되자, 몸은 비록 위험한 지경에 처해 있으면서도 황홀감을 금치 못하고 한두 마디씩 나누지 않을 수 없었던 것이다.

뒤미처 팽형옥이 물었다.

"양 좌사, 양 교주께서 그 신공을 세 번째 단계까지 수련했을 때 어째서 그처럼 안색이 바뀌어야 하는 거요?"

그가 불쑥 주제에서 벗어난 질문을 던진 데는 나름대로 깊은 뜻이 있었다. 그는 이제 원진이 몇 걸음 더 가까이 와서 한 사람 앞에 한 대씩 먹이기만 하면 모두 목숨이 끝장나리라는 것을 알고 있었다. 그래서 어렵게 원진이 과거사를 털어놓도록 유도해 될 수 있는 대로 최대한 시간을 끌어놓고 그동안에 자기네 일곱 고수 중 한 사람만이라도 행동의 자유를 되찾을 수만 있다면 원진과 한바탕 대결해볼 속셈이었다. 설사 원진을 당해내지 못한다 하더라도 속수무책으로 앉아서 죽기만 기다리기보다 혹시 어떤 돌발적인 상황 변화가 생기지 않을까 막연하게나마 기대를 걸어본 것이다.

양소라고 어찌 그 속뜻을 모를 턱이 있으랴. 팽 화상의 물음에 그는 천천히 입을 열어 대답했다.

"건곤대나이 신공의 주된 요체는 바로 '일강일유一剛一柔', 즉 굳셈과 부드러움의 순서를 자기 뜻대로 돌려놓고 음과 양이라는 건곤이기乾坤二氣를 바꿔치기하는 데 있소. 얼굴에 푸른 빛깔, 붉은 빛깔이 나타나는 까닭은 체내의 혈액이 가라앉고 진기가 바뀌는 현상이오. 여섯 번째 단계까지 수련하면 얼굴뿐 아니라 온 몸뚱이가 붉어졌다 푸르게 바뀌지만, 일곱 번째 단계에 도달했을 때는 음양이기의 전환이 부지불식간에 이루어지기 때문에 외형상 아무런 표징도 보이지 않는다고 합디다."

팽형옥은 원진이 지겨워할까 봐 이번에는 일부러 그에게 질문을 던졌다.

"원진대사, 우리 양 교주님은 도대체 어떻게 귀천하셨소?"

그러나 원진 역시 저들의 속셈을 훤히 들여다보고 있는 터라 말대꾸에 코웃음을 섞었다.

"그대들이 환음지에 찍히고 나서부터 운기 조식하는 기척을 내 모두 귀담아듣고 있소. 아마 한두 시진 이내에는 움직일 엄두가 나지 않겠지? 모두 진기를 응축시켜 막힌 혈도를 풀려고 시간을 끌어볼 속셈인 모양이나, 솔직히 말씀드려서 제때에 마치지는 못하실 것이외다. 여러분 모두 무학의 고수들이니까 잘 아시겠지. 그보다 더 지독한 상처를 입었더라도 지금처럼 오래 운기 조식하면 호전되는 기미가 보여야 할 텐데, 어째서 전신이 갈수록 굳어지고 계실까? 흐흐흐!"

양소와 팽형옥 등도 물론 그가 눈치채리라는 것은 진작 알고 있었다. 또 전신이 굳어져가는 것도 사실이었다 하지만 숨 한 모금 붙어 있는 한 이대로 주저앉을 수는 없었다.

원진은 원진대로 느긋하게 할 말을 이어갔다. 기왕에 질문을 받았으니 죽어가는 사람들의 한이라도 풀어줄 요량으로…….

양정천의 얼굴빛이 순식간에 울긋불긋 바뀌어가자, 원진과 양 부인은 놀랍고 당혹스러움을 금치 못했다. 더구나 양 부인은 자기 남편의 무공 실력이 얼마나 높은지 훤히 알고 있었다. 이제 손길만 내뻗었다 하는 날이면 두 목숨은 그 자리에서 꼼짝없이 죽어야 했다. 그녀는 남편을 불렀다.

"정천, 이 모든 게 내 잘못이에요. 제 사형만 놓아 보내주신다면 어떤 질책과 벌이든지 내 한 몸으로 달게 받겠어요."

아내의 간청을 듣고, 양정천은 고개를 절레절레 내두르면서 무겁게 입을 열었다.

"내가 그대의 육신을 취하기는 했어도 마음을 얻지는 못했구려."

그러고는 아내를 노려보는 두 눈길에서 갑자기 두 줄기 선혈이 주르르 흘러내리더니, 온 몸뚱이가 꼿꼿하게 굳어지면서 꼼짝달싹도 하지 않았다.

대경실색한 양 부인이 비명을 질렀다.
"정천, 정천! 당신 어떻게 된 거예요?"

이 몇 마디를 거듭했을 때 원진의 목소리는 그리 크지 않았으나, 고요한 밤중에 듣는 뭇사람들의 머릿속에는 양정천이 두 눈으로 피를 흘리는 장면이 선하게 떠올랐다. 그러고는 모두 가슴을 부르르 떨었다.
원진은 말을 이어갔다.
"사매가 몇 차례나 외쳐 불렀어도, 양정천은 여전히 움직일 줄 몰랐소……."

이윽고 양 부인이 대담하게 앞으로 나아가 남편의 손을 잡아끌었다. 그러나 손가락은 이미 뻣뻣하게 굳어졌다. 다시 손길을 내밀어 코끝의 숨결을 더듬어보았다. 숨도 이미 끊겨 있었다. 어느새 죽은 것이다.
원진은 사매가 죄스러움을 느끼는 줄 뻔히 아는 터라, 부드럽게 위안해주었다.
"아무래도 극히 어려운 무공을 연마하다가 급작스레 주화입마에 빠져든 모양이오. 진기가 순조롭게 흐르지 못하고 거슬러 충돌했을 때는 도저히 만회할 방법이 없으니까."
말끝을 흐리자, 양부인은 도리질을 했다.
"아니에요. 이 사람은 명교의 불세기공不世奇功 건곤대나이를 수련하던 중이었어요. 지금 막바지 중요한 고비에서 느닷없이 우리 두 사람이 밀회하는 장면을 목격하고 충격을 받은 거예요. 비록 내 손으로 죽인 것은 아니지만 결국 나 때문에 죽었다고 할 수 있죠."

원진은 애통해하는 사매에게 무슨 말로든 위로해주고 싶었다. 그래서 막 입을 열려는 순간, 양 부인이 원진의 등 뒤를 가리키면서 고함을 질렀다.

"웬 놈이냐!"

원진이 엉겁결에 흘끗 뒤돌아보았으나 사람의 그림자는커녕 쥐새끼 하나 보이지 않았다. 다시 고개를 돌렸을 때, 그녀의 가슴에는 비수한 자루가 꽂혀 있었다. 남편을 따라서 자결한 것이었다.

깜짝 놀란 원진이 달려들었으나 숨은 이미 끊긴 뒤였다. 돌바닥에 쓰러진 사매의 몸뚱이를 부여안았을 때, 원진의 귀에는 방금 양정천이 마지막으로 내뱉은 말이 들려왔다.

"내가 그대의 육신을 취하기는 했어도 마음을 얻지는 못했구려."

"허허, 허허허!"

원진의 입에서 저도 모르게 실소가 배어나왔다. 그렇다, 양정천은 사매의 육신을 얻었으나 마음을 얻지 못했다고 했다. 그런데 자기는 사매의 마음을 얻고도 끝내 육신마저 얻지 못했으니, 이런 허망한 일이 세상에 어디 또 있으랴? 한바탕 실소 끝에 그는 가슴속 깊은 곳에서 분노의 불길이 치밀어 오르는 것을 느꼈다.

'사매, 이 여인은 내 평생토록 누구보다 공경하고 아낌없이 사랑하던 이였다. 양정천이 중간에서 훼방을 놓지 않았던들 지금쯤 우리 두 사람은 원만한 결혼 생활을 하며 이 세상에서 가장 행복하게 살고 있을 것이 아닌가? 그런데 어떻게 이렇듯 비참한 결말에 이르게 되었단 말인가? 만일 양정천이 마교 교주의 자리에 오르지 않았던들 사매는 자기보다 스무 살이나 연상인 남자에게 시집을 갔을 리 없다. 이제 양정천이 죽어버렸으니 나로서는 이자를 어떻게 할 도리가 없다. 그러나 마교는 아직도 세상에 종횡무진으로 날뛰고 있지 않은가?'

원진은 서서히 몸을 일으켰다. 그러고는 발치 아래 쓰러진 양정천과 사매의 시신을 손가락질하면서 굳게 맹세했다.

"나 성곤은 앞으로 명교를 멸망시키는 일에 내 혼신의 기력을 다하고, 내가 지닌 능력을 다 쏟으리라! 이 대업을 성공적으로 완수하는 날, 다시 이곳으로 찾아와 두 사람 앞에 지금처럼 서서 스스로 목숨을 끊어 사죄하리라."

"하하! 양소, 그리고 위일소. 그대들은 이제 곧 죽을 테지? 나 성곤 역시 목숨이 그리 길게 남지 않았소. 그러나 내 심원을 이룩하고 기꺼운 마음으로 자결하게 되었으니 비참하게 죽임을 당하는 그대들보다 천 배 만 배는 더 나을 거요. 지난 몇 년 동안 나는 어떻게 하면 마교를 궤멸시킬까 계책을 짜는 데 불철주야로 연구해왔지. 단 한 시각도 허비해본 적이 없었으니까. 아아…… 그러나 이 성곤은 평생토록 불행 속에 살아온 사람이었소. 사랑하는 아내를 남에게 빼앗기고, 하나밖에 없는 제자마저 이 스승을 뼈에 사무치도록 미워했으니……."

그가 사손의 이름을 거론했을 때, 장무기는 신경을 더욱 집중시키느라 여념이 없었다. 마음과 뜻이 한결같아지면서 체내의 구양진기는 점점 갈수록 넘쳐흐를 지경으로 왕성해져 사지 팔다리에서부터 온몸의 뼈마디에 이르기까지 어느 한구석이든 당장에라도 터져 나갈 것처럼 팽창했다. 하다못해 머리카락 한 올조차 몇 배나 굵고 길어지는 듯한 느낌이 들었다.

탄식 끝에 숨을 돌리던 원진이 다시 말을 계속했다.

"광명정에서 내려온 후 중원으로 돌아온 나는 여러 해 보지 못한 제자를 만나러 갔소. 그리고 이런저런 얘기 끝에 그가 이미 마교의 사대 호교법왕 가운데 한 사람이 되었다는 사실을 알았지……."

광명정에 머물러 있는 동안 사실 그는 오로지 사매와 같이 있는 일에만 정신 팔렸을 뿐, 명교가 무슨 일을 하는지 일체 마음에 두지 않았고, 양 부인 역시 명교에 관한 일은 그에게 들려준 적이 없었다. 사손이 마교의 고위직에 올랐다는 사실도 제자가 직접 자기 입으로 말해주고 나서야 알았다. 사손은 스승더러 명교에 입교할 것을 간곡히 권유했다. 스승과 제자가 마음과 힘을 합쳐 중원 땅에서 오랑캐를 몰아내자고 설득한 것이다.

원진은 제자 앞에 내색은 하지 않았으나, 가슴속에서 분노가 들끓었다. 그러나 감정을 억누르고 냉정하게 생각을 바꿔먹었다. 마교는 연원이 오래되었고 역사도 무척 긴 만큼 그 뿌리도 고질이 되도록 깊었다. 또 그 안에 고수가 구름처럼 몰려 있었다. 따라서 자기 혼자 힘만으로 궤멸시킨다는 것은 애당초 불가능한 일이었다. 자기 한 사람은 둘째로 치고 천하 무림의 영웅호걸들이 손을 맞잡는다 하더라도 과연 멸망시킬 수 있을지 의문이었다. 유일한 가망성이 있다면 그것은 내부로부터 도발해 저들끼리 서로 짓밟고 죽이게 만드는 방법뿐이었다.

양소를 비롯한 명교 사람들은 경악의 도를 넘어 모골이 송연해질 정도로 깊은 공포감을 느꼈다. 지난 몇 해 동안 자기네들 곁에 이렇듯 강대한 악적이 숨어서 틈을 엿보고 명교를 궤멸시키는 일에 절치

부심하고 있을 줄은 꿈에도 몰랐다. 그저 교주 자리를 서로 차지하느라 자기네들끼리 쟁탈전을 벌이고, 내부에 일대 혼란을 일으켜오지 않았던가?

불문에 '당두봉갈當頭棒喝'• 이란 말이 있다더니, 원진의 말 한마디 한마디는 곧바로 그들의 정수리를 내리쳐 일깨우는 몽둥이가 되었다.

"제자의 놀라운 말을 듣고서도, 나는 전혀 감정을 드러내지 않고 '입교 문제는 중차대한 일이니 시간을 두고 천천히 고려해보자'고만 얘기했소. 며칠이 지나서 나는 일부러 술에 취한 척 가장하고 제자의 아내를 겁탈하려 했지. 그리고 내친김에 그 부모와 처자식 일가족을 아예 몰살해버렸소. 이렇게 되면 제자 녀석은 나에 대한 원한이 뼈에 사무쳐 반드시 날 찾아서 복수하지 않겠소? 제자 녀석의 성품과 기질로 보아 만약 날 찾아내지 못하면 어떻게 해서든지 날 이끌어내기 위해 온갖 수단 방법을 가리지 않으리란 것은 불 보듯 뻔했소. 하하하. 제자를 알아보는 데 스승만 한 사람이 없다지 않소? 사손, 그 녀석은 학문에도 재능이 있고 무공도 대단해서 뭐든지 다 좋은데, 성미가 너무 급해 무슨 일이든 앞뒤 원인 결과를 꼼꼼히 따져 생각하지 않는 버릇이 있단 말씀이야."

여기까지 듣고 났을 때, 장무기는 가슴속에서 끓어오르는 분노를 억제할 길이 없었다. 그러고 보면 양부에게 닥친 모든 불행은 순전히 성곤의 계략 때문이었다. 저 악적이 술에 취해서 우연히 저지른 일이 아니라, 치밀하게 계산한 뒤에 꾸민 음모였던 것이다.

• 불교 용어로, 참선하는 승려가 수행자를 지도할 때 막대기로 때리거나 고함쳐 수행자를 일깨우는 수단이다.

원진의 목소리가 갈수록 의기양양해졌다.

"사손이란 녀석이 강호의 호걸들을 마구 죽이고 가는 곳마다 살인 현장에 내 이름을 남겨놓은 것도 날 끌어내기 위한 수작이었지. 하하, 그렇다고 내가 선뜻 나설 만큼 어수룩할 리가 있나? 남에게 알리기 위해선 자신부터 수단 방법을 가리지 않는 법. 명교의 호교법왕 사손이 그 숱한 원수를 맺은 만큼 마지막에 가서 이 모든 혈채血債는 고스란히 명교 측에 떨어져 그대들이 갚을 수밖에 없게 되었다, 그 말씀이오."

원진은 여기서 잠시 뜸을 들이며 생각하다가 다시 말을 이었다.

"그가 사람을 죽일 때 어쩌다 위험에 봉착하면 내가 암암리에 손을 써서 구해주기도 했지. 이 사랑스러운 제자 녀석은 내 수중에 들린 살인도구인데, 남의 손에 죽게 해서야 될 법이나 하겠는가? 하하, 그대들 마교는 결국 무수한 외적을 만든 셈이지. 더구나 여러 고수분께서 교주 자리를 놓고 쟁탈전을 벌이느라 내분이 그칠 새 없었으니, 그게 바로 내 계략이 하나하나씩 들어맞은 게 아니고 뭔가? 사손은 소림신승 공견을 칠상권으로 때려죽였고, 공동오로를 해쳤을 뿐 아니라, 왕반산도에서 여러 방회 문파의 숱한 고수를 무차별로 살상했소. 심지어는 자기 옛 친구 은천정이 거느린 천응교의 단주마저 해쳤으니까. 그러고 보면 정말 훌륭한 제자, 아주 기막히게 훌륭한 제자가 아닌가? 내가 그 녀석에게 일신의 무공을 가르쳐준 보람이 과연 헛된 것이 아니었다니까. 핫핫핫!"

양소가 냉랭하게 물었다.

"얘기가 그렇다면 그대의 사부 공견신승 역시 그대의 악랄한 계략에 휘말려 죽은 셈이로군!"

"흐흐흐, 내가 공견을 스승으로 모신 게 진심인 줄 알았다면 그대는 바보 천치일세. 그 사람은 나한테 큰절 몇 번 받은 젯값으로 알량하게 늙은 목숨까지 날려 보냈으니, 내가 손해를 본 셈은 아니지. 하하, 하하핫!"

의사청 대들보가 들썩거리도록 쩌렁쩌렁 울리는 웃음소리에 장무기는 화가 머리끝까지 뻗쳐올라 미칠 것만 같았다. 귓속에서 "위이잉!" 하니 고막이 울리는 것은 귀울음 탓도 원진의 통쾌한 웃음소리 때문도 아니었다. 분노가 극에 달하면 정신마저 잃는다 했던가. 그는 갑작스레 까무러쳤다가 이내 소스라쳐 깨어났다. 스무 살 남짓 살아오는 동안 자신도 숱한 수모와 굴욕을 받아왔지만, 장무기는 그럴 때마다 무심하게 치지도외하고 태연하게 대처해왔다. 그러나 양부 사손은 어떤가? 천하에 다시없을 떳떳한 사내대장부가 간악하기 그지없는 스승 성곤의 음모와 독한 계략에 걸려 패가망신하고 그동안 쌓아 올린 명예마저 잃어버렸을 뿐 아니라, 두 눈이 멀어버린 장님이 되어 북극 황량한 무인도에서 홀로 쓸쓸하게 죽음만을 기다리며 살아가고 있지 않은가? 그러니 이 피맺힌 원한을 어찌 다 갚으랴?

분노가 머리끝까지 치밀어 오르자 온몸 구석구석에 퍼져 나간 구양진기마저 격심하게 소용돌이치면서 이곳저곳으로 질풍같이 치달았다. 진기는 아무리 숨을 내쉬어도 새어나갈 데가 없어 마침내 건곤일기대를 점점 공처럼 둥글게 부풀려놓기 시작했다. 양소를 비롯한 명교 사람들은 원진의 얘기에 온 신경을 집중시켜 듣느라, 포대 자루가 이렇듯 팽창하는데도 그 변화를 눈여겨보는 이가 없었다.

원진이 불쑥 포로들에게 물었다.

"양소, 위일소, 팽 화상, 주전, 그대들은 더 할 말이 없는가?"

"일이 이 지경으로 된 마당에 무슨 말을 더 하겠소? 원진대사, 내 딸의 목숨 하나만은 용서해줄 수 있겠소? 그 아이 어머니는 아미파의 문하 제자 기효부, 바로 명문 정파 출신이오. 또 아직 우리 명교에 입교하지도 않았고……."

"속담에 '호랑이 새끼를 기르면 후환이 생기는 법!養虎貽患', '풀을 베려거든 뿌리째 뽑아야 한다斬草除根'•는 얘기도 못 들어보셨는가? 용서는 없네!"

한두 마디로 딱 부러지게 거절한 원진이 다시 한 발짝 성큼 내딛더니, 손바닥을 뻗어 양소의 정수리를 조심스럽게 아주 서서히 내리쳐갔다.

사태는 바야흐로 긴박해졌다. 포대 자루 속의 장무기가 그 기척을 들었다. 그는 몸뚱이가 불덩어리처럼 달아올랐으나 이것저것 돌아볼 겨를이 없었다. 자루에 가로막혀 눈으로 보지는 못해도, 사람의 목소리와 움직이는 기척만 듣고도 거리와 방위를 판별할 수는 있었다. 그

• '양호이환'은 곧 호랑이를 기르면 자신이 화를 입게 되듯 적을 놓아주면 스스로 후환을 남기게 된다는 비유. 《사기》 〈항우 본기〉에 "초나라 군사가 피로에 지치고 식량도 떨어졌으니 이는 하늘이 초나라를 멸망시킬 때입니다. 이 기회를 틈타 공격하십시오. 이제 저들을 놓아주고 공격하지 않는다면 이른바 '호랑이를 길러 스스로 후환을 남겨두는 격'입니다楚兵罷 食盡 此天亡楚之時也 不如因其機而遂取之 今釋不擊 此所謂養虎遺患也"에서 나온 말이다. '참초제근' 역시 재화災禍는 뿌리째 제거해 후환을 남겨두지 않는다는 비유로, 《좌전》 〈은공隱公 6년 조〉에 "나라를 위해 악을 제거하는 건 마치 농부가 잡초를 뽑느라 애쓰는 것과 같습니다. 잡초를 제거하되 쌓이지 않도록 그 본뿌리를 뽑아 없애듯 악이 쌓이지 않도록 그 근본을 제거할 것입니다爲國家者 見惡如農夫務去草焉 芟夷蘊崇之 絶其本根 勿使能植"에서 비롯한 관용어다.

는 포대 자루 속에서 힘껏 몸을 솟구쳐 원진의 앞을 정면으로 가로막는 한편, 왼 손바닥을 뒤집어 포대 자루를 사이에 둔 채 원진의 일장 공격을 옆으로 흩뿌려쳤다.

원진은 이제 막 행동의 자유를 억지로나마 되찾았을 뿐 원기는 미처 완전히 회복하지 못했다. 이런 상태에서 장무기에게 가로막히자, 저도 모르게 몸뚱이가 휘청하고 흔들리면서 한 발짝 뒷걸음질 쳐 물러날 수밖에 없었다.

"요런 발칙한 녀석! 네놈이…… 네놈이……!"

그러면서 그는 정신을 가다듬고 달려 나가면서 포대 자루를 겨냥하고 냅다 일장을 후려갈겼다. 그러나 손바닥 힘은 장무기의 몸에 닿지 않았고 공처럼 팽팽하게 부푼 포대 자루의 탄력에 튕겨나오더니 반대로 주인의 몸뚱이를 밀어내는 것이 아닌가? 또다시 두 발짝이나 뒷걸음친 원진은 대경실색, 다음에 무엇을 해야 좋을지 모른 채 멍하니 서 있었다. 도대체 무슨 영문인지 까닭을 몰랐던 것이다.

이 무렵, 장무기는 혓바닥이 타들어갈 정도로 입속이 말라붙어 머리통까지 어찔어찔 현기증을 일으켰다. 체내의 구양진기는 이미 폭발 직전까지 부풀었다. 만약 건곤일기대가 먼저 터져서 찢겨나가기라도 한다면 이 곤경에서 벗어날 수 있겠지만, 그렇지 않으면 체내의 맹렬하기 짝이 없는 진기를 다스리지 못해 우선 자신의 살갗부터 도막도막 갈라지고 끝내 숯덩어리처럼 새까맣게 타버릴 형세가 될 터였다.

원진은 이 괴상야릇한 포대 자루 앞으로 밀려났던 두 걸음을 성큼성큼 도로 내딛더니 또 한 번 냅다 일장을 후려쳤다. 그러나 또다시 포대 자루에 튕겨 한 걸음 물러났다. 장력에 떠밀린 포대 자루 역시 마치 커다란 가죽 공처럼 땅바닥에 몇 바퀴 나뒹굴었다. 자루 속 장무기의 몸뚱이가 연거푸 위아래로 곤두박질쳐 뒤집기를 계속했다. 공기가 밀폐된 가운데 가슴은 답답하다 못해 숨이 턱턱 막혀왔다. 기를 써서 아랫배를 북처럼 잔뜩 부풀리고 입을 딱 벌려 체내의 진기를 토해내려 했어도, 포대 자루 자체가 이미 최대한으로 공기를 팽창시켜놓았기 때문에 숨 한 모금 뱉어내기조차 힘들었다.

뒤미처 원진의 주먹질 세 번, 발길질 두 번이 연속으로 뻗어나갔다. 그러나 주먹질, 걷어차기는 번번이 포대 자루의 탄력에 도로 튕겨 고스란히 주인에게 돌아갔다. 거의 진공상태에 빠져든 장무기는 타격을 받았다는 감각조차 전혀 느끼지 못했다. 그 연속 공격이 모조리 포대 자루 겉면만을 건드린 것은 어떻게 보면 원진에게 다행일 수도 있었다. 왜냐? 그 주먹질과 발길질이 진짜 장무기의 몸뚱이에 정통으로 들어맞았다면, 바야흐로 철철 흘러넘칠 지경으로 꽉 들어찬 진기의 반탄력에 오히려 타격을 받아 원진의 손발은 중상을 면치 못했을 테니 말이다.

양소, 위일소를 비롯한 일곱 사람 역시 이 해괴하기 짝이 없는 광경을 보고 놀라다 못해 어안이 벙벙해졌다. 건곤일기대의 주인인 설부득도 이 물건이 어째서 공처럼 부풀었는지 그 까닭을 생각해낼 수가 없었다. 더구나 포대 자루 속에 가두어둔 장무기가 지금쯤 살았는지 죽었는지도 알 길이 없었다.

독이 오른 원진이 허리춤에서 비수를 뽑아 들더니 포대 자루를 겨냥해 있는 힘껏 찔러들었다. 그러나 포대 자루는 칼끝이 닿은 부분만 움푹 파이는가 싶더니 꿰뚫리거나 찢겨지기는커녕 힘줄기가 사라지자 이내 원상태로 팽팽해졌다. 실로 기묘하기 짝이 없는 재질로서, 비단실로 만든 것도 아니고 가죽 제품도 아니었다. 솜 실로 짠 무명천은 더더구나 아닌 것이 천지간에 다시 보기 어려운 기이한 물질이었다. 게다가 원진의 비수조차 보검이 아닌 바에야 제아무리 찔러봤자 그 해괴한 포대 자루를 어떻게 해볼 도리가 없었다. 주먹질, 손바닥 후려치기, 발길질에 칼부림까지 어느 것 하나 효과를 보지 못하고 무위로 돌아가자 그는 '이 어린 녀석한테 발목 잡혀 있을 게 뭐 있겠느냐' 싶어 이번에는 오른발에 혼신의 힘을 다 쏟아붓고 냅다 걷어찼다.

"텅, 텅, 텅, 텅……!"

발길질에 걷어차인 커다란 포대 자루가 떼굴떼굴 튕겨나가면서 곧장 의사청 정문 쪽으로 굴러갔다.

거대한 공처럼 팽팽하게 부풀어 오른 포대 자루가 대청 문에 "쿵!" 소리를 내며 충돌하기가 무섭게 도로 튕겨나오더니, 발길질을 날린 당사자에게 질풍 같은 속도로 부딪쳐갔다. 맹렬한 기세로 자신에게 되돌아오는 공을 보자, 원진은 황급히 두 손바닥을 나란히 곧추세운 채 혼신의 기력을 다 쥐어짜 곧바로 밀어쳤다.

"뻥!"

엄청난 폭음이 의사청 건물 안을 뒤흔들어놓는 것과 동시에 포대 자루 천 조각들이 눈발처럼 사면팔방으로 어지럽게 흩날렸다. 장무기의 구양진기로 북처럼 팽팽하게 부풀어 오른 건곤일기대가 외부에서 원진이 후려친 장력의 타격을 받고 안팎의 두 힘줄기가 맞부딪치자 삽시간에 산산조각으로 터져버린 것이다.

원진, 그리고 양소, 위일소, 설부득 등은 너 나 할 것 없이 불덩어리처럼 뜨겁기 짝이 없는 열기가 자기네 몸뚱이로 한꺼번에 확 밀어닥치는 것을 느꼈다. 동시에 포대 자루가 있던 그 자리에 꾀죄죄한 옷차림을 한 젊은이가 얼굴 가득 멍한 기색을 띤 채 우두커니 서 있는 것을 발견했다.

그들은 아무도 몰랐다. 바로 그 순간, 장무기가 연마한 구양신공은 기공을 수련하는 모든 이가 꿈에나 그리는 이른바 '수화상제', '용호교회'의 대공大功을 완성했을 줄이야. 포대 자루 속에 충만한 진기로 말하자면, 내가고수 수십 명이 저마다 진력을 한꺼번에 쏟아내어 장무기의 온몸 구석구석 수백 군데나 되는 혈도를 동시에 주물러주고 힘차게 밀어주는 것과 맞먹는 효과가 있었다. 그의 몸뚱이 안팎에서 진기가 격심하게 소용돌이치면서 체내에 수십 군데나 되는 생사현관生死玄關을 하나씩 차례차례 돌파해나갔다. 이때 온몸에 느껴지는 것이라곤 한 줄기 수은水銀이 흘러 돌아가는 것처럼 포근하고 안온한 감각뿐이었다. 이러한 기연機緣은 자고이래 어느 누구도 경험해본 적이 없는 일이었다. 또 신비스러운 포대 자루가 산산조각으로 파괴된 이상 앞으로 다시는 우연으로라도 이런 기적을 만날 수 없으리라.

원진은 포대 자루 속에서 느닷없이 나타난 청년이 사뭇 불안정한 기색으로 망연자실하게 서 있는 것을 보자 즉각 결단을 내렸다. 자기 자신도 중상을 입은 마당에 지금 순식간에 사라져버릴지도 모를 이 절호의 기회를 놓치고 반대로 상대방에게 기선을 잡혔다가는 그때야말로 자신이 도저히 감당하지 못할 위기에 몰릴 것이 분명했다. 한 발 성큼 내디딘 원진이 오른손 식지를 내뻗기가 무섭게 환음지의 내력을 끌어올려 곧바로 그 앞가슴 전중혈을 찍어갔다.

본능적으로 위기를 느낀 장무기도 엉겁결에 손바닥을 휘둘러 가로 막았다. 이즈음 그는 신공을 처음 완성하기는 했으나 무술 초식 하나만큼은 평범하기 이를 데 없었다. 오랜 옛날 양부 사손과 아버지 장취산에게서 무공을 배우기는 했어도 아직 내공에 융화시켜 활연관통豁然貫通하지 못한 상태였으니, 원진과 같은 최정상급 고수에게 무슨 수로 맞서 싸우겠는가? 단 일초 사이에 손목 위쪽 양지혈陽池穴을 원진의 손가락에 찍히는 순간, 찌르르하는 느낌과 더불어 저도 모르게 몸서리를 치면서 뒤로 한 발짝 물러서고 말았다. 그러나 체내에 가득 흘러넘치면서 빠져나갈 데를 찾지 못하고 극심하게 소용돌이치던 구양진기가 피아 쌍방의 두 손가락 끝이 맞닿는 찰나, 원진의 손가락으로 순식간에 밀려들었다.

한쪽은 얼음보다 더 차가운 음기, 다른 한쪽은 불덩어리처럼 뜨거운 양기, 이들 두 힘줄기야말로 애당초 상극이었다. 장무기의 내력은 순전히 구양신공에 바탕을 둔 것이기 때문에 웅혼하고 두텁기로는 환음지보다 훨씬 위력적이었다. 원진은 손가락 끝이 뜨거워지는 감촉을 받았을 때 전신의 공력이 삽시간에 흩어져버리는 것을 깨달았다. 더구나 그 공력은 중상을 입은 끝에 가까스로 끌어모은 터라 평소 지니고 있던 공력 가운데 10분의 1도 채 못 되는 것이었다. 정세가 불리하다는 판단이 서자, 무엇보다 먼저 목숨부터 구하는 일이 중요했다. 그는 손을 거두어들이고 미련 없이 돌아서서 도망치기 시작했다.

"성곤, 이 간악한 놈! 그 목숨을 내놓고 가거라!"

노발대발한 장무기가 호통을 치더니 의사청 문밖으로 뒤쫓아 나갔다. 원진의 뒷모습이 흘끗 보이는가 싶더니 어느새 눈여겨두었는지 훌쩍 곁문으로 사라졌다. 가슴이 미어질 지경으로 분노한 장무기는 두 발로 힘껏 땅바닥을 박차고 급추격에 나섰다. 그러나 어찌 된 노릇인지 힘을 한 번 쓴은 것이 엉뚱한 결과를 빚어낼 줄이야…….

"따악!"

장무기의 두 눈에서 난데없는 별이 번쩍 튀었다.

"어이쿠!"

급박하게 뒤쫓느라 정신이 없던 그는 저도 모르게 외마디 소리를 질렀다. 사람 키의 두세 배가 넘을 정도로 높다란 문틀에 이마를 부딪친 것이다. 구양신공이 이루어져 순식간에 평소 10여 배나 공력이 늘어난 줄은 까맣게 모른 채 한 걸음 크게 내디디면서 멀고 가까운 거리감을 재지 못했으니 결국 문틀에 박치기나 할밖에 더 있겠는가.

이마를 더듬어보니 얼얼하게 아파왔다. 세상에 이럴 수가 있나? 정말 해괴한 노릇이다. 한 걸음밖에 내딛지 않았는데 어쩌면 이렇듯 멀리 높이뛰기를 할 수 있단 말인가? 속으로 생각하면서도 발걸음은 다급하게 곁문으로 뛰어들었다.

들어서고 보니 또 다른 아담한 대청이었다. 양부 사손을 위해 복수하겠다고 마음을 다져먹은 그는 대청을 가로질러 방금 원진이 사라져간 방향을 어림잡아 급히 뒤쫓기 시작했다.

대청 뒤편은 정원이었다. 잘 가꾸어놓은 정원에 이름 모를 꽃송이들의 그윽한 향기가 밤바람 결에 떠돌고 있었다. 서쪽 곁방 창문 틈으로 새어나오는 등잔 불빛을 발견하자 그는 더 생각해볼 것도 없이 몸을 날려 그쪽으로 달려갔다.

방문을 밀어 열고 들어섰을 때 잿빛 그림자가 흘끗 눈길에 잡혔다. 원진이 수놓은 비단 휘장을 들치고 이제 막 그 안쪽으로 뛰어들고 있었다.

뒤따라 장무기가 휘장을 들치고 뛰어들었으나, 원진은 벌써 어디로 사라졌는지 보이지 않았다. 온 신경을 눈에 모으고 두리번거리던 그는 속으로 찔끔 놀랐다. 방금 무턱대고 뛰어든 곳이 아무래도 대갓집 규방인 듯싶었던 것이다. 창가에 기대어 꾸며진 화장대 한 틀, 그 위에는 붉은 초 한 자루가 타오르면서 방 안의 오색찬란한 비단 장식, 화려하고도 웅장한 부호 댁의 세간 살림을 비추고 있었다. 그것은 주구진의 저택에 못지않을 만큼 으리으리한 규모였다.

한 곁에는 상아 장식으로 꾸민 호사스러운 침대가 있었다. 침상에는 비단 휘장이 낮게 드리우고 머리맡 아래에는 여인의 것이 분명한 분홍 빛깔로 수놓은 꽃신 한 켤레가 가지런히 놓여 있었다. 누군가 침대 위에서 잠을 자고 있는 게 분명했다.

규방에 드나드는 출입문은 하나뿐 창문은 굳게 닫혀 있었다. 장무기는 유령에게 홀리기라도 한 것처럼 어리둥절해졌다. '원진이 이 규방으로 들어온 것이 분명한데 어째서 찰나지간에 그림자 하나 보이지 않을까? 설마 그자가 은신술법을 써서 도깨비처럼 종적을 감추었을 리는 없을 텐데.' 출가승의 신분마저 돌아보지 않고 남의 집 아녀자의 침실까지 뛰어들다니 실로 대담하기 짝이 없는 행위였다.

마음의 결단을 내리지 못하고 침대 휘장을 들쳐볼까 말까 망설이는데 불현듯 사뿐사뿐 가볍게 내딛는 발걸음 소리가 들려왔다. 누군가 침실로 들어오는 기척이었다. 장무기는 엉겁결에 서쪽 벽면에 장식용으로 걸어놓은 벽걸이 융단 뒤에 몸을 숨겼다. 숨 돌릴 겨를도 없이 두 사람이 방 안으로 들어섰다.

융단 바깥을 내다보니 두 사람 모두 젊은 처녀로 하나는 담황색 비단 저고리에 화려한 복식 차림이고, 다른 하나는 어린 나이에 푸른 무명옷을 걸치고 있는 것으로 보아 주인 아가씨의 시중을 드는 몸종인 듯했다.

"아가씨, 밤이 깊었으니 이제 그만 주무세요."

그러자 아가씨라고 불린 처녀가 대뜸 손바닥을 뒤채어 몸종의 뺨을 후려쳤다. 손매가 어지간히 매워 정통으로 얼굴을 얻어맞은 몸종이 비틀거리다가 한 발짝 뒷걸음질 쳤다. 따귀를 때리느라 꿈틀거린 아가씨가 제풀에 얼굴을 돌렸다.

장무기는 촛불 아래 그 얼굴 모습을 또렷이 알아보았다. 부리부리한 눈망울, 새까만 두 눈동자, 둥그런 얼굴 윤곽, 그것은 바로 장무기가 머나먼 중원 땅에서 천신만고 끝에 이곳 서역까지 데려온 양불회였다. 벌써 5~6년 세월이 흘러 키도 훌쩍 자라고 성숙한 처녀가 되었으나, 탯거리는 추호도 바뀌지 않았다. 게다가 발끈하니 성미를 부릴 때 입술을 비죽거리던 버릇은 예나 지금이나 변함없었다.

양불회의 욕설이 들려왔다.

"나더러 잠이나 자라고? 흥, 육대 문파가 우리 광명정을 포위 공격하려 들고, 내 아버님과 여러분이 대책을 의논하느라 주무시기는커녕 밤을 꼬박 새우고도 아직껏 말씀을 끝내지 못하셨는데, 내가 어떻게 잠이 온단 말이냐? 너는 내 아버님이 남에게 죽었으면 좋겠지? 그리고 또 네 손으로 나마저 해치면 바로 네 세상이 되어버릴 테니까!"

몸종은 감히 항변을 못 하고 조심스레 그녀를 부축해 앉혔다.

"내 칼을 가져와!"

양불회가 또 소리치자, 몸종은 벽에 걸린 장검을 떼어냈다. 걸음을 옮겨 뗄 때마다 두 발목 사이에서 "잘그랑잘그랑" 쇠사슬 끌리는 소리가 났다. 발목이 가느다란 쇠사슬에 묶여 있었다. 그뿐만 아니라 칼집을 떼어 드는 양 손목에도 쇠사슬이 얽혀 있었다. 더구나 왼발을 절뚝절뚝 저는 데다 등줄기마저 낙타처럼 굽은 꼽추였다. 장검을 두 손에 받쳐 들고 돌아섰을 때 장무기는 더욱 놀랐다. 오른쪽 눈이 작고 왼쪽 눈 하나만 커다랗게 뜬 애꾸에 콧날과 입술까지 뒤틀린 해괴망측하기 짝이 없는 몰골이 보는 사람에게 두려움을 안겨주었다. 이 어린 아가씨의 생김새는 거미보다 더 추악했다. 거미는 중독된 상태에서 얼굴이 시커멓게 부어올라 언젠가는 치유될 수 있겠지만, 이 어린 아가씨는 타고난 불구자의 몸이라 고쳐줄 방법이 없을 듯했다.

이윽고 양불회가 장검을 넘겨받았다.

"적이 언제 쳐들어올지 모르니, 내가 순찰을 나가봐야겠다."

"저도 아가씨를 따라가겠어요. 적과 마주치면 호응할 수 있을지도 모르니까요."

대꾸하는 몸종의 목소리는 마치 걸걸한 중년 사내처럼 듣기 역겨울 정도로 갈라져 나왔다.

"누가 너더러 마음에도 없는 호의를 베풀라더냐?"

양불회는 매몰차게 쏘아붙이기가 무섭게 왼손을 번뜻 뒤집어 몸종의 오른손 맥문을 움켜잡았다. 몸종은 그 자리에서 꼼짝달싹 못 했다. 그녀는 덜덜 떨리는 목소리로 애원했다.

"아가씨…… 제발, 아가씨……."

"흥! 적들이 대거 침공해오고, 우리 부녀의 목숨은 경각에 달려 있어. 네까짓 종년이 무얼 어쩐다고? 아무래도 너는 적이 우리 광명정을 염탐하러 잠입시킨 첩자가 틀림없어. 여기서 엎드려 있다가 안팎으로 내통할 작정이지? 우리 부녀가 네년한테 골탕을 먹을 듯싶으냐? 안 되겠군, 내 오늘 네년부터 죽여 없애야겠다!"

코웃음을 친 양불회가 장검을 뽑더니 홀떡 뒤챈 칼끝으로 몸종의 목줄기를 찔러갔다.

장무기는 이 몸종이 전신 불구자임을 알아보았을 때부터 속으로 연민의 정이 우러나왔다. 그런데 이제 양불회가 느닷없이 장검으로 찔러드는 것을 보자, 다급한 마음에 이것저것 생각해볼 겨를도 없이 몸을 날려 뛰쳐나가 손가락으로 칼날을 튕겼다.

"쨍그랑!"

양불회의 손아귀에서 빠져나온 장검이 쇳소리를 내면서 땅바닥에 떨어졌다. 그녀는 엉겁결에 칼자루를 놓친 손으로 식지와 중지 두 손가락을 곧게 내뻗어 장무기의 두 눈을 찔러들었다. 그 공격 초식은 신기할 것도 없이 그저 평범한 쌍룡창주雙龍搶珠였으나, 여러 해 동안 아버지 양소에게 지도를 받아가며 연마한 솜씨라 사뭇 위력이 있었다. 장무기는 재빨리 뒷걸음질 쳐 피하면서 저도 모르게 고함을 질렀다.

"불회 동생, 나야!"

양불회가 멈칫했다. "불회 동생"이라고 부르는 목소리가 귀에 익었기 때문이다.

"무기 오빠……?"

그녀가 의아한 기색으로 빤히 바라보며 물었다. "불회 동생"이라 부르는 소리만큼은 알아들을 수 있겠는데, 생김새는 영 알아볼 수 없을 만큼 낯설었던 것이다.

장무기는 한순간 자신의 신분을 노출한 게 후회스러웠다. 그러나 더는 아니라고 뻗댈 수도 없는 터라 곧이곧대로 대꾸했다.

"그래, 나야! 불회 동생, 그동안 잘 있었어?"

양불회가 정신을 가다듬고 다시 바라보았으나 누더기 상거지 옷차림에 얼굴마저 여러 날 씻지 못해 때가 덕지덕지 끼었으니 도대체 알아볼 길이 없었다. 그녀는 단정을 내리지 못하고 불안한 기색으로 떠듬떠듬 되물었다.

"당신…… 당신이…… 정말 무기 오빠야? 어떻게…… 어떻게 여길 왔어?"

"음, 그렇게 됐지. 설부득 대사가 날 데리고 광명정에 올라왔거든. 한데 원진이란 못된 중놈이 이 방 안에 들어오고 나서 갑자기 안 보이는데, 혹시 여기에 딴 데로 빠져나가는 길이 따로 있어?"

양불회는 이건 또 무슨 소린가 싶어 가뜩이나 커다란 두 눈망울이 더욱 휘둥그레졌다.

"원진이 누구야? 웬 못된 중놈이 내 방에 들어왔다는 거야?"

그러나 장무기는 원진을 뒤쫓는 일이 다급한 터라 그 사연을 길게 설명해줄 겨를이 없었다.

"그건 나중에 얘기할 일이고, 지금 네 아버님이 상처를 입고 의사청에 계시니까 빨리 가서 돌봐드리기나 해."

그 말에 양불회가 깜짝 놀라 황급히 물었다.

"아빠가 다치셨다니! 빨리 가봐야겠구나."

얘기는 이렇게 하면서도 번쩍 쳐들린 일장이 몸종의 정수리 천령개를 내리치고 있었다. 벼락같이 빠르기도 하려니와 무겁기 짝이 없는 치명적인 일격이었다.

"안 돼!"

기겁을 한 장무기가 손길을 내뻗어 그녀의 어깻죽지를 가볍게 밀자, 모처럼의 일격은 허방을 때리고 빗나갔다.

몸종을 죽이려던 손길이 벌써 두 번씩이나 장무기에게 가로막혀 실패로 끝났으니 양불회가 성을 내는 것도 무리가 아니었다.

"무기 오빠! 오빠도 이 계집애와 한통속이에요?"

뜻밖의 오해에 장무기는 별소릴 다 듣겠다는 듯이 내처 되물었다.

"이 아가씨는 동생의 몸종이고, 난 지금 처음 보았는데 어떻게 한통속이 된단 말이야?"

"내막을 모르거든 참견하지 말아요. 요년은 우리 집의 큰 원수라서 아빠가 쇠사슬로 손발을 묶어놓기까지 했어요. 그래야 요 앙큼한 것이 날 해치지 못할 테니까. 지금 적들이 대거 습격해올 모양인데, 요 계집아이가 그 기회를 틈타 우리한테 보복하려는 거예요."

그러나 장무기는 어린 몸종을 보면 볼수록 가련했다. 생김새는 비록 기괴망측하지만 결코 흉악한 부류는 아닌 듯싶었다.

"아가씨, 정말 기회를 틈타 보복할 생각이었나?"

몸종은 잘래잘래 도리질을 했다.

"아니에요, 절대로 그럴 리가 없어요!"

장무기는 다시 양불회를 돌아보았다.

"불회 동생, 들었지? 그럴 리가 없다고 하지 않아? 그만 용서해줘."

"좋아요, 오빠가 사정하니까…… 아얏……!"

대꾸하던 양불회의 몸뚱이가 별안간 휘청하더니 제대로 서지 못하고 비틀거렸다. 깜짝 놀란 장무기는 황급히 손을 내밀어 부축하려 했다. 그런데 다음 순간, 그는 허리 뒤쪽 현추혈懸樞穴과 중추혈中樞穴 두 군데 혈도에 극심한 통증을 느끼고 앞으로 털썩 넘어졌다. 그가 계속 거추장스럽게 가로막자, 양불회가 일부러 쓰러지는 척하고 가까이 끌어들인 다음, 가운뎃손가락에 끼고 있던 강철 반지로 두 군데 대혈을 찍은 것이다. 강철 반지는 전문적으로 혈도를 찍는 데 쓰는 '타혈지환打穴指環'이란 소형 무기였다.

장무기를 쓰러뜨리고 안심한 그녀는 다시 오른 손바닥을 뒤집어 몸종의 우측 태양혈을 내리쳤다.

그러나 손바닥이 미처 태양혈에 타격을 가하기 직전, 양불회는 불현듯 단전이 화끈 달아오르더니 저도 모르게 몸종의 손목을 놓쳐버리고 두 무릎에 맥이 풀려 의자에 스르르 주저앉고 말았다. 장무기의 혈도에 힘주어 타격을 가하는 찰나, 조금 전에 완성된 구양신공의 진기가 비록 호체능력護體能力까지 생성하지는 못했다 하더라도 저절로 우러나온 반탄력으로 양불회의 전신 맥락에 충격을 주기에는 넉넉했던 것이다.

몸종이 땅바닥에 떨어진 장검을 주워 들었다.

"아가씨, 제가 아가씨를 해칠 것이라고 그렇게 의심하셨군요. 지금 내 손으로 아가씨를 죽이려 마음먹는다면 아주 쉬운 일이죠. 하지만 저한테는 애당초 그럴 뜻이 전혀 없답니다."

그녀는 장검을 칼집에 도로 넣어 벽걸이 못에 다시 걸어놓았다.

장무기가 벌떡 일어섰다.

"봤지? 내가 뭐랬어?"

장무기는 혈도를 찍히기는 했으나 눈 깜짝할 사이에 진기가 스스로 막힌 혈도에 부딪쳐 풀어놓은 덕분에 즉시 행동의 자유를 되찾은 것이다.

양불회는 그 부리부리한 눈망울로 마치 도깨비라도 보듯 멀뚱멀뚱 장무기를 쳐다보았다. 분명히 대혈을 두 군데씩이나 찍어놓았는데 금방 벌떡 일어서다니 세상에 이런 해괴한 일이 어디 또 있단 말인가? 그러나 자기 눈앞에서 벌어진 일이니 안 믿을 수도 없었다. 아무튼 이쯤 되어 그녀의 손발에 마비도 풀린 상태라 더 생각해볼 것도 없이 발딱 일어섰다. 아버지 양소의 안위가 걱정되어 더는 따져 물을 마음의 여유조차 없었던 것이다.

"아빠가 어떻게 해서 다치셨어요? 무기 오빠, 여기서 기다리고 있어요. 내 금방 다녀올 테니까. 그동안 잘 있었어요? 난 시시때때로 오빠 생각이 났다고요!"

이 말 저 말 두서없이 몇 마디 던져놓고는 장무기가 대답할 겨를도 주지 않고 휑하니 의사청 쪽으로 달려갔다.

양불회의 뒷모습이 사라지자, 그는 몸종에게 물었다.

"아가씨, 그 중놈이 방금 이 방에 들어와서 갑자기 사라졌는데, 혹시 여기 딴 데로 나가는 통로가 있는 거 아냐?"

"그 사람을 쫓아가지 않으면 안 되나요?"

"그놈은 천리에 어긋난 짓을 저지른 악적이야. 사람으로서 차마 못할 짓을 숱하게 저지른 죄인이지. 난…… 나는 하늘 끝 바다 모퉁이까지라도 뒤쫓아 기어코 잡고야 말겠어."

몸종이 고개를 반짝 쳐들고는 그의 얼굴을 물끄러미 바라보았다.

마음 급한 장무기가 통사정을 했다.

"아가씨, 부탁이야. 길을 알거든 좀 가르쳐줘."

몸종은 아랫입술을 깨물고 잠시 생각에 잠기더니 이내 결심이 선 듯 나지막하게 대답했다.

"제 목숨을 구해주셨죠? 좋아요, 제가 모시고 가죠!"

그러고는 촛불을 훅 불어 끄더니 장무기의 손을 잡고 걸어가기 시작했다.

【저자의 붙임 말】 몇몇 등장인물에 대한 변명

어느 비평가는 "명교 신도 중에 팽 화상 같은 승려가 있다는 것이 얄궂으면서도 우스꽝스러운 일"이라고 지적했다. 명교는 불교가 아닌데 어떻게 승려를 받아들일 수 있었겠느냐는 말이다. 사실 명교는 페르시아에서 중원 땅으로 전래된 이후 문호를 크게 넓히고 이질적인 종교와 문화를 모두 받아들여, 후세의 종교들이 그런 것처럼 종파를 엄격히 나눠 가리지 않았다.

팽형옥 화상과 포대화상은 하나같이 명교 사람이다. 역사적 사실로 명문화되어 있다. 팽 화상은 백련종白蓮宗 계열로 원나라 말엽에 의거를 일으킨 인사들 중에서도 명성이 쟁쟁한 인물이다. 포대화상은 미륵

종彌勒宗에 몸을 담은 인물로 '미륵불이 세상에 나타났다'는 구호를 반원反元의 기치로 내세웠다.

종교 문제는 예나 지금이나 아주 복잡하다. 역사학자들이 사서史書 기록을 근거로 언급한 것을 놓고, 후세나 현재 상황에 비추어서 과거의 상황을 당연하게 추단推斷해서는 안 된다고 본다.

명교가 처음 중원 땅에 들어왔을 당시에는 이미 기독교의 한 지파인 네스토리안Nestorian 교파, 즉 경교景教를 흡수하고 있었다. 그런 만큼 명교 인물 가운데 승려가 섞여 있다고 해서 희한하게 여길 것은 하나도 없다. 명나라를 건국한 주원장이 황각사 승려 노릇을 한 적이 있었으나, 역시 명교의 핵심 인물이었다는 것은 의심할 수도 부인할 수도 없는 사실 아닌가?

냉겸, 철관도인, 주전 세 사람은 도교를 신봉한 모양이지만, 과연 명교에 속했는지 여부는 역사적 사실로 명문화된 것은 없다. 그러나 이들 세 사람이 모두 역사적으로 실존 인물임은 분명하다. 냉겸과 주전은 전설 속 선인仙人이다. 무당파를 세운 장삼봉 역시 전진교의 창시자 왕중양이나 구처기처럼 후세에 선인이 되었다고 전한다. 사실 이 세상에 정말 선인이란 것이 존재했는지 크게 의심스럽기는 하지만 말이다.

오늘날 서양에서는 개신교, 천주교, 동방정교회, 유대교의 보루가 극명하게 나뉘어 있지만 실상 이들 네 종교는 같은 연원에서 갈라져 나온 것이다. 이들 네 종교가 분리되어 독립할 초기에는 집안을 나누기가 쉽지 않았다. 영국, 프랑스, 독일, 스위스 같은 나라에서는 당시 어떤 인물이 개신교에 속했고 천주교에 속했는지 구별하기가 아주 어려웠다. 그렇기 때문에 오늘날의 아는 지식만 가지고 과거의 실정을 함부로 추단해선 안 된다는 것이다.

불교 역시 인도에서 흥성할 초기에는 자이나교와 구분하기가 쉽지 않았다. 후에 와서 중원 땅으로 전래된 이래 위魏와 진晉 교체기에는 이따금 도가道家의 학설을 빌려 전도하기도 했다. 독자들께서《세설신어世說新語》를 읽어보면 알 수 있는 사실이다.

명교의 경전《대운광명경大雲光明經》은 불경과 내용이 아주 비슷한데, 중원 땅에 처음 들어왔을 무렵 불교 방식을 채택해 전교하는 것이 사람들에게 거부감 없이 쉽사리 받아들여졌기 때문이라고 본다.

아소는 장무기 곁에 앉아서 노래를 부르기 시작했다.

세상 물정은 사리에 미루어 정하고,
인생은 마음 편하게 사는 게 최고라네.
인간이 만든 사물도 흥망성쇠 옮겨진다 생각하렴,
행복 속에 불행 있고 불행 속에 행복 있다네.

장무기는 "행복 속에 불행 있고, 불행 속에 행복 있다"는 두 구절을 듣자, 평생 자신이 겪어온 모든 일이 바로 그렇다는 생각이 들었다.

20.

묘혈에 빠져도 서로 돕고 일깨워 난관을 돌파하네

그녀를 뒤따라 몇 걸음 나가고 보니 벌써 침대 앞이었다. 몸종은 거침없이 비단 휘장을 들치고 그 안으로 들어섰다. 부여잡고 끌어가던 장무기의 손을 놓지 않은 채.

장무기는 흠칫 놀랐다. 몸종이 비록 추악하게 생기고 나이 어리기는 하지만 그래도 여자인데, 어떻게 잠자는 침대 위에 함께 오를 수 있으랴? 더구나 지금은 적을 뒤쫓는 일이 다급한데 어린 계집종과 승강이를 벌일 틈이 어디 있단 말인가? 그는 두 번 생각해볼 것도 없이 붙잡힌 손을 움츠려 뺍았다.

몸종이 나지막하게 속삭였다.

"통로가 이 침대 밑에 있어요!"

이 한마디에 정신이 번쩍 든 장무기는 더 이상 거리낄 바가 없었다. 비단 이불을 들치고 침상에 길게 누운 몸종이 손을 잡아끄는 대로 그 곁에 조심스럽게 나란히 누웠다. 뒤미처 그녀가 어느 곳의 기관 장치를 돌렸는지, 별안간 침대 밑바닥 널판이 옆으로 기우뚱 넘어가면서 두 사람의 몸뚱이를 아래쪽으로 내던졌다.

뜻밖의 곤두박질은 20~30척이나 떨어져 내렸다. 천만다행히도 땅바닥에 부드러운 풀밭이 두툼하게 깔려 아프거나 다친 곳은 전혀 없었다. 뒤미처 머리 위에서 "덜꺼덕덜꺼덕" 가벼운 소리가 들려왔다. 기울던 침대 밑바닥 널판이 제자리로 돌아가는 소리였다.

장무기는 속으로 찬탄해마지않았다. 기관 장치가 정말 교묘하기 짝이 없었다. 비밀 통로 입구가 규방 침대 밑에 감춰져 있을 줄이야 누가 상상이나 했겠는가?

그는 벌떡 일어나 몸종의 손을 잡고 빠른 걸음으로 급히 달리기 시작했다. 단숨에 20~30척을 치닫고 났을 때에야 몸종의 발목에서 "절그럭절그럭" 끌려오는 쇠사슬 소리를 듣고 퍼뜩 생각이 났다. '절름발이에다 쇠사슬까지 채웠는데 무슨 재주로 나처럼 빨리 달릴 수 있는 거지?' 발걸음을 멈추고 뒤돌아보자, 몸종도 속마음을 알아차렸는지 방그레 웃으면서 해명을 했다.

"절름발이는 거짓으로 꾸며댄 거예요. 나리와 아가씨를 속이기 위해서죠."

장무기는 입맛이 썼다. '어쩐지 어머니가 천하의 모든 여자는 남을 속이기 좋아한다고 하시더라니. 오늘 일만 해도 그렇다. 불회 동생조차 내 눈을 속이고 암습을 가하지 않았던가? 그런데 어여쁜 여자가 아니라 이 흉측하게 생긴 어린 아가씨마저 남의 눈을 속여왔다니.'

그러나 지금은 적을 쫓는 일이 더 급하고 바쁜 터라 그런 생각은 이내 떨쳐버리고 구불구불 뻗어나간 지하 통로를 이리 꺾고 저리 감돌아가며 단숨에 또 200~300척을 달려 나갔다. 그리고 막다른 길 끄트머리에 다다랐으나, 원진의 모습은 시종 보이지 않았다.

더는 갈 데 없이 막바지에 다다른 장무기가 엉거주춤 서서 두리번거리자, 몸종이 또 귀띔을 했다.

"이 지하 통로는 저도 여기까지밖에 와보지 못했어요. 앞으로 나갈 길이 분명 있을 텐데, 문을 여는 장치를 찾아낼 수가 없었거든요."

장무기는 양손으로 사면을 더듬어보았다. 앞쪽은 울퉁불퉁한 석벽이 가로막혔을 뿐 틈서리는 단 한군데도 없었다. 들쭉날쭉한 벽면에 양손을 대고 힘껏 밀어보았으나 움직일 기미는 실낱만큼도 보이지 않았다.

"저도 벌써 수십 차례나 시도해보았지만 기관 장치 같은 걸 끝내 찾아내지 못했어요. 정말 이상야릇하기 짝이 없어요. 횃불을 가져와서 자세히 비춰보았는데도 의심스러운 곳을 전혀 발견하지 못했죠. 그 못된 화상이 도대체 어디로 달아났을까……?"

어린 몸종이 말끝에 청승맞게 한숨을 내리쉬었다.

장무기는 숨 한 모금 깊숙이 끌어올린 다음 양 팔뚝에 공력을 쏟아붓고 석벽 왼쪽 부분을 힘껏 밀어보았으나 요지부동이기는 마찬가지였다. 이번에는 오른쪽으로 자리를 옮겨 밀어보았더니 보일 듯 말 듯 움직이는 기척이 느껴졌다. 가망성을 찾아낸 그가 이번에는 구양신공의 진기를 두어 모금 들이마시고 있는 힘껏 밀었더니, 과연 석벽이 슬금슬금 뒤로 물러나기 시작했다. 그것은 담장처럼 아주 두껍고, 크고, 무겁고, 단단하기 짝이 없는 거대한 석문이었다.

외부 사람은 알 리 없었다. 원래 이 광명정의 비밀 통로는 구조가 정교하게 짜여 있어 일반 통로처럼 은밀하게 비밀 기관을 설치한 게 아니었다. 거대한 석문에 기관 장치 따위는 아예 설치하지도 않았다. 그렇기 때문에 괴력을 타고난 역사이거나 상승 무공을 지닌 고수가 아니면 제아무리 용을 쓰더라도 도저히 움직일 수가 없었다. 그래서 어린 몸종이 비밀 통로에 들어왔다 하더라도 무공 실력이 따르지 못해 결국 중도에서 포기할 수밖에 없었던 것이다. 그러나 장무기는 이미 구양신공을 이룩한 몸이었기에, 아무리 육중하고 거대한 석문이라도 그 엄청난 힘으로 떠밀어 열 수 있었다.

석벽이 뒤로 3척 남짓 밀려날 때까지 기다린 장무기는 원진이 석벽 뒤에서 암습을 가할지도 모른다는 생각에 미리 방비하는 셈치고 일장을 쪼개 친 다음, 즉시 몸종의 손을 잡아끌면서 석벽 안으로 재빨리 들어섰다.

석문을 통과하자 앞쪽은 다시 기나긴 통로였다. 두 사람은 계속 앞으로 치달렸다. 길은 갈수록 아래쪽으로 경사져 내려갔다. 500여 척을 달려가고 났을 때 전면에 여러 갈래로 나뉜 갈림길이 나타났다. 한 걸음씩 내디뎌가며 시험해보았더니 갈래 길은 도합 일곱 개가 넘었다. 어느 쪽 길을 골라야 좋을지 몰라 망설이는데, 불현듯 왼쪽 전방에서 가볍게 헛기침하는 소리가 들려왔다. 곧바로 억눌러 잠잠해지긴 했어도, 고요한 밤중 땅굴 속에서 울린 소리는 귀에 또렷이 들려왔다.

장무기가 나지막하게 속삭여 지시했다.

"저쪽으로 가지!"

한발 앞서 가장 왼쪽 끄트머리 갈래 길로 접어들기가 무섭게 그는 또다시 힘차게 달음박질치기 시작했다. 이 갈래 길은 바닥이 평탄하지 못하고 들쭉날쭉 고르지 않았으나, 그는 용기를 북돋아 계속 앞으로 달려나갔다. 등 뒤에선 여전히 쇠사슬 끌려오는 소리가 그칠 줄 몰랐다. 시끄러운 소리가 추격에 방해되자, 그는 뒤돌아보고 한마디 던졌다.

"적이 앞에 있으니 위험해. 아가씨는 좀 떨어져서 천천히 오도록 해."

그러나 몸종은 딱 부러지게 거절했다.

"어려움이 닥치면 같이 막아야죠. 두려워할 게 뭐 있어요?"

너무나 당돌한 대꾸에 장무기는 의심이 부쩍 들었다.

'너마저 날 속일 작정이냐?'

벽돌 깔린 복도를 따라 왼쪽으로 끊임없이 빙글빙글 돌아가니, 길은 고둥 껍데기처럼 나선형으로 자꾸만 아래로 내려가는데 길 폭은 갈수록 점점 좁아들었다. 나중에는 마치 깊은 우물 속에 빠져든 듯 겨우 한 사람만 통과할 수 있을 정도로 오므라들었다.

돌연 장무기의 정수리 위쪽에서 느닷없이 뜨거운 열풍이 찍어 누르듯 밀려왔다. 장무기는 재빨리 몸을 되돌리면서 몸종의 허리를 껴안기 무섭게 아래쪽으로 뛰어내렸다. 그리고 왼발이 땅바닥에 닿는 순간 정면으로 덥석 뛰어나갔다. 만 길 까마득하게 깊은 심연이 눈앞에서 아가리를 쩍 벌리고 있었다. 한 발만 더 내디뎠다가는 영락없이 추락해 뼈도 못 추릴, 그야말로 아찔한 순간이었다. 게다가 밀려 내린 석벽은 단단하기 짝이 없는 화강암이었으니 이것저것 더 생각해볼 겨를이 어디 있으랴? 그나마 앞쪽 만장 심연에는 한두 사람 들어설 만한 공터가 있어서 천만다행이었다.

이윽고 "쿵!" 하는 소리가 들렸다. 동굴 속을 쩌렁쩌렁 메아리치는 굉음에 이어서 흙먼지와 모래가 와르르 쏟아져 얼굴하며 머리통을 온통 모래투성이로 만들었다.

장무기가 정신을 가다듬으려는데, 몸종이 가슴을 쓸어내리며 종알댔다.

"하마터면 큰일 날 뻔했어요. 그 까까머리 중놈이 곁에 숨어 있다가 큼지막한 바윗돌을 떠밀어 우리 둘을 짓눌러 죽이려 했군요. 정말 위험했네!"

장무기는 지나온 비탈길로 되돌아가 오른손을 머리 위로 높다랗게 쳐들어보았다. 아니나 다를까, 몇 걸음 못 가서 손바닥에 닿은 것은 방금 떨어져 내린 바위 더미, 울퉁불퉁한 돌바닥이었다. 곧이어 바위 더미 뒤편에서 원진의 목소리가 어렴풋이 들려왔다.

"요놈아, 넌 오늘 여기서 장사 치를 줄 알거라! 계집아이와 함께 죽다니, 운수가 좋은 셈이구나. 네 녀석 힘이 제아무리 강하다 해도 이 엄청난 바윗돌을 밀어낼 수 있을 듯싶으냐? 하하, 한 덩어리 가지고 모자라다면 한 개 더 얹어주지!"

이어서 무쇠 지렛대로 바윗돌을 움직이는 기척이 들리더니 뒤미처 "꽈당!" 하는 굉음이 들려왔다. 첫 번째 바위 더미 위에 또 한 개의 엄청난 바윗돌을 옮겨다 포개 얹는 소리였다.

복도에는 이제 한 사람이 몸을 돌이킬 수 있을 정도로 좁다란 공간만 남았다. 손으로 더듬어보니 바위 더미가 통로 입구를 밀폐시킬 만큼 꽉 틀어 막힌 것은 아니었으나, 빈틈이라곤 기껏해야 손바닥 한 개 뻗어낼 만한 공간뿐 몸뚱이 전체가 빠져나가기란 아예 불가능했다. 그는 구양진기를 한 모금 들이켠 다음, 양손으로 바위 더미를 떠받든 채 밀어보았다. 그러나 석벽과 맞닿은 가장자리에서 흙모래만 푸수수 떨어져 내릴 뿐 거대한 바위 더미는 꿈쩍달싹할 기미도 보이지 않았다. 아무래도 수천 근이나 됨 직한 바위 더미 두 개가 한데 포개져 그야말로 황소 아홉 마리, 사나운 호랑이 두 마리의 힘을 합쳐 지녔다손 치더라도 밀어내지 못할 게 분명했다. 장무기 역시 구양신공을 완전히 익힌 몸이었으나 결국 인력에는 한계가 있는 법이라, 이 산더미 같은 바윗돌을 반 척은커녕 단 한 치도 움직이지 못했다.

바위 더미 뒤편에서 숨 가쁘게 헐떡거리는 소리가 들려왔다. 원진 역시 중상을 입은 몸으로 무리하게 지렛대로 바윗돌을 들어 옮기느라 안간힘을 다 쓴 나머지 기진맥진한 게 분명했다. 숨이 턱에까지 들어찼는지 거칠게 헐떡거리는 소리가 몇 모금 이어지더니 어렵게 입을 열어 물었다.

"요 녀석…… 네…… 네 이름…… 이름이 뭐냐? 이름이……."

여기까지 묻고 나서 더는 말할 힘조차 없는지 뚝 끊겼다.

장무기는 생각했다. 이제 와서 저 악당이 마음보를 돌려먹고 크게 자비심을 베풀어 두 사람을 내보내줄 가능성은 결코 없을 것이다. 그러니 공연히 입씨름을 벌일 게 아니라, 통로에 나갈 길이 있는지 찾아보는 게 더 나을 듯싶었다.

그는 미련 없이 돌아서서 복도를 따라 걸어가기 시작했다.

몸종이 속삭였다.

"제게 화접자 하나가 있어요. 하지만 초나 횃불감이 없군요. 한번 켰다 하면 끝장인데……."

"지금은 불 켜는 게 급하지 않아."

벽돌 길을 따라 몇십 보를 걷고 나자 이내 막바지에 도달했다. 두 사람은 허리를 굽히고 사방을 더듬어보았다. 이윽고 장무기의 손길에 나무통 하나가 닿았다.

"있다!"

환성을 지른 그는 손바닥을 칼날처럼 곧추세워 나무통을 쪼갰다. 통 속에서 밀가루인지 석회인지 모를 분말이 푸수수 쏟아져 나왔다. 그는 우선 부서진 나뭇조각을 한 개 집어 들었다.

"자, 불을 켜봐!"

몸종은 부싯돌과 부싯깃을 꺼내 "탁탁!" 쳐서 불씨를 살린 다음 나뭇조각에 갖다 댔다. 다음 순간, "뿌지직!" 하는 소리와 함께 눈앞이 급작스레 밝아지더니 나뭇조각이 맹렬한 기세로 불타올랐다.

별안간 주위가 밝아지자 두 사람은 펄쩍 뛸 듯이 놀랐다. 뒤미처 매캐한 냄새가 코를 찔렀다. 그것은 유황과 염초가 섞여 타는 냄새였다.

"화약이다!"

몸종이 먼저 외마디 소리를 질렀다. 불타는 나뭇조각을 높이 쳐들고 굽어보니 통 속에 가득 찬 것은 과연 시커먼 흑색 화약이었다.

그녀가 나지막이 웃음소리를 냈다.

"나뭇조각에 불이 붙었으니 망정이지, 불티가 흩어져서 화약통에 옮겨 붙었더라면 우리 둘은 더 말할 나위도 없고 저 바깥에 숨어 있는 못된 화상까지 꼼짝없이 폭사당할 뻔했군요."

얘기를 하다 보니 장무기가 멍청하게 서서 자기를 멀뚱멀뚱 보고 있었다. 얼굴에는 온통 의아한 기색으로 얄궂은 표정을 짓고 있었다.

몸종은 사뭇 어색한 미소를 떠올리며 물었다.

"왜 그러세요?"

장무기는 크게 한숨을 내쉬었다.

"이제 보니 아가씨는…… 아가씨는 이토록 예쁘게 생겼구먼!"

그녀가 입술을 비죽 내밀고 웃으면서 일부러 우거지상을 지었다.

"바보같이…… 놀란 바람에 얼굴 찡그리는 것마저 잊었네요!"

그러고는 구부정한 허리를 곧게 폈다. 그것을 보고 놀란 장무기가 두 눈을 휘둥그레 떴다. 꼽추도 아니고 절름발이는 더더욱 아니었다.

애꾸눈까지 바로 뜨니 초롱초롱한 두 눈망울에 물기가 서렸다. 곱디고운 눈썹과 이마에 오뚝한 콧매, 미소 어린 두 뺨에는 볼우물이 파였다. 유별나게 하얀 살결과 보드라운 얼굴이 나이가 어리고 몸매가 아직 성숙하지 않았을 뿐 절세의 용모를 갖추었으면서도 어린 소녀의 치기만큼은 감추지 못했다.

"왜 그렇게 괴상야릇한 얼굴 모습을 했어?"

장무기의 물음에 그녀는 방그레하니 미소를 지으며 대꾸했다.

"아가씨가 절 아주 미워하거든요. 추접스럽고 괴상한 제 꼬락서니를 보면 무척 기뻐하셨죠. 아마 그런 모습으로 가장하지 않았다면 벌써 오래전에 절 죽였을 거예요."

"어째서 널 죽이려고 해?"

"아가씨는 제가 주인 나리와 자기를 해치리라고 생각하거든요. 그 의심을 영 안 풀고 계셔요."

그 대답에 장무기는 절레절레 고개를 내저었다.

"정말 의심도 많군! 아까 네 손에 칼이 들려 있고, 아가씨는 꼼짝 못하고 있었는데도 해치지 않았잖아? 그런 줄 알았으니 앞으로는 널 의심하지 않을 거야."

"아니에요. 당신을 여기로 데려온 걸 알면 더욱 의심할 거예요. 하지만 우리도 어떻게 여길 빠져나가야 할지 모르겠네요. 아, 참! 이젠 아가씨가 의심하든 말든 상관없어요. 어차피 여기서 나가지 못할 테니까 말이죠."

걱정 근심과 두려움 하나 없이 천연덕스레 종알거리면서도 불붙은 나무토막을 머리 위로 번쩍 든 채 주변을 이 구석 저 구석 살펴보았다.

그들이 있는 곳은 커다란 석실이었다. 바윗돌을 반듯반듯하게 잘라 쌓은 방 안에는 활과 화살, 그리고 창칼과 도끼 따위 녹슨 병기들이 무더기로 쌓여 있었다. 옛날 명교 사람들이 외적을 막기 위해 준비해놓은 병기가 분명했다.

사면 벽을 다시 한번 자세히 살펴보았으나, 틈새 같은 곳은 단 한 군데도 없었다. 그렇다면 이곳은 갈래 길의 막바지 끄트머리, 원진이 일부러 헛기침 소리를 내어 두 사람이 자기 발로 죽음의 길에 들어서도록 유인했다는 얘기였다.

"도련님, 제 이름은 아소阿昭예요. 좀 전에 아가씨가 '무기 오빠'라고 부르시는 걸 들었는데, 그럼 도련님 이름이 무기인가요?"

"그래, 성은 장씨야……."

대꾸를 하던 그는 갑자기 무슨 생각이 났는지 허리를 굽혀 땅바닥에서 기다란 창을 한 자루 주워 들었다. 창대를 손바닥에 얹어놓고 무게를 가늠해보니 거의 40근에 다다를 만큼 묵직했다.

"화약이 여기 이렇게 많으니 혹시 우리를 위험에서 벗어나게 도와줄지도 모르겠군. 이 화약으로 바위 더미를 폭파할 수 있을 것 같기도 한데……."

"그거 좋은 생각이네요! 아주 좋은 생각이에요!"

아소란 이름의 몸종이 손뼉 칠 때마다 쇠사슬이 맞부딪쳐 "잘그랑 잘그랑" 소리를 냈다.

"그 쇠사슬 때문에 거추장스럽겠어. 아예 끊어버리지그래!"

"안 돼, 안 돼요! 어르신이 크게 노여워하실 거예요."

"내가 끊어버렸다고만 해. 난 그 사람이 성내도 무섭지 않으니까."

장무기는 두 손으로 쇠사슬 양 끄트머리를 잡고 힘주어 당겼다. 그런데 어찌 된 노릇인지 겨우 젓가락 굵기밖에 안 되는 쇠사슬이 적어도 300~400근이나 되는 힘줄기에도 끊기기는커녕 그저 팽팽하게 당겨진 채 "윙윙!" 진동하는 소리만 낼 뿐 끊길 기미조차 보이지 않았다.

"이런!"

뜻밖에 좌절한 장무기가 놀란 기색으로 다시 한번 힘주어 당겼으나 쇠사슬은 여전히 요지부동, 꼼짝달싹도 하지 않았다.

아소가 손목을 거둬들이며 도리질을 했다.

"이 사슬은 아주 괴상야릇한 거예요. 제아무리 날카로운 칼로 치고 끌로 쪼아도 흠집 한 군데 나지 않아요. 자물통 열쇠는 아가씨 손에 있죠."

장무기도 하는 수 없이 손을 놓고 고개를 끄덕끄덕했다.

"그럼 잘됐네. 여기서 나가거든 내가 불회 동생한테 열쇠를 달라고 해서 풀어주도록 할게."

"아마 내주려 하지 않을 거예요."

"내가 불회 동생하고 보통 사이가 아닌데, 주지 않을 리가 있나."

한마디로 다짐을 두어놓은 다음, 창을 들고 바위 더미 아래로 걸어갔다. 잠시 몸을 숙인 채 조용히 귀를 기울였으나 원진의 숨 쉬는 기척이 들려오지 않았다. 멀리 가버린 모양이었다.

뒤따라온 아소가 곁에 서서 횃불을 높이 쳐들었다.

"첫 번째 폭발로 깨뜨리지 못할 수도 있으니까 화약을 몇 차례로 나누어서 해봐야겠어."

그는 양손으로 창대를 잡고 바위 더미와 벽돌 바닥 틈에 찔러 넣더니 천천히 쑤셔 구멍을 하나 뚫었다. 아소가 넘겨준 화약을 구멍 속에 넣고 창대를 거꾸로 돌려 끄트머리로 단단히 다졌다. 화약을 장치하자 다시 화약 가루를 땅바닥에 한 줄로 길게 흘려가며 석실 안쪽까지 도화선을 깔아놓았다.

이윽고 둘은 석실 안으로 물러났다. 장무기는 아소의 수중에서 횃불을 넘겨받았다. 횃불을 건네기가 무섭게 그녀는 양손으로 귀를 막았다.

장무기는 그녀 앞에 가로막아 선 채 몸을 숙여 도화선에 불을 당겼다. 불티 한 점이 "뿌지직뿌지직!" 연기를 내면서 화약선을 따라 석실 바깥쪽으로 타들어갔다.

"꽝!"

엄청난 폭음이 밀폐된 지하 통로가 뒤흔들릴 정도로 요란하게 진동했다. 뜨거운 열기가 사납게 밀려들어 충격을 받은 장무기가 두 걸음이나 물러서는 바람에 아소의 몸뚱이까지 뒤로 벌렁 넘어갔다. 그러나 장무기는 미리 방비하고 있던 터라 재빨리 아소의 허리를 감싸 안고 그 자리에 엎드렸다. 석실은 온통 매캐한 화약 연기에 휩싸이고 횃불마저 뜨거운 열기에 꺼져버렸다.

"아소, 괜찮아? 다친 데는 없지?"

아소가 콜록콜록 기침을 몇 번 하더니 떠듬거렸다.

"전…… 전, 아무 일…… 없어요."

웬일인지 목소리에 울음기가 섞여 나왔다. 횃불을 다시 밝혔을 때 보니 눈자위가 붉었다.

"왜 그래? 어디 아픈가?"

"무기 도련님, 도련님은…… 평소 저하고 아는 사이도 아닌데……

왜 저한테 이렇듯 잘해주시는 거죠?"

"뭘 잘해주었다는 거야?"

장무기가 뜨악하게 반문하자, 그녀는 떨리는 목소리로 다시 물었다.

"어째서 제 앞을 가로막아주신 거죠? 저는 아주 미천한 노비인데, 도련님…… 도련님의 천금같이 귀하신 몸으로 어떻게 비천한 노비의 앞을 가로막아주실 수 있단 말이에요?"

그 말에 장무기는 쑥스러운 미소를 지었다.

"나더러 천금같이 귀하신 몸이라니? 당치도 않은 소리! 어린 아가씨를 보호해주는 거야 당연한 노릇이지."

석실 안에 자욱하던 화약 연기가 다소 엷어질 때까지 기다렸다가 그는 비탈진 복도 위로 다시 올라갔다. 엄청난 폭발에도 거대한 바위 더미는 그저 무사태평, 먼젓번처럼 끄떡없이 우뚝 버텨선 채 통로를 가로막고 있었다. 흠집 난 데가 있다면 극히 작은 귀퉁이가 폭파되어 떨어져 나갔을 따름이었다. 모처럼 기대가 허물어지자 장무기는 적지 않게 의기소침해졌다.

"아무래도 일고여덟 번은 더 폭파해야만 뚫고 나갈 수 있겠어. 하지만 아쉽게도 남은 화약 가지고는 기껏해야 두 차례밖에 못 터뜨릴 테니 그게 문제야."

혼잣말로 중얼거리다가 창대를 번쩍 들고 부서진 귀퉁이에 또다시 구멍을 뚫기 시작했다.

창질을 몇 번 하다 잘못해서 바위 더미와 맞닿은 복도 벽을 찔렀을 때였다. 갑자기 열 되들이 말斗만큼씩이나 커다란 바윗돌이 툭 떨어지면서 석벽에 구멍이 뻥 뚫렸다. 놀라움과 기쁨이 엇갈린 가운데 손을 구멍 속으로 집어넣고 시험 삼아 곁의 바윗돌을 잡아당기니 약하게나마 흔들리는 기미가 보였다. 이번에는 공력을 써서 힘껏 잡아당기자 또 한 덩어리가 툭 떨어졌다. 이렇듯 연거푸 공력을 쓴 끝에 한 자 남짓한 크기의 바윗돌을 네 덩어리나 뜯어냈을 때 그 자리에는 사람의 몸뚱이가 드나들 만큼 커다란 구멍이 났다. 원래 복도 벽 반대편에 또 다른 통로가 뚫려 있었던 것이다. 첫 번째 폭발로 바위 더미는 깨뜨리지 못했으나, 복도의 석벽이 그 진동에 흔들려 틈새가 벌어진 게 분명했다. 복도에는 벽돌이 깔렸으나, 벽면은 커다란 화강암을 네모 반듯하게 쪼개어 쌓아 올린 것이었다. 그는 횃불을 잡은 채 먼저 구멍 속으로 기어 들어갔다. 그리고 위험이 없음을 확인하고 나서 아소를 손짓해 불렀다.

"아소, 이리 건너와!"

그 복도 역시 나선형으로 맴돌아가며 줄곧 아래쪽으로 뻗어 있었다. 앞서 원진의 흉계에 호된 꼴을 겪은 뒤끝이라 이번만큼은 경각심을 드높이고 왼손으로는 장창을 머리 위까지 높이 치켜들어 또 있을지도 모를 원진의 습격에 대비하면서 조심스레 길을 따라 내려갔다.

400~500여 척을 걷고 났을 때 그들 앞에 돌 문짝이 나타났다. 장무기는 창대와 횃불을 아소에게 넘겨준 다음, 먼젓번처럼 공력을 일으켜 두꺼운 돌 문짝을 밀어냈다. 안쪽도 역시 한 칸의 석실이었다. 그러나 이 석실은 너비가 아주 큰 데다 천장에 종유석들이 줄기줄기 드리워진 것이 천연 동굴 그대로였다.

횃불을 다시 받아 들고 몇 걸음 내딛다가 장무기는 흠칫 놀라 걸음을 멈추었다. 땅바닥에 두 구의 해골이 누워 있었던 것이다. 삭지 않은 옷차림새로 보건대, 죽은 이들은 남자 하나와 여자 하나가 분명했다.

끔찍스럽게 해골로 바뀐 시체를 보고 으스스한 느낌이 들었는지, 아소가 동반자 곁에 바짝 붙어 섰다. 장무기는 횃불을 높이 쳐든 채 동굴 안을 한 바퀴 돌아가며 살펴보았다.

"아무래도 이곳 역시 막바지인 모양이야. 나갈 길을 또 찾아낼 수 있을지 원……."

혼잣말로 중얼거리면서 창끝으로 동굴 벽을 이곳저곳 두드려보았다. 그러나 두드리는 곳마다 그저 무겁고 둔탁한 소리만 날 뿐 맞은편 공간이 있을 법한 울림은 찾아낼 수 없었다.

하릴없어진 발길이 두 구의 해골이 누워 있는 앞으로 다가갔다. 여인의 오른손에는 수정처럼 반짝이는 비수 한 자루가 쥐여 있고, 가슴에 박힌 칼날의 나머지 부분은 횃불 아래 아직도 예리한 빛을 번쩍거리고 있었다.

어째서 이 여인은 제 가슴을 칼로 찌르고 자결했을까? 영문을 모른 채 어리둥절 내려다보던 그의 머릿속에 원진이 한 말이 퍼뜩 떠올랐다. 원진과 그 사매였던 양 부인은 광명정 비밀 통로 안에서 밀회를 즐기다가 교주 양정천에게 발각되었다고 했다. 그래서 양정천은 격분한 끝에 주화입마에 빠져 목숨을 잃었고, 양 부인 역시 비수로 자결해 남편을 따라 죽었다 하지 않았던가? 그렇다면 이 두 시체가 바로 명교 교주 양정천 부부란 말인가?

다시 남자의 해골 앞에 다가서고 보니, 앙상하게 뼈만 남은 손길 곁에 양피지 한 장이 펼쳐져 있었다.

장무기는 양피지를 주워 들었다. 한쪽 면에는 짧은 양털이 붙어 있고, 다른 한 면은 매끄럽기만 할 뿐 별 이상이 없어 보였다.

아소가 그것을 받아 들더니 무엇이 그리 기쁜지 얼굴에 웃음꽃이 활짝 피었다.

"축하드립니다, 도련님! 이것은 명교 무공의 무상심법이에요."

그러곤 왼손 식지를 내밀어 양 부인의 가슴에 박힌 비수에 대고 슬쩍 그어 조그맣게 상처를 내더니, 그 피를 매끄러운 양피지 겉면에 조심스럽게 발랐다.

아무것도 보이지 않던 양피지에 글자가 하나둘씩 나타났다. 첫 번째 줄은 도합 열한 자로 된 제목이었다.

명교 성화심법 건곤대나이 明教 聖火心法 乾坤大挪移.

결국 장무기는 무의식중에 명교의 무공심법을 발견한 셈이었다. 그러나 천하에 보기 드문 비전절기를 발견하고도 마음은 별로 기쁘지 않았다. 이 광명정 비밀 통로 안에는 마실 물도 먹을 양식도 없었다. 이제 만약 여기서 빠져나가지 못한다면 둘은 길어봤자 이레나 여드레도 못 되어 굶어 죽거나 목말라 죽기 십상일 것이다. 그렇게 되면 이 자리에 양 교주 부부 말고 또 해골만 두 개 더 앙상하게 늘어날 뿐 아닌가? 어차피 죽어야 할 사람이 제아무리 천하에 가장 높은 무공을 배운들 그게 무슨 소용 있으랴?

장무기는 해골 무더기를 향해 몇 번 눈길을 던지면서 또 생각에 잠겼다. '원진은 어째서 건곤대나이 심법을 가져가지 않았을까? 어쩌면 양심에 거리끼는 일을 크게 저질러놓고 두 번 다시 이들 양정천 부부의 시신을 볼 면목이 없어서 그런 것은 아니었을까? 아니, 어쩌면 양피지에 무공심법이 쓰여 있다는 사실을 몰랐을 수도 있다. 그러지 않고서야 이들 부부가 죽은 것은 둘째로 치고 설혹 살아 있다 하더라도 무슨 수를 써서든지 훔쳐갔을 게 아닌가? 그건 그렇다 치고, 아소는 양피지에 피를 바르면 글자가 나타난다는 사실을 어떻게 알았을까?'

"아소, 넌 이 양피지에 감춰진 비밀을 어떻게 알았지?"

아소는 고개를 숙이고 들릴락 말락 조그맣게 대답했다.

"주인어르신께서 아가씨한테 말씀하시는 걸 몰래 엿들었어요. 그분들은 명교 신도들이니까 교규教規를 어기면서까지 비밀 통로에 들어와 찾아볼 엄두를 내지 못하셨지요."

해골 무더기를 바라보면서, 장무기는 사뭇 감회가 깊었다.

"아무튼 이분들을 매장해드려야겠어."

두 사람은 우선 폭발로 깨진 돌멩이 조각과 흙모래를 옮겨다 한 곁에 쌓아놓고 양정천 부부의 해골을 한데 모으기 시작했다.

"무기 도련님, 여기 편지가 있어요."

양정천의 뼈를 모으던 아소가 편지 봉투 한 장을 주워 들었다.

장무기는 아무 말 없이 받아서 겉봉부터 읽어보았다. '부인 친전夫人親展.' 아내더러 직접 읽어보라는 네 글자가 쓰여 있었다. 오랜 세월이 지난 터라 편지 봉투는 이미 손대기 어려울 정도로 퀴퀴하게 곰팡이가 슬고 너덜너덜해진 데다 글자들도 삭아서 필획이 온전치 못했다. 그러나 필치 속에 드러난 영웅호걸의 굳센 기백만큼은 충분히 알아볼 수 있었다. 겉봉은 아무도 열어본 이가 없는지 불도장으로 찍은 봉랍封蠟이 뜯기지 않은 채 온전했다. 결국 양 부인은 남편의 편지를 미처 뜯어보지도 않고 자살한 것이다.

장무기가 탄식하며 그 편지를 해골 위에 공손히 얹어놓았다. 함께 묻어줄 생각이었다. 이때 아소가 얼른 말렸다.

"그 편지, 좀 뜯어보면 안 될까요? 혹시 양 교주가 무슨 유언이라도 남겨놓았을지 모르잖아요?"

"이건 부부끼리 주고받으려던 개인적인 편지야. 우리 같은 후배가 제멋대로 뜯어본다는 것은 불경스러운 짓이 아니겠어?"

"만일 양 교주가 이루지 못한 어떤 심원心願이 적혔다면 어쩌겠어요? 도련님이 그 내용을 주인어르신과 아가씨에게 전해주시고, 그분들더러 양 교주를 대신해 처리하도록 한다면 그것도 좋은 일 아니겠어요?"

장무기가 생각해보니 틀린 말은 아니었다. 그는 조심스럽게 겉봉을 뜯고 알맹이를 끄집어냈다. 봉투에서 나온 것은 아주 얇디얇은 비단 폭과 누른 황지黃紙 두 장이었다.

흰 비단 폭에는 짙은 먹물에 찍은 붓글씨로 이런 내용이 쓰여 있었다.

부인 보시오.

우리 양씨 가문에 시집온 이래 부인은 날마다 아침저녁으로 우울해하셨소. 내 천성이 거칠고 우둔한 데다 인덕이 부족해 그대를 기쁘게 해드리지 못한 점 미안하기 이를 데 없소. 이제 영별하는 마당에 부인께서 양해해주길 바랄 따름이오.

제32대 의衣 교주는 유언을 남겨, 나더러 건곤대나이 신공을 익혀 성과가 있거든 제자들을 거느리고 페르시아 총교단으로 가서 무슨 방법을 쓰듣지 성화령聖火令을 모셔오라는 명을 내리셨소. 본교의 발원지가 비록 페르시아이기는 하나 중원 땅에 뿌리를 내리고 번성한 지 오늘에 이르도록 수백 년이 되었소.

오랑캐가 중원 땅을 점령한 오늘날, 본교는 몽골족이 세운 원나라를 주인으로 받들어 섬기라는 페르시아 총교단의 무리한 명령을 받아들이지 않고 끝까지 오랑캐에게 저항하기로 맹세했소.

성화령이 다시 내 손에 들어오는 날, 우리 중원 명교는 곧바로 페르시아 총교단과 대등한 입장에서 맞설 수 있을 것이오.

서찰을 읽던 장무기는 이 대목에 와서 고개를 끄덕끄덕했다. 원래 명교 총교단이 페르시아에 있다는 사실이 새삼스러웠기 때문이다. 그뿐만 아니라 의 교주나 양 교주 모두 원나라 조정에 투항 귀순하라는 총교단의 명을 받아들이지 않았다니 실로 강직하고도 기개 있는 열혈한이었다는 사실이 명교에 대한 존경심을 적지 않게 우러나게 만들었다.

나는 신공의 네 번째 단계 초입에 들어섰소. 그러나 수련 도중에 부인과 성곤의 관계를 알게 되었고, 혈기가 뒤집혀 도저히 억제하지 못하고 진력이 흩어져 주화입마에 빠져들고 말았으니 나는 이제 곧 귀천해야 할 몸이오. 아아, 천명이 그러하니 내 무엇을 더 할 수 있겠소?

비단 폭을 손에 든 장무기의 입에서 탄식이 절로 나왔다.

"으음, 그러고 보니 양 교주는 이 서찰을 쓸 당시 이미 부인과 성곤이 비밀 통로에서 밀회를 즐기고 있었다는 사실을 알고 있었구나."

흘끗 아소의 눈치를 보니, 뭔가 궁금한데 감히 물어보지 못하는 듯했다. 그는 양정천 부부와 성곤 사이에 얽힌 삼각관계의 사연을 간략하게나마 일러주었다. 얘기를 다 듣고 나자 아소는 딱 부러지게 비평했다.

"모두가 양 부인 잘못이에요. 마음속으로 성곤이란 자를 그토록 끝내 잊어버릴 수 없었다면 양 교주에게 시집오지 말았어야죠. 또 어차피 교주님에게 시집을 온 바에야 남의 눈을 속여가며 옛 애인과 만나서는 안 되는 일 아니겠어요?"

이 말을 듣고 장무기는 말없이 속으로 고개를 주억거렸다. 어린 나이에도 제법 식견을 갖춘 것이 대견스러웠던 것이다.

그는 비단 폭을 계속 읽어 내렸다.

> 이제 나는 목숨이 조석朝夕에 달려 전임 교주의 막중한 부탁을 저버렸으니 실로 본교의 죄인이 되고 말았소.
>
> 바라건대 부인은 이 친필 유서를 가지고 나가서 좌우 광명사자, 사대 호교법왕, 오행기의 장기사, 오산인을 모두 소집하고, 그 자리에서 다음과 같은 내 유명遺命을 선포해주시오.
>
> "어떤 사람이든 막론하고 성화령을 다시 찾아오는 자를 본교 제34대 교주로 삼을 것이다. 그 전까지는 사손이 잠정적으로 교주의 지위를 대행하여 본교 중책을 처리하라. 이에 승복하지 않는 자는 본교 신도 누구를 막론하고 쳐서 무찌를 것이다."

이 대목에 와서 장무기는 가슴이 철렁했다. '아아, 양 교주는 벌써 오래전 내 양부에게 잠정적으로나마 교주 자리를 떠맡겼구나. 그렇다면 양부는 문무를 겸전해 양 교주가 세상을 떠난 후 명교에서 으뜸가는 인물이 되셨을 텐데, 양 부인이 이 유언장을 보지 못하고 자결하는 바람에 일이 그렇게 되었구나. 그렇지 않았던들 명교가 오늘날 이토록 서로 짓밟고 죽이는 골육상쟁을 저지르지 않았을 게 아닌가?'

양정천이 사손을 그처럼 중히 여겼다는 사실에 장무기는 여간 기쁜 게 아니었다. 그러나 지금 양부가 처해 있는 여러 가지 곤경을 생각하자니 또 한편으로는 서글픔을 금할 길이 없었다. 그는 착잡한 마음에 한동안 넋을 잃고 생각에 잠겼다. 유언장에 쓰인 당부 말은 계속되었다.

> 건곤대나이 심법은 잠정적으로 사손이 맡아두고 있다가 훗날 새 교주에게 돌려주어 익히도록 할 것이다.
> 성화령을 얻은 후에는 모름지기 '삼대령三大令'과 '오소령五小令'을 받들어 시행하여 우리 명교를 널리 빛내고, 이 땅에서 오랑캐를 몰아낼 것이며, 선을 행하고 악을 제거하며 정의를 굳게 지켜 간사한 자를 뿌리 뽑아, 우리 명존의 성화가 온 천하 세상 사람들에게 두루 혜택을 베풀도록 할 것이니 신임 교주는 이에 힘쓰도록 하라.

장무기는 '삼대령'과 '오소령'이 무엇인지 모르는 터라, 손길 가는 대로 누른 종잇장을 집어 펼쳐보았다. 황지에는 꼼꼼하게 작은 해서체의 글씨가 가득했고 '양정천'이란 교주의 이름을 새긴 도장이 열 군데나 붉게 찍혀 있어 정중한 분위기를 돋보이게 했다. 내용은 다음과 같았다.

> 역대 교주들께선 성화령에 기록된 '삼대령'과 '오소령'을 전해 내리셨으나

세월이 오래 흐름에 따라 신도들 가운데 이 크고 작은 여덟 가지 영令을 봉행하지 않는 자가 많아져 교규는 폐기되거나 흐지부지 이완되었도다. 내가 박덕하여 이를 바로잡지 못했으니, 실로 중책을 맡겨주신 명존과 역대 교주들께 부끄러움을 금할 길이 없노라.
훗날 성화령을 다시 얻게 될 때에는 이 '삼대령'과 '오소령'을 전체 신도에게 반포하여 실행할 것이니, 우리 중원 명교가 거듭 위명을 떨칠 수 있느냐 없느냐의 여부가 바로 여기에 달려 있도다.
이로써 선조 대대로 전해 내린 크고 작은 여덟 가지 영을 뒷부분에 상세히 풀이하여 기록해놓았으니, 후세에 명교를 총괄해 다스리는 자는 명존께서 세상 사람들을 애호하시는 크나크신 덕과 역대 조종祖宗들께서 창업에 겪으셨던 어려움을 생각하여 모름지기 성화령을 되찾는 일에 아울러 힘쓸 것이며, 신도들의 사기를 진작시키고 분발하여 우리 명교를 세상에 크게 빛내기를 바라노라.

그다음에 상세히 기록된 '삼대령'과 '오소령'을 천천히 읽어 내리는 동안 장무기는 저절로 깊은 생각에 잠겼다. 양 교주의 유언대로 보자면 명교의 본뜻은 그야말로 공명정대했다. 명문 정파라고 자처하는 사람들은 저들 나름대로 사사로운 편견을 앞세워 끊임없이 명교를 적대시하고 곤경에 빠뜨렸으니, 그것이야말로 해서는 안 될 잘못이 아닌가?
대소 여덟 가지 명령에 한눈을 팔다 보니 양 교주가 부인에게 남긴 유언을 마저 읽지 못했다. 그는 종잇장을 내려놓고 다시 비단 폭을 집어 들었다.

이제 내 몸에 남아 있던 공력으로 석문을 완전히 밀폐시켜 성곤과 여기서 죽음을 함께 맞이할 것이오. 부인은 이 유언장 끝머리에 그려놓은 비밀 통로 전체 지도를 따라 이 곤경에서 빠져나가도록 하시오.

당세에 건곤대나이 신공을 수련한 자가 다시없을 터, 무망无妄•에 자리 잡은 석문을 밀어서 열 수 있는 자도 없으리라 생각하오. 만약 후세에 그 신공을 수련한 영웅호걸이 나타나 석문을 열게 되었을 때, 나 양정천과 성곤의 뼈는 이미 삭아서 흔적조차 알아볼 길 없으리다.

그대의 남편 정천 삼가 씀.

마지막으로 작은 글씨체로 한 줄이 덧붙여져 있었다.

내 이름을 '정천頂天'이라 지어 하늘에 닿도록 남아대장부의 기개를 떨치려 했으되, 인간 세상에 이루어놓은 공이 없으며 우리 교에 남길 만한 업적도 세우지 못한 채 부인의 가슴만 다쳐놓고 한을 품어 죽기에 이르렀으니, "떳떳이 하늘을 머리로 떠받치고 두 다리로 땅을 디디리라頂天立地"••는 미치광이의 헛소리야말로 부끄럽기 짝이 없고 가소로운 일이로구나!

• 육십사괘의 하나로 진괘震卦 아래, 건괘乾卦 위에 자리 잡는다. 《주역》 〈무망〉에 "천하에 우레가 치니 사물에 망령됨이 없다天下雷行物與无妄"고 했는데, 그 주에 "이제 천하에 우레가 횡행하니, 만물이 진동한다. 만물은 놀랍고 숙연하여 감히 허망하게 굴지 못한다"고 풀이했다.

•• 머리로 하늘을 떠받치고 두 발로 땅을 내딛는다는 의미로, 떳떳하고 우람한 몸집에 두려움 없이 장엄한 영웅의 기개를 비유하는 말이다. 출처는 《오등회원五燈會元》 제56권 〈법금선사法金禪師〉, 《원선곡元曲選》 가운데 기군상紀君祥의 〈조씨 고아趙氏孤兒〉 첫 마당, 그리고 명나라 원굉도袁宏道의 《해탈집解脫集》 4권 〈척독尺牘, 장유우張幼于〉 등 여러 군데가 있다.

유언장 뒤끝에는 과연 비밀 통로의 전체 지도가 한 벌 그려져 있었다. 그리고 여러 군데 갈래 길과 문호에 대한 설명이 꼼꼼하게 주석으로 덧붙여져 있었다.

지도를 발견한 장무기의 기쁨은 이루 말할 수 없이 컸다.

"하하! 양 교주는 애당초 성곤을 비밀 통로에 가둬놓고 동귀어진할 생각이었어. 자기 부인 혼자 이 곤경에서 빠져나갈 수 있게 하고 말이야. 그런데 자신은 버티지 못해 일찍 죽어버리고 성곤이란 악당만 오늘날까지 살아서 활개치고 돌아다니게 될 줄이야 누가 알았겠나? 게다가 부인마저 스스로 목숨을 끊어 남편 뒤를 따라갈 줄은 꿈에도 생각지 못했으니 세상만사 제 뜻대로 되는 일이 어디 있겠어? 아무튼 지도가 생겼으니 천만다행이지. 우리도 여기서 빠져나갈 수 있게 되었으니 말이야."

신바람이 난 그는 지도를 펼쳐놓고 현재 자신들이 있는 위치를 찾아냈다. 그리고 다시 탈출구를 짚어가다가 그만 얼음물을 통째로 뒤집어쓴 것처럼 가슴이 써늘해지고 말았다. 지도에 명시된 유일한 탈출로란 것이 바로 원진이 엄청나게 큰 바위 더미 두 개로 틀어막은 비탈길 복도였던 것이다. 결국 비밀 통로 지도를 손에 넣었다고는 하지만 없는 것이나 마찬가지였다.

아소가 위안의 말을 건넸다.

"무기 도련님, 너무 초조하게 생각하지 마세요. 어쩌면 다른 데 통로가 또 있을지도 모르잖아요."

그녀는 지도를 받아 들고 꼼꼼히 살펴보기 시작했다. 그러나 지도에는 그 통로밖에 딴 길이 없다고 분명히 적혀 있었다.

그녀가 실망한 기색을 보고, 장무기는 씁쓰레하니 웃었다.

"양 교주의 유서에 건곤대나이 신공을 익히면 석문을 밀어 열고 나갈 수 있다고 했어. 하지만 당세에 양소 선생 한 분만이 조금 익혔을 뿐인데, 그분의 공력이 너무 약해 지금 여기 계시다 하더라도 아무 소용이 없을 거야. 더구나 무망이 어느 곳을 가리키는 말인지 모르겠는걸. 지도에도 자세한 설명이 없으니 도대체 어딜 가서 찾아야 하는지 알 수가 없군."

이 말을 듣자 아소의 눈이 반짝 빛났다.

"방금 뭐라고 하셨죠? 무망이라고요? 그것은 복희伏羲*의 64방위 가운데 하나예요. '건乾이 다하면 오午 가운데 들고, 곤坤이 다하면 자子 가운데 든다. 그 양陽은 남방에 있고, 그 음陰은 북방에 있다.' 그러니 무망은 명이明夷와 수隨 방위 중간에 있어요."

아소는 암기라도 하듯 중얼거리면서 석실 한복판에서 방위를 찾아 딛더니 서북쪽 모퉁이까지 걸어가 딱 멈춰 섰다.

"바로 여기가 되어야 맞아요."

장무기는 정신이 번쩍 들어 내처 물었다.

"그게 참말이야?"

그는 병기가 잔뜩 쌓여 있는 복도까지 한달음에 뛰어가 큼지막한 도끼를 한 자루 골라 가지고 왔다. 그러고는 아소가 가리킨 석벽에 두툼하게 달라붙은 흙모래를 도끼날로 긁어내기 시작했다. 흙모래를 다 긁어

---

* 중국 신화에서 인류의 시조. 인류는 복희와 여왜女媧 남매가 교접해서 낳았다는 전설이 있다. 복희는 인간에게 그물 짜기를 가르쳐 고기를 잡게 하고 사냥과 목축을 가르쳤다고 한다. 팔괘를 처음 만들었다고도 한다.

내고 보니 과연 그 자리에 문짝과 같은 자국이 드러나는 것이 아닌가!

석문의 흔적을 지그시 바라보면서 그는 속셈을 해보았다. '내 비록 건곤대나이 심법은 쓸 줄 모르나 구양신공을 완성했으니 그 위력도 건곤대나이에 손색이 없지는 않을 것이다. 어디 한번 시험해보자.' 그는 즉시 단전에 진기를 응축시키고 양 팔뚝에 공력을 모은 다음, 두 다리를 활쏘기 자세로 벌린 채 서서히 돌 문짝에 공력을 쏟아 밀어붙이기 시작했다. 그러나 한참 동안 밀어도 석문은 아예 끄떡도 하지 않았다. 양손으로 떠미는 위치와 진기를 끌어내는 방법을 여러 가지로 바꾸어보았으나 두 팔뚝이 시큰시큰 저려오고 전신의 뼈마디에서 우두둑우두둑 소리만 요란하게 날 뿐, 돌 문짝은 마치 석벽에 뿌리박힌 것처럼 단 한 치 한 푼도 움직일 기미를 보이지 않았다.

"무기 도련님, 공연히 힘쓰지 마세요. 제가 가서 나머지 화약을 가져오겠어요."

"그렇지! 화약이 있다는 걸 깜빡했군."

두 사람은 아직도 절반쯤 남은 화약통을 옮겨다 모조리 돌 문짝에 장치해놓고 도화선을 끌어다 불을 당겼다. 이윽고 "쾅!" 하는 굉음이 석실을 또 한 차례 진동하면서 매캐한 화약 연기가 허공을 뒤덮었다. 폭발이 지난 후 살펴보니, 돌 문짝은 뒤로 7~8척이나 움푹 밀려 들어갔는데도 반대편 복도는 나타나지 않았다. 석문의 두께가 예상보다 훨씬 두꺼운 것이 분명했다.

장무기는 미안스러운 생각이 들어 아소의 손을 잡고 부드럽게 달래주었다.

"아소, 이 모두가 내 잘못이야. 너마저 여기 갇혀 나가지 못하게 만들었으니……."

아소가 맑고 깨끗한 두 눈으로 지그시 올려다보았다.

"무기 도련님, 절 나무라셔야 옳죠. 만약 제가 도련님을 데리고 들어오지 않았더라면…… 어떻게 이런 일이…… 이런 일이……."

말끝도 맺지 못하고 소맷자락으로 눈물을 닦았다. 그러고는 한참 있다가 울음 속에 갑자기 웃음꽃이 활짝 피었다.

"어차피 여기서 나가지 못하게 된 바에야 걱정한들 아무 소용도 없죠. 제가 민요 한 곡 불러드릴 테니까 들어보실래요?"

장무기는 사실 지금 노래나 듣고 싶은 심정이 아니었다. 하지만 모처럼 그녀가 노래를 불러 위안해주겠다는 데야 그 뜻을 차마 저버릴 수가 없어 미소를 띠면서 받아들였다.

"좋고말고!"

아소는 장무기 곁에 앉아서 노래를 부르기 시작했다.

세상 물정은 사리에 미루어 정하고, 世情推物理
인생은 마음 편하게 사는 게 최고라네. 人生貴適意
인간이 만든 사물도 흥망성쇠 옮겨진다 생각하렴, 想人間造物搬興廢
행복 속에 불행 있고 불행 속에 행복 있다네. 吉藏凶 凶藏吉

장무기는 "행복 속에 불행 있고, 불행 속에 행복 있다"는 두 구절을 듣자, 평생 자신이 겪어온 모든 일이 바로 그렇다는 생각이 들었다. 부드러운 노랫가락, 간드러지게 넘어가는 곡조, 맑고도 또렷하게 들려오는 목소리가 귓전에 울리는 동안, 가슴속에 그득 차 있던 온갖 번민과 시름이 한꺼번에 스러지는 느낌이 들었다.

노랫소리는 석실 안에 계속 울려 퍼졌다.

부귀영화 누린다고 언제까지 길이 누리랴?	富貴那能長富貴
해가 뜨면 저물고 달이 차면 기운다네.	日盈昃 月滿虧蝕
대지는 동남쪽으로 처지고	地下東南
하늘은 서북쪽으로 높으니,	天高西北
하늘과 땅마저 온전히 고르지 않다네.	天地尙無完體

"아소, 네 노래가 아주 듣기 좋구나. 네가 지은 곡이야?"

아소가 방그레 웃었다.

"놀리지 말아요. 뭐가 잘 불러요? 다른 사람이 부르는 걸 듣고 기억해뒀다가 흉내만 냈을 뿐인데, 나 같은 멍텅구리가 어떻게 곡을 짓는단 말이에요?"

장무기는 또 노랫가락에 빠져들어 한 구절을 그녀가 부른 곡조에 따라 흥얼거렸다.

"하늘과 땅마저 온전히 고르지 않다네……."

그러자 아소가 따져 물었다.

"정말 듣기 좋아서 그러는 거예요, 아니면 그냥 듣기 좋아하는 척하는 거예요?"

"허허, 듣기 좋고 나쁜 데도 진짜 가짜가 있나? 물론 정말이지!"

"좋아요, 그럼 한 곡 더 부르죠."

아소는 왼손 다섯 손가락을 바윗돌에 얹어놓고 거문고 타듯 사뿐사뿐 누르면서 또 한 곡을 부르기 시작했다.

찡그린 두 눈썹 활짝 펴봐요.	展放愁眉
쓸데없이 성내고 다투지 말아요.	休爭閒氣
오늘의 어여쁜 그 얼굴 모습,	今日容顏
하룻밤에 늙어버린다네.	老於昨日
옛 시절 가고 오늘 오듯이,	古往今來
세상만사 모두 다 그렇다네.	盡須如此
똑똑한 사람, 어리석은 사람,	管他賢的愚的
가난뱅이, 부자들 무슨 상관이람?	貧的富的

끝에 가서 이 한 몸,	到頭這一身
그날만큼은 피할 수 없지.	難逃那一日
하루아침 누릴 수 있거든	受用了一朝
그날만큼 실컷 즐기렴.	一朝便宜
백 년 흐르는 세월 속에	百歲光陰
칠십 인생 드물다네.	七十者稀
한해살이 급류와 같아,	急急流年
출렁출렁 흘러 사라지누나.	滔滔逝水

노랫가락에 담긴 뜻은 한마디로 거리낌 없이 활달했다. 세상물정을 꿰뚫어본 사람만이 지닐 수 있는 회포가 담긴 것으로, 아소처럼 꽃다

운 어린 소녀에게는 결코 어울리지 않는 내용이었다. 그래서 다른 사람이 부른 노래를 귀담아두었다가 흉내 냈다고 했는지도 모른다.

그러나 장무기는 비록 나이가 어려도 지난 10년 세월 동안 보통 사람들이 겪어보지 못한 온갖 신산고초辛酸苦楚를 골고루 맛본 데다 오늘 역시 산허리 중턱에 갇힌 채 도저히 살아날 길이 없는 상태에서 그 노랫가락을 듣고 보니 감회가 보통 깊은 게 아니었다. "끝에 가서 이 한 몸, 그날만큼은 피할 수 없지." 이 두 구절을 음미해보자니 저도 모르게 혼백마저 스러지는 느낌이 들었다. '그날'이란 무엇일까? 바로 자신의 목숨이 끊겨 '죽는 그날'을 일깨워주는 말이었다. 오늘 이전에도 그는 삶과 죽음의 갈림길에서 몇 번이나 헤매었는지 모른다. 하지만 종전에는 죽거나 살거나 오로지 자기 자신 하나였을 뿐 다른 사람에게 누를 끼쳐본 적이 없었는데, 이번만큼은 아소라는 어린 소녀를 끌어들여 죽게 할 뿐 아니라 외사촌 거미의 생사 여부와 양소, 양불회 부녀의 안위, 양아버지 사손과 원진 사이의 깊은 원한, 무당파와 천응교, 명교의 투쟁이 모두 자신과 연관을 맺은 채 단 한 가지도 결말이 나지 않았기 때문에 이대로 허망하게 죽고 싶지 않았다.

좌절감을 떨쳐버리고 벌떡 일어선 그는 또다시 육중한 돌 문짝을 떠밀기 시작했다. 체내의 진기가 구석구석 흘러 감도는 느낌이 무궁무진한 힘줄기가 축적되어 있는 게 분명한데, 어찌 된 노릇인지 쓰려야 쓸 방법이 없었다. 마치 도도하게 밀려든 홍수가 기나긴 강둑에 가로막혀 터져나갈 데를 찾아내지 못한 것처럼 답답하게 체내에서만 거세게 출렁대는 것이었다.

연거푸 세 차례 시도한 끝에 그는 울적한 기색으로 단념하고 제자리로 돌아와 주저앉았다. 흘끗 아소 쪽을 바라보니, 그녀는 또 칼로 제 손가락을 그어 양피지에 피를 바르고 있었다.

"무기 도련님, 건곤대나이 심법을 한번 익혀보지 않으시겠어요? 도련님은 뛰어나게 총명하신 분이니까 어쩌면 단번에 익혀서 쓸 수 있을지도 모르죠."

장무기는 어이가 없어 웃음이 절로 나왔다.

"명교의 전임 교주들이 평생 쌓은 공력으로도 몇 단계 완성하지 못한 것을 나더러 어떻게 하루아침에 익히란 말이야? 그 사람들은 모두가 교주 자리에 오를 만큼 재능과 지혜가 탁월했는데, 끝내 완성한 사람이 없었다지 않아?"

그러자 아소는 나지막한 목소리로 앞서 부른 노랫가락을 섞어 종알거렸다.

"하루아침 누릴 수 있거든 그날만큼 실컷 즐기렴……. 어때요, 하루아침 딱 한 번의 기회에 수련해보는 것도 나쁘지는 않겠죠?"

장무기는 빙그레 웃으면서 말없이 양피지를 넘겨받았다. 그러고는 가벼운 소리로 읊어보기 시작했다. 양피지에 쓰인 것은 모두 진기를 이끌어 마음먹은 대로 돌려가는 운기도행運氣導行과 혈도 옮기기와 공력을 쓰는 방법移穴使勁이었다. 그는 법문法門에 따라 차례차례 시험해보았다. 초보 단계라서 그런지 어려운 데라곤 하나도 없이 힘 안 들이고 모조리 해낼 수 있었다. 그런데 이상하게도 양피지에는 이런 내용이 덧붙여져 있었다.

이것이 제1단계 심법이다. 오성이 뛰어난 자는 7년이면 완성할 수 있고 버금가는 자는 14년을 수련해야 완성할 수 있다.

이 내용을 보고, 장무기는 속으로 의아스러움을 금할 길이 없었다. 이게 뭐 어렵다고 7년씩이나 걸린단 말인가?

다시 이어서 두 번째 단계 심법을 읽어보고 그 방법대로 수련했는데, 잠깐 사이에 진기가 온몸 구석구석으로 관통하면서 열 손가락 끝으로 실낱같이 가느다란 온기가 쏟아져 나오기 시작했다. 그런데 본문 내용 끝에 명시된 주석을 보니, 이 또한 수련 기간을 길게 잡아야 한다고 적혀 있는 게 아닌가?

2단계는 오성이 뛰어난 자는 7년이 걸려야 완성할 수 있고, 버금가는 자는 14년을 수련해야 완성할 수 있다. 21년을 수련해도 진전이 없는 자는 제3단계로 넘어가 수련해서는 안 된다. 억지로 수련하면 주화입마에 빠져들어 구제할 방법이 없을 것이다.

장무기는 놀라움과 기쁨이 엇갈린 가운데 곧이어 세 번째 단계 심법을 수련하기 시작했다. 이때쯤 되어서 양피지의 글자가 흐려져 읽을 수가 없게 되자, 그는 비수를 꺼내 자기 손가락을 베어 양피지에 피를 바르려 했다. 그러나 어느 틈에 찔렀는지 아소가 얼른 앞질러 제 손가락의 피를 짜내 발라주었다.

장무기는 입으로 웅얼웅얼 암송하면서 수련을 계속했다. 세 번째 단계, 이어서 네 번째 단계. 그는 마치 칼로 대쪽을 쪼개 내리듯 파죽지세로 거뜬히 수련을 끝낼 수 있었다.

곁에서 아소는 걱정스러운 기색으로 지켜보았다. 장무기의 얼굴 반쪽이 핏빛으로 시뻘겋게 물드는 반면 나머지 반쪽은 시퍼렇다 못해 검푸른 빛깔로 바뀌자, 어딘가 모르게 두려운 생각마저 들었다. 그러나 정신이 맑고 두 눈에 또렷또렷하게 생기가 도는 것으로 보건대 아무런 지장은 없을 것 같아 다소 마음이 놓였다.

다섯 번째 단계 심법으로 접어들어 읽기를 마치고 수련에 들어갔을 때, 그의 얼굴빛은 급작스레 검푸르다가는 이내 시뻘겋게 바뀌어갔다. 검푸른 빛깔로 바뀌었을 때에는 온 몸뚱이가 마치 얼음 구덩이에 빠져든 것처럼 푸들푸들 떨렸으나, 핏빛으로 시뻘겋게 물들었을 때에는 이마에 땀방울이 비 오듯 흘러내렸다.

아소는 손수건을 꺼내 그 이마에 흐르는 땀을 닦아주려고 손을 내밀었다. 그런데 손수건이 이마 언저리에 닿는 순간, 갑자기 팔뚝 전체가 극심하게 떨리더니 저도 모르게 몸뚱이가 뒤로 벌렁 넘어가는 게 아닌가? 하마터면 사지 팔다리를 큰대자로 벌리고 나자빠지려던 것을 황급히 서너 걸음 뒤로 물러나서야 가까스로 멈춰 설 수 있었다.

장무기가 부스스 몸을 털고 일어섰다. 옷소매로 땀을 닦아내면서 방금 자신과 곁에서 무슨 일이 벌어졌는지 알지 못한 채 멍하니 서 있었다. 다섯 번째 단계 심법 수련을 완벽하게 끝마쳤다는 사실, 아소가 땀을 닦아주려다 저항력에 충격을 받았다는 사실조차 까맣게 몰랐던 것이다.

건곤대나이 심법은 한마디로 자신의 힘줄기를 운용하는 아주 교묘한 법문이긴 하지만, 그 근본 도리는 사람마다 자체에 축적된 잠재력을 격발시키는 수단에 지나지 않는다. 사람은 누구나 체내에 어마어마

한 잠재력을 지니고 있다. 단지 그것을 평소에는 쓰지 못하지만 화재와 같은 긴급한 상황에 맞닥뜨리면 닭 모가지 하나 비틀 힘도 없던 사람이 때때로 1,000근 무게의 힘을 발휘하는 불가사의한 경우가 생긴다. 이것이 바로 그 좋은 예다.

장무기는 구양신공을 이룩하고 나서부터 자체에 비축된 공력이 당세에 아무도 따르지 못할 막강한 힘을 지녔다. 다만 고인의 지도를 받지 못하고 고명한 무공을 배우지 못한 까닭에 그것을 사용하지 못하고 있었을 따름이다. 그런데 이제 건곤대나이 심법이란 비전절기를 몸에 익히게 되자, 체내의 잠재력은 마치 장마철 폭우에 불어난 물이 산사태로 바뀌어 계곡에 쌓이고 나서 터져 내려갈 통로를 찾다가 제방의 갑문閘門이 열리기 무섭게 걷잡을 수 없는 기세로 쏟아져 나가듯, 어느 누구도 막아내지 못할 경지에 이르게 된 것이다. 다시 말해 구양신공은 산사태를 축적한 경우와 마찬가지이되 그것을 수련하기는 극히 어려운 일이고, 반대로 건곤대나이 심법은 체내에 축적된 산사태가 터져 나갈 길을 뚫어준 경우와 같으면서도 방법만 알면 이내 성공할 수 있었다.

이 심법을 완전히 수련하기 어려운 까닭, 그리고 자칫 잘못하면 곧바로 주화입마에 빠져드는 까닭은 순전히 공력을 운용하는 방법이 복잡하고 미묘하기 짝이 없다는 데 그 원인이 있었다. 하지만 공력을 단련하는 자에게 웅혼하기 비할 데 없는 내력이 결핍되어 그 심법과 서로 조화시키지 못하는 데 더 큰 원인이 있었다. 그것은 마치 여덟아홉 살 난 어린애가 100근 무게의 사슬 달린 철추鐵錘를 휘두르는 경우와 같은 이치였다. 싸움꾼이 사슬 달린 철추를 휘두르는 데는 그 나름대로 정교하고도 오묘한 수법이 있다. 사슬 끝을 붙잡고 머리 위 허공에서 빙글빙글 휘두르기 시작할 때는 별로 느끼지 못하나, 철추가 돌아가면 갈수록 통제하기가 어려워지고 자칫 실수하는 날에는 자기 머리통을 들이쳐서 피투성이로 만들거나 아예 수박통 깨뜨리듯 박살 내어 뇌수를 흩뿌리고 죽을 수도 있다. 반대로 철추를 휘두르는 사람이 어린애가 아니라 뚝심 좋은 대역사大力士라면 그것쯤이야 손쉽게 다루고 자유자재로 구사할 수 있는 것이다. 건곤대나이 심법을 수련하는 이도 마찬가지, 내력에 한계가 있는 사람이 억지로 수련을 강행할 때에는 마음만 다급할 뿐 힘이 모자란 탓으로 횡액을 당하기 십상이다.

옛날 명교 교주들 역시 모두 그 관건이 되는 요체를 분명히 알고는 있었다. 하지만 교주의 신분이 되면서부터 모두가 굳센 의지의 소유자로 자처하면서 실패란 것을 결코 인정하지 않는 자신감을 앞세우고 "정성이 지극하면 금석도 쪼갤 수 있다精誠所至 金石爲開"는 격언을 금과옥조로 떠받들었다. 그저 마음을 한곳에 모으고 힘을 다해 부지런히 수련에 열중할 줄만 알았을 뿐, 인간의 능력이 때로는 한계가 있다는 사실은 모른 채 "사람의 운명도 하늘의 뜻이 아니라 인력으로 극복할 수 있다人定勝天"•는 집념에만 사로잡힌 나머지 간혹 한을 머금고 목숨을 잃는 결과를 빚어내고 말았던 것이다.

장무기는 고작 반나절 만에 건곤대나이 심법을 수련해냈다. 반면 그보다 월등하게 무학 수준이 높은 사람, 총명하고 재능과 지혜가 뛰어난 사람이 수십 년 동안 고심참담하게 수련하고도 완성하지 못한

• 여기서 하늘은 곧 자연계를 뜻한다. 사람의 의지와 역량이 자연계와 싸워 이길 수 있다는 말이다. 출처는《일주서逸周書》〈문전文傳〉,《고금소설》〈배진공이 의롭게 정실부인을 돌려보내다裴晉公義還原配〉에서 나오고,《요재지이聊齋志異》〈소칠蕭七〉에서도 인용되었다.

까닭은 딴 데 있는 게 아니라, 바로 장무기는 내력에 여유가 충분하고 그들은 내력이 부족했다는 데 있었다. 물론 그는 천재일우의 기연으로 앞서 구양신공을 수련해 완전히 자기 것으로 만들어놓고 나서 다시 건곤대나이 심법을 수련했기 때문에 모든 것이 순조롭게 이루어질 수 있었다. 만약 경우가 반대로 바뀌었다면 건곤대나이 심법의 첫 단계도 이루지 못했으리라. 그러니 "사리에 맞으면 모든 것이 저절로 잘 이루어진다順理成章"•란 속담을 무시할 수만도 없는 것 아니겠는가?

다섯 번째 단계를 완성하고 나서, 장무기는 전신의 기력과 정신력이 자유자재로 움직이는 것을 느꼈다. 발출하겠다고 마음만 먹으면 곧바로 발출되고, 거둬들이기로 작심하면 곧바로 거둬지고 그저 뜻이 지향하는 대로 다 이루어지는 것이다. 어디 그뿐이랴, 온몸 구석구석 뼈마디가 뭐라고 형언하지 못할 정도로 거뜬해지고 안온한 느낌이 들었다.

이제 그는 돌 문짝을 열어야 한다는 일마저 깡그리 잊은 채 여섯 번째 단계 심법에 접어들고 있었다. 건곤대나이 신공의 첫 번째, 두 번째 단계는 비교적 초보에 가까워 이른바 '넉 냥의 힘으로 1,000근 무게를 움직이는四兩撥千斤' 수법과 비슷했지만, 한결 고차원의 단계에 접어들면서는 반대로 '1,000근 무게의 힘으로 넉 냥 무게를 움직여야 하는千斤撥四兩' 방법으로 바뀌고 있었다. 그러니까 1,000근에 가까운 자신의 호호탕탕한 내력으로 상대방의 미세한 힘줄기를 움직여야 한다

• 이치대로 따르면 문장이 자연스럽게 이루어진다는 뜻. 언행이나 글이 정리情理에 부합되어야 한다는 말이다. 《주자전서朱子全書》《논어》에 "글이란 것은 사리에 부합되어 문장이 이루어지는 것을 두고 하는 말이다文者 順理成章之謂"에서 나온 말이다.

는 얘기였다. 속담에 "닭 잡는 데 소 잡는 칼을 쓴다殺鷄用牛刀"•는 내용과 비슷하지만, 사용하는 힘줄기 자체가 '소 잡는 칼'이기 때문에 '닭을 죽이기'가 손바닥 뒤집기보다 더욱 쉬워질 수 있는 것이다.

몇 시진이 지나고 나서 드디어 일곱 번째 단계에 접어들었다. 마지막 일곱 번째 단계 심법의 오묘한 이치는 여섯 번째 단계보다 몇 갑절이나 더 깊어 잠깐 사이에 풀어내자니 실로 난해한 점이 한두 군데가 아니었다. 다행히도 그는 의술과 맥리脈理에 정통해서 규명하기 힘든 문제에 부닥칠 때마다 이따금 의학의 이치로 하나하나씩 꼼꼼히 검증해 가슴속이 탁 트일 정도로 꿰뚫어 알 수 있는 경우도 있었다.

그런데 수련이 절반 과정을 갓 넘겼을 때, 갑자기 기혈이 훌떡 뒤집히더니 심장박동이 극심하게 뛰기 시작했다. 정신을 가다듬고 첫 머리부터 다시 차근차근 밟아 올라갔으나, 역시 그 부분에 가서는 마찬가지였다. 그것은 첫 번째 단계를 시작한 이래 한 번도 겪어보지 못한 기현상이었다. 막힌 구절을 건너뛰어 다음으로 넘어가자, 또다시 순조롭게 진척되는 것을 느낄 수 있었다. 그러나 몇 구절이 지났을 때는 장애가 어떻게 손을 대보지 못할 정도로 중첩되면서 그 이하 끄트머리 문장에 이르기까지 모두 열아홉 구절만큼은 도무지 수련할 길이

• 본뜻은 "닭 잡는 데 어찌 소 잡는 칼을 쓰겠는가?"라는 반어인데, 이것을 긍정적으로 역이용한 것이다. 《논어》 〈양화陽貨〉 편에 "공자가 무성에 갔다가 거문고 비파에 맞추어 부르는 노랫소리를 듣고 빙그레 웃으면서 '닭을 잡는 데 어찌 소 잡는 칼을 쓰느냐?'라고 말했다子過武城 聞弦歌之聲 莞爾而笑 曰: 割鷄焉用牛刀"는 고사에서 나왔다. 당시 무성 원님은 공자의 제자 자유子游였는데, 보잘것없이 작은 고을을 다스리면서 어찌 예악과 같은 큰 도리를 행하느냐고 웃었던 것이다. 다시 말하면 '하찮은 일을 떠들썩하게 처리하거나 요란하게 굴 것 없다' 또는 그 반대로 '큰 재목을 작은 일에 쓴다, 큰 인재가 썩는다'는 의미도 된다.

없었다.

수련을 중단하고 한참이나 깊은 생각에 잠겨 있던 장무기는 양피지를 바윗돌 위에 올려놓은 다음, 공경스러운 자세로 무릎 꿇고 엎드려 이마를 조아렸다. 그러고는 큰 소리로 축원을 드렸다.

"불초 제자 장무기, 무심결에 명교 신공의 심법을 엿보았사오나, 그저 이 곤경에서 빠져나가 살아남기 위함이었을 뿐, 마음먹고 귀교의 비전절기를 훔쳐 배울 뜻은 결코 없었나이다. 제자가 이 위험한 지경에서 벗어나거든 마땅히 이 신공으로 귀교를 위해 힘쓸 것이오며, 역대 교주님들께서 길러주시고 목숨을 구해주신 은혜를 저버리지 않겠나이다."

아소 역시 한 곁에 무릎 꿇고 머리 조아려 축원을 올렸다.

"역대 교주님께 비나이다. 부디 장무기 도련님을 보우하사 명교를 다시 바로 세우고 역대 교주님들의 위엄과 명망을 크게 빛낼 수 있도록 도와주소서."

장무기가 일어나더니 고개를 끄덕이며 다짐했다.

"나는 명교 신도가 아니야. 우리 태사부님의 가르침을 받들어 장래에도 명교 신도가 되는 일은 결코 없을 거야. 하지만 양 교주의 유서를 보고 나서 명교의 근본 가르침이 밝고 떳떳하다는 사실을 깊이 알게 된 만큼 여러 문파의 오해를 풀어주고 쌍방 간의 싸움을 종식시키는 데 온 힘을 다하기로 결심했어."

"무기 도련님, 그 열아홉 구절은 아직 수련하지 않으셨는데, 잠깐 쉬었다가 정신력이 충분히 길러지거든 마저 완성하시는 게 좋지 않겠어요?"

그러나 장무기는 절레절레 고개를 흔들었다.

"난 오늘 건곤대나이 심법을 일곱 번째 단계까지 익혔어. 비록 열아홉 구절을 건너뛰어 결함이 없지는 않겠지만, 네가 부른 노래 가운데 '해가 뜨면 저물고 달도 차면 기운다네. 하늘과 땅마저 온전히 고르지 않다네'라고 했지 않아? 그 말처럼 내 어찌 만족한 줄 모르고 더 많은 것을 얻으려 욕심내겠어? 생각해봐. 내게 무슨 복이 많고 덕이 있어서 명교 신공의 완벽한 심법을 받아야 한단 말인가? 이 열아홉 구절만큼은 남겨두고 수련을 끝내야 명교에 대한 도리라고 생각해."

"도련님 말씀이 옳군요."

아소가 순순히 수긍하더니 양피지를 넘겨받고 아직 수련하지 못한 열아홉 구절을 지적해달라고 하더니, 속으로 몇 번 읊어가며 단단히 기억에 담아두었다.

"그걸 외워서 뭘 하려고?"

장무기가 웃음 섞어 묻자, 그녀는 얼굴이 붉어지면서 이렇게 대꾸했다.

"도련님 같으신 분이 수련하지 못하시는데, 얼마나 어렵기에 그런지 보고 싶어서요. 혹시 누가 알아요? 훗날 제가 도련님께 외워드리면 그때 다시 완전히 익히게 될지도 모르죠……."

다 기어들어가는 목소리였으나 어딘가 모르게 깊은 정이 담겨 있었다. 장무기는 격한 감동을 느꼈다.

장무기는 알지 못했다. 사실 그의 천성은 무슨 일을 하든지 끝까지 파고들지 않고 언제나 적당한 선에서 그치곤 했다. 이렇듯 여유 있는 습관, 이런 유유자적한 천성이야말로 "족한 줄 알면 욕되지 않는다知足

不辱"• 하신 성현의 말씀에 부합되는 것이 아니고 무엇이겠는가? 어느 때인가 예전에 건곤대나이 심법을 창안한 고인은 내력이 무척 강하기는 했어도 구양신공에 맞먹을 정도에까지는 이르지 못했기 때문에 자신도 그저 여섯 번째 단계까지 수련하고 그칠 수밖에 없었다. 그가 기록해놓은 일곱 번째 단계 심법은 자기 자신도 수련할 수 없는, 그저 총명한 지혜를 바탕으로 상상력을 한껏 치달려 변화시키기에만 힘쓴 결과물이었을 따름이다. 장무기가 막혀 수련하지 못한 문제의 열아홉 구절이야말로 건곤대나이 심법을 창안해낸 고인께서 한낱 상상력에 의존해 잘못 빚어낸 것으로, 그럴듯하면서도 그것이 아닌 사이비似而非의 심법이라 그 자체가 이미 정도에서 벗어나 샛길로 잘못 빠져들고 있었던 것이다. 만약 장무기가 완벽한 것을 추구하는 욕심으로 진선진미盡善盡美의 경지에 이르기까지 손을 놓지 않고 매달렸던들, 아마도 최후의 고비에 이르러 끝내 주화입마에 빠져들고 미치광이나 백치가 되지 않으면 전신마비를 일으켜 폐인이 되었을 테고, 심지어는 스스로 경맥이 끊겨 목숨을 잃었을지도 몰랐다.

두 사람은 즉시 흙모래와 돌을 옮겨다 양정천 부부의 유해를 안장한 다음, 석문 앞으로 걸어갔다. 장무기는 이번엔 양손을 쓰지 않고 오른손 하나만 내뻗어 석문 가장자리에 갖다 댔다. 그러고는 방금 익힌 건곤대나이 심법에 따라 슬그머니 힘주어 떠밀어보았더니 과연 석문

• 탐욕심이 많은 사람을 경계하는 말이다. 《노자》 제44장에 "만족한 줄 알면 모욕을 받는 일이 없고, 적당한 선에서 그칠 줄 알면 위태로움에 부딪히지 않는다知足不辱 知止不殆"에서 나온 경구다.

이 "덜커덕덜커덕" 소리를 내면서 움직이는 기미를 보였다. 다시 한 차례 힘을 더 주자, 육중한 돌 문짝이 천천히 열리기 시작했다.

너무나 꿈만 같은 광경에 아소는 팔짝팔짝 뛰며 손뼉을 쳤다.

"좋아요, 아주 잘됐어요!"

박수를 칠 때마다 양손에 묶인 사슬이 "짤그랑짤그랑" 요란하게 소리를 냈다.

"가만있거라. 내 다시 한번 그 사슬을 끊어보지!"

"호호, 이번에는 꼭 될 거예요!"

아소도 기뻐하며 웃었다.

장무기는 그녀의 양손에 길게 늘어진 사슬 중간을 잡고 좌우로 힘껏 당겼다. 그러나 어찌 된 노릇인지 사슬은 당길수록 길게 늘어나기만 할 뿐 시종 끊어지지 않았다.

"아이고, 큰일 나겠네! 길게 늘어나기만 하면 불편해서 어떻게 해요."

장무기 역시 절레절레 고개를 내둘렀다.

"그것참, 이상야릇한 사슬이로군. 마냥 잡아당겼다가는 끊어지기는 고사하고 일백 몇십 척이라도 늘어나겠어."

그들은 알 리 없었다. 원래 명교의 윗대 교주가 하늘에서 떨어진 기괴한 모양의 운석 한 개를 얻었는데, 그 속에 함유된 금속 재질이 세상의 어떤 금속과도 다른 것을 보고 예금기에 소속된 솜씨 좋은 대장장이더러 병기를 만들어보라고 했으나 실패하자 그것을 녹여 이 사슬을 만들게 한 것이다.

아소가 의기소침해져 시무룩한 표정을 짓고 있자, 그는 부드럽게 위안의 말을 건네 달래주었다.

"안심해. 내 반드시 그 사슬을 벗겨내줄 테니까. 우리가 이렇게 산허리 한복판에 갇혔어도 빠져나갈 수 있게 되었는데, 설마 그까짓 사슬쯤 어쩌지 못할라고?"

그는 원진을 찾아 복수하려고 거대한 바위 더미에 막혀버린 복도로 달려갔다. 그리고 건곤대나이 심법으로 구양신공을 운용해 수천 근이나 되는 바위 더미를 떠밀어보았다. 하지만 신공이라고 해서 세상에 못 할 것이 없는 무소불위의 능력이 있는 것은 아니었다. 위아래로 포개 쌓인 거대한 바위 더미는 그가 떠밀어 올리는 힘줄기에 그저 미미하게 꿈틀거리기만 할 뿐 끝내 밀쳐낼 수는 없었다. 하릴없어진 그는 고개만 절레절레 내두르며 아소를 데리고 다른 쪽 석문으로 걸어 나갔다. 돌 문짝을 도로 닫으려고 돌이켜보았더니 문짝 같은 것이 어디 있는지 보이지도 않았다. 그도 그럴 것이 석문이라고 생각한 것은 애당초 인공으로 만든 돌문이 아니라 천연으로 이루어진 거대한 암석이었다. 그 암석 밑에 공처럼 생긴 철구鐵球(베어링)들을 문지도리로 장치해 미닫이 작용을 하게 만들었으나, 세월이 오래 지나자 강철 공에 녹이 슬어 암석을 움직이기 어렵게 된 것이었다. 그러고 보면 저 옛날 명교가 이 지하 통로를 건조했을 당시 인력을 무수히 동원하고 또 해를 거듭하면서 얼마나 많은 공을 들이고 심혈을 기울였는지 알 만했다.

장무기의 손에는 비밀 통로 전체를 그린 지도가 들려 있었다. 그 지도에 표시된 대로 따라가보니 통로에 비록 갈래 길이 숱하게 많았으나, 두 사람은 털끝만큼도 힘들이지 않고 무사히 동굴 바깥으로 빠져나올 수 있었다.

동굴 밖으로 벗어나자, 강렬한 빛에 눈이 부셔 두 사람은 한동안 눈을 뜰 수가 없었다. 한참이 지나서야 천천히 눈을 떴더니 어디를 둘러보나 온통 눈얼음 천지였다. 눈얼음이 햇빛 아래 반사되어 여느 때보다 두 배나 더 눈이 부셨다.

아소는 여태껏 들고 있던 횃불을 훅 불어 끈 다음, 눈 바닥에 조그만 구멍을 하나 파더니 그 나무토막을 묻어놓았다.

"나무토막아, 네가 무기 도련님과 나를 동굴 밖에 나올 때까지 비춰주어 고맙다. 네가 없었다면 우리는 정말 속수무책으로 아무것도 하지 못했을 거야."

장무기는 가슴이 후련해지도록 껄껄대고 웃었다. 웃으면서도 속으로는 탄복을 금치 못했다. 배은망덕한 자가 많은 세상에 이 어린 아가씨는 나뭇조각에게조차 고맙다는 인사를 할 줄 알다니, 훗날 자라면 후덕하고 의리 깊은 요조숙녀가 되겠구나 싶었던 것이다.

고개를 외로 꼰 채 미소를 던지다 보니, 눈얼음에 반사된 강렬한 햇빛이 그녀의 얼굴을 비쳤다. 피부 빛깔이 마치 수정처럼 맑게 빛나고, 보드랍기가 옥돌과 다를 바 없어 찬탄이 절로 나왔다.

"아소, 정말 아름답구나!"

그녀는 팔짝 뛸 듯이 기뻐했다.

"무기 도련님, 정말이에요? 듣기 좋으라고 거짓말하는 거 아니죠?"

"꼽추에 절름발이 시늉을 하지 않으면 그렇게 예쁜데, 뭣 하러 보기 흉측한 몰골로 꾸미고 있었어?"

"그런 꼴이 보기 싫다면 저도 안 하겠어요. 아가씨가 죽이려 든다 해도 안 하겠어요."

"쓸데없는 소리! 멀쩡한 사람을 왜 죽이려 들겠나?"

핀잔을 주면서 다시 한번 바라보니, 살갗이 유별나게 하얄 뿐 아니라 콧날이 보통 여자보다 훨씬 높은 데다 눈동자 속에 어렴풋이나마 깊은 바닷물을 연상시키는 쪽빛 기운이 서려 있었다.

"아소, 넌 이곳 서역 본토박이로구나. 안 그래? 우리 중원 여인들에 비해 남다른 아름다움을 지니고 있어."

그 말을 듣자 아소는 눈썹을 곱게 찌푸리면서 대꾸했다.

"차라리 저도 당신네들처럼 중원 아가씨를 닮았으면 좋겠어요."

동굴 밖으로 완전히 벗어난 장무기는 절벽 끄트머리에 서서 사면팔방 지세를 두리번거렸다. 그곳은 이름 모를 어느 산허리 중턱이었다. 자신은 분명히 광명정에 올랐는데 설부득이 포대 자루에 감춰 떠메고 올라온 덕분에 여기까지 오는 동안 어느 길로 해서 왔으며 또 지금 서 있는 곳이 어딘지 그저 모든 게 낯설게만 보였다. 시야를 한껏 넓혀 바라보니 멀리 서북쪽 산비탈 위에 누워 있는 몇 사람이 눈길을 잡아끌었다. 이미 죽었는지 꼼짝달싹도 하지 않았다.

"우리, 저쪽으로 건너가보자고."

그는 아소의 손을 잡고 번뜩 몸을 솟구쳐 맞은편 등성이로 질풍같이 치닫기 시작했다. 지금 그의 몸속에는 구양진기가 자유자재로 용솟음칠 뿐 아니라 건곤대나이 심법을 일곱 번째 단계까지 수련했기 때문에 그의 일거수일투족이야말로 다른 사람의 눈에는 인간의 능력을 초월해 불가사의한 것으로 비칠 만큼 엄청난 위력을 발휘하고 있었다. 아소를 이끌고 가면서도 신공을 쏟아낸 장무기의 몸놀림은 한마디로 제비처럼 날렵했다.

근처에 다다르고 보니, 네 사람이 눈밭에 죽어 널브러져 있고 하얀 눈 위에 검붉은 핏자국이 짙게 스며들었다. 네 구의 시체에는 하나같이 도검에 다친 상처 자국이 있었다. 그중 셋은 명교 신도의 옷차림인데 다른 하나는 소림파 제자인 듯 승복을 걸치고 있었다.

시체를 살펴보던 장무기가 무슨 생각이 들었는지 실성을 터뜨렸다.

"아차, 큰일 났구나! 우리가 산허리 동굴 속에서 너무 지체했어. 그렇게 오랜 시간을 헤매는 동안 육대 문파 사람들이 공격해 올라간 모양이야!"

네 사람의 심장부를 만져보니 모두 얼음같이 차가웠다. 죽은 지 오래되었다는 증거였다.

그는 더 생각해볼 겨를도 없이 황급히 아소를 잡아끌면서 눈밭에 찍힌 발자국을 따라 산 위로 달음박질치기 시작했다. 100여 척을 달렸을까. 길바닥에 또 일곱 명이 보기에도 끔찍할 정도로 처참하게 죽어 있었다. 여기저기 널린 시체를 보다가 그는 퍼뜩 두려운 생각이 들었다. 무당파의 둘째 사백 유연주, 여섯째 사숙 은리정, 아미파의 주지약, 천응교 교주로 계신 외조부와 외삼촌, 그리고 또…… 외사촌 거미의 죽은 모습이 머릿속에 하나하나씩 떠오른 것이다. 천만다행히도 죽은 시체들의 얼굴은 전혀 알지 못하는 사람들이었다. 또 외조부를 연상시킬 만한 백발노인도 보이지 않아 다소 마음이 놓였다. 하지만 생각은 이내 두 사람에게 돌아갔다. 그렇다면 양소 선생, 불회 동생을 비롯한 명교 일행은 어찌 되었을까?

달음박질은 갈수록 빨라져 거의 아소의 몸뚱이를 쳐들고 날아가는 것처럼 보였다. 굽이 길을 감돌아 나가자, 명교 제자 다섯 명의 시체가 머리통을 아래로 향하고 두 다리는 번쩍 들린 채 나뭇가지에 거꾸로 매달려 뒤룽뒤룽 흔들리고 있었다. 얼굴은 하나같이 온통 피와 살점이 뒤섞여 알아보기에도 흐리멍덩한 것이 무엇인가 아주 예리한 갈고리에 찍혀 훑어내린 자국 같았다.

"화산파 호조수虎爪手에 찍힌 상처 자국이에요."

아소의 설명에 장무기는 이것 봐라 싶어 두 눈이 휘둥그레졌다.

"아소, 네가 어린 나이에 식견이 무척 넓구나. 누가 너한테 가르쳐주었지?"

묻는 말이 입 밖으로 나오면서도 광명정에 몰려 있을 여러 사람들의 안위가 걱정스러워 대답을 기다리지도 않고 쏜살같이 산꼭대기로 올라갔다. 발길 닿는 곳마다 질펀하게 널린 시체들은 대부분 명교 신도들이었으나, 육대 문파 제자들 역시 적지 않게 섞여 있었다. 그렇다면 두 사람이 산허리 중턱 지하 동굴 속에서 하루 낮밤을 헤매는 동안 육대 문파가 맹렬한 기세로 공격을 발동한 것이 분명했다. 명교 측은 광명좌사 양소, 청익복왕 위일소를 비롯한 우두머리들이 모조리 중상을 입어 지휘자가 없어진 만큼 병력상의 이점을 상실하기는 했으나, 신도들은 비록 열세에 처했으면서도 굴복하지 않고 악전고투를 벌인 끝에 쌍방의 사상자가 참담할 정도로 속출한 것 같았다.

장무기는 쿵쾅쿵쾅 마구 두방망이질 치는 가슴을 억누르면서 죽은 이들 가운데 아는 사람이 없는지 차근차근 살펴보면서 올라갔다.

정상에 거의 다 올라갔을 때였다. 갑자기 병기들끼리 맞부딪는 쇳소리가 요란하게 들려왔다. 격렬하게 울리는 소리로 보건대 공방전이 아직도 치열하게 전개되고 있음이 분명했다. 그 소리를 듣고서야 장무기는 마음이 다소 누그러졌다. 이곳의 전투가 끝나지 않았다면, 육대 문파가 아직껏 의사청에 돌입하지 못했을지도 모르는 일 아닌가?

다급해진 걸음걸이가 재빨리 싸움터 쪽으로 치달았다. 얼마 안 가서 눈앞에 수십 채나 되는 대형 건물이 높은 담장에 둘러싸인 채 줄지어 나타났다. 좌우를 살펴보느라 발길이 멈칫하는 순간이었다. 갑자기 바람을 가르는 파공음이 날카롭게 울리더니 강철 표창 두 대가 배후를 엄습했다.

"누구냐? 거기 서라!"

뒤미처 누군가 호통을 질렀다.

장무기는 걸음을 멈추지 않은 자세로 손바닥을 뒤채어 가볍게 휘둘렀다. 등줄기를 노리고 들이닥치던 표창 두 자루가 그 기세에 휘말려 반대 방향으로 바뀌어 날아갔다. 이어서 외마디 비명 소리가 처절하게 울렸다.

"아앗!"

뒤미처 "털썩!" 하고 누군가 땅바닥에 쓰러지는 소리가 들렸다. 흠칫 놀란 장무기가 뒤돌아보니 땅바닥에 잿빛 승복을 걸친 스님 하나가 쓰러져 있고, 그의 오른쪽 어깻죽지에는 방금 날아들던 강철 표창 두 자루가 가지런히 박혀 있었다.

장무기의 놀라움은 커지다 못해 어리둥절해졌다. 방금 강철 표창의 겨냥을 빗나가게 할 생각으로 그저 손길 나가는 대로 가볍게 휘둘러쳐냈을 따름인데, 그 가벼운 손길의 힘줄기가 이렇듯 비상할 정도로 위력을 발휘할 줄 누가 알았으랴? 그는 황급히 승려 앞에 달려가 미안스러운 기색으로 사과했다.

"소생이 잘못해서 대사님을 다쳤군요. 송구스럽기 짝이 없습니다."

그러고는 손가락으로 강철 표창을 뽑아냈다.

암기가 뽑혀나가기 무섭게 소림승의 어깻죽지에선 핏물이 샘처럼 솟구쳐 나왔다. 그러나 이 스님도 성미가 여간 사나운 게 아니어서 적이 가까이 접근하자마자 냅다 발길질을 날려 아랫배를 "퍽!" 소리가 나도록 호되게 걷어찼다.

느닷없이 내지른 발길질에 장무기는 아랫배를 고스란히 걷어차였다. 호의적으로 암기를 뽑아주려고 지근거리까지 다가선 데다 상대방이 느닷없이 습격할 줄은 전혀 예상치 못했기 때문에 멍청하게 당하고 말았던 것이다. 그러나 장무기가 어리둥절하는 사이에 발길질을 날린 소림파 스님의 몸뚱이가 붕 떠오르더니 뒤로 쏜살같이 날아가 굵다란 고목에 등줄기를 세차게 부딪치고는 곧바로 땅바닥에 떨어져 내렸다. 장무기를 걷어찬 오른쪽 다리뼈가 어느새 통째로 으스러지고, 그 충격에 입으로 시뻘건 선지피가 쏟아져 나왔다. 지금 상대방의 체내에 흐르는 구양진기가 외부의 힘을 받으면 그 즉시 반탄력이 자연스럽게 우러나와 가해자에게 치명적 타격을 가한다는 사실을 소림사 스님이 알 턱이 없었다. 또 장무기 자신도 그 힘줄기가 얼마 전에 아미파 정현사태의 다리를 부러뜨렸을 때보다 훨씬 증가되었다는 사실을 알지 못했다.

스님이 중상을 입고 쓰러지자, 마음이 더욱 불안해진 그는 다시 한번 가까이 다가가서 부축해 일으켰다. 그러고는 연신 미안하다고 사과의 말을 건넸다. 소림파 스님은 표독스러운 눈초리로 노려보기만 할 뿐 대꾸가 없었다. 말은 하지 못했으나 놀란 마음이 분노보다 깊었다. 욕심 같아서는 당장 손을 써서 적을 공격하고 싶었으나 마음만 굴뚝

같을 뿐 힘이 없으니 어쩌겠는가.

그때였다. 높다랗게 둘러친 담장 안쪽에서 답답한 기합 소리가 세 차례나 연속 들려나왔다. 장무기는 더 이상 스님을 돌볼 겨를이 없어 아소의 손을 잡아끌고 대문으로 벼락같이 쳐들어갔다.

대청 두 군데를 가로질러 뒤편으로 나가보니, 엄청나게 너른 광장이 눈앞에 활짝 펼쳐졌다.

광장에는 숱하게 많은 사람이 새까맣게 운집해 있었다.

서쪽 끄트머리에 몰린 사람들은 인원도 적은 데다 열에 여덟아홉은 피투성이가 되어 땅바닥에 앉았거나 누워 있었다. 바로 명교 측이었다.

동편 끄트머리의 인원수는 그보다 몇 갑절 많았다. 이들은 여섯 패거리로 나뉜 채 은연중 명교 사람들을 에워싸고 있었다. 육대 문파 모두 빠짐없이 도착해 포위 태세를 갖춘 것이다.

잠깐 훑어보는 사이에 장무기는 양소, 위일소, 팽 화상, 설부득을 비롯해 의사청에 남아 있던 사람들이 모두 명교 신도들 패거리 쪽에 앉아 있는 것을 발견했다. 상황으로 보건대 잃어버린 행동의 자유를 아직껏 되찾지 못한 게 분명했다. 양불회는 아버지 양소 곁에 앉아 있었다.

광장 한복판에서는 두 사람이 격렬하게 싸우고 있었다. 장무기와 아소가 들어섰으나 쌍방의 관전자들 모두 싸움판에만 정신이 팔려 아무도 눈여겨보는 이가 없었다.

장무기도 슬금슬금 싸움판 가까이로 다가갔다. 정신을 가다듬고 자세히 살펴보았더니, 쌍방 두 사람 모두 적수공권으로 대결하는 중이었다. 그러나 손바닥 바람이 "휙휙!" 사납게 휘몰아치면서 그 힘줄기가 싸움터 외곽 20~30척까지 멀리 퍼져나오는 것으로 보건대 하나같이 절정 고수들임이 분명했다. 빙글빙글 돌아가는 몸놀림에 공격 수법 또한 재빠르기 이를 데 없었다. 얼마쯤 지났을까, 번개같이 움직이던 동작이 우뚝 멈추더니 별안간 쌍방의 네 손바닥이 딱 마주쳐 아교풀로 붙여놓은 듯 꼼짝달싹하지 않았다. 현기증을 일으킬 정도로 정신없이 돌아가던 쾌속 동작이 단 한순간에 딱 멈춰 완벽한 정지 상태로 바뀐 것이다.

"와아…… 좋다!"

대결장을 에워싸고 있던 관전자들이 저도 모르게 터뜨린 탄성이 허공에 쩌렁쩌렁 울려퍼졌다.

그제야 장무기는 두 사람의 얼굴 모습을 또렷이 알아보았다. 그리고 속으로 가슴이 철렁 내려앉았다. 작달막한 몸집에 얼굴이 온통 야무진 기색으로 뒤덮인 중년 사내는 바로 무당파의 넷째로 강호에 협명을 떨치는 장송계였다. 그를 상대로 맞싸우는 이는 체구가 우람한 대머리 노인이었다. 백설같이 하얀 눈썹이 입술 언저리까지 늘어뜨릴 정도로 긴 데다 매의 부리처럼 구부러진 매부리코가 유별나게 눈길을 사로잡았다. 낯선 노인을 보는 순간, 장무기의 마음속에 의혹이 일었다. 명교 신도들 가운데 아직도 저런 고수가 있었다니, 도대체 누굴까?

의혹은 이내 풀렸다. 화산파 제자들 중 누군가 큰 소리로 외쳐댄 것이다.

"이것 봐, 백미 늙은이! 어서 빨리 패배를 인정하라니까. 당신 따위가 어떻게 무당파 장 사협의 적수가 될 수 있단 말이야?"

그 야유를 듣는 순간, 장무기는 또 한 번 가슴이 덜컥했다. 백미 늙은이, 그것이 누굴 가리키는 말인가? 바로 자신의 외조부 백미응왕이 아니고 누구란 말인가? 외할아버지의 존재를 알아보는 순간, 가슴이 흥분으로 격하게 소용돌이쳤다. 마음속 깊숙이 감춰둔 어버이에 대한 그리움이 한꺼번에 용솟음치면서 당장 그 품속에 뛰어들어 하소연하고 싶은 충동이 일었다.

바야흐로 쌍장을 서로 맞댄 백미응왕 은천정과 무당사협 장송계의 정수리에서는 뜨거운 김이 모락모락 피어올랐다. 두 사람 모두 평생토록 고심참담 수련해온 내가진력內家眞力을 모조리 쏟아내고 있음이 분명했다. 한쪽은 천응교 교주요 명교 사대 호교법왕 가운데 한 사람, 다른 한쪽은 무당파 조사 장삼봉이 가장 아끼고 사랑하는 제자로서 무림 천하에 위엄을 떨치는 무당칠협 가운데 한 사람이다. 이들 최정상급 고수들이 맞섰으니 승부는 좀처럼 빨리 결판나지 않을 터였다.

명교든 육대 문파든 피아 쌍방의 모든 사람은 하나같이 숨을 죽인 채 가슴을 조이며 지켜보고 있었다. 저마다 우군의 안위를 걱정하는 기색이 역력했다. 이 대결에는 단순히 명교와 무당파 쌍방 간의 명예와 위신만 걸려 있는 게 아니라, 고수들끼리 내가진력으로 승부를 겨루는 일이기 때문에 패자 쪽은 반드시 목숨을 잃을 우려가 있었다. 그러나 두 사람은 마치 돌부처가 되어버린 듯 머리칼 한 올, 옷자락 한 조각 나부끼는 기미조차 보이지 않았다.

은천정은 신령과 같이 늠름한 위엄을 떨치고 서 있었다. 두 눈에서 쏟아져 나오는 예리한 눈빛이 번갯불처럼 번뜩였다.

반면 장송계는 무당심법 중 '이일대로以逸待勞, 이정제동以靜制動'• 의

• '이일대로'는 전쟁에서 아군이 먼저 수세를 취하거나 적의 예봉을 잠시 피해 예기를 쌓아놓고 적이 피로에 지친 기회를 틈타 출전해서 승리를 쟁취한다는 뜻. '이정제동'은 아군이 침

요결만 삼가 지키며 수비 자세를 엄밀히 굳혀놓고 있었다. “아군은 편히 쉬면서 적이 피로에 지칠 때까지 기다려 공격한다”는 전법, “아군은 움직이지 않고 조용히 기다렸다가 적이 기동하는 순간에 제압한다”는 병법을 착실히 밀어붙이고 있는 것이다. 그는 상대방이 자신보다 스무 살쯤 나이가 더 든 만큼 내력 수준도 20여 년쯤 더 깊다는 사실을 익히 알고 있었다. 하지만 자신은 한창 혈기에 찬 장년의 나이인 만큼 상대방보다 오래 버티는 힘이 더 셌다. 따라서 상대방의 나이가 노쇠해 오랜 시간을 견디지 못할 테니 그때가 바로 승리를 쟁취할 기회인 것이다.

그러나 예상은 빗나갔다. 은천정이야말로 강호 무림계에서 으뜸가는 불세출의 기인으로 손꼽히는 인물이었다. 비록 나이는 많다고 해도 정력만큼은 젊은이에게 추호도 손색이 없어 장송계의 기대와는 달리 내력이 고갈되기는커녕 마치 조수의 물결처럼 일파一波에 이어 또 일파, 단 한순간도 그칠 새 없이 장송계의 장력에 맞부딪쳐갔다.

은천정과 장송계를 처음 보는 순간 장무기의 마음은 기쁨에 들떴으나, 이내 기쁨은 가시고 근심이 찾아들었다. 한 사람은 자신의 외조부 골육지친이요, 또 한 사람은 돌아가신 아버지의 사형으로서 자기를 친자식처럼 대해주시던 분이었다. 그가 현명신장에 얻어맞고 사경을 헤

착하게 안정된 상태에서 동요를 일으킨 적을 제압한다는 뜻이다. 《손자》 〈군쟁편軍爭篇〉에 “아군이 먼저 전쟁터에 도착해 요충지를 점령한 뒤, 적이 먼 거리에서 강행군으로 도착할 때를 기다리며, 아군은 충분한 휴식과 정비를 완비한 다음 적이 피로해지기를 기다린다. 아군은 엄정하게 질서를 유지해 적이 혼란에 빠지기를 기다리고 안정된 태세로써 적이 동요하기를 기다린다以近待遠 以逸待勞…… 以治待亂 以靜待譁”를 인용한 것이다. ‘이일대로’는 적과 나 사이의 전투력을 다스리는 방법이고, ‘이정제동’은 그 심리를 다스리는 방법이다.

매고 있을 때, 무당 제자들은 하나같이 내공이 소모되는 것을 마다 않고 자신의 상처를 치료하느라 전심전력을 다 쏟아주었다. 장송계도 그중 한 사람이 아니던가? 만약 두 사람 가운데 누구 한 사람 다치거나 목숨을 잃는다면 그는 평생토록 큰 한을 품고 살아야 하는 것이다.

장무기의 눈길은 외조부에게서 좀처럼 떨어질 줄 몰랐다. 연세는 비록 노쇠했어도 정신력만큼은 젊은이나 다를 바 없이 정정해 두 눈에 활기찬 빛이 번쩍거렸다. 하지만 장무기는 그 눈빛에서 불현듯 자애로움과 온유한 기색이 몇 가닥 떠오르는 것을 발견하고 가슴이 크게 흔들렸다. 그 자애로움과 온유함은 바로 10여 년 전 어머니 은소소가 외아들을 바라볼 때 짓던 눈빛이었는데, 오늘 이 자리에서 외조부의 눈빛마저 같은 기색을 띠고 있는 것을 보자, 격한 감동을 이기지 못해 당장에라도 뛰쳐나가 꽉 그러안고 싶은 충동에 휩싸였다. 그리고 이렇게 부르짖고 싶었다. "외할아버지, 두 분 싸우지 마세요! 저분은 아빠의 사형 되시는 분으로 저를 친아들처럼 대해주시던 분이에요!" 장무기는 몰랐다. 은천정이 지금 불현듯 친근한 눈빛을 띤 것 역시 바로 장송계의 얼굴에서 한 번 본 적도 없이 세상을 떠나버린 사위의 흔적을 찾아 헤매고 있다는 것을…….

"이여업!"

갑작스레 허공을 쩌렁쩌렁 울리는 기합 소리에, 미망에 사로잡혀 고뇌를 거듭하던 장무기는 그만 정신이 번쩍 들었다. 은천정과 장송계 두 적수가 약속이나 한 듯 외마디 기합 소리를 터뜨리며 네 손바닥으로 장력을 토해내더니 제각기 6~7보를 뒷걸음질 쳐 물러난 것이다.

"은 노선배님의 탁월하신 신공에 실로 탄복하고 탄복했습니다!"

장송계의 꾸밈없는 찬사에 은천정도 우렁차게 응답했다. 목소리가 마치 절간의 거대한 동종을 두드리듯 허공에 파문을 일으키며 울려 퍼졌다.

"장 형의 내가수련이야말로 초범입성超凡入聖 경지에 들었으니, 노부는 그저 부끄럽기 짝이 없소이다. 귀하는 내 사위 녀석의 동문 사형이신데, 오늘 이 자리에서 꼭 승부를 내야만 하겠소이까?"

외조부가 자신의 아버지를 입에 올리자 장무기는 그만 눈시울이 뜨거워졌다. 가슴속은 여전히 두 사람에게 던지는 외침으로 가득 찼다.

"싸우지 마세요! 제발 싸우지 마세요!"

장송계의 목소리가 들렸다.

"후배가 방금 일보 더 물러섰으니 이미 반초를 진 셈입니다."

그러고는 허리 굽혀 읍례를 건네더니, 그동안 아무 일도 없었다는 듯이 한가로운 기색으로 천연덕스레 물러갔다.

그다음 순간이었다. 무당파 사람들 중에 또 한 사내가 장송계와 엇갈리듯 뛰쳐나왔다. 무당칠협 가운데 일곱째 막성곡이었다. 그는 은천정을 손가락질하면서 노성을 질렀다.

"은 늙은이, 당신이 우리 다섯째 사형을 거론하지 않았다면 그만이겠지만, 오늘 이 자리에서 죽은 다섯째 형을 들먹이다니 사람 정말 성질나게 만드시는군. 우리 셋째 사형 유대암, 다섯째 사형 장취산 두 분은 순전히 당신네 천응교 손에 다치고 목숨을 잃었소. 이 원수를 갚지 않는다면 나 막성곡이 무당칠협의 반열에 헛된 이름만 올려놓은 셈이지!"

곧이어 "스르렁!" 하고 장검이 칼집에서 벗어나는 소리가 울렸다.

하늘로 곧추세운 칼끝이 태양빛을 받아 번쩍거리는데, 딱 버텨선 자세는 하늘 아래 모든 산악이 가장 높은 산봉우리를 우러르는, 만악조종萬岳朝宗 일초였다. 그것은 무당 제자들이 강호 선배와 대결할 때 쓰는 기수식起手式으로, 이제 막성곡은 무림계에서도 신분이 높은 고수이긴 하지만 뭇사람들의 눈길이 지켜보는 가운데 비록 분노에 몸을 떨고 있으면서도 자기보다 연장자인 선배 고수 은천정을 상대하기에 앞서 예의를 갖춘 것이다.

은천정의 입에서 한 모금 탄식이 새어나왔다. 얼굴에 암울한 빛이 번뜩 스치더니 마지못해 천천히 대꾸했다.

"이 늙은이는 딸년이 죽은 이후 도검을 쓰고 싶지 않았소만, 무당칠협과 맨손으로 겨룬다면 오히려 크게 불경스러운 일이 될 듯싶구려."

그러고는 철곤鐵棍을 잡고 있던 명교 제자에게 손가락으로 그 병기를 가리켰다.

"네 철곤을 잠시 빌려 쓰마."

지목을 당한 제자가 그 즉시 양손으로 제미빈철곤齊眉鑌鐵棍을 떠받치더니 은 교주 앞으로 걸어 나와 허리 굽히고 공손히 받들어 올렸다.

은천정은 말없이 병기를 받아 들었다. 제미빈철곤, 길이가 주인의 눈썹에 다다를 만큼 기다란 강철 곤봉이었다. 그는 양손으로 철곤 끄트머리를 잡고 딱 한 번 비틀었다. "뚝!" 하는 쇳소리가 무디게 들리는가 싶더니 어느새 철곤은 두 동강으로 깨끗이 부러졌다.

"아앗!"

육대 문파 진영에서 외마디 경악성이 터져 나왔다. 이 늙은이가 그토록 오래 싸우고도 여전히 초인적인 신력을 유지하고 있을 줄이야 아무도 생각지 못한 것이다.

막성곡은 그가 선배의 입장에서 선공先攻으로 나오지 않을 줄 아는 터라 장검을 곧추세워 백조조황百鳥朝凰의 일초를 구사했다. 온갖 새가 날짐승의 왕자 봉황에게 우러러 절하는 자세였다. 칼끝이 파르르 떨리는가 싶더니 눈 깜짝할 사이에 수십 개의 칼끝으로 바뀌어 상대방의 중반中盤을 덮어씌웠다. 그러나 곧바로 찔러들지는 않았다. 비록 매서운 공격 초식이기는 해도 사뭇 절도 있게 예의를 갖춘 검법이었다.

"막 칠협, 사양치 말고 공격하시오."

은천정이 왼손에 잡은 반 토막짜리 철곤으로 봉쇄하면서 오른손의 나머지 토막으로 비스듬히 짓눌러갔다.

몇 초의 공방전이 지났을 때 관중들 속에서 웅성웅성 동요가 일기 시작했다. 막성곡의 공세는 재빠르면서도 날렵했다. 무지개처럼 번뜩이는 장검의 칼날이 마치 독사가 먹이를 삼키는가 싶으면 어느새 토해내고, 독수리가 날개를 활짝 펼쳤다가는 이내 합쳐버리듯 탄토개합呑吐開闔을 자유자재로 펼쳐내고 있었다. 바람결처럼 표일하다가도 이내 1,000근 무게로 엄숙하게 바뀌어가는 자세야말로 확실히 명가의 제자다운 기풍이라 아니할 수 없었다.

그와는 반대로 은천정의 부러진 철곤 두 토막은 애당초 멋없이 무겁기만 한 것이어서 공격이든 수비든 초식이 갈수록 둔탁하고 느려빠져, 동쪽으로 후려치고 서쪽으로 찍어 누르는 동작 하나하나가 전혀 무공 법칙을 이루지 못하고 있는 것처럼 보였다. 그러나 안목을 갖춘 고수들의 눈에 그것은 한마디로 "크게 지혜로운 이는 가장 어리석은 것처럼 보이고大智若大愚, 가장 교묘한 솜씨일수록 서투르게 보인다大巧若

大拙"는 명언에 걸맞게 그 둔탁하고 느려빠진 동작이야말로 무학의 가장 높고 가장 순수한 경지에 이르지 않고서는 도저히 해내지 못하는 것임을 간파할 수 있었다. 슬금슬금 옮겨가는 그의 보법은 완만하기 짝이 없었다.

반면 막성곡의 보법은 높이 솟구치든 낮게 포복하든 동쪽으로 치닫거나 서쪽으로 번뜩이거나 그저 경쾌 일변도였다. 그는 느릿느릿한 상대방의 동작을 전후좌우 사방으로 감싸고 돌아가며 매서운 살수로 벌써 60여 초나 되는 연속 공격을 퍼붓고 있었다.

다시 20~30합을 싸우고 나서도 막성곡의 공격 검초는 느려지기는 커녕 갈수록 빨라졌다. 곤륜이나 아미처럼 전통적으로 검법에 장기를 지닌 문파의 제자들은 막성곡이 한 자루 장검만으로 이렇듯 무수한 변화를 연출하는 장면을 보자 모두 속으로 탄복을 금치 못했다. 무당 검법이야말로 명불허전이라더니 과연 오늘 안목을 크게 열었구나 싶었던 것이다.

그러나 막성곡이 제아무리 날고 뛰며 찌르고 쪼개기를 거듭했어도 은천정이 두 토막 부러진 철곤으로 엄밀하게 지키는 정면의 문호門戶 안쪽으로는 끝내 공격해 들어갈 수 없었다. 정면 공세가 번번이 가로막히자, 그는 속으로 혀를 내두르면서 의아스러운 마음을 금치 못했다. '이 늙은이는 화산파, 소림파 고수를 세 명씩이나 잇따라 격파하고, 또 우리 넷째 사형과 겨루느라 내력이 소모될 대로 소모된 상태다. 내가 이제 다섯 번째 상대자로 나서서 그 이득을 적지 않게 보고 있을 터인데, 만약 이런 유리한 상태에서도 적을 거꾸러뜨리지 못한다면 장차 무슨 낯으로 스승을 대할 수 있겠는가?'

생각이 여기까지 미치자, 그는 냅다 기합을 터뜨리며 검법을 일변시켰다. 손아귀에 잡힌 장검의 칼날이 갑작스레 부드러운 허리띠처럼 가볍게 구부러지면서 휘청휘청 도무지 방향을 잡지 못하고 이리저리 흔들리기 시작했다. 바로 무당파의 비전절기 요지유검繞指柔劍 72초를 전개한 것이다. 마치 열 손가락에 요리조리 비단실 감기듯 부드럽게, 끈질기게…….

검법이 열세 번째 초식까지 펼쳐졌을 때, 관전자들은 유령같이 종잡을 수 없을 만큼 날쌘 동작에 홀린 듯 탄성이 절로 나왔다.

"와아아!"

이때가 되자 은천정 역시 둔중한 몸놀림만으로 상대방의 쾌속 검법에 대응할 수 없었는지 별안간 신법이 돌변하더니 마치 진흙탕의 미꾸라지처럼 요리조리 빠져나가면서 쾌속 반격으로 맞서기 시작했다.

돌연, 막성곡의 칼날이 허공을 깨뜨리면서 질풍같이 상대방의 가슴을 찌르고 들어왔다. 그러나 칼끝은 중도에서 파르르 떨리는가 싶더니 급작스레 구부러져 오른쪽 어깨머리를 비스듬히 찔러들었다. 강철로 벼린 칼끝이 저절로 구부러지다니 실로 불가능한 일이었으나, 그것은 요지유검의 정화로서 순전히 웅혼하고도 두터운 내력으로 칼끝을 휘어, 검초가 정상적인 공격로를 벗어나 종잡을 수 없는 방향으로 바뀌면서 적이 막아내지 못하도록 혼란을 주는 초식이었다.

과연 은천정은 종래 이런 검법을 본 적이 없는 터라 황급히 공격 목표가 된 어깨머리를 낮추어 회피 동작을 취했다. 그러나 예상은 또 빗나갔다. 구부러진 칼끝이 저절로 "쨍!" 하는 쇳소리를 가볍게 울리더니 용수철 튕기듯 도로 반듯하게 펴지면서 그의 왼쪽 팔뚝으로 찔러드는 것이 아닌가!

그와 동시에 은천정의 역습도 펼쳐졌다. 양동 공격의 표적이 된 오른팔이 불쑥 뻗어나오더니 어떻게 된 노릇인지 삽시간에 반 자 길이나 쭉 늘어나면서 막성곡의 손목을 훑는 듯싶다가 어느새 집게손 수법으로 장검을 낚아채어 선뜻 빼앗아버리고 말았다. 왼손은 이미 상대방의 견정혈肩貞穴에 얹혀 있는 채……. 그것은 마치 허공에서 곤두박질쳐 내린 독수리가 눈 깜짝할 사이에 발톱으로 먹이를 움켜잡았을 때의 자세와 다를 바 없었다.

백미응왕 은천정의 응조금나수鷹爪擒拿手는 한마디로 당세에 짝이 없는 무림 일절이었다. 막성곡은 흠칫 놀랐으나 어깨머리는 이미 적의 손바닥 안에 들어갔다. 이제 다섯 손가락에 힘주어 오므리기만 하는 날이면 어깨머리뼈는 산산조각 부서져 평생 불구자 신세로 살아가야 할 터였다. 무당오협 가운데 나머지 넷이 대경실색, 저마다 뛰쳐나와 구해주려 했으나 사세는 이미 글렀다. 도움의 손길을 뻗기에는 때가 너무 늦은 것이다.

은천정의 입에서 한 모금 탄식이 배어나왔다.

"한 번이면 족한 걸 또다시 한을 남길 필요가 어디 있을꼬?"

그러고는 어깻죽지에 얹은 손을 놓고 오른손을 움츠려 왼 팔뚝에 박힌 장검을 뽑아냈다. 칼끝에 다친 상처에서 선혈이 샘솟듯 뿜어나왔다. 그는 손아귀에 들린 적의 병기를 한참 동안 뚫어지게 굽어보면서 혼잣말로 중얼거렸다.

"이 늙은이가 반평생 강호를 종횡무진 누벼오는 동안 남에게 일초반식을 져본 적이 없었는데……. 장삼봉, 훌륭하다. 장 진인, 그대는 과연 대단한 인물이었어!"

그는 거듭해서 이 자리에 없는 장삼봉에게 찬사를 던졌다. 그가 창안해낸 요지유검 72초식의 헤아리기 어려울 정도로 신묘함에 탄복했다는 뜻이었다. 그것을 막아내지 못하고 상처를 입은 자신에 대한 회한도 물론 섞여 있었다.

막성곡은 그 자리에 멍하니 서 있었다. 자신이 비록 일초를 먼저 이겼다고는 하나 뒤미처 상대방의 손에 제압당했음에도 적이 끝내 살수를 펼쳐 자신을 다치게 하지 않았으니, 그 의도를 어떻게 풀이해야 좋을지 몰랐던 것이다. 잠시 멍하니 서 있던 그는 상대방의 입에서 나온 말뜻을 알아듣고 이내 두 주먹 맞잡아 흔들며 사례했다.

"고맙습니다, 선배님! 손속에 사정을 두어주셔서……."

은천정이 미소 띤 채 고개를 한 번 끄덕이더니 장검의 칼자루를 반대로 돌려 넘겨주었다. 그러나 막성곡은 그것을 받지 않고 허리를 한 번 굽혀 읍례하더니 아무 말 없이 곧바로 물러갔다. 평생을 다 바쳐 검법 연마에 심혈을 기울여왔노라고 자부하던 무당칠협의 막내가 급기야 적의 손에 애용 병기를 빼앗겼으니 그 수치스러움을 도무지 감당할 길이 없었던 것이다.

장무기가 슬그머니 옷자락을 찢어 내렸다. 이제 곧 달려 나가 외조부의 상처를 싸매줄 작정이었다. 그런데 무당파 진영에서 또 한 사람이 걸어 나왔다. 검정 수염을 앞가슴에 길게 늘어뜨린 장년의 남자, 바로 무당칠협의 우두머리 송원교였다.

"제가 노 선배님의 상처를 싸매드리지요."

그러고는 품속에서 금창약金創藥을 꺼내 은천정의 상처에 바르고 재빨리 손수건으로 싸매주었다. 천응교와 명교 신도들의 의혹에 찬 눈길이 그에게 쏠렸다. 그러나 정기 늠름한 송원교의 얼굴 표정을 보고 이내 의심을 풀었다. 무당칠협 우두머리쯤 되는 사람이 결코 비열하게 독을 써서 해칠 리 없음을 그 맑은 기색에서 읽어낼 수 있었던 것이다.

"고맙소!"

은천정이 한마디로 사의를 표했다. 의심을 품지 않은 솔직담백한 목소리였다.

멀찌감치 떨어져 지켜보고 있던 장무기의 기쁨은 이루 말할 수 없이 컸다. '대사백님이 내 외할아버지의 상처를 돌봐주시다니 정말 잘되었구나! 외조부께서 막내 사숙을 다치게 하지 않으셨기 때문에 고마운 뜻으로 그런 모양이구나. 아무튼 이것으로 두 집안 사이가 화해를 했으면 좋으련만…….'

그러나 장무기의 예상은 보기 좋게 빗나갔다. 적의 상처를 싸매준 송원교가 일단 뒤로 두어 걸음 물러서더니 기다란 소맷자락을 매몰차게 떨치면서 정색을 하고 도전하는 것이 아닌가?

"불초 송 아무개가 노 선배님의 고명하신 솜씨를 한 수 배워볼까 합니다!"

그것은 장무기에겐 실로 천만뜻밖이었다. 경악을 참지 못한 그는 저도 모르게 버럭 고함을 지르고 말았다.

"송 대사…… 송 대협님! 그건 안 됩니다!"

엉겁결에 '송 대사백'이란 말이 튀어나오려던 것을 얼른 '송 대협'으로 바꾸느라 뜸을 들인 그가 내처 항의를 했다.

"여럿이서 차륜전법으로 번갈아 노인장을 공격하시다니, 그건 불공

평합니다!"

이 한마디가 입 밖으로 나오자 뭇사람들의 눈길이 비로소 그에게 쏠렸다. 옷가지라고도 할 수 없을 만큼 꾀죄죄한 누더기 차림의 낯선 젊은이. 아미파 사람들과 무당파 은리정과 송청서, 그리고 명교의 양소, 설부득, 주전을 비롯한 몇몇을 제외하고는 아무도 그의 신분 내력이 어떤지 알 턱이 없었다. 그러니 모두 뜨악한 기색으로 바라보기나 할밖에.

장무기를 지그시 바라보던 송원교가 무겁게 입을 열었다.

"저 젊은 친구의 말씀이 옳군요. 무당파와 천응교 간의 사사로운 원혐은 오늘 이 자리에서 잠시 덮어두고 따지지 않기로 하겠습니다. 그러나 지금은 우리 육대 문파가 명교와 생사존망을 걸고 마지막 일전으로 결판을 내야 하는 판국이니만큼 저희 무당파는 삼가 명교 측에 정식으로 도전하는 바이오!"

공과 사를 분명히 가려 도전하는 말에 조리가 정연했다. 은천정의 눈빛이 천천히 명교와 천응교 우군 진영으로 옮겨갔다. 양소, 위일소, 팽 화상을 비롯한 명교 수뇌 인물들은 하나같이 전신마비가 되어 꼼짝달싹 못 하고, 천응교와 오행기 고수들은 너 나 할 것 없이 죽지 않으면 중상을 입은 형편이라 전투력이 남아 있을 턱이 없었다. 하다못해 자기 아들 은야왕마저 혼수상태로 땅바닥에 엎어진 채 생사를 점치기 어려웠다. 이제 명교, 천응교를 통틀어 자기 한 사람밖에는 송원교의 권초 검법을 당해낼 사람이 없었다. 그러나 자신도 다섯 명의 고수들을 잇따라 맞아 싸운 나머지 벌써부터 진기가 흐려진 데다 왼팔에 찔린 검상마저 실로 가볍지 않으니 어쩌겠는가?

은천정이 결단을 내리지 못하고 주저하는 사이, 공동파 진영에서 키가 작달막한 노인이 고함을 질렀다.

"마교는 이제 일패도지로 전멸 상태가 되고 말았는데 항복하지 않고 뭘 또 기다리는 거냐? 안 되겠군, 공지대사! 우리 당장 쳐들어가서 마교의 역대 교주 서른세 놈의 위패를 몽땅 때려 부숴 불살라버립시다."

소림사 방장 스님 공문대사는 숭산 본원에 남아 절을 지키고, 이번 명교 섬멸전에는 그 사제인 공지대사가 제자들을 이끌고 참전했다. 여러 문파들은 소림파가 강호 무림계에서 차지한 명망을 존중해 이번 광명정 연합 공격 작전에 그를 총지휘자로 떠받든 터였다.

공지대사가 미처 대꾸하기 전에 이번에는 화산파 진영에서 누군가 버럭 소리쳤다.

"투항하고 말고 할 게 뭐 있소? 마교의 무리라면 오늘 단 한 놈도 살려두지 말아야 하오! 악을 제거하려거든 뿌리까지 몽땅 뽑아 없애야 하는 거 아닌가? 그러지 않았다가는 훗날 죽은 잿더미에서 불씨가 되살아나 강호에 해악을 끼칠 게 뻔하지! 요 마교의 씨알머리들아! 눈치가 있거든 이 어르신네들이 손을 쓰기 전에 어서 빨리 네놈들 스스로 목숨을 끊어라!"

무자비한 욕설을 귓결에 들으면서 은천정은 암암리에 운기를 시도했다. 그러나 왼팔에 찔린 상처가 뼛속까지 닿은 터라 푹푹 쑤셔대는 진통만 거듭될 뿐 도무지 공력을 끌어올릴 방법이 없었다. 그는 상대방의 실력을 잘 알았다. 송원교로 말하자면 장삼봉을 따른 지 오래된 만큼 그 불세출의 무학 대종사가 평생토록 쌓아 올린 무공 진전眞傳을 깊이 터득하고 있을 터였다. 설령 자신의 정신력이 온전하고 기력이 충족된 상태에서 대결한다 해도 과연 누가 이기고 질 것인지 장담할 수 없는데, 하물며 진기가 탁해지고 팔뚝에 중상까지 입은 상태에서야 더 말할 나위가 있으랴? 그러나 명교의 고수들은 하나같이 죽지 않으면 다쳐서 움직일 수 없는 상황이니 대국을 지탱해나갈 사람은 오로지 자기 한 사람밖에 남지 않았다. 이제 방법은 오직 하나뿐 늙은 목숨 던져 끝까지 싸워보는 길밖에 없다. 단지 자기 한 사람 죽는 것은 아깝지 않으나, 평생을 두고 떨쳐온 일세의 영예와 명성이 오늘 이 자리에서 허망하게 물거품으로 돌아가야 하다니 그게 애석할 따름이었다.

송원교의 목소리가 들려왔다.

"노 선배님, 무당파와 천응교 간의 원한은 바다만큼 깊습니다. 하지만 저희는 남의 위기를 틈탈 생각은 없습니다. 이 껄끄러운 문제는 훗날 반드시 청산하겠습니다. 우리 육대 문파는 이번에 명교 하나만을 목표로 쳐들어왔습니다. 천응교가 오래전에 명교를 이탈해 스스로 문호를 세웠다는 것은 강호 인사들이라면 누구나 다 아는 사실입니다. 그런데 노 선배님께서 공연히 이 혼란의 와중에 뛰어들 필요가 어디 있습니까? 부디 귀교 제자들을 거느리고 하산하시기 바랍니다."

이 말을 듣고 육대 문파 사람들은 모두 자신의 귀를 의심했다. 무당파가 유대암 사건으로 말미암아 천응교와 깊은 원수를 맺고 있다는 사실을 모르는 이는 없었다. 그런데 송원교는 천응교의 죄상을 묻지 않고 한쪽으로 제쳐두겠다니 모두 의아스러울 수밖에 없었다. 하나 그들은 이내 송원교의 속뜻을 이해했다. 그는 애당초 모든 일을 공명정대하게 대하는 사내대장부였다. 남이 조성해놓은 소득을 힘 안 들이고 공짜로 주워담을 생각이 없었던 것이다.

은천정이 껄껄대고 호탕하게 웃었다.

"송 대협의 고마우신 호의를 이 늙은이가 마음으로만 받으리다. 하나 모두 알다시피 노부는 명교 사대 호교법왕의 한 사람이외다. 비록 자립해서 문호를 세웠다고는 하나 근본이 되는 명교가 어려움에 부닥쳤는데 내 어찌 옛날의 우정과 의리를 저버리고 모른 척 외면할 수 있겠소? 오늘 내게는 오직 죽음만 있을 뿐이니 어서 공격하시오!"

은천정은 각오를 밝히면서 한 걸음 선뜻 내디뎠다. 두 손바닥을 가슴 앞에 모으고 상대방을 매섭게 노려보는 눈초리 위에 흰 눈썹이 파르르 떨리면서 아무도 범접하지 못할 위엄이 드리웠다.

"정 그러시다면 하는 수 없군요. 그럼 무례를 범하겠습니다!"

말을 마치자, 송원교의 왼손이 번쩍 들려 오른 손바닥 한복판을 떠받들더니 곧바로 청수식請手式 일초를 휘둘러 쳤다. 무당권법 중 후배가 선배와 대결할 때 정중하게 도발하는 초식이었다.

상대방이 허리를 약간 구부려 절하는 자세를 보이자, 은천정 역시 겸사의 말 한마디를 던졌다.

"사양하실 것 없이 마음대로 공격하시오."

그러고는 양손이 둥그렇게 원을 그리면서 심장 부위를 봉쇄했다.

그런데 이상한 일이 벌어졌다. 권법 이치대로 본다면 송원교는 반드시 한 발 앞질러 나가면서 팔뚝을 길게 내뻗어 공격해야 옳았다. 그가 주먹 쥔 팔뚝을 길게 내뻗어 공격한 것은 분명했으나, 한 발 앞질러 나가지 않았으니 어찌 된 노릇인가?

은천정 역시 속이 뜨끔했다. 무당파 권법이 이토록 대단할 줄이야! 설마 격산타우隔山打牛 신공까지 수련했단 말인가? 격산타우 신공은 글자 그대로 산을 사이에 두고 건너편의 황소를 때려잡는다는 전설적인 권법이었다. 은천정은 선불리 방심하지 않고 내공을 일으켜 오른 손바닥으로 이제 막 들이쳐올 상대방의 주먹 힘에 맞서 후려쳐 보냈다. 그러나 일장은 분명 후려쳤는데 그 앞 정면에 맞받아칠 힘줄기는 어디로 사라졌는지 그저 텅 빈 공간만 있을 뿐이었다.

은천정이 도깨비에 홀린 기색으로 멍하니 바라보았을 때, 송원교의 목소리가 다시 들려왔다.

"노 선배님의 깊고 두터운 무학 경지를 오래전부터 우러러왔습니다. 저희 사부님께서도 늘 찬사를 아끼지 않으셨지요. 그러나 지금 선배님은 몇 사람을 상대로 힘써 싸워오셨고, 이 후배는 활기찬 응원군으로 새로 나섰으니 너무 공평치 못합니다. 어떻습니까, 우리 뚝심으로 싸울 게 아니라 초식으로만 겨뤄보는 게……?"

엉뚱한 제안을 하면서 그는 발길질을 내뻗어 허방을 걷어차 보였다. 초식만으로 겨루자고 하더니 진짜 허초로 내뻗은 발끝이 상대방의 몸뚱이에서 10여 척 남짓 거리를 두고 있었다. 하지만 발길질의 정교함이라든가 방위 선택만큼은 실로 불가사의할 정도로 특출해 만약 지근거리에서 몸을 맞대고 육박전이라도 벌였다면 방어하기가 아주 어려웠을 것이다.

아니나 다를까, 은천정의 입에서 찬탄이 흘러나왔다.

"호오, 기막힌 발길질이군!"

그러고는 주먹을 휘둘러 역공으로 나갔다. 병법에 '최선의 수비는 공격以攻爲守'• 이라고 하지 않았던가.

• 본뜻은 주도적인 공격 수단으로 적극 방어를 실시한다는 말이다. 송나라 진량陳亮이 《작고론酌古論》〈선주先主〉에서 "수비를 위하여 공격하며, 공격을 대비하여 수비한다. 이것이 작전

송원교가 슬쩍 몸을 뒤틀어 피하더니, 답례 삼아 일장으로 반격했다. 삽시간에 주먹질이 날아가고 발길질이 날아들며 대결이 급박하게 돌아갔다. 하지만 시종 10여 척 간격이 벌어져 있었다. 비록 몸과 몸이 맞닿는 초식이 아니라 순전히 허방을 때리는 공방전이기는 해도, 어느 초식이 불리하고 어느 초식이 먼저 우세를 차지했는지는 저마다 속셈으로 다 알고 있었다. 주먹질이든 발길질이든 털끝만큼도 소홀히 내뻗지 않으니 몸을 붙이고 육박전을 벌이는 것이나 다를 바 없었다.

관전자들 중에도 무학 고수들이 적지 않았다. 송원교의 수법은 이유극강以柔克剛 일변도였지만, 그 부드러움 속에서도 주먹질과 발길질만큼은 재빠르기 이를 데 없었다. 반면 은천정의 수법은 마치 대문이 활짝 열렸다 닫히듯 규모가 크고, 강맹剛猛 일변도의 초식을 선보였으나 추호도 느려지는 법은 없었다. 두 사람의 공격과 수비 전환은 그야말로 눈 깜짝할 사이에 바뀌고 또 바뀌었다. 어떻게 보면 두 사람은 멀찌감치 떨어져 제각기 혼자서 권법이나 각법脚法, 퇴법腿法을 단련하는 것처럼 보일 수도 있겠지만 실상은 격렬하기 이를 데 없는 싸움을 벌이고 있었다.

장무기의 눈길은 은천정과 송원교에게서 단 한순간도 떨어지지 않았다. 두 사람의 대결을 지켜보는 동안 그의 머릿속에는 어릴 적 빙화도에서 아버지와 어머니가 권법 대련을 하던 장면이 고스란히 떠올랐다. 그 섬에서 사는 동안 부모가 대련하는 경우는 극히 드물었다. 하지만 일단 권법 초식으로 겨룰 때는 어김없이 아들을 곁에 불러다 세워

의 변화다以攻爲守 以守爲攻 此兵之變也"라고 한 데서 나온 말이다.

놓고 구경시키곤 했다. 이제 장무기의 눈길에 외조부의 펄럭펄럭 나부끼는 흰 옷자락은 어머니 은소소의 모습으로 비쳤고, 짙푸른 장삼을 걸친 대사백의 날렵하고도 소탈한 몸놀림은 그 옛날 아버지 장취산을 연상케 했다. 장무기의 두 눈에는 어느새 뜨거운 눈물이 글썽글썽 맺히기 시작했다. 아무도 없었더라면 큰 소리로 외쳐 부르고만 싶었다. '아빠, 엄마! 거기들 계셨군요. 절 좀 봐주세요. 저 무기가 여기 있어요!'

당초 은천정이 장송계, 막성곡과 어우러져 싸울 때만 하더라도 장무기는 친척이나 다를 바 없는 두 사람의 안위가 걱정스러워 가슴만 조였을 뿐 쌍방 간에 주고받는 초식 따위에 별로 신경을 쓰지 않았다. 그러나 지금 두 사람이 그저 승부만 겨루고 있다는 사실을 알자, 비로소 마음을 가라앉히고 두 사람의 공방 초식을 차분히 지켜볼 수 있었다.

얼마나 지났을까, 두 사람의 공방전은 갈수록 빨라졌다. 형세 또한 급박하게 바뀌어갔다. 장무기의 머릿속에 퍼뜩 의문이 떠올랐다.

'그것참, 이상하다. 외조부와 대사백은 하나같이 무림계 일류 고수들이신데, 어째서 저렇듯 공방 초식에 허점이 많을까? 방금 내지른 외조부님의 주먹질이 왼쪽으로 반 자만 기울었더라면 대사백의 가슴을 정면으로 들이쳤을 게 아닌가? 대사백도 방금 뻗어낸 다섯 손가락이 한순간만 늦춰졌더라면 영락없이 외조부님의 왼 팔뚝을 움켜잡고도 남았을 텐데. 설마 두 분이 일부러 양보해서 파탄을 드러내 보인 것은 아닐까? 하지만 급박하게 돌아가는 형세를 보면 꼭 그런 것도 아닌 것 같은데…….'

사실 은천정과 송원교 두 사람은 비록 멀찌감치 거리를 두고 싸우기는 해도 공방 초식에는 털끝만치도 양보하는 법이 없었다. 하지만 장무기는 건곤대나이 심법을 익히고 나서부터 무학 수준이 그들보다 한 수 높아진 상태였다. 또 은천정과 송원교 두 사람의 초식에 허점이 있다고는 해도 꼭 그르다고만 할 수는 없었다. 장무기는 자신의 그런 생각이 구양신공을 지녔기 때문에 가능한 줄은 전혀 알지 못했다. 그가 상상한 초식이 적을 제압하고 이길 수 있는 필승의 방법이라고 해도 실전에서 꼭 통한다는 보장은 없었다. 어떻게 보면 장무기의 상상은 하늘을 나는 독수리가 사자와 호랑이가 싸우는 광경을 내려다보고 '왜 저 짐승들은 나처럼 높은 데서 곤두박질쳐 덮치지 않는 걸까? 그럼 영락없이 이길 수 있을 텐데'라고 생각하는 것과 같았다. 독수리는 사자와 호랑이가 온갖 길짐승 가운데 가장 사납고 용맹스럽기는 해도 날짐승처럼 높은 하늘 위에서 곤두박질쳐 덮칠 능력이 없음을 모르기 때문에 그런 터무니없는 생각을 한 것이다. 독수리와 마찬가지로 장무기도 식견이 너르지 않기 때문에 좀처럼 그 까닭을 생각해내지 못한 것이다.

갑자기 송원교의 공격 초식이 돌변하더니 쌍장을 춤추듯 어지러이 휘둘러가며 전후좌우로 한꺼번에 들어치기 시작했다. 마치 한겨울 세찬 바람결에 눈발이 흩날리듯 부드러운 햇솜 뭉치처럼 힘줄기 한 점 받지 않으면서도 면면히 이어져 나가는 장법, 바로 무당파 특유의 면장綿掌이었다.

"이엽!"

은천정이 외마디 호통으로 응수하더니 일권을 힘차게 내질렀다. 한 사람은 부드럽기 이를 데 없는 면장으로, 또 한 사람은 철벽을 깨뜨릴 만큼 굳센 강권剛拳으로, 제각기 비장해두었던 절기를 펼치기 시작한 것이다.

쌍방의 일장 일권이 맞부딪치려는 찰나, 송원교가 왼 손바닥을 후려쳐냈다. 곧이어 오른 손바닥마저 후발선지後發先至로 번개 벼락 치듯 뒤따라 나가더니 왼 손바닥을 앞질렀다. 뒤미처 왼 손바닥은 경사 각도를 그리며 비스듬히 상대방의 배후로 감돌아 무섭게 들이치고 있었다.

은천정은 자신이 뻗어나갈 세 방향이 모조리 상대방의 장세掌勢에 덮어씌워 차단되자, 대갈일성을 터뜨리며 두 주먹으로 한꺼번에 정갑개산丁甲開山을 휘둘러 쳤다. 주먹은 둘이지만 육정육갑六丁六甲• 열두 신령이 산악을 쪼개내듯, 양동陽動으로 들이쳐오는 배후 공격을 무시해버리고 정면으로 파상 공격을 퍼붓는 좌우 쌍장을 두 주먹으로 맞받아친 것이다.

이윽고 쌍장 쌍권이 멀찌감치 떨어진 허공에서 거리를 두고 딱 마주 향한 채 아교풀에 달라붙은 듯 꼼짝달싹하지 않았다. 이 공방 초식이 풀리려면 내력을 쏟아붓기 전에는 도저히 불가능했다. 두 사람이 10여 척 간격을 두고 떨어진 채 팔뚝 넷만으로 허공을 움켜쥔 광경이야말로 어찌 보면 괴상야릇하고 우스꽝스러울 수도 있었다. 그러나 지근거리에서 진짜 뚝심으로 실전을 벌이는 것이었다면 두 사람 모두 바야흐로 생사를 판가름 짓는 가장 위험한 고비에 직면한 것이나 다름없었다.

• 도교에서 '육정'은 여섯 명의 음신옥녀陰神玉女이다. 여섯 갑甲이 열흘마다 돌아감에 따라 해당하는 정자丁字 신령, 즉 갑자甲子 속에 정묘丁卯, 갑인甲寅 속에 정사丁巳…… 이런 식으로 여섯 신령인데 꿈 해몽을 잘한다고 한다. '육갑'은 육십갑자六十甲子 속의 갑甲에 해당하는 신령. 즉 갑자甲子, 갑인甲寅, 갑진甲辰, 갑오甲吾, 갑신甲申, 갑술甲戌이다. 풍운과 뇌성으로 귀신을 제압하는 신령들이라고 한다.

송원교가 보일 듯 말 듯 미소 짓더니 쌍장을 거두어들이고 훌쩍 뒷걸음질로 도약해 물러났다.

"노 선배님의 정묘하신 권법에 실로 탄복했습니다."

은천정도 즉시 쌍권을 거둬들였다.

"무당권법이야말로 과연 고금에 으뜸이라 하겠소!"

앞서 내력으로 겨루지 않겠노라 약속했으니 더 이상 겨룰 이유가 없었다. 이래서 결국 무승부로 끝났다.

무당파 진영에선 아직도 유연주, 은리정 두 고수가 출전하지 않은 상태였다. 은천정은 얼굴이 벌겋게 부어오른 채 정수리에서 뜨거운 김이 모락모락 피어오르고 있었다. 방금 송원교와의 대결에서 비록 내력을 크게 소모하지는 않았어도 상대가 워낙 강적이었던 만큼 지혜를 짜내느라 정력이 적잖이 고갈되었다. 이제 그는 탈진 상태에 빠져들었다. 유연주나 은리정 둘 중 어느 한 사람이 나서더라도 즉석에서 그를 때려눕히고 '백미응왕 타도'라는 아름다운 명예를 온전히 누릴 수 있을 터였다. 유연주와 은리정이 마주 보더니 둘이서 똑같이 고개를 가로저었다. 남의 위기를 틈타 이겨봤자 명예로울 게 없다는 의사표시였다.

이들 무당이협 두 사람에게는 남의 위기를 틈타 이기고 싶은 욕심이 없겠지만, 다른 자들까지 모두 떳떳한 군자의 풍도를 지녔다고 할 수는 없었다. 아니나 다를까, 공동파 진영에서 몸집이 작달막한 늙은이가 훌쩍 뛰어나오더니 은천정의 면전에 맵시 좋게 내려섰다. 조금 전 소림파 공지대사에게 명교 역대 교주들의 위패를 불살라버리자고 악을 쓰던 장본인이었다.

"당씨唐氏 성을 가진 내가 은 늙은이하고 한번 놀아봐야겠군!"

말투가 어지간히 경박스러웠다.

은천정이 곁눈질로 사납게 흘겨보더니 소리가 나도록 세차게 콧방귀를 뀌었다. 여느 때 같았으면 공동오로 따위가 은천정의 안중에 들기나 했겠는가? '허어 그것참! '호랑이도 들판에 내려와서는 동네 개한테 수모를 당한다虎落平陽被犬欺'더니 참 별꼴을 다 보겠구나. 내가 무당칠협의 손에 목숨을 날려 보낸다면 그럴 수도 있다만, 너 따위 당문량 같은 잔챙이한테 이름을 날리게 해준대서야 될 법이나 한 노릇이냐?'

속으로는 노염이 들끓어 올랐으나 전신의 뼈마디가 쑤셔대고 녹신녹신 풀어져 욕심 같아서는 선 자리에 벌러덩 누워 그저 잠이나 실컷 자고 싶었다. 그러나 가슴속의 호걸다운 오기가 부쩍 치밀자, 축 늘어졌던 흰 눈썹이 불쑥 곤두서면서 저절로 호통 한마디가 터져 나왔다.

"공격해보시지!"

당문량唐文亮은 상대의 내력이 십중팔구 소모되었다는 사실을 이미 간파한 상태였다. 이제 싸움이 붙어 잠시 겨루는 척만 해도 이쪽에서 굳이 손쓸 것도 없이 은천정이 스스로 주저앉을 터였다. 굳이 강공으로 맞설 게 아니라 지구전을 펼쳐 제풀에 나가떨어질 때까지 몰아붙이기만 하면 되는 것이다.

생각이 여기에 미치자, 당문량은 좌우 두 손바닥을 엇갈리게 펼친 다음 벼락같이 상대방의 배후로 돌아가 등줄기 심장부에 타격을 가했다. 은천정이 몸을 비스듬히 뒤틀어 번수反手로 움켜잡으려 했으나, 그는 벌써 도약 자세로 펄쩍 뛰어 측면으로 옮겨간 뒤였다. 날렵하고도 재빠른 발놀림이 한 마리 원숭이나 다를 바 없어 잠시도 끊이지 않고 전후좌우로 뛰며 교란작전을 펼쳤다.

서너 합을 싸우고 났을 때 은천정은 갑자기 눈앞이 캄캄해지더니 목구멍에서 들쩍지근한 냄새가 치미는 것을 느꼈다. 곧이어 시뻘건 선지피를 왈칵 토해낸 그는 더 이상 버텨 서 있지 못하고 그 자리에 털썩 주저앉고 말았다.

당문량이 옳다 됐구나 싶어 좋아라고 팔짝팔짝 뛰면서 호통을 질렀다.

"하하, 은천정! 오늘 이 당문량의 주먹에 목숨을 잃게 되었구나!"

그러곤 공중으로 몸뚱이를 까마득하게 솟구쳐 올렸다. 허공에서 곤두박질쳐 내리면서 몸무게가 통째로 실린 힘줄기로 결정타를 먹일 속셈이었다.

그것을 본 장무기가 외조부를 구하려고 황급히 몸을 날리려 했다. 그 순간 은천정이 오른손을 비스듬히 뒤채더니 묘한 자세로 허리를 꺾으면서 상공을 우러렀다. 바로 허공에서 곤두박질쳐 내릴 적의 치명타를 정면으로 맞받는 자세였다. 쌍방이 각각 취한 자세와 방위에서 당문량은 누가 보나 도저히 자신을 구할 도리가 없었다. 아니나 다를까, 뒤미처 "으지직, 으지직!" 뼈마디 부서지는 소리가 두 차례나 끔찍하게 들렸다. 지상으로 내리뻗은 당문량의 양 팔뚝뼈가 응조금나수에 걸려 고스란히 부러진 것이다. 어디 그뿐이랴, 이어서 또 한 차례 "으지직, 으지직!" 하는 소리가 울리더니 넓적다리뼈 두 개마저 그 독수리 발톱 같은 손아귀에 모조리 부러지고 말았다.

"꽈당!"

지상으로 추락한 당문량의 몸뚱이가 흙먼지를 일으키며 20~30척 바깥 땅바닥에 나뒹굴었다. 사지 팔다리뼈가 단숨에 모조리 꺾이고 말았으니 옴쭉달싹도 하지 못했다.

은천정이 중상을 입은 몸으로 여전히 신위를 떨치는 장면을 목격하자 관전자들은 그만 아연실색, 너 나 할 것 없이 입을 쩍 벌린 채 아무 소리도 내지 못했다.

공동파 제자들도 마찬가지, 공동오로 가운데 셋째가 이렇듯 참패를 당했으니 체면이 말씀 아니게 구겨진 셈이었다. 그들은 해쓱하게 질린 표정으로 눈앞에 꼼짝도 않고 누워 있는 당문량을 바라보기만 할 뿐 어느 누구도 달려 나가 부축해서 데려올 엄두를 내지 못했다. 추락 지점이 은천정에게서 너무 가까웠던 것이다.

한참이 지나서야 공동파 진영에서 등뼈가 구부정하게 휜 꺽다리 노인이 무거운 걸음걸이로 뚜벅뚜벅 걸어 나왔다. 그는 흙바닥에 나뒹군 당문량 곁을 모른 척 지나치더니 오른발로 돌멩이 한 개를 은천정 쪽으로 냅다 걷어차면서 고함을 질러 도전했다.

"백미 늙은이! 나 종宗씨가 옛날 네놈한테 진 빚을 갚아야겠다!"

이 꺽다리 늙은이는 공동오로 가운데 둘째로 이름은 종유협宗維俠이었다. 옛날 빚을 갚겠노라고 떠들어댄 것으로 보건대, 언젠가 은천정의 손에 혼뜨검이 난 적이 있는 모양이었다.

발길질에 걷어차여 날아간 돌멩이가 "탁!" 소리와 함께 은천정의 이마에 정통으로 들어맞았다. 터진 이마 상처에서 순식간에 선혈이 줄줄 흘러내렸다.

뜻하지 않은 사태에 대경실색한 것은 관중뿐만이 아니었다. 당사자인 종유협의 놀라움도 이만저만 큰 게 아니었다. 분김에 무심코 걷어찬 돌멩이가 정통으로 들어맞으리라곤 상상도 하지 못한 것이다. 지금 은천정은 반혼수상태에 빠져들어 하찮은 돌멩이 한 개도 피할 수 없었다. 이런 상황에서 종유협이 다가들어 손가락 하나로 가볍게 찍기만 해도 쉽사리 그를 저승으로 떠나보낼 수 있을 터였다. 이윽고 종유협이 누구나 보라는 듯이 자랑스럽게 오른팔을 번쩍 쳐든 채 그 앞으로 다가섰다.

그때 무당파 진영에서 한 사람이 걸어 나왔다. 바로 무당이협 유연주였다. 몸에 걸친 무명 장포가 거칠고 투박한 만큼 얼굴 표정이나 몸가짐도 한결 소박하고 중후한데, 몸놀림이 번뜩 움직였는가 싶었을 때 어느새 종유협이 가는 길 앞을 가로막고 서 있었다.

"종 형, 은 교주는 이미 중상을 입었소. 이런 부상자를 상대로 이겨봤자 티도 안 날 테니, 종 형께서 번거롭게 손을 쓰실 것도 없으리다. 더구나 은 교주는 우리 무당파와 풀어야 할 문제가 있으니 이 아우한테 넘겨주시구려."

가슴을 조이던 장무기는 이 말을 듣고 기뻐 어쩔 줄 몰랐다. '그렇구나! 둘째 사백은 내 어머니를 누구보다 제일 좋게 봐주셨으니까, 어머니의 낯을 봐서라도 외할아버지를 보호해주시려고 나선 게 분명하다.' 둘째 사백이 베풀어준 이 두터운 호의에 감격한 나머지 장무기는 가슴이 벅차올라 견딜 수가 없었다.

종유협의 대꾸가 들려왔다.

"중상은 무슨 놈의 중상? 이 작자는 죽은 척하는 게 장기요. 방금 이 늙은이가 잔꾀를 부리지 않았던들 우리 셋째가 어찌 호된 꼴을 당할 리 있었겠소? 유 이협, 당신네 문파가 이자와 따질 일이 있다고 했지만, 나도 이 늙은이하고 해결할 빚이 있으니까 우선 내가 이자를 주먹으로 석 대만 때려 분풀이하게 해주시오!"

그러나 유연주는 일세의 영웅호걸 은천정이 이렇듯 허망하게 목숨을 잃어버리게 하고 싶지 않았다. 또 장취산과 은소소 부부를 생각해서라도 차마 그렇게 하도록 내버려둘 수는 없었다.

"종 형의 칠상권은 세상 천하에 명성을 떨치는 권법인데, 은 교주가 지금 이런 꼴을 해가지고 어떻게 종 형의 무서운 주먹을, 그것도 세 대씩이나 얻어맞고 견뎌낼 수 있겠소?"

"좋소! 그럼 이 늙은이가 우리 셋째의 팔다리를 부러뜨려놓았으니까 나도 이자의 팔다리를 몽땅 꺾어놓으면 되겠군! 이거야말로 '이에는 이, 눈에는 눈'이고, '눈앞의 원수는 되도록 빨리 갚는 게 장땡眼前報還得快'이라 하지 않았소?"

그래도 유연주가 머뭇거리자 종유협은 여러 사람이 다 듣게 큰 소리로 외쳤다.

"유 이협, 우리 육대 문파가 서역으로 오기 전에 맹세한 말을 잊었소? 어째서 오늘 이 마교 두목을 감싸고도는 거요?"

종유협이 육대 문파까지 선동을 하자 어쩔 수 없이 유연주의 입에서도 탄식이 흘러나왔다.

"좋소, 지금은 당신 자유에 맡기겠소. 하지만 중원 땅에 돌아가거든 내 다시 종 선생에게 칠상권의 신공이 어떤 것인지 가르침을 받아보리다!"

이 말을 듣고 종유협은 속이 뜨끔했다. 또 한편으로는 도무지 이해할 수가 없었다. '도대체 이 유가 녀석이 어쩌자고 자꾸만 은가 늙은이를 감싸고도는 것일까?'

아무튼 무당파에 대해선 적지 않게 꺼리는 그였으나 뭇사람들이 지켜보고 있는 앞에서 약한 면을 보일 수는 없어 냉소를 터뜨리며 한마디 비웃었다.

"세상 천하만사에 공리公理보다 중한 것은 없소이다. 당신네 무당파가 제아무리 강하다 해도 세력만 믿고 행패를 부릴 수야 없는 노릇이지!"

불과 한두 마디밖에 안 되는 말이었으나, 그 속에는 분명히 무당파 조사 장삼봉까지 싸잡아 비난하는 기색이 역력했다.

송원교가 먼저 반응을 보였다.

"여보게, 둘째! 그 사람 하겠다는 대로 내버려두게!"

맏이가 지시를 내렸으니, 유연주도 하는 수 없었다. 그는 카랑카랑한 목소리로 크게 외쳤다.

"과연 훌륭한 영웅일세그려. 멋진 사내대장부야!"

그러고는 미련 없이 발길을 홱 돌려 자기 진영으로 물러갔다. '훌륭한 영웅, 멋진 사내대장부'란 두 마디 찬사……. 어떻게 보면 단순히 은천정의 기백을 칭찬하는 말로 들릴 수 있겠으나, 역설적으로 종유협의 비열한 행위를 풍자하는 반어로도 들리니 참 희한한 노릇이었다.

종유협이라고 그 말뜻을 못 알아들을 리 없었다. 하지만 섣불리 무당파와 분쟁을 일으키고 싶지 않아 그저 못 들은 척하고 유연주가 떠날 때까지 기다렸다가 슬금슬금 은천정 앞으로 다가섰다.

소림파 공지대사가 큰 소리로 명령을 내렸다.

"화산파, 공동파 여러분은 이 연무장에 있는 마교 잔당을 말끔히 섬멸하시오! 그리고 무당파는 서쪽에서 동쪽으로, 아미파는 동쪽에서 서쪽으로 이 잡듯이 뒤져 마교의 종자들을 한 놈도 놓치지 말고 죽여 없애도록 하시오. 곤륜파는 불씨를 준비해두었다가 이 소굴을 불살라 잿더미로 만드시오!"

다섯 문파에게 명을 내리고 나서, 그는 두 손 모아 합장하며 문하 제자들에게 지시했다.

"소림 제자들은 듣거라! 모두 법기法器를 꺼내 진설하고 왕생극락경往生極樂經을 외워 이 토벌전에서 희생된 육대 문파 영웅들의 명복을 빌어드리고, 오늘 이 자리에서 죽어가는 마교 신도들의 넋을 건져주어 업보를 면하도록 하라."

지휘자의 명령이 떨어지자, 육대 문파 진영들이 활기를 띠고 부산하게 움직이기 시작했다. 이제 은천정이 종유협의 주먹 아래 목숨을 잃기만 하면, 마교를 포위 섬멸하겠다는 육대 문파의 호쾌한 거사가 대성공을 거두는 것이다.

대세가 기울어질 무렵부터 명교와 천응교 신도들도 너 나 할 것 없이 오늘이야말로 운이 다해 죽을 날이라는 것을 각오하고 있었다. 여섯 문파 제자들이 대살육전을 준비하느라 분주하게 움직이기 시작하자, 그들은 일제히 다친 몸을 버둥거리며 일어나 앉았다. 중상을 입어 움직일 수 없는 이를 제외하고, 모두 제자리에 가부좌를 틀고 앉아서 열 손가락을 부챗살처럼 활짝 펼쳐 가슴 앞에 가지런히 쳐들었다. 그것은 활활 타오르는 불꽃 형상이었다. 이윽고 광명좌사자 양소가 선창先唱으로 명교 경문을 암송하자, 신도들이 따라 외기 시작했다.

보잘것없는 이 몸 사르소서,	焚我殘軀
활활 타오르는 성화여.	熊熊聖火

살아서 어찌 기쁠 것이며,	生亦何歡
죽는다 한들 어찌 괴로우랴?	死亦何苦
선을 위하여 악을 제거하니,	爲善除惡
오로지 광명 있을 뿐이라.	惟光明故
기쁨, 즐거움, 슬픔, 걱정 근심 모두	喜樂悲愁
한줌 흙으로 돌아가네.	皆歸塵土
모든 일을 백성 위해 바치고	萬事爲民
내 사사로움 돌보지 않으리라.	不圖私我
우리 세상 사람 불쌍히 여기려니,	憐我世人
걱정 근심이 실로 많구나!	憂患實多
우리 세상 사람 불쌍히 여기려니,	憐我世人
걱정 근심이 실로 많구나!	憂患實多

명교는 양소, 위일소, 설부득 이하 여러 신도들, 천응교는 교주 은천정, 천시당 당주 이천원을 비롯해 밥 짓는 불목하니 잡역꾼에 이르기까지 하나같이 장엄한 기색으로 목소리를 드높여 낭랑하게 암송했다. 자신들이 죽고 신봉하는 종교가 멸망하는데, 두려워하는 기색이라곤 털끝만치도 내비치지 않았다.

"나무아미타불! 좋도다, 좋도다!"

공지대사가 합장하며 고개를 숙였다.

유연주는 착잡한 심정으로 저들을 지켜보고 있었다. 마교 신도들은 죽기 전에 반드시 이 경문을 외웠다. 하나밖에 없는 목숨을 던져가면서까지 세상 사람들에게 걱정 근심이 많음을 불쌍히 여기다니, 이야말로 비할 데 없이 어질고 용감한 태도가 아니고 무엇이랴? 오래전 명교를 창설한 이는 실로 대단한 인물인 듯했다. 안타깝게도 후세에 전해 내리면서 본뜻과 어긋나게 온갖 악행을 저지르는 소굴로 바뀌고 말았지만 말이다.

장무기의 두 귀에도 저들이 암송하는 경문이 쟁쟁하게 울려왔다.

"보잘것없는 이 몸 사르소서, 활활 타오르는 성화여……."

명교와 천응교 신도들은 저항력을 모조리 상실한 채 이 경문을 노래하고 나면 하나같이 두 손을 묶여 꼼짝 못 한 채 죽음만을 기다려야 할 터였다. 이제 눈 깜빡할 사이에 수백 수천이나 되는 양교兩教 신도들이 모조리 육대 문파의 칼날 아래 목숨을 잃고 이 너르디너른 광명정 연무장에 시체들만 질펀하게 널리고 말 것이다.

오래전부터 태사부는 장무기에게 누누이 훈계했다. 마교의 무리와는 절대로 교분을 나누어서는 안 된다고. 그러면 아버지의 전철을 밟게 된다고. 사실이 그랬다. 마교가 지난날 악행을 어디 한두 번 저질렀던가? 광명좌사자란 고위직에 있는 양소가 기효부 아주머니를 강제로 겁탈한 사실이 명백한 증거였다. 자고로 정正과 사邪는 피차 양립할 수 없는 세력이라고 했다. 사마외도를 소탕하는 일이야말로 정파 협의도俠義道에 몸담은 이라면 마땅히 해야 할 책무다. 그러나 이제 눈앞에 양교 신도들이 속수무책으로 남의 손에 무참하게 도륙을 당한다고 생각하니 안쓰러운 마음에 차마 눈뜨고 볼 수가 없었다. 사람을 죽이면 목숨으로 갚아야 하는 법, 이 세상의 모든 보복은 돌고 돌아 끝없이 반복된다. 그러나 끝내 힘센 자가 이기게 되어 있다. 이 엄청난 도살은 장차 무림에 피비린내 풍기는 피바람을 몰고 올 게 분명했다. 그렇다면 몽골 오랑캐들이 한족 사람들을 도륙하는 짓과 무엇이 다르랴?

하지만 장무기 자신은 나이도 어리고 힘도 미약한 데다 혈혈단신이었다. 육대 문파 사람들이 그를 안중에도 두지 않는데, 선불리 나서서 화해를 붙이겠다면 공연히 사람들의 웃음거리나 되어 한두 주먹, 서너 발길질에 걷어차여 멀찌감치 나가떨어질 게 분명했다. 어쩌면 거추장스러운 그를 아예 죽여 없앨지도 모른다. 그렇다면 어떻게 해야 좋단 말인가?

지금 장무기는 타고난 양심과 비정한 현실 가운데 자신의 무기력함을 뼈저리게 느끼며 몸부림치고 있었다. 비정한 현실을 눈앞에 두고 양심의 소리는 끊임없이 그를 일깨워주었다. '장무기, 이 못난 녀석! 네가 언제부터 이렇듯 겁 많고 비열한 소인배가 되었더냐? 남들은 지금 네 외할아버지를 죽이려 하고 있다. 만약 아버지 어머니가 이 자리에 살아 계시다면 그분들은 전심전력으로 목숨 던져 외할아버지를 끝까지 감싸고 보호해주지 않았겠는가?'

마침내 그는 양심의 소리에 귀를 기울이기 시작했다. '그렇다. 나도 외할아버지와 함께 목숨을 버리면 그만 아닌가! 한쪽은 내 아버지가 몸담으셨던 무당파, 다른 한쪽은 내 어머니가 태어나시고 자란 천응교다. 나는 결코 어느 누구 편도 역성들지 않으리라. 그저 목숨이 다할 때까지 한사코 설득해 화해를 붙일 따름이다. 양편이 더 이상 사람을 죽이지 않고 더 많은 원수를 맺지 않게 하고야 말리라!'

한순간의 방황에서 벗어나 결단을 내렸을 때였다. 외조부 앞에 다가선 종유협의 오른팔이 번쩍 들리는 것을 보자, 장무기는 더 이상 이것저것 생각해볼 겨를도 없이 큰 걸음걸이로 휘적휘적 달려 나가 그 앞을 가로막고 딱 버텨 섰다.

"잠깐만, 그 손 멈추시오! 이렇듯 야비하게 중상을 입은 노인장한테 손찌검을 하다니, 천하 영웅들에게 비웃음을 사는 게 두렵지도 않소?"

맑고 또렷한 목소리 몇 마디가 너르디너른 광장에 쩌렁쩌렁 메아리쳤다. 바야흐로 공지대사의 명령을 받들어 제각기 손을 쓰려던 육대문파 제자들이 그 소리를 듣고 일제히 멈춰 섰다. 그러고는 저마다 고개를 돌려 소리나는 곳을 보았다.

느닷없이 훈계를 들은 종유협이 자기 앞에 우뚝 선 젊은이를 보고 흠칫 놀랐다. 꾀죄죄한 누더기 옷차림새를 한 청년이었다. 어디서 이런 상거지 녀석이 기어 들어왔단 말인가? 슬그머니 부아가 치밀어 따져 묻고 싶었으나 갈 길이 워낙 바쁜 터라 말 한마디 않고 귀찮다는 듯이 손으로 툭 밀쳐냈다. 거치적거리는 놈을 한쪽으로 밀어내고 길을 터야 은천정을 때려죽이겠다는 뜻이었다.

장무기는 그 손바닥이 밀어닥치자, 자신도 손길 나가는 대로 휘둘러 마주 쳤다. "펑!" 하는 소리. 두 손바닥이 마주치는 순간 종유협은 거추장스러운 장애물을 밀어내기는커녕 반대로 자신이 세 발짝이나 뒷걸음질 쳐야 했다. 깜짝 놀라 바로 서려고 했을 때 이건 또 웬일인가! 상대방이 마주쳐 보낸 힘줄기가 워낙 웅혼하기 비할 데 없어 도무지 땅에 두 발을 딛고 온전히 서 있을 수가 없었다. 천만다행히도 하반신을 착실히 단련한 덕분에 뒤로 벌렁 넘어가려던 걸 가까스로 버티고 황급히 오른 발끝으로 땅바닥을 툭 찍기가 무섭게 몸뚱이를 솟구쳐 올렸다. 그러고는 맵시 좋은 도약 자세로 훌쩍 몸을 날려 10여 척 바깥으로 물러나는 데 성공했으나, 착지 동작을 취하려는 순간 또다시 엉뚱한 일이 벌어졌다. 귀신같이 뒤따라붙은 상대방의 장력이 여전히 풀리지 않아 이제 막 땅바닥에 두 발을 딛고 서려던 몸뚱이를 거세게 밀어붙이는 바람에 털썩털썩 7~8보나 연거푸 뒷걸음질을 더 치고 나서야 겨우 멈춰 설 수 있었다.

가까스로 정신을 차리고 보니 어느새 상거지 차림의 젊은 녀석과 30척 이상 거리가 떨어져 있었다. 다음 순간, 공동파의 원로 고수 종유협의 가슴속에는 놀라움과 더불어 이름 모를 분노의 불길이 한꺼번에 치밀어 올랐다.

장본인이야 그렇다 치고, 곁에서 지켜보던 관중들은 완전히 도깨비한테 홀린 기분이었다. 종유협, 저 늙은이가 도대체 무슨 꿍꿍이짓을 하는 걸까? 어쩌자고 뒷걸음질 쳤다가 도약을 하고, 도약 자세를 착지 동작으로 바꿨으면 제대로 내려서서 있을 것이지 왜 또 쓸데없이 뒷걸음질을 친단 말인가? 성이 종씨라고 정말 종잡을 수 없이 잔꾀나 부리고 있다니. 나이 지긋한 원로들은 벌써 눈살을 찌푸렸다.

놀라기는 장무기 자신도 마찬가지였다. 슬쩍 일장을 후려쳐본 것이 어째서 이렇듯 위력적일 수 있단 말인가?

경악과 분노가 엇갈려 잠시 멍청해졌던 종유협이 무엇인가 퍼뜩 생각났는지 성난 눈초리로 무당파 유연주를 노려보았다.

"사내대장부라면 무슨 일을 하든 떳떳이 할 것이지, 어째서 남몰래 손을 써서 사람을 다치게 하는 거요?"

그는 유연주가 암암리에 젊은 녀석을 도와주었거나, 아니면 무당오협이 한꺼번에 손을 썼으리라고 단정했다. 그러지 않고서야 어떻게 한 사람의 능력으로 이렇듯 강맹하기 이를 데 없는 내공을 쏟아낼 수 있겠는가?

아닌 밤중에 홍두깨 내미는 격으로 느닷없이 억울한 누명을 쓴 유연주가 영문을 모른 채 두 눈을 부릅떠 마주 흘겨보았다. '나더러 비겁한 짓을 했다니, 너야말로 뭘 잘했다고 거드름을 피우는 거냐? 도대체 무슨 꿍꿍이짓을 하는 건지 모르겠군!'

종유협이 휘적휘적 큰 걸음걸이로 장무기 앞에 다가서더니 대뜸 삿대질을 하면서 호통쳤다.

"요 녀석, 넌 누구냐?"

"나는 증송아지라고 하오."

장무기는 한마디로 퉁명스레 대꾸하면서 손바닥을 내밀더니 은천정의 등 쪽 영태혈에 갖다 붙이고 내력을 줄기줄기 쏟아 넣기 시작했다. 그가 지닌 구양진기로 말하자면 웅후하고 두텁기 이를 데 없어 은천정은 서너 차례 몸을 떨다가 이내 두 눈을 번쩍 뜨더니 자기 앞에 우뚝 선 젊은이를 물끄러미 올려다보았다. 뭔가 이상한 느낌이 든 모양이었다. 외조부와 생전 처음으로 눈길이 마주치자, 장무기는 보일 듯 말 듯 미소를 던지고 나서 더욱 힘차게 내력을 쏟아 넣었다.

잠깐 사이에 은천정은 가슴과 단전의 막혔던 곳이 거침없이 탁 트였다.

"고맙네, 젊은 친구!"

나지막하나 힘찬 목소리였다. 그는 천천히 일어서서 종유협을 향해 오기 있게 한마디 던졌다.

"종가야, 너의 공동파 칠상권이 뭐 그리 대단하다는 거냐? 어디 네

주먹질 세 대를 받아보마!"

종유협이 흠칫 놀랐다. 다 죽어가던 늙은이가 이렇듯 빠르게 또렷또렷한 정신으로 기력을 되찾을 줄이야 꿈에도 생각지 못한 것이다. 이제 공짜로 득을 보려던 꿈은 수포로 돌아가고, 남은 것은 저 무시무시한 응조금나수에 대한 껄끄러움뿐이었다.

"우리 공동파의 칠상권이 뭐 그리 대단한 것은 아니겠다만, 내 3초를 받아보면 그 맛이 어떤지 알 수 있을 거다."

그는 은천정이 금나수를 쓰지 않고 단순히 장법이나 권법으로 상대하기를 은근히 바랐다. 내력만 가지고 겨룬다면 병법에서 배운 것처럼 이일대로以逸待勞, 즉 상대방이 지칠 때까지 마냥 끌어가다가 결정적인 순간에 칠상권의 막강한 내력으로 이길 수 있기 때문이었다.

장무기는 칠상권 얘기가 거듭 나오자, 어릴 적 빙화도에 살던 때 어느 날인가 한밤중에 양부 사손이 자기를 깨워 불러다놓고 들려준 이야기가 떠올랐다. 그것은 사손이 칠상권 열세 주먹으로 소림파 신승 공견대사를 때려죽인 사건이었다. 그 사연을 다 들려주고 나서부터 양부는 자신에게 칠상권의 권결拳訣을 암기하도록 단단히 교육시켰다. 어쩌다가 제대로 기억하지 못할 때는 어김없이 호된 따귀를 몇 대 얻어맞아야 했다. 따라서 지금도 장무기의 머릿속에는 칠상권의 권법 요결이 단 한 구절도 잊히지 않고 고스란히 담겨 있었다.

이제 권법 요결을 머릿속에 다시 떠올리자 그 운용의 묘리가 탁 트이면서 눈앞에 훤히 내다보이는 듯했다. 그도 그럴 것이 세상 천하에 어떤 내공도 구양신공의 울타리에서 벗어나지 못하고, 그 힘줄기를 옮겨 쓰는 건곤대나이 심법 또한 세상의 온갖 무공의 정수를 모아서 이루어졌기 때문에 그것을 능가할 심법은 다시없었다. 속담에 "한 가지 일을 터득하면 만사가 통한다一法通 萬法通"고 했던가. 지금 장무기 앞에는 그 어떤 신비스럽고 오묘한 무공이란 게 아예 존재하지 않았다.

은천정이 대꾸하는 소리가 들려왔다.

"세 주먹이 아니라 서른 주먹이라도 받아내면 어쩔 텐가?"

그러고는 다시 공지대사 쪽을 향해 큰 소리로 외쳤다.

"공지대사! 이 은가 늙은이는 아직 죽지 않았소. 패배를 인정하지 않았는데 이랬다저랬다 말을 바꾸고 다수로 밀어붙여 이겨볼 작정이오?"

공지대사가 왼손을 번쩍 휘두르더니 목청을 돋우어 응수했다.

"좋소! 여러분, 다들 잠시만 기다립시다. 그렇다고 뭐 달라질 것은 없겠지만……."

두 사람 사이에 무슨 약조가 있었는지 장무기는 전혀 몰랐다.

당초 은천정은 광명정에 올라왔을 때 양소를 비롯한 명교 수뇌부가 모조리 중상을 입어 세력이 약화한 것을 발견하자, 즉시 몇 마디 말로 공지대사를 몰아붙여 다수로 혼전을 벌이지 못하게 했다. 공지대사 역시 무림의 규칙에 따라 양측에서 한 사람씩 출전해 떳떳이 승부를 겨루기로 약속했다. 그 결과, 천응교의 각 당주 단주들과 명교의 오행기를 비롯해 광명정을 지키고 있던 양소 휘하의 '천지풍뢰天地風雷' 사문四門에 소속된 고수들이 육대 문파 제자들과 차례차례 싸운 끝에 하나같이 죽지 않으면 중상을 입었다. 양소와 위일소, 오산인은 제각기 중상을 입은 몸이라 아예 출전할 수도 없었고, 마지막 남은 사람은 역시 천응교주 은천정 하나뿐이었다. 그러나 은천정이 끝끝내 패배를 인정하지 않은 이상, 육대 문파 역시 제 마음대로 살육전을 펼칠 명분이 없었던 것이다.

장무기는 속셈을 굴려보았다. 외조부가 비록 앞서보다 다소 회복하기는 했어도 지금 상태로는 절대로 공력을 써서는 안 된다. 이제 종유협의 칠상권을 받겠다고 한 것은 그저 호교법왕으로서 책무를 다하기 위해 힘써 싸울 각오일 뿐 한번 죽어버리고 나면 아무 소용이 없는 것이다. 생각이 여기에 미치자 그는 목소리를 낮춰 조용히 속삭였다.

"은 노선배님, 제가 먼저 대신 받아보겠습니다. 후배 능력으로 안 되거든 그때 다시 노 선배님께서 출전하시지요."

은천정이 물끄러미 장무기를 올려다보았다. '이 젊은이의 내력은 비할 데 없이 깊고 두텁다. 설령 내가 상처를 입지 않고 내력의 소모가 없다 해도 이 젊은이의 수준에는 절대로 미치지 못할 것이다. 그러나 내가 내 신념대로 순교하는 행위야 의리상 당연하겠지만, 이 젊은이는 도대체 무슨 까닭이 있기에 제 발로 이 살벌한 싸움판에 끼어들려고 하는 것일까? 제아무리 막강한 내력을 지녔다 하더라도 상대방은 한 사람이 지면 또 한 사람이 나설 테고, 싸울 수 있는 병력이 끝도 모르게 줄 서서 기다리는 실정이다. 어차피 끝에 가서는 이 젊은이도 나처럼 중상을 입고 기력이 고갈되어 꼼짝없이 적의 손에 개죽음을 당하고 말 것이다. 이렇듯 젊은 영재가 어째서 하나밖에 없는 아까운 목숨을 낯선 광명정 위에 헛되이 버리려고 한단 말인가?'

"젊은 친구, 어느 문파 제자인가? 본교 신도는 아닌 듯싶은데, 안 그런가?"

외조부의 물음에 장무기는 공손히 허리 굽혀 대답했다.

"후배는 명교 소속도 천응교 소속도 아닙니다. 단지 노 선배님을 제 마음속으로 흠모해온 지 오래고, 또 한집안 식구처럼 정겨운 느낌이 들었습니다. 그러니 오늘 선배님과 어깨 나란히 적을 맞아 싸우고 싶은 게 당연하지요."

낯도 모를 젊은이가 단순히 자기를 흠모하고 한집안 식구처럼 느껴져 생사를 같이하겠다니, 세상에 이런 어수룩한 녀석이 또 어디 있단 말인가? 은천정은 하도 기가 막혀 다시 물어보려고 입을 열었다. 그런데 이때 종유협이 한 발 성큼 내디디면서 버럭 호통을 질렀다.

"은가 놈아! 내 첫 주먹부터 받아라!"

장무기가 냉큼 가로막아 섰다.

"은 노선배님은 당신이 주먹다짐을 할 자격도 없다고 하셨소. 먼저 날 이겨놓고 다시 저 노인장과 싸워도 늦지 않으리다."

새파랗게 젊은 녀석에게 도전을 받았으니, 공동파 원로 종유협이 노발대발하는 것도 무리는 아니었다.

"넌 또 뭐 말라비틀어진 녀석이냐? 그럼 네놈은 나하고 칠상권을 거론할 자격이라도 있다는 거냐?"

장무기는 내처 대꾸하지 않고 잠시 머리를 굴려보았다. '오늘은 원진이란 놈의 간사한 음모만 밝혀내도 쌍방의 싸움을 그치게 할 수 있을 것이다. 나 혼자 싸운다면 저 숱한 육대 문파 영웅을 어떻게 다 이길 수 있겠는가? 더구나 무당파 진영에는 여러 사백 사숙님이 다들 와 계시는데, 어떻게 그분들과 맞서 싸울 수 있단 말인가?' 궁리를 끝낸 그는 목청을 돋우어 낭랑하게 대꾸했다.

"공동파 칠상권이 대단하다는 사실은 소생도 오래전부터 들어 알고 있었소이다. 오죽하면 소림 신승 공견대사조차 귀파의 칠상권 아래 목숨을 잃으셨겠습니까?"

이 말이 입 밖에 나오자 소림파 진영에서 갑작스레 술렁술렁 동요가 일기 시작했다. 낙양성에서 공견대사가 목숨을 잃던 그날, 소림 제자들은 그 시신의 뼈마디가 온전한 곳 한 군데 없이 모조리 부러졌으면서도 겉모습만은 상처 하나 없이 멀쩡한 사실을 밝혀냈다. 그 내상은 아무리 생각해도 공동파 제자들만이 쓸 수 있는 칠상권의 독수와 비슷했다. 당시 소림파 방장 스님 공문대사와 공지, 공성, 세 고승은 며칠 동안 머리를 맞대고 은밀히 숙의를 거듭한 끝에 현재 공동파 문하 제자 가운데 금강불괴金剛不壞 신공을 수련한 공견 사형을 때려죽일 만큼 실력이 뛰어난 절정 고수가 한 사람도 없다는 결론을 내렸다. 비록 공견 사형의 몸에 난 상처 자국이 의심스럽기는 하나 공동파의 소행이 아니라는 데 의견이 일치한 것이다. 훗날 다시 암암리에 조사해본 결과, 공견대사가 낙양성에서 원적하던 그날 공동오로 다섯 사람은 모두 서남 일대에 가 있었다는 사실까지 밝혀졌다. 이들 다섯 원로의 소행이 아닌 바에야 공동파 문하 제자 가운데 공견대사를 해칠 능력이 있는 고수가 달리 없는 터라, 결국 공동파 측에 대한 의심을 접어두었다.

더구나 당시 공견대사가 머물던 낙양 객점 바깥 담장에는 "성곤이 공견신승을 이 담장 밑에서 죽였노라"는 글씨가 커다랗게 쓰여 있었다. 소림파 측도 성곤의 이름을 빙자해 곳곳마다 피비린내 나는 살인사건을 일으킨 범인이 실은 그 제자 금모사왕 사손이었음을 알고 있었던 만큼, 더더욱 공동파에 대해서는 한 점의 의혹도 품지 않았다. 그런데 이제 와서 장무기가 던진 말을 듣고 보니, 소림파 고승들도 새삼스레 당시의 끔찍했던 사건을 떠올리고 저마다 흠칫 놀랐던 것이다.

아니나 다를까, 종유협이 펄쩍 뛰며 노성을 질렀다.

"닥쳐라! 공견대사가 악적 사손에게 해를 입으셨다는 것은 강호 사람이면 두루 아는 사실인데, 우리 공동파와 무슨 상관이 있다는 거냐?"

장무기는 상대방에게 숨 돌릴 틈도 주지 않고 말꼬리를 잡고 늘어졌다.

"사 선배가 공견신승을 때려죽이는 장면을 당신 눈으로 직접 보셨소? 혹시 한 곁에 숨어서 퇴로를 막거나 범행을 도와주시기라도 한 건 아니오?"

터무니없는 질문을 받자 종유협은 속이 뜨끔해졌다. '도대체 이놈은 누굴까? 거지 녀석 같으면서도 거지는 아닐 테고, 소나 양치기 목동인가 하면 그것도 아니고. 어디서 굴러먹던 놈이 나타나서 왜 나한테 찰거머리처럼 달라붙어 시비를 건단 말이냐? 어쩌면 무당파 녀석들에게 사주를 받아 우리 공동파와 소림파 사이를 이간질해서 불화를 일으키려는 의도가 있을지도 모른다. 아무래도 내가 조심해야겠구나. 자칫 잘못해서 저놈의 올가미에 걸려들었다가는 큰일이지!'

그는 장무기의 존재를 하찮게 보기는 했어도 경계심이 풀리지 않아 정색을 하고 대꾸했다.

"공견신승은 낙양성에서 목숨을 잃으셨고, 그때 우리 공동오로는 모두 운남雲南 지방 점창파點蒼派 유劉 대협의 초청을 받고 그 댁 손님으로 가 있었는데, 우리가 어떻게 그 당시 사건 현장을 목격할 수 있었단 말이냐?"

그러자 장무기가 목청을 더욱 높이고 따져 물었다.

“좋소이다! 그 말대로라면 당신은 그때 분명 운남 지방에 있었을 텐데, 사 선배가 낙양성에서 공견대사를 죽이는 걸 어떻게 볼 수 있었소? 그분 신승께서 공동파 칠상권 아래 목숨을 잃었다는 사실은 강호 사람들이면 누구나 다 알고 있소. 사 선배는 당신네 공동파 제자도 아닌데, 어쩌자고 그 죄를 남한테 뒤집어씌우는 거요?”

“흥, 터무니없는 소리! 공견신승께서 원적하신 곳 담벼락에 ‘성곤이 공견신승을 이 담장 밑에서 죽였노라!’고 피를 찍어 쓴 글씨가 있었어. 사손이란 놈이 제 스승의 이름을 빙자해 도처에서 살인 사건을 저질렀는데, 의심할 여지가 어디 있다는 거냐?”

이 말을 듣고 장무기는 가슴이 뜨끔해졌다. ‘양부는 담장에 그런 글씨를 써놓았다고 말씀하지 않으셨다. 그분은 열세 번째 주먹으로 공견신승을 때려죽이고 나서 비분과 후회스러움에 못 이겨 그 자리를 떠나셨다. 그런데 언제 남한테 화를 전가하려는 글씨를 써놓을 마음의 여유가 있었겠는가? 절대로 그럴 리 없다. 하면 도대체 그 글씨는 누가 남겨놓았단 말인가?’

뜬금없는 의혹이 떠올랐으나 얼른 덮어두고 하늘을 우러러 껄껄대며 웃었다.

“글씨는 누구나 다 쓸 줄 아는 거요. 담벼락에 핏물로 찍어 쓴 글씨가 있다고 해서 사 선배의 소행이라고 누가 직접 보기라도 했단 말이오? 난 아무래도 공동파 사람이 쓴 게 아닌가 싶소. 글자는 아무나 쓰기 쉬워도 칠상권을 연마하기는 어렵지요.”

그는 고개를 돌려 공지대사에게 물었다.

“대사님, 사형 되시는 공견신승께선 확실히 공동파의 칠상권 주먹에 맞아 돌아가셨습니다. 그렇습니까, 아닙니까? 금모사왕 사 선배는 공동파 제자가 아닙니다. 그렇습니까, 아닙니까?"

공지대사가 미처 대답하기 전이었다. 돌연 소림파 진영에서 몸집이 장대한 승려 하나가 훌쩍 뛰쳐나왔다. 훤칠한 키에 우람한 체구, 헐렁헐렁한 붉은 가사를 걸친 스님이 황금빛이 번쩍거리는 길고 굵다란 선장禪杖으로 땅바닥을 "쿵쿵!" 소리가 나도록 힘차게 내리찍으면서 벼락같이 호통쳐 꾸짖었다.

"요 녀석! 네놈은 어느 문파 제자냐? 네놈이 뭘 믿고 우리 사부님께 이러쿵저러쿵 따져 묻는 거냐?"

어깨를 들썩거리면서 하는 말투에 숨이 차서 헐떡대는 기미가 다소 느껴졌다. 바로 소림파 원음대사였다. 오래전 소림파가 장취산의 죄를 따져 묻기 위해 무당산에 올라왔을 때 장취산이 소림 제자를 죽였노라고 힘써 증언했던 스님이었다. 당시 죽어가던 어머니는 뭇사람들을 손가락으로 일일이 가리키며 어린 아들에게 무슨 유언을 남겼던가?

"여기 있는 사람들 모두가 아빠를 죽도록 몰아붙였단다. 네 무공이 강해지거든 그때 가서 저 사람들을 모두 죽여라. 한 사람도 빠뜨리면 안 돼."

장무기는 비분에 가득 찬 눈길로 자신의 부모를 죽음으로 몰아넣은 사람들의 얼굴 모습을 마음속 깊이 단단히 기억해두었다. 그렇기 때문에 이제 원음을 알아보는 순간, 가슴속에서 뜨거운 피가 용솟음쳐 얼굴마저 온통 시뻘겋게 부풀어 오르고 몸뚱이가 파르르 떨려왔다. 그러나 속으로는 끊임없이 외쳐 분노에 들뜨기 시작한 자신을 달래며 가라앉혔다.

'장무기, 장무기! 오늘 네가 할 큰일은 육대 문파와 명교 사이에 화해를 붙여 해묵은 원한을 풀어주는 데 있다. 절대로 너 하나의 사사로운 원한 때문에 막중한 대사를 수습 못 할 난국으로 만들어서는 안 된다. 소림파와의 시비곡절은 훗날 따져도 늦지 않다.'

마음속의 생각은 분명 그러했지만, 부모가 참혹하게 죽던 광경과 원음대사가 삿대질하며 부모를 몰아붙이던 모습이 한꺼번에 떠오르자, 두 눈에서 왈칵 눈물이 쏟아져 나왔다.

원음대사가 또 한 차례 무거운 선장으로 땅바닥을 쿵 내리찍었다.

"요 녀석! 네놈도 요망한 마교의 씨알머리거든 냉큼 목을 늘이고 죽음을 받아라! 그게 아니라면 우리 출가승도 자비를 근본으로 삼고 있는 만큼 네놈을 괴롭히지 않을 테니 이 산에서 썩 내려가거라!"

원음대사는 장무기의 옷차림새를 보아하니 명교 신도가 아닌 데다 그가 비통과 분노를 억제하느라 눈물까지 흘리는 것을 보고는 두려워서 겁을 집어먹은 줄로 지레짐작했다. 그래서 몇 마디 말로 엄포를 놓아 쫓아 보내려 한 것이다.

장무기가 원음대사를 똑바로 보면서 물었다.

"귀 소림파에 원진이란 스님이 있습니까? 그더러 이리 나오라고 하십시오. 소생이 몇 가지 물어볼 게 있으니까요."

"원진 사형이라? 그분이 너 따위 어린 녀석하고 무슨 얘기를 한단 말이냐? 쓸데없는 소리 말고 어서 썩 물러가거라! 우린 지금 너 같은 시골뜨기 녀석과 승강이를 벌일 틈이 없다. 도대체 네놈은 누구 제자냐?"

그는 장무기가 방금 공동오로에 이름을 올린 고수 종유협을 단 일장에 격퇴시켜 연거푸 뒷걸음질 치게 한 것을 똑똑히 보았다. 그런 만큼 이 젊은 녀석의 스승도 범상치 않은 인물이라 지레짐작할 수밖에 없었고, 따라서 다시 한번 출신 내력을 따져 물었던 것이다. 그렇지 않고서야 지금 명교 세력을 도륙한다는 대숙원이 이루어질 막중한 시각에 정체도 알 수 없는 젊은 녀석과 번거롭게 말다툼이나 벌여야 할 까닭이 없었다.

"소생은 명교나 천응교 사람도 아니고, 중원의 어느 문파 제자도 아닙니다. 이번에 육대 문파가 연합해서 명교를 공격하게 된 것은 실상 어느 간악한 자가 이간질로 책동해서 벌어진 일입니다. 현재 쌍방 간에는 어마어마한 오해가 있습니다. 비록 소생은 나이가 어리긴 해도 쌍방 간의 시비곡절만큼은 분명히 알고 있습니다. 그렇기 때문에 주제넘은 짓인 줄 뻔히 알면서도 피차 싸움을 그치고, 다 같이 진상을 조사하도록 요청하고 싶습니다. 그럼 과연 누가 옳고 누가 그른지 공정하게 판단할 수 있으리라 생각합니다."

말끝이 뚝 떨어지자마자, 육대 문파 진영에서 웃음보가 터져 나왔다. 온갖 웃음소리가 삽시간에 광장을 떠나가게 만들었다. 곧이어 수십 명의 목소리가 예서 한마디, 제서 한마디, 비웃음에 조롱, 야유, 꾸짖음으로 뒤죽박죽 섞여 한꺼번에 쏟아져 나왔다.

"저런 맹랑한 녀석 봤나! 실성을 해도 유분수지, 어디서 저 따위 허튼수작을 늘어놓는 거야?"

"제까짓 놈이 뭔데 이래라저래라 하는 거야? 자기가 무당파 장삼봉 진인이라도 되는 줄 아는 모양이지? 아니면 소림파 방장 어른 공문대사든가."

"아닐세, 꿈에 도룡도를 얻어서 무림지존이 된 모양일세!"

"우리를 세 살 먹은 어린애로 보다니, 하하하! 우스워서 배가 아파 죽겠네!"

"흐흐흐! 육대 문파가 그 숱한 사상자를 내고도 마교 놈들에게서 바다처럼 깊은 혈채血債를 받아내지 못했는데, 저놈은 말 한두 마디 해가지고 우리를 그냥 돌려세울 작정인가? 그것참 당돌한 녀석이군!"

아미파 진영에서 주지약 한 사람만이 암울한 기색으로 이맛살을 잔뜩 찌푸린 채 말이 없었다. 그녀는 장무기와 만나던 날, 그가 10여 년 전 한수 강물 나룻배에서 자기 손으로 밥을 떠먹여주던 소년이었음을 알고부터 망각 속에 파묻힌 옛정을 되살려냈다. 나중에는 그가 스승의 무시무시한 3장을 기꺼이 받아내면서까지 의롭게 예금기 무리를 구해주는 것을 보고 탄복과 호감이 적지 않게 우러나기도 했다. 그런데 지금은 제 분수도 모르고 터무니없는 소리를 지껄여 뭇사람들에게 비웃음을 당하자, 안쓰럽다 못해 서글픈 마음까지 들었다.

그러나 장무기는 그 자리에 우뚝 선 채 고개를 바싹 쳐들고 사방을 둘러보면서 낭랑한 목소리로 외쳐댔다.

"소림파 원진대사를 이리 나오게 하십시오! 그 사람이 나타나서 소생과 몇 마디 대질만 하면, 그가 안배해놓은 간악한 음모가 백일하에 드러나게 될 것입니다!"

불과 세 마디뿐이었으나 한 글자 한 글자 끊어서 토해내는 목소리가 수백 명이 터뜨리는 웃음바다 속에서도 뭇사람들의 귀에 또렷이 들어갔다.

육대 문파 진영의 고수들은 쩌렁쩌렁 허공을 울리는 그 목소리에 찔끔 놀란 나머지, 하룻강아지 풋내기 녀석이라고 얕잡아보던 마음이 삽시간에 수그러들었다. 참으로 해괴한 노릇이었다. 나이 어린 녀석의 내공이 어쩌면 저토록 대단하단 말인가?

뭇사람들의 웃음바다가 잦아들 때까지 기다리던 원음대사가 씨근벌떡 거친 숨을 내몰아쉬며 다시 한번 고함쳐 꾸짖었다.

"젖비린내도 가시지 않은 놈이 정말 간교하구나! 원진 사형이 네놈과 대질할 수 없는 줄 뻔히 알면서도 그분을 꼭 지명해서 만나보겠노라고 억지떼를 쓰다니! 왜 무당파 장취산을 저승에서 불러내다 대질하겠다고는 하지 않느냐?"

마지막 한마디가 입 밖으로 나왔을 때, 공지대사가 즉각 호통쳐 꾸짖었다.

"원음! 말조심해라!"

꾸중을 들은 원음이 찔끔해서 입을 다물었다. 그러나 화산파, 곤륜파, 공동파 진영에서는 또 한바탕 웃음보가 터져 나왔다. 단지 무당파 사람들만이 저마다 얼굴에 노여운 기색을 띤 채 아무 소리도 없었다.

원음으로 말하자면 10여 년 전 임안부 용문표국 도대금의 저택에서 왼쪽 눈을 은소소의 은침에 찔려 애꾸가 되어버린 원한이 있었다. 그러나 처음부터 끝까지 장취산이 독수를 쓴 줄 오해하고 평생토록 마음속에 앙심을 품어온 것이다.

그러나 선친을 모욕하는 말까지 들은 장무기야말로 그 노여움을 억제할 길이 없어 큰 소리로 버럭 호통을 질렀다.

"닥치시오! 장 오협의 함자가 당신 같은 사람의 입에 함부로 올려도 되는 것인 줄 아시오? 당신…… 당신이……."

말끝을 맺기도 전에 원음의 비웃음이 들려왔다.

"장취산은 저 좋아서 하류 잡배로 전락했지! 마교의 요사스러운 계집한테 홀려 여색을 즐긴 업보를 받았으니……."

이제껏 장무기는 마음속으로 자신을 타일러왔다. 오늘의 주된 목적은 피아 쌍방을 좋은 말로 달래 화해시키고 싸움을 그치게 하는 데 있는 만큼, 절대로 손을 써서 사람을 다치게 해서는 안 된다고. 그러나 부모를 한꺼번에 모욕하는 말을 들었으니 어떻게 참고만 있으랴? 번뜩 솟구쳐 올린 몸뚱이가 앞으로 날아가면서 어느새 뻗어낸 왼손이 원음의 등허리를 움켜다 번쩍 쳐드는 한편, 오른손은 그 수중에 들려 있던 선장을 낚아채기가 무섭게 둥글둥글 육중한 지팡이 끄트머리를 가로누여 원음의 정수리를 당장 후려치려 했다. 느닷없이 날벼락을 맞은 원음대사는 장무기의 손에 움켜쥔 몰골이 마치 병아리가 솔개한테 채인 듯 저항력을 송두리째 잃어버려 꼼짝달싹도 못 했다.

소림파 진영에서 두 사람이 동시에 뛰쳐나오더니 군말 없이 두 자루 선장으로 장무기의 좌우를 나누어 협공하기 시작했다. 그것은 무학 중에서 아군을 구출할 때 쓰는 고명한 전법으로 이른바 위위구조圍魏救趙• 책략이었다. 다시 말해서 적이 고려하지 않으면 안 될 급소를 습격할 경우, 위기에 빠진 우군이 저절로 풀려나올 수 있게 된다는 전례戰例

• 적의 급소를 우회 공격해서 아군을 위기에서 빠져나오게 하는 전법. 기원전 354년, 전국시대 위魏나라와 제齊나라가 패권을 다툴 무렵, 위나라 장수 방연龐涓이 제나라의 동맹국 조趙나라 도성을 포위하자, 제나라 군사 참모 손빈孫臏은 위나라 주력군이 포위전에 투입되어 본국이 허술한 것을 틈타 조나라를 직접 구하지 않고 곧바로 군대를 우회시켜 위나라 도성을 습격했다. 본국이 위험에 빠진 것을 안 방연은 포위망을 풀고 급히 귀국했으나, 손빈은 중도에 기습 부대를 매복시켜 방연 군을 차단·공격함으로써 대승을 거두고 마침내 조나라를 위기에서 구해냈다는 전례가 있다. 이것이 유명한 계릉전투桂陵戰鬪이다.

에 따른 것이다.

동료를 구하러 뛰쳐나온 두 승려는 바로 원심圓心과 원업圓業이었다. 그러나 좌우 양쪽에서 협공을 받은 장무기도 호락호락 당하고만 있지 않았다. 선장 두 자루가 한꺼번에 들이닥치자 왼손으로 원음대사를, 오른손으로 선장을 번쩍 치켜들더니 그 자리에서 까마득하게 솟구쳐 오르면서 두 발끝으로 원심, 원업 스님의 손에 들려 있는 선장을 동시에 툭 찍었다.

"어흑!"

답답한 외마디 소리가 겹쳐 들리더니, 원심과 원업 두 스님이 하늘을 바라고 뒤로 벌렁 나가떨어졌다. 천만다행히도 두 스님의 무공 역시 범상치 않은 터라 위기에 직면해서도 흐트러짐 없이 양손에 힘을 주어 급격히 내뻗었다. 덕분에 무게만도 수십 근짜리로 도금한 빈철선장杖鐵禪杖이 발끝에 튕겨 되돌아와 제 주인의 몸뚱이를 후려 때리는 끔찍한 사태는 벌어지지 않았다.

"아앗!"

뭇사람들이 경악성을 터뜨리는 가운데, 장무기가 원음대사의 엄청난 몸뚱이를 치켜든 채 물 찬 제비처럼 날렵한 동작으로 공중제비를 한 바퀴 빙그르르 돌더니 지상으로 거뜬히 내려섰다.

육대 문파 진영에서 일고여덟 명이 동시에 외쳤다.

"무당파 제운종梯雲縱이다!"

장무기는 어릴 적부터 아버지와 양부, 태사부, 여러 사백과 사숙들을 따르는 동안, 비록 무당파 무공은 겨우 기초 입문 단계인 무당장권 32초식만 배웠을 뿐이다. 하지만 듣고 본 것은 적지 않게 많았다. 따라서 건곤대나이 신공을 완성한 지금에 와선 강호 어느 문파의 무공이든 모조리 자기 것으로 만들어 쓸 수 있게 되었다. 더구나 무당파의 무공이라면 귀에 못이 박히도록 들었고 눈이 짓무를 정도로 보아온 터라, 돌발 상황에서 쓰고 싶을 때는 이것저것 생각해볼 것도 없이 즉석에서 펼칠 수 있었다. 지금도 마찬가지였다. 허공으로 도약해 공중제비를 돌아야겠다는 생각이 들자마자 당세 경공신법 중에서도 가장 이름난 무당파의 비전절기 제운종을 아주 자연스럽게 구사한 것이다.

유연주, 장송계 등 무당오협도 그처럼 허공에 솟구쳐 올라 날렵한 동작으로 몇 바퀴쯤 공중제비를 돌기는 애당초 어려운 일이 아니었다. 원숙한 몸놀림이나 자세로 말하자면 그보다 훨씬 뛰어났으면 뛰어났지 못할 리가 없었다. 그러나 한 손에 우람한 뚱보 스님의 몸뚱이를 움켜쥐고, 또 한 손에 육중한 무쇠 지팡이를 치켜든 채 저렇듯 제비처럼 날렵한 동작을 취한다는 것은 꿈에도 해내지 못할 묘기였다. 이러니 무당오협 여러 고수조차 하나같이 입만 딱 벌리고 의아스러워할밖에.

소림파 스님들은 지금 장무기와 70~80척 거리나 멀찌감치 떨어진 상태였다. 원음대사는 그의 손아귀에 요혈을 움켜잡혀 꼼짝달싹도 못 하고 있었다. 이제 번쩍 들린 무쇠 지팡이가 떨어져 내리는 날이면 그의 머리통은 수박 쪼개지듯 터져 나가 뇌수를 흩뿌리고 즉사할 판국이었다. 이 순간에 때맞춰 달려나가 구출하기란 벌써 늦은 상태였다. 유일한 방법은 암기를 발사하는 것뿐인데, 장무기가 원음의 몸뚱이를 돌려세워 자기 앞을 가로막는다면 속담에 "남의 칼을 빌려 사람 잡는다借刀殺人"는 격으로 적을 죽이기는커녕 오히려 원음의 목숨이나 다치고 말 터였다.

그들 곁에는 공지, 공성 같은 정상급 고수들이 있기는 해도 워낙 창졸간에 벌어진 돌변 사태인 데다, 어느 누구도 이 정체 모를 청년에게 이런 솜씨가 있을 줄 예상치 못한 터라 끝내 그의 공격에 속수무책으로 당할 수밖에 없었다.

소림 제자들은 가슴을 조인 채 장무기가 이를 악물고 뿌드득뿌드득 갈아붙이는 소리, 온통 분노와 원한으로 가득 찬 얼굴만 듣고 볼 따름이었다. 그의 머리 위에는 원음이 쓰던 육중한 무쇠 지팡이가 높다랗게 쳐들려 있었다. 소림승들 가운데는 차마 더 지켜볼 수 없어 두 눈을 감아버린 사람도 있고, 여차하면 한꺼번에 뛰쳐나가 원음의 복수를 하려고 벼르는 사람도 있었다.

어떻게 할 작정인지 장무기의 손에 높이 쳐들린 무쇠 지팡이가 좀처럼 떨어져 내릴 기미를 보이지 않았다. 무엇인가 풀지 못할 문제를 놓고 결단을 내리지 못한 채 망설이고 있는 듯싶었다. 긴장된 순간이 얼마쯤 지났을까, 이윽고 얼굴에 가득 찬 분노와 원한이 차츰 자상하고도 온화한 기색으로 바뀌더니 드디어 원음을 천천히 내려놓았다.

다른 사람들이 알 리 없었다. 지금 이 순간, 장무기는 이미 가슴속 그득한 노기를 억눌러 잠재우고 있었다. '만약 내가 육대 문파 제자들 가운데 어느 한 사람이라도 살상하는 날이면 곧바로 육대 문파의 공적이 되고 말 것이고, 그것으로 쌍방 간의 거중조정居中調整은 다시 못 하게 될 것이다. 무림계의 이런 포악한 도살 행위 역시 두 번 다시 막아낼 수도 없거니와 오히려 악적 성곤의 간계에 빠져든 것과도 같다. 그렇다. 저 사람들이 나를 아무리 욕하고 때리고 상처를 입히든, 심지어 내 부모, 내 양부를 모욕하더라도 나는 끝까지 참아야 한다. 그것이야

말로 진정 부모님과 양부를 위해 복수하고 한을 풀어드리는 길이다.'
자신을 납득시키는 데 성공한 장무기는 원음을 내려놓고 천천히 입을 열었다.
"원음대사님, 당신의 눈은 장 오협이 멀게 한 것이 아닙니다. 그런데 이토록 한을 오래 품고 계실 필요가 어디 있습니까? 더구나 당신들은 무당산에 오르던 날 장 오협 내외분을 핍박해 스스로 목숨까지 끊고 돌아가시게 했으니, 그 어떤 복수심도 원한도 다 풀렸으리라고 봅니다. 대사님은 속세를 떠나 출가하신 분입니다. 사방 천하는 모두 공허한데 자비심을 근본으로 삼고 계셔야 할 분이 어찌하여 이렇듯 옛날 일을 잊지 못하고 미련을 두신단 말씀입니까?"
죽음의 문턱에서 겨우 살아난 원음대사가 퀭한 눈빛으로 장무기를 바라보았다. 무슨 말을 해야 좋을지 입이 떨어지지 않았다. 장무기가 선장을 건네주자, 손길이 저절로 뻗어나가 넘겨받았다. 그러고는 아무 말 없이 고개를 숙인 채 물러나면서 어렴풋이 지난 10여 년 동안 가슴속에 그득 찼던 분노와 원한이 새삼 떠올라 어딘가 모르게 부끄러운 생각이 들었다. 젊은이가 방금 말한 것처럼 시방세계十方世界는 일체 공허한 것, 은혜는 뭐며 원한은 또 무엇이랴? 어느새 가슴속에 쌓였던 분노와 원한이 봄눈 녹듯 사그라지는 느낌이 들었다.
소림 진영의 여러 고승들, 무당 진영의 협사들이 장무기의 말을 듣고 저도 모르게 보일 듯 말 듯 고개를 끄덕이고 있었다.

〈5권에서 계속〉